*Jeder Tag ist mein Tag*

Maja Ueberle-Pfaff

# *Jeder Tag ist mein Tag*

## Das große Meditationsbuch für Frauen

Scherz

Erste Auflage 1998

Für Julia

# *Einleitung*

«Ich bin eigentlich ganz anders, ich komme nur so selten dazu» – trifft dieser Satz womöglich auch auf Sie zu? Vieles könnte und müßte sich ändern, wir alle wären fröhlicher und glücklicher, wenn nur ... ja, wenn was? Wenn wir vielleicht häufiger «zu uns» kämen?

Doch dann drängen sie sich wieder vor, die Irritationen des Alltags: hektische Besorgungen, überfüllte Terminpläne, lästige Telefonanrufe, Kämpfe gegen die Unordnung, ungeliebte Routinearbeiten, Konflikte, Streß, Pflichten ... Und daraus soll nun das Leben bestehen? Damit sollen wir uns abfinden, je nach Temperament seufzend, klagend, aufgebracht oder lauthals schimpfend?

Niemand zwingt uns dazu. Oder hindert uns jemand daran, unsere Zeit und Energie für Menschen und Dinge einzusetzen, die uns zufrieden machen und zu unserer Lebensfreude beitragen statt sie uns zu rauben? Frauen sind leider immer noch allzu schnell bereit, beliebig viele Belastungen als Selbstverständlichkeit hinzunehmen und setzen ihre gesamte, beträchtliche Kraft dafür ein, möglichst allen Erwartungen, die an sie gestellt werden, lückenlos gerecht zu werden. Irgendwann summieren sich dann die scheinbar banalen Kleinigkeiten zu einem Gefühl ununterbrochener Überforderung.

Sicher, es gibt Umstände, die sich nicht ändern lassen. Niemand behauptet, das Leben sei einfach und lasse sich mit etwas gutem Willen in einen Garten Eden verwandeln. Doch das ist weder ein Grund zur Resignation noch zu hilfloser Wut. Anstatt gegen das anzukämpfen, was sich (noch) nicht ändern läßt, wenden wir uns doch lieber dem zu, was innerhalb unserer Möglichkeiten liegt, und das ist viel mehr, als wir glauben. Wir können jederzeit damit beginnen. Es gibt sinnvolle Strategien, um zu dem vorzudringen, was wir als das «Eigentliche» empfinden.

Schritt für Schritt können wir uns Raum schaffen, kleine hügelige Inseln im bewegten Meer der Tage, von denen aus wir eine

Übersicht gewinnen und unsere weitere Route festlegen. Glück ist nicht nur ein Geschenk; Glücksfähigkeit basiert auf innerer Harmonie, Gelassenheit auf innerer Freiheit. Jeder einzelne Tag gibt uns die Möglichkeit, etwas mehr Klarheit über uns zu gewinnen und unsere eigene Balance zwischen Ruhe und Bewegung, Spannung und Entspannung, Ordnung und Chaos zu finden.

Unsere Ahnung, daß wir ganz anders sein könnten, als wir jetzt sind, trügt nicht. Wir wissen, daß es verborgene Sehnsüchte, Vorlieben und Träume gibt, ohne die wir uns nur halb lebendig fühlen, und manchmal brauchen wir einen sanften Schubs, um sie endlich ernst zu nehmen. Es ist tatsächlich möglich, sie freizulegen, es erfordert nur ein wenig Forscherdrang und Konsequenz. Wie Archäologinnen können wir uns Zentimeter um Zentimeter den Weg zu ihnen bahnen.

Ein Jahreswechsel ist ein guter Zeitpunkt für ein neues Abenteuer, dachte ich mir. Deshalb habe ich mich am 1. Januar auf den Weg gemacht, im übertragenen wie im buchstäblichen Sinn. Ich habe viele Kilometer zurückgelegt, Zimmer gemietet, bewohnt und wieder verlassen, Menschen und Landschaften kennengelernt, Freiheiten genossen und Überraschungen erlebt. Doch auf den Zeitpunkt kommt es nicht an. Ob Sie im Januar, Juli oder Oktober beginnen, spielt letztlich keine Rolle. Folge Sie einfach den Pfaden, die Ihnen verlockend erscheinen, und bahnen Sie sich eigene, so oft es geht. Seien Sie respektlos, kritisch und erfinderisch. Vertrauen Sie Ihrem Orientierungssinn.

Ein Jahr der Entdeckerfreude liegt vor Ihnen. Sie müssen kein bestimmtes Ziel erreichen. Ganz von allein wird sich Ihr Blick für das Wesentliche schärfen, und vermutlich werden Sie überrascht feststellen, daß es die Fragen sind, die Ihnen immer wieder den nötigen Schwung geben, und nicht die Antworten. Fragen wie: Was sind meine persönlichen Schwerpunkte? Wovon will ich mich befreien? Wo will ich meine Energien einsetzen? Was macht mich wirklich glücklich? Wo ist mein Platz in einem größeren Zusammenhang?

Machen Sie sich auf den Weg in die Freiheit des Augenblicks.

Wenn Sie Maja Ueberle-Pfaff schreiben wollen, adressieren Sie Ihren Brief bitte an:
Maja Ueberle-Pfaff, c/o Scherz Verlag, Theaterplatz 4-6,

## *Januar*

Januar, der Monat mit dem Doppelantlitz: Wir schauen zurück in das vergangene Jahr und nach vorne in das gerade beginnende. Ein Jahreskreis hat sich hinter uns geschlossen, ein neuer fängt an.

Die Tage werden länger und locken uns mit ihrer Frische und Klarheit hinaus zu Winterfreuden, die das Kind in uns begeistern. Farbakzente leuchten auf wie in einem expressionistischen Bild: blauer Himmel, grüne Tannen, weißbehäufte Zweige, schwarze Baumsilhouetten. Unter dem Zugriff der Kälte lernen wir unsere Energien zu wahren wie die Körperwärme unter schützender Kleidung.

Voller Hoffnung beginnen wir unsere Reise nach innen, in eine geheimnisvolle, unerforschte Welt, in der unzählige Entdeckungen auf uns warten. Hoffnung symbolisiert auch der Monatsstein des Januar, der apfelgrüne Chrysopos, dessen Anblick die Angst besiegt.

*Fußspuren in frischem Schnee*
*ich nehme es keinem übel.*

Basho

Neujahr. Ein Tag, wie geschaffen für hochfliegende Pläne, viele gute Vorsätze, den Wunsch, diesmal alles anders zu machen.

Aber wollen wir uns wirklich schon wieder unter Druck setzen? Das kommende Jahr soll uns auf eine Entdeckungsreise führen, nicht auf einen Marathonlauf. Wir haben viel Zeit, dreihundertfünfundsechzig Tage, um herauszufinden, wo wir stehen und was wir tun oder lassen wollen. Heute genügt es, wenn Sie für den Anfang eines beschließen: sich selbst ernst zu nehmen und in den folgenden Monaten freundlich und liebevoll mit sich selbst umzugehen.

«Und jedem Anfang wohnt ein Zauber inne...», schrieb Hermann Hesse. Heute ist ein solcher Anfang, dessen Zauber wir spüren, wenn wir ihn ein paar Minuten ungestört auf uns wirken lassen. Natürlich kann jede Sekunde ein Anfang sein, aber wir sind nicht in der Lage, uns diese Tatsache jede Sekunde bewußt zu machen. Wir brauchen Ordnungen und Rhythmen, und der erste Tag des Jahres ist eben nicht irgendein beliebiger Tag. Ein neuer Kreis beginnt, den wir selbst gestalten werden.

Vielleicht sind wir vom Feiern noch etwas müde und legen uns im Laufe des Tages hin. Das ist eine großartige Gelegenheit, ein wenig zu entspannen und sich mit Dankbarkeit endgültig von dem vergangenen Jahr zu verabschieden. Wir sind bis an diesen Punkt unseres Lebens gelangt und haben ausreichend Kraft und Motivation, einige Veränderungen vorzunehmen, die uns den Alltag erleichtern sollen – ist das kein Grund zur Freude?

*Das Benennen der eigenen Erfahrung hilft dem Menschen, er selber zu sein.* Hilde Domin

Bevor wir etwas Neues beginnen, sollten wir uns noch einmal dem Alten zuwenden und überlegen, was wir davon mitnehmen wollen, welche Menschen und Ereignisse wichtig waren und was wir lieber hinter uns lassen möchten.

Schreiben Sie zu diesem Zweck drei Namen von Menschen auf ein Blatt, die Ihnen spontan einfallen, und daneben, welche Gefühle Sie mit ihnen verbinden – Freude, Enttäuschung, Dankbarkeit und Ähnliches.

Lassen Sie die wichtigen Stationen des Jahres an sich vorüberziehen. Da Sie sich jetzt an sie erinnern, hatten sie offenbar irgendeine Bedeutung: Wissen Sie schon, welche es ist? Oft enthüllt sich der Sinn einer Erfahrung ja erst im nachhinein, wenn Zusammenhänge und Entwicklungslinien sichtbar werden. Es ist nicht schlimm, wenn Sie noch nicht recht wissen, wie Sie Ihre Erlebnisse einordnen sollen. Die Hauptsache ist, daß Sie ihnen überhaupt einen Platz in Ihrem bisherigen Leben einräumen und sie als Teil Ihrer Biographie akzeptieren.

Lassen Sie die Frage zu, ob Sie das, was die drei Namen für Sie symbolisieren, auch weiterhin erleben wollen. Vor Ihnen steht der «Rucksack» vom vergangenen Jahr. Sie haben jetzt die Chance, ihn leichter zu machen, wenn Sie ganz bewußt einen Teil des Gepäcks zurücklassen. Möchten Sie das?

Tun Sie mit dem Blatt Papier, was Ihnen einfällt. Werfen Sie es in den Ofen, zerreißen Sie es zu Schnipseln, legen Sie es in Ihre Brieftasche, rahmen Sie es ein, oder basteln Sie daraus ein Papierflugzeug. Alles ist erlaubt.

*Jeder muß sich das Wunder seines Lebens stets aufs neue erwirken.*

Adalbert Stifter

Immer wieder wird uns eingeschärft, wir sollten im «Hier und Jetzt» leben. Theoretisch leuchtet uns das auch vollkommen ein, und wir merken tatsächlich, daß es uns bessergeht, wenn wir uns auf das konzentrieren können, was gerade jetzt vor sich geht. Dennoch müssen wir planen – für uns selbst, für unsere Familien –, und das entführt unseren Geist ständig in die Zukunft.

Es ist nicht leicht, sich vollständig auf die Gegenwart einzulassen. Wir brauchen Hilfestellungen. Ein Satz, den ich kürzlich las, hat mir in dieser Hinsicht die Augen geöffnet: «Das Leben ist keine Generalprobe.» Tun wir nicht ständig so, als wäre alles wiederholbar? Als könnten wir das, was wir jetzt versäumen und unterlassen, ein andermal nachholen?

Es gibt sie tatsächlich, die zweite Chance, durch die sich ein für immer verschlossen geglaubtes Tor noch einmal öffnet oder ein verloren geglaubter Mensch zum zweiten Mal unseren Weg kreuzt. Das ist eine große Gnade, fast schon ein Wunder, und wir sollten mit beiden Händen zugreifen. Aber die Regel ist es nicht.

Die Regel ist, daß sich das, was jetzt geschieht, so nie mehr wiederholt. Lassen Sie sich von diesem Gedanken nicht erschrecken, sondern ermutigen. Sie sind in jeder Stunde die Hauptdarstellerin auf der Bühne Ihres eigenen Lebens. Verhalten Sie sich entsprechend. Zeigen Sie, wer Sie sind. Nicht nur einen kleinen Ausschnitt Ihrer Möglichkeiten, sondern möglichst alle Facetten. Setzen Sie Ihre Stimme und Ihren Körper ein. Sie stehen ganz vorne auf den Brettern. Lassen Sie sich von niemandem die Schau stehlen. Seien Sie – wie man beim Theater sagt – präsent. Und das heißt nichts anderes als: in der Gegenwart.

*Und ich habe mich so gefreut! sagst du vorwurfsvoll, wenn dir eine Hoffnung zerstört wurde. Du hast dich gefreut – ist das nichts?*

Marie von Ebner-Eschenbach

Der Beginn eines neuen Lebensabschnitts – und auch eines neuen Jahres – ist eine hoffnungsvolle Zeit. Sie könnte es zumindest sein, würden uns nicht die Pessimisten einreden, es sei ein Fehler, sich «falschen Hoffnungen» hinzugeben. Das ist ein sehr hinderlicher Gedanke. Jagen Sie ihn gleich wieder davon.

Hoffnungen sind immer berechtigt. Sie sind nicht dadurch weniger wert, daß sie möglicherweise enttäuscht werden könnten, denn Hoffnungen gehören zur Grundlage eines erfüllten Lebens. Sie garantieren keinen glücklichen Verlauf aller Unternehmungen und Anfänge, aber sie sind äußerst beflügelnd. Mit einer solchen Einstellung erhöht sich die Chance des Gelingens, denn ein Mensch, der Hoffnung ausstrahlt, zieht positive Energien auf sich.

Die Angst vor Enttäuschungen dagegen lähmt. Wer aus Angst, zuviel zu erhoffen, innerlich auf Sparflamme schaltet, kann weder Gutes noch Schlechtes intensiv erleben. Dabei kann die Hoffnung auf etwas Schönes, Erfüllendes – auch wenn sie noch so «unrealistisch» scheinen mag – einen Menschen innerlich so weiten und wandeln und äußerlich so strahlen lassen, daß es möglicherweise gar nicht mehr so wichtig ist, ob das Ersehnte eintritt oder nicht. Vielleicht trifft ja auch ein anderes Ereignis ein, an das wir gar nicht gedacht haben.

Entscheidend ist die Hinwendung zum Leben, sie bedeutet Hoffnung.

Lassen Sie die Hoffnung in sich aufsteigen, daß dieses Jahr ein gutes Jahr werden wird.

*Man muß an sich selbst glauben, das ist das Geheimnis.*
Charlie Chaplin

Lesen Sie gerne Horoskope? Nur so «aus Spaß»? Und dann verspüren Sie doch dieses leise Flattern im Bauch, daß etwas dran sein könnte?

Wir wollen gar nicht unbedingt so genau wissen, was die Zukunft bringt. Was uns interessiert, sind Spiegelungen unseres Ichs, in denen wir uns wiederfinden. Nicht die Vorhersage eines rundum erfolgreichen Lebens fasziniert uns – wir wissen mittlerweile schließlich auch, daß das pure Glück nicht eines Tages vom Himmel fällt. Aber wir möchten uns verstanden und bestätigt fühlen, in unseren Schwierigkeiten und Fragen ernstgenommen und in unseren Aufbrüchen bestärkt.

Heute las ich: «Ihre Ausdauer zahlt sich aus, Sie ernten nun die Früchte Ihrer Mühen» – ist das nicht ein herrlicher Satz? In irgendeinem Bereich war ich sicherlich ausdauernd, auch wenn mir das momentan gerade entfallen ist, und alles, was nun an Positivem geschieht, kann ich in vollen Zügen als meinen wohlverdienten Lohn genießen.

Es ist unser gutes Recht, das aus Horoskopen herauszulesen, was uns zusagt. Fehlschläge passieren ohnehin, wir müssen sie nicht noch zitternd erwarten wie das Kaninchen den Biß der Schlange. Deshalb habe ich einen Vorschlag: Schreiben Sie sich selbst ein absolut traumhaftes Jahreshoroskop, das all Ihre Wünsche erfüllt. Ob Sie wie Dagobert Duck in Golddukaten wühlen oder als umschwärmte Diva die Treppe hinabschreiten wollen, sagen Sie es sich voraus. Einmal in Glücksgefühlen schwelgen, ohne Skrupel und Einschränkungen. Das tut niemandem weh. Der Ritter in schimmernder Rüstung wird Sie auf sein Pferd heben, Sie werden den Brunnen der ewigen Jugend und Schönheit entdecken, alles was Sie berühren, wird zu Gold werden.

Vielleicht finden Sie sogar heraus, daß Ihnen der Sinn weder nach einem Ritter noch nach ewiger Jugend steht, sondern nach etwas ganz anderem. Lassen Sie sich von sich selbst überraschen.

*Geschwindigkeit mag bei einem Pferd eine Tugend sein. Für sich allein betrachtet besitzt sie keinerlei Vorzüge.* Al Ghasali

Für viele Menschen ist der Dreikönigstag der Abschluß der Weihnachtszeit, der letzte Tag, an dem noch ein Rest Festtagsstimmung und Beschaulichkeit übrig ist. Wer dagegen genug hat von der weihnachtlichen Besinnlichkeit, zersägt den Weihnachtsbaum und fegt die Tannennadeln auf, um sich wieder dem «richtigen Leben» zuzuwenden. Mit der biblischen Geschichte beschäftigt sich kaum jemand.

Die drei Weisen müssen sich lange vor der Geburt Jesu auf den Weg gemacht haben, um rechtzeitig anzukommen. Sie hatten ein Vorhaben, das sie mit Umsicht und Ausdauer in die Tat umgesetzt haben. Sie wollten dem neuen «König» ihre Reverenz erweisen und Geschenke überbringen. Das Reisen war zu jener Zeit langwieriger und beschwerlicher als heute, aber sie haben es dennoch unternommen, ohne sich einen anderen Gewinn davon versprechen zu können als einen Blick auf den Hoffnungsträger ihrer Welt.

Wir haben oft das Gefühl, schon lange unterwegs zu sein und einige Mühsal auf uns genommen zu haben, ohne so recht zu wissen, wozu das überhaupt gut ist. Uns wäre es lieb, wenn unser Ziel so klar umrissen wäre wie das der drei Könige. Würden wir uns ihr gemächliches Tempo zum Vorbild nehmen, kämen wir besser voran, auch wenn uns das zunächst paradox erscheint. Es erfordert Geduld. Was nützt das schönste Ziel, wenn wir uns auf halbem Weg verausgabt haben und nicht mehr weiterkönnen?

Wir brauchen Brunnen, um unseren Durst zu löschen und uns für die nächste Wegstrecke zu versorgen. Als vielbeschäftigte Frauen sind wir nur zu bereit, uns immer noch ein paar hundert Meter weiterzuschleppen, auch wenn wir schon völlig erschöpft und ausgedörrt sind. Suchen wir statt dessen eine Balance zwischen der Zähigkeit, die für die Reise erforderlich ist, und der Erquickung, die die Oasen liefern.

Heute ist ein Brunnentag, ein Tag der vorweggenommenen Ankunft. Heben Sie Ihr Glas, und trinken Sie auf sich und Ihren Entschluß, die Wüste zu durchqueren!

*Meine Reise ist fest beschlossen! Ob mit ein klein wenig Komfort und genügend Nahrung oder zu Fuß als Bettlerin, ich werde es versuchen.*

Alexandra David-Néel

Ein befreundeter Psychotherapeut, dem ich einige Einsicht in die Natur des Menschen zutraue, hat mir einmal gesagt, er glaube, die Menschen seien ihrer Veranlagung nach in Nomaden und Seßhafte zu unterteilen. Jede und jeder müsse, meinte er, für sich herausfinden, welcher Sorte sie oder er angehört und sein Leben dementsprechend einrichten. Denn Nomaden, die sich zu einem seßhaften Leben zwingen, und Seßhafte, die gegen den eigenen Wunsch immer wieder entwurzelt werden und nicht zur Ruhe kommen, werden an Leib und Seele krank.

Mir hat diese Theorie erklärt, warum ich mich so rundum wohl und zufrieden gefühlt habe, als ich mit meiner Familie im Wohnmobil in Kanada unterwegs war. Ich würde mich den gemäßigten Nomaden zurechnen, die zwar gerne unterwegs sind, aber das Wichtigste und Liebste dabei mitnehmen und ein stabiles Heimatzelt brauchen. Diese Kombination von Vertrautem und Unvertrautem, von gewohnter Umgebung und neuen Landschaften und Abenteuern sagt mir am meisten zu, und meine Familie amüsiert sich königlich, wenn ich nun jedem Wohnmobil hinterherseufze und von kanadischen Verhältnissen schwärme.

Frauen werden traditionell dem seßhaften Typus zugeordnet, weil sie als Hüterinnen von Heim und Herd gelten. Der englische Autor Bruce Chatwin, der sich lange bei Nomaden aufgehalten hat, tritt in seinem Buch *Traumpfade* diesem Irrglauben entgegen: «Frauen sind vor allem die Hüterinnen der Kontinuität: Wenn der Herd sich in Bewegung setzt, setzen auch sie sich in Bewegung.» Und auch wenn der Herd sich *nicht* in Bewegung setzt, hindert das viele Frauen nicht daran, ohne ihn aufzubrechen …

Finden Sie für sich selbst heraus, was Ihnen mehr liegt – das ungebundene Umherstreifen oder das ruhige, seßhafte Leben oder aber eine Mischform, die beides vereint.

*Höhepunkt des Glücks ist es, wenn der Mensch bereit ist, das zu sein, was er ist.* Erasmus von Rotterdam

In einer wunderbaren Sufi-Geschichte, die mir im Laufe der Jahre immer wieder begegnet ist, erreicht ein Fluß die Sandwüste. Er hält es für seine Bestimmung, die Wüste zu durchqueren, befürchtet aber, von ihr aufgesogen zu werden. Auf den Vorschlag einer geheimnisvollen Stimme, er solle sich vom Wind hinübertragen lassen, erwidert der Fluß, er wolle auf keinen Fall seine Eigenart verlieren. «In keinem Fall kannst du bleiben, was du bist», flüstert die Stimme ihm zu. «Wenn du glaubst, daß das bleibt, was wesentlich an dir ist, kannst du dich vom Wind hinübertragen lassen. Andernfalls wirst du ein Sumpf.»

Als sich der Fluß entschließt, der Stimme zu vertrauen, läßt er seinen Dunst aufsteigen in die Arme des Windes, und dieser trägt ihn bis zum Gebirge, wo er ihn wieder fallen läßt. Nach dieser Erfahrung erkennt der Fluß: «Nun bin ich wirklich ich selber.»

Neben den spirituellen Bedeutungsebenen dieser Geschichte, die bei den Derwischen und ihren Schülern immer wieder erzählt wird, vermittelt sie uns das alte Wissen, daß nur der Mut zum Wandel zu unserem eigentlichen Wesen führt. Es ist schwer, das, was wir für unser «Eigentliches» halten, plötzlich aufzugeben, wenn wir auf veränderte Bedingungen treffen. Halten wir daran fest, versickert unsere Lebenskraft, und die Durchquerung des unbekannten Geländes wird erst recht zur Unmöglichkeit. Wer möchte schon ein Sumpf werden? Erst wenn wir die festen Vorstellungen von uns selbst aufgeben, gelingt es uns, neue Wege zu finden.

Reisen Sie heute in Gedanken mit dem Fluß an den Rand der Wüste, und lassen Sie sich wie im Traum hochheben. Alles Schwere bleibt zurück. Vertrauen Sie dem Wind, er wird Sie tragen und sanft wieder absetzen, wenn es soweit ist.

*Sogar das Licht steht*
*Ganz unbewegt und kreisrund:*
*Die Winterstille*

Japanischer Haiku

Der Kreis ist ein uraltes Symbol, das alle Kulturen kennen. Es weist auf die ursprüngliche Ganzheit des Lebens hin. Der Kreis verbindet die endlose Linie mit der statischen Ruhe, seine Geschlossenheit birgt Kraft oder bietet Schutz, er erinnert an die Wiederkehr der Jahreszeiten und damit an den stetigen Neubeginn und letztlich an die Unendlichkeit. Wir finden ihn in der Geometrie, der Architektur, in Ornamenten und Sinnbildern.

Von ganz nah bis ganz fern reicht die Spanne, in der Sie auf runde Formen treffen. Wahrscheinlich tragen Sie einen oder mehrere Ringe, die nicht nur schmücken, sondern auch als Symbol der Verbundenheit verstanden werden. Ehe-, Freundschafts- und Verlobungsringe sind mehr als eine Zierde; sie sind das äußere Zeichen einer inneren Zugehörigkeit. Betrachten Sie den Himmel, und Sie sehen die Sonne – von alters her als Spenderin von Lebenskraft verehrt. Dem Vollmond werden seit Menschengedenken besondere Kräfte zugesprochen. Gerade weil wir ihn nur in regelmäßigen Abständen zu Gesicht bekommen, erscheint uns sein Anblick wie ein Symbol für die vergängliche und deshalb umso kostbarere Vollkommenheit des Augenblicks. Volkstänze und sakrale Tänze finden oft im Kreis statt, und wenn Teamsportler Einigkeit demonstrieren wollen, schließen sie sich zu einem Kreis zusammen.

Für uns kann der Kreis ganz konkret zu einem nützlichen Instrument werden, um uns selbst besser kennenzulernen. Da er uns mehrere Tage lang beschäftigen wird, könnten Sie heute als angenehme Einstimmung einen Spaziergang machen, bei dem Sie darauf achten, wo Ihnen überall Kreisformen begegnen. Sie werden überrascht sein, wie häufig sie vorkommen und auf wie vielfältige Weise sie verwendet werden.

*Nicht im Kopf, sondern im Herzen liegt der Anfang.*
Maxim Gorki

Der Kreis ist Ihnen vertraut geworden, und wenn nicht, genügt ein kurzer Blick in den Spiegel oder in die Augen eines anderen Menschen: Auch die Iris und die Pupille sind Kreise!

Stellen Sie sich nun einen leeren Kreis vor, der alle Energie aufnehmen kann, die Sie zu geben imstande sind. Nehmen Sie sich Zeit, und denken Sie – mit geschlossenen Augen – darüber nach, wem und was Sie im Moment Ihre Energie zukommen lassen. Alles zählt, womit Sie sich befassen. Menschen, Tätigkeiten, Gegenstände, Interessen, Vorlieben.

Wenn Sie eine innere Vorstellung davon haben, nehmen Sie ein Blatt zur Hand, und zeichnen Sie einen Kreis. Dann teilen Sie diesen Kreis in Segmente ein. Wenn Sie fertig sind, sollte alles enthalten sein, was Ihnen eingefallen ist, und zwar in den Anteilen, die Ihrem derzeitigen Energieeinsatz entsprechen. Das könnte so aussehen: ein Drittel Familie, ein Drittel Beruf, und das letzte Drittel unterteilt in Freunde treffen, Hobbys nachgehen, reisen. Oder eine Hälfte Beruf, ein Viertel Fernsehen, ein Viertel Computer. Oder drei Viertel Kinder und Haushalt, ein Viertel Partnerschaft. Oder, oder, oder.

Sie merken, ich habe recht extreme Beispiele gewählt, damit Sie ganz spontan sagen: So ist das aber bei mir nicht.

Bestimmt nicht! Sie werden ein sehr viel differenzierteres Ergebnis haben, das Ihre Lebenssituation wiedergibt. Ein Bekannter verwendete bei dieser Übung sogar Prozentzahlen, weil er ein sehr genauer Mensch ist, aber notwendig ist das nicht. Sie können den Kreis farbig gestalten, um anzudeuten, welche Gefühle in Ihnen aufkommen, wenn Sie an die jeweiligen Anteile denken.

Lassen Sie sich Zeit, stellen Sie das Telefon ab, schließen Sie die Tür. Melden Sie für heute und für die Zukunft Ihre Ansprüche auf Zeit und Ruhe an, wenn Sie etwas dafür tun wollen, sich Ihren Zielen zu nähern. Hängen Sie ein Schild an Ihre Zimmertür, auch wenn es Ihnen zunächst albern erscheint. Verkünden Sie, daß Sie bei Störungen äußerst gereizt reagieren werden.

Sie werden sehen: Mit der Zeit funktioniert es.

*Einen Fehler, dessen ein Mensch nicht Herr werden kann, gibt es nicht.*

Gerta Ital

Wenn Sie gestern Ihren Kreis eingeteilt haben, ist die Hälfte schon geschafft. Nun folgt die nächste, mindestens ebenso notwendige Aufgabe, einen zweiten Kreis zu zeichnen und noch einmal aufzuteilen. Diesmal allerdings so, wie Sie Ihre Energien gerne verteilen würden. Hier etwas weniger, dort mehr, dieses ganz weglassen, jenes neu hinzufügen. Auch dafür sollten Sie sich mindestens ebensoviel Zeit nehmen wie gestern, eher mehr.

Legen Sie anschließend beide Kreise nebeneinander und vergleichen Sie. Was fällt Ihnen auf? Was bedeutet der Unterschied zwischen den beiden Kreisen für Ihre Entwicklung und Ihre Zielvorstellungen? Ist die Diskrepanz sehr groß, oder wären Sie mit kleineren Korrekturen zufrieden? Wo können Sie einen ersten Schritt machen, um sich mit Ihrer Energieverteilung mehr im Einklang zu fühlen?

Die Energie, die Sie für etwas aufwenden, ist im übrigen nicht gleichbedeutend mit dem Zeitaufwand. Eine halbe Stunde, verbracht mit einer ungeliebten Tätigkeit, kann die Energie eines halben Tages verbrauchen. Eine dreistündige Sitzung mit befriedigendem Ergebnis kostet unter Umständen nicht mehr Energie als eine Stunde Großputz.

Erfahrungsgemäß stehen in unserem Energiehaushalt die Bereiche Partner, Kinder, Eltern, Beruf, Hobbys, Natur im Vordergrund. Entsprechend unserer Lebenssituation sind sie unterschiedlich gewichtet.

Vermutlich werden Sie Bereiche finden, mit denen Sie unzufrieden sind. Manches wird sich nicht so ohne weiteres ändern lassen. Vorerst genügt es auch, wenn Sie sich einen Bereich aussuchen, den Sie anders gewichten wollen oder der Ihnen besonders am Herzen liegt. Wie könnte hier der erste Schritt aussehen?

*Wir können wählen, ob wir das Leben leben oder von ihm gelebt werden wollen, unsere Wahl bestimmt die Qualität unserer Existenz.*

Sukie Colegrave

Gestern haben Sie versucht, sich über Ihren Energiehaushalt Klarheit zu verschaffen. Sie haben viele Bereiche berücksichtigt und möglicherweise entdeckt, wo Sie andere Schwerpunkte setzen wollen. Aber haben Sie auch an sich selbst gedacht? Gibt es ein Segment allein für Sie, in dem Sie notiert haben, wodurch Sie sich Energie zuführen? Ist das ein ganz neuer Kreis? Wenn ja, dann sollten Sie ihn auch zeichnen.

Oder gehören Sie zu den leider viel zu zahlreichen Frauen, die ihre Kraftreserven für unerschöpflich halten und erst wenn sie vor Erschöpfung zusammenbrechen, glauben, die Grenze des Zumutbaren sei erreicht?

Sie wissen selbst am besten, wodurch Sie auftanken. Wie Sie diese Quellen anzapfen können, wird sich im Laufe des Jahres noch genauer herausstellen. Ein Punkt ist Übersicht und Struktur. Wir können die Dinge einfach geschehen lassen und uns am Spiel des Lebens erfreuen. Aber leider befinden wir uns meistens nicht in dem Geisteszustand, um das wirklich zuzulassen. Wir brauchen die Gewißheit, von den Ereignissen nicht überrannt zu werden. Deshalb hilft es uns enorm, wenn wir uns am Morgen vor dem Aufstehen ein paar Minuten gönnen, um in Gedanken den Tag vorzubereiten und Wichtiges von Unwichtigem zu trennen.

Machen Sie morgen früh einen Versuch. Stellen Sie den Wecker fünf Minuten früher als gewohnt. Danken Sie Gott, dem Weltgeist, dem Höchsten Wesen oder einfach dem Leben für den beginnenden Tag, den Sie mitgestalten werden. Machen Sie sich bewußt, daß er anders ist als alle anderen Tage vor ihm und nach ihm. Nehmen Sie sich diese Zeit, bevor irgend jemand etwas von Ihnen verlangt. Geben Sie dem Tag eine Chance.

*Für alles gibt es eine Zeit der Ruhe und eine Zeit der Arbeit.*

Vergil

In der Natur bedeutet die Ruhe, die unter Frost und Schnee einkehrt, weder Tod noch Stillstand. Die äußerlich sichtbare Ruhezeit wird genutzt zum inneren Reifen. Das erkennen wir, wenn wir im Garten einen vermeintlich dürren Zweig abschneiden und bestürzt feststellen, daß er noch voller Saft ist.

Doch alles braucht seine Zeit. Trotz äußeren Kargheit ist uns bewußt, daß das Leben inwendig pulsiert. Im Garten können wir uns in dieser Zeit an den klaren Formen der Sträucher und Bäume erfreuen, die von keinem Blattwerk verdeckt sind. Das Auge kann die vollendeten Linien verfolgen, ohne von üppigen Blüten abgelenkt zu sein. Wir wissen ja, daß im Inneren chemische Prozesse ablaufen, die wir nicht stören dürfen.

Viele Pflanzen brauchen im Winter Schutz. Rosen müssen abgedeckt oder von Zweigen eingehüllt werden. Das im Herbst herabgefallene Laub bildet eine Schicht, die die extreme Kälte vom Boden abhält. Gesunde Reifung braucht Ruhe und einen geschützten Ort.

Das trifft auch auf uns zu. Wenn wir den Winter nutzen wollen, um Kräfte zu sammeln, uns zu regenerieren und unsere Mitte wiederzufinden, brauchen wir dafür eine Umgebung, die uns in Ruhe reifen läßt. Es dauert eben seine Zeit, bis sich wieder Knospen und Blüten bilden. Wenn wir voreilig sind und die winterlichen Vorsichtsmaßnahmen außer acht lassen, werden wir Mühe haben, ein ganzes Jahr lang zu blühen.

Schaffen Sie sich einen inneren Ruheort, an den Sie zurückkehren, wenn Ihnen die Anforderungen der Außenwelt zu anstrengend werden und Sie auftanken wollen. Stellen Sie sich einen Ort vor, an dem Sie ganz bei sich sind, an dem Sie sich geborgen und beschützt fühlen. Lassen Sie den Atem durch sich hindurch fließen, und ruhen Sie in dem Wissen, daß nichts und niemand Sie finden und stören kann. Bleiben Sie dort, bis Sie die Kraft spüren, dem Tag wieder zu begegnen.

*Schöner als der vollste Besitz ist die Erwartung des Glücks.*

Emanuel Geibel

Sie werden in diesem Jahr eine neue Freundin bekommen – sich selbst. Sie wird Ihnen Beachtung schenken, mit Ihnen aufwachen und Pläne schmieden, Sie trösten, wenn Sie enttäuscht und mißgestimmt sind. Sie wird ehrlich zu Ihnen sein, wenn Sie sich drücken wollen. Sie wird Ihnen Mut zusprechen, wenn Sie die Geduld verlieren. Sie werden – hoffentlich – Seiten an ihr entdecken, die Sie neugierig machen. Und Sie beide werden sich sehr gut kennenlernen, in diesem kommenden Jahr: die Frau, die Sie sind, und die Frau, die Sie gerne wären und sein können. Sie werden lernen, sich mit ihr zu streiten und Kompromisse zu finden.

Diese Frau ist keine Doppelgängerin, keine Schattenfigur, obwohl sie bestimmt auch dunkle Seiten hat. Sie soll Sie nicht erschrecken oder in Versuchung führen. Sie gleicht eher einer angenehmen Vision. Ihre Schönheit hat nichts mit gängigen Weiblichkeitsklischees zu tun. Sie verändert sich. Wann immer Sie das wünschen.

Noch ist sie nur sehr undeutlich zu erkennen, wie ein Schemen, eine Gestalt, die aus dem Nebel auftaucht. Sie wird nicht auf alle Ihre Fragen Antworten kennen; vielleicht ist sie auch einfach nur dazu da, um die richtigen Fragen zu finden.

Manchmal werden Sie sie vermutlich auch zum Teufel wünschen, denn sie ist eine Herausforderung. Aber eines sollten Sie nie vergessen: Sie meint es gut mit Ihnen.

Heute versuchen Sie sich vor dem Einschlafen vorzustellen, wie sie aussieht. Lächelt sie? Sagt sie etwas? Bewegt sie sich? Spüren Sie schon eine Verbindung zu ihr?

*Um mehr oder weniger Selbstkontrolle zu erlangen, kann man einiges tun; nicht zuletzt, sich die Folgen einer Handlung klar vor Augen zu führen, um dann frei zu entscheiden – für die Selbstkontrolle oder die impulsive Variante.* Alexandra W. Logue

Sobald wir anfangen, unser Leben zu entrümpeln, werden wir feststellen, daß sich befremdete Blicke auf uns richten. Ganz gleich, was wir verändern, wir rufen damit in unserer Umgebung Reaktionen hervor. Wir wollen ja auch nicht unbedingt heimlich ans Werk gehen. Der Weg zu einer neuen Authentizität darf ruhig für alle sichtbar eingeschlagen werden, das ist sogar ein integraler Bestandteil davon: sich nicht mehr verstecken, nicht mehr alles so erledigen, daß die anderen möglichst wenig davon behelligt werden.

«Erwartungen» heißt ein zentraler Begriff. Wir sind umgeben von Erwartungen, die an uns gestellt werden. Wir haben gelernt, daß es seine Vorteile hat, sie zu erfüllen, auch wenn es uns viel Kraft kostet. Wenn wir uns entschlossen haben, nicht mehr auf alle Erwartungen automatisch zu reagieren, sollten wir darauf gefaßt sein, daß sich Widerstand regt.

Deshalb ist es ein Gebot der Klugheit, nicht alle und jeden gleichzeitig vor den Kopf zu stoßen, denn das verringert Ihre Chancen, den Impuls zur Veränderung auch durchzuhalten. Wenn Sie überall nur auf Ablehnung und Unverständnis stoßen, brauchen Sie sehr viel Zähigkeit. Wenn Sie Ihrer Familie verkünden: «Ich will die Wohnung umräumen und nur noch jeden zweiten Tag kochen und im Sommer drei Wochen wegfahren und die Wäsche nicht mehr bügeln und mir ein Motorrad kaufen», dürfen Sie sich nicht wundern, wenn sich Ihre Lieben heimlich an die Stirn tippen und flüstern: «Die spinnt.» Auch Ihr Chef wird Sie erst einmal abwimmeln, wenn Sie gleichzeitig auf Job-Sharing, mehr Urlaub, besserer Bezahlung und frauenfreundlichen Arbeitszeiten bestehen.

Gehen Sie Schritt für Schritt vor. Strategisches Geschick und kluge Planung sind nicht nur für Politikerinnen ratsam. Geben Sie den anderen Zeit, sich an die neue Frau in ihrem Leben zu gewöhnen.

*Finde nicht überall nur Fehler – finde Abhilfe!*

Betty Eldin

Es muß nicht immer ein Zimmer mit Aussicht sein. Nicht jeder von uns liegt, wie Lucy Honeychurch in dem gleichnamigen Roman von E.M. Forster und in dessen Verfilmung, gleich das herrliche Florenz zu Füßen. Die Sehnsucht nach einem Blick, der uns zum Träumen bringt, kennen wir gut. Je nach Befinden und Stimmung ändert sich das Bild, das wir uns wünschen. Mal ist es eine atemberaubende Bergkulisse mit schneebedeckten Gipfeln, mal das Meer, das schäumend an die Küste schlägt, ein andermal ein tiefes, grünes Tal, auf das wir von einem erhöhten Standpunkt aus hinabschauen wie in ein verwunschenes Land. Weite, Freiheit, offene Horizonte.

Und dann stehen wir in unseren eigenen vier Wänden, und unser Blick trifft durch das Fensterglas nur auf die Wand der Nachbarhäuser oder auf die Straße oder allenfalls ein Stückchen Vorgarten. Wer hat schon das Glück, einen Ausblick, der die Seele weitet, tagtäglich zu erleben?

Aber es gibt Mittel und Wege, sich die Welt ins Zimmer zu holen. In meinem ersten gemieteten Zimmer war fast eine ganze Wand von der Meeresbrandung bedeckt. Ich hatte das größte Plakat gekauft, das sich finden ließ. Der Raum lag im Souterrain und war dunkel, das Fenster vergittert, fast immer brannte künstliches Licht. Doch dieses Bild hat die Enge gesprengt und mir über manche düsteren Stunden hinweggeholfen.

Wo gibt es einen Platz in Ihrer Wohnung, an dem Sie sich eine Ecke zum Träumen einrichten könnten? Es muß kein vollständiges Zimmer sein, nicht einmal eine ganze Wand. Ein geschütztes Eckchen mit einem Foto oder einem Landschaftsposter, einem Sessel und einer Vase mit einer einzelnen Blume reichen aus. Suchen Sie sich gleich heute eine Abbildung. Vielleicht haben Sie selbst einmal eine Gegend oder ein Detail fotografiert oder eine Ansichtskarte aufgehoben, die Ihnen wie das Konzentrat Ihrer Träume vorgekommen ist.

Betrachten Sie das Bild Ihrer Sehnsucht, sooft es Ihnen möglich ist.

*Mische Tun mit Nichtstun, dann wirst du nicht verrückt.*
Russisches Sprichwort

Es gibt Tage, an denen haben wir zu nichts Lust. Schon das Aufstehen fällt schwer, der Tee ist bitter, das Brot trocken, der Himmel bedeckt.

Und dabei ist so viel zu erledigen! Der Gedanke kommt auf: Am liebsten würde ich wieder ins Bett gehen, die Decke über den Kopf ziehen und noch eine Runde schlafen. Doch das Pflichtbewußtsein protestiert. Wer geht dann arbeiten/ einkaufen/ zur Post/ ins Büro?

Wäre jetzt Sonntag und lägen keine Termine vor uns, würde wahrscheinlich alle Müdigkeit von uns abfallen, und wir würden gutgelaunt unter die Dusche steigen. Es ist das «Ich muß», das so schwer auf uns lastet. Der Zwang.

Die Mutigen unter uns melden sich krank und sinken erleichtert in die Federn. Die weniger Mutigen stellen sich tot – nach dem Motto «ich bin nicht da» – und hoffen, daß es keinem auffällt. Irrtum! Damit riskieren sie womöglich ihren Arbeitsplatz.

Damit es nicht erst soweit kommt, könnten Sie sich in nächster Zeit einen Tag gönnen, an dem Sie wirklich wieder ins Bett kriechen. Planen Sie diesen Tag im voraus, damit Sie unter der warmen Decke nicht von Schuldgefühlen geplagt werden oder Ihnen doch noch einfällt, daß Sie etwas Dringendes erledigen müssen. Füllen Sie am Abend vorher Tee in die Thermoskanne, und stellen Sie sie auf einen Tisch neben das Bett, zusammen mit ein paar Leckereien, die Ihnen das Wasser im Mund zusammenlaufen lassen. Suchen Sie alle bequemen Kissen zusammen, falls es Ihnen doch einfällt, zwischendurch ein bißchen lesen zu wollen.

Entweder Sie verschlafen den hellichten Tag – und dann haben Sie das vermutlich auch nötig gehabt –, oder Sie räkeln sich genießerisch und stehen dann frohgemut auf, weil es im Bett doch langweiliger ist als draußen. So oder so wird sich ein Wohlgefühl breitmachen, das Sie lange nicht mehr gekannt haben.

*Wer dauernd wie ein rohes Ei behandelt wird,*
*muß mit der Zeit faul werden.*

Lore Krainer

Kürzlich las ich den Ausdruck «Intensivstation Alltag». Ich glaube, wir wissen alle, was damit gemeint ist: das Bemühen, die Situation mit allen Mitteln unter Kontrolle zu behalten. Höchste Anspannung und Wachsamkeit, sofortige Reaktion auf Veränderungen und Alarmsignale. Eine in sich geschlossene Welt.

In unserem privaten Bereich geht es nicht gleich um Leben oder Tod, aber es geht doch um viel. Um das Wohl unserer Angehörigen, den möglichst störungsfreien Ablauf der vielen täglichen Verrichtungen, um das Vermeiden von unnötigen Reibungen und Spannungen.

So weit, so gut. Nur: Warum sollten wir meinen, dies alles eigenhändig bewerkstelligen zu müssen? Im Krankenhaus ist ein Team rund um die Uhr im Einsatz. In unserem Alltag ist es oft eine einzige Person, die für das Funktionieren des Räderwerks verantwortlich ist. Warum glauben wir eigentlich, immer nur die anderen schonen zu müssen, nie uns selbst? Wir überfordern uns und tun den anderen damit nicht einmal etwas Gutes. Ganz im Gegenteil.

Ich werde nie vergessen, wie meine Mutter mir in meiner Jugend einmal wutentbrannt alle unaufgeräumten Sachen auf einen großen Haufen mitten ins Zimmer warf. Mittlerweile verstehe ich sie sehr gut, und weil ich meinen Kindern und mir Eskalationen ersparen möchte, habe ich den abendlichen Gang durch die Wohnung eingeführt – für alle! Jede und jeder nimmt aus allen Zimmern das zu sich, was sie oder er im Laufe des Tages dorthin geschleppt hat. Das erspart mir etliche Gänge am Morgen und hebt meine Laune beträchtlich. Wäre das auch etwas für Sie?

*Die Ewigkeit in einem Sandkorn entdecken und den Himmel in einer wilden Blume.* William Blake

Gegenstände können uns viel bedeuten, wenn sie für uns mehr sind als bloße Materie. Ihr Wert ist dann vollkommen unabhängig von Größe und objektiver Meßbarkeit. Die Plastikrose, die ich vor vielen Jahren auf dem Rummelplatz geschenkt bekam, steckt immer noch in meinem Regal, weil sie mich an einen Menschen erinnert, den ich längst aus den Augen verloren habe und zu dem sie die einzig greifbare Verbindung darstellt. Und so ist es mit vielen anderen Dingen, an denen mein Herz hängt.

Tun wir uns deshalb so schwer, unser Leben zu entrümpeln, weil wir Angst haben, sichtbare Symbole zu verlieren, oder der Kraft unserer Erinnerung nicht trauen? Wir müssen uns nicht gewaltsam von der gesamten Vergangenheit trennen, um Platz für Neues zu schaffen.

Mir gefällt der Gedanke an die alten Zigarrenkisten, in denen früher Menschen die Schätze ihrer Vergangenheit gehütet haben. Es waren oft nur wenige Habseligkeiten – ein Bündel Briefe, eine Locke, ein Schmuckstück, Fotografien –, aber sie reichten aus, um eine Flut von Bildern wichtiger Lebensstationen heraufzubeschwören.

Heute können Sie damit beginnen, sich Ihr eigenes Schatzkästchen anzufertigen. Sicher besitzen Sie irgendwo eine geeignete Kiste oder einen alten Koffer, den Sie nicht mehr benutzen. Wenn Sie Ballast über Bord werfen wollen, brauchen Sie vorher ein Rettungsboot für all das, worauf Sie wirklich nicht verzichten wollen.

Suchen Sie ein Erinnerungsstück, das den Anfang machen soll. Freuen Sie sich darauf, immer wieder etwas Besonderes für sich beiseite zu legen, bis Sie das Gefühl haben: Jetzt ist es genug.

*Das einzig lebenswerte Abenteuer kann für den modernen Menschen nur noch innen zu finden sein.* Marie Louise von Franz

Angenommen, Sie wollen eine Reise unternehmen und suchen dafür noch eine Reisegefährtin. Sie haben Vorstellungen davon, wie Sie sich entspannen und was Sie besichtigen wollen, und daraufhin suchen Sie sich Ihre Begleiterin aus. Sie wollen ja schließlich Spaß haben und sich die Ferien nicht durch unnötige Differenzen verleiden lassen.

Haben Sie schon einmal daran gedacht, daß Sie mit sich selbst ein Leben lang unterwegs sind und doch nicht so recht wissen, was Sie von sich erwarten können und dürfen?

Betrachten Sie sich einmal so, als seien Sie selbst die Reisebegleiterin, die Sie kritisch unter die Lupe nehmen wollen: Was sind Ihre Anlagen und Möglichkeiten, Ihre Stärken und Schwächen?

Die Fragen der folgenden Tage sollen Ihnen helfen, sich selbst eine verläßliche Gefährtin zu werden. Es sind viele Fragen. Suchen Sie sich diejenigen aus, bei denen es «klingelt». Eine Frage pro Tag reicht im Grunde aus, aber wenn Sie alle erst einmal im Zusammenhang lesen, bekommen Sie leichter ein Gefühl dafür, wo Sie sich wiederfinden und wo nicht.

Es ist übrigens sehr sinnvoll, sich eine Art Tagebuch anzulegen, weil Sie, wenn Sie mit der Vereinfachung Ihres Lebens wirklich Ernst machen wollen, immer wieder Ihre Einsichten, Wünsche und inneren Bilder schriftlich festhalten werden. Das kann eine Loseblatt-Sammlung sein, wenn Sie der Gedanke an ein gebundenes Buch eher abschreckt. Entscheidend ist, daß Sie es gerne zur Hand nehmen und sich nicht zu einer bestimmten Form gezwungen fühlen.

Dies wird kein psychologischer Test. Es geht nicht um eine Skala von eins bis zehn, in der Sie möglichst viele Punkte erreichen oder an den «richtigen» Stellen ein Kreuzchen malen müssen. Es geht darum, daß Sie Ihre eigene Wirklichkeit kennenlernen und ihr täglich Beachtung schenken. Dann läßt sich leichter herausfinden, welche Richtung Sie in Zukunft einschlagen wollen.

*Wenn wir uns unseres Körpers bewußt werden, auf ihn hören und ihn spüren, können wir eine Menge über die Beschaffenheit unserer spirituellen, mentalen und emotionellen Energie erfahren.*

Shakti Gawain

Nähern wir uns Ihrer Wirklichkeit von außen. Ihr Körper hat sich im Laufe des Lebens ständig verändert, er ist schon heute wieder ein anderer als gestern. Denken Sie über ihn nach, ohne gleich Urteile abzugeben und zu vergleichen. Er ist weder *zu* klein noch *zu* groß noch *zu* dick noch *zu* dünn. Das ist er immer nur im Vergleich mit etwas anderem.

Wie ist es mit Ihrer körperlichen Belastbarkeit bestellt? Liegen Ihnen kurze, heftige Anstrengungen, oder sind Zähigkeit und Ausdauer Ihre Stärke?

Sind Sie ein Morgen- oder ein Abendmensch? (Lassen Sie sich nicht weismachen, und schon gar nicht von Ihrem Partner, daß es so etwas nicht gibt und daß Sie nur Ihr abendliches Abschlaffen beziehungsweise Ihre morgendliche Trägheit verbrämen wollten.)

Ist es Ihnen wichtig, regelmäßig etwas für Ihre Gesundheit zu tun, oder ist Ihnen das kein großes Bedürfnis? Haben Sie Spaß am Sport? Sind Sie eine einsame Waldläuferin oder begeistern Sie sich für Mannschaftstraining? Gibt es körperlich bedingte Einschränkungen Ihrer Beweglichkeit?

Wie vertragen Sie große Hitze oder Kälte? Ist Ihr Kreislauf stabil? Leiden Sie, wie viele Frauen, besonders morgens an niedrigem Blutdruck? Brauchen Sie viel oder wenig Schlaf?

Schenken Sie sich bei der Beantwortung der Fragen so viel Aufmerksamkeit wie nötig. Sie sind kein Arzt und kein Therapeut, dessen Zeit bemessen ist, weil der nächste Patient schon vor der Tür steht.

Und ganz wichtig: Nehmen Sie die Antworten nicht zum Anlaß, sich zu ärgern, weil dieses oder jenes nicht so ist, wie Sie es gerne hätten. Ihr Ziel ist es, sich von unrealistischen Erwartungen zu verabschieden und sich dadurch von Druck zu befreien.

*Man braucht Verstand, um zu erkennen, daß es Dinge gibt, an die der Verstand nicht heranreicht.* Martin Kessel

Ihren Körper kennen Sie mittlerweise vermutlich recht gut – als Frau achten Sie ohnehin besser auf ihn und kennen seine Signale. Wußten Sie, daß Frauen, statistisch gesehen, sich gesundheitlich sensibler als Männer verhalten? Sie ernähren sich bewußter, gehen häufiger zu Vorsorgeuntersuchungen und sind viel eher bereit, geringfügige Symptome ernst zu nehmen und sich Hilfe zu holen.

Nun zu einer anderen Seite Ihrer Persönlichkeit, die Ihnen gute Dienste leistet – dem Verstand. Fühlen Sie sich geistig ausgelastet oder unterfordert? Befürchten Sie, vergeßlich zu werden? Stellen Sie fest, daß Sie andere Dinge interessieren als früher?

Können Sie gut systematisch denken oder besser in Assoziationen? Ordnen Sie Ihre Gedanken gerne nach bestimmten Rastern (die Sie unter Umständen selbst erfinden), oder lassen Sie sich von einem Gedanken zum nächsten führen und sind oft selbst erstaunt, wo Sie zuletzt landen?

Ich will Ihnen ein Beispiel geben: Jeder Tag ist in einem gewissen Sinn eine Kette kleiner Entscheidungen – ob Sie den Bus nehmen oder Auto fahren, ob Sie einen oder zwei Liter Milch kaufen, ob Sie sich für den Abend verabreden oder nicht. Es mag um noch so geringfügige Dinge gehen – Ihr Verstand muß auf eine bestimmte Weise arbeiten. Beobachten Sie ihn einmal dabei. Macht es Ihnen Freude, das Für und Wider gedanklich abzuwägen? Lassen Sie die Entscheidung erst eine Weile reifen, bis sich eine Richtung geradezu aufdrängt? Vertrauen Sie Ihrer Intuition, die Sie schon richtig leiten wird? Oder brauchen Sie die Gewißheit, daß alles gründlich durchdacht ist, ehe Sie sich zum Handeln entschließen?

Sie werden erkennen, daß Ihr Verstand ein großartiges und sehr leistungsfähiges Instrument ist, das Ihnen jederzeit zur Verfügung steht. Nehmen Sie sich vor, ihm Raum zu geben und ihm die Ruhepausen zu lassen, die er braucht. Nicht nur der Körper muß sich regenerieren.

*Immer dann, wenn wir spüren, daß Routine sich einschleicht, sollten wir etwas Neues machen.* Reinhard Münchenhagen

Selbsterforschung kann strapaziös sein. Muten Sie sich deshalb nie mehr zu, als Ihnen guttut. Das Nachdenken über sich selbst ist zwar unerläßlich, wenn wir erkennen wollen, wo wir stehen und wohin wir wollen, aber es führt leicht dazu, daß wir die Leichtigkeit verlieren und die Bedürfnisse unserer Sinne nicht mehr wahrnehmen.

Gönnen Sie sich deshalb heute, bevor es weitergeht, eine Belohnung, die Sie zuverlässig aufmuntert und erfrischt. Ich muß zugeben, daß mir selbst beim Schreiben auch oft danach zumute ist. Nicht immer sprudeln die Ideen aus dem Kugelschreiber, oft genug sitze ich murrend über dem leeren Blatt und schiele schon nach dem Kühlschrank. Die Disziplin sagt mahnend: Es fehlt aber noch eine Seite, das Pensum ist noch nicht geschafft. Mag ja sein, erwidere ich listig, aber wenn ich den Kuchen von gestern gegessen habe, geht es mir bestimmt viel besser, und ich schreibe gleich zwei Seiten.

Schon als Kind hatte ich da meine Methoden: Beim zähen Klavierüben versüßte ich mir die mühsame halbe Stunde dadurch, daß ich Schokoladestückchen neben die Tasten legte, die ich mir im Abstand von jeweils fünf Minuten in den Mund stecken durfte. Die langweiligen Sonntagnachmittagspaziergänge wurden aufregend, weil ich mir vorstellte, daß uns im Dickicht ein Indianer auflauerte, der jeden Moment mit lautem Geheul hervorstürzen konnte. Diese zugegebenermaßen ziemlich aggressive Phantasie war mein Lohn für das Wohlverhalten, das ich nach außen an den Tag legte.

Belohnungen müssen nicht immer viel kosten. Sie müssen sich nicht jedesmal ein teures Paar Schuhe kaufen, wenn Sie das Gefühl haben, mal wieder etwas Schönes verdient zu haben. Lassen Sie Ihrer Phantasie freien Lauf, suchen Sie sich Ihr Pendant zu den Schokoladestückchen. Planen Sie etwas, das Ihre Vorfreude weckt, oder erinnern Sie sich an ein besonders erfreuliches Erlebnis der letzten Zeit.

*Verstand und Emotion haben nur eines gemeinsam: den Erfolg durch ihr Zusammenwirken.* Elfriede Hablé

Der letzte, aber natürlich nicht unwichtigste Teil Ihrer persönlichen Bestandsaufnahme betrifft die Gefühle und deren Ausdruck. Nehmen Sie sich hierfür besonders viel Zeit, und übernehmen Sie vor allem nicht die Urteile anderer, die meinen, Sie gut zu kennen. Nur Sie allein wissen, was in Ihnen wirklich vorgeht, und Sie entscheiden, was Sie davon zeigen wollen und was nicht.

Ist Ihre Gefühlslage momentan stabil, oder sind Sie leicht aus dem Gleichgewicht zu bringen? Können Sie feststellen, woran das liegen mag? Was brauchen Sie, um mit Ihren Gefühlen in Kontakt zu kommen?

Fällt es Ihnen leicht, Ihre Gefühle zuzulassen? Merkt man Ihnen schnell an, wie es Ihnen geht? Wie reagiert Ihr Körper, wenn Sie stark empfinden – wenn Sie die Gefühle äußern oder unterdrükken?

Haben Sie lernen müssen, sich zu beherrschen, Ihre Gefühle unter Kontrolle zu halten? Wirken Sie nach außen viel gelassener und «cooler», als Ihnen zumute ist? Gestatten Sie sich manche negativen oder auch positiven Gefühle nicht, weil Sie sie prinzipiell ablehnen beziehungsweise für gefährlich halten?

Fühlen Sie eine grundsätzliche Verbundenheit zu anderen Menschen? Fällt es Ihnen leicht, Kontakt aufzunehmen? Macht Ihnen der Kontakt mit anderen manchmal angst, oder fühlen Sie sich davon überfordert? Brauchen Sie viel Zeit für sich selbst?

Sind Sie leicht entflammt, aber auch schnell wieder abgekühlt? Haben Sie ein großes Sicherheitsbedürfnis, das Ihnen zur Vorsicht rät? Können Sie sich so richtig von Herzen freuen und das auch zeigen? Setzen Sie Ihre Gefühle schnell in Gesten um?

Rufen Sie sich bitte noch einmal in Erinnerung, daß Sie weder über «richtig» oder «falsch» nachgrübeln, noch sich den Kopf zerbrechen müssen, warum Sie so und nicht anders sind. Das Ziel dieser Übung ist vorläufig, sich möglichst realistisch zu sehen und sich zu bejahen.

*Was den Himmel betrifft, so können wir uns diesen mehr erträumen als erdenken.* Ernst R. Hauschka

An der Küste Kaliforniens gibt es einen Wald, in dem ein phantasiebegabter Mensch in den prachtvollen hohen Sequoia-Bäumen kleine Behausungen für die Zwerge und Waldgeister eingerichtet hat, die alle einen Namen tragen. Eine davon heißt «Happy's Home». Als ich vor Jahren davorstand, wußte ich, daß ich diesen Ort für den Rest meines Lebens irgendwie bei mir behalten wollte. Und deshalb löste ich vorsichtig ein Stückchen Rinde ab und nahm es mit zurück in die Alte Welt. Es liegt jetzt in meiner Schatzkiste und erinnert mich daran, daß es irgendwo auf der Welt einen Ort gibt, wo das Glück zu Hause ist.

Folgen Sie mir auf dem schmalen, leicht ansteigenden Pfad, über Wurzeln und Moos, in den Wald. Über uns bilden die Kronen der Mammutbäume ein durchgehendes Schattendach, und der Waldboden ist weich und von Nadeln besät.

Happy, der glückliche Zwerg, ist meistens unsichtbar. Ich stelle ihn mir als verschmitzten, kleinen Gnom vor, der immer dort ist, wo man ihn nicht vermutet, aber nie sehr weit entfernt. Er sitzt vielleicht leise kichernd auf einem Ast und sieht amüsiert zu, wie ich ihn angestrengt suche. Erst wenn ich aufgebe und mich erschöpft unter die immergrünen Nadeln setze, hopst er plötzlich vor mir auf die Erde und vollführt einen kleinen Tanz. Manchmal fordert er mich auf mitzutanzen. Erst ziere ich mich, dann mache ich ein paar Schritte, und er grinst gutmütig über mein unbeholfenes Tapsen.

Fangen läßt er sich nie. Wenn ich ihm zu nahe komme, löst er sich in Luft auf. Er bringt mich zum Lächeln und gibt mir das Gefühl, daß alles richtig und gut ist. Das Schönste an ihm ist, daß er immer da ist, wenn ich komme. Und er heißt alle willkommen, die ich mitbringe.

*Könnten Menschen Glück kaufen, würden sie es bestimmt eine Nummer zu groß wählen.* Pearl S. Buck

Was ist Glück? Und vor allem: Wie finde ich es? Selten stellen wir uns diese Frage so direkt, und doch bestimmt sie unser Denken und Handeln mehr, als wir glauben. Glück scheint immer woanders zu sein, man spricht von der Jagd nach dem Glück, dem Streben nach Glück. In der amerikanischen Verfassung ist die Glückssuche sogar gesetzlich verankert.

Glücklich sein möchten alle. Nur: wie stellen wir das an? All das Jagen, Streben, Suchen klingt so mühsam. Müssen wir uns wirklich ein Leben lang abstrampeln, um hinter etwas herzuhetzen, das immer dort ist, wo wir nicht sind?

Der indische Jesuitenpater Anthony de Mello schreibt: «Möchten Sie glücklich sein? Dann habe ich eine gute Nachricht für Sie: Sie können jetzt glücklich sein, brauchen dem Glück nicht nachzulaufen, müssen gar nichts tun, um es zu erreichen. Denn das Glück kann man nicht erreichen. Es ist unser natürlicher Zustand.»

Das klingt verwirrend. Glück – ein natürlicher Zustand? Was soll das bedeuten? Haben wir nicht oft genug Anlaß zur Sorge? Erleben wir nicht immer wieder, wie flüchtig das Glück ist?

Oder erkennen wir das Glück etwa nicht, während es doch in uns ist und uns umgibt?

Fragen, die uns im Laufe dieses Jahres noch beschäftigen werden, wie sie die Weisen und Philosophen seit Jahrtausenden beschäftigt haben:

«Was ist das Glück?» fragte der Schüler.

«Das Glück ist ein Schmetterling», antwortete der Meister. «Jag ihm nach, und er entwischt dir. Setz dich hin, und er läßt sich auf deiner Schulter nieder.»

«Was soll ich also tun, um das Glück zu erlangen?»

«Hör auf, hinter ihm her zu sein.»

«Aber gibt es nichts, was ich tun kann?»

«Du könntest versuchen, dich ruhig hinzusetzen, wenn du es wagst.»

*Ohne Ehrfurcht vor dem Leben hat die Menschheit keine Zukunft.*
Albert Schweitzer

Eine der größten Freuden des Winterhalbjahres sind für mich ausgedehnte Schneespaziergänge. Vielleicht weil sie mir suggerieren, das Klima sei noch im Lot und mich deshalb vorübergehend beruhigen, auch wenn ich es besser weiß. Vielleicht weil sie den Kreislauf beleben und die Wangen röten und ich mich dadurch gesund und stark fühle. Ich weiß es selbst nicht genau, und es ist mir im Grunde auch gleichgültig.

Wenn sich die Familie von früh bis spät auf der Skipiste tummelt, verschwinde ich unter schneeverhangenen Bäumen. Die Tannen weinen kleine Eiszapfen, und ich könnte vor Glück jubeln.

Der Schnee spiegelt nicht nur die Sonne, sondern auch mein Befinden. Manchmal möchte ich Pfadfinder spielen und eine vollkommen unberührte Schneefläche als erster Mensch überqueren. Meine ganz persönlichen Spuren hinterlassen. Das ist anstrengend, und oft sinke ich ohne Vorwarnung bis zu den Oberschenkeln ein und muß mich mühsam wieder freikämpfen. Zu anderen Zeiten fühle ich mich sicherer, wenn ich mich den Pfaden der Menschen anvertraue, die hier schon vor mir gegangen sind. Ich muß weniger Entscheidungen treffen, die Beine sind entlastet, ich fühle mich aufgehoben in der unsichtbaren Gesellschaft anderer. Hin und wieder hätte ich gerne Begleitung, um Gedanken auszutauschen und mich weniger allein zu fühlen.

Dann wieder bemerke ich kleine Tierspuren, und mich erfüllt Hochachtung vor diesen Geschöpfen, die das Leben in der kalten Natur meistern, ohne daß sie, wie wir, die Wahl haben, sich in eine warme und komfortable Umgebung zurückzuziehen. Ich fühle mich allen lebenden Wesen verbunden.

Wir müssen nicht immer etwas tun, um anderen Lebewesen unsere Zuneigung zu beweisen. Manchmal genügt es, leise und achtsam zu sein und ihren Lebensraum zu respektieren, auch oder gerade wenn sie uns Grenzen setzen und sich uns entziehen, um selbst zu überleben.

*Nehmen füllt die Hände, Geben füllt das Herz.*
Margarete Seemann

Der Terminkalender für das kommende Jahr mag so leer sein, wie er will – eines steht (zumindest unsichtbar) schon darin: die Geburtstage der Verwandten und Freunde. Sie kommen unweigerlich, sie lassen sich nicht abschaffen, und es wäre auch schade um sie. Allerdings rücken sie viel schneller heran, als uns lieb ist. Ach du liebe Zeit, Onkel Paul wird nächste Woche fünfundsechzig! Und dann bricht Hektik aus, denn Onkel Paul mag keine Krawatten, das Rauchen hat er aus Gesundheitsgründen vor zwanzig Jahren aufgegeben, und eine Flasche Wein ist nun doch ein bißchen einfallslos.

So werden freudige Anlässe zu komplizierten Denksportaufgaben. Es sei denn, wir bereiten uns in einer ruhigen Stunde auf das Kommende vor. So entstand bei mir die Geburtstags-Schublade.

Einer der langen Winterabende ist die ideale Zeit dafür. Sortieren Sie zunächst erst im Kopf, dann auf dem Papier, wen Sie mit einer Karte, einem Brief oder einem Geschenk bedenken wollen. (Sie können sich später immer noch anders entscheiden.) Karten und Briefe kann man natürlich nicht Monate im voraus entwerfen, aber Sie können sich immerhin einen Vorrat anlegen.

Geschenke oder wenigstens Geschenkideen lassen sich sammeln. Sicher fällt in Gesprächen immer wieder einmal ein Satz, der Sie auf Ideen bringt, wie Sie dem anderen eine Freude machen könnten. Leider hat unser Gedächtnis diese berühmte siebartige Struktur, so daß wir uns garantiert an nichts mehr erinnern, sobald der Geburtstag vor der Tür steht. Das ist dann die Geburtsstunde der Verlegenheitsgeschenke.

Deshalb empfiehlt es sich, wenn wir Geschenkideen haben, sie gleich in ein Büchlein zu notieren, das nur diesem Zweck dient.

Und sollte wirklich einmal ein Geschenk liegenbleiben, weil Ihnen blitzartig doch noch die Superidee kam – umso besser. Die nächste spontane Einladung kommt bestimmt!

*Wenn man sich über etwas, das wunderbar ist, nicht wundert, hört es auf, wunderbar zu sein.* Chinesisches Sprichwort

In Virginia Woolfs berühmtem Roman *Orlando* gibt es eine Passage voll überschäumender Phantasie, in der geschildert wird, wie in einem besonders harten Winter auf der zugefrorenen Themse vom König ein wahrer Vergnügungspark eingerichtet wird, «mit Lauben, Irrgängen, Wegen und Zechbuden», auf dem sich die Aristokratie allen erdenklichen Lustbarkeiten hingibt.

Wer sich nicht vorstellen kann, wie man sich trotz klirrender Kälte bestens amüsiert, braucht nur dort nachzulesen: «Gefrorene Rosen regneten in Schauern, wenn die Königin und ihre Damen sich im Freien ergingen. Bunte Ballons schwebten reglos in der Luft. Hier und dort brannten riesige Freudenfeuer aus Zedern- und Eichenholz, üppig mit Salz bestreut, so daß die Flammen von grünem, orangem und purpurrotem Feuer waren.» Orlando selbst tanzt lieber zur Musik von Flöte und Trompete auf dem Eis eine Quadrille und verliebt sich dabei – natürlich – in eine russische Prinzessin.

Wann haben Sie zuletzt die Schlittschuhe angeschnallt oder sich auf einen Schlitten gesetzt? In welchem Jahr haben Sie die letzte Schneeballschlacht gemacht, den letzten Schneemann gebaut oder sind über eine zugefrorene Pfütze geschlittert?

Es scheint etwas an der kalten Luft und dem blauen Himmel zu sein, das uns in die Kindheit zurückversetzt. Vermutlich ist es, wie in zahllosen Kindheitserinnerungen zum Ausdruck kommt, der erregende Kontrast zwischen der eisigen, fast feindlichen, aber doch bezaubernden Winterwelt und der Geborgenheit im häuslichen Kreis der Familie.

Wer nur am Ofen sitzt, kann dieses Prickeln nicht erleben. Die erleuchteten Fenster sind für den, der draußen ist, ein unwiderstehlicher Magnet. Nie ist das Haus so sehr Zuflucht wie in den dunkelsten Tagen des Winters. Wer Ausflüge in die Welt wagt und gleichzeitig weiß, daß ein warmes Zuhause auf ihn wartet, singt mit Recht Loblieder auf den Winter.

*Standhalten, Überwinden oder Flüchten: keines ist an sich besser oder schlechter, nur in der jeweiligen Situation mehr oder weniger zweckmäßig.*
Verana Kast

Jeden Tag geht uns mehrmals der Gedanke durch den Kopf: «Jetzt würde ich eigentlich lieber...» Beim Einkaufen, Bügeln, Kochen, Telefonieren meldet sich dieses leise Aufbegehren. «Aber das geht doch nicht», antwortet prompt eine vorwurfsvolle Stimme von hinten, die nach schlechtem Gewissen und Waschmittelwerbung klingt. «Es ist nun mal deine Pflicht. Du darfst dich nicht drücken.»

Diese Stimme gehört zu dem Teil von Ihnen, der sich vorwärtsschleppt, wenn Sie längst nicht mehr weiterkönnen, der lustlos putzt und schuftet, wenn Sie sich schon fragen, wozu das alles gut sein soll.

Es ist nicht notwendig, als Aussteigerin auf einer Südseeinsel zu leben und alle Konventionen über Bord zu werfen, um ein zufriedeneres Leben zu führen. Ein erster Schritt wären «kleine Fluchten».

In dem Film gleichen Titels kauft sich der alte Knecht Pipe von seiner Rente ein nagelneues Moped und erfüllt sich damit einen alten Traum. Ohne seine bedrückenden Lebensumstände drastisch zu ändern, kann er sich so – buchstäblich, denn die Kamera «hebt ab» wie ein Flugzeug – über sie erheben und immer wieder kleine Ausflüge unternehmen, auf denen er die Grenzen seiner bisherigen, engen Welt überschreitet. Bei den Pflichtbewußten stößt er damit auf Unverständnis und Widerstand. Doch er läßt sich nicht beirren, und man muß ihn einfach bewundern: Sein neuer Mut und sein Entdeckerdrang sind ungeheuer ansteckend.

Nehmen Sie Ihr Bedürfnis nach kleinen Fluchten ernst. Stellen Sie das Bügeleisen ab, und kochen Sie sich eine Tasse Tee, und zwar genau dann, wenn Ihnen danach zumute ist und nicht erst eine halbe Stunde später, wenn Sie zähneknirschend alle Oberhemden fertiggebügelt haben. Rücken Sie die Perspektive zurecht – wie Pipe, der die Welt auf einmal von oben sieht.

*Man kann im Leben nicht alles tun – zumindest nicht gleichzeitig.*

Raymond Hull

Ohne es zu merken, haben Sie eine Oase erreicht. Sie haben sich einen tiefen Schluck Brunnenwasser verdient. Wie möchten Sie sich diesen Tag gestalten?

So ganz unvorbereitet fällt es Ihnen sicher schwer. Es geht uns ja oft so: Da haben wir unverhofft mehr Zeit als erwartet und sind dann so überrascht, daß die Hälfte davon verstrichen ist, bevor wir uns entschließen können, wie wir sie nutzen wollen.

Vielleicht ist aber Ihr Abend noch frei. Und wenn nicht dieser, dann einer der nächsten Abende. Planen Sie sich ein paar Stunden ein, in denen Sie ungestört sind, besorgen Sie sich ein duftendes Badeöl, Teelichter und ein kleines Fläschchen Sekt. Richten Sie das Badezimmer so her, daß Sie sich gerne darin aufhalten. Stellen Sie eine kleine Lampe herein, wenn die Deckenbeleuchtung zu grell ist. Räumen Sie auf, was herumliegt. Legen Sie sich ein weiches Badetuch und einen bequemen Pyjama zurecht. Stellen Sie die Teelichter um die Badewanne herum auf und zünden Sie sie an. Seien Sie ruhig verschwenderisch – Sie sollen sich schließlich wie in einem Palast und nicht wie in einer Dunkelkammer fühlen. Lassen Sie sich dann mit einem Seufzer des Wohlbehagens in das warme Wasser gleiten, so daß Sie vom Kinn bis zu den Zehen davon umspült werden.

Nippen Sie an Ihrem Sektglas, schließen Sie die Augen, und fühlen Sie sich wie Cleopatra in ihrer Eselsmilch – nur viel besser, denn Sie tragen nicht die Last eines Reiches auf Ihren Schultern, und Sie müssen nicht immer bildschön sein. Betrachten Sie Ihren Körper liebevoll, denn ohne ihn könnten Sie im Moment dieses Wohlgefühl nicht spüren. Atmen Sie den Duft des Badeöls ein, summen Sie Ihr Lieblingslied. Tun Sie einfach, was Ihnen gefällt.

# *Februar*

Im Februar rücken wir näher an wärmende Öfen und Feuerstellen, und der Blick in die züngelnden Flammen verleitet uns zum Träumen. Angesichts der Kargheit der Natur wissen wir den Schutz und die Geborgenheit unserer häuslichen Umgebung mit ihrem Licht und ihrer Farbigkeit besonders zu schätzen.

Dann wieder lauschen wir der Stille draußen und erfahren im Schweigen eine Quelle der Kraft. Die Konzentration auf Wesentliches läßt uns zur Ruhe kommen, wir erspüren, was der Körper braucht, und geben ihm Aufmerksamkeit und Pflege. Aus der Selbstbesinnung erwächst ein neues Selbstverständnis.

Lichtmeß, das Fest der Kerzen, erinnert uns daran, daß in vorchristlicher Zeit dieser Tag den Frauen und der Göttin der Liebe geweiht war und damit auch unsere weibliche Kraft anspricht. Spielerisch verwandeln wir uns in Hexen, Sirenen oder Prinzessinnen und erobern – nicht nur im Fasching – die Bühne unseres Lebens.

*Keiner kann dich ohne deine Zustimmung dazu bringen, daß du dir minderwertig vorkommst.* Elizabeth Roosevelt

Wenn wir am Ende des Jahres der Frau begegnen wollen, die wir sein könnten, wenn wir nicht mehr das Gefühl haben wollen, an unseren wahren Möglichkeiten und Wünschen vorbeizuleben, müssen wir uns mit ehrlichen Augen und dennoch liebevoll sehen lernen.

Haben Sie sich in letzter Zeit gefragt, was es für Sie bedeutet, eine Frau zu sein? Solange unser Körper funktioniert und wir einigermaßen zufrieden mit uns sind, stellen wir uns diese Frage selten. Aber wann haben Sie das letzte Mal wirklich in den Spiegel gesehen, nicht nur zum Schminken oder Haarefönen?

Der bei uns herrschende Zwang zur Jugendlichkeit setzt uns unter Druck, den natürlichen Alterungsprozeß möglichst zu ignorieren. Und eines Tages beginnen wir, unser Spiegelbild zu hassen, weil es uns unbarmherzig vorführt, wie jung wir nicht mehr sind ...

Das sind schmerzhafte Erfahrungen, an denen wir als Frau in unserer Gesellschaft nicht vorbeikommen. Aber gab es da nicht auch Augenblicke, in denen Sie mit niemandem getauscht hätten? Wenn Sie die alten Fotoalben durchblättern, finden Sie bestimmt Aufnahmen, in denen Sie dieses «gewisse Etwas» haben, das im Alltag so leicht verlorengeht – dieses Funkeln in den Augen, dieses siegessichere Lachen, das seine Wirkung nicht verfehlt hat und auch heute nicht verfehlen würde, wäre Ihnen nur öfter danach zumute!

Suchen Sie Bilder, auf denen Ihnen ein authentisches Ich entgegenstrahlt, und überlegen Sie, was es damals war, das Sie so unwiderstehlich gemacht hat. Wie könnten Sie die entsprechende Empfindung wieder aufleben lassen? War es ein bestimmter Mensch, eine Situation, ein Ort, eine Hoffnung, die Sie beflügelt haben? Welche Eigenschaft besaßen Sie damals, die Sie wiederentdecken und stärken möchten? Mut? Fröhlichkeit? Tatendrang? Optimismus?

Notieren Sie sich die Worte, die Ihnen beim Betrachten der Fotos einfallen. Stecken Sie den Zettel nach guter alter Art hinter den Spiegel.

*Solange sich nicht eine starke Linie von Liebe, Bestätigung und Beispiel von Mutter zu Tochter erstreckt, von Frau zu Frau, über alle Generationen, werden Frauen weiterhin in der Wildnis wandern.*

Adrienne Rich

Wir haben uns entschlossen, unseren Weg als Frau bewußter und aufrechter weiterzugehen, und dazu gehört auch die Rückbesinnung auf den Beginn dieses Weges. Doch wer von uns hat den Übergang vom Mädchen zur Frau schon als Grund zum Feiern erlebt? Die körperlichen Veränderungen der Pubertät, die eigentlich zu einem neuen Selbstbewußtsein hätten führen sollen, wurden schamhaft versteckt und machten uns unsicher und verletzlich, weil uns die älteren Frauen, auf Grund ihrer eigenen Erziehung, so selten den Rücken stärken konnten.

Unserer westlichen Kultur sind viele Rituale abhanden gekommen, die an den Wendepunkten des Lebens ordnend wirken. Vor allem fehlen uns spezifisch weibliche Rituale, bei denen Frauen im Mittelpunkt stehen, und zwar *nicht* in ihrer Rolle als Braut, Mutter oder Witwe.

Weil unser Frau-Werden beim Eintritt in die Pubertät nicht von einem freudigen Gemeinschaftserlebnis begleitet war, möchte ich das Versäumte nachholen und dem Mädchen in uns nachträglich ein Zeichen der Wertschätzung mit auf den Weg geben. Die Worte stammen aus dem Zeremonialgesang der Chiricahua-Apachen. Er krönt die Feier, mit der für die zur Pubertät herangewachsenen Mädchen ein langes und glückliches Leben erfleht wird:

Du hast deinen Weg begonnen auf guter Erde;
Du hast deinen Weg begonnen in guten Mokassins;
Mit Mokassinbändern aus Regenbogenlicht
hast du deinen Weg begonnen;
Mit Mokassinbändern aus Sonnenstrahlen
hast du deinen Weg begonnen;
Inmitten der Fülle hast du deinen Weg begonnen.

*Ganz und gar man selbst zu sein kann schon einigen Mut erfordern.*

Sofia Loren

Darüber, wer wir sind, machen wir uns üblicherweise erst Gedanken, wenn wir danach gefragt werden. Und die Frage «Wer bist du?» oder «Wer sind Sie?» stellt man uns selten. Wir werden gefragt, wie wir heißen, was wir beruflich machen, wessen Tochter, Frau oder Schwester wir sind, und darauf zu antworten, fällt uns nicht sehr schwer. Aber die Frage «Wer bist du?» rührt an tiefere Schichten unseres Wesens, und wir geraten ins Grübeln.

So erging es der Frau in der folgenden orientalischen Weisheitsgeschichte. Sie war dem Tode nahe und hatte plötzlich das Gefühl, sie sei im Himmel und stünde vor dem Richterstuhl. Und sie hörte eine Stimme fragen: «Wer bist du?» Nun verstand die Frau diese Frage so, wie sie es ihr Leben lang gewohnt gewesen war, und reagierte entsprechend: Sie sei die Ehefrau des Bürgermeisters. «Ich habe nicht gefragt, wessen Ehefrau du bist, sondern wer du bist.»

«Ich bin die Mutter von vier Kindern.»

«Ich habe dich nicht gefragt, wessen Mutter du bist, sondern wer du bist.»

All ihre Antworten stellten die Stimme nicht zufrieden. Auch als die Frau ihre Religionszugehörigkeit nannte und berichtete, was sie anderen Menschen Gutes erwiesen hatte, bekam sie nur immer weiter dieselbe Frage zu hören: «Wer bist du?» Bald wußte sie nicht mehr weiter; nichts von alledem, worüber sie sich immer definiert hatte, schien der Stimme zu genügen.

So wurde sie wieder auf die Erde zurückgeschickt. Sie wurde gesund und zog eine Lehre aus ihrer himmlischen Prüfung: Sie beschloß herauszufinden, wer sie war.

Auf die Frage «Wer bin ich?» gibt es so viele Antworten, wie es Menschen gibt. Status, Rolle, gesellschaftliche Funktion, religiöse Orientierung sind allenfalls Annäherungen. Natürlich sind wir Tochter, Partnerin, möglicherweise Mutter, Berufstätige, Mitglied von Gruppen und Gemeinschaften und vieles mehr. Das alles sind wir – aber stellt es uns letzten Endes wirklich zufrieden, uns von außen her zu definieren?

*Wir suchen keine Ruhe, sondern Wandlung. Wir tanzen durch uns wie durch Tore.*
Marge Piercy

Die Frau in der gestrigen Geschichte hat uns eines voraus: Sie weiß, worin der Sinn ihres Lebens von nun an bestehen wird. Sie kann den Rest ihrer Tage darauf verwenden, eine Antwort zu finden, die all das beinhaltet, was sie ist, und gleichzeitig weit darüber hinausgeht. Die Rückkehr auf die Erde zeugt von einem Versäumnis, das ihr zunächst den Zugang zum Himmel verwehrt, aber sie erlangt das Wissen, das ihr diesen Zugang erschließen wird.

Wir müssen erst noch herausfinden, wohin uns die Frage «Wer bin ich?» führt und ob sie uns einen Sinn erschließt. Ich bin überzeugt, daß es eine sehr gewinnbringende Übung ist, sich diese Frage immer und immer wieder zu stellen und durch die Schicht der eigenen Rollen und Funktionen immer weiter vorzudringen. Wir öffnen mit ihr ein Tor nach dem anderen.

Wahrscheinlich werden sich erst einmal Antworten einstellen, die sich auf die Ebene unseres täglichen Lebens beziehen, und diese Antworten werden in uns Zweifel aufkommen lassen, denen wir nachgehen möchten. Wenn Sie sich beispielsweise die Antwort geben: «Ich bin eine Frau, die gerne verreist» oder «Ich bin Mutter von zwei Kindern», dann merken Sie selbst, ob diese Sätze sich problemlos denken lassen und den Raum für weitere Fragen freigeben oder ob sie Haken hinterlassen, kleine Zweifel. Vielleicht wüßten Sie selbst gerne, was diese Aussage für Sie bedeutet. Verreisen Sie aus Abenteuerlust, aus innerer Unruhe, aus Interesse an Fremdem oder weil es Ihnen hier nicht recht gefällt, weil Sie unbewußt etwas anderes suchen? Haben Sie Kinder, weil Sie das schon immer wollten oder weil es von Ihnen erwartet wurde oder weil Sie sich dadurch lebendiger und weiblicher fühlen?

Was immer die Antwort ist – sie kann auch ganz anders lauten –, Sie bekommen die Möglichkeit, scheinbar Selbstverständliches über sich herauszufinden und vielleicht Ihr Handeln entschiedener zu vertreten als bisher. Wenn Sie erkannt haben, warum Sie etwas tun, geraten Sie nicht so schnell in Verlegenheit, falls Ihr Verhalten von einem anderen Menschen in Frage gestellt wird.

*Bring deine Worte zu Papier. Versuche, die Welt durchschaubar zu machen. Definiere dich, definiere das Menschsein.* Lori Eickman

Es ist drei Uhr nachts. Ich sitze mit einer Tasse Kakao und einem Schreibblock in der Küche und fühle mich als Schriftstellerin. Was keine Selbstverständlichkeit ist. Denn sonst habe ich, wie so viele Frauen, Mühe, mich über meinen Beruf zu definieren, weil ich ja (unter anderem) auch noch Ehefrau, Hausfrau und Mutter bin.

Die Frage «Was machen Sie beruflich?» ist neuerdings für mich ein Test geworden. Was ich antworte, hat viel mit meinem Selbstverständnis und meinem Mut zu tun. Glaube ich sofort erklären zu müssen, daß ich nicht den ganzen Tag arbeite und mir deshalb noch genügend Zeit für meine Kinder bleibt? Mache ich mich klein, um jedem möglichen Vorwurf und jedem Befremden zuvorzukommen?

Je unauffälliger wir uns verhalten, desto weniger werden unsere Bedürfnisse wahrgenommen. Ein Beispiel: Mein «kreativer Tisch», der im Wohnzimmer steht und mir tagsüber als Arbeitsplatz dient, wird ohne Scheu von den anderen Familienmitgliedern als Ablagefläche für Aktenordner, Bravo-Hefte und Legomännchen benutzt. Obwohl ich ihn ausdrücklich zur Tabuzone erklärt habe.

Ein merkwürdiges Phänomen. Nein, ich meine nicht das fröhliche, sicher nicht böswillige Ignorieren meiner Wünsche durch die Familie – das dürfte allen Familienfrauen hinlänglich bekannt sein. Ich meine meine eigene Bereitschaft, mich der einengenden Vorstellung anzupassen, die andere von mir haben. Und das nur, weil ich nicht zwölf Stunden am Tag mit der Produktion von Texten befaßt bin. Warum tun sich Frauen nur so schwer, sich selbst und ihre Leistungen ernst zu nehmen und zu würdigen?

Was antworten Sie, wenn Sie gefragt werden, was Sie tun? Können Sie sich eine andere Antwort vorstellen als die, die Sie bisher gegeben haben?

*Mädchen sind starke Persönlichkeiten, neugierig und voller Forscherdrang. «Welt», scheinen sie zu sagen, «paß auf – jetzt komme ich!»*

Elizabeth Debold

Wissen Sie noch, was Sie werden wollten, als Sie klein waren? Lassen Sie die Gedanken zurückschweifen zu Ihren kühnsten Träumen. Gehen Sie so weit zurück wie möglich. Kehren Sie in eine Zeit zurück, in der Ihnen die ganze Welt offenstand. Nichts war unmöglich, jede Phantasie zugelassen.

Die amerikanische Autorin Naomi Woolf stellt bei ihren Vorträgen und Lesungen ihren Zuhörerinnen exakt die Frage, die ich Ihnen anfangs gestellt habe. Und sie bekommt erstaunliche Antworten: Pilot, Lokomotivführer, Pirat, Forscher, Indianerhäuptling. Nicht PilotIN und ForscherIN, denn die Vorbilder, an denen sich die kleinen Mädchen orientiert hatten, waren immer Männer. Männer in Kinderbüchern, Männer in Kinos. Die ersten Berufswünsche der Mädchen unterscheiden sich nicht wesentlich von denen der Jungen – sie beinhalten Stärke, Mut, Risiko und Überlegenheit. Auch die Frauen wollten als kleine Mädchen mächtig sein und wegen ihrer Eigenständigkeit bewundert werden.

Nach einem Vortrag von Naomi Woolf fiel mir ein, daß ich lange Zeit Rennfahrer werden wollte. Ich liebte jede Art von lenkbaren Fortbewegungsmitteln, von Tretbooten bis zu Boxautos. Ich stellte es mir herrlich vor, mit einem schnellen Flitzer über geschwungene Pisten zu rasen und natürlich als erste durchs Ziel zu schießen.

Es ist leicht, diese frühen Phantasien als Ausgeburten eines unrealistisch-kindlichen Weltverständnisses abzutun. Lassen Sie sich nicht dazu verführen. Gehen Sie der Spur nach, und respektieren Sie Ihren verständlichen Wunsch, sich in der Welt zu behaupten.

Hat Sie der Impuls von damals begleitet und sich in irgendeiner Form niedergeschlagen? Können Sie die Erregung in sich wiederfinden, die die Kindheitsphantasie in Ihnen ausgelöst hat? Können Sie sich eine Geschichte erzählen, in der Sie als Heldin (nun nicht mehr als Held) die Hauptrolle spielen? Lassen Sie das kleine Mädchen in Ihren Gedanken stark und wagemutig werden.

*Männer träumen, wenn sie schlafen. Frauen träumen, wenn sie nicht schlafen können.* Isa Miranda

Träume haben den Vorzug, daß sie frei sind von rational begründbaren Einschränkungen, ja sogar Naturgesetzen. In Träumen können wir fliegen, fallen von Türmen, ohne uns zu verletzen, versetzen uns in Sekundenschnelle an andere Orte und begegnen Menschen, die durch Kontinente von uns getrennt sind. Dies gilt für Träume der Nacht ebenso wie für Tagträume.

Jeder Mensch hat die Möglichkeit, sich seinen Himmel zu erträumen und ihn sich genauso einzurichten, wie er ihn am schönsten findet. Ich habe dafür einmal die Bezeichnung «goldener Traum» gehört. Er ist die Essenz dessen, was uns als wünschenswert und wohltuend erscheint, und er läßt sich immer abrufen. Nichts und niemand kann ihn uns nehmen.

Sie können sich dabei einen Ort ausmalen, an dem Sie ganz bei sich sind, eine Situation, die Sie sich schon immer gewünscht haben, einen Menschen, mit dem Sie am liebsten zusammensein möchten. Der Himmel ist so blau und so strahlend, wie er nur sein kann, Berge, Seen, Meere, Flüsse – alles kann sich in Ihre Landschaft einfügen. Sie fühlen sich beschützt und kraftvoll zugleich, haben alle Zeit der Welt und jedes Wesen dieser Erde bei sich, dessen Gesellschaft Ihnen angenehm ist.

Der Traum bietet unendliche Möglichkeiten, ist ewig variabel oder immer gleich. Er kann uns eine Ruhe geben, die bis in unser Innerstes vordringt und es erleuchtet und stärkt.

Lassen Sie keinen Zweifel in diesen Traum eindringen. Holen Sie sich nicht gleich wieder auf die Erde zurück mit der resignierten Erkenntnis: Er läßt sich ja doch nicht verwirklichen. Das ist auch nicht sein Zweck. Er soll Sie mit Ihrem Inneren in Verbindung bringen und Ihnen Glück schenken, ein Glück, das von der «wirklichen» Umgebung vollkommen unabhängig ist. Und vergessen Sie bitte nicht: Ihre Gedanken und Träume sind genauso wichtig wie das, was wir das «reale Leben» nennen.

*Den Wechsel der Jahreszeiten bewußt mitzuerleben ist besser, als hoffnungslos in den Frühling verliebt zu sein.*

George Augustin de Santayana

Nach jedem Traum – er mag noch so ausgedehnt sein – kommt der Augenblick, in dem wir die Augen öffnen müssen. Und dann steht sie vor uns, die Realität, die uns umgibt. Wenn sich im Winter eine dichte Nebeldecke auf uns senkt und tagelang kein Sonnenstrahl durchdringt, gibt es zwei Alternativen: flüchten oder standhalten. So erquickend jetzt auch ein Badeurlaub in der Karibik wäre, so gute Gründe sprechen meistens dagegen, wenn auch zu unserem größten Bedauern.

Neben warmen Wannenbädern, dicken Romanen und vielen Tassen Tee ist es jetzt an der Zeit für eine Begutachtung der Lichtverhältnisse in unserer Wohnung. Trübe 40-Watt-Birnen deprimieren auch den stärksten Charakter. Es ist erwiesen, daß das Licht eine entscheidende Wirkung auf unser Wohlbefinden hat.

Winter-Depression ist längst mehr als ein Schlagwort, und Licht-Therapie wird als wirksames Gegenmittel empfohlen. Abgesehen davon, daß wir draußen jeden Sonnenstrahl für uns nutzen, können wir in unserer eigenen Wohnung einiges dazu tun, daß wir gar nicht erst in ein Stimmungstief verfallen.

Gehen Sie einmal langsam durch Ihre Wohnung und stellen Sie sich folgende Fragen: Wie soll dieser Raum wirken? Wie will ich ihn nutzen? Will ich eine behagliche Atmosphäre schaffen, soll ein bestimmter Gegenstand, etwa ein Gemälde, hervorgehoben werden? Brauche ich Helligkeit für Arbeiten, die ich immer an derselben Stelle verrichte – für die Nähmaschine, den Schreibtisch, die Arbeitsplatte in der Küche?

Die schönste Wohnung wird durch mangelhaftes Licht zur düsteren Spelunke. Bei jedem Umzug ist die Einrichtung erst wieder mit Lampen komplett; eine nackte Glühbirne zerstört jeden Ansatz von Heimeligkeit.

Experimentieren Sie mit den Lichtquellen, die Sie zur Hand haben. Keine Lampe muß bleiben, wo sie ist. Probieren Sie nach Herzenslust aus, was Ihnen gefällt.

*Kunst muß wie ein Wunder sein. Ehe sie durch die Gehirnwindungen geht und zur Abstraktion, einer Fiktion, einer Lüge wird.*

Virginia Woolf

So wie Sie nach jedem Traum die Augen öffnen, so kehren Sie nach jedem Ausflug in die winterliche Kälte in Ihre Wohnung zurück. Was sehen Sie dort? Die «vier Wände» sind geschmückt mit Bildern, Pflanzen, Lampen, Spiegeln. Sind Sie zufrieden mit dem, was Sie sehen? Oder nehmen Sie das alles gar nicht mehr richtig wahr, weil es sich seit Jahren nicht verändert hat?

Gibt es Bilder, die, seit sie beim Einzug provisorisch aufgehängt wurden, seither in einer lichtlosen Ecke verkümmern? Lassen Sie Ihren Blick vor allem über die Bilder schweifen. In ihnen spiegelt sich Ihre Persönlichkeit noch viel mehr als in den Möbeln. Mit den Bildern machen Sie eine Aussage, die Bilder sagen etwas über Ihre Interessen und Vorlieben aus. Wollten Sie sie überhaupt aufhängen? Oder sind Sie ein Zugeständnis an den Geschmack Ihres Partners, Ihrer Freunde, der Mode? Hinkt die optische Gestaltung Ihrer Wände Ihrer persönlichen Entwicklung vielleicht hinterher? Würden Sie sich etwas deutlichere Akzente wünschen, während der Wandschmuck bisher eher konventionell wirkt? Oder geben sich immer noch die Picasso-Kunstdrucke und Plakate Ihrer späten Jugend ein Stelldichein, obwohl Sie mittlerweile für elegante, stilvolle Einrichtungen schwärmen?

Nehmen Sie sich nicht zuviel auf einmal vor. Beginnen Sie mit einer Ecke Ihrer Wohnung, ruhig mit der unauffälligsten. Hängen Sie die alten Bilder von der Wand ab, und lassen Sie die leere Fläche auf sich wirken, bis sich in Ihnen eine Idee formt. Vielleicht hilft es Ihnen, wenn Sie einen schönen, leeren Bilderrahmen aufhängen und ihn dann zur Probe mit verschiedenen Inhalten füllen. Experimentieren Sie mit allem, was Ihnen in die Hände fällt – Kalenderblätter, Kunstpostkarten, Farbkopien, Kinderzeichnungen, Fotografien, Prospekte, Notenblätter, Karikaturen, alte Briefe. Spüren Sie nach, welcher Stil, welche Themen, Farben und Formen Ihnen am meisten entsprechen.

*Als Frauen haben wir das Recht zu fragen: «Was ist Kunst? Wie wollen wir sie haben?»* Judy Chicago

Sie haben Bilder gefunden, die Ihnen gefallen. Und jetzt – wohin damit? In der Regel bestimmt der Ort, an dem Sie ein Bild aufhängen wollen, die Wahl des Themas. Der Flur beispielsweise ist ein Durchgang, in dem Sie nicht lange verweilen, deshalb müssen die Bilder dort stärker und unmittelbarer wirken und unter Umständen auch größer und farbintensiver sein. Im Wohnzimmer, wo Sie und Ihre Gäste sich länger aufhalten, können Bilder kleiner und detaillierter sein.

Sie wollen auf Dauer weder nach oben noch nach unten schauen, deshalb sollten die Bilder, auf die Sie besonderen Wert legen, in Augenhöhe an der Wand hängen.

Gute Rahmen sind teuer. Die meisten Bilder, die Sie besitzen, sind zudem wahrscheinlich schon gerahmt. Scheuen Sie sich trotzdem nicht, hin und wieder ein altes Ölgemälde neu rahmen zu lassen. Im richtigen Rahmen sieht sogar eine Briefmarke wie ein Meisterwerk aus. Rahmen können Sie sehr gut auch selbst herstellen, indem Sie sich Leisten zusägen lassen, deren Breite und Form Sie selbst bestimmen. Sogar große, farbig lasierte Holzbretter eignen sich als Hintergrund für nicht so wertvolle Bilder wie Kalenderblätter oder vergrößerte Fotos.

Mit Passepartouts können Sie die Farben in einem Raum akzentuieren oder einer Gruppe von Bildern Einheitlichkeit verleihen. Arrangieren Sie die Bilder einfach probeweise auf dem Boden. Schieben Sie sie so lange hin und her, bis Sie zufrieden sind. Achten Sie auch auf den Raum zwischen den Bildern; es sollten möglichst keine breiten, leeren Streifen an der Wand entstehen, da diese den Blick auf sich ziehen.

Verschiedene Rahmenformen und -größen lassen sich gut asymmetrisch anordnen, wenn Sie sie mit Kerzenleuchtern, Spiegeln oder kleinen Plastiken kombinieren. Oder Sie stellen ein Tischchen unter die Gruppe, auf das Sie Gegenstände legen, die die Bilder thematisch ergänzen, z. B. eine Blumenschale zu einem Stilleben, Muscheln und Steine zu einer Seelandschaft, ein altes Familienerbstück zu den Portraits Ihrer Vorfahren.

*Aber ist denn die äußere Welt nicht Dein Inneres?*
Karoline von Günderode

Der Himmel ist blau, die Sonne ist gelb, das Gras ist grün, der Regenbogen ist bunt. So sehen Kinderbilder aus, und so eindeutig hätten wir die Welt um uns her gerne. Wenn Erwachsene malen, trauen sie sich selten, die starken, reinen Farben der Kindheit zu verwenden. Sie mischen, schwächen ab und verwässern, weil sie gelernt haben, daß «alles relativ» ist. Aber klare Farben sind wie Aufputschmittel, sie sind das Echo unserer stärksten Gefühle, und manche Empfindungen lassen sich am besten durch Farben ausdrücken.

Im Winter ist die Natur oft in gedämpfte Schleier gehüllt, so daß es besonders wichtig ist, bunte Akzente zu setzen. Die Wirkung kräftiger Töne ist nicht so elegant wie die von pastelligen Abstufungen, aber sie steigert unsere Lebenslust.

Starke Kontraste – ein roter Übertopf zu einer grünen Pflanze – wecken das Auge, das durch das einförmige Grau des Himmels in unseren Breitengraden leicht abstumpft. Eine blaue Schale mit Mandarinen, eine violette Vase mit einer weißen Rose – spielen Sie mit Kombinationen, die Sie kaum zu denken wagen! Vergessen Sie erst einmal Ihre Vorstellung von «gutem Geschmack», und schaffen Sie ungewöhnliche Farbtupfer. Auch die Haare und Lippen vertragen im Winter kräftigere Töne, damit Sie nicht das Gefühl haben, mit der matten Umgebung so mancher Wintertage zu verschmelzen.

Geben Sie dem Wunsch nach leuchtenden Farben nach! Sie setzen damit für sich und andere ein Zeichen: Ich liebe das Leben, ich liebe seine sprühende Ausdruckskraft und Vielfalt. In Alice Walkers gleichnamigem Roman ist «die Farbe Lila» das Symbol für die innere und äußere Lebendigkeit, die alles andere verblassen läßt und schließlich überdauert. Finden Sie die Farbe, die Ihre Lebensfreude ausdrückt.

*Wenn wir uns amüsieren, wecken wir das Kind in uns und kehren zurück in eine Zeit, in der das Leben neu und voller Möglichkeiten war.*

Daphne Rose Kingma

Im altrömischen Kalender war der Februar ein Monat der Reinigung und Läuterung. Mit ihm schloß das Jahr ab. Man zog sich zurück, um sich auf den Beginn des neuen Jahres vorzubereiten. Das römische Jahresende fiel mit dem Ende des Winters zusammen. In unserem strengen Klima ist das nicht der Fall, auch wenn wir wünschten, es wäre so, denn nur begeisterte Wintersportfans freuen sich jetzt noch über ausgedehnte Kälteperioden.

Ich dagegen habe im Februar den Winter allmählich satt. Geht es Ihnen nicht ähnlich? Wir fühlen uns ausgelaugt und sehnen uns nach wärmeren Temperaturen. Unsere sozialen Kontakte spielen sich hauptsächlich in geschlossenen Räumen ab. Draußen müssen wir immer noch mehrere Schichten Kleidung übereinanderziehen und werden dadurch daran gehindert, unseren Körper gut wahrzunehmen. Umso wichtiger ist es, ihm die nötige Aufmerksamkeit zu widmen.

Als Frauen neigen wir dazu, alles, was uns an unserem Körper nicht behagt, als persönlichen Mangel zu interpretieren und uns farblos und unattraktiv zu fühlen. Dabei hat vieles, was uns mißfällt, ganz objektive Ursachen. Ein blasser, müder Teint kommt daher, daß sich die Blutgefäße bei Kälte zusammenziehen, um den Körper vor Unterkühlung zu schützen. Die Zellen werden nicht mehr genügend mit Sauerstoff und Nährstoffen versorgt. Der Wechsel zwischen Heizungsluft und Kälte zerstört den natürlichen Schutz der Haut.

Jede Zeitschrift bietet Tips, wie Sie diesem Übel begegnen können: durch Gesichtsdampfbäder, durch Cremes, Reinigungsmasken, Schlammpackungen. Reservieren Sie sich einen Abend, und tun Sie so, als seien Sie das Luxusweibchen, das die Zeitschriften uns vorführen, und als hätten Sie den lieben langen Tag nichts anderes zu tun, als sich zu verwöhnen und nach jeder anstrengenden Pflegeaktion mindestens eine halbe Stunde zu ruhen. Kramen Sie in Ihren Vorräten. Es werden sich bestimmt noch Pröbchen finden, die Sie ausprobieren können. Dazu empfehle ich Songs von Marilyn Monroe oder Eartha Kitt – je nach Temperament.

*Die Nahrung ist nicht nur gut zum Essen, sondern auch zum Denken.*
Claude Lévi-Strauss

Sowenig Sie eine Batterie von Töpfchen und Fläschchen im Badezimmerschrank brauchen, um den Winter mit heiler Haut zu überstehen, sowenig brauchen Sie in der Küche ein Arsenal von Vitaminpillen und Zusatzpräparaten. Wenn wir uns ausgewogen ernähren, fehlen uns auch im Winter die nötigen Nährstoffe nicht. Anders ist es bei Krankheit oder großem Streß, aber da genügen meist auch ein paar Vitamine nicht, um das gestörte Gleichgewicht wieder ins Lot zu bringen.

Wenn Sie sehr unter Streß stehen, brauchen Sie wahrscheinlich mehr Vitamin B, Vitamin C und Mineralstoffe, denn sie werden vom Körper zu schnell abgebaut. Durch frisches Obst und Gemüse lassen sich solche Mängel beheben. Depressive Verstimmungen und Nervosität gehen häufig auf einen niedrigen Blutzuckerspiegel zurück, der, so paradox es klingt, durch zuviel Zucker und Süßigkeiten bedingt ist. Auch zuviel Koffein wirkt nicht mehr stimulierend, sondern verursacht Kopfschmerzen, Lethargie und Gereiztheit.

Im Grunde wissen wir das ja alles längst, es ist uns von Ernährungsberatern hundertmal gesagt worden. Was uns fehlt, sind sicher nicht Informationen über eine gesunde Ernährung. Was uns abhält, sie in die Praxis umzusetzen, ist eher der hohe Anspruch, den wir an uns stellen. Nach Zeiten, in denen wir sorglos geschlemmt haben, bekommen wir plötzlich Anfälle von Bio-Wahn. Jetzt muß sofort alles anders werden! Wir kaufen nur noch teure Vollwertprodukte, kochen alles schonend und vitaminerhaltend, boykottieren sämtliche Konservierungsstoffe. Mal ehrlich: wie lange geht das gut? Zwei Wochen? Drei? Vier?

Können wir nicht auch auf diesem Gebiet etwas rücksichtsvoller mit uns selbst umgehen? Mehr frisches Obst und rohes Gemüse zu essen, ist schon ein sehr löblicher Vorsatz. Setzen Sie ihn um, und seien Sie zufrieden mit sich.

*Wer sich mit sich selbst langweilt, sollte bedenken, was er erst anderen antut.* Ilona Bodden

Nicht nur was wir essen, ist von Bedeutung, sondern vor allem wie wir es zu uns nehmen. Haben Sie beim Essen auch immer die Zeitung oder ein Buch neben sich liegen, weil es Ihnen sonst langweilig wird? Das kann daran liegen, daß Sie etwas essen, das weder durch den Geruch noch durch die Farbe oder den Geschmack Ihre Sinne anspricht.

Versuchen Sie doch, das Essen durch kleine Extras aufzupeppen. Einige Blätter frische Minze, eine kühle Joghurtsauce, Orangenschnitze oder ein paar Nüsse machen jedes Essen abwechslungsreicher.

Die Sache hat nur einen Haken. Immer mehr Frauen achten auf gesunde, naturbelassene Zutaten und eine möglichst schonende Zubereitung des Essens – für die anderen. Die Kinder bekommen ausgeklügelte Menüs, die jedem Chefkoch zur Ehre gereichen würden, dem Mann wird ein zartes Stück Fleisch serviert, weil er Vegetarisches zu fade findet, und Sie selbst? «Ach, mir reicht ein Brot», höre ich die bescheidene Hausfrau sagen. Aber auch wenn Sie nur «mal eben» einen Happen zu sich nehmen wollen, brauchen Sie das nicht zwischen Tür und Angel zu tun. Es lohnt sich immer, dem Essen Aufmerksamkeit zu schenken.

Ehrlich gesagt, ich kenne das Problem. Deshalb habe ich, um mich zu überlisten, ein besonders schönes Tablett gekauft, das ich für diese «Mal-eben-Mahlzeiten» benutze. Auf einem Kunsthandwerkermarkt fand ich einen Keramikteller mit dazu passender Tasse. Auf das Tablett stelle ich, was ich mir zubereitet habe, und trage alles zu meinem Lieblingsplatz im Wohnzimmer, von dem aus ich die Zweige der Birken sehe, die mir im Winter die liebsten Bäume sind. Ihr Anblick weckt angenehme Assoziationen, und schon wird alles – auch das Essen – bekömmlicher.

*Fortschritt wäre wunderbar – würde er einmal aufhören.*

Robert Musil

Auf die Frage, wie frau sich das Leben erleichtert, hat meine Freundin Amelie eine einfache und entschiedene Antwort: durch einen kabellosen, elektrischen Wasserkocher. Ich kann ihr nur aus vollem Herzen beipflichten. Kein noch so raffiniertes Gerät hat mein Küchendasein so revolutioniert wie der Wasserkocher. Er ist sparsam, handlich und schnell, ich möchte nie mehr auf ihn verzichten.

Früher hielt ich ein Leben ohne Joghurtbereiter nicht für lebenswert. Eine Friteuse mußte her, eine Espressomaschine, ein Eierkocher. Und ein Waffeleisen. Und ein Wok. Und ein elektrisches Küchenmesser. Und, und, und.

Nicht immer machen uns die Geräte, die uns das Leben erleichtern sollen, auch ungeteilte Freude. Funktionalität ist eines, Genuß etwas anderes. Stellen Sie sich einmal in Ihre Küche und werfen Sie einen Blick in die Runde. Die heutigen Küchen sind mit allem ausgestattet, was das Frauenherz angeblich begehrt. Wie steht es mit Ihrer Begehrlichkeit?

Vollautomatisch ist nicht immer sinnvoll, geschweige denn schön. Mein programmierbarer Timer beispielsweise ersetzt keinen simplen Küchenwecker, weil mir das Programmieren zu lange dauert und der Timer nicht aufhört zu schnarren, bis ich angestürzt komme. Den Mörser dagegen liebe ich, obwohl er mich Zeit kostet, aber es bereitet mir ein geradezu sinnliches Vergnügen, Pfefferkörner und Pinienkerne zu zerstoßen.

Würden Sie auch gerne Ihre ach so hilfreichen Küchenmonster ignorieren und etwas mehr handwerkliches Vergnügen an Ihren Küchenarbeiten haben? Wir brauchen nicht alles, was die Hersteller uns weismachen wollen, sondern, wie alle guten Handwerker, einige wenige, solide Hilfsmittel, die leicht zu handhaben sind. Hinaus mit den Apparaturen, die die Küche in einen Operationssaal verwandeln. Ein Hoch auf den kabellosen Wasserkocher!

*Wem die Gottesgabe der Begeisterung gegeben ist, der wird zwar älter, aber nie alt.*
Sprichwort

Wir sind häufig im Kontakt mit Kindern, ohne sie richtig wahrzunehmen. Sie fallen uns manchmal nur dadurch auf, daß sie laut sind, Platz brauchen, unseren geregelten Ablauf stören. Heute können Sie versuchen, eine andere Perspektive zu entdecken.

Sehen Sie genau hin: im Haus und auf der Straße, auf dem Spielplatz oder in der Straßenbahn, im Supermarkt oder im Schwimmbad. Vor allem kleine Kinder haben «die Kunst» der Verstellung noch nicht gelernt. Nicht ohne Grund werden ihre Direktheit, ihre Fähigkeit zum Staunen und ihre Unbefangenheit uns kopflastigen Erwachsenen als Vorbild hingestellt. «Wenn ihr nicht werdet wie die Kinder...» klingt uns in den Ohren. Aber was soll das überhaupt bedeuten?

Als ich meine damals vierjährige Tochter, die unsere sich heftig sträubende Katze von hinten nach vorne streichelte, fragte, was sie denn wohl sagen würde, wenn sie eine Katze wäre und so nicht gestreichelt werden wollte, sagte sie nach kurzem Überlegen: «Miau.»

Wir haben gelernt, uns als separat zu sehen. Kinder in der sogenannten magischen Phase können sich noch in jedes Lebewesen hineinversetzen. Sie kriechen über den Boden wie Schlangen, sie fauchen wie Katzen, sie hüpfen wie Känguruhs – und in diesem Augenblick *sind* sie das Känguruh.

Wann haben Sie sich zum letzten Mal in Gedanken verwandelt? Stellen Sie sich das Tier vor, das Sie am meisten bewundern – auf Grund seiner Schönheit, Geschmeidigkeit, Schnelligkeit, Anmut oder Kraft. Erobern Sie Ihre Wohnung in Gestalt dieses Tieres. Spüren Sie, welche Muskeln Sie dabei bewegen, lassen Sie Laute aus Ihrem Bauch aufsteigen, schnuppern Sie an Möbeln, streifen Sie ganz nahe an den Wänden vorbei. Stellen Sie sich vor, dies sei Ihr Revier, in dem Sie sich geschützt und sicher fühlen.

Wenn Sie genug davon haben, verwandeln Sie sich in eine Menschenfrau zurück. Das Geheimnis Ihrer anderen Natur tragen Sie mit sich, und hin und wieder darf es in einer Geste, einem kurzen Knurren, einem Räkeln sichtbar werden.

*Ich fühle ein Verlangen danach, meine ganze Wirklichkeit zu spüren.*
Johanna Walser

Karneval, Fasching, Fastnacht ist nicht jedermanns Sache, schon gar nicht jederfrau. Zu laut, zuviel Alkohol, zu viele Menschen, zuviel künstliche Fröhlichkeit. Das höre ich immer wieder von Frauen, die den tollen Tagen am liebsten entfliehen, sich in den Schnee oder an sonnige Strände absetzen oder sich notfalls in der Wohnung vergraben. Niemand zwingt uns, an organisierten Veranstaltungen teilzunehmen, auf denen der Katzenjammer des nächsten Morgens schon vorprogrammiert ist.

Aber wir können uns selbst etwas einfallen lassen. Ich erinnere mich sehr gerne an mein erstes privates Faschingsfest nach der Geburt unserer Tochter. Sie war etwas über ein halbes Jahr alt, ich stillte nicht mehr und war wieder zufrieden mit meiner Figur. Nach all dem mütterlichen Altruismus der vergangenen Monate hatte ich das dringende Bedürfnis, mich endlich wieder als attraktives Weib zu gebärden, und tauchte auf der Party im superkurzen Mini auf – in einem Outfit, das ich nie im Leben auf der Straße anziehen würde. Es war ein herrliches Gefühl, aufreizend, egozentrisch und frech zu sein, eine ganz andere Rolle zu spielen als im täglichen Leben.

Sehen wir die närrische Zeit doch so: Sie gibt uns die Gelegenheit, in Rollen zu schlüpfen, die uns sonst zu heikel sind. Wir können uns erlauben, nach Herzenslust zu spielen. Wir können uns verkleiden wie früher. Wir brauchen uns nicht an die extravaganten Vorschläge der Frauenzeitschriften zu halten, für die wir fünf Stunden an der Nähmaschine verbringen müßten. Die Urbilder des Weiblichen oder Männlichen bieten genügend Stoff für unsere Phantasie. Wir dürfen unter einer Hexenmaske Angst und Schrecken verbreiten oder als verführerischer Vamp unsere Reize spielen lassen, wir können uns in glitzernde Gewänder hüllen und souverän Glamour verbreiten. Wir können uns aber auch mit Anzugjacke, Hut und Schnurrbart in Al Capone oder Charlie Chaplin verwandeln und am eigenen Körper erleben, wie uns männliches Aussehen und Verhalten bekommt. Mut zur Maske, mehr brauchen wir nicht.

*Aufhören können, das ist nicht eine Schwäche, das ist eine Stärke.*

Ingeborg Bachmann

Als kürzlich ein halbes Dutzend Frauen im besten Alter um den Küchentisch meiner Freundin Ellie saßen, kam das Gespräch auf Unvollendetes. Ein Seufzen ging durch den Raum, als wir alle unserer halbfertigen Werke gedachten. Nein, nicht der Sinfonien und Romane, sondern der Kinderpullover ohne Ärmel, der ungesäumten Seidenschals, der angefangenen Stickbildchen.

Jede von uns berichtete mit Selbstironie und leisem Bedauern von den guten Vorsätzen, das alles einmal fertigzustellen, wenn endlich Zeit dafür ist. Aber der Kinderpullover wird der erwachsenen Tochter dann kaum noch passen.

Glücklicherweise befand sich eine Künstlerin in der Runde, der noch eine zündende Idee für die nächste Ausstellung in ihrer kleinen Galerie fehlte. Sie griff den Gedanken, Unvollendetes auszustellen, begeistert auf, und plötzlich sahen wir alle vor unserem geistigen Auge ein gebanntes Publikum an unseren gerahmten fersenlosen Socken vorüberdefilieren... Ich weiß nicht, ob sie ihr Vorhaben in die Tat umsetzen wird. Doch schon der Gedanke hatte etwas Beschwingendes. Endlich diese Altlasten loswerden – und so dekorativ loswerden!

Ob an Galeriewänden oder in unserer Phantasie: Schaffen wir ihnen einen Platz, diesen Rümpfen und Fragmenten, damit wir unsere gute Absicht ein letztes Mal würdigen und uns dann endlich von ihnen verabschieden können. Was uns so liebgeworden ist, daß es uns weiter begleiten soll, kommt in die Schatzkiste. Alles andere – aufribbeln, zu Putzlappen verarbeiten, den Kindern für Nähversuche geben, in den Altkleidersack stecken. Ehrlich sein.

Wir können uns noch jahrelang vormachen, daß wir eines Tages alles aufarbeiten werden. Dann gleichen wir Schnecken, die ihre Häuser mit sich herumschleppen. Wir alle wissen, wie schnell Schnecken vorankommen.

*Zeitfreiheit heißt, daß die Zeit nicht mehr zur Bedrängnis wird. Das wird möglich, wenn der Mensch immer in der Gegenwart lebt.*

Hugo M. Enomiya-Lassalle

Jeder Tag ist ein Anfang. Jeder Morgen ist eine Gelegenheit, sich auf den gegenwärtigen Augenblick zu besinnen, der von allen der wichtigste ist. Wir können die Augenblicke zählen und festzuhalten versuchen, dann verwenden wir unsere Kraft auf etwas, das unmöglich ist. Wir können auch die Augenblicke kommen und gehen lassen, sie durch uns hindurchziehen lassen, ihnen in uns Raum bieten, dann stemmen wir uns dem Vergehen der Zeit nicht entgegen, sondern sind eins mit ihr. Die Griechen unterschieden zwischen *kronos* und *kairos*. *Kronos* ist die Zeit, die wir wahrnehmen und die wir messen; *kairos* ist die Zeit, die uns so umfängt, daß wir sie vergessen, die «zeitlose» Zeit, in der wir mit allem um uns verschmelzen und eins werden.

Wenn wir unsere Aufmerksamkeit nicht auf die vergehende Zeit richten, sondern uns versenken, sei es in uns selbst, sei es in kleine Geschehnisse der Natur, werden wir von Gelassenheit erfüllt. Nur der Intellekt sagt uns, daß wir Zeit «vergeudet» hätten. Hören wir nicht auf ihn. Hören wir auf die vom Schnee gedämpften Geräusche der Straße, betrachten wir die Silhouette der kahlen Äste gegen den blassen Himmel. Lassen wir unseren Blick auf einer Kerzenflamme verweilen.

Auch Gedanken an die Endlichkeit des Lebens müssen wir nicht gleich wieder vertreiben. Jeder Augenblick ist ein Teil der Vergänglichkeit, jeder Augenblick fließt in den nächsten und dieser wiederum in den nächsten. Wenn wir den Wandel als Prinzip des Lebens anerkennen, fällt es uns auch leichter, uns mit der eigenen Vergänglichkeit anzufreunden. Weshalb sollten wir eine Ausnahme bilden, wenn alles auf der Welt einem steten Wandel unterworfen ist? Wollen wir wirklich wie ein starrer Felsbrocken im Fluß des Lebens stehen, anstatt mitzufließen und mit der Natur um uns herum das gleiche Schicksal zu teilen?

*Schon früh ist mir klargeworden, daß, wer nach der Wahrheit sucht, schweigsam sein muß.* Mahatma Gandhi

Man kann Gandhi bestimmt nicht vorwerfen, daß er zur Unzeit geschwiegen hätte. Sein gewaltloser Widerstand gegen das englische Kolonialsystem war in Worten und Taten beredter und wirkungsvoller als mancher lautstarke Protest. Doch die Kraft, die er für seinen lebenslangen Einsatz für die Verständigung zwischen den Menschen brauchte, wuchs aus der Stille. «Die Seele braucht innere Ruhe», erkannte er früh.

Im Lärm der Meinungen und Worte – auch der eigenen – gehen die leiseren Stimmen, die auf das Wesentliche in uns hinweisen, leicht unter. Wir haben Angst vor dem Schweigen. Es scheint, als würden die Stimmen in unserem Kopf um so lauter, je leiser es um uns ist. Die Erfahrung bei Meditationskursen und Retreats lehrt, daß die Gedanken zunächst wie ungehobelte Schreihälse über die Schweigenden herfallen und es eine ganze Weile dauert, bis auch innerlich Ruhe einkehrt. Daran läßt sich erkennen, wieviel üblicherweise durch Reden überdeckt wird.

Wenn wir schweigen, bricht sich vieles Bahn, auch unangenehme Wahrheiten, die wir gar nicht hören wollen. Wir können aber nicht erwarten, daß es gleich die wesentlichen Einsichten sind, die sich Gehör verschaffen. Manches, das zum Kern unserer Lebenserfahrung gehört, hat sich so tief in uns zurückgezogen, daß es geradezu archäologischer Schwerstarbeit bedarf, um es freizulegen oder ihm zumindest einen Ausgang nach draußen zu schaffen.

Beginnen wir lieber mit einer einfachen Übung. Sie kennen die Schweigeminute, die an Jahrestagen oder nach Katastrophen zum Gedenken an die Opfer eingehalten wird. Es kommt uns seltsam und fast peinlich vor, wenn eine ganze Nation plötzlich in Ruhe verharrt, wenn die Autos stehenbleiben, die Telefonhörer weggelegt werden, man nichts mehr «tun» kann, sondern plötzlich «sein» muß. Eine Minute – das ist nicht viel. Und dennoch ist es so ungewohnt, daß wir es üben sollten, täglich, immer wieder. In einer Minute können wir viel über uns erfahren.

*Ich denke oft, wir könnten die Welt für uns alle glücklicher und sicherer gestalten, wenn nur jeder Mensch sich für das Wohl und Wehe eines einzigen Menschen verantwortlich fühlte.* Mary Ellen Chase

Der Begriff «Verantwortung» berührt mich auf sehr zwiespältige Art. Mir fällt zuerst dazu ein: Eltern sind verantwortlich für ihre Kinder. Wenn der Sohn beim Fußballspielen eine Fensterscheibe zertrümmert oder entschieden werden muß, welche Schule er besucht, fällt das in meine Verantwortung. Aber wie sieht es zwischen Erwachsenen aus? Wir können und dürfen einem anderen Menschen doch seine Lebensgestaltung nicht abnehmen!

«Sich für einen Menschen verantwortlich fühlen», was ist das? Will man uns schon wieder Verantwortung aufbürden, wo wir doch endlich versuchen wollen, einen Teil der Last abzugeben und uns von Schuldgefühlen zu befreien?

Wir erleben es tagtäglich: Frauen geraten psychisch und physisch an ihre Grenzen, weil sie sich für das Wohlergehen aller zuständig fühlen, mit denen sie in Berührung kommen – der Mann, die Kinder, die Eltern, die Freundinnen und Kolleginnen, die Benachteiligten und Kranken.

«Verantwortung für *einen* Menschen» – das bedeutet aber gerade nicht, sich für alles und jedes verantwortlich fühlen, sondern ganz bewußt Beschränkung zu üben, statt sich unentwegt neue Verantwortlichkeiten aufzuladen. Für einen Menschen können wir – zeitweise oder auf Dauer – durchaus Oase, Ratgeberin, Weggefährtin sein, wenn sie oder er sich das von uns wünscht und wir einverstanden sind.

Deshalb ist es eher ein Akt der Befreiung, *eine* konkrete Verantwortung zu bejahen, sei es für einen Menschen, eine Aufgabe oder das eigene Wachstum – denn auch so könnten wir ja den Satz interpretieren: Verantwortung für andere können wir nicht wirklich übernehmen, bevor wir für uns selbst Verantwortung übernommen haben.

*Wenn die Dampfpfeife geht, laß sie pfeifen, bis sie heiser wird. Wenn die Glocke läutet, müssen wir denn gleich rennen?*

Henry David Thoreau

Was tun wir, wenn das Telefon klingelt? Alles stehen- und liegenlassen, jede gerade angefangene Tätigkeit sofort unterbrechen, triefend aus der Badewanne steigen, das spannende Buch beiseitelegen, unseren Gesprächspartner mit einer hastig gemurmelten Entschuldigung sitzenlassen? Es könnte ja wichtig sein.

Kaum zu fassen, daß Menschen in früheren Zeiten auf wichtige Nachrichten unter Umständen eine Woche lang oder länger warten mußten, weil die Postkutsche nur unregelmäßig verkehrte und die reitenden Boten nicht jedermann und jederfrau zur Verfügung standen. Wie haben die Leute das nur ausgehalten, fragen wir uns entsetzt. So viel Geduld bringen wir nicht mehr auf. Schon ein halber Tag mit defektem Telefonanschluß stürzt uns in eine Krise. Was, wenn jetzt gerade das entscheidende berufliche Angebot käme oder man uns dringend bräuchte?

Warum haben wir nur immer das Gefühl, wir könnten etwas verpassen, wenn wir nicht ständig «dabei» sind? Kinder kommen abends mit allen möglichen Ausreden aus dem Bett geklettert, weil das Interessanteste offenbar mal wieder ohne sie abläuft. Diese Angst steckt uns anscheinend noch in den Knochen: Das wirkliche Leben spielt sich anderswo ab, und zwar ohne uns. Vielleicht halten wir es deshalb so schwer aus, das Läuten des Telefons zu ignorieren.

Zum Glück gibt es mittlerweise Anrufbeantworter. Ich halte sie für einen guten Kompromiß. Sie können den Anrufbeantworter als Gerät betrachten, das Ihnen hilft, rund um die Uhr erreichbar zu sein. Sie können ihn aber auch nutzen, um einmal nicht sofort aufspringen zu müssen, sondern sich für Ihre Reaktion Zeit zu nehmen. Es ist vollkommen legitim, sich in Ruhe zu überlegen, mit wem Sie gerade sprechen wollen und mit wem nicht.

*Es gibt Menschen, die unser Leben prägen, selbst wenn die Begegnung nur einen Augenblick währt.* Fern Bork

Im Märchen symbolisiert der Winter meist eine Zeit der Erstarrung, in der aber auch eine Reifung stattfinden kann, die erst später zutage tritt. Tiere verkriechen sich im Winter in ihre Höhlen, ihr Gemeinschaftsleben ruht, im ganz wörtlichen Sinne. Auch in Freundschaften gibt es Phasen des «Winterschlafes», der bei uns manchmal auch mit der entsprechenden Jahreszeit zusammenfällt.

Kennen Sie nicht auch Beziehungen, die ganz auf Sommer und Wärme abgestimmt sind? Manche Menschen treffen wir, wie zufällig, immer nur draußen: am Gartenzaun, auf der Straße, im Geschäft. Wir trinken vielleicht im Gartenlokal ein Glas zusammen und trennen uns dann wieder ohne Verabredung. Wir haben gar nicht unbedingt das Bedürfnis, unsere Bekanntschaft zu vertiefen und uns gegenseitig nach Hause einzuladen. Und doch spinnen wir jeden Sommer problemlos den Faden weiter.

Wenn es kälter wird, tauchen andere Menschen auf, mit denen wir längere Gespräche führen, unter Umständen sehr selten, aber dafür intensiv. Sobald wir uns mehr auf unser Inneres besinnen, suchen wir instinktiv Freunde, die uns dorthin folgen und mit denen wir auch einmal zusammensitzen und schweigend ins Feuer starren können.

Glauben Sie nicht, alle Beziehungen in gleicher Weise aufrechterhalten zu müssen. Lassen Sie zu, daß es auch da Wellenbewegungen gibt – auf und ab, nah und fern, ruhig und bewegt.

Wenn Sie das nächste Mal sagen: «Ach je, die Schneiders müßte ich unbedingt mal wieder einladen, und von Peter und Anne haben wir auch so lange nichts mehr gehört», bedenken Sie, daß die Schneiders vielleicht zu den Menschen gehören, mit denen Sie gerne Grillfeste feiern – und damit zur Kategorie Sommergäste –, während Peter und Anne im Sommer jedes Wochenende segeln gehen und pünktlich mit den Herbststürmen vor der Tür stehen und Sie zum Kino abholen.

Alles hat Gründe. Es ist viel sinnvoller, sie zu finden, als selbstauferlegten Zwängen zu folgen.

*Durch Verluste verändern sich die Werte. Es wird dir klar, was wesentlich ist und wichtig.* Barbara Friese

Adreßbücher erinnern mich an die Postschiffe, die an der norwegischen Küste entlangfahren und Passagiere aufnehmen. Sie bieten Platz für all jene, die auf der Reise dabei sein wollen. Doch irgendwann ist das Schiff voll. Wenn es nicht sehr ungemütlich werden soll, müssen einige Passagiere im nächsten Hafen von Bord gehen.

Ein wohlgefülltes Adreßbuch sieht sehr beeindruckend aus. Neidisch lugt man auf die vollgeschriebenen Seiten, die nur so überquellen von interessanten Begegnungen – so jedenfalls kommt es uns vor. Wie viele gute Freunde und Bekannte muß dieser Mensch haben! Und wir selbst dagegen – immer noch dieselben Adressen wie vor zehn Jahren und daneben Namen, die kaum noch eine Bedeutung haben.

Lassen Sie sich nicht täuschen. Ein volles Schiff ist noch lange keine Garantie für eine gelungene Überfahrt – im Gegenteil. Inmitten einer Menge von Gelegenheitspassagieren kann man sehr allein an der Reling stehen. Wenn wir dagegen einen Menschen mit an Bord haben, mit dem wir abends eine Runde drehen und den Sonnenuntergang bewundern können, sollten wir uns glücklich schätzen.

Ich möchte Ihnen einen Vorschlag machen. Kaufen Sie sich ein neues Adreßbuch. Gehen Sie die alten Adressen durch und entscheiden Sie, ob Sie sie alle übernehmen wollen. Da ist jemand weggezogen, und der Kontakt ist abgebrochen, jemand hat uns verlassen, jemand war nie wirklich wichtig für uns, jemand ist aus unserem Leben verschwunden. Wollen wir ständig daran erinnert werden?

Sie werden das alte Adreßbuch nicht wegwerfen, sondern es für alle Fälle noch eine Weile aufbewahren. Deshalb können Sie bei der Auswahl Strenge walten lassen und wirklich nur die Adressen neu aufschreiben, die Sie zur Zeit brauchen. Und zum Schluß tragen Sie vielleicht noch einen Namen ein, der bisher in irgendeinem Notizbuch oder am Pinnbrett ein einsames Dasein gefristet hat. Entschließen Sie sich, einen neuen Passagier an Bord zu nehmen, der die Weiterfahrt interessanter gestalten wird. Jetzt haben Sie ja wieder Platz.

*Die einsamste Frau auf der Welt ist eine Frau,*
*die keine gute Freundin hat.*

Toni Morrison

Es gibt Umbrüche im Leben, durch die wir unvermittelt aus der Bahn geworfen werden. Manchmal sind es regelrechte Krisen, manchmal haben sich Kleinigkeiten über Jahre hinweg angesammelt, und wir wissen nur eines: Alles ist unsicher geworden. Der Lebensweg, der scheinbar so geradlinig vor uns lag, ist wie in Nebel gehüllt. Darunter könnte sich alles verbergen – ein unverändert gerader Weg, eine Kurve, eine Steigung, eine Mauer.

Es gab eine Zeit, in der mehrere Frauen aus meiner Umgebung sich auf solch unsicherem Gelände bewegten. Die Partnerschaft zerbrach oder wurde zumindest fragwürdig, die Kinder brauchten ihre Mutter auf einmal nicht mehr so sehr, hinzu kam Unzufriedenheit oder notwendige Neuorientierung im Beruf. Bei einem Telefongespräch sagte eines Tages eine sehr gute Freundin zu mir: Weißt du, wenn alles ausgestanden ist – Männer, Familie, Beruf –, dann ziehen wir wieder zusammen.

Für mich war das ein ungeheuer tröstlicher Gedanke. Vieles kann unterwegs verlorengehen, ohne daß wir es verhindern können. Gleichzeitig haben wir Frauen aber ein großes Potential, das wir nutzen sollten. Wir sind in der Lage, Freundschaften zu schließen, die Bestand haben. Das, was uns oft als Last erscheint – unsere Verpflichtung, soziale Kontakte zu halten, weil der Partner sich nicht darum kümmert –, können wir in einen unschätzbaren Vorteil ummünzen. Wir können Beziehungen knüpfen, die Jahrzehnte überdauern.

Daß Frauen enge Freundinnen haben und brauchen, wird von Männern oft belächelt. In diesem Lächeln steckt eine gute Portion Neid. Frauenfreundschaften sind keine Notlösungen. Wir sollten sie auch nicht so sehen und schon gar nicht so behandeln. Zeigen Sie Ihrer besten Freundin, daß Sie sie schätzen und wissen, was Sie an ihr haben. Lassen Sie sich etwas einfallen.

*Wenn wir den Polarstern ansteuern, heißt das nicht, daß wir ihn auch erreichen müssen.* Thich Nhat Hanh

An besonders kalten Tagen fällt mir immer eine Geschichte ein, die Shirley McLaine in ihrem Buch *Raupe mit Schmetterlingsflügeln* erzählt. An einem klirrend kalten Tag mit einigen Minusgraden war sie mit einem Begleiter in den Bergen von Bhutan unterwegs, um einen Lama zu besuchen, der sein gesamtes Erwachsenenleben der einsamen Meditation geweiht hatte. Als sie sich seiner Hütte näherte, sah sie ihn heraustreten, zu einem zugefrorenen Teich gehen und ein Loch in die Eisdecke hacken. Dann ließ er sich fünfzehn Minuten bis zum Hals in das eisige Wasser sinken. Als er wieder auftauchte, stellte er sich an den Rand des Teiches. Binnen weniger Sekunden fing er an zu schwitzen und verdampfte das Wasser an seinem Körper, bis er vollkommen trocken war.

Natürlich haben wir nicht jene Kräfte in uns entwickelt, die Eis zum Schmelzen bringen oder Wasser in Dampf verwandeln. Doch auch in jeder von uns schlummert die Macht der Gedanken. Häufig nehmen wir sie nur dann wahr, wenn sie uns negativ beeinflußt. Wenn wir darüber nachgrübeln, was uns bedrückt und fehlt, wird unser seelisches und körperliches Befinden dadurch beeinträchtigt. Wir nennen das «niedergeschlagen»; etwas drückt uns zu Boden. Unsere eigenen Gedanken lasten auf uns wie Blei.

Daß die Vorstellungskraft auch ausgesprochen erhebend und heilsam sein kann, merken wir, wenn wir sie in die andere Richtung lenken. Die äußeren Veränderungen sind vielleicht so minimal, daß wir sie erst kaum wahrnehmen: Der Blick hebt sich, der Atem wird freier, wir bekommen wieder Appetit.

In unserem Inneren wirkt eine Kraft, die in ihrer stärksten Konzentration sogar Wasser zu Dampf machen *könnte*. Doch wozu sollte das gut sein? Wir müssen niemanden beeindrucken. Begnügen wir uns damit, die innere Kälte, die manchmal durch äußere Kälte ausgelöst wird, zu vertreiben, indem wir uns eine kleine Sonne vorstellen, die in uns am Werk ist. Sie schickt ihre wärmenden Strahlen durch unseren ganzen Körper und löst Verspannungen und Blockaden.

*Es ist schwer, sich gegen einen Feind zu wehren, der Stützpunkte in deinem Kopf hat.* Sally Kempton

Als ich eines Tages feststellen mußte, daß ich einen Nachmittag der Woche mit zwei Terminen belegt hatte, die sich überschnitten, und einem Freund davon erzählte, sah er mich groß an. «Wenn ich», meinte er gelassen, «eine Woche ohne Terminkollisionen plane, bin ich ganz stolz auf mich.»

Erst wunderte ich mich, und dann dachte ich: So kann man es ja auch sehen. Ich hatte mich unfähig gefühlt, weil mir dieser eine Fehler unterlaufen war, und er freute sich über sein Organisationstalent, wenn er eine Woche ohne Pannen überstanden hatte. Es fiel mir wie Schuppen von den Augen, was ich im Grunde von mir erwartete. Die Perfektion einer Chefsekretärin, gepaart mit dem 16-Stunden-Tag eines Topmanagers. Aber mir führt niemand den Terminkalender, macht mich auf Verabredungen rechtzeitig aufmerksam, bügelt Irrtümer aus, schirmt mich ab, wenn ich mich konzentrieren muß. Mir wählt niemand Telefonnummern, niemand wimmelt unliebsame Besucher ab oder kocht Kaffee für mich und meine Gäste.

Wie häufig meinen Frauen, sich doppelt und dreifach entschuldigen zu müssen, weil ihnen ein Fehler unterlaufen ist. Wie selbstverständlich können andere oft damit umgehen! Warum sind wir nur so streng mit uns? Welchen Vorbildern jagen wir nach? Gestehen wir uns doch zu, daß wir auf die vielfältigen Anforderungen des Alltags auch mit Irrtümern reagieren dürfen. Es ist unmöglich, perfekt zu sein. Natürlich ist es schön, wenn alles reibungslos verläuft. Trotzdem sollten wir uns nicht über Schwächen und Fehler grämen, sondern sie allenfalls zum Anlaß nehmen, die Überfüllung unserer Tage zu überdenken. Wir streben doch Erfüllung an und nicht Überfüllung.

*Es atmet sich leicht in der hohen Luft, man saugt Lebensgewißheit und Unbeschwertheit der Seele in sich. Im Hochland erwacht man in der Frühe und weiß: Hier bin ich, wo ich sein sollte.*

Tania Blixen

In meinem Gartenbuch beginnt das Jahr mit der ersten Märzwoche. Im Garten ist es wie sonst im Leben auch: Wenn die Aktivität erst einmal begonnen hat, kommt man kaum noch zum Nachdenken. Nutzen Sie den letzten Tag des Monats Februar zur Besinnung auf das, was kommt. Die Rückschau auf das letzte Jahr sollte nun abgeschlossen sein, aus dem strengsten Wintermonat kann neues Wachstum hervorgehen. In der Landwirtschaft bedeutet ein strenger Februar eine gute Prognose. Die winterliche Vegetationsruhe wurde nicht zu früh beendet. Es hat seinen Sinn, wenn der Winter noch einmal seine ganze Kraft entfaltet.

Gönnen Sie sich eine Auszeit. Der Frühling ist nicht mehr weit, und mit ihm kommen Aufgaben auf Sie zu, denen Sie sich gewachsen fühlen wollen.

Gibt es etwas, auf das Sie sich innerlich vorbereiten möchten? Planen Sie einen Tag dafür ein. Liegt Ihnen vielleicht tatsächlich der Garten am Herzen, wollen Sie ihn neu gestalten? Dann lassen Sie ihn vor Ihrem inneren Auge entstehen, in all seiner zukünftigen Pracht. Steht Ihnen eine Familienfeier bevor? Denken Sie, bevor Sie sich in die konkrete Planung stürzen, daran, was Sie sich wirklich von ihr erhoffen und worauf Sie hinwirken wollen. Auf Harmonie? Auf Einfachheit? Auf ein fröhliches Gemeinschaftserlebnis?

Wollen Sie im Frühjahr vor allem die Natur genießen? Sie könnten sich besonders schöne Spazierwege ausdenken und überlegen, ob Sie gerne alleine gehen möchten oder lieber jemanden mitnehmen wollen.

Stellen Sie sich in Gedanken auf einen hohen Berg, und schauen Sie nach vorne, dorthin, wo die Tage schon länger werden und der Schnee taut. Freuen Sie sich auf den Beginn von etwas Neuem.

# Frühling

Er wird erträumt, ersehnt, von ganzem Herzen willkommen geheißen, besungen und gepriesen – der Frühling. Selten sind unsere Sinne so wach und geschärft. Gespannt erwarten wir die ersten grünen Blättchen, die erste frostfreie Nacht. Und wenn es soweit ist, erfüllen uns Dankbarkeit und Erleichterung: Der Kreislauf der Jahreszeiten beginnt von neuem, sagt uns die Natur unmißverständlich, und auch wir, als ein Teil von ihr, spüren, wie uns neuer Lebensmut durchströmt.

Der Frühling ist die Zeit des Aufbruchs, der Erkundung neuer Möglichkeiten. So wie wir beginnen, unsere Gärten zu gestalten, so setzen wir in unserem Leben Schwerpunkte für das kommende Jahr – bunt und vielfältig soll es werden, überschaubar und hell, mit Raum für Spiele und Experimente. Ruhige, geschützte Inseln des Verweilens sollen zur Rast einladen, freie Flächen den Blick auf ferne Horizonte zulassen.

Die Frühlingsfrau in uns liebt den Beginn. Sie ist weitblickend und biegsam wie die Weide: Selbstbewußt richtet sie sich zu ihrer vollen Höhe auf und folgt dem Ruf ihren Visionen, aber sie beugt sich auch besonnen über die Erde und pflanzt Setzlinge für einen fruchtbaren Herbst. Unter ihren Händen gedeiht die Idee zur Wirklichkeit.

# *März*

Ein Aufatmen geht durch die Natur, das erste zaghafte Grün ist wie ein eingelöstes Versprechen: Der Frühling kehrt wieder, unser Vertrauen ist nicht enttäuscht worden. Und so nimmt auch unser Selbstvertrauen zu.

Wir spüren den Erdrhythmus, Blockaden lösen sich auf und zerrinnen wie Schmelzwasser. Alles gerät ins Fließen. Es ist eine Zeit für Spiele, heitere Narreteien, aufkeimende Gefühle. Übermütig recken wir das Gesicht der Sonne entgegen.

Gelbe Märzenbecher schaukeln im Wind. Es riecht nach nasser Erde. Durch den Schnee lugen die ersten violetten Krokusspitzen.

Schneeglöckchen blühen. Mit der Tagundnachtgleiche zieht auch der Kalenderfrühling ein. Das Tageslicht nimmt in vier Wochen um eine ganze Stunde zu.

An den Zweigen bilden sich die ersten Knospen; wir erkennen sie als Symbol für unser eigenes, inneres Wachstum, das seine Zeit kennt und unbeirrt dem Rhythmus der Jahreszeiten folgt.

*Es muß nicht jeder die Welt neu erfinden. Man muß nicht alles selbst ausprobieren. Durch Beobachten und Zuhören kann man genausoviel lernen wie durch eigenes Tun.* Elizabeth Delany

Elizabeth Delany, die 1995 im Alter von 105 Jahren starb, wußte, wovon sie sprach. Sie hat durchaus vieles selbst ausprobiert und sich nicht gescheut, immer Neues zu lernen. Zeit ihres Lebens stand sie auf eigenen Füßen – sie war die erste farbige Zahnärztin in Harlem – und trat immer dafür ein, sich hohe Ziele zu stecken. Bis zu ihrem Tod kümmerte sie sich um ihren Garten, bereitete sich täglich ihr Müsli und sieben Arten Gemüse, machte Gymnastik und lackierte sich die Fingernägel. Daß es ihr an Lebenslust und Genußfähigkeit mangelte, kann man sicher nicht behaupten.

Dennoch erkannte sie, daß es sinnvoll ist, die eigenen Grenzen zu erkennen und sich gelegentlich auf die Erfahrungen anderer zu stützen. Das hätte ihr unter anderem einen Stromschlag und eine unerfreuliche Begegnung mit einer Schlange ersparen können. Wenn eine so unabhängige und unternehmungslustige Frau am Ende ihres Lebens diese eine Lektion unbedingt weitergeben will, sollten wir das beherzigen. Authentisches Leben muß nicht bedeuten, daß wir höchstpersönlich gegen jede Mauer anrennen und in jede Falle tappen müssen. Wir dürfen uns bei anderen etwas abschauen, ohne dadurch weniger eigenständig zu sein. Gute Ideen sind dazu da, aufgegriffen zu werden.

Halten Sie Ausschau nach einer Person, von der Sie etwas lernen, etwas hören oder übernehmen möchten: eine Fertigkeit, ein Verhalten, eine Sichtweise.

*Wir müssen Anfänger-Geist haben, frei von irgendeinem Besitz, einen Geist, der weiß, daß alles in fließender Änderung ist... Ehe der Regen aufhört, hören wir einen Vogel. Selbst unter dem tiefsten Schnee sehen wir Schneeglöckchen und neues Wachstum.* Shunryu Suzuki

«Ich habe eine Überraschung für dich», kündigte meine vierzehnjährige Tochter in den Ferien am Telefon an. Nett von ihr, dachte ich.. Das würden die Zartbitter-Pralinen sein, die ich so gerne mochte. Aber die waren es nicht. Sie hatte sich den Arm gebrochen und kam früher als erwartet nach Hause.

Überraschungen sind leider nicht immer angenehmer Natur. Leider? Es ist ein Gesetz des Lebens, daß wir nicht alles vorausplanen können. Das zwingt uns, wach und aufmerksam zu bleiben. Nur so können wir angemessen reagieren, wenn uns etwas Überraschendes begegnet. Sind wir nur auf Erfreuliches gefaßt, trifft uns das Erschrecken um so härter. Leben wir dagegen in der argwöhnischen Erwartung, Überraschungen seien sowieso immer negativ, legen wir uns mit der Zeit einen Schutzpanzer zu und können auch die Freude über positive Wendungen des Schicksals nicht mehr zulassen.

Mit den Jahren reagieren unsere Gedanken auf bestimmte Auslöser immer auf die gleiche Weise. Für mich war «Überraschung» gleichbedeutend mit «Geschenk», weil es mir so am besten paßte. Wie sich zeigte, wurde der gebrochene Arm jedoch ausgerechnet für meine Tochter zu einem Geschenk. Während der sechs Wochen, in denen sie vom Druck ihrer Pflichten und Aufgaben befreit war, erkannte sie, daß sie so viel zufriedener war, und entschloß sich in der Folge, ihre Termine drastisch zu reduzieren.

Öffnen Sie sich für alles, was kommen mag. Vertrauen Sie darauf, daß Sie die Kraft haben, mit Überraschungen jeglicher Art sinnvoll umzugehen.

*Erwarte Wunder. Erwarte, daß Wunder über Wunder geschehen, und grenze die Erwartung auf keinerlei Weise ein.* Eileen Caddy

«Wunder sind eine natürliche Entfaltung des göttlichen Planes», steht in einem Aufsatz der Findhorn Community in Schottland. Wunderbar ist also nicht nur, wenn Wasser in Wein verwandelt oder ein Blinder sehend wird. Jeder Tagesanbruch ist ein kleines Wunder, besonders wenn die Nacht tatsächlich oder im übertragenen Sinne sehr dunkel war.

Daß wir uns etwas vornehmen und es auf Anhieb gelingt, kommt uns manchmal wie ein Wunder vor. Wir merken dann selbst, daß wir im Einklang mit dem Geschehen in uns und außerhalb von uns sind. Alles ist plötzlich ganz leicht. Alles fügt sich wie von selbst, es bedarf kaum einer Anstrengung. Wenn wir dagegen versuchen, dem Fluß der Ereignisse, unseren Willen entgegenzustemmen, wird das Leben sehr mühsam.

Ob wir die richtige Richtung eingeschlagen haben, erkennen wir daran, ob wir aus einem inneren Vertrauen heraus handeln können. Die einzige Möglichkeit, dieses Vertrauen zu entwickeln, ist, meine ich, Offenheit für Wunder.

Erkennen, daß sich laufend Wunder ereignen, erfordert große Wachheit. Wir können auch alles dem Zufall zuschreiben oder blind wirkenden Gesetzmäßigkeiten. Es ist unsere eigene Entscheidung, welchen Zugang wir zu den Geheimnissen der irdischen Existenz suchen wollen. Offenheit macht verwundbar, aber auch sehr reich.

*Was kann man tun, wenn man dreißig ist und an der eigenen Straßenecke plötzlich von einem Glücksgefühl, von einem Gefühl reinen Glücks überwältigt wird, als hätte man plötzlich einen leuchtenden Schnitz Nachmittagssonne verschluckt und als brennte es einem in der Brust und jagte einen kleinen Funkenregen durch den ganzen Körper, bis in jeden Finger und Zeh.* Katherine Mansfield

Das kann schon mal passieren im Frühling, daß einen das Wunder, lebendig zu sein, so überwältigt. Bertha Young, die Hauptfigur in Katherine Mansfields Erzählung, wird von ihrem Glücksgefühl geradezu heimgesucht und möchte ihm Ausdruck geben: rennen statt laufen, laut lachen, einen anderen Menschen umarmen, etwas in die Luft werfen, sich um die eigene Achse drehen.

Aber all das versagt sie sich, weil sie ja «schon dreißig» ist. Damit steht sie nicht allein da. Die schönsten, ganz authentischen Impulse, die ohnehin selten genug über uns kommen, ersticken wir im Keim, weil sie sich für unser Alter oder unsere Stellung oder in unserer Umgebung nicht gehören. Schon das Schmunzeln über eine amüsante Lektüre in der Straßenbahn ist uns peinlich, wenn alle Mitfahrer mit unbewegter Miene dasitzen und auf Gefühlsäußerungen verständnislos reagieren.

In unserer Gesellschaft gehört Mut dazu, die Fassade der Wohlerzogenheit zu durchbrechen und zuzulassen, daß das eigene Gesicht in der Öffentlichkeit Gefühle zeigt. Meistens brauchen wir Anlässe, damit wir aus uns herausgehen können – ein Betriebsfest, einen Karnevalsumzug, einen Kindergeburtstag.

Gestatten Sie sich heute eine kleine Abweichung von der Norm. Zeigen Sie öffentlich ein wenig mehr von Ihren Gefühlen. Sie tun damit im Grunde auch den anderen einen Gefallen.

*Gründe zu lächeln gibt es wahrscheinlich so viele, wie es Menschen gibt, und soweit wir wissen, sind diese Gründe so vergänglich wie das Lächeln, das sie hervorrufen.* Esther Gerz

Im Gegensatz zu allen anderen Gefühlsäußerungen erkennt man ein Lächeln schon aus vierzig Metern Entfernung, war kürzlich in einem wissenschaftlichen Artikel zu lesen.

Wozu mag das gut sein? Wir brauchen das Lächeln offensichtlich zur Kontaktaufnahme, wir signalisieren Freundlichkeit und Friedfertigkeit. Wir lächeln auch, wenn wir an etwas Schönes denken, aber meistens ist das Lächeln auf andere Menschen bezogen. Frauen, heißt es, lächeln mehr als Männer, weil ihnen das Lächeln als Teil ihres Sozialverhaltens antrainiert wurde.

Aber ist das überhaupt wünschenswert? Wollten wir nicht endlich von der stereotypen Nettigkeit wegkommen, die so gar nicht wiedergibt, wie es in uns aussieht? «Doch wie's da drinnen aussieht, geht niemand was an», heißt es in der Operette *Das Land des Lächelns.* Klarer kann man es kaum ausdrücken: Lächeln kann vieles überdecken, und wir wissen alle, daß der Widerspruch zwischen wahrem Gefühl und Fassade eine enorme psychische Belastung ist. Das wollten wir doch eigentlich hinter uns lassen, oder nicht? Wir wollten doch Frauen werden, die ihre Gefühle und Gedanken nicht hinter Masken verstecken.

Machen Sie ein Experiment: Verbieten Sie sich einen Tag lang das automatische Lächeln. Spüren Sie nach, wann das Lächeln wirklich Ihrem Bedürfnis entspringt. Hören Sie in sich hinein, welche Gründe zum Lächeln es für Sie gibt. Geben Sie dann Ihren Gesichtszügen die Erlaubnis, sich zu entspannen, und lassen Sie dieses Lächeln langsam in sich aufsteigen.

*Eine gute Sicht zu haben heißt nicht so sehr, andere zu sehen, sondern sich selbst.* Anthony de Mello

Es ist verblüffend – wenn Sie lächeln, erhält Ihr Gehirn prompt die Botschaft: Es scheint Grund zu guter Laune zu geben. Denn die Gefühle folgen – das ist erwiesen – dem Verhalten. Anders ausgedrückt: Die Simulation eines Gefühls in Mimik und Gestik erzeugt das Gefühl. Das Lächeln, das Sie versuchsweise auf Ihr Gesicht zaubern, kommt in allererster Linie Ihnen selbst zugute. Aber Sie können sich diese Erkenntnis der Psychologie auch auf andere Weise zunutze machen.

Nehmen wir an, Sie haben ein unangenehmes Gespräch vor sich. Schon der Gedanke daran macht Sie nervös. Die Körperhaltung, die Ihrem Empfinden entspräche, sähe etwa so aus: Beine überkreuzt, Arme verschränkt, die Schultern hochgezogen, den Kopf zur Seite geneigt. Nun überlegen Sie sich, wie Sie sich gerne in diesem Gespräch zeigen würden, welche Haltung Selbstvertrauen und Zuversicht ausdrückt. Es gibt dafür kein Patentrezept, aber auf jeden Fall säßen Sie mit geradem Rücken auf dem Stuhl und würden den Blick Ihres Gesprächspartners erwidern.

Versuchen Sie es einmal. Nehmen Sie zuerst die Haltung ein, die Unsicherheit und Angst ausdrückt, und danach diejenige, mit der Sie Selbstvertrauen und Sicherheit signalisieren.

Und nun der dritte Schritt: Gibt es eine Möglichkeit, von Haltung A zu Haltung B zu gelangen? Welche Muskeln müßten sich lösen, welche Bewegungen wären nötig? Überfordern Sie sich nicht; suchen Sie kleine, behutsame Bewegungen, die einen gleitenden Übergang ermöglichen. Atmen Sie möglichst bewußt, und lassen Sie die selbstbewußte Haltung auf sich wirken. Merken Sie, wie Ihr Körper Ihnen mitteilt: Ich bin dieser Situation gewachsen. Ich kann ihr aufrecht begegnen.

*Wenn die eigene Individualität ignoriert wird, ist das, als würde man aus dem Leben gestoßen. Als würde man ausgeblasen wie eine Kerze.*

Evelyn Scott

In dem Kinderbuch *Das kleine Ich-bin-Ich* von Mira Lobe versucht ein Stofftier herauszufinden, wer es ist. Es besucht verschiedene Tiere, weil es an sich Ähnlichkeiten mit ihnen entdeckt, und möchte deshalb als ihresgleichen aufgenommen werden. Aber es wird immer wieder abgewiesen. Wer einen Schweif hat, ist noch längst kein Pferd. Ein langer Hals allein macht niemanden zur Giraffe. Alle Ähnlichkeiten genügen nicht, um dem Tierchen die ersehnte Zugehörigkeit zu verschaffen. Es ist ein langer, beschwerlicher Weg, bis das kleine Wesen zu sich findet.

Auch wir wollen ja letztlich herausfinden, wer wir sind. Auf der Suche nach einer unverwechselbaren Identität gibt es viele Stationen; meistens stellt sich als erstes heraus, wer wir nicht sind. Wir erproben uns in verschiedenen Rollen und stellen mit der Zeit fest, daß wir uns nur zum Teil in ihnen wiederfinden.

Erst ganz zum Schluß findet das kleine Tierchen seine Identität, kann stolz «Ich bin Ich» sagen. In diesem Moment braucht es nicht mehr so sein zu wollen wie die anderen. Und erstaunlicherweise wird es jetzt, da es sich voller Selbstbewußtsein zu seinem Anderssein bekennt, von den übrigen Tieren akzeptiert.

Sagen Sie zu sich selbst: «Ich bin ich.» Mehr nicht, nur diese drei Worte. Laut und deutlich. Spüren Sie, wie sie Ihnen Kraft und Selbstvertrauen geben.

*Eine Deutung, die jemand versucht, ist kein Befehl, daß Sie sich dieser Deutung unterwerfen müssen.* Max Frisch

Scheinbar ist es ein Paradox: mehr durch weniger, Fülle durch Verzicht. So sehr wir uns über Hektik und Reizüberflutung beklagen, so wenig können wir uns doch mit dem Gedanken anfreunden, daß wir an all den Annehmlichkeiten des modernen Lebens nicht mehr teilhaben sollen: Auto, Fernsehen, gutes Essen, bequemes Reisen, Kino, Stromversorgung, Telefon, Computer.

Es ist wie beim Fasten. Der Gedanke an den Verzicht auf Essen schlägt ganz schnell um in Visionen von üppig gedeckten Tafeln und aromatischen Speisen.

Verdrängen ist sicherlich keine Lösung. Das wußten die Asketen früherer Tage recht gut – ihr Kampf gegen die Versuchungen dauerte oft ein Leben lang. Ganz anders sieht es jedoch bei maßvollem Verzicht aus. Stellt sich ein Gefühl von Leere ein, wenn wir auf einen Teil der gewohnten Geschäftigkeit verzichten, soll uns das nicht schrecken. Wir sind nicht zur Untätigkeit und Passivität verdammt; wir können etwas tun, was uns rundum guttun wird: spielen statt konsumieren.

In den nächsten Tagen möchte ich Sie zum Spielen verführen. Weder Canasta noch Mühle meine ich damit, obwohl auch dagegen nichts einzuwenden ist. Geben Sie dem Spieltrieb in sich nach, der Ihnen mit der Zeit einen neuen Zugang zur Kreativität eröffnen wird.

*Für uns gilt nur der Versuch, der Rest ist nicht unsere Sache.*
T. S. Eliot

Haben Sie im Museum schon einmal Bilder gesehen, die aus einer einzigen monochromen Farbfläche bestehen? Die meisten Menschen fühlen sich von ihnen irritiert und provoziert. Sie sind eine Zumutung – im besten Sinn. Sie muten – und trauen – uns zu, dort einen Sinn zu entdecken, wo nicht der geringste äußere Hinweis auf einen Sinn zu existieren scheint. Sie sind so «einfach», daß wir sie nur schwer würdigen können.

Nutzen wir ungewohnte Kunstwerke als Chance, mit unserem Befremden einmal anders umzugehen als bisher. Zum Beispiel indem wir nicht nur denken: «Das könnte ich auch», sondern es in die Tat umsetzen. Nehmen Sie einen Pinsel in die Hand und malen Sie ein weißes Blatt blau an. Achten Sie darauf, was Sie dabei empfinden. Es würde mich sehr wundern, wenn Ihre Phantasie nicht Flügel bekäme.

Wenn wir einen Gegenstand naturgetreu abbilden wollen, wie uns das in der Schule beigebracht wurde, stoßen die meisten von uns schnell an ihre Grenzen. Bei der Annäherung an unsere eigene Kreativität ist die größte Gefahr, die Latte zu hoch zu legen. Haben Sie einmal frustriert beschlossen, «das kann ich nicht», ist der Zugang für lange Zeit blockiert.

Gehen Sie weiter zurück, als Sie müßten. Tun Sie etwas, das Ihnen schon fast zu leicht vorkommt. Werfen Sie alle Vorstellungen, was «Kunst» zu sein hat, über Bord. Und heben Sie bitte das blaue Blatt auf. Sie brauchen es noch.

*Die Menschen können sich der Erde zuwenden. Erde erklärt. Sie brauchen niemanden, der ihnen das Wesen der Sonne, des Mondes oder des Wassers erklärt. Sie können sich direkt an diese Elemente wenden, denn alles ist mit allem verwandt.* Thomas Banyacya

Legen Sie das blaue Blatt, das Sie gestern gemalt haben, vor sich hin. Wenn Sie es nicht aufgehoben haben, stellen Sie sich vor, es läge vor Ihnen. Wissen Sie noch, was Sie beim Malen empfunden haben?

Was haben Sie darin gesehen?

Ein Fenster zum Himmel? Dann sehen Sie hindurch.

Einen Quader, von dem nur eine Fläche sichtbar ist? Was verbirgt sich dahinter?

Eine Struktur mit Streifen und Flecken, die nicht so geworden ist, wie Sie es sich gewünscht haben? Sind Sie darüber verärgert?

Eine Wasseroberfläche? Ist das Wasser tief, würden Sie gerne darin schwimmen, oder macht es Ihnen angst?

War Ihnen die Handhabung von Pinsel und Farbe vertraut? Kam Ihnen der Gedanke: «Eigentlich hätte ich Lust, etwas anderes zu malen?» Wenn Sie mögen, können Sie ja ausprobieren, wie andere Farbflächen auf Sie wirken. Finden Sie heraus, ob Sie kalte oder warme Farben bevorzugen. Entdecken Sie das Farbklima, das Ihr Wohlbefinden stärkt.

Beginnen Sie aber mit dem Blau. Blau ist die Farbe, gegen die weltweit die wenigsten Menschen eine Aversion haben, ja, die sie sogar besonders lieben. Leben wir nicht auch auf dem blauen Planeten? Sie alle kennen das Bild der Erde, die wie ein leuchtendes Juwel auf dem schwarzen Hintergrund des Weltalls liegt. So heimatlos Sie sich vielleicht manchmal fühlen – diese Erde ist Ihre Heimat. Würdigen Sie ihre Schönheit.

*Wenn der Bogenschütze schießt, ohne einen besonderen Preis gewinnen zu wollen, kann er seine ganze Kunst entfalten.* Tranxu

Ich möchte Sie gerne zum spielerischen Umgang mit den Dingen Ihrer Umgebung anstiften. Spielend erkunden wir die Welt, wenn wir klein sind, und das Spielen muß sich später nicht auf Skat oder Schach beschränken. Besonders bei den intellektuell immer anspruchsvolleren Strategie-Spielen, die auf den Markt kommen, wird das Gewinnen oder Verlieren durch Denkleistung entschieden. Dabei gibt es so viele andere Spiele, bei denen wir unsere Sinne einsetzen können!

In dem Buch *Auf dem Wege der Besserung* des amerikanischen Arztes O. Carl Simonton habe ich eine lange Liste von Spielen gefunden, die er als Bestandteil eines Genesungsprogramms für seine Patientinnen und Patienten vorschlägt. Es ist verblüffend, was sich darin alles findet. Bevor ich Ihnen eine Auswahl vorstelle, könnten Sie selbst schon eine Liste anlegen. «Spielen» sollte dabei so breit wie möglich gefaßt sein, als Tätigkeit, die, laut Lexikon, «lediglich aus Freude an ihr selbst geschieht und keine praktische Zielsetzung hat».

Wenn Sie Ihre Phantasie ein wenig bemüht haben, hören Sie sich an, was Carl Simonton alles unter spielen versteht: Fingermalen, Kirchenlieder singen, Puzzles legen, zu Musik tanzen, Bonsai ziehen lernen, Popcorn machen, Warenhauskataloge studieren, etwas Neues kochen, Billard spielen, Schlauchboot fahren, jemandem einen Witz erzählen, Vögel beobachten. Und das ist noch längst nicht alles.

Praktisch alles, was Sie tun, kann zum Spiel umfunktioniert werden.

*Wir leben nicht nur in der objektiven Welt sichtbarer Gegenstände und Aktivitäten. Im Gegenteil, unsere Erfahrungen sind zum großen Teil innere Erfahrungen. Jeden Tag erleben wir viele verschiedene Wirklichkeiten.*

J. L. Caughey

Bühnenschriftsteller lieben das Spiel mit der Biographie ihrer Figuren und benutzen gelegentlich den Kunstgriff, sie auf der Bühne mit verschiedenen Lebensläufen experimentieren zu lassen, nach dem Motto: Was wäre, wenn ich noch einmal von vorne anfangen könnte? Auch wir können mit dem Gedanken spielen, was gewesen wäre, wenn...

Das Spannungsfeld zwischen Möglichkeiten und Wirklichkeit ist immer reizvoll. In Ihrem Leben wie in meinem gibt es zentrale Punkte, an denen Entscheidungen fielen, die die weitere Entwicklung in eine ganz bestimmte Bahn gelenkt haben. Wenn es damals anders verlaufen wäre, wenn dies oder jenes geschehen oder nicht geschehen wäre, würden wir vielleicht woanders wohnen, hätten andere Partner und Freunde, würden uns anders fühlen.

Vor allem wenn wir glauben, in einer Sackgasse zu stecken, gibt es einen sinnvollen gedanklichen Weg – nämlich zurück. Wie weit zurück wird sich zeigen. Möglicherweise bis an eine Gabelung, an der wir – wie sich nun herausstellt – einen Weg eingeschlagen haben, ohne zu bedenken, wohin er führt.

Spielen Sie das Spiel «Mein Leben rückwärts». Rollen Sie Ihren Lebenslauf von hinten auf, bis Sie an Gabelungen gelangen, an denen Sie auch eine andere Richtung hätten einschlagen können. Inszenieren Sie ein neues Drama, wenn auch nur im Geiste. Ihnen stehen sämtliche Figuren und Orte zur Verfügung. Bedienen Sie sich mit vollen Händen aus dem Fundus der Kostüme und Requisiten. Erinnern Sie sich noch? Sie spielen die Hauptrolle in Ihrem Leben!

*Manche Krankheit wäre den Menschen zu ersparen, wenn man ihr Herz befriedigen und froh machen könnte.* Carmen Sylva

Wer sagt eigentlich, daß Veränderungen im Leben immer bitterernst sein müssen? Können wir nicht auch «einfach» Spaß haben und uns neu erleben? Ein Mehr an Klarheit und Authentizität muß doch nicht immer mit harter Arbeit verbunden sein, oder?

Als meine Nachbarin Renate sechzig wurde, beschloß sie, sich einen Wunsch zu erfüllen, den sie schon seit zwanzig Jahren hegte – einmal in den Jazzclub gehen. Sie überredete ihren Mann, sie zu begleiten, suchte sich ein Konzert aus, das ihr zusagte, und eines Abends saß sie im Zuschauerraum. Die Musik war lauter, als ihr angenehm war, aber gleichzeitig stellte sie erstaunt und beruhigt fest, daß sie keineswegs die Älteste war. Und dann saßen da sogar ein paar einzelne Frauen an den Tischen, die ganz vergnügt aussahen. Renate genoß das Konzert in vollen Zügen.

Am nächsten Tag hatte sie Herzschmerzen. Sie glaubte zu wissen warum: Sie war eben doch schon zu alt für so etwas, es war leider nichts mehr für sie. Ihr Körper verkraftete die ungewohnte Belastung nicht mehr und machte ihr einen Strich durch die Rechnung.

Das erschien nun ihrem Sohn, dem sie die Geschichte erzählte, nicht recht einleuchtend. «Weißt du was, Mama», meinte er, «dir tut einfach das Herz weh, weil du das nicht schon zwanzig Jahre früher gemacht hast!»

Es ist nur scheinbar einfacher, sich auf die eingefahrenen Gleise zu beschränken. Wenn wir nicht die Freude und den Spaß suchen, nach dem wir uns innerlich sehnen, sucht sich unsere Unzufriedenheit eine Ausdrucksform, schlimmstenfalls durch körperliche Symptome.

Beugen Sie dem vor, indem Sie heute etwas tun, das Ihnen so richtig Spaß macht. Und wenn es schön war, tun Sie es morgen gleich wieder!

*Besser ein weiser Tor als ein törichter Weiser.*
William Shakespeare

Clowns kennen wir als Spaßmacher im Zirkus. Sie sind geschminkt, tragen rote Nasen und fallen häufig um. Aber Clowns tun noch viel mehr: Sie spielen mit Emotionen, spielen mit dem Publikum, spielen mit Ernst und Spaß. Sie zeigen alle Gefühle so übertrieben, daß wir darüber lachen und gleichzeitig, ohne es zu merken, Mitleid empfinden mit diesem arglosen Wesen, das den Tücken des Lebens so ausgeliefert scheint.

Ernst sein ist offenbar nicht alles, das lehren sie uns. Clowns sind in ihrer drolligen Andersartigkeit sehr frei. Sie leben aus der Intuition heraus, scheren sich um keine Regeln, suchen die Wahrheit im Sein und nicht im Denken. Sie sprechen weniger mit Worten als mit dem Körper und lenken dadurch die Aufmerksamkeit des Publikums auf den Augenblick. Wer nichts verpassen will, muß genau hinsehen.

Lange war die Clown-Figur eine männliche Domäne. Das hat sich mittlerweile geändert. Wer sagt denn, daß nicht auch Frauen spielerisch gegen Regeln verstoßen dürfen?

Es ist nicht notwendig, sich eine rote Nase überzustülpen, damit wir uns die Freiheit nehmen können, locker und lustig zu sein. Auch erwachsene Frauen dürfen herumalbern und sich ab und zu närrisch aufführen.

Nehmen Sie heute einer Situation die Spitze, indem Sie ihr als Clownin begegnen. Haben Sie keine Angst vor dem Kopfschütteln der anderen. Sie selbst werden sich sehr befreit fühlen, und vermutlich wird Ihr Lachen sogar ansteckend wirken.

*Wir alle sind Schauspieler. Jeden Tag spielen wir mit wechselndem Geschick und mehr oder weniger großer Hingabe die verschiedensten Rollen. Unsere Bühne sind das eigene Haus, der Wagen, die öffentlichen Verkehrsmittel, der Arbeitplatz, Restaurants, Läden, Partys.*

Brian Bates

Wenn Sie aufgefordert würden, in einem Theaterstück eine Rolle zu übernehmen, welche würden Sie sich aussuchen?

Würden Sie eine sympathische Figur verkörpern wollen? Oder lieber einmal etwas ganz anderes ausprobieren? Welches Kostüm würden Sie gerne tragen? Welche Sätze würden Sie gerne sprechen? Wie stellen Sie sich die Bühne vor?

Anders ausgedrückt: Welche Aspekte Ihrer Persönlichkeit kommen im «wirklichen Leben» nicht genügend zur Geltung? Ab und zu ist es gut, sich bewußt zu machen, daß wir auch im täglichen Leben Rollen spielen.

Welche Erinnerungen haben Sie an eigene Auftritte, sei es auf der Bühne, sei es in Ihrem Alltag? Was haben Sie daran genossen?

Steckt hinter den abwehrenden Worten: «Ach, ich könnte nie auf der Bühne stehen» vielleicht der Satz: «Ach, wie gerne wäre ich meine Hemmungen los und könnte mich besser in Szene setzen»? Was müßte sich ändern, damit Sie es könnten?

Heute oder an einem der nächsten Tage heißt das Spiel: «Der Alltag ist meine Schauspielschule.» Spielen Sie im Bus, beim Bäcker, auf dem Postamt. Suchen Sie sich eine Rolle, die Ihnen imponiert. Spielen Sie «Die Selbstbewußte» oder «Die Kesse». Vielleicht hat eine Freundin Lust mitzuspielen.

Für den Anfang genügt eine Geste, die Sie normalerweise nicht ausführen, oder ein Satz, den Sie sonst nicht sagen würden. Respektieren Sie dabei Ihre inneren Grenzen des Unbehagens. Das Spiel soll Ihnen nicht peinlich sein, sondern Spaß machen.

*Das Abenteuer von Frauen beginnt dort, wo sie an Grenzen gelangen, die ihnen durch die Gesellschaft, die persönliche Biographie oder die Lebensumstände gesetzt werden.* Elke Herms-Bohnhoff

Wenn Kinder zu hoch auf einen Baum klettern und nicht mehr herunterkommen können, verschwimmen die Grenzen zwischen Spaß und Ernst. Von einem Moment auf den anderen merken sie, daß sie sich überschätzt haben und auf Hilfe angewiesen sind.

Es ist nicht zu leugnen, daß es auch uns so ergehen kann. Gerade noch war alles ein schönes Spiel, und plötzlich merken wir, daß wir alle Leichtigkeit verloren haben und erschrocken auf den harten Boden der Realität starren, auf den wir abzustürzen drohen. Ein Abenteuerurlaub endet mit gebrochenem Bein, ein Flirt führt zur Beziehungskrise, und wir können nur noch erschrocken sagen: Das habe ich doch nicht gewollt!

Zu jedem Spiel gehört ein gewisses Risiko. Was wir abschätzen sollten, ist, ob die Angst vor dem Risiko berechtigt ist oder ob wir uns nur zu schnell vorgewagt haben und nun an einem Punkt angelangt sind, an dem wir noch gar nicht sein wollen. Melody Beattie erzählt in *Kraft zur Selbstfindung* sehr anschaulich, wie sie mit zitternden Knien vor der höchsten Hängebrücke der Welt stand, die sich 350 Meter über den Arkansas River spannt. Sie hatte sich vorgenommen, sie zu überqueren. Das Risiko, wirklich abzustürzen, war äußerst gering, aber sie spürte, daß sie innerlich noch nicht soweit war. Sie hatte ihre eigene Entwicklung falsch eingeschätzt. Sie nahm ihre Ängste ernst und gönnte sich drei Anläufe, bis sie schließlich in ihren Wagen stieg und hinüberfuhr.

Wo liegt die Brücke, über die Sie gerne gehen würden?

*Es gibt Menschen, die das Leben erleiden. Es gibt Menschen, die das Leben nach eigenem Willen gestalten.* C. F. Ramuz

In einer Ausbildungsgruppe hörte ich zum ersten Mal den schönen Satz: Gibt es Störungen?

Was denn für Störungen, fragte ich mich. Ich war doch gekommen, um etwas zu lernen, und nun fragte mich der Gruppenleiter als erstes, ob mich etwas störte.

Es dauerte einige Sitzungen, bis ich verstand, was er meinte, und gelernt hatte, meine Störungen ernst zu nehmen. Einmal war es die Müdigkeit nach einer schlaflosen Nacht, ein andermal war ich in Gedanken noch beim Streit am Frühstückstisch, den ich gerne bereinigt hätte.

Ich war es gewohnt, all das, was mich innerlich umtrieb, fortzuschieben, sobald andere Aufgaben auf mich zukamen. Und ich war bereit, einen Teil von mir zu verbergen, sobald ich in der Gruppe erschien. Erst nach ein paar Wochen konnte ich das Angebot annehmen und sagen, was mich noch beschäftigte. Es war eine große Erleichterung.

Was halten Sie davon, diese Frage als eine Art Spiel in Ihr Leben einzubauen?

Sie könnten sich beispielsweise immer dann, wenn Sie merken, daß Sie nur noch automatisch funktionieren, kurz fragen: Gibt es eine Störung? Was beschäftigt mich so, daß ich nicht in der Lage bin, meine ganze Aufmerksamkeit auf mein momentanes Tun zu richten?

*Betrachte einmal die Dinge von einer anderen Seite als bisher: Das heißt ein neues Leben beginnen.* Mark Aurel

Störungen, die wir am Tag nicht beachten, nehmen sich in der Nacht ihren nötigen Raum.

«Wenn du nicht schlafen kannst, dann bleib doch wach.» Diesen Rat gab mir eine Freundin, als ich klagte, daß ich jede Nacht aufwachte und dann lange nicht mehr einschlafen konnte.

Schlaflosigkeit ist eine Plage, da sind wir uns sicher einig. Nach einer solchen Nacht schleppen wir uns mißmutig durch den Tag und ärgern uns über uns selbst: Wieder mal den unablässig kreisenden Gedanken unterlegen, wieder mal Probleme gewälzt, ohne eine vernünftige Lösung zu finden. Wir haben uns vorgenommen, bei Tagesanbruch mit neuem Mut das Leben anzupacken – und jetzt sitzen wir mit dunklen Augenringen am Frühstückstisch, und alle Energie ist verpufft.

Der Ärger, scheint mir, ist eine der schlimmsten Folgen der Schlaflosigkeit. Müdigkeit lähmt, aber sie zwingt uns auch, alles langsamer und sorgfältiger anzugehen, um Fehler zu vermeiden. Und deshalb ist die Müdigkeit selbst noch kein so großer Schaden – es sei denn, sie wird chronisch. Was uns so aufbringt, ist der Gedanke an die verflossene Zeit, die nicht mehr aufzuholen ist. Aber wer sagt denn, daß wir uns schlaflos im Bett wälzen müssen? Es gibt Bücher, es gibt Radio und Stereoanlage, im Sommer einen Balkon oder ein offenes Fenster, im Winter warme Milch und Kekse.

Wenn wir schon wissen, daß mit uns am nächsten Tag nicht viel anzufangen sein wird, sollten wir wenigstens ein paar schöne Nachtstunden verbringen.

*Eine ernste Sache mit Humor betrachten heißt noch lange nicht ihren Ernst verkennen.* Peter Bamm

Für all jene, die an hartnäckigen Schlafstörungen leiden, sind weise Ratschläge meist wenig hilfreich. Auch wenn wir wissen, daß Grübeln nur Kraft kostet, gibt es Zeiten, in denen Körper und Geist einfach nicht zur Ruhe kommen.

In dem Buch *Milton H. Ericksons gesammelte Fälle* berichtet der bekannte amerikanische Hypnotherapeut von einem Patienten, der ihn nach dem Tod seiner Frau wegen schwerer Schlafstörungen aufsuchte. Erickson erklärte, er könne dem Mann helfen, wenn dieser bereit sei, einige Stunden Schlaf zu opfern. Jede Nacht von acht Uhr abends bis sieben Uhr morgens solle er die Holzböden in seinem Haus bohnern – eine Tätigkeit, die er haßte. Nach einer Woche solle er wiederkommen.

Glauben Sie, daß es funktioniert hat? Es hat!

Die erste Nacht bohnerte der Mann wie vereinbart. Auch in der zweiten und dritten Nacht. Am Abend der vierten Nacht sagte er sich, er könne sich ja vor dem Bohnern noch ein wenig hinlegen und ausruhen. Er wachte am nächsten Morgen um sieben Uhr auf. Ein Jahr später berichtete der Patient, daß er jede Nacht geschlafen habe. Ericksons Kommentar lautete, der Mann hätte alles getan, um nicht bohnern zu müssen – er wäre sogar eingeschlafen!

Was tun Sie am wenigsten gerne? Strümpfe stopfen? Die Kloschüssel putzen? Wenn warme Milch und Kekse nicht helfen, machen Sie doch Ihre nächtliche Wohnung zum Schauplatz der ungeliebtesten Tätigkeiten. Sie finden sicher etwas, das nicht mit großem Lärm verbunden ist. Nur eines ist notwendig: Konsequenz. Solange Sie noch Gefallen am Herumspuken in verdunkelten Räumen finden, funktioniert die Methode nicht.

*Die Kunst des Ignorierens habe ich gelernt*
*durch Berufstätigkeit im Haus.*

Susanne Bertold

Ich kann immer nur eine Sache tun – wenn ich schreibe, bleibt die Bügelwäsche liegen. Wenn ich Briefe beantworte, ist der Mülleimer noch nicht geleert. Was immer ich tue, etwas anderes wird dadurch nicht getan.

Im Haushalt gibt es tausenderlei Dinge zu erledigen, das wissen Sie selbst am besten. Er ist ein Faß ohne Boden, besonders wenn Kinder da sind. Die beste Organisation verhindert nicht, daß etwas unerledigt bleibt. Das kann sehr unbefriedigend sein und uns das Gefühl geben, den Anforderungen, die an uns gestellt werden, nie zu genügen.

Führen Sie sich klar vor Augen, daß es unmöglich ist, alles zu tun. Sie müssen Entscheidungen treffen und für sich selbst herausfinden, was machbar ist und was nun eben liegenbleiben muß. Ich selbst bin inzwischen dazu übergegangen, die häusliche Unordnung am Morgen vollständig zu ignorieren, denn wenn ich einmal anfange aufzuräumen, ist eine Stunde wie im Flug vergangen. Die wirklich wichtigen Dinge habe ich noch gar nicht angefangen, und mein Zeitplan für das tägliche Schreibpensum ist auch durcheinandergeraten.

Finden Sie die Lösungen, die für Sie die besten sind. Spielen Sie verschiedene Möglichkeiten durch: soviel wie möglich erledigen, eine kleine Liste von Tätigkeiten zusammenstellen, die Sie auf jeden Fall schaffen wollen, sich für jeden Tag etwas Bestimmtes vornehmen oder zunächst einmal alles liegenlassen und wegschauen. Fragen Sie sich, welche Methode Ihnen am leichtesten fällt und am besten von der Hand geht.

*Ich habe mir eine Menge Sorgen gemacht, aber die wenigsten davon haben sich bewahrheitet.* Mark Twain

Wenn Sie morgens schon von Sorgen geplagt werden, bekommt der ganze Tag eine düstere Färbung. Dann hilft es, eine «Sorgenphase» einzurichten, in der Sie sich aufmerksam und konzentriert mit Ihren Ängsten und Befürchtungen beschäftigen. Das Gefühl, sich nie ganz entspannen zu können, kommt daher, daß die Sorgen immer irgendwo im Hintergrund lauern und Sie viel Energie aufwenden müssen, um sie zurückzudrängen. Das äußert sich unter anderem in hartnäckigen Verspannungen.

Geben Sie Ihren Sorgen Raum, aber nur für eine begrenzte Zeit, denn der Sinn dieser Übung ist ja gerade der, daß Sie nicht ins Grübeln geraten. Versuchen Sie, genau zu benennen und zu isolieren, was Sie beunruhigt, damit Sie sich nicht davon überwältigt fühlen. So können Sie sicher sein, daß Sie sich genügend mit Ihren Ängsten und Sorgen auseinandersetzen und sie nicht etwa verdrängen oder auf die leichte Schulter nehmen. Scheuen Sie sich nicht, im Geiste zu ihnen zu sagen: «Ich widme euch jetzt zehn Minuten, und danach möchte ich, daß ihr mich in Ruhe laßt, denn ich habe anderes zu tun.»

Das wird Ihnen helfen, sich dann auch wirklich für den Rest des Tages auf andere Arbeiten zu konzentrieren. Sollten die sorgenvollen Gedanken dennoch ungebeten wieder auftauchen – und das werden sie versuchen! – weisen Sie sie ebenso ruhig wie bestimmt zurück.

Bedenken Sie, daß die Kraft Ihrer Gedanken und Überzeugungen einen entscheidenden Einfluß auf Ihr Wohlergehen hat. Selbst begründeten Sorgen sollten Sie nicht gestatten, Ihre Lebensfreude zu untergraben.

Es erfordert Mut, sich Sorgen und Ängsten direkt zu stellen, aber auch, sie loszulassen. Die Frau, die Sie werden wollen, ist mutig. Lassen Sie sich von ihr inspirieren.

*Natur, dein Kuß spricht in meine Seele hinein.*
Bettina von Arnim

Der Frühling kündigt sich an, und wir verspüren immer stärker das Bedürfnis, mit der Natur zu leben.

Mit der Natur leben. Was bedeutet das denn überhaupt? Inmitten von Natur leben die wenigsten von uns, und selbst das garantiert noch kein Miteinander. Natur sind wir ja im Grunde auch, aber wir verstehen in der Regel darunter die «natürliche» Umgebung, das unbebaute Land, die Wälder, Flüsse und Bäche, die Landschaft ohne störende Kennzeichen menschlicher Eingriffe und Aktivitäten.

Es ist schon eigenartig: Jede von uns – setze ich hier voraus – möchte, wenigstens zeitweise, von unberührter Natur umgeben sein, empfindet aber die anderen, denen es ebenso geht, als störend, weil sie das Alleinsein mit der Natur unmöglich machen.

Mit der Natur leben. Das kann heißen, mit wachen Augen durch die Welt gehen, die Jahreszeiten bewußt erleben, Hitze, Kälte, Sonne und Regen körperlich spüren, die Sinne einsetzen. Mit den Händen über Baumrinde, Erde und Blütenblätter streichen, mit den Augen die subtilen Abstufungen der Farbe Grün wahrnehmen, mit den Ohren Geräusche aufnehmen, die schon vor den Menschen da waren: das Rauschen des Windes, den Gesang der Vögel, das Surren der Insekten, das Plätschern von bewegtem Wasser.

Es ist leichter, die Natur zu lieben, wenn sie uns bezaubert. Und im Frühling trifft auf das atemberaubend schöne Wachstum noch unsere Erleichterung über das Winterende. Geben wir uns diesem Zauber hin.

*Alle Dinge von Wert – eine Karriere, ein Beruf, die Entwicklung von Kreativität oder eine tragfähige Beziehung – brauchen Zeit.*

Marilyn Barrett

Sobald sich die ersten Anzeichen des Frühlings zeigen, wächst in uns die Unruhe. Wir können es kaum noch abwarten, bis diese verheißungsvollen Vorboten endlich klare Gestalt annehmen. «Frühlingsanfang» steht im Kalender, aber wo ist er denn, der Frühling?

Keine Sorge, er kommt. So, wie er jedes Jahr kommt. Durch Ungeduld wird er keine Stunde früher zur Stelle sein. Wir wissen ja, daß das Wachstum seine Zeit braucht. Vorläufig geschieht es noch im Verborgenen, bald wird es für alle sichtbar sein.

Marilyn Barrett erzählt in *Ein Garten für die Seele*, wie sie als Kind Kapuzinerkresse gesät hatte und wenig später voller Ungeduld in der Erde nachschaute, warum noch nichts zu sehen war. Sie entdeckte kleine weiße Stengel, an denen sich zarte grüne Blättchen geformt hatten. Sie hätte nur noch ein paar Tage warten müssen, bis sich die ersten Spitzen gezeigt hätten. So aber hatte sie alles zerstört.

Das Wachstum in unserem Inneren ist auch nicht immer sofort sichtbar. Wir können es ebensowenig ans Tageslicht zerren wie die ersten Krokusse im Frühling. Wir müssen geduldig abwarten, bis der neue Keim kräftig genug ist, um Regen und Sonne ausgesetzt zu werden.

Wir müssen nicht jeden Augenblick wissen, was sich in uns abspielt. Oft ist es gerade wichtig, nicht zu früh einzugreifen und Kontrolle auszuüben. Vertrauen Sie darauf, daß Ihr Inneres weiß, wann es Sie mit einer neuen Entwicklung konfrontieren kann.

*Genauso wie wir uns auf seelischer Ebene je nach Neigung zu verschiedenen Menschen hingezogen fühlen, berühren uns auch verschiedene «Seelenplätze». Bestimmte Flecken auf Erden funken mit ebensolcher Bestimmtheit zu uns herüber, wie es gewisse Menschen tun.*

Natasha Peterson

Unweit meiner Wohnung steht im Botanischen Garten ein Baum, den meine Tochter und ich unseren «Baum der Kraft» nennen. Wir gehen ihn besuchen und lehnen uns an seine zerfurchte Rinde, um seine Energien in uns aufzunehmen. Unter ihm fühlen wir uns beschützt und sicher. Der Umfang seines Stammes ist so groß, daß wir uns nicht die Hände reichen können, wenn wir ihn von zwei Seiten umarmen.

Wir haben ihn zu unserem geistigen Treffpunkt erkoren. Wenn wir räumlich getrennt sind, verabreden wir uns hin und wieder bei ihm, um uns in Gedanken dort wiederzufinden. Das mag allzu phantastisch klingen, aber ich bin überzeugt, daß dieser Ort eine wichtige Verbindung schafft. Ob wir nun wirklich fähig sind, die Kraft des Baumes in uns aufzunehmen oder nicht, ist gar nicht das Entscheidende. Die Kraft fließt zwischen den Menschen, die sich so etwas vorstellen können und gemeinsam Orte aufsuchen, denen sie sich auf geheimnisvolle Weise verbunden fühlen.

Ein solches kleines Ritual kann zu einer wichtigen Erinnerung werden. Wenn sich zwei Menschen einen gemeinsamen Ort schaffen, bleibt er gültig, selbst wenn sie sich aus den Augen verloren haben. Es kann «unser Baum» sein, aber auch «unsere Bank» oder «unser Spazierweg». Es ist ein außerhalb der Zeit verankerter Ort.

Begeben Sie sich heute in Gedanken oder tatsächlich an einen Ort, der Ihnen viel bedeutet. Spüren Sie, wie gut es Ihnen tut, dort zu sein.

*Ich bewältige nicht mehr meine Arbeit innerhalb einer bestimmten Zeit, sondern nur eine bestimmte Zeit mit meiner Arbeit. Eine Arbeit dauert einfach so lange, wie sie eben dauert, und eine Jahreszeit ist ein Zeitabschnitt, in dem eine bestimmte Arbeit geleistet wird.*

Joan Barfoot

Menschen, die sich einer strengen, von den Lebensnotwendigkeiten vorgegebenen Disziplin unterwerfen, haben eine hohe Lebenserwartung. Wenn hundertjährige Jubilarinnen von ihrer Biographie berichten, ist sie meist randvoll von Arbeit, Mühsal und Disziplin, gekoppelt mit einem naturverbundenen Leben, das klaren, sich wiederholenden Rhythmen folgt.

Das widerspricht der modernen Auffassung, nach der stetige Veränderung und Aufbruchsbereitschaft notwendig und wünschenswert sind. Ständige Umstellungen und Neuorientierungen scheinen uns doch nicht so gut zu bekommen.

Aber wir können und wollen uns nicht alle in hart arbeitende Bäuerinnen oder Landarbeiterinnen verwandeln. Der unsichere Arbeitsmarkt zwingt uns zu innerer und äußerer Flexibilität; der Wandel der Familienstrukturen läßt sich nicht durch Disziplin aufhalten.

Eines können wir jedoch tun: Wir können herausfinden, ob nicht ein gewisses Gleichmaß in unserem täglichen Leben uns mehr zur Ruhe kommen ließe als immer neue Experimente.

Führen Sie sich das Leben einer Bäuerin vor Augen. Was würde Ihnen an ihrem Tagesablauf gefallen? Die regelmäßige körperliche Betätigung im Freien? Der Umgang mit Tieren? Der deutliche Kontrast zwischen aktivem Sommer und geruhsamem Winter? Würden Sie gerne etwas davon in Ihrem Leben verwirklichen?

*Kein größeres Geschenk können wir einem Kind machen, als daß wir seinen Blick schärfen für die Schönheit und das Geheimnis der Welt, in der wir leben.*
Rachel Carson

In meiner Kindheit gab es keinen Garten. Als ich acht Jahre alt war, zogen wir von einer Mietswohnung im vierten Stockwerk in eine ebenerdige Wohnung, zu der ein kleiner Hinterhof gehörte, der an den Seiten von Blumenrabatten gesäumt war. In ihm spielten wir Seilhüpfen oder Ball.

Mir waren die Blumen nie aufgefallen, bis ich mit einer Freundin Fußball spielte und den Ball in eines der Beete schoß. Meine Freundin lief sofort hin, hob den Ball auf, streichelte die umgeknickte Blume und gab ihr einen tröstenden Kuß. Ich war sprachlos. Und beschämt.

Es war mir nie in den Sinn gekommen, daß man mit Pflanzen ebenso umgehen konnte wie mit Menschen – aufmerksam, fürsorglich, liebevoll.

In diesem Augenblick eröffnete sich mir eine neue Dimension. Mir war sofort verständlich, warum meine Freundin so gehandelt hatte. Sie hatte sozusagen an meiner Statt um Entschuldigung gebeten. Von da an schoß ich nie wieder einen Ball achtlos in ein Blumenbeet. Ich sah zum ersten Mal, daß es um mich her wunderschöne Gebilde gab, die andere pflanzten und pflegten und die Farbe und Anmut in den tristen Hinterhof brachten.

An diesem Tag erfuhr ich, daß meine Wahrnehmung der Welt um mich her noch mangelhaft war. Vieles hatte ich schon gelernt, vieles blieb noch zu lernen. Ich begriff, daß meine Eltern nicht die einzigen waren, die mir wesentliche Dinge beibringen konnten. Wegweiser zu einem authentischen, achtsamen Leben begegnen uns in vielerlei Gestalt. Es liegt an uns, ihre Lehre aufzunehmen.

*Kein Mensch kann vollkommen werden,*
*indem er einfach aufhört zu handeln.*

Bhagavadgita

Machen Sie auch immer wieder dieselben Fehler, obwohl Sie sich fest vorgenommen haben: Das war nun aber wirklich das allerletzte Mal? Und dann sind Sie von sich enttäuscht und wünschen sich, Sie wären stärker, weiser, entschlossener und konsequenter.

Ganz gleich, welcher Fehler es ist: Offenbar sollen Sie aus ihm etwas lernen. Fragen Sie sich: Warum *will* ich immer genau das tun, von dem ich weiß, daß es zu nichts führt? Was erhoffe ich mir davon?

Lassen Sie mich ein Beispiel konstruieren: Sie haben eine Tante eingeladen, mit der Sie sich im Prinzip gut verstehen. Aber Sie wissen aus Erfahrung, daß es spätestens am zweiten Tag zu Konflikten kommen wird. Die Symphatie wird von Spannungen überlagert, und Sie wären eigentlich lieber wieder allein. Trotzdem laden Sie Ihre Tante immer wieder übers Wochenende ein. Sie schaffen es nicht, den Besuch auf einen Tag zu begrenzen. Da sich das immer wiederholt, könnten Sie eines Tages folgern: Nie wieder! Es geht einfach nicht gut mit uns beiden.

Sinnvoller wäre die Frage: Was wünsche ich mir eigentlich von ihr, von unserer Beziehung? Was provoziere ich unbewußt damit, daß ich sie länger einlade, als mir lieb ist? Will ich insgeheim ein Ende mit Schrecken, oder will ich, daß sich etwas Neues zwischen uns entwickelt, das der Beziehung eine tiefere Qualität verleiht? Warum glaube ich, daß das nur durch Konfrontation zu erreichen ist?

Beginnen Sie beim nächsten Fehler, nach den Gründen zu suchen, ohne sich anzuklagen. Haben Sie Geduld mit sich.

*Es sind die Rahmen, die manchen Dingen Bedeutung geben. Nur aus den Rahmen entsteht der Inhalt.* Eve Babitz

Irgendwann im Frühling geschieht etwas Seltsames. Die Sonne schickt ihre hellen Strahlen durch die Fenster, und ich zucke zusammen: Auf dem Glas erscheinen unübersehbar die Patschhände meines Sohnes, die Gardinen sind, freundlich gesagt, dunkelweiß, die Staubschicht auf den Büchern ist auch keine Augenweide, und die Flusen unter dem Regal haben die Größe von Tennisbällen angenommen. Alles schreit geradezu nach Frühjahrsputz.

Aber: nicht mit mir! Das habe ich mir geschworen. Ich stehe ohnehin auf Kriegsfuß mit der Ordnung – warum sollte ich also ausgerechnet im Frühling in diesen unemanzipierten Reinlichkeits- und Räumzwang verfallen?

Etwa zwei Tage gelingt es mir standzuhalten, dann greife ich zu Eimer und Lappen – allerdings mit gemischten Gefühlen. Folge ich etwa einem «uralten weiblichen Instinkt», wie mein Onkel Rudi glaubt, der sich etwas auf seine Kenntnis der weiblichen Seele einbildet? Darf ich mir als moderne Frau so viele Gedanken um mein Heim machen? Sollte ich nicht die Welt erobern und Flusen Flusen sein lassen?

Eine Nachbarin holt mich wieder auf den Boden der Realität zurück. «Wenn dir der Dreck nichts ausmacht, dann laß ihn liegen», sagt sie. «Und wenn du dich in einer geputzten Wohnung wohler fühlst, dann putze.» Ganz einfach. Nachdem ich in mich hineingehorcht habe, stellt sich heraus, daß ich den Staub auf den Büchern übersehen kann, die Schlieren auf den Fensterscheiben aber nicht.

Finden Sie heraus, wieviel Ordnung Sie in Ihrem häuslichen Leben brauchen. Versuchen Sie, die Konventionen beiseite zu lassen und Ihren persönlichen Standard zu finden.

*Ich mag Kriminalgeschichten, egal, ob erfunden oder wahr.*

Anabel Donald

Um den Krimi *Das Geheimnis der einzelnen Socke* schreiben zu können, müssen Sie keine Agatha Christie und keine Patricia Highsmith sein. Sie müssen nur eine Waschmaschine besitzen, die Sie hin und wieder mit Sockenpaaren füttern. Und schon nimmt das Drama seinen Lauf.

Das Waschprogramm läuft, Sie entladen die Maschine, hängen die Socken auf – und plötzlich sind da zwei einzelne, die nicht zusammenpassen. Sie schauen in den Wäschekorb, in die Trommel, auf den Fußboden. Nein, da sind sie nicht. Sie zucken die Achseln und nehmen an, daß die flüchtigen Partner schon wieder auftauchen werden. Aber sie tauchen nicht auf.

Dasselbe wiederholt sich beim nächsten Waschen, und inzwischen haben sich die Solo-Socken zu einem beträchtlichen Häufchen angesammelt. Es ist ein Mysterium. Kein Detektiv käme den Entschwundenen auf die Spur.

Alle meine Freundinnen kennen das Phänomen, und jede hat eine andere Theorie. Das Geheimnis gelöst hat noch keine. Aber sie haben Methoden entwickelt, wie sie sich die Laune nicht verderben lassen. Eine kauft nur noch Socken gleicher Farbe. Die andere hat sich daran gewöhnt, mit verschiedenfarbigen Socken durchs Leben zu gehen und hat das zu ihrem persönlichen Stil erklärt. Eine dritte erklärt die Solisten zu Schuhputzlappen und verschenkt diese auch an die Nachbarschaft.

An die Gründe für das Fluchtverhalten verschwendet keine mehr einen Gedanken. Manches im Leben, sagen sie, muß man eben ohne Erklärung hinnehmen und das Beste daraus machen. Ich finde, sie haben recht. Ich zum Beispiel bin dazu übergegangen, meinen Mann die Socken waschen zu lassen. Bei ihm verhalten sie sich absolut mustergültig.

*Über niemand anderen urteilt man so erbarmungslos kritisch wie über sich selbst.* Verena Weigand

Eine Geschichte, die mein Mann mit Begeisterung erzählt, lautet folgendermaßen: «Meine Frau steht vor ihrem wohlgefüllten Kleiderschrank, rückt unzufrieden Bügel hin und her und will ein weiteres Mal anheben zu dem Satz 'Ich habe nichts anzuziehen', da fängt es an zu rumpeln, und die Kleiderstange bricht unter ihrer schweren Last zusammen.»

Ich gebe es ungern zu, aber die Geschichte ist wahr. Und ich verstehe sogar, daß sich mein Mann über alle Maßen amüsiert hat. Trotzdem bleibe ich dabei – der Stoßseufzer «Ich hab nichts anzuziehen» verbirgt ein echtes Problem. Natürlich haben die meisten von uns, objektiv betrachtet, mehr als genug anzuziehen. Wir haben sogar soviel, daß uns gelegentlich die Qual der Wahl überfällt. Das ist das eine Problem – die reale Überfüllung des Kleiderschranks. Das andere, tieferliegende, ist komplexer. In dem, was da hängt, finden wir uns offenbar nicht wieder. Wir sind unsicher, wie wir aussehen, welche Rolle wir einnehmen wollen. Uns ist klar, daß wir sehr stark nach unserem Aussehen beurteilt werden, und diese Erkenntnis kann ausgesprochen lähmend wirken. Es wird schließlich von uns erwartet, daß wir attraktiv aussehen, für jede Gelegenheit etwas parat haben und genau wissen, was uns steht. Es ist sehr schwer, diese Erwartungen zu ignorieren. Nicht umsonst haben Farb- und Stilberaterinnen Hochkonjunktur.

Schlüpfen Sie in die Rolle einer solchen Beraterin, und werfen Sie einen ersten, vorsichtigen Blick in den Kleiderschrank. Stellen Sie eine Grundgarderobe zusammen, und suchen Sie beim Kleiderkaufen gezielt nach passenden Ergänzungen. Verzichten Sie eine Zeitlang auf Spontankäufe, bis Sie sich in Ihrer Kleidung wirklich wiedererkennen.

*Wenn die Dämmerung kam, ging die Großmutter oft allein in den Gespensterwald.* Tove Jansson

Lassen Sie sich am Monatsende durch eine sehr eigenwillige Frau in eine Oase entführen, die auf einer kleinen schwedischen Insel liegt und die man nicht ohne weiteres als solche erkennt. In einer der zauberhaften Geschichten, die Tove Jansson in ihrem *Sommerbuch* gesammelt hat, wird ein verwilderter Waldstreifen auf einer schwedischen Insel, der von den anderen gemieden wird, für eine alte Frau zum geheimen Ort, an dem sie ganz für sich sein kann. Sie schnitzt dort aus Holz fremdartige Tiere und dekoriert das Moos mit vom Meer an den Strand gespülten Knochen.

In der Dämmerung scheint sich die Großmutter vor den erstaunten Augen ihrer Angehörigen in eine Fremde zu verwandeln. Sie erklärt nichts, sie wandert einfach in ihren Wald und verschwindet damit aus dem geordneten Leben. «Wenn sie müde wurde, legte sie sich auf die Erde und guckte durch das Blattwerk grauer Flechten und Zweige. Die anderen fragten sie dann, wo sie gewesen sei, und sie antwortete, daß sie vielleicht ein Weilchen geschlafen habe.»

Von außen betrachtet, ist die Großmutter eine wunderliche Frau. Warum sondert sie sich ab? Was sucht sie nur in diesem häßlichen Waldstück?

Vielleicht das, was in den durchorganisierten Alltag nicht paßt: Dunkelheit, Chaos, Magie. Das Zwielicht zwischen Tag und Nacht, zwischen Leben und Tod.

Auch in unserem Leben gibt es Zeiten, in denen wir bewußt die Dämmerung suchen, weil in ihr Empfindungen aufsteigen, die wir nicht in Worte fassen können. Das ist zuweilen eine innere Notwendigkeit, und dazu gehört, daß wir den Gespensterwald als unser Geheimnis hüten.

Das tat auch die Großmutter. Doch «mitten am Tage saß sie auf den Verandastufen und schnitzte Borkenschiffchen». Ganz harmlos. Als wäre nichts gewesen.

# *April*

Der ungestüme April rüttelt uns wach. Alles in uns drängt nach Aufbruch. Wir wollen sehen, hören, berühren, riechen, schmecken. Die schnellen Wetterwechsel stimulieren unsere Sinne, wir werden aufgestört und umgetrieben, alle Augenblicke geschieht etwas anderes.

Es kribbelt uns in den Fingern, im Garten zu graben, wir bekommen Lust, uns den Wind um die Nase wehen zu lassen.

Die Elemente gebärden sich wie unartige Kinder: Frühjahrsstürme jagen durch das Land, am Morgen liegt alles voller dürrer, abgebrochener Äste. Wolken rasen über den Himmel, Blätter sitzen wie einzelne grüne Flämmchen an den Ästen.

Wir erobern Frei-Räume, klären und ordnen – im Haus, im Garten, in unseren Gedanken. Wir bereiten dem neuen Wachstum den Weg. Unsere innere Stimme leitet uns auf verschlungenen Pfaden zu immer größerer Lebensfreude.

*Die Wissenschaft mag uns zum Mars bringen, aber die Erde bleibt dadurch immer noch von Unfähigen bevölkert.*

Agnes Repplier

Vor einiger Zeit veröffentlichte eine große deutsche Tageszeitung eine Umfrage unter Prominenten aus Politik, Sport und Unterhaltung. Sie legte ihnen die Frage vor: Wie kann man sich den Alltag leichter machen? Was würden Sie als erstes abschaffen?

Die Antworten waren bunt gemischt, und abgeschafft werden sollte alles vom «Teebeutel in der Spüle», den andere hinterließen, über die «Baustellen auf der Autobahn» bis zur «Umweltverschmutzung». Auffällig war, daß immer die anderen gefordert waren, kaum eine oder einer wollte bei sich selbst etwas abschaffen, umso mehr lag offenbar bei den anderen im argen, den intoleranten Kollegen, den aufdringlichen Reportern, den ungebetenen Gästen.

Die Unvollkommenheit der Welt liegt anscheinend in den Mängeln der lieben Mitmenschen begründet. Verständlich, daß uns an anderen vieles stört und überflüssig erscheint. Die Vorstellung jedoch, man könne sich den Alltag erleichtern, indem man die Fehler der anderen beseitigt, scheint mir nicht sehr fruchtbar. Andere ändern zu wollen ist immer ein mühsames und einseitiges Geschäft. Vielleicht hätten die Journalisten auch etwas präziser fragen sollen.

Andererseits tut es wirklich gut, erst einmal zu meckern, bevor man sich an die Selbstkritik begibt. Hätten Sie auch Lust dazu? Was stört Sie am meisten an den anderen, an Ihrer Stadt, Ihrem Land, der Welt? Machen Sie sich Luft! Notieren Sie zehn Kritikpunkte, die Ihnen spontan einfallen.

*Es gibt für nichts Entschuldigungen. Du änderst die Dinge oder du läßt es. Entschuldigungen rauben dir Kraft und führen zu Gleichgültigkeit.*

Agnes Whistling Elk

Eine junge TV-Moderatorin erwiderte auf die Frage, was sie denn gerne abschaffen würde, unter anderem: «Meine Unfähigkeit, mit Geld umzugehen.» Sie war von neun Interviewten die einzige, die einsah, daß die Vereinfachung des Alltags bei einem selbst beginnt.

Wir können andere Menschen nur in Ausnahmefällen nachhaltig ändern, und auch nur dann, wenn der oder die Gemeinte auf irgendeine Weise damit einverstanden ist. Viel effektiver ist es, sich auf die eigenen Möglichkeiten zu besinnen und in Ruhe zu überlegen, welche der eigenen Verhaltensweisen oder Überzeugungen hinderlich sind.

Was würde ich bei mir selbst gerne abschaffen? Welche Gewohnheiten, welche Schwächen, welche Eitelkeiten machen mich mit mir selbst unzufrieden? Welche Abhängigkeiten will ich endgültig hinter mir lassen? Sind, um nur ein kleines Beispiel zu nennen, die drei Tassen Kaffee am Vormittag wirklich notwendig?

Seien Sie so konkret wie möglich. Sagen Sie also nicht «meine Unordnung», sondern «meine Angewohnheit, den Fön nach dem Haaretrocknen nicht wegzuräumen». So wird die Selbstkritik nicht maßlos, sondern läßt sich in kleine Häppchen zerlegen und in konkrete Veränderungen ummünzen.

Diesmal genügen fünf Punkte, denn Sie wollen ja nicht zerknirscht den Kopf hängen lassen, sondern produktive Einsichten gewinnen.

*«Diese Mädchen», sagten die Leute, «glauben, sie können sich alles erlauben und kommen damit durch...»* Zelda Fitzgerald

Dem April sagt man nach, er sei launisch. Heute so, morgen so, alle Jahreszeiten in einem Monat, unzuverlässig, mal warm, mal kalt. Ein Wechselbad für die Sinne und Gefühle – halb spüren wir noch den Winter im Nacken, halb zieht es uns mächtig voran in Richtung Sommer.

Die Stimmung kann in Minutenschnelle umschlagen, es kommt ein kühler Wind auf, und man muß sich erschrocken und fröstelnd in seinen warmen Mantel hüllen. Dann wieder erblühen über Nacht ganze Wiesen voller wilder Narzissen, die Sonne wärmt, und die Luft ist lau, als hätte es nie eine kalte Jahreszeit gegeben.

Heißt es nicht auch von Frauen oft, sie seien launisch? Man weiß nie recht, woran man ist – sagt Mann. In uns existiert eine Vielzahl von Impulsen, die wir mehr oder weniger stark nach außen tragen. Manchmal überwiegen eindeutig Winter oder Sommer, aber dann gibt es auch Zeiten, in denen widersprüchliche Kräfte aufeinandertreffen und für Wirbel sorgen. Es kann nicht unser Bestreben sein, diese Widersprüche zu unterdrücken, nur damit wir für unsere Umgebung möglichst durchschaubar und berechenbar sind.

Das Wort «launisch» kommt im übrigen von «luna», Mond, und bezieht sich auf die wechselnden Gemütszustände, die nach Ansicht der mittelalterlichen Astrologie von den verschiedenen Mondphasen verursacht wurden. Wenn Ihnen also wieder einmal jemand Ihre Launen vorhält, sagen Sie ihm doch, er solle Ihnen im Mondschein begegnen...

*Die Nacht wird nicht ewig dauern. Es wird nicht finster bleiben.*
*Die Tage, von denen wir sagen, sie gefallen uns nicht,*
*werden nicht die letzten Tage sein.*

Helmut Gollwitzer

«Seid fröhlich. Steckt euch Narzissen hinter die Ohren. Lacht, tanzt, laßt euch ansehen, daß ihr euch freut.» Das sagte vor Jahren eine englische Pfarrerin zu ihrer Gemeinde, die stumm und brav im Ostergottesdienst in ihren Bänken saß. Ich weiß nicht, ob jemand sie beim Wort genommen hat. Ich habe es damals auch nicht gewagt. Narzissen hinter die Ohren – da kommt man sich ja lächerlich vor!

Ostern kann aus so vielen Gründen ein schönes Fest sein: Der Winter ist endlich vorbei, die Narzissen blühen. Die Kinder halten aufgeregt nach dem Osterhasen Ausschau, und die Erwachsenen lassen sich (hoffentlich) von ihrer Begeisterung anstecken. Und in vier Tagen ist alles zusammengefaßt, was dem Leben Sinn und Tiefe gibt: Leid, Tod, Verwandlung, Liebe, Neubeginn.

Es ist nicht notwendig, an bestimmte Lehren zu glauben, um den Wert dieser grundlegenden Erfahrungen zu erkennen. Wir können uns an unsere eigene verborgene Trauer erinnern, damit wir dann auch erkennen, wie oft uns schon ein Neubeginn gelungen ist. Mir fällt dabei immer ein Bild aus dem Film *Doktor Schiwago* ein: Nach einer langen Fahrt durch einen Tunnel leuchten vor den Augen der Reisenden die schneebedeckten Berge des Ural auf. Schneegipfel oder Narzissenblüte oder ein Ostertisch voller Leckereien – es kommt sicher nicht darauf an, wie das Ende des Tunnels aussieht. Auf jeden Fall leuchtet es mehr, wenn wir uns vorher auf die Dunkelheit eingelassen haben.

*Der Boden, die schwarze Erde und von Zeit zu Zeit etwas Moos unter meinem Körper. Etwas fängt an. Bewegt mich. Ein Summen, gleichmäßig vibrierendes Blasen, eine Art himmlischer Gesang aus dem Urgrund.*
Gabriela Lang

Unsere Sinne sind die Verbindung zur Welt. Wir brauchen sie, um sinnvoll leben zu können. Selbst in geschlossenen Räumen bieten sie uns eine Fülle reichhaltiger Eindrücke; wieviel mehr ist noch möglich, wenn wir das Haus verlassen! Künstler wußten schon immer, daß sie die Sinne stimulieren mußten, um etwas schaffen zu können. Nicht umsonst wanderte Picasso durch die Wälder von Fontainebleau, wo er sich mit «Grün vollschlug», das er auf der Leinwand loswerden mußte. Colette suchte das Fell ihrer Katze nach Flöhen ab, Schiller atmete den aromatischen Geruch fauler Äpfel ein, und George Sand eilte nach dem Liebesakt an den Schreibtisch (was ihren Liebhaber sehr verdroß).

Unser Zugang zum Wesen der Welt geschieht nicht in erster Linie durch den Verstand, sondern durch die Sinne. Durch sie spüren wir, daß wir ein Teil der Natur sind, und finden in ihr Trost. Wenn wir die natürliche Umgebung als schön empfinden, dann deshalb, weil sie unsere eigenen Grunderfahrungen spiegelt: den Wechsel von Hell und Dunkel, das Werden und Vergehen, die Harmonie, in die Zerstörung einbrechen kann. Wir erleben, daß etwas in der Natur – und damit auch in uns – nach Heil-Sein strebt.

Ich möchte Sie einladen, sich in den kommenden Tagen mit allen Sinnen einzeln zu befassen. Freuen Sie sich darauf, eine sinnliche Frau kennenzulernen – sich selbst.

*Wir sollten nicht so zaghaft sein,*
*denn die meisten Menschen wollen Kontakt.*
Liv Ullmann

Kleine Kinder lernen genußvoll durch tasten und schmecken. Wir lassen sie möglichst viele taktile Erfahrungen machen, weil wir wissen, daß sie dadurch ihr Ich von der Welt abzugrenzen lernen und daß die Begegnung mit vielen Außenreizen eine gesunde kindliche Entwicklung ermöglicht.

Irgendwann jedoch hören Kinder damit auf, alles anzufassen oder in den Mund zu stecken. Weil sie weniger unvoreingenommen sind, oder weil sie unsere Wertungen übernehmen, das «gehöre» sich, jenes nicht?

Erwachsen geworden, begnügen wir uns oft mit Sehen und Hören, mit einer größeren Distanz zu den Dingen und den Menschen. Wir glauben, dadurch ebenso stark berührt zu werden, aber wir vergessen allzu leicht, wie sich die Dinge anfühlen und welche Empfindungen sie durch die Berührung in uns auslösen.

Wir sollten unsere Fingerspitzen und Handflächen häufiger über ganz unterschiedliche Oberflächen gleiten lassen. Niemand weiß im voraus, was ein Erlebnis auslösen wird. Wissen und Erkenntnis aus zweiter Hand gibt es, Erfahrungen und Sinneseindrücke nicht.

Und nicht nur Dinge lassen sich berühren. Die meisten Menschen wünschen sich wirklich Kontakt, auch wenn sie sich scheuen, ihn selbst herzustellen. Unsere Berührung von Gegenständen ist der erste Schritt zur Berührung von Menschen – in aller Behutsamkeit.

Setzen Sie heute bewußt Ihre Hände ein, um alles zu berühren, was Ihnen verlockend erscheint: die hölzerne Tischplatte, den rauhen Wandverputz, frisch gepflügte Erde, die eigene Haut, Glattes, Scharfes, Hartes, Weiches, Kaltes und Warmes.

*Man kann doch die Blättchen und Blütenköpfchen nicht sehn, ohne zu wissen: Man ist ihnen verwandt... der Frühling sagt es so laut, daß auch wir Frühlinge sind! Denn das ist der Grund unseres Entzückens an ihm.*

Lou Andreas-Salomé

Sie können sich bestimmt noch an Augenblicke erinnern, in denen Sie von einem Anblick wie verzaubert waren. Sie vergaßen alles um sich herum und waren nur noch Auge. Jede von uns hat das schon einmal erlebt. Jede hat, darauf angesprochen, ein anderes Bild vor Augen, aber wir alle wissen, was gemeint ist. Das, was wir einmal auf diese Weise gesehen haben – das Meer, den Sternenhimmel, einen Menschen –, konnten wir nicht einstecken und mitnehmen. Und doch gehört dieser Augenblick, so flüchtig er gewesen sein mag, uns für immer – das heißt, solange wir uns an ihn erinnern können.

Es muß gar nicht unbedingt ein spektakulärer Anblick sein, der uns bannt. Auf einem Seminar, das ich besuchte, erhielten die Teilnehmerinnen den Auftrag, draußen im Park einen Wahrnehmungsspaziergang zu machen. Jede für sich sollte langsam herumgehen und «ganz Auge» sein.

Ein solcher Rundgang durch die Natur ist nachahmenswert. Wenn Sie draußen sind, einen Schritt nach dem anderen gehen und Ihren Blick schweifen lassen, ist die braune, gefurchte Baumrinde ebenso sehenswert wie die zartweiße Wolke am Himmel. «Schön» und «häßlich» sind Kategorien, die für diesmal zurückbleiben sollten. Sie sehen nur. Sie werten nicht.

Stellen Sie sich vor, Sie seien eine Besucherin auf dem Planeten Erde und betreten ihn zum ersten Mal. Alles, was es hier zu sehen gibt, ist neu, unbekannt, geheimnisvoll. Wie der Kopf eines grünen Etwas auf einem dünnen Stengel thront, wie ein kleines Federding mit Flügeln sich auf einem dünnen Ast festhält. Alles ist höchst erstaunlich, und am liebsten würden Sie für alles neue Namen erfinden.

*Mein Frühlingsglück jedenfalls verdanke ich größtenteils dem Geruch von nasser Erde und jungem Grün.* Elisabeth von Arnim

Bei jedem Atemzug riechen wir. Wir können um die zehntausend Gerüche unterscheiden, aber sie zu benennen fällt uns schwer. Die Sprache scheint uns zu grobschlächtig für das, was der Geruch an Assoziationen weckt. Oft sind es Bilder, die bei einem bestimmten Geruch schlagartig vor uns auftauchen: das dunkle Treppenhaus der Großmutter, das Baumhaus im Garten der Tante, der Ostseestrand, an dem wir jahrelang die Sommerferien verbrachten...

Von der Erde, von Bäumen und Pflanzen steigen Düfte auf, die unseren Bewußtseinszustand beeinflussen. Angenehme Gerüche beschleunigen unseren Pulsschlag und versetzen uns in Erregung, sie können aber auch ein gutes Gegenmittel gegen Depressionen sein.

Daß wir mit Düften auf unser Befinden positiv einwirken können, hat sich inzwischen herumgesprochen. In unzähligen Läden werden sie angeboten: Ätherische Öle, Essenzen, Potpourris, Duftwässer, Räucherwerk, Gesundheitskissen und vieles mehr. Das alles bietet wunderbare Möglichkeiten, sich die Natur ins Haus zu holen – im Winter, wenn wir es brauchen und draußen nicht finden. Jetzt, im Frühling, schwirren im Freien so viele Geruchsmoleküle durch die Luft, daß es ein Jammer wäre, die Nase nicht in den Wind zu halten.

Gehen Sie über die Felder, bevor die große Vielfalt der Sommergerüche Ihre Sinne verwirrt. Bleiben Sie hin und wieder stehen, und atmen Sie tief ein. Wenn Sie das jede Woche einmal tun, werden Sie merken, wie immer neue Gerüche hinzukommen und sie unterscheiden lernen.

*Der Gelehrte tat nach ihren Worten und aß die Blumen. Da verwandelte sich seine Gestalt, und er ward wieder jung wie ein zwanzigjähriger Jüngling.* aus einem chinesischen Märchen

Der Gelehrte in dem Märchen *Die Blumenelfen* wird für seine Güte und Hilfsbereitschaft mit Jugend und später sogar Unsterblichkeit belohnt. Es nimmt die Essenz der Blumen in sich auf und wird dadurch zu einer neuen Art von Leben erweckt.

Wenn ein Ereignis emotional, symbolisch oder mystisch von Bedeutung ist, sind überall auf der Welt Speisen zur Hand, um es feierlich zu begehen: Geburtstage, Hochzeiten, Geschäftsessen, Speiseopfer bei religiösen Zeremonien. Nahrungsmittel setzen wir ein als Zeichen der Verbundenheit oder der Bekräftigung einer Vereinbarung. Wenn Gäste kommen, bieten wir ihnen wenigstens ein Getränk an. Der Geschmackssinn ist immer mit unmittelbarem körperlichen Kontakt verbunden, denn wir können nichts aus der Ferne schmecken.

Kaum auf die Welt gekommen, beginnen wir Muttermilch zu trinken, und wir verbinden dieses erste Geschmackserlebnis mit Liebe, Zuneigung, Streicheln, Sicherheit, Wärme und Wohlbefinden. Wahrscheinlich rührt daher die instinktive Suche nach lustvollem Vergnügen durch Nahrungsaufnahme.

Über die Menge läßt sich das meistens nicht verwirklichen. Probieren Sie es deshalb mit Abwechslung und Verfeinerung. Nehmen Sie nicht immer zwei oder mehr Nahrungsmittel gleichzeitig in den Mund; probieren Sie ausnahmsweise nacheinander, wie all das schmeckt, was Sie so gut zu kennen glauben: Brot, Butter, Käse, Apfel, Gewürze, Saft, Kräuter.

Wagen Sie sich auch an Ungewohntes: den Schweißtropfen auf der Haut, einen Grashalm, Getreidekörner, Erde, ein Blütenblatt. Bei sehr kleinen Mengen kann nichts passieren, und wer weiß, vielleicht stellen Sie fest, daß Sie sich verjüngen wie der Gelehrte im Märchen.

*Das deutsche Wort Lärm stammt vom italienischen Alarm, und dieses wiederum ruft all'arme: zu den Waffen! Unbewußt werden wir alle ständig «zu den Waffen gerufen», wenn wir Lärm hören. Wir werden alarmiert.*
Joachim Ernst Berendt

Während ich über schöne Hörerlebnisse zu schreiben versuche, knattert vor meinem Fenster ein Preßlufthammer, und zwar bereits seit Stunden. Warum tut er das gerade heute? Ist es eine Mahnung, daß wir tagtäglich eben nicht von harmonischen Klängen, sondern von Geräuschen aller Art umgeben sind, die sich in unserem Empfinden zu dem Wort «Lärm» verdichten?

Die Ohren können wir auch nachts nicht verschließen. Das hatte sicher seinen evolutionären Sinn, da es uns vor leise heranschleichenden Gefahren warnte, aber wozu ist es heute noch gut? Wir wünschen uns nicht selten, es möge endlich einmal Stille herrschen – kein vorüberfahrendes Auto, keine Schritte im Treppenhaus, keine Techno-Rhythmen aus der Nebenwohnung.

Mache ich in diesem Moment Bestandsaufnahme, so höre ich folgendes: meinen Atem, das Surren des Computers, die Waschmaschine im Bad, das Radio, das in der Küche läuft, die Stimme meines Sohnes, der in seinem Zimmer selbstvergessen Autorennen spielt, den Straßenverkehr, das Rauschen der Wasserspülung aus der Wohnung über mir, meine Finger auf der Tastatur. Nicht zu vergessen den Preßlufthammer. Ich spüre ein leichtes Ziehen im Nacken, die ersten Anzeichen der unvermeidlichen Kopfschmerzen.

Wir leben in einer außerordentlich lauten Welt, die nur wenige Rückzugsmöglichkeiten bietet. Ich nehme mir deshalb vor, mir morgen eine Oase zu suchen, in die nur Geräusche dringen, die ich mir wünsche und die mir wohltun. Der Gedanke daran läßt mich die heutige Geräusch-Attacke gelassener überstehen.

*Das Wasser fließt immer weiter und füllt alle Stellen, durch die es fließt, aus, es scheut vor keiner gefährlichen Stelle, vor keinem Sturz zurück und verliert durch nichts seine eigene Art. Es bleibt sich in allen Verhältnissen selber treu.*

I Ging

Wohin gehe ich, wenn ich wirklich Stille um mich haben will? Sie beantworten sich diese Frage vielleicht mit «in den Wald, in den Park, in eine Kirche». Auf jeden Fall in ein Refugium, das Sie abschirmt und Ihnen aus diesem Grunde lieb und teuer ist.

Ich gehe auf den Friedhof. Er ist sehr alt, auf ihm wird niemand mehr beerdigt. Dort habe ich schon auf Prüfungen gelernt, Eichhörnchen beobachtet, fotografiert und Gedichte geschrieben. Die verwitterten Grabsteine geben dem Ort eine geheimnisvolle Ausstrahlung von Frieden und Zur-Ruhe-gekommen-Sein. In seiner Mitte befindet sich ein kleiner, runder Teich, der von vier Bänken umrahmt ist. Das leise Plätschern des Wassers ist mir noch lieber als eine vollkommene Stille, denn es gibt meinen Ohren etwas zu tun, so daß sie nicht zu lauschen beginnen oder sich von den fernen Autogeräuschen gestört fühlen.

Nach einer Weile merke ich, wie der Druck der täglichen Belastungen nachläßt, als würde er vom Wasser aufgenommen und sich darin auflösen. Ich erinnere mich daran, daß in den meisten Schöpfungsmythen die Welt am Anfang aus Wasser besteht. Wasser gilt als mütterliches, bergendes Element, dessen Nähe wir instinktiv suchen. Gerade in emotional turbulenten Zeiten setzen wir uns gerne an einen See oder werfen Steine in einen Fluß, stürzen uns in die Meeresbrandung oder stellen uns in den warmen Sommerregen.

Gönnen Sie Ihren Ohren heute einige Minuten lang den Klang von natürlich fließendem Wasser. Wählen Sie Ihre Wege so, daß Sie an einem Bach oder einem Brunnen vorbeikommen.

*Der Mensch ist ohne Musik nicht vollständig,*
*sondern nur ein Fragment.*

Zoltán Kodály

Musik wirkt auf den ganzen Körper. Wenn wir sagen, daß sie durch uns hindurchströmt, geben wir dem Empfinden Ausdruck, daß sie nicht nur von den Ohren aufgenommen wird. Und das stimmt, denn selbst taube Menschen spüren die Vibrationen der pulsierenden Luft. Wir können uns mit Musik ganz bewußt in jeden beliebigen Gemütszustand versetzen – angeregt, beschwingt, meditativ, aufgewühlt, niedergeschlagen, sehnsüchtig und vieles mehr.

Machen Sie sich diese Tatsache zunutze. Sie haben Ihre eigenen Reaktionen auf bestimmte Musikstücke oft erlebt, so daß Sie wissen, was Sie womit erreichen. Wollen Sie ein Musikstück hören, das Ihre Gefühle spiegelt, oder eines, das Sie in eine andere Gefühlslage versetzt?

Musik kann die tägliche Arbeit beflügeln; sie geht uns dann leichter von der Hand, als würden wir von den Tönen mitgezogen und angespornt. Eine tiefere Wirkung erzielen Sie, wenn Sie die Musik ungestört auf sich wirken lassen. Sie brauchen nicht still und andächtig im Sessel zu sitzen, singen Sie mit, summen Sie mit, bewegen Sie sich im Rhythmus der Klänge.

Suchen Sie die Musikstücke mit Bedacht aus, denn ihre Wirkung sollte man nicht unterschätzen. Es ist inzwischen längst bekannt, daß sogar im Koma liegende Patienten auf Musik reagieren.

Lassen Sie sich nicht den ganzen Tag von Radiosendern berieseln, die Sie mehr strapazieren als entspannen. Stellen Sie sich selbst Ihr tägliches Musikprogramm zusammen. Überlassen Sie das niemandem, der Sie im Grunde überhaupt nicht kennt.

*Ich werde zu all denen reden/ die mich nicht lesen/*
*die mich nicht hören/ noch kennen/ noch brauchen*
*Sie brauchen mich nicht/ aber ich brauche sie.*

Tadeusz Rózewicz

Die Ohren kann man auch entlasten, indem man eine andere Sprache hört als die alltägliche. Wir werden so oft von Formeln und Sprachhülsen geplagt, daß ein bewußter Umgang mit Worten außerordentlich wohltuend wirkt. Vor allem in Gedichten entfaltet sich der Klang der Worte und schafft in uns einen Raum, in dem eigene Bilder und Vorstellungen Platz haben. Ihr Rhythmus bringt uns wieder in Einklang mit uns selbst. Andeutungen reichen aus, um uns das Gefühl zu geben, wir seien ein Teil der Welt, die da geschaffen wird. Elisabeth Borchers hat in dem Gedicht *Was alles braucht's zum Paradies* einen Garten heraufbeschworen, der alle unsere Sinne anspricht.

Ein Warten ein Garten
eine Mauer darum
ein Tor mit viel Schloß und Riegel
ein Schwert eine Scheide aus Morgenlicht
ein Rauschen aus Blättern und Bächen
ein Flöten ein Harfen ein Zirpen
ein Schnauben (von lieblicher Art)
Arzneien aus Balsam und Düften
viel Immergrün und Nimmerschwarz
kein Plagen Klagen Hoffen
kein Ja kein Nein kein Widerspruch
ein Freudenlaut
ein allerlei Wiegen und Wogen
das Spielzeug eine Acht aus Gold
ein Heute und kein Morgen
der Zeitvertreib das Wunder
das Testament aus warmem Schnee
wer kommt wer ginge wieder
wir werden es erfragen.

*Frauen kann man eigentlich nicht trauen, dachte ich. Sie sind mißtrauischer, das ist dieser mütterliche Instinkt bei ihnen, der ihnen die Fähigkeit gibt, Gedanken zu lesen und zu erraten, was andere Leute vorhaben.*

Alberto Fuguet

Der junge Romanheld, der so große Angst vor der weiblichen Intuition hat, ist gerade im Begriff, einen Scheck mit gefälschter Unterschrift einzulösen. Er fürchtet den berühmten sechsten Sinn, den er vor allem von Frauen kennt, und geht daraufhin zu einem Schalter, an dem ein männlicher Bankbeamter steht, der den Schwindel auch prompt nicht bemerkt und ihm das Geld aushändigt. Bedeutet das, er hatte recht? Was ist dran an dieser berühmten Hellsicht von Müttern?

Offenbar einiges, wenn man den Ergebnissen einer Studie von Cassandra Eason vertrauen darf. Sie erfuhr von ihren Gesprächspartnerinnen, daß Mütter in Krisensituationen gelegentlich erstaunliche Warnsignale empfangen. Sie spüren plötzlich einen unwiderstehlichen Impuls, nach den Kindern zu sehen, obwohl sie gerade mit etwas ganz anderem beschäftigt sind, und es stellt sich heraus, daß ihre Ahnung nur zu berechtigt war: Gerade noch rechtzeitig können sie das Kleinkind vor einem Sturz aus dem offenen Fenster bewahren oder die Zweijährige aus dem Gartenteich ziehen.

Gerade Mütter kleiner Kinder meinen oft, überall gleichzeitig sein zu müssen: im Hof, wo ein Kind Roller fährt, im Spielzimmer, wo das andere an der Kletterstange turnt, und am liebsten noch im Zug, wo das dritte zum ersten Mal allein zur Oma fährt.

Verlangen Sie nicht Übermenschliches von sich. Je mehr Sie Ihrem «sechsten Sinn» zutrauen, desto zuverlässiger wird er funktionieren, davon bin ich fest überzeugt.

*Aber ich wußte, um nahe bei ihrem Geist sein zu können, würde die Frau viel lernen müssen: Tarnung, Sorgfalt und Ausdauer.*

Jane Urquhart

Cassandra Eason bietet eine Lösung, die bedenkenswert ist: Sie beschließt, keine Supermutter mehr zu sein. «Sobald ich aufgehört hatte, bewußt zu steuern, übernahm auf einer tieferen Ebene ein ‹Autopilot›, der sehr viel genauer und sensibler war – eine Art übersinnliches Frühwarnsystem für Gefahren.» Mütter können sich offenbar darauf verlassen, daß ihre Sensibilität ausreicht, Kinder zu verstehen und zu schützen, ohne sie jede Sekunde im Auge zu behalten. Daß erwachsene Männer diesen Expertinnen-Status als bedrohlich empfinden, soll nicht unsere Sorge sein.

Aber nicht nur Mütter verfügen über diese erstaunliche Fähigkeit, die wir innere Stimme, Intuition, Ahnung oder Eingebung nennen. Nur leider trauen wir ihr nicht genügend, denn wir alle haben das abschätzige «Ach ja, du mit deiner weiblichen Intuition» im Ohr, das die Intuition als etwas Irrationales abwertet, das einer Überprüfung durch die klare, männliche Vernunft nicht standhält. Die Frau, die sich heute dazu bekennt, sich bei ihren Entscheidungen auch auf ihre Intuition zu verlassen, muß mutig sein.

Hatten Sie sich nicht vorgenommen, mutiger zu sein? Wollten Sie nicht immer mehr Ihre authentischen Regungen kennenlernen, sich selbst ernst nehmen und sich vertrauen?

Schon oft haben Sie erlebt, wie Sie einem Impuls nicht nachgegeben haben, weil er Ihnen unvernünftig und nicht begründbar erschien; Sie haben sich zurückgehalten und sich dem rationalen Vorgehen anderer angeschlossen. Aber es ging gründlich daneben. Ihre Intuition hatte recht behalten. Verleihen Sie ihr beim nächsten Mal eine Stimme – Ihre eigene Stimme.

*Naturzustand, da denken sie an einen gebräunten Körper an einem Strand; an gewaschenes Haar, das im Wind weht wie ein Seidenschal; nicht an das hier, das schmutzstarrende, streifige Gesicht, dreckige und rauhe Haut, Haar wie eine ausgefranste Badematte mit Blättern und Zweigen darin. Eine neue Art von Playgirl.*

Margaret Atwood

Kaum etwas wirkt belebender, als wenn wir uns «unserer Sinne mächtig» und unserer eigentlichen Natur nahe fühlen. Als ich kürzlich eine Bekannte besuchte, die einen Vormittag lang im Schuppen Holz gehackt hatte, war ich hingerissen von dem Stolz, der in ihren Augen funkelte. «Das gibt Muskelkater», sagte sie strahlend und verschwitzt und erzählte, daß sie sich fast die Axt in den Fuß gehauen hätte.

Beim Holzhacken hatte sie gemerkt, wie all ihre Sinne, Muskeln und Geisteskräfte perfekt zusammenspielten, damit sie die ungewohnte Aufgabe bewältigen konnte. Sie fühlte sich wohl wie schon lange nicht mehr.

Warum überlassen wir eigentlich so häufig den Männern die körperlichen Arbeiten? Warum überlassen wir es ihnen, Zutrauen zu den eigenen Kräften zu gewinnen, handwerkliche Kompetenz zu erlangen und sich neuen Herausforderungen immer selbstverständlicher gewachsen zu fühlen? Allein lebende Frauen wissen, was es heißt, vieles ohne Hilfe bewerkstelligen zu müssen. Das ist nicht immer angenehm. Aber sie kennen auch die Zufriedenheit, wenn wieder einmal eine Lampe montiert, ein Zimmer gestrichen, ein Fahrradschlauch gewechselt ist.

Wir können uns ruhig ein bißchen mehr zutrauen. Unsere Sinne sind hervorragend entwickelt, und das Know-how kann frau sich aneignen. Wir sollten uns nicht von anderen sagen lassen, wo unsere Grenzen liegen.

*Dummme rennen, Kluge warten, Weise gehen in den Garten.*

Rabindranath Tagore

Die ersten warmen Frühlingstage bieten sich dazu an, den Garten von den Überresten des Winters zu befreien. Noch liegt altes, nasses Laub auf der Erde und verdeckt die ersten Krokus- und Narzissenspitzen. Auf den Wegen liegen Erdbrocken und Steinchen, die es wegzufegen gilt. Den Boden bereiten für neues Wachstum – das beginnt schon sehr früh, nicht erst mit dem Umgraben und Anreichern der Erde. Erst einmal muß gewährleistet sein, daß die Pflanzen, die schon vorhanden sind, zur Sonne vorstoßen können. Es ist eine beruhigende, angenehme Arbeit, wenn man sich ihrem Rhythmus überläßt. Sie stellt die Ordnung wieder her, sie schafft Übersicht. Eine unansehnliche Fläche, die von allem möglichen Abfall übersät war, teilt sich in überschaubare Einheiten.

Vermutlich werden Sie dadurch auch angeregt werden, Ordnung in die eigenen Gedanken zu bringen. Fragen werden aufsteigen: Was beschäftigt mich noch aus den zurückliegenden Monaten? Mit wem gibt es etwas zu klären? Wo liegen Stolpersteine auf dem Weg, die ich wegräumen möchte?

Nutzen Sie eine sonnige halbe Stunde, um in eine warme Jacke gehüllt die aufgeräumte, ruhende Fläche auf sich wirken zu lassen. Bald wird sich herausstellen, welche Pflanzen den Winter überlebt haben. Bald muß darüber nachgedacht werden, was Sie neu anpflanzen wollen. Aber heute müssen Sie noch keine endgültigen Entscheidungen treffen. Sie sind einfach nur da: ein lebendes Wesen unter vielen anderen.

*Es sind die ersten Frühlingsblumen, die uns daran erinnern, daß mit ihrem Erwachen auch wir erneut zu leben beginnen.*

Karin Heimbuch

Der Garten ist in allen Kulturen ein mächtiges Symbol. Wenn wir keine Möglichkeit haben, ihn auf einem Stück Land tatsächlich anzulegen, können wir unsere Sehnsucht nach ihm auf andere Weise ausleben.

Nach einem langen Winter sind uns vielleicht die inneren Bilder ausgegangen, zumindest sind sie gedämpft, wie in matten Farben gemalt. Das ist der Moment, sie aufzufrischen.

Früher liebte ich in den Bibliotheken besonders die Regale mit den neuen Krimis, heute sind es die Ecken mit den Bildbänden von Garten und Parkanlagen. Manchmal mache ich einen Abstecher zu den Reiseführern, denn auch dort stehen wunderbare Bände über Landschaften, die mich unmittelbar ansprechen und an denen ich mich mit Schönheit vollsaugen kann.

Ein Garten ist für alle Sinne ein Hort der Entspannung und Stimulation. Solange mir der Garten Eden versagt ist, labe ich mich an harmonischen Farbkompositionen und atme in Gedanken balsamische Düfte ein. Wenn ich dann die Augen schließe, glaube ich dem Rascheln der Büsche und Bäume zu lauschen und über Steine rieselndes Wasser zu hören.

Es gibt Tage, an denen unserer sinnlichen Erfahrung enge Grenzen gesetzt sind. Zeitnot, Krankheit, zwingende Pflichten oder Sorgen mögen uns an heilsamen Naturerlebnissen hindern. Doch wenn Sie selbst nicht dazu in der Lage sind, wird sich bestimmt ein freundlicher Mensch finden, um für Sie ein, zwei Bildbände auszuleihen, die Sie in eine Welt der Schönheit und Ganzheit entführen. Das ist keine Realitätsflucht. Das ist intuitive Heilkunst.

*Es ist nicht wahr, daß das Leben eine verdammte Sache nach der anderen ist – es ist dieselbe verdammte Sache immer und immer wieder.*

Edna St. Vincent Millay

Unordnung führt zum Suchen, und Suchen führt, gelegentlich, zu aufregenden Entdeckungen – dem Kinogutschein vom letzten Geburtstag, der Adresse der lange vermißten Sandkastenfreundin. Meistens allerdings verschwenden wir eine Menge Zeit, wenn wir nicht wissen, wo etwas ist, wenn wir es brauchen.

Ganz systematische Leute sortieren gleich alles, was kommt, räumen ein und heften ab. Andere, wie ich, bevorzugen die «Häufchen-Methode». Alles aus Papier – Bankauszüge, Elterninformationen, Prospekte, Einladungen, Geburtsanzeigen – landet erst einmal in einem großen Ablagekorb. Einmal pro Woche hole ich tief Luft und gehe den Korb Stück für Stück durch. Manches verschwindet in einem Ordner in einer der zahlreichen geräumigen Schreibtischschubladen. Das, was ich in der nächsten Zeit im Auge behalten möchte, kommt an die Pinnwand zur Linken: die Öffnungszeiten einer Ausstellung, die Termine der Chorproben, die Ansichtskarte mit dem frechen Spruch. Rechnungen werden zähneknirschend bezahlt, Geschäftsbriefe und persönliche Briefe getrennt.

Was danach noch im Korb übrigbleibt, ist nicht mehr dringlich und darf, wie guter Kompost, ruhen, bis ich das Bedürfnis habe, wieder einmal umzuschichten.

Statt Schubladen empfehlen sich auch kleine Pappkisten, die es in allen Farben zu kaufen gibt, oder große Umschläge, die entsprechend beschriftet werden. Dort können Sie auch, in einer modifizierten «Häufchen-Methode», gleich Ihre Papiere nach Kategorien sammeln.

*Man kann nicht alles tun – zumindest nicht gleichzeitig.*
Raymond Hull

Silvia, von Beruf Lehrerin, hat ein beträchtliches Organisationstalent und ist äußerst modebewußt. Jedenfalls war das meine Interpretation für ihren Fundus an verschiedenfarbigen Umhängetaschen. Traf ich sie zufällig in der Stadt, baumelte etwas Lindgrünes, Violettes oder Cremefarbenes an ihrer Schulter. Eine Zeitlang besuchten wir gemeinsam einen Italienisch-Kurs, zu dem sie mit einem goldenen Prachtexemplar erschien. Erst gegen Ende des Halbjahres durchschaute ich ihre geniale Strategie.

Während ich um zehn vor acht hastig Lehrbuch, Notizblock, Stifte und Ordner zusammenraffte und meistens etwas Entscheidendes vergaß, griff sie gelassen zu ihrer goldenen Dienstags-Tasche, in der immer alles parat lag.

Seit ich mir ihr System angeeignet haben, besitze ich fünf Umhängetaschen für meine regelmäßigen Termine. Sie stehen gepackt unter dem Schreibtisch und nehmen im Laufe der Woche alles auf, was für den betreffenden Termin von Bedeutung sein könnte – Blöcke, Notizen, Zeitungsausschnitte, Adressen, Bonbons. Kein panisches Zusammenraffen mehr, kein erschrockenes «Ach du liebe Zeit, schon so spät ...» Schlüssel, Geld, Papiere, Griff zur Tasche – und ich bin ausgehbereit.

Suchen Sie, wenn Ihnen die Idee zusagt, in Ihren Schränken nach geeigneten Taschen, oder halten Sie beim nächsten Einkaufsbummel die Augen offen. Ob Sie Jutebeutel bevorzugen oder modische Tüten aus Ihrer Lieblingsboutique, ob Sie sich selbst bunte Beutel nähen oder alte Wanderrucksäcke hervorkramen – wichtig ist nur, daß sie geräumig sind und Ihnen gefallen.

*Man könnte fast sagen, daß die Kleider den Menschen eher enthüllen als verhüllen.*
Milena Jesenská

«Ach, *du* hast dir die grüne Stretchhose unter den Nagel gerissen», hörte ich kürzlich eine Stimme hinter mir, als ich im Supermarkt an der Kasse stand. «Na gut, dir gönne ich sie!» Als ich mich verdutzt umdrehte, stand meine Freundin Ruth, in einen todschicken Lackmantel gehüllt, hinter mir und grinste. «Ach, und du hast dir das gute Stück auch nicht entgehen lassen», gab ich fröhlich zurück, auf den Mantel deutend. Zufrieden bewunderten wir uns gegenseitig.

Der Wortwechsel könnte sich wiederholen, denn eine neue Sportart ist entstanden. Sie heißt: «Schnäppchenjagd im Secondhand-Laden». Sparsamkeit beim Kleiderkauf ist nicht mehr ehrenrührig, sondern ein Zeichen von korrektem Konsumverhalten. Ein heißer Tip jagt derzeit den anderen: Da gibt es Katrin bei der Post, die die beste Hosenauswahl hat, bei Frau Meier im Nachbardorf sind es Kinderkleider und Spielzeug, Renate und Gabi bieten ihre exklusive Mode in einem kleinen Laden neben der Bushaltestelle an.

Aber das Kaufen ist nur eine Seite der Medaille, das Loswerden die andere, wichtigere. In meinem Schrank stehen neuerdings immer zwei große Plastiksäcke für ausrangierte Kleidung, einer vom Roten Kreuz und einer für Katrins Laden. Natürlich gibt es auch noch die Kleiderlager der Heilsarmee, die Nachbarschaftshilfe, die Sammelstellen von Hilfsorganisationen. Spenden Sie dort, wo Sie es für sinnvoll halten. Teilen Sie Ihre Sachen auf, wenn Sie möchten. Alles hat seine Berechtigung, nur eines nicht: horten, was nicht mehr gebraucht wird.

*Eleganz hat eine schlechte Auswirkung auf meine Konstitution.*

Louisa May Alcott

Mit Stöckelschuhen und engen Röcken, so würde ich Louisa May Alcott gerne interpretieren, kann ich nicht so agieren, wie es meinem Bewegungsdrang entspricht. Ich bin viel zu sehr damit beschäftigt, gut auszusehen, um mich gut zu fühlen. Hier drückt der Bund, dort kneift die Strumpfhose, und ich bin mir ständig meines Körpers bewußt, der mir unvollkommener denn je erscheint. Wenn ich vormittags am Computer sitze, kann ich alles brauchen, nur keine gesellschaftsfähige Kleidung. Ich taumle zwar nicht, wie die Romanautorin Mary Lee Settle, direkt aus dem Bett an den Schreibtisch, sondern lege noch einen Zwischenstop im Badezimmer ein, aber Besucherinnen träfen mich auch um zwölf Uhr noch in Pyjamahosen, Stricksocken und einem karierten Wollhemd an. Der Briefträger, der mich als einziger in diesem Aufzug sieht, hat sich daran gewöhnt und ist bisher nicht in Ohnmacht gefallen.

Damit will ich sagen, daß es niemanden etwas angeht, ob und wie wir uns den Aufenthalt in unserer Wohnung so bequem wie möglich machen. Wir müssen nicht in jeder Sekunde unseres Lebens präsentabel aussehen, auch wenn uns Bilder aus der Werbung im Kopf herumspuken, in denen Frauen noch beim Bodenwischen wie aus dem Ei gepellt aussehen.

Haben Sie Kleidungsstücke für den Hausgebrauch im Kleiderschrank, in denen Sie sich sofort wohl fühlen? Die Hosen dürfen zu weit sein, das Hemd abgewetzt und das T-Shirt löcherig. Die Stunden, die Sie für sich haben, sind nicht die Zeit, um Zugeständnisse an den allgemeinen Modegeschmack zu machen. Fühlen Sie sich dabei nicht schlampig, sondern exzentrisch – das hilft.

*Wir leben in einer verdrehten Welt. Was uns wichtig erscheint, ist oft in Wirklichkeit vollkommen unwichtig. Wir streben danach, unser Leben mit Erfolgen und Besitztümern zu füllen, aber wir verfehlen das eigentliche Ziel: die Freiheit.* Marc Alain

«Ist das nicht schrecklich», klagte Anne, berufstätige Mutter von drei Kindern, «will man sich verabreden, zückt jede Hausfrau gleich ihren Terminkalender!» Wir hatten gerade versucht, einen freien Abend zu finden, um einen lange geplanten Kinobesuch zu verwirklichen, und erstaunt festgestellt, daß wir tatsächlich beide noch am selben Tag, kaum zwei Stunden später, Zeit hatten. Die Spontaneität unseres Entschlusses war uns schon fast unheimlich, so sehr waren wir es gewohnt, einen Anlauf von mindestens zehn Tagen zu brauchen. Noch im Kinosessel waren wir leicht verwirrt und kamen uns zwanzig Jahre jünger vor.

An jenem Tag haben wir vereinbart, in unseren Kalendern regelmäßig weiße Flecken zu lassen, als gäbe es auch in unserem Leben unerforschte Gebiete, die nur durch abenteuerliche Expeditionen zu erreichen sind. Wir tun so, als läge an bestimmten Abenden etwas äußerst Verpflichtendes vor, das es uns nicht gestattet, eine Verabredung einzugehen. Diese Zeitlücken nutzen wir, um entweder – ganz spontan – gar nichts zu tun, oder wir entscheiden uns, unabhängig voneinander, was wir unternehmen wollen.

Wir haben niemandem (außerhalb unserer Familien) davon erzählt. Der weiße Fleck auf der Landkarte soll ein Geheimnis bleiben.

*Wie das Öl im Samenkorn*
*die Butter im Rahm*
*das Wasser im Flußbett*
*das Feuer im Zunder*
*so wohnt das Selbst in dir.*
Svetashvatara-Upanishad

Alles greift ineinander. Jede unserer Handlungen führt zu neuen Situationen, die wieder Handlungen erfordern. Ohne darüber nachzudenken, treffen wir ständig Entscheidungen und ziehen dadurch unmerklich Spuren durch den Tag.

Es beginnt schon am Morgen: Es macht einen Unterschied, ob wir nach einer langen, ruhigen Nacht oder unausgeschlafen den Tag beginnen. Dann beschließen wir, nach einem Blick aus dem Fenster oder auf das Thermometer, was wir anziehen werden. Wir frühstücken oder frühstücken nicht, wir gehen mit Schwung oder lustlos an die Arbeit. Wir schieben Dinge auf oder packen sie an, wir führen Gespräche oder gehen ihnen aus dem Weg. Wir machen Pausen oder lassen es bleiben.

Vieles davon läuft so automatisch ab, daß wir uns am Abend gar nicht im klaren darüber sind, daß wir einen ganzen Tag gestaltet haben, der auch anders hätte verlaufen können. Oft wissen wir nicht mehr genau, was wir gemacht haben, und spüren nur eine vage Leere oder eine vage Zufriedenheit. Weil wir nicht wissen, was diese Gefühle verursacht hat, können wir sie auch nicht bewußt wieder herbeiführen oder vermeiden.

Gehen Sie diesen Tag einmal ganz anders an. Lassen Sie sich nicht von der Woge der Ereignisse treiben, sondern sehen Sie sich selbst dabei zu, wie Sie etwas entscheiden und was dabei für Sie herauskommt. Lassen Sie sich von einer inneren Beobachterin begleiten, und schreiben Sie am Abend auf, was ihr aufgefallen ist. Verfolgen Sie vor allem den roten Faden Ihrer angenehmen Gefühle.

*Rituale vollziehen heißt handeln. Durch zielgerichtetes Handeln wachsen uns mit großer Sicherheit neue Kräfte zu. Wer sich in einer Situation befindet, in der er besonders verletzlich ist, beginne mit entschlossenem Handeln.* Kathleen Wall

Vor einer Reihe von Jahren handelten die Frauen, die ich kannte, in der Nacht zum ersten Mai auf imponierende Weise: Sie malten sich die Gesichter weiß an und zogen in Scharen auf die Straße, um sich «die Nacht zurückzuerobern». Damit knüpften sie ganz bewußt an den Volksglauben an, nach dem sich in der Walpurgisnacht die Hexen auf dem Blocksberg zu geheimnisvollen Zusammenkünften treffen.

Die neuen Hexen mit den weißen Gesichtern wollten demonstrieren, daß sie sich von der Dunkelheit der Nacht nicht im mindesten einschüchtern lassen. Ihr unerschrockenes Treiben bedeutete: Frauen lassen sich nicht domestizieren und in Häuser sperren. Sie wehren sich gegen Gewalt und Angstmacherei, sie nehmen sich alle Freiheiten, bei Tag wie bei Nacht. Wenn Frauen sich auf ihre Hexentradition besinnen, wachsen ihnen geradezu Zauberkräfte zu.

Ich weiß nicht, ob Ihnen der Gedanke zusagt, in der Walpurgisnacht Hexe zu spielen. Aber bestimmt finden Sie Freundinnen, die sich für die Idee begeistern können, ein abgewandeltes Frauenritual zu begehen, das aus einem Abend außer Haus besteht. Machen Sie einen Nachtspaziergang, gehen Sie essen, gehen Sie zu einem Fest.

Verbringen Sie nicht frustrierende Stunden damit, Ihren Mann zu überreden, daß er endlich mal wieder mit Ihnen in den Mai tanzt.

Handeln Sie entschlossen, wie es Kathleen Wall empfiehlt. Wagen Sie sich zusammen mit anderen Frauen in die Nacht vor; erleben Sie das Dunkel als Teil Ihrer Welt, vor der Sie sich nicht furchtsam zurückziehen müssen.

*Meine Augen durchwandern das Grasland – mitten im Frühling spür ich den Sommer.* Lied einer Chippewa

Der Sommer übt auf uns Mitteleuropäerinnen einen Sog aus, dem wir uns kaum entziehen können. Am liebsten würden wir uns kopfüber hineinstürzen. Schluß mit dem Bahnenziehen in Hallenbädern, fort mit den Socken und den warmen Jacken. An manchen Tagen riecht es buchstäblich nach Sommer: Erinnerung und Vorfreude gleichzeitig.

Wir haben schon so viele Sommer erlebt und sehen die schönsten von ihnen wie in einen hellen Schein getaucht. Bei einer Vernissage fiel mir vor kurzem ein Aquarell auf, das *Mein unbesiegbarer Sommer* hieß. Es zeigte ein von Gold durchzogenes ovales Gebilde, das eine große Heiterkeit ausstrahlte. Die Künstlerin hatte einen reichen, leuchtenden Sommer erlebt und dafür ein Bild gefunden, das Ruhe und Bewegung in sich vereinte.

Hoffen Sie insgeheim, in diesem Jahr den idealen Sommer wiederzufinden, den Sie vielleicht einmal erlebt haben? Nehmen Sie Ihre Wünsche und Bilder mit auf einen Spaziergang, der Sie auf eine Anhöhe führt. Kosten Sie die Freude aus, daß nichts den Sommer aufhalten kann. Denken Sie an die Sommer Ihrer Kindheit, an den Geruch der ersten Regentropfen auf der heißen, staubigen Straße, an lange Nachmittage am Badesee. Welche Farbe hätte dieser Wunschsommer, der sich aus den schönen Erinnerungen aller vergangenen Sommer zusammensetzt? Malen Sie sich in Gedanken ein Bild von ihm, und suchen Sie ihm einen Ehrenplatz.

Und dann sehen Sie sich um, und nehmen Sie den Frühling wahr, der jetzt erlebt werden will. Er ist nicht nur eine Durchgangsstation. Spüren Sie den Augenblick, denn er ist das einzige, was zählt.

*Wer nicht weiß, was er selber will, muß wenigstens wissen, was die anderen wollen.* Robert Musil

Es ist schon wieder höchste Zeit, den Sommerurlaub zu planen (im Grunde ist es schon zu spät, aber vielleicht sind Sie ja genauso unentschlossen wie ich). Spontaneität ist im Prinzip schön und gut, aber mit Kindern im Schlepptau, einer Katze, die versorgt werden will, und nicht gerade unerschöpflichen Geldmitteln bedeutet zögern erfahrungsgemäß zu spät kommen.

Wer in aller Ruhe die Last-Minute-Angebote abwarten oder sich einer Eingebung folgend zu Fuß, per Rad oder Auto in die Welt begeben kann, hat derlei Sorgen nicht. Für die anderen hängt das Ferienglück alle Jahre wieder am seidenen Faden: Vater will in die Berge, Mutter unter Leute, die Kinder ans Meer, die Freunde nach Übersee.

Wieviel Harmonie, wieviel Sicherheit brauchen Sie? Wenn Ihnen der Gedanke an eine Nacht zu viert im Kleinwagen Herzrasen verursacht, sollten Sie sich nicht dazu überreden lassen, auf ein fest gebuchtes Quartier zu verzichten. Besorgen Sie sich statt dessen ein paar Ferienkataloge und lassen Sie jeden der eingeplanten Reisegenossen eine Urlaubs-Collage basteln. Je verrückter, desto besser! Alle Wünsche und Ideen sind erlaubt: das Hausboot im Schnee, die Pferdekoppel im Dschungel. Alle wissen natürlich, daß sich solche Kombinationen nicht verwirklichen lassen, und genau diese Einsicht ist Gold wert, denn sie erspart Ihnen verbiesterte Diskussionen.

Vielleicht stellen sich grundsätzlichere Wünsche heraus, wie «Abenteuer erleben» oder «nicht weit fahren» oder «viel draußen sein» oder «gut essen». Damit haben Sie, wie bei der Mengenlehre, eine gemeinsame Schnittfläche gefunden, von der Sie bei der Suche nach einem Kompromiß ausgehen können.

*Lache, und die Welt lacht mit dir. Weine, und du weinst allein.*

Englisches Sprichwort

Herzhaftes Lachen ist eines der wirksamsten Mittel gegen Streß. Es wirkt körperlich und seelisch: Die Pulsfrequenz steigt an, es werden körpereigene Opiate ausgeschüttet, eine euphorische Stimmung stellt sich ein. Wir atmen tiefer, die Lunge wird besser belüftet, der Kreislauf angeregt. Die Muskeln entspannen sich. Das Immunsystem wird gestärkt.

Auf seelischer Ebene schafft Lachen Distanz. Wenn etwas lächerlich ist, ist es nicht mehr so bedrohlich. «Lachen ist ein Schritt aus der Situation heraus», schreibt Verena Weigand. «Man sieht sich von außen, die Streßszene wird zu einer Filmszene.»

Es gibt sogar schon Lachtherapien unter Aufsicht, aber wir können uns ja auch selbst mit Lachmaterial versorgen, mit Büchern, Filmen, Cartoons, Videos. Überlegen Sie sich vorher, welche Art von Humor Sie mögen, und verzichten Sie auf alles, was Sie nur müde schmunzeln läßt. Was heitert Sie nachhaltig auf? Ist es die Situationskomik in Filmen und Theaterstücken? Lieben Sie scharfen Wortwitz und gute Pointen? Gefallen Ihnen pantomimische Glanzstücke wie die alten Buster-Keaton-Filme? Haben Sie Spaß am schwarzen Humor der englischen Art?

Neulich hörte ich von einer Meditationsgruppe, die sich frühmorgens vor Arbeitsbeginn trifft. Nach einigen Körperübungen stellen sich die Teilnehmer hin und lachen los. Da Lachen ansteckend ist, können Sie sich vorstellen, wie das erste zaghafte «Ha, ha» zu schallendem Gelächter anschwillt. Danach gehen die Leute mit Schwung an ihre jeweiligen Arbeitsstellen. Wie anders sähe es in Bussen, Straßenbahnen und Vorortzügen aus, wenn all jene, die da griesgrämig zur Arbeit fahren, morgens schon einmal kräftig gelacht hätten!

*Nichts klingt für mich hohler, als wenn man mir sagt, es sei ratsam, eine Kultur des Glücks zu pflegen. Das Glück ist doch keine Kartoffel, die man in Gartenerde pflanzt und mit Mist düngt!*

Charlotte Brontë

Nun sind wir wieder bei der Frage angelangt: Was ist Glück? Warum hat sich Charlotte Brontë so gegen den Gedanken gewehrt, daß sie das Glück hegen könne? Wahrscheinlich war es die scheinbare Unkompliziertheit des Rezepts: Wir setzen etwas in den Boden, gießen und düngen es und bekommen garantiert ein erfreuliches Ergebnis. Als sei das so einfach. Dabei hat sich doch so oft herausgestellt, daß unsere Kartoffeln nicht gekeimt haben oder verschimmelt sind, obwohl wir uns jede Mühe gegeben haben.

Ist Glück denn so etwas wie eine unverdiente Gnade, zu der man selbst nichts beitragen kann? Ein unvermuteter Schatz, den man beim Umgraben des Ackers entdeckt, wie im Märchen? Können wir uns die tägliche Plackerei der mühsamen Glückssuche sparen, weil sowieso nichts dabei herauskommt? Entweder liegt auf unserem Acker eine verborgene Schatzkiste oder sie liegt nicht da – wir jedenfalls haben darauf keinen Einfluß mehr, denn vergraben wurde sie lange vor unserer Zeit.

Doch eines bleibt bedenkenswert: Würden wir nicht Kartoffeln pflanzen wollen, kämen wir nie auf die Idee, den Acker umzugraben. Und würden den Schatz nie entdecken. Vielleicht hatte Charlotte Brontë doch unrecht: Das leidige Kartoffelnsetzen, das uns den Rücken verbiegt und immer wieder nur Kartoffeln hervorbringt, könnte die Voraussetzung für einen unvermuteten Fund sein. Meistens finden wir ja das, was wir nicht gesucht haben.

*Das Kind in mir: Den Kopf voller Unsinn, die Augen voller Farben, den Mund voller Wahrheit, die Hände voller Blumen, das Herz gen Himmel, sich dabei im Kreis drehen und singen.*

Martina Farnoff

Die Frage stand geradezu greifbar im Raum: «Kommst du mit?» Eigentlich hätte ich wieder einmal sagen müssen: «Tut mir leid, ich muß arbeiten. Fahrt alleine.» Mit einer Miene, die besagte «Kennen wir schon, wäre ja auch ein Wunder gewesen, wenn sie mitgekommen wäre», hätte mein Mann die Kinder ins Auto verfrachtet und wäre mit ihnen in den lange versprochenen Freizeitpark gefahren. Ich hätte dem Auto hinterhergewinkt und mich dann seufzend an den Schreibtisch gesetzt. Eigentlich konnte ich es mir nicht leisten, einen Tag lang nur Spaß zu haben. Eigentlich.

Vor kurzem hatte mich mein Mann gefragt: «Und – beherzigst du auch, was du da schreibst?» Ich hatte eifrig genickt. Aber sicher, sonst wäre ich ja unglaubwürdig. Ich möchte doch von eigenen Erfahrungen berichten und nicht vorgestanzte Lösungen predigen!

Schon wollte ich also den Kopf schütteln und das Mitfahren ablehnen, da dämmerte es mir: Mit gerunzelter Stirn am Computer sitzen und über den Spaß am Leben schreiben, den ich mir gerade versagt hatte – da konnte irgend etwas nicht stimmen.

Schon das erste Karussell wirbelte mir das schlechte Gewissen gründlich aus dem Kopf. Es wurde ein herrlicher Tag.

Könnte es nicht sein, daß heute ein Vergnügen auf Sie wartet, das Sie noch nicht entdeckt haben?

# *Mai*

Wonnemonat, Monat der Liebe, des Suchens, Bekennens und Zueinanderfindens, im Zeichen der Frühlingsgöttin Maia, Mutter des Hermes, in der sich die Kräfte der Transformation, der zyklischen Erneuerung allen Lebens verkörpern.

Türen und Fenster werden aufgestoßen, der Blick schweift ins Freie, sucht alte und neue Freude, verklärt sich sehnsüchtig, ruht auf blühenden Bäumen und weiten Rasenflächen. Wir öffnen uns intensiven Empfindungen, erleben Glück und Schmerz, bauen Brücken, nehmen alte Fäden wieder auf.

Häuser werden gereinigt und geschmückt; auf Fensterbrettern und Balkonen erscheinen farbenprächtige Blumenkästen. Der Flieder blüht violett und weiß und verströmt seinen unverkennbaren Duft.

Die Phantasie der Natur weckt unsere Gestaltungsfreude. Die Seele bekommt Flügel. Wird es uns gelingen, unsere Liebesfähigkeit auf alle Wesen auszudehnen?

*Wenn du für eine Stunde glücklich sein willst, betrinke dich. Willst du drei Tage glücklich sein, dann heirate. Wenn du aber für immer glücklich sein willst, werde Gärtner.* Sprichwort aus China

Mit wie vielen Hoffnungen ist der Mai besetzt! Bis ins 16. Jahrhundert schmückten sich die Menschen zu Ehren des neuen Gewandes der Erdmutter mit frischem Grün und feierten die Ankunft des Wonnemonats mit Fruchtbarkeits-Ritualen. Auch für uns ist der Mai noch Synonym für Verliebtheit, Glück und Unbeschwertheit. «Wie einst im Mai» – das sind ungetrübte Erinnerungen an eine Zeit, in der wir jung waren oder uns jung gefühlt haben.

Im Mai besteht endlich kein Zweifel mehr daran, daß der Winter vorüber ist. Die Wärme draußen taut das letzte Eis in unserem Inneren, sie löst alte Verkrampfungen und weckt neue Erwartungen. Endlich kann wieder etwas geschehen! Türen auf, Luft herein, Raum spüren, sich Freiheiten nehmen.

Kann ein Monat, selbst einer wie der Mai, uns glücklich machen? Einunddreißig Tage garantierte Lebenslust? Das chinesische Sprichwort äußert sich zum Thema haltbares Glück erfrischend eindeutig und unsentimental. Glück «für immer» ist ein Leben im Rhythmus der Natur, eine Anpassung an vorhandene Gesetze, ein Einklang von Innen und Außen. Was zeichnet Gärtnerinnen aus? Sie müssen geduldig sein, Phantasie entwickeln, Fehlschläge hinnehmen können, Sinn für Schönheit haben, sich vor körperlicher Arbeit nicht scheuen.

Auf einer tieferen Ebene geht es natürlich um die Haltung zum Leben überhaupt. Kurze, rauschhafte Genüsse befriedigen nicht dauerhaft; emotionale Bindungen – wer wüßte das nicht – sind Schwankungen unterworfen. Nur dort, wo wir bereit sind, ohne Aussicht auf unmittelbaren Gewinn viel zu investieren, wo wir selbstlos handeln und unsere Liebesfähigkeit auf die ganze Schöpfung ausdehnen, winkt uns ein lebenslanges Glück.

Lassen Sie uns das im Sinn behalten, wenn wir uns diesen Monat unsere Glückserwartungen in bezug auf andere Menschen ansehen. Erwarten wir schnelle «Erträge» in unseren Beziehungen? Können wir uns auch in der Liebe wie Gärtnerinnen verhalten? Haben wir langen Atem, Sorgfalt, Achtsamkeit für unsere Mitgeschöpfe?

*Niemand nahm mich so, wie ich war. Niemand liebte mich. Ich selbst werde mich genügend lieben, beschloß ich, um diese Verlassenheit wieder auszugleichen.* Simone de Beauvoir

Oft genug haben wir gehört: Nur wer sich selbst liebt, kann andere lieben. Wie wahr, aber wie sollen wir das, bitte schön, anfangen? Ein stabiles Selbstwertgefühl entwickeln – das sagt sich so leicht!

Wie vieles andere ist es eine Folge kleiner Schritte, die in unbekanntes Gelände führen. Beginnen Sie mit dem, was Sie seit Ihrem ersten Lebenstag begleitet, was Sie gut kennen und worüber Sie sich am häufigsten definieren: Ihr Name. Die Suche nach dem eigenen Namen, schreibt der Musiktheoretiker Norbert Jürgen Schneider, ist die Suche nach der eigenen Identität, nach dem Lebenssinn.

Was bedeutet Ihr Vorname für Sie? Haben Sie mehrere, und welcher ist Ihnen der liebste? Ist es der, den Sie benutzen? Wissen Sie, warum Ihre Eltern ihn ausgesucht haben? Erinnert er Sie an jemanden? Taucht er in bekannten Liedern auf?

Erzählen Sie sich die Geschichte des eigenen Namens, inklusive der Abkürzungen, Spitznamen und Kosenamen, die nur ganz bestimmte Menschen verwendet haben. Gefällt Ihnen der Klang, das Zusammenspiel von Vokalen und Konsonanten?

Haben Sie das Gefühl, daß Ihr Name noch zu Ihnen paßt? Wenn eine fünfzigjährige Lili beschließt, von nun an Elisabeth zu heißen, ist das doch völlig gerechtfertigt. Wir haben alle das Recht, so genannt zu werden, wie wir es uns wünschen, damit wir uns mit unserem Namen identifizieren können. Machen Sie das allen deutlich, die Sie beim Namen nennen – Angehörige, Freunde und Fremde –, und bleiben Sie beharrlich.

*Auf der ganzen Welt gibt es keinen Menschen, der dir völlig gleicht.*
Virginia Satir

Wenn Ihnen Ihr Name nach allem Nachsinnen und Auf-der Zunge-zergehen-lassen immer noch nicht oder nicht mehr zusagt, dann ist vermutlich eine radikale Lösung angebracht. Eine junge Frau, die ich als Jane kennengelernt hatte, vertraute mir nach Jahren an, daß sie eigentlich Hildegard hieße und diesen Namen zeit ihres Lebens gehaßt habe. Nach dem Abitur fand sie, sie habe jetzt genug gelitten, und nutzte den Umzug in eine andere Stadt, um sich fortan allen neuen Bekannten als «Jane» (nach Jane Austen, ihrer Lieblingsautorin) vorzustellen. Ich bin fast sicher, daß ich sie als Hildegard nicht ganz so originell und pfiffig gefunden hätte.

Sie ist nicht die einzige, die Phantasie walten ließ. Glauben Sie, daß die Filmschauspielerin Sigourney Weaver mit ihrem aparten Vornamen geboren wurde? Mitnichten. Sie hieß Susie und galt als das trotteligste Mädchen der Schule. Dann legte sie sich mit dem Namen einer Figur aus *Der große Gatsby* von Scott Fitzgerald ein neues Selbstbewußtsein zu und mutierte vom häßlichen Entlein zum Schwan.

Auch ohne Ortswechsel und Schauspielambitionen sind Ihnen nicht die Hände gebunden. Sie müssen keinem Orden und keiner spirituellen Gemeinschaft beitreten. Ihre (neue) Identität braucht keine Bestätigung oder Weihe von außen. Ihr Name soll lediglich das ausdrücken, was Sie an sich selbst schätzen und lieben.

Er kann durchaus auch Ihr Geheimnis bleiben, das nur Sie selbst kennen. Geheime, heilige Namen haben eine lange Tradition. Ein kanadischer Indianer erzählte mir, sein neugeborener Sohn werde vom Großvater bald einen indianischen Namen bekommen. Nach mehrtägigem Fasten werde der Großvater in einer Vision den Namen erfahren, der dann nur bei den Zeremonien seines Volkes zur Verwendung käme. Für den Alltagsgebrauch genüge der englische Vorname.

Ihr Name ist nicht Schall und Rauch. Er ist ein Teil der Frau, die Sie erwartet.

*Was man allein zustande bringt und zuallererst tun muß, ist, zu existieren, zu sein, damit man dann Freundin, Geliebte, Mutter oder Kind sein kann.*
Anaïs Nin

Gegen meinen Vornamen hatte ich nie etwas einzuwenden; bis heute bin ich meinen Eltern dankbar, daß Sie den Mut aufbrachten, eine damals sehr ungewöhnliche Wahl zu treffen. Wenn mein Name in der Schule aufgerufen wurde, wußte ich immer, daß auch wirklich ich gemeint war, im Gegensatz zu den Susannes, Monikas und Ursulas in meiner Klasse.

Dem Gefühl, ausgesprochenen oder unausgesprochenen Anforderungen nicht zu genügen, bin ich, wie die meisten Frauen meines Alters, leider trotzdem nicht entkommen. Bei mir war es die Figur. Ich bin mit der festen Überzeugung aufgewachsen, dick zu sein. Schon als Säugling hieß ich «Mondgesicht», und in der Familie erzählte man sich schmunzelnd, wie viele Milchpulver-Dosen mein armer Vater heranschleppen mußte, bis ich zufriedengestellt war. Mit zehn Jahren wurde ich Mitglied im Turnverein, um meinem angeblichen Hang zur Rundlichkeit entgegenzuwirken.

Ballettstunden durfte ich nicht nehmen, weil ich «nicht der Typ dazu» war. In der Pubertät wagte ich Vergleiche mit meinen Freundinnen erst gar nicht anzustellen. Meine zahlreichen Fastenkuren gipfelten in einer viertägigen Nulldiät, nach der ich mir den Knöchel verstauchte, weil ich mit den damals unerläßlichen Plateausohlen umkippte.

Jahrelang habe ich allem geglaubt, nur meiner eigenen Wahrnehmung nicht. Ich fing alle möglichen Sportarten an, die mich im Grunde langweilten, und haßte alle Frauen, die ich für schlanker hielt als mich.

Vor kurzem nahm ich wieder einmal das Fotoalbum aus meiner Kindheit zur Hand und traute meinen Augen kaum: Ich war nie dick gewesen. Das Mädchen, das mir da entgegenblickte, war mittelgroß, gut proportioniert und nicht im mindesten übergewichtig. Was war da passiert? Und warum war ich zwanzig Jahre lang blind gewesen?

Was hat man Ihnen eingeredet? Daß Sie eine Bohnenstange waren? Oder brav und schüchtern? Träge und antriebslos? Frech und vorlaut? Ein Bücherwurm? Ein Rowdy? Eine Träumerin?

*Wir können den alten Unsinn endlich loslassen. Jetzt, in diesem Moment. Auch der kleinste Anfang ändert schon etwas.* Louise L. Hay

Was immer man Ihnen über Ihren Charakter gesagt hat, was immer Sie von sich selbst glauben – eines steht fest: Nichts davon ist unveränderlich. Persönliches Wachstum hört nie auf, und eine positive Einstellung dazu können Sie unabhängig von allen Mängeln und Barrieren der Vergangenheit gewinnen.

Die bekannte Autorin und Therapeutin Louise L. Hay arbeitet viel mit sogenannten Affirmationen beziehungsweise Aussagen, mit deren Hilfe alte Gedankenmuster aufgelöst und unser Geist neu programmiert werden können. Unsere Gedanken und Worte formen unser Leben; wenn wir sie durch neue ersetzen, die uns Stärke und Selbstvertrauen vermitteln, haben die alten Muster auf Dauer keine Chance mehr.

Suchen Sie sich aus den folgenden Affirmationen eine oder mehrere heraus, die eine Saite in Ihnen zum Schwingen bringt. Schenken Sie sich selbst eine hellere Zukunft:

Die Liebe in meinem Leben beginnt bei mir selbst.
Ich gebe mir selbst, was ich brauche.
Ich entscheide mich bewußt dafür, mich selbst zu lieben.
Ich bin frei, alles zu werden, was ich sein kann.
Ich akzeptiere und gebrauche meine persönliche Macht.
Ich genieße es, an diesem Punkt in Zeit und Raum lebendig zu sein.
Ich kann gefahrlos wachsen und mich weiterentwickeln.
Wo ich auch bin, freue ich mich meines Lebens.
Ich erkunde die vielfältigen Wege der Liebe.
Ich sorge gut für meinen Körper.
Ich helfe anderen Frauen.
Es gibt Menschen, die mir zur Seite stehen und mir helfen.
Jeden Tag denke ich neue und andere Gedanken.
Ich lasse andere an meiner Lebensfreude teilhaben.
Lachen spielt in meinem Leben eine wichtige Rolle.
Ich bin offen für alles Gute, was das Leben mir zu bieten hat.
Ich habe mein ganzes Leben noch vor mir.

*Lieben – einen Menschen so sehen, wie Gott ihn gemeint hat und die Eltern nicht haben werden lassen.* Marina Zwetajewa

Nein, es geht nicht schon wieder um Elternschelte. Warum ein Mensch so geworden ist, wie Sie ihn kennenlernen, hängt von einem Bündel zahlreicher Einflußfaktoren ab. «Eltern» – das sind ja nicht nur zwei wohlmeinende Menschen mit ihren eigenen Anlagen und Verformungen – das sind auch die psychologische Verfassung der Familie, die pädagogischen Institutionen, die nationalen und kulturellen Normen, der religiöse und soziale Hintergrund.

Jeder Mensch war einmal ein Kind mit Hoffnungen und Sehnsüchten, die erfüllt oder enttäuscht wurden, und die Spuren davon zeichnen sich im Gesicht, in der Haltung ab.

Was das Leben aus einem Menschen machen kann, wurde mir schlagartig bewußt, als ich in einer Biographie des Atomphysikers J. Robert Oppenheimer, unter dessen Leitung die erste Atombombe hergestellt wurde, nebeneinander zwei Fotografien sah; eine zeigte ihn fast noch als Jugendlichen, die andere als Mann mittleren Alters. Aus dem klaren, intelligenten Jungengesicht mit dem wachen Blick war einige Jahrzehnte später ein hagerer Kopf mit angespannten Zügen, weit aufgerissenen, starr blickenden Augen und kurzgeschorenen Haaren geworden.

Versuchen Sie, auch wenn es nicht leicht ist, in den müden, sorgenvollen oder arroganten Mienen, die Sie heute sehen, die Kindergesichter zu entdecken, die darunter verborgen liegen – auch bei sich selbst. Bedenken Sie, daß sich niemand Sorgenfalten und hängende Mundwinkel gewünscht hat!

Bitten Sie Menschen, die Ihnen am Herzen liegen, Ihnen alte Fotos von sich zu zeigen. Es wird Ihnen leichter fallen, für sich und andere Verständnis aufzubringen, wenn Sie einen kurzen Blick in die Vergangenheit werfen dürfen.

*Denken Sie sich einmal probehalber in die Vorstellung hinein, Ihr Schicksal und Ihre Lebensumstände könnten Ihre ganz persönliche Aufgabe darstellen, die Sie zur inneren Weiterentwicklung und Reife führen möchte.* Hildegard Ressel

StandesbeamtInnen lieben den Mai überhaupt nicht, denn er ist bei uns *der* Hochzeitsmonat schlechthin. In den Trauzimmern geben sich die Paare die Klinke in die Hand. Das ist nicht überall so. In Schottland zum Beispiel gilt es als sehr schlechtes Omen, im Mai zu heiraten, und auf Sizilien sagt man: Maibraut wird der Ehe nicht froh. Wir haben für solche Warnungen nicht mehr viel übrig. Was wir aber, Aberglauben hin oder her, auf jeden Fall daraus lernen können, ist eines: Wichtig ist, *wie* etwas begonnen wird.

In Papua-Neuguinea gibt es einen ungewöhnlichen Hochzeitsbrauch: Hat sich eine Frau verliebt und will heiraten, zieht sie einfach in das Haus ihrer zukünftigen Schwiegereltern. Damit setzt sie ein unmißverständliches Zeichen und tut ihre ernsten Absichten kund. Das ist, finde ich, ein imponierender Beginn.

Ich muß dabei an eine Schlittenfahrt denken, bei der ich das Tempo unterschätzt hatte und auf eine vereiste Stelle geraten war. Mit dem Kopf in der Schneewehe konnte ich darüber nachdenken, was ich falsch gemacht hatte: Ich hatte an keinem Punkt der Fahrt überlegt, wie schnell ich eigentlich werden wollte. Ich hatte es einfach «laufen lassen», obwohl ich die Bahn nicht kannte.

Denken Sie bei allem, was Sie tun (und nicht nur bei der Ehe) daran, den Anfang klar zu markieren. Es wird Ihnen helfen, die Übersicht zu behalten, und Sie werden sich später nicht verblüfft fragen müssen: «Wie ist es eigentlich dazu gekommen?» Manche Dinge im Leben «ergeben» sich – Freundschaften, Reisen, Jobs – und wir lassen ihnen ihren Lauf, weil es so bequemer ist. Könnten wir nicht versuchen, etwas bewußter zu fragen, was wir eigentlich wollen?

*Das Geheimnis, was genau ein Paar ausmacht, ist fast das einzige Geheimnis, das uns noch bleibt, und wenn wir es gelöst haben, werden wir keine Verwendung mehr für Literatur haben – oder überhaupt für die Liebe.*

Mavis Gallant

Ich möchte Ihnen zum Thema Ehe noch eine wahre Geschichte erzählen, die ein Bekannter erlebt hat.

Er war zur Hochzeit seines Freundes eingeladen und saß spät am Abend noch mit dem Bräutigam zu Tisch. Die beiden Männer luden den tamilischen Koch ein, sich zu ihnen zu setzen. Die Rede kam auf Probleme mit Frauen, und die beiden Freunde erzählten, daß sie schon einmal geschieden waren.

Der Koch hörte eine Weile zu. Dann sagte er: «Ich verstehe euch nicht.» Die beiden Freunde begannen zu erläutern: Nun, dieses ist schwierig und jenes ist schwierig. Die Frauen, weißt du…

«Ja, aber ich verstehe euch trotzdem nicht. Wir gehen die Sache ganz anders an.»

Die Freunde wurden neugierig.

«Wenn ihr eine Beziehung beginnt», sagte der Tamile, «dann ist das so, als ob ihr euch an einen gedeckten Tisch setzt. Die Kerzen brennen, es ist geheizt, der Raum ist geschmückt, der Kellner fragt, was ihr wollt. Ihr eßt und genießt euer Zusammensein. Und dann macht ihr das, was nach dem Essen kommt, und alles ist wunderbar. Aber wir machen das anders. Wir wissen, daß wir zuerst ein Stück Land suchen müssen, um das Haus zu bauen, und dann müssen wir das Holz für das Haus suchen, dann müssen wir das Haus einrichten und Feuerholz aus dem Wald holen, womit wir kochen können und dann den Tisch decken. Und das, womit ihr beginnt und dann meint, es dauert bis in alle Ewigkeit, das ist bei uns ein ganz kleiner Teil. Das, worauf es eigentlich ankommt, ist Vorbereitung. Vorbereitung von etwas, von dem ich dann auch nicht weiß, ob es klappt oder nicht. Und trotzdem bereite ich es so gut wie möglich vor. Denn ich weiß, wenn ich es nicht mache, wird es überhaupt nichts. Ich muß mich anstrengen und vorbereiten, damit mir – vielleicht – etwas sehr Schönes gegeben werden kann.»

*Fangen wir ganz von vorne an. Die Liebe macht dich glücklich? Nein. Die Liebe macht die Person, die du liebst, glücklich? Nein. Die Liebe bringt alles in Ordnung? Ganz bestimmt nicht.* Julian Barnes

Seit neuestem kann meine vierzehnjährige Tochter S-H-A-K-E-S-P-E-A-R-E buchstabieren. Das liegt nicht an einer bildungsbeflissenen Englischlehrerin, sondern an Leonardo di Caprio, dem Star der bislang letzten *Romeo und Julia*-Verfilmung. Und an der unwiderstehlichen Anziehungskraft der Geschichte. Sie ist das Festmahl der Liebe, an dem wir unsere Beziehungen messen.

So haben uns die Liebespaare der Weltliteratur die «wahre Liebe» vorgelebt: unbedingt, kompromißlos und meist tödlich. Für die Frauen jedenfalls. Anna Karenina wirft sich vor den Zug, Madame Bovary vergiftet sich mit Arsen, Effi Briest wird von einem unspezifischen Nervenleiden dahingerafft, Manon Lescaut verschmachtet in der Wüste.

Die Liebe kommt über diese Frauen wie eine Himmelsmacht, sie sind für immer durch sie definiert und überhöht. Sie stehen außerhalb der Norm und gehen oft an ihr zugrunde. Die Paare leiden heftig, sehen sich selten, werden nicht gemeinsam alt. Sie sind scheinbar so ganz anders als wir, viel größer, tapferer, glanzvoller. Sie pendeln gefährlich zwischen Seligkeit und Katastrophe und bleiben nie, wie wir, im Mittelmaß stecken.

Hamlet und Ophelia beim Paartherapeuten? Lieber lassen wir sie in Blut und Wahnsinn versinken, als daß wir sie uns in den Niederungen der Beziehungsarbeit vorstellen. «Er ist immer so abwesend», klagt Ophelia. «Was hat er nur?» – «Sie ist so depressiv», murrt Hamlet, «warum versteht sie nicht, daß ich Wichtigeres im Kopf habe?» Nein, nur das nicht!

Und gelegentlich meinen wir sogar, daß das Hauptmerkmal einer großen Liebe ihr Scheitern sei, und schließen messerscharf und falsch, unsere noch bestehende Liebe sei darum nicht groß genug.

Ist es da verwunderlich, daß wir die Kluft zwischen Fiktion und Wirklichkeit oft so schlecht ertragen.

*«Spiel's noch einmal, Sam!»*
Ingrid Bergman
in *Casablanca*

Und erst im Kino! Wenn Scarlett O'Hara sich von Rhett Butlers rauhem Charme hinwegfegen läßt oder hingebungsvoll «Ashley, Ashley» seufzt, wird uns bitter bewußt, daß wir noch immer auf das grundanständige Mannsbild warten, das uns auf ewig vergöttert, oder (je nach Geschmackslage) den ewigen Gentleman, den wir ein Leben lang ungestraft anschmachten können.

Oder denken wir an Doktor Schiwago und Lara: Wer hat uns je mit Gedichten überschüttet, und dann auch noch mit guten! Wer stirbt unseretwegen an gebrochenem Herzen? Wer hat unter unserem Balkon Ständchen gesungen oder sich gar für uns duelliert? Wer verzichtet unseretwegen für immer auf Liebesglück, weil wir ihn nicht erhört haben?

Liebesgeschichten im Kino müssen nicht gut ausgehen, das verlangen wir nicht, aber sie müssen außergewöhnlich und aufregend sein, nicht das übliche Kaffeetrinken-Kino-Essen-Reden-Zu-dir-oder-zu-mir. Der endgültige Abschied von Ingrid Bergman und Humphrey Bogart in *Casablanca* hinterläßt eine wohlige Wehmut, und wir wollen gar nicht wissen, ob ihre Liebe den Krieg, die Scheidung von Viktor und das schlechte Gewissen überstanden hätte.

Es ist wunderbar, in diesen Gefühlswelten zu baden. Nur sollten wir nicht vergessen, daß sie einen Liebestraum konstruieren. Schon die Romantiker wußten, daß die Ekstase der Vereinigung – mit einem Menschen, mit der Natur oder mit Gott – nur in Augenblicken möglich ist.

Denken Sie an Ihre Lieblingsbücher und -filme. Woran ist Ihre Vorstellung von «wahrer Liebe» geschult worden? Wem galten Ihre geheimen Sehnsüchte, und wem nehmen Sie es insgeheim übel, daß er nicht Romeo oder Lanzelot ist?

*Ein Geliebter ist ein Mann, den man nicht heiratet, weil man ihn gern hat.* Vanessa Redgrave

Im Schweizer Fernsehen wurde vor einiger Zeit eine Sendung angekündigt, die den Titel trug «Wie angele ich mir einen Chefarzt». Ich kann Ihnen keine Tips geben, weil ich sie mir nicht angeschaut habe. Ohnehin hatte ich angenommen, die Tage dieser Art von Lebenshilfe seien vorbei und die aktuelle Version hieße jetzt: «Wie werde ich Chefärztin.»

Doch das war wohl eine Täuschung. Rollenklischees sind zäh. Wenn wir Frauen uns schon von der Illusion der wahren Liebe verabschieden müssen – so könnte man schließen –, dann gönnen wir uns wenigstens Entschädigung: finanzielle Sicherheit und gesellschaftliches Ansehen. Und da Frauen vollen Einsatz bringen, ist keine falsche Bescheidenheit angesagt. Also ist das Ziel die unbestrittene Nummer eins in puncto Prestige, der Goldfisch.

Fühlen Sie sich um gute fünfzig Jahre zurückversetzt? Sind das nicht die aufgewärmten Botschaften von Anno dazumal?

Botschaft Nummer eins: Frauen erhalten ihren Status nach wie vor aus zweiter Hand, auch wenn sie keine Briefe mehr erhalten, auf denen Frau Otto Siegmann steht.

Botschaft Nummer zwei: Frauen müssen es nur richtig anstellen, dann wird es ihnen gelingen, fette Beute an Land zu ziehen.

Botschaft Nummer drei: Männer lieben Frauen, die zu ihnen aufschauen. Beliebt neben der Kombination Chefarzt – Krankenschwester ist die Variante vom Professor und dem Blumenmädchen (*My Fair Lady*) oder die vom Prinz und der Tänzerin (Lawrence Olivier und Marilyn Monroe im gleichnamigen Film). Das betörende Weib und der Souverän. Herz und Verstand. Naivität und Macht. Formbarkeit und Gestaltungswille. Ein soziales und emotionales Gefälle, daß es einem schwindelt.

Was riet Aristoteles? Ein Mann solle mehr als doppelt so alt sein wie seine Braut, *denn nur so könne er sie beherrschen.* Ach, so ist das!

*Frauen lebten früher nicht eingekerkert in Häusern und in Abhängigkeit von ihren Ehemännern und Verwandten. Sie pflegten sich frei zu bewegen und vergnügten sich so, wie sie wollten.* Mahabharata

Die Sehnsucht der Frauen nach Selbstbestimmung in der Ehe verkörpert sich in dem griechischen Märchen von der *Elfin als Hausfrau.* Wenn es Ihnen gefällt, bekommen Sie vielleicht selbst Lust, Ihre Nereiden-Natur zu entdecken...

Ein armer Bauer wird des Nachts von drei Nereiden besucht und beschließt, sich eine von ihnen zu fangen. Er nimmt ihr die Flügel weg und erklärt ihr, er wolle sie zur Frau nehmen. Sie willigt ein. «Darauf nahm er sie mit in sein Haus, ließ sich mit ihr trauen und hielt sie wie seine Hausfrau. Sie gebar ihm einen Knaben und war wie die anderen Frauen. Nur wenn sie diese an Feiertagen tanzen sah, erinnerte sie sich ihrer Lufttänze und bat dann ihren Mann, ihr die Flügel zu geben.» Der Mann weigert sich, weil er annimmt, sie werde nicht mehr zurückkommen. Als das Kind fünf Jahre alt ist, bittet sie ihren Mann wieder und verspricht, nach dem Tanzen wiederzukommen.

«Da ließ sich der Mann bereden und gab sie ihr. Sie eilte zum Tanzplatz, wo die anderen Frauen tanzten, und flog dreimal um diese herum. Darauf sprach sie: ‹Leb wohl, lieber Mann, und habe acht auf unser Kind!› und verschwand.

Von da an kam sie jeden Tag in das Haus, wenn ihr Mann weggegangen war, backte Brot für ihn, gab dem Kind zu essen und besorgte das Haus. Dann flog sie auf den Acker, wo ihr Mann war, und sagte zu ihm: ‹Guten Tag, lieber Mann, wie geht es dir?› Dieser aber sprach: ‹Was soll ich dir sagen? Du hast mich betrogen, und ich bin dumm gewesen.› Da lachte sie und sprach: ‹So betrügen euch die Nereiden.›

Und dann fügte sie noch hinzu, daß sie sein Haus bestellt habe und daß er auf den Knaben achtgeben und ihn nicht schlagen solle, weil er noch klein sei. So machte sie es jeden Tag, war aber nicht zu bewegen, wieder in ihrem Haus zu wohnen.»

Steckt in Ihnen auch eine Elfe, die ihre Flügel sucht? Geben Sie nicht auf! Es gibt kein Versteck, das sich nicht entdecken ließe.

*In meinem Freund, meiner Freundin entdecke ich mein zweites Selbst.*
Isabel Norton

Wonach suchen Sie sich Ihre Freundinnen und Freunde aus?

Das ist gar keine leichte Frage, werden Sie einwenden. Ich suche sie mir doch nicht aus wie einen neuen Pulli; Freundschaften entstehen eben, ergeben sich, wachsen.

Ist das wirklich so? Vor einigen Jahren machte mich mein Mann darauf aufmerksam, daß ich fast nur alleinstehende Freundinnen hätte. Sie kamen uns besuchen, gingen mit mir oder uns ins Kino, fuhren mit uns in die Ferien.

Er hatte recht. Es war mir noch nicht bewußt geworden, aber tatsächlich interessierten mich Freundschaften mit Frauen, die ich als selbständig und unabhängig empfand und die anders lebten als ich. Diese Merkmale schienen mich anzusprechen, ich genoß die Gespräche mit ihnen, die mir zur Klärung meiner eigenen Situation verhalfen. Ganz so zufällig ist die Wahl unserer Freundinnen wohl doch nicht.

Nicht immer sind es die Gegensätze, die sich anziehen. Es können auch die Ähnlichkeiten sein oder der Wunsch, sich an einer Person zu orientieren.

Spielen Sie Hobby-Psychologin in eigener Sache, und stellen Sie sich ein paar kritische Fragen:

Warum suche oder meide ich den Kontakt zu bestimmten Frauen und Männern? Wo will ich etwas nachahmen, das mir gefällt? Welche Eigenschaften sprechen mich besonders an?

Sind meine Freundinnen und Freunde im selben Alter wie ich? Stimmen unsere Vorlieben und Interessen überein, oder sind es andere Merkmale, für die ich empfänglich bin?

Sind meine Freundschaften durch Gespräche geprägt? Bin ich aktiv, oder lasse ich mich gerne mitreißen?

Und schließlich: Zeige ich denjenigen, die ich Freund oder Freundin nenne, daß sie mir als Menschen, und nicht nur als Bestandteil meines sozialen Netzes, lieb und wert sind?

*Ständiges Zusammensein ist großartig – aber nur für siamesische Zwillinge.*
Victoria Billings

Es ist schwierig, eine Balance zwischen Festhalten und Loslassen zu finden. Frauen, in aller Regel zur Nähe erzogen, neigen dazu, jeden Wunsch nach mehr Distanz als Liebesentzug zu deuten. Aber Intimität bedeutet nicht, ununterbrochen aneinander zu kleben.

Marianne Faithfull erzählt in ihrer Autobiographie, wie sie mit Mick Jagger eine Wohnung einrichtete. Sie gab sich Mühe, alles stilvoll aufeinander abzustimmen, da tauchte Jagger eines Tages mit einem häßlichen, überdimensionalen Ungetüm von Doppelbett auf. Auf ihre entrüstete Frage, was das denn solle, antwortete er,
das schlimmste an der Beziehung mit seiner früheren Freundin sei das zu kleine Bett gewesen.

Ob wir uns Mick Jagger zum Vorbild nehmen sollen, sei dahingestellt. Aber sein Bettenkauf war vorausschauend und vernünftig. Er wollte offenbar Konflikte, die aus zu großer Nähe entstanden waren, beim nächsten Mal gar nicht erst entstehen lassen.

Wenn Menschen nicht körperlich flüchten können, tun sie es auf andere Weise, beispielsweise indem sie schweigen, den Blick abwenden, anderen nachschauen, Ausreden erfinden, Streit vom Zaun brechen, plötzliche Aggressionen entladen. Das ist unter Umständen kränkender als eine klare Definition räumlicher Grenzen.

Wo könnten Sie sich vorstellen, Raum zu geben und ihn sich zu nehmen? Steht Ihnen die Angst im Weg, einmal aufgegebenes Terrain ganz zu verlieren?

Indem Sie Freiheit gewähren, schaffen Sie auch sich selbst Freiräume. Machen Sie eine kleine Übung, um das Loslassen symbolisch zu erproben: Ballen Sie die Hände zu Fäusten, bis es schmerzt. Dann entfalten Sie langsam die Finger wie die Blütenblätter einer Blume, und wenden Sie die Handflächen nach oben. Befreien Sie sich von dem Zwang, festhalten zu müssen.

*Nicht die Dinge beunruhigen uns, sondern die Meinungen, die wir von den Dingen haben.* Epiktet

Kürzlich lag eine Postkarte in meinem Briefkasten, auf der stand: «Der wahre Mann ist hart wie Kruppstahl, zäh wie Leder und flink wie ein Windhund. Das heißt, er ist unflexibel, ungenießbar und schnell verschwunden.» Die Karte stammte von meiner Tochter. Das Thema scheint generationenübergreifend zu sein.

Frauen wuchsen und wachsen mit mehr oder weniger klugen Weisheiten über Männer auf, die sehr schwer loszuwerden sind. «Männer lassen sich liebend gerne hinters Licht führen» – «Männer sind wie Kinder» – «Beim Mann geht die Liebe durch den Magen».

Sie kennen bestimmt noch ein halbes Dutzend mehr, alle in dem Tenor: Männer sind leichtgläubig und lassen sich manipulieren, wenn Frauen sie «zu nehmen wissen». Frauen dürfen weder ihre wahren Stärken noch ihre Motive offenlegen, dann haben sie die besten Chancen, Einfluß zu gewinnen, ohne daß «er» es merkt.

Das waren gutgemeinte Tips der Mütter und Großmütter, die uns, den Töchtern, bittere Erfahrungen ersparen sollten und die offenbar nicht so leicht aussterben. Sie untergraben den Mythos von der männlichen Standhaftigkeit und Autonomie und ersetzen ihn durch das verharmlosende Klischee vom «großen Jungen». Aber ganz abgesehen davon, daß Frauen auf berechnende, hinterlistige Schlangen reduziert werden: Wo ist da noch Platz für eine Beziehung, in der Selbstachtung und gegenseitiger Respekt herrschen oder sich wenigstens entwickeln können?

Es sind höchst widersprüchliche Versionen von Männlichkeit, die wir mitbekommen haben: Männer sind unabhängig, stark und potentiell gefährlich – auf der einen Seite; Männer sind naiv und leicht manipulierbar – auf der anderen Seite.

Wie hat sich dieser Widerspruch auf Ihre bisherigen Liebesbeziehungen ausgewirkt? Welche Eigenschaften müßte eine dritte Version haben, um für Sie attraktiv zu sein?

*Wenn Liebe die Antwort ist, könnten Sie dann bitte die Frage nochmal formulieren?* Lily Tomlin

Und eines Tages liegt er in Ihrer Badewanne, der mittelprächtige Fang, eher Karpfen als Goldfisch, liest Zeitung und bittet Sie, ihm den Rücken zu schrubben. Er schillert nicht mehr ganz so reizvoll wie am Anfang, und die Schuppen hat ein Spezialshampoo hinweggerafft. Unversehens ist aus dem Neuzugang ein Partner geworden.

Der Mensch, mit dem Sie am liebsten zusammen sind oder sein würden, hat zweifellos Qualitäten, denn sonst wäre er Ihnen nicht aufgefallen. Nur – Hand aufs Herz – fällt Ihnen noch ein, welche das waren? Haben Sie sich in letzter Zeit Gedanken gemacht, was Sie ausgerechnet an ihm so mögen? Tun Sie es, denn daß er nicht dem Traum Ihrer schlaflosen Nächte entspricht, ist Ihnen wohlbekannt. Was Ihnen gefällt oder wenigstens gefallen hat, gerät dagegen schnell in Vergessenheit.

Was gefällt Ihnen? Verwechseln Sie das nicht mit der Frage: «Warum liebe ich ihn?», denn es könnte Ihnen möglicherweise schwerfallen, Gründe zu benennen, und darum geht es jetzt auch nicht. Denken Sie nur daran, was Sie mögen. Den Gang, die Stimme, das Lächeln? Die Härchen auf den Unterarmen? Das Grübchen am Kinn? Die Art, wie er Ihnen das Gefühl gibt, wichtig und schön zu sein? Die Fröhlichkeit oder die Nachdenklichkeit? Kann er sich begeistern? Liebt er Kinder, Tiere, die Musik, die Natur und läßt Sie daran teilhaben? Hackt er dem Frühstücksei auf diese unnachahmliche Weise den Kopf ab?

Schreiben Sie alles auf, und lassen Sie sich, wenn Sie wollen, ab und zu eine kleine Kostprobe entlocken. Nicht zuviel auf einmal, nur ein Appetithäppchen!

*Dann kommen Frauen mit lachendem Mund*
*Und schrägem Blick unter geschwungenen Brauen,*
*Die Wangen rosig und frisch.*

Altchinesisches Gedicht

Vergessen wir bei all der «Beziehungsarbeit» nicht, daß es Mai ist, einer der freundlichsten Monate, der mit frühsommerlichem Charme die Schwere der Wintermonate endgültig vertreibt.

Woran erkennen wir, abgesehen von blühenden Bäumen und Wiesenblumen, daß der Frühling endlich Einzug gehalten hat? An den Augen, behaupte ich. Die Menschen beginnen sich wieder in die Augen zu sehen, die Verwegenen offen lächelnd, die Schüchternen noch vorsichtig und kurz. Auf der Straße sind es im Vorübergehen nicht mehr Mützen, Schals und geneigte Köpfe, die uns auf den gegen Wind und Regen geneigten Körpern entgegenkommen, sondern Gesichter, in denen sich Hoffnung regt.

Grund genug, am heutigen Brunnentag Ihrem Gesicht und Ihren Augen etwas Gutes zu tun. Bereiten Sie sich abends eine Gesichtsmaske zu, die Ihre Haut erfrischt und strafft. Es gibt viele Rezepte, aber da die Vorbereitungen sicher nicht allzuviel Zeit beanspruchen sollen, beschränke ich mich auf ganz einfache.

In der Apotheke oder Drogerie bekommen Sie Heilerde; für eine besonders gute Wirkung bei fettender Haut mischen Sie 2 EL Heilerde mit 3 EL Sahne, 2 EL Rosenwasser und 125 ml Vollmilch. Tragen Sie die Mischung mit einem weichen, breiten Pinsel auf, und lassen Sie sie 15 Minuten einwirken. Spülen Sie sich danach mit lauwarmer Milch ab.

Während die Maske einwirkt, legen Sie noch Augenkompressen auf, das heißt runde Wattepads, die Sie mit Kräuteraufgüssen, schwarzem Tee oder Milch angefeuchtet haben. Das ist eine Wohltat für müde, überanstrengte Augen.

Anschließend gehen Sie, wenn möglich, früh zu Bett. Hören Sie meditative Musik, statt zu lesen, damit die entspannende Wirkung der Behandlung bis in den Schlaf fortwirkt.

*Reden erfordert eine Art fortgesetzter Nähe, die Männer normalerweise vermeiden. Es hat zuviel mit Bindung und Gefühlen zu tun, erfordert ständige Reaktionen.* Joan Shapiro

Kommunikation ist immer ein Drahtseilakt. Daß Männer und Frauen eine unterschiedliche Sprache sprechen, hat Deborah Tannen eindrücklich in ihrem Buch *Du kannst mich einfach nicht verstehen* beschrieben. Nun ist offenbar schon die Bereitschaft zur Kommunikation bei Frauen und Männern nicht gleich stark ausgeprägt, und das berührt Frauen besonders, denn es gibt ihnen häufig das Gefühl, gegen eine Wand anzurennen.

Die Psychologin Joan Shapiro nennt das, was Männer dem fortgesetzten Rede- und Nähebedürfnis von Frauen entgegensetzen, «Trance» oder «Selbsthypnose» –, das heißt, sie blenden all das aus, was die Stabilität und die Sicherheit der Beziehung bedrohen könnte. Die Trance ist wie ein schützender Kokon, der die Verletzlichkeit umhüllt.

Stellen Sie sich die klassische Szene vor: Er kommt nach Hause, holt sich etwas zu trinken, setzt sich in den Sessel, liest Zeitung, stellt den Fernseher an und signalisiert damit: *Ich bin körperlich zwar anwesend, aber innerlich nicht da.* Frauen, die von ihrem eigenen Bedürfnis nach einem vertrauten Gespräch über die Tagesereignisse ausgehen, fühlen sich zurückgewiesen und reagieren gekränkt.

Joan Shapiro gibt Frauen den Rat, nicht gegen feste psychische Strukturen anzukämpfen, sondern in dem oben geschilderten Fall kurz «Hallo» zu sagen und ansonsten den Partner zu ignorieren, bis er sich von alleine meldet.

Zugegeben, es funktioniert. Aber ist es nicht das alte Spiel: Frauen sind verständnisvoll und nehmen sich zurück? Entscheiden Sie selbst, wieviel zähneknirschende Zurückhaltung es Sie kostet, Ihr Verhalten auf sein Bedürfnis nach Distanz abzustimmen. Sie könnten natürlich auch einfach eine halbe Stunde später als er nach Hause kommen. Es käme auf den Versuch an.

*Lade nicht alles in ein Schiff.*
Friesisches Sprichwort

Vielleicht heißt die Antwort auf die Fallstricke, die in jedem Gespräch zwischen Männern und Frauen lauern, aber auch: dann eben nicht ununterbrochen reden. Die Gleichsetzung von Liebe mit der Bereitschaft zu intimen Gesprächen ist einengend. Männer möchten offenbar ihre praktische Fürsorge als gültigen Liebesbeweis verstanden wissen, weil sie nicht die Fähigkeit zur verbalen Selbstenthüllung besitzen oder sie als zu bedrohlich empfinden.

Finden Sie doch, wenn das Reden von Angesicht zu Angesicht in eine Sackgasse führt, die Art von Kommunikation heraus, die dem Partner eher liegt.

Fragen Sie, womit sich Ihr Partner – aber auch Familienangehörige und FreundInnen – richtig wohl fühlen. Mit Telefongesprächen – lieber kurz und häufig oder selten und ausgiebig? Mit schriftlichen Äußerungen – wer schreibt und bekommt gerne Briefe, Karten, kleine Päckchen? Wer ist Fax-Anhänger? Wer tauscht gerne Computernachrichten aus?

Eine unpersönlichere Art der Kommunikation empfinden viele Menschen als weniger bedrohlich und verpflichtend, und der paradoxe Effekt ist, daß sie sich offener zeigen als in persönlichen Gesprächen. Damit könnte ein Anfang gemacht sein.

Oder erfinden Sie gemeinsam eine symbolische Kommunikation – das macht zudem mehr Spaß als mühsame Gespräche. Von einem alten Ehepaar hörte ich, daß sie zwei kleine Porzellanhunde auf dem Fensterbrett stehen hatten, an denen sich die jeweilige Stimmung ablesen ließ. Verstanden sich die beiden, wandten sich die Figürchen die Köpfe zu. Wollte ein Ehepartner sein Mißfallen äußern, drehte er sein Tierchen zur Seite oder, je nach dem Grad seiner Verstimmung, sogar mit dem Hinterteil zu seinem Gegenüber. Das bedeutete: «Ich bin verärgert» oder «Laß mich in Ruhe, bis ich mein Tier wieder umgedreht habe».

Bringt Sie das auf Ideen?

*Du Traum auf meiner Stirne,*
*du Kleinod in meinem Herzen,*
*du Durst auf meinen Lippen,*
*komm, daß ich dich beschütze!*
aus dem arabischen Märchen
*Der Gemahl der Nacht*

In dem Märchen, aus dem diese klangvollen Worte stammen, wird eine schöne junge Frau jede Nacht von einem geheimnisvollen, zärtlichen Fremden besucht, ihrem «Gemahl der Nacht». Er gewinnt ihr Herz durch seine wunderbaren Worte, von denen sie nie genug bekommt. Es sind «Worte, die ihr Welt und Leben wandelten». Die Tage verbringt sie allein und wie verzaubert vor Glück in ihrem Zimmer im Haus der Eltern. Der Fremde erweist sich als mächtiger und einflußreicher Mann, der sie vor allen ungerechten Anschuldigungen und Anfeindungen beschützen kann und sogar über magische Fähigkeiten verfügt.

Er ist die Verkörperung des vollkommenen Liebhabers. Er ist stark und liebevoll, männlich und zartfühlend. Er fordert nicht, sondern bittet. Sein Kommen und Gehen, sogar seine Identität, bleiben in Dunkel gehüllt und bieten dadurch Raum für endlose Träumereien. Er ist ein Phantom, mit dem es keinen Alltag gibt, und das macht seinen unendlichen Reiz aus.

Wir brauchen, glaube ich, Märchen, in denen unsere geheimen Sehnsüchte angesprochen werden; wir brauchen Bilder von einer Liebe, die nicht erklärt werden muß. So könnte es auch für uns sein, wenn wir außerhalb von Raum und Zeit leben würden.

Wenn wir ehrlich sind, tragen wir alle in uns den Wunsch, vollkommen und wortlos verstanden und geliebt zu werden. Die Sehnsucht nach dieser Art von Geborgenheit ist sehr tief in uns verankert. Wir wollen beschützt, geschätzt, umsorgt werden, an erster Stelle stehen. Um ertragen zu können, daß dieser Wunsch in seiner ganzen Tiefe uns von keinem Menschen erfüllt werden kann, müssen wir ihn uns zuerst eingestehen.

Lesen Sie die oben zitierten Worte, die der Gemahl der Nacht spricht, wann immer Ihre Seele nach tröstlichem Balsam verlangt.

*Das einzige, was ich wirklich schreiben kann, sind Liebesbriefe, und letzten Endes sind alle meine Artikel nichts anderes.*

Milena Jesenská

Ist Ihnen schon einmal aufgefallen, wie selten wir uns in aller Öffentlichkeit zu einer gefühlsmäßigen oder erotischen Bindung bekennen? Nur ein einziges Mal habe ich erlebt, wie eine junge Frau ihren Namen nannte und dann ihren Begleiter mit den Worten vorstellte: «Das ist Michael, mein Geliebter.»

Understatement ist in. Wir sprechen lieber von unserem Freund, Lebensgefährten oder Mitbewohner. Das ist schade, denn wir berauben uns damit vieler Worte mit zärtlichem Unterton.

Machen Sie die Augen zu und denken Sie an eine gegenwärtige oder verflossene Liebe, die Ihnen nahe ist. Stimmen Sie sich ganz auf das warme Gefühl ein, das Sie hatten, als alles so war, wie Sie es sich wünschten.

Und nun setzen Sie sich im Freien unter einen blühenden Baum und schreiben Sie einen Liebesbrief. Sind Sie aus der Übung? Nicht verzagen – Übung macht die Meisterin!

Ich erinnere mich noch gut an meinen letzten Versuch. In Oscar Wildes Komödie *Bunbury oder Die Bedeutung ernst zu sein* sind Cecilys blaßblaue Liebesbriefe ein wichtiges Requisit. Vor Jahren spielte ich einmal diese Rolle. Ich kaufte hellblaue Briefbögen, steckte sie in hellblaue Umschläge und umwickelte diese mit einem dunkelblauen Seidenbändchen. Bei der Probe merkte ich sofort, daß da etwas fehlte.

So setzte ich mich am nächsten Tag hin und verfaßte Liebesbriefe. Der Anfang war mühsam, aber dann flossen die Sätze immer überschwenglicher und blumiger dahin.

Wir sind es nicht mehr gewohnt, tiefe Gefühle in Worte zu kleiden. Schreiben Sie, was Ihnen aus der Feder fließt! Haben Sie keine Scheu. Diesen Brief liest niemand außer Ihnen.

*Für mich ist die leichteste Beziehung die zu zehntausend Menschen. Die schwierigste ist die zu einem Menschen.* Joan Baez

Ein Wunder müßte geschehen. Dann wäre alles anders. Veränderungen sind so mühselig und langwierig, und vor allem in längeren Partnerschaften gibt es einen Punkt, an dem keiner mehr Lust hat, noch ein Gespräch über denselben bekannten Streitpunkt zu führen. Also muß ein Wunder her. Und wenn es nur ein Spiel ist.

Als Bestandteil von Kurzzeittherapien, las ich vor kurzem, wurde tatsächlich ein Spiel entwickelt, bei dem es darum geht, für klar definierbare Probleme eine rasche Entspannung zu finden. Es ist in Partnerschaften, aber auch zwischen Eltern und Kindern, Geschwistern oder Kollegen anwendbar.

Das «Wunder-Spiel», das maximal eine Woche dauert (die Anzahl der Tage legen Sie selbst fest), beginnt jeden Tag mit der Formel: «Ich stelle mir vor, über Nacht sei ein Wunder passiert und unser Problem damit aus der Welt geschafft.» Achtung: Das Wunder besteht nicht darin, daß sich der andere plötzlich geändert hat (also nicht: «Er kritisiert nie mehr mein Aussehen»), sondern darin, daß sich die eigenen Gefühle und das eigene Verhalten geändert haben (etwa so: «Ich bleibe ganz gelassen, wenn er meckert»). Jeden Tag werfen Sie morgens eine Münze, um festzulegen, ob es ein normaler Tag (Zahl) oder ein Wundertag (Kopf) ist. Spielen Sie das Spiel zu zweit, wirft jeder Partner unabhängig und geheim eine Münze und verrät das Ergebnis nicht. An «Wundertagen» verhalten Sie sich so, als existiere das Problem, das Sie gestört hat, nicht mehr.

Sie führen abends Buch darüber, wie Sie sich jeweils gefühlt haben: Wie sind Sie aufgewacht? Wie haben Sie den Tag begonnen? Wie sind Sie dem Menschen, den es betrifft, begegnet? Wie haben Sie sich verändert? Wie reagiert die Umgebung auf Ihre Veränderung?

Erst am letzten Tag der vereinbarten Spielzeit tauschen Sie sich aus und erzählen sich gegenseitig von Ihren Erfahrungen. Wenn Sie allein gespielt haben, ziehen Sie ein Resümee, wie es Ihnen in dieser Zeit erging, und entscheiden sich, ob Sie dem Menschen, den Ihr Wunderspiel betraf, davon berichten wollen.

*Lieben schenkt Flügel, weil es uns das Eigengewicht nimmt.*

Kyrilla Spieker

Wann haben Sie zuletzt jemandem gesagt: «Ich möchte dir erzählen, was ich Schönes erlebt habe?» Sicher, wir können uns glücklich schätzen, wenn wir Freundinnen und Freunde haben, zu denen wir mit unseren Problemen gehen können. Natürlich sind wir bereit, uns zu revanchieren und ihnen auch zuzuhören, wenn es ihnen einmal nicht so gut geht. Es ist ein Zeichen echter Freundschaft, sich gegenseitig in Krisenzeiten beizustehen. Bedenklich wird es allerdings, wenn Kontakte nur noch aus Krisenbewältigung bestehen.

Daß man Fröhlichkeit verschenken kann, habe ich von einer Stadtstreicherin gelernt. An einem sonnigen Tag ging ich langsam und mit hängendem Kopf durch einen kleinen Park. Ich sah nicht, daß Kinder auf dem Rasen Ball und Frisbee spielten und daß die Spazierwege von liebevoll angelegten Blumenrabatten gesäumt waren. Ich war vollkommen in Gedanken versunken, denn ich war ratlos und niedergeschlagen und wußte nicht, wie es in meinem Leben weitergehen sollte.

Da erhob sich von einer Bank am Wegrand eine ältere Frau, die ziemlich verwahrlost aussah, und stellte sich vor mich hin. «Das fehlt mir noch», dachte ich gereizt, «wenn die mich jetzt auch noch anquatscht.»

Aber die Frau lächelte mir zu und sagte: «Mußt nicht traurig sein. Schau mal.» Dann bückte sie sich, riß eine gelbe Löwenzahnblume ab und reichte sie mir. In diesem Augenblick faßte ich wieder Mut.

Der Löwenzahn, der später in meinem Zimmer wie eine kleine Sonne leuchtete, erinnerte mich noch ein paar Tage an meine Voreingenommenheit und Ichbezogenheit, aber auch daran, daß es jederzeit möglich ist, durch eine kleine Geste die Nacht in einen Tag zu verwandeln.

*Du bist der Brunnen. Du bist wichtig. Du bist Quelle. Du mußt nicht mit deinem Krug woanders schöpfen gehen. Guck in dich. Schau dich an. Da ist das, was Leben ist.* Elisabeth Moltmann-Wendel

Die Besinnung auf unsere weibliche Stärke darf auch in der Liebe, oder besser gesagt vor allem da, nicht zu kurz kommen. Wenn Frauen verstehen, daß sie über Zugang zum Wasser des Lebens verfügen, daß sie in gewisser Weise selbst der Brunnen sind, erspart ihnen das manche Suche nach Erquickung in unwirtlichen Gegenden. Das Wasser ist von alters her ein Symbol für Wandlung und Erneuerung, eng verbunden mit Leben und Tod.

Dafür gibt es unzählige Beispiele – die heiligen Quellen an Kultstätten, die Quellgöttinnen, die für Leben und Fruchtbarkeit stehen, die Wassernixen, die sowohl Segen wie Verderben bringen, die christlichen Brunnenheiligen, aber auch der griechische Totenstrom und der Brunnen als Tor zur Unterwelt.

Dem Wasser werden zudem wunderbare Fähigkeiten nachgesagt, es heilt und verjüngt. An und aus ihm kann sich die erlösende Liebe entfalten, wie in dem Märchen *Der König vom goldenen Berge.* Es erzählt von einer verwunschenen Prinzessin, die das Wasser des Lebens besitzt. Als ein Jüngling an einem unbekannten Ort strandet, nähert sie sich in Gestalt einer Schlange und bittet ihn, sie und ihr Reich zu erlösen. Dazu muß der Jüngling große Qualen erleiden und wird zum Schluß sogar von seinen Widersachern enthauptet. Die Prinzessin, nun wieder in menschlicher Gestalt, bestreicht ihn jedoch mit dem Wasser des Lebens und macht ihn so wieder lebendig.

Gegenseitige Heilung durch Liebe ist möglich. Es ist kein leichter Weg; die Prinzessin muß zwölf Jahre warten, und der Jüngling muß schreckliche Schmerzen erleiden. Doch der richtige Zeitpunkt, auch wenn er lange auf sich warten läßt, bewirkt schließlich, daß das Lebenswasser zur Wirkung gelangen kann.

Geben Sie Ihrer Kraft die Chance, Wunden zu heilen – eigene und fremde.

*Je wilder der Wasserfall, um so ruhiger der Regenbogen,*
*der darübersteht.* Toyotama Tsuno

Woran denken Sie, wenn Sie das Wort Brücke hören? Schließen Sie einen Moment die Augen und überlassen Sie sich Ihren Bildern. Sehen Sie ein Bauwerk vor sich, das Sie einmal beeindruckt hat? Stehen Sie auf einer Brücke und schauen hinunter? Gehen Sie über eine Brücke? Was erwartet Sie auf der anderen Seite? Sind Sie froh, daß Sie wieder festen Boden unter den Füßen haben?

Brücken schaffen Verbindungen – zwischen zwei Flußufern, zwei Anhöhen, zwei Straßenseiten. Brücken überwinden Hindernisse, deshalb benutzen wir sie gerne als Symbole. Der Sinn der Verbindung ist ja, daß Menschen sich begegnen können. Wer anderen Brücken baut und ihnen dadurch einen Kontakt ermöglicht, fördert den Frieden, denn nur durch Begegnungen kann die Angst vor dem anderen, dem Fremden vermindert werden. Ein Brückenbau beendet Trennungen. Hätten die beiden Königskinder, die nicht zusammenkamen, eine Brücke gehabt, wäre ihre Geschichte anders verlaufen.

Wenn Sie sich vorstellen, eine Brücke zu bauen, wozu sollte sie dienen? Wer steht da auf der anderen Seite, dem Sie Zugang gewähren wollen? Auf wen wollen Sie selbst zugehen?

Hätten Sie lieber eine Zugbrücke, die Sie bei Bedarf wieder hochziehen können? Reicht Ihnen ein kräftiger Baumstamm, auf dem Sie über den Fluß balancieren, oder brauchen Sie ein solides Bauwerk aus Beton?

Könnten Sie sich vorstellen, selbst die Brücke zu sein? Nach beiden Seiten die Hände auszustrecken und scheinbar Unüberbrückbares wieder miteinander zu versöhnen?

Nehmen Sie Papier und Stift und finden Sie es heraus. Nicht Ihr Zeichentalent ist gefragt, sondern Ihre Imagination. Auch ein Regenbogen ist eine Brücke, und er ist ganz einfach zu malen!

*Ich war ein rebellisches Kind. Nun sah ich, wie stark ich mich gefügt hatte, um den Vorstellungen anderer zu genügen. In dem Moment ist mir bewußt geworden, daß ich mich entscheiden kann, ob ich leben will oder nicht. Ich entschied mich für das Leben. Aber es war unausweichlich, mir auch zu überlegen, wie ganz anders ich fortan leben müßte.*

Regina Rau

Eine Freundin, die gerade vierzig geworden war, zeigte mir eine Brücke, die sie an ihrem Geburtstag gemalt hatte. Sie führte von der Betrachterin weg, und ihr anderes Ende lag im Nebel. Das sei, erklärte sie mir, die Brücke in ihre Zukunft. Es war ihr schleierhaft, was aus ihrem Leben noch werden würde. Sie wußte nur, sie wollte auf diese Brücke treten und es herausfinden.

Immer, wenn wir denken: «Das kann nicht alles gewesen sein», haben wir vollkommen recht. Alles war es bestimmt nicht. Jeder einzelne Tag bringt wieder etwas. Aber wenn die kleinen, vorsichtigen Schritte in ein eigenbestimmtes Leben fehlen, dann drängt sich irgendwann der Gedanke auf, daß es jetzt nur noch mit den ganz großen Siebenmeilenstiefeln geht. Was käme da in Frage? Eine Scheidung? Die Kündigung? Eine Weltreise?

Von meiner Freundin wußte ich, daß sie sich dem Nebel am Ende der Brücke mit Bedacht nähern würde, wie eine Autofahrerin, die vor unübersichtlichen Strecken das Tempo drosselt. Sie würde auch umkehren, sollte sich die Brücke als instabil herausstellen. Es gibt allerdings auch waghalsige Frauen, die, bildlich gesprochen, nach drei Stunden im Stau den Motor voller Verzweiflung von null auf hundertsechzig hochpeitschen. Da sie gegen Warnungen immun sind, kann man ihnen nur wünschen, daß sie auf kein Hindernis treffen.

Sie haben verstanden, was ich damit sagen will: Bleiben Sie nicht so lange stehen, bis etwas Sie dazu treibt, kopflos ins Unbekannte zu rennen. Fragen Sie sich lieber: Zu welchem ersten Schritt drängt es mich heute? Wonach sehnt sich die Frau, die in mir steckt und ausbrechen will?

*Wenn Tag und Nacht so sind, daß du sie mit Freuden begrüßt, und das Leben einen Duft ausströmt wie Blumen und wohlriechende Kräuter, wenn es elastischer wird, sternenreicher und unsterblicher – das ist dein Erfolg. Die ganze Natur bringt dir ihre Glückwünsche dar.*

Henry David Thoreau

An einem der kommenden sonnigen Tage ist es an der Zeit, still zu werden und die Dinge sprechen zu lassen. Der Mai war ein Monat, in dem Sie viel über sich und andere nachgedacht haben. Das war notwendig, aber jetzt haben Sie einen Brunnentag mehr als verdient. Genug geredet und verstanden, genug überlegt und durchdacht.

Für das, was ich Ihnen vorschlagen will, brauchen Sie nicht viel: eine Decke, ein Kissen für den Kopf, eine Flasche mit frischem Wasser. Und Zeit. Melden Sie sich für ein paar Stunden ab, oder nutzen Sie das Wochenende. Sie kennen sicher eine Wiese, die gut zugänglich ist und auf der Sie trotzdem nicht gestört werden. Sie sollte auch nicht zu abgelegen sein, damit Sie sich sicher fühlen und nicht bei jedem Geräusch zusammenzucken.

Nehmen Sie mit, was Sie für notwendig halten – aber ausnahmsweise kein Buch –, und gehen oder fahren Sie zu dieser Wiese. Breiten Sie Ihre Decke aus, und legen Sie sich darauf.

Das ist ein außergewöhnlicher Augenblick. Schließen Sie die Augen, und spüren Sie Ihren Körper, seine Ausdehnung, seine Schwere. Die Erde trägt Sie, Sie sind vollkommen von ihr gehalten. Sie sind in Kontakt mit der Grundlage unseres Lebens. Die Nähe der Erde tut Ihnen unendlich gut. Lassen Sie alles, was Sie belastet, in sie hineinfließen; sie nimmt es auf und gibt Ihnen reine Energie zurück.

Lassen Sie die Worte, die Ihnen durch den Kopf gehen, weiterziehen. Merken Sie, wie der innere Dialog leiser wird? Sie können alles Erklären und Deuten sein lassen.

Breiten Sie die Arme aus, und erfühlen Sie Grashalme und kleine Blumen. Atmen Sie tief und regelmäßig. Erwarten Sie nichts. Nicht einmal, daß etwas zu Ihnen spricht. Das geschieht oder geschieht nicht, es ist nicht wichtig.

*Was bedeutet, sich selbst lieben? Es bedeutet, sich jeden Tag etwas Zeit für sich selbst nehmen. Sich respektieren. Sich von Zeit zu Zeit verhätscheln. Es bedeutet, die eigenen Talente zu entdecken und das auszukosten, was einem Freude macht.* Judy Ford

Und es bedeutet, finde ich, für sich sorgen und vorsorgen. Nicht immer liegen die Oasen, die wir ansteuern, genau einen Tagesmarsch auseinander. Manche Strecken ziehen sich in die Länge, und dafür sollten wir gerüstet sein, indem wir kleine Depots anlegen, auf die wir in Zeiten der Ermüdung zurückgreifen können.

Heute möchte ich Ihnen vorschlagen, zusammenzutragen, was Sie zuverlässig aufmuntert, und es in eine große Schachtel oder eine besondere Schublade zu legen. Das ist im Grunde keine Arbeit, sondern ein Vergnügen, denn Sie nehmen nur Gegenstände in die Hand, die eine angenehm prickelnde Vorfreude auslösen. Nehmen Sie sich eine halbe Stunde Zeit, und schauen Sie in allen Räumen nach, um den Grundstock zu legen. Kramen Sie in Schränken, durchforsten Sie Taschen und Fächer. Es sind Kleinigkeiten, nach denen Sie Ausschau halten: bunte Badekugeln, eine kleine Packung Pralinen, ein Fläschchen Duftöl, ein neuer Lippenstift, eine schöne Kerze, eine Gartenzeitschrift, Ihre Lieblingsbonbons, ein Päckchen aromatisierter Tee, ein kleiner Zeichenblock und Buntstifte, ein Stück Seidenstoff, ein spannendes Taschenbuch. Legen Sie nur neue, unbenutzte Gegenstände in Ihre Schachtel, die Sie als Geschenk an sich selbst betrachten können.

Wenn Sie etwas Muße haben, machen Sie gleich noch einen Einkaufsbummel, bei dem Sie nur nach Artikeln für Ihre Verwöhn-Schachtel suchen. Wenn nicht, bringen Sie sich von unterwegs immer wieder einmal etwas mit. Vielleicht haben Sie sogar Lust, die einzelnen Dinge hübsch zu verpacken. Sie werden staunen, wie schnell Sie vergessen, was alles bereitliegt!

Und sollte sich einmal wirklich zuviel ansammeln, können Sie für eine Freundin, die gerade in der Wüste wandert, ein kleines Care-Paket zusammenstellen. Freundschaft lebt ja von Zeichen des Mitdenkens, und Ihre Freundin wird Ihnen diese Geste der Verbundenheit nicht so schnell vergessen.

*Unsere Verantwortung als menschliche Wesen besteht darin, zu verstehen, daß wir in dieses Universum, auf diesen Planeten gekommen sind, um zu erfahren, wie man liebt.* Reshad Field

Denken wir noch einen Moment darüber nach, was wir eigentlich unter Liebe verstehen. Wahrscheinlich in erster Linie das starke und warme Gefühl zwischen Menschen, die sich nahestehen.

Könnten wir nicht versuchen, den Raum zu erweitern, in dem Liebe möglich ist? Geht es uns gut, könnten wir die ganze Welt umarmen; sind wir enttäuscht, drehen wir ihr den Rücken zu.

Das kann nicht die Liebe sein, die oben gemeint ist, jedenfalls nicht in ihrer ganzen Fülle. Heinrich Heine zeigt in poetischen Worten, in welche Richtung wir denken könnten:

Herz, mein Herz, sei nicht beklommen
Und ertrage dein Geschick.
Neuer Frühling gibt zurück,
Was der Winter dir genommen.
Und wieviel ist doch geblieben!
Und wie schön ist noch die Welt!
Herz, mein Herz, was dir gefällt,
Alles, alles darfst du lieben.

*Alles,* das ist wohl das entscheidende Wort. Nicht nur die Menschen unserer Umgebung und sicher nicht nur den einen Menschen unter fünf Milliarden, von dem wir glauben, *der* müsse es sein oder keiner. Ihn auch, aber eben nicht *nur* ihn. Und wenn er von uns, aus welchen Gründen auch immer, nicht so geliebt werden will, wie wir das gerne hätten, dann bleibt immer noch viel übrig auf der Welt, das wir lieben können.

Liebe ist nicht in Kästchen unterteilbar. Wenn sie erwacht ist, erkennt sie keine Grenzen mehr an. Das ganze Universum ist auf unsere Liebe angewiesen; wir haben es mit seiner Zerstörung schon weit genug getrieben.

*Es ist nicht mein Garten, und doch ist es mein Garten, jetzt, im Morgenwind, zutraulich schaun mich die Pflanzen an, als wäre ich es gewesen, der sie gepflanzt, gegossen, gedüngt hätte, die Erde um sie gelockert.*

Keto von Waberer

Wie oft lieben wir etwas, weil wir unsere Zeit, Arbeit und Fürsorge investiert haben und dann stolz auf das Ergebnis schauen können! Das ist eine ganz natürliche Reaktion, scheint mir. In dem Ergebnis lieben wir ein wenig uns selbst, denn ohne uns wäre es nicht dazu gekommen.

Neulich fragte mich mein Sohn, welche unserer beiden Katzen ich mehr lieb hätte. Ich mußte ehrlich sein: Nicht das niedliche, leicht verfressene, anschmiegsame Wesen, das schon bei einem freundlichen Blick losschnurrt, sondern ihre distanzierte, schnell irritierte Mutter. Und warum? Weil sie am liebsten *zu mir* kommt. Ich habe sie mit dem Milchfläschchen aufgezogen, als sie uns halbverhungert gebracht wurde, ich habe ihr Mißtrauen und ihre Kratzbürstigkeit ertragen, ich habe bei der Geburt ihrer fünf Kinder Hebamme gespielt und saß bei ihr, nachdem ihr ein Auto beide Hüftgelenke gebrochen hatte. Ich habe das Gefühl, sie ist mir anvertraut. Sie gehört mir nicht, aber sie gehört *zu* mir.

Damit wir etwas lieben können, müssen wir es nicht besitzen. Wir müssen es nur wahr-nehmen, seine innere Wahrheit erkennen und respektieren. Umgekehrt können wir uns von Menschen, Tieren, Pflanzen anschauen, «erkennen» lassen, und dadurch lernen wir, sie zu lieben, auch wenn sie dem Namen nach nicht uns gehören.

Es mag ein ungewöhnlicher Gedanke sein, daß wir von Pflanzen und Tieren betrachtet werden, wie Keto von Waberer schreibt. Doch je mehr wir uns auf die lebenden Wesen und Organismen um uns her einlassen, desto vertrauter werden sie uns. Die Achtung vor dem Leben, in welcher Form es auch immer erscheint, wird beständig wachsen.

Je häufiger wir ein gegenseitiges Erkennen zulassen, desto feiner wird unser Sensorium, und desto empfänglicher werden wir für ganz leise Signale.

*Es gibt unzählige Fälschungen, aber* Sie *gibt es nur einmal.*
Florence Littauer

Den letzten Maitag dürfen Sie feiern! Belohnen Sie sich für alles, was Sie bisher vollbracht, verändert oder in Angriff genommen haben. Sie haben sich intensiv mit sich selbst und Ihrer Lebenssituation beschäftigt, sind auf Vorschläge eingegangen und haben sich auf Experimente eingelassen. Dieser Tag gibt Ihnen die Chance, sich selbst dafür die nötige Anerkennung zu geben, denn nur Sie können wirklich einschätzen, wie mühevoll oft schon der kleinste Schritt auf Ihrer Reise ist und wie fern selbst ein Etappenziel oft scheint.

Heute haben Sie wieder einen Brunnen erreicht. Rasten Sie im kühlen Schatten auf die Art und Weise, die Ihnen am verlockendsten scheint. Haben Sie Lust auf Geselligkeit und FreundInnen, die für spontane Ideen zu haben sind, laden Sie sie für den Abend ein. Bitten Sie sie, eine Kleinigkeit für ein kaltes Buffet mitzubringen, Kassetten oder CDs sind auch erwünscht. Das Stichwort für alle heißt «fröhliche Improvisation»; jeder Zwang ist aufgehoben.

Ist es Ihnen in der Kürze der Zeit nicht möglich, mit Gästen oder der Familie zu feiern, weil alle schon etwas vorhaben, ist das auch kein Unglück. Tun Sie einfach einen Abend lang das, worauf Sie am meisten Lust haben. Kochen Sie sich selbst Ihr Lieblingsgericht. Leihen Sie sich eine Videokassette mit einem alten Hollywoodfilm aus, und ergötzen Sie sich an den frechen Sprüchen von Lauren Bacall, Katherine Hepburn oder Mae West.

Paddeln Sie in der Abenddämmerung mit Ihrer Luftmatratze über den nächstgelegenen Baggersee. Bummeln Sie durch kleine, ansprechende Geschäfte, und kaufen Sie sich ein Souvenir für den heutigen Brunnentag. Trinken Sie auf der Terrasse eines schön gelegenen Restaurants ein Glas Erdbeerbowle. Schlendern Sie durch den friedlichen Garten, und zupfen Sie hier und da ein wenig Unkraut aus. Schreiben Sie ganz in Ruhe Tagebuch.

Kosten Sie jede Minute aus.

# Sommer

Eingetaucht in das Licht der Sonne liegt die sommerliche Landschaft einladend vor uns. Wir baden in der Fülle der Farben und Formen, die Natur lehrt uns das Geben und Nehmen; wie das helle Licht des Mittags glüht unser Lebenswille. Die Kräfte des Elements Feuer, das in vielen Kulturen von der Sonne symbolisiert wird, stärken die Energien der Sommerfrau in uns.

Körper und Seele weiten sich. Warme Nächte betören die Sinne, verdrehen den Kopf, umgarnen die Gedanken. Leuchtkäfer schwirren durch die Nacht wie verirrte Sternchen, Grillen zirpen und versetzen uns in Ferienstimmung.

Sommer, das ist: Lebensfreude, Lachen, Lust, Freiheit, Hingabe, Leidenschaft, Ekstase, Mut. Gefühle verlangen nach Ausdruck. Beharrlich verfolgen wir das, was wir als unsere wahren Interessen erkannt haben. Dabei beschreiten wir auch ungewöhnliche Pfade und bewältigen bisher unbekannte Schwierigkeiten.

Unsere Durchsetzungskraft wächst mit den Herausforderungen. Wir kommen uns selbst immer näher.

# *Juni*

Der Juni lockt uns ins Grüne: Vielfältiges Grün ist die Farbe dieses Monats, das Grün der blühenden Linden, das Grün der Gräser und Kräuter, der Laubbäume, in deren Schutz wir in Gartenwirtschaften sitzen. Wir ziehen Wanderschuhe an, packen Picknickkörbe, schnüren Rucksäcke und suchen Orte, die uns guttun.

Aus der Vertrautheit mit der Erde schöpfen wir Kraft, mit Lust erkunden wir Neues. Unsere Spuren sind nicht zu übersehen. Es sind die Spuren aktiver, unternehmungslustiger Frauen.

«Das wichtigste im Leben ist die Begegnung und nicht die Dauer», schreibt Paul Alverdes. Zur Sommersonnenwende sehen wir auf den Weg zurück, den wir gekommen sind, und bereiten uns auf die zweite Jahreshälfte vor. Wir spüren widersprüchliche Regungen in uns, wünschen uns Heimat und Ferne, wollen Wurzeln haben und nach neuen Erfahrungen streben, suchen Vertrautheit und Fremdheit, schwanken zwischen Bleiben und Fortgehen. Unsere Entscheidungen werden immer authentischer.

*Wenn der Mensch nicht einfach mehr fraglos zu seiner Gesellschaft gehört, sondern sie sich immer selbst wieder neu erschaffen muß: Woher nimmt er dann seine Wurzeln?* Rosmarie Welter-Enderlin

«Wurzeln haben» wird grundsätzlich positiv bewertet: als Wissen, wo man hingehört, als Kenntnis des eigenen Ursprungs, als unerläßliche Voraussetzung für die Entwicklung einer Identität. Und woher nehmen wir sie?

Die Wurzeln, die sich während der Kindheit gebildet haben, spüren wir, aber es kommt vor, daß sie uns nicht dauerhaft halten. Mit der Zeit beschäftigt uns die Frage: Will ich meine Wurzeln überhaupt dort haben, wo sie momentan sind? Fühle ich mich wohl mit dem Bild des Baumes, der Jahrzehnte an Ort und Stelle steht? Sind mir meine Wurzeln eine Stütze, halten sie mich fest, oder hindern sie mich gar am weitergehen? Wer oder was sind unsere Wurzeln? Die Vorfahren? Der Ort, an dem wir geboren sind? Die Erinnerungen an unsere Kindheit? Die Familientradition?

Oft zieht es Menschen, wenn sie älter werden, zu ihren Wurzeln zurück, zu der vertrauten Sprache, der Form der Häuser, dem Blick aus dem Fenster auf eine Landschaft, die sie zufrieden durchatmen läßt. Dieses Gefühl des Heimkommens hätten sie nicht, wenn sie immer an einem Ort geblieben wären. Dem Spannungsfeld zwischen wünschenswerter Verankerung und selbstverantwortlicher Freiheit sind wir ein Leben lang ausgesetzt, aber glücklicherweise bietet es Raum für immer neue, kreative Lösungen.

Im Regenwald gibt es eine Palmenart, die ihre Stelzwurzeln zur Seite reckt und sich dadurch fortbewegt. Wurzeln haben und dennoch beweglich sein – ist das eine Vorstellung, die Ihnen gefällt?

*Wenn es Zeit ist, sich anzuziehen, zieht euch an. Wenn ihr gehen müßt, geht; wenn ihr sitzen müßt, sitzt. Seid ganz gewöhnlich, nichts Besonderes... Wenn ihr so von Ort zu Ort geht und jeden als eure Heimat betrachtet, wird jeder Ort vollkommen sein, denn wenn gewisse Umstände eintreten, braucht ihr nicht zu versuchen, sie zu verändern.*

Lin-chi

Keine Frage: Veränderungen sind eine Lebensregel, die für unsere Entfaltung und Reifung unerläßlich sind. Leider gehören dazu auch Schritte, die wir eigentlich nicht gehen wollen, weil sie uns von dem wegführen, was wir als Heimat liebgewonnen haben. Das schmerzt. Immer wieder drehen wir uns sehnsüchtig um, und das Verlorene wird in der Erinnerung nur noch vollkommener. Die Schriftstellerin Hilde Domin hat in ihren Gedichten die Extremsituation des Exils auf das menschliche Leben insgesamt übertragen. Sie zieht ihr Fazit so:

Man muß weggehen können
und doch sein wie ein Baum
als bliebe die Wurzel im Boden
als zöge die Landschaft
und wir stünden fest ...

Lassen Sie dieses ungewöhnliche Bild auf sich wirken. Heißt das nicht, der Widerspruch zwischen Gehen und Bleiben ist nur durch ein anderes Verständnis von Heimat aufzulösen? Sie ist dann unabhängig von äußerem Wandel, wenn sie eine Konstante, nämlich die eigene Identität, nicht antastet. Flüchtlinge, Exilanten, Ausgebürgerte wissen sehr gut, daß sie seelisch nur überleben, wenn sie einen Halt finden, der ein Gegengewicht zu der Trauer um das verlorene Herkunftsland bildet.

Welche Erfahrungen haben Sie mit Ihrem Wunsch nach Heimat gemacht? Lassen Sie die Landschaften Ihres Lebens an sich vorüberziehen.

*Heimat ist der Mensch, dessen Wesen wir vernehmen und erreichen.*

Max Frisch

Dieser Mensch muß nicht im Zimmer nebenan wohnen. Er muß nicht im selben Bett liegen. Er muß nicht einmal dieselbe Sprache sprechen. Er kann uns jederzeit und in jeder Form begegnen. Vielleicht treffen Sie ihn heute bei Bekannten. Werfen Sie am besten gleich Ihre Vorstellungen über Bord, wie ein Mensch aussehen sollte, mit dem Sie eine Seelenverwandtschaft verspüren. Nicht ausgeschlossen, daß Sie ihn schon kennen, aber nie in Betracht gezogen haben. Das können Sie jederzeit ändern.

Roberta Flack hat uns in dem Lied «Killing Me Softly» vorgemacht, was passiert, wenn wir uns plötzlich in unserem Innersten verstanden fühlen. Sie beschreibt, wie eine Frau in einer Bar sitzt und einem Sänger zuhört und auf einmal merkt, daß er in seinem Song ihre Geschichte erzählt, als wüßte er über jede ihrer Gefühlsregungen genauestens Bescheid. Es bringt sie fast um, ihr Innerstes nach außen gekehrt zu sehen.

Manchmal lesen wir ein Buch oder hören ein Lied oder einen Satz, den jemand ausspricht, und reagieren innerlich mit einem emphatischen «Ja! Ganz genau so geht es mir auch!» Gelegentlich fühlen wir uns dadurch fast beschämt, als seien wir plötzlich durchsichtig geworden, und behalten unsere Erschütterung für uns. Wollen wir nicht lieber das Wagnis eingehen und zeigen, wenn uns etwas so existentiell berührt? Angst ist, wie Sie wissen, keine gute Ratgeberin. Das gilt auch für die Angst, sich zu blamieren. Niemand legt so strenge Maßstäbe an Sie an wie Sie selbst.

Warum schreiben Sie nicht beim nächsten Mal, wenn Sie von etwas berührt wurden, zum Beispiel einen Brief oder teilen auf andere Weise mit, daß Sie sich verstanden fühlen? Das wäre etwas anderes als Fan-Post. Es wäre die Chance, einem Menschen zu zeigen, daß er Ihnen ein Stück Heimat ist.

*Wo mein Teppich ist, ist meine Heimat.*
Arabisches Sprichwort

Mehr ist nicht nötig für Heimat als ein Teppich? Weder Haus noch Hof, keine Verwandten, Freunde, Feinde, Haustiere, Pflanzen? Würde ich das alles nicht schrecklich vermissen?

Ich glaube nicht, daß wir einen großen Ausverkauf starten müssen, um festzustellen, was Heimat ist. Sich an vertrauten Menschen und Dingen zu freuen, ist nicht falsch. Gemeint ist wohl eher das Hängen am Besitz, das Sich-Festklammern an Menschen, denn sowohl das eine wie das andere ist der Entwicklung der inneren Kraft abträglich.

Machen Sie einen Versuch. Unternehmen Sie in Ihrer Phantasie eine Reise mit dem fliegenden Teppich.

Stellen Sie sich den Teppich in Gedanken zuerst vor. Wie groß müßte er sein, damit Sie bequem darauf sitzen können? Welche Farben und Ornamente sehen Sie vor sich? Haben Sie das Bedürfnis, jemanden mitzunehmen? Wofür steht dieses Bedürfnis? Für Ihren Wunsch nach Sicherheit, Zweisamkeit, Gemeinschaft? Gestehen Sie sich diesen Wunsch zu, falls er aufkommt, aber lösen Sie sich wieder von ihm. Diese Reise unternehmen Sie besser allein. Es kann nichts passieren. Erklären Sie der betreffenden Person im Geiste freundlich, daß es diesmal besser ist, wenn Sie allein fliegen.

Wenn Sie bereit sind, hebt sich der Teppich sachte mit Ihnen, verläßt den Raum, das Haus, die Stadt. Er fliegt nicht höher, als Ihnen angenehm ist; wenn es Ihnen hoch oben in den Wolken zu unbehaglich wird, senkt er sich gemächlich wieder herab. Sie können ihn allein mit Ihren Gedanken in alle Richtungen lenken. Lassen Sie sich Zeit. Erkunden Sie die Gegenden unter sich, die Wälder, Flußläufe, Gebirge. Sie können überall landen. Suchen Sie sich einen schönen Ort aus. Der Teppich nähert sich gemächlich dem Boden und berührt ihn schließlich sanft. Sie haben einen guten Ort gewählt.

*Das ist der Gastfreundschaft tiefster Sinn, daß der eine dem anderen Rast gebe auf dem Weg nach dem ewigen Zuhause.*

Romano Guardini

Sie sind gut gelandet.

Sehen Sie sich um. Da der fliegende Teppich aus dem Orient stammt, könnten Sie in einer Oase gelandet sein, in einem Beduinenzelt, inmitten eines Dorfes oder auch hoch oben auf einem Berg, vielleicht dem Berg Ararat in der Türkei, an dem nach biblischer Überlieferung mit der Landung der Arche Noah das Leben auf der Erde eine zweite Chance erhielt.

Bleiben Sie noch etwas auf dem Teppich sitzen und sehen Sie sich um. Hier ist jetzt Ihre Heimat. Sie haben von nun an die Freiheit, alles zu tun, zu fühlen und zu denken. Bleiben Sie, bis Sie wirklich angekommen sind und sich das Gefühl von Freiheit verfestigt hat.

Könnte es sein, daß Sie auf einem Gebetsteppich sitzen? Dann wäre erklärlich, warum er Ihre wahre Heimat ist, ganz gleich, wie viel oder wenig andere «Heimat» Sie sonst noch haben. Er ist Ihre konkrete Verbindung zu der ewigen Heimat, dem ewigen Zuhause, von dem Guardini spricht. Es ginge auch ohne ihn, aber da wir fehlbare, vergeßliche Menschen sind, brauchen wir Symbole, die uns an die spirituelle Dimension des Lebens erinnern.

Wenn Sie möchten, können Sie ein wenig die Umgebung erkunden: die Beschaffenheit der Erde – sandig, körnig, fest –, das Licht, das hell oder durch Wolken gefiltert zu Ihnen dringt, die Gerüche, die der Wind Ihnen zuträgt, die Farben und Formen der Landschaft, die Sie erblicken.

Fliegen Sie jetzt wieder nach Hause. Nehmen Sie sich auch für die Rückkehr viel Zeit; Ihr Haus läuft Ihnen nicht weg. Spüren Sie, daß Sie gerne wieder heimkehren – in dem Bewußtsein, daß sie mit Ihrem Teppich überall ein Zuhause finden würden.

Betrachten Sie mit Dankbarkeit alles, was Sie zu Hause erwartet, aber vergessen Sie nicht, daß Ihre wahre Heimat von keinem Ort abhängig ist.

*Das Leben ist nicht etwas, es ist die Gelegenheit zu etwas!*

Friedrich Hebbel

Bevor ich mich, vor gut zwölf Jahren, mit der Lebensform der Kleinfamilie anfreundete, hatte ich nach meinem Auszug aus dem Elternhaus schon einige Wohnformen durchexerziert: allein in einer Wohngemeinschaft; mit einem Partner und einem anderen Paar zusammen in einem großen Haus; mit einer Frau in einer kleinen Dachwohnung; mit einem Mann zusammen, mit dem ich keine Beziehung hatte; mit Ehemann und Kind innerhalb einer Wohngemeinschaft, und zwischendurch immer wieder allein. In England mußte ich mir einige Monate lang ein Zimmer mit einer anderen Studentin teilen, in Kalifornien beherbergte mein Apartment zeitweise neben mir selbst noch zwei Vietnamesen und eine Tarantel.

Vor hundert Jahren hätte ich das alles nicht tun können, ohne gesellschaftlich stigmatisiert zu werden. Heute kann ich mir die Umgebung suchen, die meine Lebensweise teilt oder zumindest toleriert. Niemand kann mehr eine Frau dazu zwingen, mit drei oder vier Generationen unter einem Dach zu leben. Auch das Reihenhaus am Stadtrand ist schon lange nicht mehr die einzige Möglichkeit, in einem stabilen Umfeld und sozial akzeptabel zu leben. Immer mehr Frauen ohne feste Partner oder mit einer Fernbeziehung suchen sich alternative Wohnformen, in denen sie ein eigenes Leben führen können und gleichzeitig Rückhalt bekommen.

Wir müssen, können oder dürfen – wie man es nimmt – unsere eigene Wahl treffen, das heißt aber auch Initiative entwickeln und möglicherweise unangenehme Fehler machen. Wir sind kritischer geworden und schneller bereit, aus einer Situation auszusteigen, die uns nicht befriedigend erscheint.

Lassen Sie Ihrer Phantasie die Zügel frei: Welche Lebensform außer der derzeitigen könnten Sie sich noch vorstellen? Was hat Ihnen von dem, was Sie bisher kennengelernt haben, am besten gefallen?

*Ehemänner und ihre Frauen verstehen einander aufgrund der Tatsache nicht, daß sie verschiedenen Geschlechtern angehören.*

Dorothy Di

Irmgard Hülsemann beschreibt in ihrem lesenswerten Buch *Mit Lust und Eigensinn* eine neue Entwicklung, die sie in ihrer psychotherapeutischen Praxis beobachtet: «In den letzten Jahren ... erlebe ich immer häufiger Frauen, die sich aus Männerbeziehungen endgültig verabschieden und ihr Liebesglück bei Frauen suchen. Sie sind nicht nur der Bewertung ihrer Weiblichkeit durch den männlichen Blick überdrüssig, sondern auch der Ansicht, daß es Kraft- und Zeitvergeudung ist, Männer zur Liebe bewegen zu wollen. Diese im Wachsen begriffene Minderheit ist auch für die übrigen Frauen von Bedeutung, weil sie mit dieser Tabuverletzung die traditionellen Beziehungsstrukturen aufbricht und produktive Verstörung sät.»

Sie sagt nicht, wie alt diese Frauen sind, aber ich kann mir vorstellen, daß die meisten von ihnen eine Reihe von Jahren in das Zusammenleben mit einem Mann investiert haben. Gerne hätte ich auch gewußt, ob ihre Glückssuche erfolgreich ist. Aber wahrscheinlich kommt es darauf gar nicht an.

Hauptsache, wir erkennen, daß uns eine Welt von Möglichkeiten offensteht. Wenn wir der Ansicht sind, daß wir unsere Kraft an einem Ort nur noch vergeuden, können wir dem Einhalt gebieten und sie anderswo gewinnbringender einsetzen. Was uns erschöpft, ist die Nicht-Inanspruchnahme unserer Möglichkeiten. Wir brauchen, nicht weniger als die Pflanzen, ein Biotop, in dem wir gedeihen können.

Der tatsächliche Aufbruch in ein erfüllteres Leben kann dann viele Gesichter haben: ein Leben mit einem männlichen Partner – anders als bisher –, ein Leben mit einer Frau, mit mehreren Frauen, mit verschiedenen Generationen, ein Leben mit Kindern, ein Leben allein. Nur kein Nicht-Leben mehr.

*Ich sagte nur: «Ich will in Ruhe gelassen werden.»*
Greta Garbo

Sie kennen die berühmte schwarze Sonnenbrille der Garbo. Hinter ihr verbarg sie ihre schönen Augen, mit ihr schützte sie sich vor zudringlichen Blicken.

Greta Garbo hat man ihr Bestehen auf eine Privatsphäre als Zickigkeit ausgelegt und sie als extrem schüchtern eingestuft. Ihre Freundin Mercedes de Acosta dagegen beharrt in ihrem Buch *Hier liegt das Herz* darauf, daß sie sich selbst in Hollywood unter schwierigen Bedingungen treu blieb, ihre Würde behielt und ein einfaches und schlichtes Leben führte. Auf den Verdacht, dieses zurückgezogene Leben sei ein besonders ausgekochter Publicity-Trick gewesen, erwiderte de Acosta: «Niemand, der Greta und ihre unfehlbare Rechtschaffenheit kannte, könnte je glauben, daß ihr Tun aufgesetzt gewesen sein sollte. Sie litt unermeßlich unter Publicity und Zeitungsleuten.»

Manchmal brauchen wir so etwas wie die sprichwörtliche schwarze Sonnenbrille der Garbo, um den Tag unversehrt zu überstehen. Aber eine Tarnung durch Schweigen, dunkle Kleidung, gesenkten Kopf oder verschlossenes Gesicht ist nur ein Notbehelf, denn sie zeigt, daß wir uns in die Defensive drängen ließen. Jede Frau, ob sie in der Öffentlichkeit steht oder nicht, hat Anspruch auf ein Privatleben, dessen Grenzen sie selbst definiert. Wer die Neugier der Medien nicht fürchten muß, hat Glück, aber der Notwendigkeit, Grenzen zu setzen, entgeht er oder sie dadurch nicht. Und da kann es notwendig werden, daß wir deutliche Signale geben.

Das Spiel mit Masken und Verkleidungen kann viel Spaß machen, wenn es aus der Lust an der Verwandlung entsteht. Als reine Schutzmaßnahme engt es uns auf die Dauer ein.

Wie haben Sie Ihrer Umgebung bisher angedeutet, daß Sie in Ruhe gelassen werden wollen? Wann und wo würden Sie gerne bestimmter auftreten und Ihr wahres Gesicht zeigen, das Gesicht einer selbstbewußten Frau?

*In der Natur gedeiht alles im Zusammenspiel von Gegensätzen. Tag und Nacht, Ausatmen und Einatmen, Schlafen und Wachen, so auch Grenze und Freiheit. Wenn das Nein erlebt wurde, entsteht die Freude über das Ja.*
Jirina Prekop

Alle, die mit der Erziehung von Kindern zu tun haben, wissen, wie verführerisch es ist, einfach «ja» zu sagen. Ja zu der dritten Eiskugel, ja zum Fernsehkrimi am Abend, ja zur Taschengelderhöhung. Kurzfristig ist das äußerst wirkungsvoll – endlich Ruhe! Auf längere Sicht – auch das hat sich herumgesprochen – kostet es immer mehr Nerven und Anstrengungen. Das Ja läßt sich nicht in jedem Fall aufrechterhalten, irgendwann muß das Nein kommen, und je länger es hinausgeschoben wird, desto härter wird die Konfrontation.

Es fällt uns ungeheuer schwer, anderen Grenzen zu setzen, wenn wir selbst nicht gelernt haben, uns wirksam abzugrenzen. Und um das zu tun, müssen wir erst einmal merken, wann es uns ein Bedürfnis wäre.

Seit ich auch zu Zeiten arbeite, in denen meine Kinder zu Hause sind, muß ich meine Lektion lernen. Das «Bitte nicht stören»-Schild an der Tür, das mir meine Tochter so fürsorglich gebastelt hat, heißt genau das, was darauf steht: nicht stören. Es heißt nicht: Wer möchte, kann anklopfen und fragen, ob er stören darf. Nachdem ich ein Dutzend freundlicher Anfragen, ob man mich nicht doch stören dürfe, geduldig abgewimmelt hatte, platzte mir beim dreizehnten Mal der Kragen, und ich schrie: «Raus jetzt!» Das erzählte ich einer Freundin, und sie meinte völlig zu Recht: «Sie haben eben gemerkt, daß du mit dir handeln läßt.»

Ausraster sind immer ein Zeichen dafür, daß wir viele kleine Warnsignale Ihres Körpers ausgeblendet haben. Achten Sie darauf, wann sich Ihre Schultern verkrampfen, wann Ihr Atem flach wird und wann Sie die Zähne zusammenbeißen. Als Sie das letzte Mal «überreagiert» haben, hat vermutlich ein Tropfen das Faß zum Überlaufen gebracht. Wie kam es dazu, daß das Faß schon so voll war?

*Grenzen beschäftigen unsere Psyche und bestimmen unseren Alltag.*

Peter F. N. Hörz

In dem Artikel, aus dem das Zitat stammt, geht es um territoriale Grenzen, die oft auch «Grenzen im Kopf» sind, und um die interessante Frage: Gibt es ein angeborenes Bedürfnis nach Eingrenzung?

Was halten Sie davon? Welche Bilder kommen Ihnen spontan in den Sinn?

Nein, beantwortet der Autor des Artikels die Frage, von einer angeborenen Territorialität des Menschen kann man nicht sprechen. Hinter dem Eingrenzen steht ein Ausgrenzen, und das ist eine überholte Denkweise.

Wie kommt es dann aber, daß Schulbänke regelmäßig in der Mitte eine vertikale Linie aufweisen, die heiß umkämpft ist? Woher die endlosen Streitigkeiten um Gartenzäune und überhängende Äste? Warum bestehen so viele Jugendliche darauf, daß man sich durch Klopfen ankündigt, bevor man ihr Zimmer betritt? Ist das alles nur kleinkarierte Rechthaberei?

Sicher zeugt das Beharren auf Grenzen mitunter von Enge und Intoleranz, und besonders an nationalen Grenzen erweist sich, wie offen oder geschlossen eine Gesellschaft ist. Dennoch glaube ich, daß Grenzen auch viel mit Respekt zu tun haben. Wir brauchen die Sicherheit, daß wir über ein unverletzliches Terrain verfügen, das Bewegungen nach vorne und nach hinten, auf andere zu und von ihnen weg zuläßt. Dann ist Annäherung in Freiheit möglich.

Achten Sie in den nächsten Wochen darauf, wieviel Nähe und Ferne Sie brauchen und mit welchen Mitteln Sie dies Ihrer Umgebung signalisieren. Neigen Sie dazu, sich zurückzuziehen? Gehen Sie in die Offensive und beanspruchen Ihren Raum notfalls auch durch Konflikte?

Beobachten Sie andere Menschen: Wieviel Raum nehmen sie ein beim Sitzen, Gehen, Gestikulieren? Beobachten Sie auch sich selbst: Wonach verlangt Ihr Körper? Wo will er Grenzen setzen, wo sich mehr Raum verschaffen?

*Ich dachte, daß mein Leben früher, als ich noch nicht zur Schule ging, sehr süß gewesen war... Ich stand spät auf und nahm kochendheiße Bäder. So war ich meinem Vater ungehorsam, der verlangte und glaubte, ich solle zu jeder Jahreszeit kalt baden. Dann aß ich gemächlich Obst und Brot; und mit einem Stück Brot in der Hand begann ich zu lesen, auf allen vieren auf dem Fußboden.* Natalia Ginzburg

Erwachsenen, die kalte Bäder verordnen, sollte man schlichtweg nicht gehorchen. Doch das sagt sich so leicht. Nicht jedes Mädchen ist so mutig wie Natalia Ginzburg, widersetzt sich den väterlichen Anordnungen und folgt ihren eigenen Gelüsten. Wir müssen den Ungehorsam gegen die Autoritäten oft als Erwachsene nachholen.

Wenn ich mich recht entsinne, wartete auch die junge Natalia mit den heißen Bädern, bis der Vater das Haus verlassen hatte. Das ist Mädchen und Frauen sehr vertraut: heimlicher Boykott statt offener Widerrede. Laut: Ihr wollt, daß ich um neun Uhr das Licht ausmache? Unhörbar: Gut, dann lese ich eben unter der Bettdecke. Laut: Ich darf nicht auf diese Party gehen? In Gedanken: Dann sage ich eben, ich übernachte bei einer Freundin und gehe trotzdem hin.

Das sind Akte des Widerstands, die bei Abhängigen verständlich sind. Erwachsene Frauen jedoch brauchen sich nicht wie Teenager zu verhalten. Der Partner, die Mutter, der Chef sind keine Aufsichtspersonen, die wir austricksen müssen, weil es sonst Ärger geben könnte. Nun ja, Konflikte kann es schon geben, aber dann doch bitte wenigstens, weil wir mit unserer ganzen Person hinter dem stehen, was Ärger verursacht, und nicht, weil uns jemand auf die Schliche gekommen ist!

Durch ein subversives Leben – heimliche Verabredungen, ein separates Sparbuch, «verbotene» Vergnügungen – können wir unser Selbstbewußtsein kurzfristig aufpolieren, und das hat seinen Reiz. Auf die Dauer werden wir nicht umhin können, Farbe zu bekennen. Sie werden feststellen, daß Sie sich nach jedem ehrlichen und mutigen Satz größer und erwachsener vorkommen.

*Beim Nachfragen fällt den Frauen schon etwas ein, worauf sie Lust haben: in der Badewanne liegen, Tagträumen nachhängen oder auch allein in Ruhe im Bett liegen – Zeit für sich haben.*

Claudia Cervo

Unter den Kindern, die heute früh in den Kindergarten trotteten, war ein kleines Mädchen, das den ganzen Weg entlanghopste. Es sah aus, als würde es von lauter kleinen Wellen freudiger Erregung emporgetragen. Kräfte, die direkt aus seinem Körper aufstiegen, äußerten sich unmittelbar als Lust an der Bewegung.

Was bedeutet Lust für Sie?

Im Wörterbuch steht neben «Verlangen» und «Begierde» auch «angenehme Empfindung, Freude, Vergnügen» und «lustig» als Ableitung.

Frauen mit Säuglingen und Kleinkindern wird nicht selten vorgeworfen, das Kind beanspruche sie viel zu sehr und sie hätten zu gar nichts mehr Lust. Keine Lust auf Lust? Das kann wohl kaum sein – nur eben nicht zu dem, was die erste, enge Definition von Lust einfordert.

Sinnlichkeit und körperliches Wohlbehagen sind nun einmal nicht identisch mit sexuellem Begehren. Erotik ist viel mehr als das, was sich zwischen zwei Erwachsenen verschiedenen Geschlechts abspielen kann. Ein erotisches Verhältnis zum eigenen Körper gehört auch dazu. Ein Baby in den Armen halten und stillen ist ein Genuß, der eine starke sinnliche Komponente hat. Zeit für sich gestalten macht Lust. Singen, Tanzen, Lachen ist Lust am Selbstausdruck.

Lassen Sie sich von nichts und niemandem einreden, wie Ihre Lust beschaffen sein sollte. Keine Statistik über die weibliche Sexualität darf Ihnen vorschreiben, wie Ihre Lust auszusehen hat. Was macht Sie denn vergnügt und *lust*ig? Wobei ist Ihnen nach befreitem Lachen zumute? Spüren Sie Ihren körperlichen Empfindungen nach, denn sie lügen nicht. Sie verraten Ihnen besser als jeder Ratgeber, wo die Quellen Ihrer Lust liegen.

*Die Sonne ist mir hier auf dem Balkon am Kopf zu heiß und der Schatten an den nackten Füßen zu kalt. Also schiebe ich die tintenblaue Liege tiefer unter den Apfelbaum. Blütenförmige Schatten tüpfeln meinen Bauch. So einfach kann das Leben sein.* Katrine von Hutten

Wenn wir wach sind und unsere Intuition sprechen lassen, finden wir Orte, die uns geradezu magisch anziehen und von denen wir eindeutig spüren, wie gut sie uns tun.

Eine alte Steinmauer unter einer mächtigen blühenden Linde war einmal ein solcher Ort für mich. An einem heißen Sommertag hatte ich mich nach einem Rundgang durch ein altes Schlößchen um die Mittagszeit zum Ausruhen in den Schatten gesetzt und merkte nach einer Weile, daß ich mich kaum noch losreißen konnte. Es war, als hielten mich die Steine mit magnetischer Kraft fest.

Niemand drängte mich, niemand wartete auf mich, und dennoch setzte mir eine innere Unruhe zu. Konnte ich wirklich den ganzen Nachmittag hier verbringen? Mußte ich nicht doch noch etwas erledigen, auch wenn mir gerade nichts einfiel? Wie schwer kann Muße sein!

Als ich gerade aufstehen wollte, schlich eine schwarzweiße Katze über den sonnenbeschienenen Platz, sprang auf das Mäuerchen und ließ sich neben meinen Füßen nieder, die Pfoten gegen meine Sandalen gestemmt. Ich wollte sie nicht vertreiben und blieb deshalb sitzen.

Das bescherte mir noch einmal eine traumhafte Stunde, in der ich reglos wie Dornröschen die Umgebung in mich aufnahm. Rechts von mir plätscherte ein Brunnen, über den sich aus einem kupfernen Kessel eine Fülle violetter Petunien ergoß. Sehr hoch am Himmel kreisten drei Bussarde. Die Katze döste träge im Halbschatten. Als ich schließlich aufstand, nahm ich mir fest vor, schon am nächsten Tag wieder hinzufahren. Bis heute war ich nicht mehr dort, und ich bin sehr froh um diese zusätzliche Stunde, die in meiner Erinnerung ein Bild und ein Gefühl verfestigt hat, das in seiner Vollkommenheit seinesgleichen sucht.

Das, könnte man sagen, war ein Ort der Kraft.

*Die meisten Gärtner haben das Gefühl, daß der Garten am Abend, wenn sie allein sind, «ihr» Garten wird, als ob die Pflanzen in der Stille zu ihnen sprächen.* Sue Minter

Es sind wahrscheinlich weniger die Pflanzen, die zu uns sprechen, als die Stimmen in uns, die wir sonst nicht hören, weil alles andere mehr Lärm macht. Frieden empfinden wir dann, wenn wir nicht meinen, anders sein zu müssen, als wir sind. Dazu gehört, daß wir uns eine Umgebung suchen, die uns dieses Gefühl vermittelt.

Gibt es einen Raum, eine Ecke bei Ihnen, den Sie sich so einrichten konnten, daß sich darin Ihr authentisches Selbst spiegelt? Wunderbar! Dann brauchen Sie sich nur noch hineinzusetzen und in jeder Hinsicht bei sich zu sein.

Haben Sie einen Garten, den Sie in der Abenddämmerung betreten können, wenn die Blumendüfte am stärksten sind und sich das Stillwerden der Pflanzenwelt auf Sie überträgt? Dann schaffen Sie sich dort einen Platz, an dem Sie gerne länger verweilen: eine Bank, ein bequemer Stein, eine Hängematte. Suchen Sie diesen Ort möglichst oft auf, bis er ganz von Ihren Schwingungen erfüllt ist und Sie allabendlich schon zu erwarten scheint.

Sind der eigene Raum und der stille Garten bislang nur ein Wunschtraum? Dann lassen Sie sich dennoch nicht entmutigen. Auch in der überfülltesten, lärmgeplagtesten Stadt gibt es kleine Oasen, die abends ruhiger werden: eine Bank auf dem Spielplatz, ein kleiner Balkon, der nach Westen zeigt. Selbst ein offenes Fenster, von dem aus Sie die sinkende Sonne beobachten können, erfüllt seinen Zweck. Es gibt ihn, Ihren Ort. Er ist gar nicht weit, selbst wenn er erst in Ihrer Vorstellung existiert.

Erklären Sie ihn zu Ihrer Heimat. Er wird Ihnen von Mal zu Mal vertrauter werden, und Sie werden nicht nur ihn, sondern sich selbst dort wiederfinden, in einer Verfassung, die Sie von äußeren Turbulenzen immer unabhängiger macht.

*Säßen wir woanders, es redeten ganz andere Sachen uns an, und wir redeten – wer weiß – ganz anders über unsere Sache und zueinander.*

Brigitte Wormbs

Sie kommen in ein Haus und fühlen sich auf Anhieb wohl. Irgend etwas gibt Ihnen das Gefühl hierherzupassen. Diese Empfindung läßt sich kaum benennen oder erklären, aber wir haben sie alle schon einmal gehabt. Wir behelfen uns mit Ausdrücken wie «gute Atmosphäre» und «positive Ausstrahlung».

Schamanische Lehrerinnen und Lehrer senden ihre Schüler immer wieder auf die Suche nach einem «Ort der Kraft». Die machen sich auf den Weg, angestrengt und verkrampft, und finden erst einmal gar nichts. Erst wenn sie voller Verzweiflung aufgeben, weil sie mit ihrem Willen überhaupt nichts ausrichten, spricht die Erde zu ihnen, und sie erspüren ihren Ort.

Wir allerdings geraten mehr oder weniger «zufällig» an die Orte, an denen wir leben und arbeiten. Die Wohnung, die wir mieten oder kaufen, suchen wir nach anderen Gesichtspunkten aus als dem der inneren Verträglichkeit. Wir müssen andere Prioritäten setzen: Ist sie nicht zu teuer, liegt sie günstig, hat sie einen Garten oder Balkon, ist sie geräumig, ist der Lärmpegel erträglich, sind die Nachbarn nett, hat das Bad ein Fenster, ist eine Schule oder ein Kindergarten in der Nähe?

Kriterien wie Preis und Lage sind gewiß notwendig. Ausreichend sind sie nicht. Bestehen Sie vor einem Wohnungswechsel – und zwar, bevor sie einen Mietvertrag unterschreiben! – wenigstens darauf, sich eine Stunde lang in der leeren Wohnung aufzuhalten. Ist sie noch bewohnt, erklären Sie Ihren Vormietern, daß Sie sich wirklich sicher sein wollen. Vielleicht gelingt es Ihnen, sich eine Weile ohne Beobachtung und wohlgemeinte Beratung einzuspüren. Es nützt Ihnen nichts zu hören, daß sich andere darin äußerst wohl gefühlt haben. Sie selbst müssen darin wohnen.

*Ich habe so oft gelesen, daß man kein wirkliches Zuhause in einer Wohnung finden könne, doch ich weiß es besser, weil ich meins gefunden habe. Sie können in jeder Art von Wohnung so glücklich sein, wie Sie wollen, vorausgesetzt, Sie haben die richtige Einstellung dazu.*

Lillian Russell

Machen Sie heute eine Liste der Punkte, die Sie von Ihrer Wohnung erwarten. Dann vergleichen Sie sie mit der Realität. Wieviel stimmt überein? Ist die Diskrepanz sehr groß?

Überlegen Sie, ob Sie immer noch Lust haben, sich die Wohnung aus eigener Kraft «anzuverwandeln», oder ob einfach die Chemie nicht stimmt. Ich will keine Zweifel säen oder Ihnen die Freude an Ihrer Wohnung ausreden. Sie hätten sich sicher schon längst beim Lesen der Wohnungsanzeigen ertappt, wenn wirklich etwas grundsätzlich im argen läge.

Haben Sie sich jedoch an ein Gefühl der Gleichgültigkeit oder Resignation gewöhnt, nehmen Sie es ernst. Nichts ist schlimmer, als sich in den eigenen vier Wänden fremd zu fühlen.

Ich erinnere mich mit Schrecken an einen der unangenehmsten Momente in meinem Leben, als ich mit meiner zukünftigen Mitbewohnerin und meinem zukünftigen Vermieter in meiner zukünftigen Wohnung am Tisch saß, um den Mietvertrag zu unterschreiben. Als ich den Stift schon in der Hand hielt, wußte ich, daß ich nicht einziehen konnte. Ich mußte ihnen beiden in allerletzter Sekunde absagen. Ihre Gesichter können Sie sich vorstellen!

Ich hatte schon längere Zeit ein ungutes Gefühl gehabt, alle Warnlämpchen hatten wie wild geblinkt. Aber ich wollte wieder einmal niemanden enttäuschen und glaubte, das sei nur so eine Stimmung, nicht weiter wichtig.

Es war das Ende einer Freundschaft und das Ende meiner Gewohnheit, mir meine intuitiven Einsichten selbst auszureden.

*Bewußtheit kann sich nur in der hautnahen Auseinandersetzung mit den Widerständen entzünden.* Hugo Kükelhaus

Unseren Arbeitsplatz können wir uns noch seltener frei wählen als unsere Wohnung. Meistens sehen wir das Büro, den Laden, oder wo immer wir täglich einen beträchtlichen Zeitraum verbringen werden, vor Arbeitsantritt nur kurz. Ein schneller Blick um die Ecke – aha, an diesem Schreibtisch werde ich sitzen, dort ist die Garderobe, da die Kaffeemaschine.

Staubige Grünpflanzen und häßliche Werbekalender müssen Sie nicht hinnehmen. Es ist unerläßlich für Ihr Wohlbefinden, daß Sie eigene Akzente setzen, und zwar je früher, desto besser. Wenn Sie davor zurückscheuen, besteht die Gefahr, daß es Ihnen später immer schwerer fällt, Risiken einzugehen und Ihrer eigenen Persönlichkeit Raum zu schaffen. Vermutlich haben Sie nämlich, wie 99 Prozent aller Frauen, eher mit einer Neigung zur Überanpassung als einem Hang zur Exzentrik zu kämpfen.

Überlegen Sie, was Sie gerne verändern möchten, und sprechen Sie dann mit den Kolleginnen und Kollegen ab, wo deren Toleranzgrenzen liegen – nicht umgekehrt!

Seien Sie erfinderisch, wenn der Freiraum begrenzt ist. Die gestalterischen Möglichkeiten müssen sich nicht an vorgegebene Regeln halten.

Wenn kein Platz für ein Plakat ist, nehmen Sie Zuflucht zu Symbolen von Schönheit und Energie – eine glänzende Glasmurmel, Rosenblätter in einer kleinen Schale. Bringen Sie sich aus dem Urlaub einen Kugelschreiber mit, der Sie an das traumhaft schöne kleine Fischerdorf am Meer erinnert, sobald Sie ihn in die Hand nehmen.

Phantasie entwickelte auch die Kassiererin in der Tiefgarage, die in ihrem engen, düsteren Verschlag eine Duftlampe stehen hatte. Als ich sie auf den Wohlgeruch ansprach, sagte sie lächelnd: «Das vertreibt die bösen Geister!»

*Wenn Frauen ihrem Potential und ihren Talenten gemäß leben und arbeiten, wenn sie ihre Erfahrungen und Werte in die Gesellschaft einbringen wollen, betreten sie meist immer noch Neuland.*

Isabell Hauser-Schöner

«Wer in die Fußstapfen anderer tritt, hinterläßt keine eigenen Spuren». Als ich diesen Satz an der Wand des Intercity-Waggons auf dem Rückweg von der Frankfurter Buchmesse las, war ich sehr angetan. Schließlich hatte ich gerade erlebt, welche Prozessionen von Nachahmern sich an die Fersen erfolgreicher Vorreiter heften. Kein Bestseller, dem nicht ein zweiter und dritter hinterhergejagt wurde; immer neue Aufgüsse, die von Mal zu Mal dünner wurden wie Tee aus alten, matschigen Teebeuteln.

Doch dann geriet ich ins Grübeln. Wo hinterlassen wir eigentlich Spuren? Im Sand, im Schnee, im Lehm. Dort, wo das Gehen mühsam ist. Nicht auf ausgetretenen Wegen, nicht auf vielbegangenem Asphalt. Abseits der Wege.

In Ostafrika existieren die Fußspuren eines menschenähnlichen, weiblichen Wesens, das vor etwa dreieinhalb Millionen Jahren gelebt hat. Sie sind in der Vulkanasche erhalten geblieben. Alles deutet darauf hin, daß unsere Vorfahrin aufrecht gehend und allein in der Savanne unterwegs war, wo sie von Löwen, Leoparden, Geparden, Hyänen, Schakalen und Wildhunden bedroht war und auf der Suche nach Nahrung weite Strecken zurücklegen mußte. Sie besaß offensichtlich einen guten Orientierungssinn und die Fähigkeit, sich durch Drohgebärden und Wurfgeschosse zu wehren. Der Eindruck, den sie im buchstäblichen und übertragenen Sinne hinterlassen hat, könnte uns ermutigen, uns weiter ins Neuland vorzuwagen als bisher.

Es ist ein verlockender Gedanke, am Ende des Lebens auf eine Spur zeigen zu können und zu sagen: Hier bin nur ich gegangen. Das bleibt von mir, es ist unverwechselbar, authentisch.

Wie wichtig ist es Ihnen, daß etwas übrig bleibt? Welche Spuren würden Sie gerne hinterlassen? Worin wollen Sie weiterleben?

*Ich hatte als Frau eine harte Zeit. Das ist klar. Damals gab es nur vier Frauen, die als Malerinnen anerkannt waren, die sozusagen beachtet wurden. Ich hätte kämpfen müssen, um mir als Malerin einen Namen zu machen. Als Choreographin mußte ich das nicht.*

Yvonne Rainer

Manchmal ist es wirklich unumgänglich, daß wir eine Richtung einschlagen, die in unerschlossenes Gelände führt. Aber vielleicht existiert da schon ein Weg, und wir wissen es nur nicht, weil der Hinweis darauf fehlt?

*Die Spuren des Schiffs in den Wellen* heißt ein Buch, in dem deutlich wird, wie wenig die Kunstgeschichte die bildenden Künstlerinnen wahrgenommen hat. Was bleibt im Wasser, wenn das Schiff vorübergefahren ist? Auseinanderstrebende Wellen, eine Spur, die nach kurzer Zeit nicht mehr zu sehen ist.

Gisela Breitling, Autorin des Buches und selbst Malerin, hat es durch ihre kritische Arbeit übernommen, diese eine Spur sichtbar zu machen. Auf praktisch allen Gebieten haben Frauen vor uns Wege betreten, die die normale Route verließen. Sie haben es damit nicht leicht gehabt. Sie haben die Mühe auf sich genommen, einen neuen Kurs zu suchen. Wieder und wieder sind sie in Flauten geraten oder gestrandet oder haben Schiffbruch erlitten. Nicht immer sind sie dort angekommen, wo sie hinwollten. Aber in der Summe hat sich ein Netz von Wegen ergeben, die immer sichtbarer und nachvollziehbarer geworden sind.

Wenn wir uns die Mühe machen, ihre Routen aufzuspüren und Wegweiser aufzustellen, waren ihre Anstrengungen nicht umsonst. Wir können auch ihre Spuren vertiefen und unsererseits anderen Frauen den Weg bereiten.

Es kann äußerst vernünftig sein, sich an einer Vorgängerin zu orientieren, anstatt um der Einzigartigkeit willen Energien zu verschwenden. Prüfen Sie einfach, wessen Kompaß vertrauenswürdig ist.

*Ich zog die Schublade auf. Ein Durcheinander von alten Schuhen, Stiften und Bolzen, Klebeband und mottenzerfressenen Pullovern blickte mir entgegen. Und meine Karte, meine Karte der Welt.*

Jane Hamilton

Auf der Suche nach dem Badeanzug ihrer Tochter findet in dem Roman *Das Gewicht der Welt* die Erzählerin Alice im Schrank unter all dem Ramsch, der sich da im Lauf der Jahre angesammelt hat, einen wahren Schatz. Als Kind hatte Alice ihre eigene Welt entworfen und auf dickes Papier gemalt – dunkelgrüne Wälder, sich schlängelnde dunkelblaue Flüsse und spitze, lavendelfarbige Gebirgszüge. Wenn sie sich in ihre Welt versetzte, war sie immer allein, «heiter und gelassen wie ein Engel, inmitten der eindrucksvollen Schönheit der Natur».

Dann war die Karte jahrelang in Vergessenheit geraten, bis sie ausgerechnet in dem Augenblick wieder auftaucht, in dem Alice etwas ganz anderes zu tun hatte, nämlich auf die kleine Tochter der Nachbarin aufzupassen. Die Katastrophe bleibt nicht aus. Die Wiederbegegnung mit dem authentischen Ich der Vergangenheit ist so überwältigend, daß sie die Gegenwart vollkommen auslöscht.

Sie kennen diese Versunkenheit. Wenn etwas ganz und gar im Einklang mit den innersten Bedürfnissen ist, kann die Welt untergehen, und Sie würden es nicht merken.

Ich kann mir nicht vorstellen, daß die Autorin an ihrer Figur eine exemplarische Strafe vollziehen wollte. Ich bin sicher, sie hatte etwas anderes im Sinn. Die Karte hätte ein Bestandteil von Alices Leben bleiben müssen. Sie hätte sie erweitern, ausgestalten, an die Wand hängen sollen, dann wäre sie nicht im falschen Augenblick so zerstörerisch in ihr Leben eingebrochen.

Gibt es Elemente aus Ihrer Vergangenheit, die in einer dunklen Schublade liegen und dringend hervorgeholt werden wollen? Lassen Sie es nicht darauf ankommen, daß sie sich den Weg ans Licht mit Gewalt bahnen. Tragen Sie Schicht um Schicht ab, bis die vernachlässigten Schätze ans Licht kommen.

*Für einen Nachmittag will ich glauben,*
*daß das Schöne ein Spaß ist –*
*und überhaupt alles so leicht*
*wie man Kirschen pflückt.*

Rainer Malkowski

«Man kann sich nicht genug über die Menge und Mannigfaltigkeit der Pflanzen verwundern, mit welchen die Natur alle Jahre die Erde bekleidet...», schrieb Johann Peter Hebel und hatte dabei sogar nur ein kleines Gemüsegärtchen im Blick. Auf so kleinem Raum wächst schon so viel, wieviel mehr erst in Obstgärten, an Büschen und Sträuchern, auf Wiesen, Feldern und Äckern. Vieles davon dient uns als Nahrung und ist besonders gesund, wenn es im Rohzustand gegessen wird.

Feiern Sie heute ein Obst- und Gemüsefest! Gehen Sie auf den Markt oder in ein Lebensmittelgeschäft, in dem Sie frische Ware bekommen. Kaufen Sie von allen Obst- und Gemüsesorten, die nicht von weither importiert sind und die Ihnen Appetit machen, kleine Mengen: Erdbeeren, Himbeeren, Kirschen, Pfirsiche, Aprikosen, Mirabellen, Rhabarber, Mangold, Spinat, grüner Salat, Zuckererbsen, Möhren, Rote Beete, Radieschen, Zucchini und dazu verschiedene Kräutersträußchen – was immer schon reif ist. Breiten Sie zu Hause die Früchte auf dem Küchentisch aus, und erfreuen Sie sich an ihrem Duft und ihrer Vielfalt. Bereiten Sie sich kleine Häppchen zu, die Sie auf farbigen Tellern anrichten.

Suchen Sie sich den bequemsten Platz in Ihrer Wohnung und breiten Sie die appetitlichen Häppchen in Reichweite aus. Legen Sie eine Kassette mit fröhlicher Musik auf, die Sie schon auf den Sommerurlaub einstimmt (ich liebe in solchen Fällen Bouzouki-Klänge aus Griechenland), und naschen Sie nach Herzenslust, mal von diesem, mal von jenem Tellerchen. Nagen Sie an Karotten, lassen Sie sich süße Himbeeren auf der Zunge zergehen. Kauen Sie langsam und sorgfältig. Ist Ihnen das alles nicht «gehaltvoll» genug, nehmen Sie noch Mandeln, Nüsse oder Vollkornkekse dazu. Essen Sie soviel, bis Sie leicht gesättigt sind. Den Rest stellen Sie einfach in den Kühlschrank oder verarbeiten ihn zu einem Salat.

*Mein Bruder hält die Einsamkeit für das größte aller Erdenübel, ich nicht, vielmehr habe ich mich ihm mit der größten Einseitigkeit ergeben.*

Annette von Droste-Hülshoff

Erstaunlicherweise kann das Alleinsein sehr klärend und heilsam wirken – unter drei Bedingungen: Es ist selbstgewählt, es ist begrenzt, und wir wissen es zu nutzen.

Mich haben schon immer Frauen fasziniert, die freiwillig abgelegene Gegenden aufsuchen. Es lohnt sich, ihre Lebensläufe einmal genauer zu betrachten, denn sie sagen viel aus über unseren eigenen Zwiespalt zwischen dem Wunsch nach Kontakt und Nähe und dem Bedürfnis nach Für-sich-Sein.

Was suchen Frauen, die sich in Eiswüsten oder auf abgelegene Inseln zurückziehen? Was genügt ihnen nicht an dem Leben, wie es die meisten Menschen führen? Wovon wollen sie sich befreien? Was bedeutet für sie «einfach leben»?

Das Leben, das sie führen, ist fast immer mit weniger Ballast beschwert als unseres; «einfach», im Sinne von leicht zu bewältigen, ist es sicherlich nicht. Wird uns das Leben in der Zivilisation zu einfach gemacht, kommen wir zu wenig in Berührung mit unserer schlummernden Kraft und Intuition und sehnen uns gerade deshalb nach einer geradlinigen, authentischen Einfachheit, die nichts mit Bequemlichkeit zu tun hat.

Welche Bilder stehen Ihnen vor Augen, wenn Sie «selbstgewählte Einsamkeit» hören? Welche Erfahrungen haben Sie mit dem Alleinsein gemacht?

Die Frauen, von denen ich erzählen will, sind aus einem Leben ausgebrochen, das ihnen einerseits überfüllt, andererseits entfremdet und leer vorkam. Sie haben die Einsamkeit gesucht, um einer anderen Einsamkeit zu entgehen.

Vielleicht können wir von ihnen lernen, worauf es ankommt, und womöglich können wir das, was sie an Einsichten gewonnen haben, auf andere Weise innerhalb unserer eigenen Lebensumstände verwirklichen.

*Hier im Busch, in der Wildnis, habe ich selbst die Kontrolle über mein Leben. Nur ich und die Natur. So soll das Leben sein. Zumindest für mich. Da gibt es keine schlechten Tage.* Susan Butcher

Die Frau, die sich so klar und selbstbewußt äußert, wußte schon als Schülerin in Boston genau, was sie wollte: ein Leben unter härtesten Bedingungen. Mit Anfang Zwanzig hatte sie sich zielstrebig alles beibringen lassen, was sie brauchte, damit sie ihren Kindheitswunsch in die Tat umsetzen konnte. Danach zog sie allein, nur von Schlittenhunden begleitet, in eine Hütte in Alaska, in der sie mehrere Winter verbrachte. Bis zu fünfzig Grad Kälte, kein fließendes Wasser, kein Telefon, der nächste Nachbar siebzig Kilometer entfernt.

An Beschäftigung fehlte es ihr nicht – sie mußte Holz hacken, die Hunde versorgen und trainieren, Brot backen, Schnee zu Trinkwasser schmelzen und gelegentlich einen Elch erjagen. Einsamkeit? Nein. Dafür «die Freiheit, für dein Leben ganz allein verantwortlich zu sein». Dann las sie von den jährlich stattfindenden Hunderennen, dem erbarmungslosen Iditarod, einem der härtesten Wettkämpfe der Welt, bereitete sich darauf vor und gewann auf Anhieb. Tausendachthundert Kilometer in zehn Tagen, durch Schneestürme, an Gletscherspalten vorbei, über vereiste Bäche.

Auf den Fotos, die sie zeigen, strahlt ihr Gesicht vor echter, innerer Zufriedenheit. Man sieht ihr die Zähigkeit, aber auch die ungestüme Lebensfreude an. Der lange Weg aus der Großstadt in die äußerste Wildnis hat sich für sie gelohnt.

Ist sie eine Überfrau, wie der Reporter, der sie besucht hat, hingerissen meinte? Sie hat schier Unglaubliches geleistet, das ist nicht zu leugnen. Mich beeindrucken aber nicht nur ihre unübersehbaren Leistungen, sondern vor allem die unbeirrbare Konsequenz, mit der sie die ihr gemäße Lebensform verwirklicht hat.

*Manche werden sicher der Meinung sein, ich hätte ungewöhnliches Glück gehabt. Ich bestreite es nicht, aber Glück hat wie alles andere einen Grund, und ich glaube, daß es eine innere Haltung gibt, die die Umstände mehr oder weniger nach unseren Wünschen formt.*

Alexandra David-Néel

Warum segelt eine Frau allein über den Atlantik? Für die Engländerin Ann Davison, die 1953 als erste Frau die dreitausend Meilen von Plymouth nach Antigua in einer knapp acht Meter langen Sloop bravourös bewältigte, war es eine Bewährungsprobe besonderer Art, denn bei dem ersten, gescheiterten Versuch einer Atlantiküberquerung ein Jahr zuvor war ihr Mann ertrunken. Als Antriebskräfte nannte sie «ein bißchen Neugierde und viel Verzweiflung». Daß sie außerdem eine Menge Können und Willenskraft besaß, verschwieg sie bescheiden. Auch die physischen Leistungen waren enorm. Um nicht von größeren Schiffen gerammt zu werden, mußte sie während der Nachtstunden alle zwanzig Minuten aufstehen und Ausschau halten. Da ihr Positionslicht ständig ausging und sie kein Nebelhorn an Bord hatte, schlug sie auf ihre Bratpfanne, um alle in Hörweite zu warnen.

Nachdem es ihr gelungen war, die automatische Steuerung zu reparieren, hatte sie wieder mehr Zeit, die Aufgabe zu Ende zu bringen, die sie sich gestellt hatte – den Schlüssel des Lebens zu finden. Und es stellte sich heraus, daß sie ihn bereits bei sich trug. Er hieß Mut, und sie beschrieb ihn so: «Das Leben begreifen und bejahen ohne Resignation... denn Mut ist eine kämpferische Eigenschaft. Es ist die Fähigkeit, Fehler zu machen und daraus zu lernen, zu scheitern und von vorn zu beginnen, Rückschläge, Enttäuschungen und Kummer hinzunehmen, die alltägliche Eintönigkeit der kleinen Pflichten immer wieder von neuem auf sich zu nehmen, zu wissen, daß man nichts Besonderes darstellt, und diese Tatsache mit Gleichmut anzuerkennen, ohne dabei in seinen Anstrengungen nachzulassen.»

*Ich glaube, wir waren die ersten, die sich ohne männlichen Schutz ins Gebirge wagten, und wir sind gut zurechtgekommen.*

Ellen Pigeon

«Wir sind gut zurechtgekommen.» Das ist immer noch ein zentraler Satz, auch wenn er schon 1869 geäußert wurde. Er bringt ganz lakonisch das auf den Punkt, was Frauen bewogen haben mag, sich in die Luft zu erheben, Meere zu überqueren, Wüsten zu bezwingen und Gipfel zu erstürmen. Darin schwingt auch das *alleine* zurechtkommen mit, worauf Frauen mit Recht stolz waren und sind. Gerade weil es ihnen so lange nicht zugetraut wurde, haben sie die ungewohnte Erfahrung, alle Situationen und Anforderungen aus eigener Kraft zu meistern, aus vollen Zügen genossen.

Bei der Suche nach einsamen Gegenden steht nicht unbedingt die Einsamkeit an sich im Vordergrund, sondern das, was sie an Eigenschaften voraussetzt oder fördert: Eigenständigkeit, Selbstverantwortung, Glaube an sich selbst. Daß auch Mut dazugehört, ist für Frauen, die das Wagnis suchen, selbstverständlich. Körperliche Ausdauer und Kraft sind aber nicht ausschlaggebend.

Auch Mary Russell verwendet in ihrem anregenden Buch über weibliche Abenteurer das Bild vom Schlüssel: «Viele Frauen halten den Schlüssel zur Welt in ihrer Hand. Unsichtbar liegt er in der verkrampften Faust, einer Faust, die aus Angst geschlossen ist, aus Angst vor dem Unbekannten, vor Wahrheit, vor Schmerz. Am bedeutsamsten aber ist die hemmende Furcht vor dem, was der Schlüssel bedeutet – das Wissen, daß der bloße Überlebenswille über den Bedürfnissen anderer steht. Findet eine Frau den Mut, dies anzuerkennen, öffnet sich die Faust, und die Welt steht ihr offen.»

Das ist vielleicht das Resümee aus den Lebensgeschichten der Frauen, die sich im Alleinsein erprobt haben: Am Beginn jedes wagemutigen Schrittes in Neuland steht der Mut, die eigenen Bedürfnisse und Träume ernst zu nehmen und sie auch einmal über die Bedürfnisse anderer zu stellen.

*Kein Wunder, daß unsere Freunde dachten, wir seien nicht nur kühn, sondern geradezu übergeschnappt, mitten im Winter gen Westen auf eine unbewohnte Insel an der wilden Küste von Cornwall zu ziehen, mit nichts als meiner Rente als Sicherheit.* Evelyn E. Atkins

Nicht immer ist es notwendig, sich in abgelegene, menschenleere Gegenden zurückzuziehen, um Wagemut zu beweisen. Zwei englische Schwestern, beide nicht mehr jung, taten in den sechziger Jahren das, wovon viele träumen: Sie kauften sich eine Insel. Sie kratzten ihr Geld zusammen, setzten ein verfallenes Cottage auf der Insel instand, verkauften das meiste, was sie besaßen, packten den Rest zusammen und zogen um. Fünf Bootsladungen beförderten alles Notwendige in ihre neue Heimat.

St. Georges Island befindet sich eine Meile vor der Küste von Cornwall; man glaubt bei klarem Wetter hinüberwaten zu können. In Wirklichkeit könnte die Insel ebensogut hundert Meilen entfernt im Atlantik liegen, so unberechenbar und heftig sind zuweilen die Strömungen, die einen Zugang per Boot unmöglich machen.

Genau diese isolierte Lage suchten die beiden abenteuerlustigen Frauen. Sie nahmen die Hilfe der einheimischen Fischer und neugierigen Besucher dankbar an, aber sie waren sicher, im Zweifelsfall auch alleine zurecht zu kommen. Und wie sie zurecht kamen!

1985, als Evelyn Atkins mit den *Tales from a Cornish Island* das zweite Buch über ihre Erlebnisse fertiggestellt hatte, feierten sie gerade ihr zwanzigstes Jubiläum auf der Insel. Sie wurden oft gefragt, ob es eine besondere Insel-Persönlichkeit gebe, die für dieses einsame Leben geeignet sei. Ihre Antwort darauf lautete nein. Nichts anderes sei notwendig als das «Insel-Fieber» – der unbedingte Wunsch, so zu leben und nicht anders. Dann sei man gegen alle Widrigkeiten gefeit, die zweifellos auftreten würden. Aus all ihren Taten und Worten sprechen Entschlossenheit und Humor. Mehr scheint nicht erforderlich zu sein, um Träume zu verwirklichen.

*Ich kann und darf alleine sein, wenn mir danach ist.*
*Ich kann und darf zusammensein, Gemeinsamkeit erleben*
*mit Menschen, die mich verstehen und mir zuhören.*
*Ich kann und darf mit Frauen zusammensein,*
*die mich an sich ranlassen.*

Angelika Kienzle

Eigentlich hält uns nichts davon ab, Entschlossenheit und Humor auch im sogenannten normalen Alltag zu beweisen. Allerdings kommt es uns zuweilen leichter vor, baufällige Cottages wieder bewohnbar zu machen oder stürmische Überfahrten auf Fischerbooten zu überstehen, als allein die tägliche Plackerei zu überstehen, die uns nicht das gute Gefühl vermittelt, wir hätten wirklich etwas gemeistert.

Unser Leben spielt sich innerhalb der Gesellschaft ab und konfrontiert uns unablässig mit deren Normen und Zwängen. Allein auf einer Insel zu leben kann leichter sein, als allein den Abend in einer leeren Zwei-Zimmer-Wohnung zu überstehen. Beides erfordert Kraft und Können, aber das eine erregt Bewunderung, das andere scheint kaum der Rede wert.

Geschichten von wirklich gelebtem Leben sind aufregend, aber auch schwer erträglich, denn sie berühren wunde Punkte. Fühlen Sie sich nicht manchmal wie im Gefängnis? Dann sehen Sie sich um: Sind Ihre Fenster vergittert? Schließt ein Aufseher hinter Ihnen die Zimmertür ab? Dürfen Sie nur einmal wöchentlich Besuch empfangen? Nein; also kommt das Gefühl, gefangen zu sein, aus Ihrem Inneren. Sie glauben, immer nur zu tun, was andere von Ihnen wollen. Ihr eigener Wille kommt nicht zum Zug.

Vermutlich fällt es Ihnen – wie mir auch – schwer, nein zu sagen. Wahrscheinlich nehmen Sie zu viele Rücksichten auf andere. Vielleicht nehmen Sie sich nicht genug Zeit, um herauszufinden, welche Art von Leben Sie führen möchten.

Wollen Sie Ihr Arbeitspensum reduzieren, um mehr Freizeit zu haben? Wollen Sie häufiger das tun, was Ihnen Spaß macht? Belassen Sie es nicht beim «Wollen».

Den ersten Schritt nimmt Ihnen niemand ab.

*Du bist nie zu alt, um erwachsen zu werden.*
Shirley Conran

Sobald Sie beschlossen haben, sich selbst und Ihre Überzeugungen in jeder Situation ebenso ernst zu nehmen wie die der anderen, geht es nicht mehr ohne Konflikte ab. Und die haben Sie nicht gerne, oder?

Wie die meisten Menschen haben Sie sicher mit Streit schon negative Erfahrungen gemacht. Nicht selten entstanden neuer Ärger und neue Mißverständnisse, die die Spannungen sogar noch verschärft haben. Dann sind die Fetzen geflogen, und nichts wurde geklärt. Und später ging alles wieder von vorne los. Das ist zermürbend.

Wenn wir uns jedoch häufiger vor offenen Auseinandersetzungen drücken, verschwimmen wir im Blick der anderen, bekommen für sie keine festen Konturen. Wir werden für eine Frau gehalten, die wir nicht sind und nicht sein wollen.

Auf lange Sicht ist es viel anstrengender, einem falschen Bild zu entsprechen, als es immer wieder freundlich, aber bestimmt zu korrigieren, sooft das nötig ist. Viel schwerer fällt es, nach Jahren zu erklären: Das, was ihr so lange wahrgenommen habt, war nur Fassade. Dahinter hat sich eine ganz andere Person verborgen. Wer würde sich da nicht hinters Licht geführt fühlen!

Es hilft Ihnen sicher zu wissen, daß Jasager laut einer amerikanischen Studie bei ihren Chefs gar nicht so beliebt sind, wie sie glauben. Das ist kein Wunder. Wer keine eigene Meinung hat, wird auf Dauer nicht für voll genommen.

Wagen Sie heute eine kleine Konfrontation. Widersprechen Sie, wo Sie sonst schweigen würden. Sagen Sie klar und deutlich, wenn Sie mit etwas nicht einverstanden sind. Lassen Sie sich nichts einreden und nichts aufdrängen, weder hundert Gramm Wurst beim Metzger noch Überstunden im Büro. Sie werden überrascht feststellen, daß man Ihre Standfestigkeit akzeptiert und sogar honoriert. Sie sind jemand, mit dem man rechnen muß. Sie werden wahrgenommen.

*Sehen wir den Tatsachen ins Auge, meine Liebe: Wir sind alle auf einzigartige Weise hinreißend.* Lauren Bacall

Sehen Sie, daß sich am Horizont die nächste Oase abzeichnet? Nach den vergangenen Tagen ist sie eine willkommene Abwechslung, nehme ich an. Und Sie werden darin ein Refugium vorfinden, in dem sich Ihr Körper von den Strapazen der Reise erholen darf.

Ihre Haut verlangt sicher nach belebenden Essenzen, deshalb können Sie heute – oder sobald Sie dazu kommen – ein Körperöl zubereiten, das eine Erquickung für Leib und Seele ist.

Als Basis besorgen Sie sich am besten Jojobaöl, denn es kann für jeden Hauttyp verwendet werden und wird nicht ranzig. Für trokkene Haut eignet sich auch Haselnußöl, das sich gut mit Holzdüften wie Sandelholz oder Rosenholz kombinieren läßt.

In 100 ml Basisöl mischen Sie etwa 15 bis 20 Tropfen ätherische Öle, dann schütteln Sie das Ganze gut durch. Lavendel, Rosenholz und Orange wirken beruhigend, Minze und Eukalyptus krampflösend, Rosmarin und Fichtennadel belebend. Mischen Sie immer nur soviel, wie Sie in maximal sechs Wochen verbrauchen können.

Eine Alternative dazu ist eine selbst hergestellte Duftmilch, die keine Konservierungsstoffe enthält und noch Stunden nach dem Auftragen auf der Haut wunderbar duftet. Dazu brauchen Sie nur 100 ml Sahne, in die Sie 10 bis 15 Tropfen ätherische Öle mischen. Sie muß im Kühlschrank aufbewahrt und rasch verbraucht werden.

Körperöle und Bodylotions der verschiedensten Duftrichtungen gibt es natürlich auch zu kaufen. Wenn Sie aber selbst die Düfte auswählen und sich einen kleinen Vorrat anlegen, können Sie sich immer nach dem augenblicklichen Empfinden richten.

Nehmen Sie ein Entspannungsbad, und streichen Sie anschließend das Öl oder die Körpermilch behutsam und zart auf Ihren ganzen Körper. Vergessen Sie Hände und Füße nicht, und widmen Sie dem Nacken und den Schultern, Ellenbogen und Knien besondere Sorgfalt. Nehmen Sie Ihren Körper so an, wie er ist. So dringend wie Nahrung und Schlaf braucht er Zuwendung und liebevolle Pflege.

*Glück ist keine ferne Fata Morgana, kein Himmelsgeschenk, sondern Selbstherausforderung, Tätigwerden, Zugehen auf Aufgaben, die man sich selber stellt. Glück ist Überwinden von Schwierigkeiten, ist Auf und Ab, bloß eins kann es nicht sein: stehenbleiben, zurückstecken, zögern, dem Leben ausweichen, weil man nicht gelernt hat, ihm zu begegnen.* Renate Feyl

«Müssen Sie Ihr Leben ändern?» fragte eine Frauenzeitschrift und druckte einen psychologischen Test ab, durch den junge Frauen herausfinden sollten, ob sie «neu durchstarten» müssen oder alles beim alten lassen können.

Bei einem Ergebnis mit ganz vielen Punkten wurde frau beruhigt: «Entspannen Sie sich. Sie können so weiterleben wie bisher.» Bei wenigen Punkten bekam sie den guten Rat: «Sie müßten Ihr Leben dringend verändern. Aber leider wollen Sie das gar nicht.» Einmal Daumen nach oben, einmal Daumen nach unten. Soweit die wenig hilfreichen Extreme.

Statt Lob und Tadel wären konkrete Hinweise angebracht, wie das denn geht, «sein Leben verändern». Wir können nicht von heute auf morgen unser Leben ändern. Auch wenn wir die Lebens*umstände* ändern, sind wir immer noch dieselben.

Wir können Veränderungen einleiten, indem wir zum Beispiel aufmerksam verfolgen, ob sich etwas zusammenbraut, was uns in Zukunft belasten könnte. Wir können uns wehren, wenn wir den Eindruck haben, schlecht behandelt zu werden. Wir können der Langeweile entgegenwirken, indem wir uns neuen Menschen und Interessen öffnen. Wir können die Partnerschaft durch Unternehmungen und ehrliche Gespräche beleben, um nicht in Routine zu erstarren. Wir können uns überlegen, wozu wir wirklich Lust haben, und das dann auch in die Tat umsetzen.

Vor fünf Jahren sprach ein Freund von mir eines Abends von seinem alten Traum, sich ein Bandoneon zu kaufen. Ich nahm ihn, ehrlich gesagt, nicht recht ernst. Heute ist er auf dem besten Wege, Berufsmusiker zu werden.

Erinnern Sie sich noch daran, was Sie einmal unbedingt wollten, bevor Sie genügsam, bescheiden und vernünftig wurden?

# *Juli*

Es riecht nach Sonnenöl und frisch gemähtem Gras. Um die Mittagszeit steht die Luft zwischen den Häusern, die Schulkinder haben hitzefrei, und wir beneiden sie darum.

Die Singvögel verstummen und verstecken sich zum Mausern. Wir suchen den Schatten und lassen im Freibad die Hüllen fallen. Es drängt uns an Strände, an Seen, Meere, in den Urlaub. Die Kleider werden heller und luftiger, die Hüte größer.

In diesem Monat sind wir unterwegs in fremde Länder und Landschaften und unterwegs in das Labyrinth der eigenen Wünsche. Unser heftiger und ehrlicher Drang nach einem erfüllten Leben inspiriert uns zu immer neuen Schritten in die Freiheit. Wir erleben und bieten Gastfreundschaft, lernen von anderen Kulturen. Was wollen wir mitbringen und aufbewahren, was wollen wir verändern, wenn wir zurückgekehrt sind?

*Was ich von Großmutter gelernt habe: Frauen konnten schwere Dinge tun und das kompetent; Probleme konnten bewältigt werden, wenn man ignorierte, was alle anderen sagten, und tat, was die Situation erforderte; manchmal sind Männer da und manchmal nicht, das Leben geht so oder so seinen Gang.* Sue Hubbell

Eigentlich ist es eine gewöhnliche Erfahrung, daß Frauen im täglichen Leben gut alleine zurechtkommen. Leider geht diese Gewißheit in ihren eigenen Augen – und auch in den Augen ihrer Umgebung, gelegentlich verloren, weil sich ihr fähiges Management nicht glanzvoll unter den Augen der Öffentlichkeit abspielt, sondern «nur» in den eigenen vier Wänden.

Mir fällt dazu eine bezeichnende kleine Episode ein, die Ulla, Mutter von drei Kindern, mir berichtete. Ihr war eine Arbeit als Interviewerin bei einem großen Meinungsforschungsinstitut angeboten worden, und sie hatte an jenem Tag gerade von zu Hause aus die ersten Befragungstermine vereinbart. «Kaum habe ich den Hörer aufgelegt», sagte sie, «steht Paul neben mir, blickt mich ganz ernst an und meint: ‹Die Termine mußt du dir aber unbedingt in deinen Kalender eintragen!›» An dieser Stelle der Geschichte wechselten Ulla und ich einen Blick und prusteten los. Seit fünfzehn Jahren managte sie das Leben von fünf Personen – vom Zahnarzttermin für ihren Mann über den Jahresurlaub bis zum Autokauf, die zahllosen Sport-, Tanz- und Musikkurse ihrer Kinder gar nicht mitgerechnet.

Jemand hat mal den Alltag einer Frau mit Familie mit dem Lotsenberuf verglichen. Ohne Unterlaß muß sie Anflüge und Abflüge, Kursänderungen und Geschwindigkeiten im Auge behalten, Kollisionen vermeiden, das Klima berücksichtigen. Kommt ein Beruf hinzu, startet und landet sie selbst auch noch, trägt vermutlich eine Art mobilen Überwachungsschirm mit sich herum.

Vielleicht haben Sie Lust, Punkt für Punkt zu benennen, welche Lotsentätigkeit Sie heute schon geleistet haben. Und ich bin sicher, Sie haben nicht mal einen Terminkalender dazu gebraucht.

*Die meisten Menschen möchten zuerst die Welt bewegen und verlernen in ihrem Streben etwas sehr Wesentliches: nämlich sich selbst zu bewegen.* Anna Halprin

Von dem Augenblick, an dem wir morgens die Augen aufschlagen, bildet sich unser Körpergefühl nach und nach durch Sinneseindrücke und Bewegung, bis es sich soweit stabilisiert, daß wir uns «im Körper» fühlen. Schon in ein langsames Aufwachen können Sie kleine, spielerische Übungen einbauen, mit denen Sie Ihre Lebensfunktionen stärken und einen harmonischen Übergang von der Nacht zum Tag schaffen.

Am Beginn des neuen Tages nimmt Ihr Gehör Geräusche auf, erkennt, was vertraut und was anders ist als sonst, und beginnt zu lauschen. Sie öffnen die Augen, blinzeln ein paarmal, nehmen den Raum wahr, in den das erste Licht des Tages einströmt. Auch Ihre Nase wacht langsam auf und erkennt Gerüche. Riechen Sie die Luft, die durch ein offenes Fenster kommt, oder duftet es in der Küche schon nach Kaffee?

Als nächstes räkeln und strecken Sie sich und geben dabei vielleicht ein wohliges Ächzen von sich. Durch diese ersten Bewegungen erfassen Sie die Kontur Ihres liegenden Körpers.

Stellen Sie sich vor, Sie seien eine Qualle und trieben im tiefen Wasser. Arme und Beine bewegen sich in einem Rhythmus, der sich ganz natürlich einstellt.

Um das verschlafene Kreuz aufzuwecken und mobil zu machen, ziehen Sie noch im Liegen die Knie an und lassen sie wie Satelliten gemächlich einzeln und zusammen kreisen. Wechseln Sie das Tempo, die Umlaufbahn, die Richtung. Die Bewegung setzt sich durch Ihren gesamten Körper bis zum Kopf hin fort.

Schließlich verwandeln Sie sich wieder in eine Qualle, teilen mit runden Bewegungen das Wasser und steuern langsam auf den Bettrand zu, bis Sie zum Sitzen kommen.

*Im Sommer durch den Fluß waten*
*mit den Sandalen in der Hand: o tiefe Lust!*

Buson

In einer Reportage über die amerikanische Schauspielerin Jane Seymour war zu lesen, daß sie grundsätzlich im Haus und im Garten barfuß geht. Warum machen Sie es ihr nicht nach, zumindest jetzt im Sommer? Die Fußsohlen sind sehr sensibel; das spüren Sie besonders gut, wenn Sie sie mit leichtem Druck massieren.

Ausgeklügelt ist das System der Reflexzonentherapie, die davon ausgeht, daß sich in Füßen und Händen Energiebahnen bündeln, über die man gemäß der asiatischen Volksmedizin durch Massage die Organe des Körpers beeinflussen kann.

Für eine entspannende Fußmassage brauchen Sie aber keine Spezialkenntnisse. Lassen Sie einfach den Daumen kreisen, und drükken Sie bei schmerzenden Stellen nicht fester, als Ihnen guttut. Wenn Sie täglich barfuß über verschiedenen Untergrund gehen, werden Sie sich über kurz oder lang eine Massage sogar ersparen können.

Füße sind aber weit mehr als Tastorgane. Sie sind – so banal das klingt – die Voraussetzung dafür, daß wir gehen können. Wenn wir daran denken, daß in China bis 1911 den Mädchen aller Schichten in einer extrem schmerzhaften Prozedur (die zwischen dem dritten und dem achten Lebensjahr begann) die Füße eingebunden wurden, wird uns vielleicht bewußt, wie wertvoll die Freiheit der Bewegung ist. Je kleiner der «Lilienfuß» war, als desto attraktiver galt er; das Ziel war der «Goldene Lotos», ein verkrüppelter Fuß, der nur siebeneinhalb Zentimeter maß.

Wir können die Torturen, die Millionen Frauen erleiden mußten, leider nicht ungeschehen machen, aber wir können uns auf unsere Bewegungsfreiheit besinnen und sie mit Lust auskosten.

Ziehen Sie Schuhe und Strümpfe aus, und gehen Sie, wohin Ihre Füße Sie tragen wollen.

*In achtzig Tagen um die Welt? Nein, in achtzig Jahren. Für achtzig Tage ist die Welt zu schön und zu schade. Aber ich habe ja noch so viel Zeit …*

Lore, 72 Jahre alt

Eine Frau mit über siebzig macht sich munter auf die Socken, nicht etwa, um der Leere ihres Alltags zu entgehen, sondern weil sie Geschmack an der großen, weiten Welt gefunden hat. Das ist beeindruckend, und sie ist kein Einzelfall mehr. Immer wieder hört man von Frauen, die erst in der Lebensmitte ihre unbändige Reiselust entdecken, wenn sie nämlich feststellen, daß die Schwierigkeiten, selbst einen Urlaub zu organisieren, gar nicht so überwältigend sind. Der Partner, der in seiner Freizeit am liebsten keinen Finger mehr rührt, darf ab sofort ruhig zu Hause bleiben, und die halberwachsenen Kinder rümpfen sowieso die Nase über einen Familienurlaub.

Anregungen für Frauen finden sich in Mengen in dem Buch *Allein unterwegs? Tips für Frauen, die reisen wollen* von Barbara Spalinger. Dort stieß ich auch auf eine besonders nachahmenswerte Idee: die selbst organisierte Studien- oder Kulturreise in einer Kleingruppe. Anstatt sich vom Veranstalter vorschreiben zu lassen, wo und wie lange Station gemacht wird, könnten Sie selbst die Reiseroute festlegen und außerdem – das ist das Originelle daran – jeden Tag von einer anderen Person gestalten lassen. Damit sind alle Beteiligten nicht nur passive Konsumentinnen, sondern gestalten die Reise nach ihrem Geschmack aktiv mit, ohne deshalb allzusehr beansprucht zu werden.

Weitschweifige, gelehrte Kunstführungen bleiben Ihnen erspart, und Sie lernen durch die unterschiedliche Tagesgestaltung ganz verschiedene Aspekte der Urlaubsgegend kennen. Ob Sie auf der Akropolis Gedichte rezitieren, auf der Wanderung ein besonders lauschiges Waldgasthaus anpeilen oder eine Künstlerin in ihrer Werkstatt besuchen – das Programm ist allemal abwechslungsreicher als bei sämtlichen Pauschalangeboten, die Sie buchen können.

*Ich glaube, wenn die Lust an Reisen und Abenteuern einmal erwacht ist, auch wenn das sehr spät im Leben geschieht, dann bleibt sie dir im Blut.* Rosie Thomas

Kurz bevor die englische Schriftstellerin Rosie Thomas fünfzig wurde, ging ihr auf, was sie wollte: das Leben selbst in die Hände nehmen. Plötzlich standen ihr auch die notwendigen Energien zur Verfügung. Sie war nie sportlich gewesen, nun entschloß sie sich, einen Tauchkurs zu machen und Heliski zu fahren. Gesagt, getan. Als nächstes erklärte sie ihrer Familie, sie werde sich einen langgehegten Traum erfüllen – einen Treck zum Mount Everest. Die körperliche Fitneß trainierte sie sich an, dann flog sie mit einer Reisegruppe nach Katmandu. Nach drei strapaziösen Wochen stand sie auf einem kleinen Gipfel und blickte auf den Berg ihrer Sehnsucht.

Sie kehrte zu ihrer Familie zurück, die sie vermißt hatte. «Ich ging wieder bei Sainsburys einkaufen, ich fuhr die Kinder zur Schule, ich saß am Schreibtisch und sah mich betroffen um. Nichts hatte sich verändert, und warum sollte es auch? Nur ich fühlte mich so anders. Meine Reisen hatten in mir einen Appetit nach neuen Menschen und Herausforderungen geweckt. Ich erkannte bestürzt, daß meine Reisen meinen Drang nicht im mindesten gestillt hatten. Sie hatten ihn nur weiter stimuliert.»

Als sie ihrer Familie von dem nächsten Plan erzählte, traf sie auf weniger Verständnis als beim ersten Mal. «Aber du bist doch gerade erst zurückgekommen!» beklagten sich die Kinder. Dennoch meldete sich Rosie Thomas auf Anregung eines jungen Mannes aus ihrer Trekking-Gruppe für das Autorennen Paris-Peking an. «Du weißt, daß du es willst», hatte er auf den Prospekt gekritzelt, den er ihr zuschickte.

Sie wissen auch, daß Sie es wollen. Was das ist? Horchen Sie in sich hinein. Es wird nicht lange dauern, bis Ihre innere Stimme Ihnen eine Antwort gibt.

*Die Freuden des Lebens reichen aus, um es zu einer angenehmen Sache zu machen, wenn wir sie en passant mitnehmen, anstatt sie zu unserem Ziel zu erklären.* John Stuart Mill

Wir fahren in die Ferien und haben unser Ziel vor Augen. Wir lassen uns über weite Strecken transportieren und nehmen in Kauf, daß der dazwischenliegende Raum wie ausradiert ist. Im Flugzeug zählen nur noch Abflug und Ankunft; das Dazwischen wird irgendwie überbrückt, mit Essen, Schlafen, Videofilmen. «Je schneller wir uns bewegen», schreibt der Essayist Aurel Schmidt, «desto weniger Raum bleibt uns: die praktische Erfahrung eines physikalischen Gesetzes.»

Der Weg zum Ziel ist kein Mittel zur Selbsterfahrung mehr, und selbst das Ziel – sei es der Grand Canyon, sei es der Strand von Sri Lanka – ruft keine wahre Erregung mehr hervor, denn wir kennen es längst aus Katalogbildern, Urlaubsfotos und Fernsehfilmen.

Könnten Sie sich mit einer anderen Art des Reisens anfreunden – vielleicht einem Wanderurlaub oder einer Fahrradtour? Hören Sie, was ein Bewohner der indischen Stadt Auroville zu sagen hat, der grundsätzlich zu Fuß geht: «Wenn du schneller fährst, als es deinem natürlichen Körper entspricht, zahlst du dafür einen Preis. Alle zwei Meter ist ein anderes Energiefeld. Der Körper kann das gar nicht verarbeiten, wenn er so schnell dieses Energiefeld passiert... Wenn ich so vor mich hingehe, bin ich immer in einer inneren Verbindung mit mir selbst. Nach ein paar Stunden des Gehens spüre ich, daß ich mir näher bin als davor.»

Sicher kennen Sie die Vorstellung, daß «die Seele nachkommen» muß, wenn man zu schnell unterwegs war. Aber auch der Körper braucht Zeit, sich an einen Ortswechsel anzupassen. Wenn Sie auf schnelle Transportmittel nicht verzichten können, wäre eine praktische Lösung, daß Sie Ihren Aufenthalt so einrichten, daß Körper und Seele Zeit haben hinterherzukommen und nicht erst anfangen, sich zu erholen, wenn Sie schon wieder auf dem Rückweg sind!

*Ein Edelstein, der nie die Mine verläßt, wird nie geschliffen.*
Saadi von Schiras

Reisende, die aus dem Ausland, besonders aus südlichen Ländern zurückkommen, berichten immer wieder mit einer Mischung aus Erstaunen und Begeisterung, wie freundlich sich die Menschen ihnen gegenüber verhalten haben. Ein Lächeln ohne Grund, ein «überflüssiges» Wort an der Ladentheke, ein kleines Kompliment über das T-Shirt oder die Ohrringe – und schon fühlen wir uns beschenkt und beglückt.

Welche (Selbst-)Verbote und Ängste schränken uns denn so ein, daß wir Offenheit immer nur in anderen Ländern erleben? Freundlichkeit kostet nichts als die innere Bereitschaft, die Augen aufzumachen und Worte zu finden, wenn wir etwas Erfreuliches sehen. «Mir gefällt Ihre Kette» zum Beispiel oder: «Was du gestern gesagt hast, hat mir sehr geholfen.»

Freundlichkeit ist nicht Oberflächlichkeit, auch wenn wir geneigt sind, freundliche Worte als unecht einzustufen. Das ist Unsinn, und wenn wir ehrlich sind, wissen wir das auch.

Was für Worte gilt, gilt auch für kleine Gefälligkeiten, die das Leben erleichtern. Wer in einem abgeschiedenen Dorf in den kanadischen Wäldern lebt wie die Journalistin Pat Hutson, weiß, wie wichtig gegenseitige Unterstützung und Fürsorglichkeit sind. Bei ihrer Nachbarin Hazel kann sie im Winter frisches Wasser holen, wenn die eigene Leitung wieder einmal eingefroren ist. Harry stellt seinen Kurzwellensender bei Notfällen zur Verfügung, Milch bekommt sie von Judy, die auch ihre Tiere versorgt, wenn sie länger unterwegs ist, Linda hat ihr Pflanzensamen versprochen, und Pat revanchiert sich mit selbstgebackenem Brot.

Wagen Sie es, einen kleinen Schritt auf andere Menschen zuzugehen. Er verpflichtet Sie zu nichts. Sie müssen sich auch nicht den Kopf nach ausgefallenen Komplimenten zermartern. Schenken Sie der Nachbarin ein Tütchen Blumensamen, nehmen Sie die Kollegin ein Stück im Auto mit. Die kleinste Geste kann einen ganzen Tag erhellen.

*Wie viele Leute können es auch nicht lassen, auffällige Steine mit nach Hause zu schleppen und dort zu behalten, ohne zu wissen, was sie tun. Es ist, als ob diese Steine ein belebendes Geheimnis für sie enthalten.* Marie-Louise von Franz

Was will ich von Reisen mitbringen, außer Freundlichkeit? Fotos, Eindrücke, Geschichten, ein vollgeschriebenes Reisetagebuch? Seitdem die gefürchteten nachsommerlichen Dia-Abende («und da steht Renate vor dem Tympanon») nicht mehr in sind, schleppen Reisende lieber teure Videokameras mit sich herum. Filme sind immerhin kurzweiliger, und da die Montage und das Unterlegen mit Folkloremusik und sinnigem Kommentar länger dauert als das Rahmen von Dias, fallen die Vorführungen manchmal in den Winter, wo sie schon wieder einen gewissen nostalgischen Reiz besitzen.

Ich schleppe auch, aber keine Kamera. Mein Rucksack – und mehr noch der meines Mannes – ist nach jedem Urlaub, egal ob in den Alpen oder am Mittelmeer, mit Steinen jeglicher Form und Beschaffenheit gefüllt. Wir sind nicht die einzigen, die schleppen. Immer wieder stoßen wir auf heimliche Sammler, die auch nicht recht wissen, welchem Drang sie da nachgeben müssen. Es ist eine Faszination, die nie nachläßt.

Auch vor mir auf dem Schreibtisch liegt ein Stein, den ich von einer Reise mitgebracht habe. Er ist schwer, grau und von Furchen durchzogen, und ich kann ihn gerade noch mit einer Hand halten. Besonders schön ist er nicht, aber ich werde ihn nie hergeben. Er erinnert mich an die Wiese, auf der er lag, und an den Morgen, an dem ich ihn aufgehoben und in mein Auto gelegt habe. Ich hatte in der Nacht zuvor etwas begriffen, und es war mir sehr wichtig, meiner Erkenntnis eine äußere Form zu geben, die ich buchstäblich nach Hause tragen konnte. Vielleicht suchte ich eine unlösliche Verbindung von etwas Flüchtigem, Unwiderbringlichem – jenem Augenblick auf der Wiese – zu etwas Ewigem, Unwandelbarem, wie es durch den Stein symbolisiert wird.

Bei vielen Ritualen werden Steine verwendet. Scheuen Sie sich nicht, sich die Taschen damit zu füllen. Einen Stein gibt es noch, wenn ein Foto längst vergilbt ist.

*Und ich breche auf. Befreiung! Befreiung! Einzige Freiheit, die uns geblieben ist! – Ich habe keinen Namen hinterlassen und weiß nicht, wo ich die nächste Nacht zubringen werde. Eure Mahnungen, Bußen, Steuerzettel werden mich nicht erreichen. Behaltet eure Ratschläge, ich werde sie nicht befolgen können.* Annemarie Schwarzenbach

Meine Lieblingsgeschichte aus dem Bereich «physische Symptome als Verkörperung seelischer Themen» stammt von Bruce Chatwin. Sie ist lehrreich insofern, als sie uns zeigt, wie weit wir es nicht kommen lassen sollten:

«Eines Morgens wachte ich auf und war blind. Im Lauf des Tages kehrte die Sicht im linken Auge zurück, aber das rechte blieb schwerfällig und getrübt. Der Spezialist, der mich untersuchte, sagte, organisch fehle mir nichts und diagnostizierte die Ursache der Störung.
‹Sie haben aus zu großer Nähe Bilder angeschaut›, sagte er.
‹Warum tauschen Sie sie nicht gegen weite Horizonte?›
‹Warum nicht›, sagte ich.
‹Wohin würden Sie gerne fahren?›
‹Afrika.› (...)
Ich fuhr nach Afrika, in den Sudan. Als ich am Flugplatz ankam, waren meine Augen wieder in Ordnung.»

Ein Befreiungsschlag durch den Körper kann viele Formen annehmen. Der Arzt und Therapeut Rüdiger Dahlke nennt den Körper eine «Ausweichbühne des Bewußtseins». Wenn wir die bewußte Bearbeitung von Lebensthemen verweigern, werden sie auf der körperlichen Ebene «dargestellt» wie ein Theaterstück. Bruce Chatwin hatte einen ungewöhnlich einsichtigen Arzt, der sich nicht bei einer oberflächlichen Deutung aufhielt. Er stellte die Frage nach dem *Sinn* der Erkrankung: Warum geschieht gerade das und warum gerade jetzt?

Für diese Frage brauchen Sie keinen Arzt. Stellen Sie sie, wann immer Ihr Körper zu Ihnen spricht.

*Es fällt uns schwer zu akzeptieren, daß eine Frau meinen oder wollen kann, wovon man uns immer versichert hat, sie könne es unmöglich meinen oder wollen.* Carolyn Heilbrun

Auch die Schottin Isabella Bird hatte einen verständigen Arzt, der ihren Eltern den Rat gab, das kränkliche Kind solle möglichst wenig in der Stube sitzen. Er wußte nicht, was er damit auslöste. Isabella, die in einem viktorianischen Pfarrhaushalt aufwuchs, war alles andere als gesund. Sie hatte fast ständig Rückenbeschwerden, Kopfschmerzen und Schlafstörungen; mit achtzehn wurde ihr ein Tumor an der Wirbelsäule entfernt. Sie selbst hat diese Symptome später als Zeichen einer ständigen Unterforderung durch ihre langweilige Umgebung gedeutet.

Der kluge Arzt schickte Isabella allein auf eine Seereise in die Neue Welt. Kaum an Bord, verschwanden die körperlichen Schmerzen, und sie genoß ihre Unabhängigkeit und die vielen Eindrücke. Im Elternhaus kehren die Krankheitssymptome sofort wieder zurück. Sie verreist wieder, und gleich geht es ihr wieder besser. Das Spiel wiederholt sich noch mehrere Male.

Nicht immer geht die Gleichung – zu Hause krank, auf Reisen gesund – so einfach auf. Auch Isabella Bird litt unterwegs unter ihrer schwachen körperlichen Konstitution. Aber sie weigerte sich zeitlebens konsequent, daraus den Schluß zu ziehen, sie müsse sich schonen und als ewige Patientin auf dem Sofa liegen. In späteren Jahren bereiste sie unermüdlich die halbe Welt: Australien und Neuseeland, Japan, China, Korea, Persien, Indien und Ladakh, und sie verbrachte mit zweiundvierzig ein halbes Jahr in den Rocky Mountains, wo sie sich in den «schlimmsten Rowdy von Colorado» verliebte. Sie schrieb mehrere Bücher und unzählige Briefe an die zu Hause gebliebene Schwester. Ihr Körper hatte ihr mit seinen vielen Krankheiten fast einen guten Dienst erwiesen. Würde man die Symptome in Worte fassen, hießen sie: «Bring mich weg! Ich halte es hier nicht aus!»

Suchen Sie Ihren eigenen Weg zur körperlichen und geistigen Heilung – hier oder anderswo. Gibt es etwas in Ihren Lebensumständen, das Sie immer wieder krank macht?

*Als ich einmal einen indianischen Medizinmann fragte, ob ich etwas von ihm über Heilpflanzen lernen könne, wies er mich ab mit den Worten: «Lerne zuerst, wie man über die Erde geht.»*

Susanne Fischer

In früheren Zeiten galten die Pflanzen, besonders die Heilpflanzen als heilig; beim Sammeln wurden Gebete gesprochen, und sie wurden achtsam und dankbar verarbeitet. Tiere, Vögel, Flüsse, Winde, Bäume, Sterne – alles galt als lebendiges, gleichwertiges Gegenüber. In den alten Gebeten und Liedern der Indianer kann man den Geist dieser Verbundenheit mit allen Geschöpfen noch sehr deutlich spüren, und auch in neuerer Zeit ist er noch lebendig, wie das Gedicht *Für mein Kind* von Blue Cloud beweist. Es zeigt uns eine andere Art, über die Erde zu gehen, als die, die wir gewöhnlich praktizieren:

Geh um den Berg, geh leise, denn der Berg ist still und sanft,
stell dir das weite Tal vor auf der anderen Seite des Berges,
denk dich durch den Berg in das ungeschützte Tal,
wo vielleicht Gefahr ist oder Schmerz.
Zieh einen Kreis aus Gedanken um den sanften, stillen Berg,
und der Berg wird zu Kristall, und du siehst das offene Tal
durch den kristallenen Berg, und die ganze Wahrheit des Berges
und Tales ist dein.
Und geh um den Berg, geh behutsam,
und betritt es leise, das friedvolle Tal,
wo das Herz des Kristallbergs schlägt.

Mit dem sogenannten «sanften» Reisen nähern wir uns heute dieser Haltung wieder an. Sanft bedeutet in diesem Zusammenhang Schutz der natürlichen Grundlagen, mit und in denen Menschen, Tiere und Pflanzen leben. Es hängt von uns ganz persönlich ab, inwieweit wir durch unser Erleben und Verhalten etwas aufbauen oder zerstören. Wir selbst tragen den Schlüssel zu mehr Menschlichkeit beim Reisen mit uns.

*Allein und mein eigener Herr zu sein ist mir unabdingbar, nicht aus Egoismus, noch aus Ermangelung von Liebe, sondern um mir mehr Mühe geben zu können.* Natalie Clifford Barney

Für viele Frauen ist das Alleinreisen nicht so sehr ein Beweis für ihre Eigenständigkeit – die kennen sie schließlich zur Genüge – als eine Auswirkung des Single-Lebens. Nicht immer hat die Freundin zur gleichen Zeit Urlaub, und nicht jedes Jahr ist es den Nerven zuträglich, sich auf neue Reisegruppen einzustellen. Was also, wenn Sie ohne großes Abenteuer und ohne körperliche Höchstleistungen ganz einfach einen netten Urlaub verbringen wollen? Reisemagazine und Kataloge sind oft geschönt, Reisebüros nur in Maßen hilfreich.

Hat Ihnen beispielsweise schon mal jemand erzählt, daß im Mai die größte Single-Welle gen Süden rollt? Wußten Sie, daß es Agenturen gibt, die ReisepartnerInnen vermitteln, unter anderem eine Frauen-Reisebörse? Reizt Sie die Idee, ein Zauber-Diplom zu erwerben oder ein Wolken-Seminar zu besuchen? Dann wäre vielleicht ein Reiseführer der besonderen Art zu empfehlen, wie Jörg Müllers *Freizeit und Urlaub für Singles.* Dort erfahren Sie auch, daß in der Katalogsprache der Satz «Bei diesem Haus handelt es sich um eine ideale Unterkunft für Singles» im Klartext heißen kann: «Hier handelt es sich um eine touristisch genutzte Mischung aus Hotel- und Bordellbetrieb.»

Der *Freundeskreis Alleinreisender* in Hamburg gibt eine kleine Zeitschrift heraus, in der Single-Angebote vorgestellt werden. Das *Global Network* in London baut zur Zeit eine weltweite Datenbank mit frauenfreundlichen Hotels, Restaurants und Reisediensten auf, allerdings werden die Informationen nur Mitgliedern gegen Gebühr zur Verfügung gestellt.

Wer auf günstige Unterbringung Wert legt, kann sich an den *Verband der Mitwohnzentralen* in München oder Hamburg wenden. Arbeits- und Hilfseinsätze für Frauen, die gerne aktiv sind, lassen sich über den Arbeitskreis *Lernen und Helfen in Übersee* in Bonn oder die Caritas Schweiz in Luzern erfragen.

Sie sehen: Allein verreisen ist wirklich keine Hexerei!

*Ich hätte nie auf die Idee kommen können, nach Sri Lanka auszuwandern, wenn ich die Verantwortung für das Erhalten und Weiterreichen ererbten Familienbesitzes getragen hätte.* Jeannette Lander

Stehen Sie bei jedem Kurzurlaub vor dem Problem, ein Haus, Dutzende von Topfpflanzen, drei Katzen und fünf Goldfische in Obhut geben zu müssen, wird sich Ihre Reiselust von ganz alleine in Grenzen halten. (Natürlich stellt sich die Frage, ob Sie sich überhaupt so viel Verantwortung aufgeladen hätten, wenn Sie der Typ für immer neue Aufbrüche wären.) Besitz gibt Sicherheit und hält fest; man kann ihn verlieren, er kann beschädigt werden. Im Grunde geht es um die Entscheidung Haben oder Sein.

Das Wort vom «Reisen mit leichtem Gepäck» bezieht sich nicht nur auf die Anzahl der Koffer, sondern auf eine Grundhaltung dem Leben gegenüber. Ich kann unmöglich alles, was ich habe, mitnehmen. Ich muß imstande sein, es auf Zeit loszulassen, auch wenn es mir lieb und teuer ist.

Wie schlecht sich die meisten Menschen vorstellen können, daß jemand sich ganz oder auch nur für eine gewisse Zeit dem Sein verschreibt, erfuhr die französische Journalistin Christine Bravo, als sie ankündigte, sie werde ein Jahr auf einer karibischen Insel verbringen. Die Skepsis ihrer Bekannten war unüberhörbar: «‹Du wirst nicht weggehen. Niemand geht weg.› Das haben mir die Leute gesagt. Die Leute, die nicht weggegangen sind. Und sie sagten, daß man irritiert ist, wenn jemand weggeht.» Wer weggeht, stellt die Lebensentscheidungen der Bleibenden in Frage, deshalb wirkt das Weggehen so verstörend. Zum Weggehen gehört auch, daß ich es ertrage, andere Menschen zu irritieren und von ihnen abgelehnt werde.

Auch wenn Sie sich nicht mit dem Gedanken an eine Auswanderung oder einen radikalen Wandel Ihrer Lebensumstände tragen – wie steht es, konkret und im übertragenen Sinne, mit Ihrem Gepäck? Wägen Sie ab, wieviel davon Sie immer bei sich haben wollen und wieviel Sie auf Zeit beruhigt hinter sich lassen könnten.

Was könnten Sie leichten Herzens aufgeben, und woran hängen Sie besonders?

*Ich habe Anfälle von Damenhaftigkeit, aber sie dauern nie sehr lange.*

Shelley Winters

Was haben Sie heute angezogen? Jeans und ein T-Shirt? Kurze Baumwollhosen und ein weites Hemd? Ist Ihnen schon einmal der Gedanke gekommen, daß Sie sich auf diese Weise als Mann verkleidet haben?

Nein, das haben Sie natürlich nicht, und ich will Sie nicht zum Röcketragen anstiften. Sie haben sich so angezogen, wie es für Sie bequem ist. Bei Wärme bevorzugen Sie luftige Kleidung, und Sie haben sowohl Sommerkleider als auch Blusen im Schrank hängen, dazu lange und kurze Hosen, Jacketts, Westen. Sie haben Auswahl.

Das war nicht immer so. Frauen, die sich wie Männer kleideten, um den einengenden Zwängen der Frauenmode zu entgehen, galten früher als anrüchig, unmoralisch und im besten Fall exzentrisch. Aber in der Regel ließen sie sich davon nicht abhalten. Die Schriftstellerin George Sand ging auch weiterhin in den Pariser Salons aus und ein, die Reisende Isabelle Eberhardt durchstreifte auch weiterhin in tunesischer Tracht, mit Fes und Djellaba, die Straßen und Bars von Tunis. Beide fühlten sich durchaus als Frauen, aber sie erkannten die Vorteile, die eine praktische Bekleidung mit sich brachte. Vor allem bei Reisen diente sie alleinreisenden Frauen als Schutz vor Überfällen und Belästigungen.

Verstehen Sie jetzt, worauf ich mit meiner Eingangsfrage hinauswollte? Heutigen Frauen steht es frei, die Kleidung ihrem Selbstverständnis und ihrer Unternehmungslust anzupassen. Im langen Rock läßt sich nicht gut Fahrrad fahren, das ist für uns heute eine Selbstverständlichkeit. Die ersten radelnden Damen in Hosen jedoch beschworen einen Skandal herauf.

Fragen Sie sich selbst: Was sagt meine Kleiderwahl über meine Wünsche aus? Warum kleide ich mich, wenn ich Bewegungsfreiheit brauche, «wie ein Mann»? Welche Anteile meiner Persönlichkeit kann ich dadurch zum Ausdruck bringen? Zu welchen Anlässen kleide ich mich bewußt «weiblich», und was bezwecke ich damit? In welchen Kleidungsstücken fühlt sich mein Körper am wohlsten?

*Wer andere besucht, soll seine Augen öffnen, nicht den Mund.*

Sprichwort aus Burkina Faso

Das Bedürfnis, möglichst viel über das Gastland zu erfahren, führte unter anderem zu Erich Kästners Rat, man solle im Ausland die Tavernen, nicht die Museen besuchen. So sinnvoll das auf den ersten Blick erscheint – könnte es nicht sein, daß die Bewohner des Urlaubslandes wenigstens in den Tavernen unter sich bleiben wollen? Heißt Respekt vor den Landessitten nicht auch, auf eine Geste zu warten, die uns in die Tavernen einlädt?

Der niederländische Autor Cees Noteboom, der für seine vielen Reisebücher bekannt ist, fordert zum richtigen Schauen auf: «Vielleicht ist es so, daß der wahre Reisende sich stets im Auge des Sturms befindet. Der Sturm ist die Welt, das Auge ist das, womit er die Welt betrachtet. Aus der Meteorologie wissen wir, daß es in diesem Auge ruhig ist, vielleicht so ruhig wie in einer Mönchszelle. Wer lernt, mit diesem Auge zu schauen, lernt vielleicht auch, das Wesentliche vom Unwesentlichen zu unterscheiden, und sei es nur, weil er sieht, worin sich Dinge und Menschen unterscheiden und worin sie sich gleichen.»

Unser Verhalten im Ausland wird dadurch geprägt, daß niemand gerne als Massentourist klassifiziert werden will. Haben wir nicht den Anspruch an uns, auf Reisen Land und Leute unvoreingenommen und möglichst authentisch kennenzulernen?

Wenden wir einen Augenblick die Aufmerksamkeit uns selbst zu. Warum reisen wir? Was *wollen* wir sehen? Sind wir bereit, unsere Motive kritisch zu überprüfen? Die Wahl unserer Reiseziele sagt immer auch etwas über unsere geheimen Sehnsüchte aus. Manchmal glauben wir einen Ort zu finden, an den wir «eigentlich» gehören, an dem wir endlich «wirklich» leben könnten. Was fehlt in unserem Alltag, das wir anderswo suchen?

*Wasser wie Liebe waren unentbehrlich für die Lebenskräfte der Fruchtbarkeit und der Schöpfung; ohne sie wurden die geistigseelische Welt und die materielle Welt zu einer ausgetrockneten Wüste.*

Barbara G. Walker

«Und morgen wieder schönes Wetter ...», sagte der Meteorologe im Fernsehen. Schönes Wetter? Ist es nicht ein bißchen anachronistisch, wenn der Wetterbericht immer noch schönes Wetter mit blauem Himmel und unablässig strahlender Sonne gleichsetzt? Das Hautkrebs-Risiko nimmt zu, die Vegetation verdorrt, und wir schwärmen uns gegenseitig vor, wie schön das Wetter wieder ist, als sei unser mitteleuropäischer Sonnenhunger das Maß aller Dinge. Muß das Wasser erst in den Privathaushalten knapp werden, damit wir aufwachen?

An der Südspitze Indiens versammeln sich jedes Jahr Anfang Juni die Regenhungrigen. Wie ein Begrüßungskomitee erwarten sie mit Regenschirmen die Ankunft des Monsuns: «Die Strandstraße von Kovalam war von Zuschauern gesäumt. Sie waren erstaunlich formell gekleidet, viele der Männer trugen Krawatten, die Frauen elegante Saris, die im Wind flatterten... Schwankend im Sturm standen wir da, hakten uns unter inmitten der übergroßen Freude und Heiterkeit. Dann sahen wir hinter den kumulusförmigen Ambossen einen breiten zerfetzten Streifen aus leuchtendem Indigoblau, der sich langsam auf die Küste zu bewegte. Kleinere Wolken, die wie wehende Vorhänge darunter hingen, reichten bis ans Meer hinab. ‹Der Regen›, sang die Menge. Der Wind schlug uns mit solcher Macht entgegen, daß unsere Reihe sich bog und wankte. Alle kreischten und klammerten sich an ihren Nachbarn fest... Sintflutartiger Regen setzte ein.»

Denken Sie an diese Szene, die Alexander Frater in *Regen Raga* genüßlich schildert, wenn wieder einmal ein Grillabend durch ein Gewitter «verdorben» wurde. Tragen Sie die Tische und Bänke unter ein schützendes Dach, und begrüßen Sie den Regen wie einen guten Freund.

*Eine Regel kann ich empfehlen: Übe nie zwei Laster gleichzeitig aus!*

Tallulah Bankhead

Da wir schon beim Regen sind: Es war ein langweiliger, verregneter Tag Mitte Juli. Ich hatte nichts Besonderes vor, die Restfamilie war bei den Großeltern, der Tag lag wie eine weite, öde Ebene vor mir. Ohne mir viel davon zu versprechen, rief ich eine Freundin an und fragte sie: «Was kann man denn an einem solchen Tag bloß tun?» Sie lachte. «Wir in Rumänien», sagte sie, «haben ein Sprichwort: An so einem Tag kannst du zweierlei machen, Liebe oder Geld zählen.»

Glücklicherweise klarte der Himmel nach einer Stunde auf, und mir blieb die schwierige Wahl erspart. Trotzdem ging mir das Sprichwort noch eine Weile durch den Kopf. Zwei Fixpunkte sind da genannt, auf die letztlich alles im Leben hinausläuft – Geld oder Liebe. Wenn alle anderen Ablenkungsmöglichkeiten versagen, bleiben nur noch sie übrig.

Und dann müssen wir uns entscheiden. Wählen wir das Geld? Machen wir, wenn nichts anderes mehr bleibt, eine Bestandsaufnahme unserer Habseligkeiten? Betrachten wir das, was wir uns geschaffen haben, besitzen, was uns Sicherheit gibt, als den sichtbaren und meßbaren Ausdruck unseres Erfolges, unserer Existenz?

Oder wählen wir die Liebe? Die Verbundenheit mit anderen Menschen, die Verantwortung für ihr Wohlergehen, das Gefühl, das Risiko, die Verletzlichkeit?

Es wäre utopisch, auf jede materielle Basis verzichten zu wollen, deshalb ist die Frage sehr zugespitzt gestellt. Andererseits verkümmert die Seele wie bei den hartherzigen Geizhälsen, die Charles Dickens geschaffen hat und für die nur noch die harten Münzen zählen.

Es gibt kein einfaches Entweder-Oder. Aber rein aus Spaß können Sie sich ja an einem der nächsten regnerischen Tage die Frage stellen: Geld oder Liebe?

*Es gibt letztlich nur eine Sicherheit, und die liegt in uns selbst. Das Leben wird unendlich reich und schön, wenn wir wissen, warum wir gerade dieses Leben leben und kein anderes.* Maria Kalinski

«Wenn die Stromschnellen kommen», sagte unser Guide beim Wildwasser-Rafting, «müßt ihr schneller paddeln.» Das war kein überflüssiger Rat, denn instinktiv hätten wir genau das Gegenteil getan, nämlich das Paddel losgelassen, uns ins Boot gekauert, die Leine gepackt und gehofft, daß es so schlimm schon nicht werden würde. Falsch gedacht. Es wäre nur noch schlimmer gekommen.

Das Falscheste, was man tun kann, wurden wir aufgeklärt, ist nichts tun – der sicherste Weg zu kentern und im tosenden, sechs Grad kalten Gletscherwasser zu landen.

Wir haben uns brav an die Anweisung gehalten und auf Kommando die Paddel geschwungen, was das Zeug hielt. Dadurch konnten wir tatsächlich alle gefährlichen Stellen meistern. Das laute «paddeln, paddeln!» im Nacken gab uns den nötigen Mumm, sonst hätten wir vielleicht doch in die Strudel gestarrt und unsere Aufgabe vergessen.

Wenn wir in unserem Leben reißende Stromschnellen und unübersichtliche, schwierige Untiefen auf uns zukommen sehen, neigen wir wie unerfahrene Rafter dazu, mit schreckgeweiteten Augen dazusitzen und auf ein Wunder zu hoffen. Dadurch verlieren wir erst recht die Kontrolle, kippen um und werden unter Umständen durcheinandergeschüttelt, daß uns Hören und Sehen vergeht. Schlimmstenfalls trudeln wir solange ruderlos weiter, bis sich uns eine helfende Hand entgegenstreckt oder wir ans Ufer angetrieben werden. Das kann lange dauern.

Sie sind für sich und Ihr Boot verantwortlich. Da Sie nicht im eiskalten Wasser kentern wollen, hilft nur eines: paddeln!

*Meine Helden sind ganz gewöhnliche Leute, die ich in meinem Leben getroffen habe, die mich vorangebracht haben, mich ermutigt haben weiterzumachen, wenn ich wie gelähmt war.* Emmanuelle Béart

In ruhigen Gewässern ist es entspannend und angebracht, sich treiben zu lassen und sich der Strömung anzuvertrauen. Das Wasser trägt das Boot, kleine Korrekturen reichen aus, um den Kurs zu halten. Und zwischendurch bleibt Zeit für Unsinn. Sie können sich sogar spaßeshalber über Bord fallen lassen und ein Weilchen an der Sicherheitsleine neben dem Boot herschwimmen. Ein kleines Abenteuer ohne Risiko, ein Test für die eigene Unerschrockenheit.

Aber dann gibt es eben auch Stellen, an denen ganzer Einsatz gefordert ist. Keine Spielereien mehr, vor allem keine Extratouren, denn nur durch gute Koordination und Vorausschau ist die Stelle zu bewältigen. Jetzt heißt es Mut fassen, sich gut abstützen und mit voller Kraft voraus.

Jede Stromschnelle ist irgendwann wieder zu Ende. Vielleicht war sie gar nicht so bedrohlich, wie sie aussah. Aber das stellt sich immer erst hinterher heraus. Hören Sie auf diejenigen, die Sie anspornen und Ihnen Mut machen, vor allem wenn sie im selben Boot sitzen und sich mit riskanten Strecken auskennen.

Daß Herausforderungen nicht lähmen, sondern anspornen, ist unter anderem Übungssache. Wer immer knapp unter seinen Möglichkeiten bleibt, erfährt nie, wie es ist, mit sich selbst einen Schritt weitergekommen zu sein. Ich kann Ihnen versichern: Es ist ein herrliches Gefühl, wenn das Herzklopfen wieder nachläßt.

Vielleicht begegnen Sie bei Ihrem nassen Abenteuer Tiamat, der kleinasiatischen Göttin des Urchaos und der Wasser, aus denen Leben entsteht. Falls Sie dann doch über Bord gehen, ist sie es, die Ihnen der Überlieferung nach einen Delphin als Retter schickt.

*Das Beste, was man vom Reisen nach Hause bringt, ist die heile Haut.*

Sprichwort aus Persien

An einem strahlenden Sommertag entdeckte ich beim Spaziergang durch einen weitläufigen botanischen Garten einen Strauch voller reifer, dunkelroter Himbeeren. Ich holte eine kleine Tüte aus meinem Rucksack und machte mich ans Pflücken. Während ich mich versunken von Strauch zu Strauch hangaufwärts zu immer schöneren Früchten vorarbeitete und mir schon vorstellte, wem ich die süßeste in den Mund stecken würde, achtete ich überhaupt nicht mehr auf meine Umgebung. Bis mich ein leises Knacken aus der Träumerei riß. Ich hielt inne und lauschte. Nichts. Ich pflückte weiter. Sekunden später wieder ein Geräusch über mir im Wald. Große Tiere konnte es hier doch nicht geben, oder? Jetzt wurde mir doch etwas unbehaglich, und ich trat zur Seite, um einen Blick auf das schräg ansteigende Gelände zu werfen.

Mitten im Wald, an einen Baum gelehnt, vielleicht zwanzig Meter entfernt, stand ein Mann. Er mußte mich die ganze Zeit beobachtet haben. Ein Waldarbeiter? Ein Spaziergänger, der eine Abkürzung nahm? Oder??

Ich wollte es nicht wissen. Für mich war er in diesem Augenblick der Eindringling ins Paradies, der es zerstörte. Ich verließ mich auf meine Intuition, packte meine Sachen zusammen und beeilte mich, in belebtere Gegenden des Parks zu kommen.

Alle Frauen kennen den Drahtseilakt zwischen Risikobereitschaft und lebensnotwendigem Schutzverhalten. Es ist eine sehr kränkende Erfahrung, aus – vielleicht unbegründeter – Angst etwas unterlassen zu müssen, was wir gerne täten, den Weg zurückzugehen, den wir gerne erforscht hätten. Aber es ist tollkühn, nicht auf unsere innere Stimme und die unserer weiblichen Vorfahren zu hören, die uns vor noch verletzenderen Erfahrungen bewahren wollen.

Eines muß noch angefügt werden: Die Himbeeren waren köstlich. Ich habe sie mir trotzdem schmecken lassen.

*Verdamme niemanden und überhebe dich nicht, sondern nimm dir deine Brüder und Schwestern, wie du sie findest.*

Armond Mangassarian

Wen dürstet es nicht nach Abenteuern? Wer hätte nicht Lust, endlich mal wieder «was zu erleben»?

Nervenkitzel, meinte meine kluge Briefträgerin, muß man nicht auf den Seychellen oder in Kenia suchen. Als sie anfing, die vielen bunten Postkarten aus aller Welt auszutragen, mußte sie erst auch gegen Neidgefühle ankämpfen. Wo sich die Leute überall herumtrieben! Aber dann sagte sie sich, daß ja alle wieder zurückkommen und in ihre Büros trotten und daß sie ihr Leben eigentlich abenteuerlich genug findet. Tag ein, Tag aus draußen unterwegs, jedem Wetter und bissigen Hunden trotzend, im Winter auf vereisten Straßen, im Sommer unter der brennenden Sonne.

Sieht man es so, ist das ganze Leben ein einziges Abenteuer. Die Reize, die wir brauchen, um uns lebendig zu fühlen, gibt es nicht nur in der Südsee. Wir neigen dazu, das wahre Leben anderswo zu vermuten – auf jeden Fall da, wo wir nicht sind, oder in der Vergangenheit: im Berlin der zwanziger Jahre, in den Villen der Reichen und Schönen, in den Künstlervierteln und Clubs von Paris, London, New York.

Lassen Sie sich von niemandem die Maßstäbe setzen, die Sie an Ihr Leben anlegen. Für Lydia, eine Frau Anfang Fünfzig, die zwei Kinder großgezogen hatte und sich noch jung und unternehmungslustig fühlte, bestand das Abenteuer darin, alle vier Wochen einmal ohne ihren Mann tanzen zu gehen. Das ist keine Weltumsegelung, aber wir sollten uns hüten, darüber ein abschätziges Urteil zu fällen, denn für sie erfordert dieser eine Abend im Monat eine Menge an Mut und Selbstbewußtsein.

Suchen Sie Ihre eigenen Abenteuer, und Sie werden sie finden. Fühlen Sie sich nicht verpflichtet, Ihr bisheriges Dasein auf den Kopf zu stellen, nur damit Sie etwas Spektakuläres aufzuweisen haben. Nicht jede von uns hat das Geld und die Kondition, den Mount Everest zu erstürmen. Der Fitneß-Parcours im Stadtwald ist eine ordentliche Alternative.

*Und wer dürstet, der komme; und wer da will, der nehme das Wasser des Lebens umsonst.* Offenbarung, 22;17

Im Hochsommer läßt sich am besten nachempfinden, wie sehr Wüstenbewohner das Wasser schätzen. Auch wir sind dankbarer als sonst für das wohltätige kühle Naß, das wir spüren und schmecken dürfen: ein frischer Trunk an einem glühendheißen Tag, eine kühle Dusche am Abend, eine leise plätschernde Quelle bei der Rast auf einer Wanderung, ein Bächlein, in das wir die müden, erhitzten Füße halten.

Ihre innere Oase liegt heute am Rande eines großen Wassers, eines Ozeans von herrlichem Blau. Suchen Sie sich eine bequeme Körperhaltung und entspannen Sie sich. Schließen Sie die Augen und stellen Sie sich vor: Es ist ein angenehm warmer, sonniger Tag, und vom Meer her weht eine kühlende Brise. Sie befinden sich in einer weiten, geschwungenen Bucht und spazieren am Sandstrand entlang. Zwischen Ihren Zehen spüren Sie den warmen Sand. Sie ziehen die frische, salzhaltige Seeluft tief in Ihre Lungen ein. Der Himmel ist zartblau, über dem Horizont schweben weiße Wolken, auf denen Sie Ihren Blick ruhen lassen.

Nun gehen Sie zum Wasser und waten darin. Fühlen Sie unter den Fußsohlen den festen, nassen Sand. Ihre Füße und Unterschenkel werden von kühlem Wasser umspielt. Spüren Sie, wie der sanfte Wind Ihre Haare zaust. Hören Sie, wie die Wellen über den Sand schwappen.

Setzen Sie sich auf einen Felsen und schauen Sie auf das Meer hinaus. Sehen Sie, wie das Licht auf den Wellen tanzt, hören Sie das gleichmäßige Geräusch der Brandung. Bald merken Sie, wie der harmonische Rhythmus der Wellenbewegungen sich auf Sie überträgt. Genießen Sie das ruhige, entspannte Gefühl, das dieser Anblick in Ihnen auslöst.

Wenn Sie den Frieden dieses Bildes ganz in sich aufgenommen haben, lösen Sie sich wieder von ihm und nehmen Ihre gewohnte Umgebung wahr.

Sie fühlen sich erfrischt und erholt.

*Ich war eine großartige Schülerin, bis ich zehn wurde, und dann begannen meine Gedanken abzuschweifen.* Grace Paley

Sandra ist Ende Vierzig, temperamentvoll, geistreich, unternehmungslustig, gut informiert. Das weiß ich, weil ich sie seit zwanzig Jahren kenne. Sie hat allerdings seit einer Weile das Gefühl, ihr Soll erfüllt zu haben, und liegt am liebsten in ausgebeulten Jogginghosen im Lehnsessel und sieht sich Soap Operas an. Sie liest keine Zeitung mehr, weil sowieso immer dasselbe drinsteht, wie sie meint. Ausgehen ist ihr zu mühsam. Sie wollte schon lange ihr Französisch auffrischen, aber was sie kann, reicht eigentlich, und sie weiß ja, daß sie sprachbegabt ist und könnte, wenn sie wollte.

Wie gesagt – ich kenne ihre vielen Qualitäten, weil ich sie in ganz anderer Verfassung erlebt habe, aber ich muß gestehen: Würde ich sie jetzt kennenlernen, fände ich sie nicht besonders interessant. Und als ich sie neulich besuchte, kam mir plötzlich die Frage: Wie fände ich mich, wenn ich mich jetzt kennenlernen würde? Wie steht es mit meinen eigenen Qualitäten?

Ich will sie natürlich nicht dauernd unter Beweis stellen müssen, aber ganz so frisch sind die Lorbeeren, auf denen ich mich ausruhe, nun auch nicht mehr. Einmal ein Star, immer ein Star?

Das haut leider nicht hin. Wenn wir nicht wie die alternde Norma Desmond in *Boulevard der Dämmerung* von verblichenem Glanz zehren sollen, müssen wir für neuen Glanz sorgen.

Verschaffen Sie sich einen Ansporn, indem Sie Freunde ansprechen und Verabredungen treffen. Wer hätte Lust, ein neues Café auszuprobieren, wer möchte einen neuen Wanderweg erkunden, mit wem könnten Sie Tango tanzen lernen, einen Einkaufsbummel machen, ein neues, aufregendes Hobby beginnen? Wer hätte Interesse, eine Lesegruppe zu gründen oder einmal wöchentlich im Badesee schwimmen zu gehen?

Ihr Star-Potential ist keineswegs erschöpft. Ein bißchen Glamour im Alltag hat noch niemandem geschadet.

*Des Menschen Beine sind seine Bürgen. Sie führen ihn zu dem Ort, an dem seine Anwesenheit verlangt wird.* Salomo

Sollte Ihnen überhaupt nichts einfallen und Sie trotzdem das dringende Bedürfnis haben, einen kleinen Kick zu erleben, gebe ich Ihnen einen Tip: Nehmen Sie Ihr lokales Anzeigenblatt zur Hand, und lesen Sie die Rubrik «Verschiedenes». Sie werden staunen, was Menschen alles bewegt!

Das glauben Sie nicht? Dann hören Sie zu.

«Wer hat geeigneten PKW und möchte mit mir Flohmarkt machen?»

«Wir haben reduziert! Party Second Hand La Notte»

«Erforschen Sie das Internet – Surfen, Chatten, WWW, E-Mail, wir zeigen, wie's geht. Das Internet Café»

«Afrikanische Rastazöpfchen. Komplette Köpfe.»

«Schon gegessen und getrunken? Erlebnisgaststätte Lausbub»

«Tausche um im Grün, die Fundgrube für Gebrauchtes und Neues.»

«Künstler sucht gebrauchtes Skelett oder Schädel.»

«Biete für jedes alte, ausgetragene Paar Herrenslipper oder Mokassins zwecks Sammlung DM 20,–, für Cowboystiefel DM 30, –.»

«Wer spendet Mütterzentrum weiße Bettlaken für Gespensterparty?»

«Bauchtänzerin entführt Sie in das Reich der Phantasien, mit moderner Bühnentechnik.»

«Zen-Meditation im E-Werk, Einführung jeden Freitag 20 Uhr»

«Leute mit Cellulite Problemen gesucht.»

«Kostümverleih Fundus, für alle Events»

«Ab jetzt Frühstück für Frühaufsteher im Café Bistro schon ab 7.30 Uhr»

«Fachvorträge zum Thema Gesundheit im Forum für Gesundheitsförderung»

«Tango Argentino, Lernen mit Spaß bei Profis. Singles Sa/So»

«Vitaler Gummibaum, 2 Meter, an Selbstabholer»

Ich schwöre Ihnen: Nichts davon ist erfunden, und alles stammt aus einer einzigen Zeitung. Wollen Sie behaupten, daß nichts davon Sie neugierig macht?

*Wenn ich etwas will, muß ich darauf losgehen. Und entweder falle ich dann fürchterlich auf die Nase, oder ich bekomme es.* Jodie Foster

Nur wer Wünsche hat, kann darauf hoffen, daß sie erfüllt werden. Das ist eine Binsenweisheit. Aber handeln wir auch danach?

Wer Wünsche hat, kann hoffen, und, würde ich hinzufügen, wer sich Wünsche eingesteht und sie auch äußert. Wer das nicht tut, kann lange auf die gute Fee warten, die die geheimen Sehnsüchte erkennt und sie großherzig erfüllt.

Die eigenen Wünsche erkennen, heißt auch die Wünsche anderer besser wahrnehmen können. Beziehungen zwischen Menschen leben in gewisser Weise vom Tausch. Oder, wenn Ihnen das Wort besser gefällt, vom Austausch. Einen Wunsch äußern ist genauso eine Art zu geben, wie einen Wunsch erfüllen. Sie bekunden dadurch Vertrauen und machen ein Kontaktangebot.

Ich möchte Ihnen eine kleine Übung vorschlagen. Notieren Sie um die zwanzig kleine und zehn große Wünsche, die Sie in den letzten zwei Monaten gehabt haben. Damit sind nicht nur materielle Wünsche gemeint, sondern auch Dinge wie Anerkennung und Nähe.

Machen Sie nun hinter jeden Wunsch ein Kreuz, wenn er in Erfüllung ging. Erfüllen Sie sich in den nächsten Wochen nach und nach Ihre Wünsche. Wenn nur andere Ihnen bestimmte Wünsche erfüllen können, sagen Sie das den Betreffenden.

Schreiben Sie nun auf, von welchen Wünschen Freunde und Bekannte im letzten halben Jahr Ihnen gegenüber gesprochen haben. Kreuzen Sie die Wünsche an, die Sie erfüllt haben. Sie erreichen damit, daß Sie die Wünsche Ihrer Bekannten nicht vergessen, und zeigen Ihrer Umgebung, daß Sie eine aufmerksame Zuhörerin sind. Sie schaffen eine Atmosphäre des gegenseitigen Gebens und Nehmens, die Ihre Beziehungen festigt, denn kleine, überraschende Gesten der Freundschaft bleiben lange im Gedächtnis haften.

Suchen Sie schließlich heute noch einen Wunsch aus, den Sie bald erfüllen können. Zögern Sie nicht zu lange damit.

*Für eine Frau ist es das Beste, daß sie sich nach anderen Frauen umsieht, die ihr helfen können. Denn Frauen sind wagemutiger, sie haben Freude daran, die ungewöhnlichsten Gelegenheiten zu nutzen.*

Rachel Crothers

Was hält uns so oft davon ab, Wünsche zu äußern?

Ich glaube, als Frauen tun wir uns gerade deshalb besonders schwer, einen Wunsch zu äußern oder gar um Hilfe zu bitten, *weil* es von uns erwartet wird. Um nicht schon wieder dieses mitleidige Lächeln ertragen zu müssen, das besagt: «Na also, hab ich doch gleich gewußt, daß sie das bei aller Emanzipation nicht alleine schafft», brechen sich Frauen beim Reifenwechsel lieber die Fingernägel ab und holen sich einen Leistenbruch, wenn sie ein umgestürztes Motorrad hochwuchten.

Wünsche äußern heißt aber nicht automatisch Schwäche zeigen. Es kommt vor allem darauf an, an wen ich mich wende. Beistand ohne onkelhaftes Schulterklopfen bekommen Sie, wenn Sie ihn nicht bei verkappten Onkeln suchen. Fragen Sie einfach Frauen! Für jede Aufgabe gibt es eine kompetente Frau. Finden Sie heraus, welche Frauen in Ihrem Bekanntenkreis über spezielle Fähigkeiten verfügen. Es sind auf jeden Fall mehr, als Sie denken. Sprechen Sie sie darauf an, und vereinbaren Sie, ob sie gegen Bezahlung arbeiten oder im Tausch gegen Leistungen, die Sie selbst erbringen können. Die Zeiten, in denen Frauen sich aus falsch verstandener Solidarität gegenseitig ausgebeutet haben, sollten vorbei sein, deshalb ist die Frage nach dem Honorar nicht ehrenrührig, sondern Ehrensache. Wenn Sie etwas Zeit und Geld investieren können, bitten Sie die Bekannte doch, Ihnen ein paar Stunden Privatunterricht zu geben, angepaßt an Ihren Terminkalender, Ihre Leistungsfähigkeit und Ihr Lerntempo.

Stellen Sie eine Liste von Frauen zusammen, die Ihnen behilflich sein könnten. Sie werden erstaunt sein, wie viele Namen da zusammenkommen.

*Die Stimme sagte ihr, sie dürfe sich etwas wünschen, und sie wünschte es sich von ganzem Herzen.* Ingeborg Bachmann

Sternschnuppen sind millimeter- oder zentimetergroße Gesteins- oder Eisbrocken aus dem Weltall, die mit Geschwindigkeiten von weit über 200 000 km pro Stunde in die oberen Schichten der Atmosphäre hineinrasen und in 100 km Höhe über der Erde verglühen. Die Sternschnuppe ist das Leuchten der Luftschicht, das man von der Erde aus sieht.

Soweit die wissenschaftliche Erklärung.

Wenn Sie sich demnächst in einer warmen, klaren Sommernacht auf den Balkon setzen und in den dunklen, sternenübersäten Himmel schauen und wenn dann plötzlich etwas aufglüht und wie ein flüchtiger Gedanke über den Himmel huscht, denken Sie bestimmt nicht an Gesteinsbrocken und ionisierte Luftschichten. Nehmen Sie lieber die Gelegenheit wahr, sich etwas zu wünschen. Nach altem Volksglauben hat, wie Sie wissen, ein Wunsch, der beim Anblick einer Sternschnuppe schnell und heimlich gefaßt wird, gute Aussichten, in Erfüllung zu gehen. Ganz fest an ihn denken und nichts verraten, das ist das Geheimnis. Wer nach den Sternen greift, erreicht sie nicht immer, das lehrt die Erfahrung. Doch manchmal kommen die Sterne zu ihm oder wenigstens ein Stückchen von ihnen, das sich in Liebe, Erfolg, Zufriedenheit verwandelt. Der Himmel rückt ein wenig näher, wenn wir unsere tiefsten Wünsche kennenlernen.

Auch als Erwachsene brauchen wir manchmal die Erlaubnis, uns etwas zu wünschen. Und da bei jeder Sternschnuppe nur ein Wunsch gestattet ist, dürfen Sie nicht lange nachdenken. Was Ihnen spontan einfällt, hat die besten Chancen!

Lassen Sie sich überraschen. Die erste Sternschnuppe des Sommers verrät Ihnen Ihren Herzenswunsch.

*Jeder Mensch trägt das Paradies in sich und besitzt die Freiheit, es sich in seiner Phantasie auszumalen, nach ihm zu streben oder es sich selbst zu schaffen. Er erlebt, was schon die heiligen Texte der Religionen geschildert haben: die schmerzvolle Trennung vom glückseligen Urzustand.*

Gertraud Meinel

Was geschieht, wenn wir uns etwas von Herzen wünschen und niemand uns diesen Wunsch erfüllt? Das trübt die Stimmung, und wahrscheinlich fühlen wir uns zudem ungerecht behandelt.

Ich erinnere mich noch sehr genau an meine Enttäuschung und meinen Zorn, als ich auf einem Spaziergang einen herrlichen, mit Liebe angelegten Garten entdeckte, der von Stacheldraht umzäunt war und an dessen Holztor eine riesige Kette mit Schloß hing. Wie konnten Menschen, die offenkundig der Natur verbunden waren, eine so feindselige und egoistische Haltung an den Tag legen?

Ich wünschte mir in diesem Moment nichts sehnlicher, als durch das Tor zu treten und zwischen den prachtvollen Rosen, Margariten, Verbenen und vielen anderen blühenden Blumen umherzuwandern und ihren Duft in mich aufzunehmen. Doch es war niemand da, und ich stand vor den Toren des Paradieses, ausgesperrt, abgewiesen. Ich muß zugeben, mir kamen sogar die Tränen.

Monate später, bei einem Seminar für Krebspatientinnen, fand ich einen Weg, das Paradies zu betreten, ohne mir am Stacheldraht die Hände blutig zu reißen. Ich malte ein Bild von mir selbst, wie ich auf einem Stückchen Gras inmitten der Blumenfülle lag. Daran konnte mich niemand hindern; unsichtbar, wie unter einer Tarnkappe verborgen, befand ich mich in einem geheimen, nur mir bekannten Garten.

Es war wie eine Erlösung. Es gab also doch einen Zugang zum Paradies.

Diesen Zugang gibt es für jeden Wunsch, der sich nicht erfüllen läßt. Er steht ausnahmslos jedem Menschen zur Verfügung. Er heißt Imagination.

*Ich liebe es, eine Aussicht zu haben, aber ich sitze gern mit dem Rücken zu ihr.*
Gertrude Stein

Alle, die einen echten Garten oder auch nur ein Stückchen Rasenfläche ihr eigen nennen, sieht man im Sommer draußen verweilen, solange es die Temperatur oder die häuslichen Pflichten zulassen, und nur äußerst widerstrebend im Haus verschwinden. Der Garten kann so viel mehr sein als ein Augenschmaus mit blühenden Blumen und Büschen: eine Zuflucht, ein Treffpunkt, ein zusätzliches Wohnzimmer.

Als überzeugte Gärtnerin ohne jeden Sachverstand glaubte ich lange, ein Garten bestünde aus Blumenbeeten und Rasenflächen. Allenfalls einen Tisch und ein paar Korbstühle konnte ich mir noch dazudenken. Dann flatterte mir ein Gartenkatalog aus England ins Haus, und mir gingen die Augen über! Leinentaschen mit Laschen für sämtliche Gartenwerkzeuge, Pagodenlampen, Vogelbäder, Mini-Glashäuser, Terrakottafiguren, Laufrollen für Kübelpflanzen, Sonnenuhren, Spaliere. Und als Clou ein Gartenhäuschen auf einem drehbaren Sockel!

Was fehlt Ihnen, damit Sie sich draußen so richtig wohl fühlen? Was ist noch unbequem und lästig? Sammeln Sie die Wünsche all derer, die den Garten benutzen, und suchen Sie einen Kompromiß, bei dem Sie sich nicht zurückgesetzt fühlen. Es ist nicht Ihr Job, allen anderen Behaglichkeit zu verschaffen, während Sie damit beschäftigt sind, tagsüber Tabletts mit kühlen Getränken herbeizuschleppen und abends die Polster wegzuräumen. Schlendern Sie durch ein großes Garten-Zentrum, und halten Sie die Augen auf. Stellen Sie Ihre Neigungen in den Vordergrund und nicht den Aspekt der Nützlichkeit.

Beharren Sie wenigstens auf einer verrückten Idee, nach der Ihr Herz verlangt! Und wenn es eine kitschige Hollywood-Schaukel ist.

*Die Kunst der Weisheit besteht darin,*
*zu wissen, was man übersehen muß.*
William James

Es gibt tausendundeine Art, die Koffer zu packen. Nicht für alle ist diese Tätigkeit, wie für meine Freundin Jacqueline, ein Moment des «puren Glücks, weil es bedeutet, daß ich wegfahre, verdufte».

Die Systematischen halten sich an ausgeklügelte Listen, die sie vor jedem Urlaub hervorholen, oder sie legen bereits eine Woche vor dem Abreisetermin Stück um Stück bereit und sind dann, wenn es soweit ist, im Handumdrehen fertig. Hut ab!

Anhängerinnen des Chaos werfen, was ihnen gerade einfällt, auf den Boden und stopfen dann alles in einen großen Rucksack. Sie weigern sich grundsätzlich, methodisch vorzugehen, und nehmen es lieber in Kauf, daß sie ohne Fahrschein im Zug sitzen und am ersten Abend auf das Zähneputzen verzichten müssen.

Eine Schweizer Journalistin, die viel unterwegs ist, schwört auf vier lebenswichtige Utensilien – ein Paar Gummisandalen (wegen der Toiletten), Taucherbrille, Sonnenmilch mit dem höchsten Schutzfaktor und Birchermüsli –, alles andere beschränkt sie auf ein Minimum.

Das leuchtet Ihnen ein, aber auf Bücher wollen Sie partout nicht verzichten? Endlich einmal den Schmöker lesen, der schon so lange auf dem Nachttisch liegt? Zugegeben, ohne Lieblingsbuch darf man niemanden auf die Reise schicken, und ich habe vollstes Verständnis für einen guten Freund, der Transatlantikflüge grundsätzlich nur mit einem Donna Leon-Krimi übersteht. Aber müssen wir wirklich die halbe Bibliothek mitnehmen? Buchläden gibt es auf der ganzen Welt, und immer verbreiteter sind Second-Hand-Shops, die gelesene Romane zum halben Preis wieder zurücknehmen.

Eine alleinreisende Freundin hat mir verraten, daß sie regelmäßig billige Taschenbücher *poste restante* vorausschickt. So hat sie bestimmte Fixpunkte auf ihrer Route, die der Reise eine Struktur geben, und sie hat das Gefühl, von guten Freunden erwartet zu werden.

*Für den Reisenden kann jeder Mensch, der seinen Weg kreuzt, ein «Engel» sein. Jedes Heiligtum, das er aufsucht, kann einen Initiationstraum auslösen, und jede Naturerfahrung kann gesättigt sein mit der Anwesenheit des genius loci.* Hakim Bey

Es gibt eine Art des Reisens, die allem Reisen zugrunde liegt: die Reise der Seele. Die Reise zu den äußeren Horizonten ist immer auch eine Reise zu den inneren Horizonten. In der Tradition des Sufismus soll das Reisen durch die Welt einen bestimmten Bewußtseinszustand hervorrufen, einen spirituellen Zustand, der dem der Bewegungsmeditation ähnelt. Reisende Sufis öffnen ihr «Herzensauge» für die Wahrnehmung von bestimmten Orten, Gegenständen, Menschen und Ereignissen als Stellen, durch die das göttliche Licht schimmert. Wie Pilger erlangen sie dadurch andere Formen der Erkenntnis. Das ist zwar auch in den eigenen vier Wänden möglich, beim Reisen jedoch erweitert sich der Gesichtskreis und damit auch die Chance, über die eigene Begrenztheit hinauszuwachsen, von ganz alleine. Vorurteile lösen sich auf, Fremdes wird vertraut.

Die Welt ist nicht unser Vergnügungspark, aus dem wir uns ein paar Attraktionen herauspicken. Auch wenn wir dem Konzept der Pilgerschaft zu heiligen Orten skeptisch gegenüberstehen, können wir dem, was wir beim Unterwegs-Sein erleben, jederzeit mehr Aufmerksamkeit schenken. Sobald wir das tun, werden wir feststellen, daß wir auch mehr Aufmerksamkeit empfangen. Indem wir allem, was uns begegnet, mit freundlicher Offenheit entgegentreten, wird wirklicher Kontakt möglich, zu Menschen, Dingen, Orten, Denkweisen.

Mit dieser Einstellung brauchen wir keine Experten mehr, die uns die Welt interpretieren und uns Erfahrungen vermitteln. Was sehens-wert und sehens-würdig ist, bestimmen wir selbst, und wir werden bald merken, daß ein Birkenblatt nicht weniger erkenntnisfördernd sein muß als das Empire State Building.

# *August*

Die Natur ist im August auf der Höhe ihrer Kraft. Wohltätige Pflanzen erweisen sich jetzt als besonders heilsam – Johanniskraut, Tausendgüldenkraut, Pfefferminze, Kamille, Meisterwurz stärken unsere Lebensgeister.

Wärme durchdringt jede Faser unseres Körpers, wir räkeln und strecken uns wohlig wie Katzen, eine angenehme Trägheit bemächtigt sich unseres Geistes. Nicht nur die Zugvögel rüsten sich für den Flug nach Süden.

Erfrischend plätschern Bäche und Brunnen. Der Sinn steht uns nach langen Abenden bei Musik und vertrauten Gesprächen, nach leiblichen Genüssen, gemächlichem Flanieren, Schauen, sommerlicher Gelassenheit. Wir entdecken die Vorzüge der Langsamkeit und den Reiz nächtlicher Himmelsbetrachtungen.

Im August sammeln wir Glücksmomente für die kommenden Monate, versuchen uns auch einmal auf Umwegen, zu denen die Neugier uns verführt.

*Es darf im Leben nichts geben, das nur der Weg von einem Ort zum anderen ist. Jeden Spaziergang muß man gehen, als sei er alles, was man noch vor sich hat.* Peter Hoeg

Langeweile existierte nicht mehr, wenn wir in jedem Moment annehmen müßten, daß das, was wir gerade tun, unsere letzte Handlung im Leben ist. Denken Sie sich als Ende nicht den Tod, der mit so viel Angst besetzt ist, sondern ein Entschweben oder Sich-Auflösen oder was immer Ihnen am wenigsten Schrecken einjagt, dann können Sie sich der Vorstellung vom begrenzten Leben leichter nähern.

Es ist eine Binsenweisheit, daß die Endlichkeit das Wunder des Lebens ausmacht; versuchen wir auch nur einen Tag lang so zu denken, wird alles, was wir tun, von Bedeutung durchdrungen sein. Wir werden eine andere Auswahl treffen, Begegnungen bewußt wahrnehmen. Jeder Gegenstand wird zu leuchten beginnen.

«Zeit totschlagen» ist ein gräßlicher Ausdruck. Wir alle tun das hin und wieder und fühlen uns hinterher leer und unzufrieden. Warum hassen wir die Zeit so, daß wir sie umbringen wollen? Was hat sie uns getan? Macht es uns so zornig, daß wir nicht beliebig über sie verfügen können?

Das Vergehen der Zeit konfrontiert uns mit unserer Machtlosigkeit. Wir hätten gerne, daß die Zeit uns das bringt, was wir von ihr erwarten. Statt dessen geschehen zuweilen Dinge, auf die wir überhaupt nicht gefaßt sind, und dann wieder geschieht «gar nichts».

Wenn Sie das nächste Mal die Zeit bis zur Abfahrt des Zuges totschlagen wollen, vergegenwärtigen Sie sich, daß eine Stunde auf dem Bahnsteig nicht die Spur weniger wertvoll ist als die Stunde, die Sie im Eisenbahnabteil verbringen. Lassen Sie sie leben; es ist *Ihre* Zeit. Setzen Sie sich auf eine Bank, und sehen Sie den Reisenden zu, kaufen Sie sich ein Taschenbuch, trinken Sie etwas. Helfen Sie jemandem, der Hilfe braucht.

*Jede körperliche Ausdrucksform kann ein Mittel sein, um der menschlichen Seele sozusagen auf den Leib zu rücken, ein Wegbereiter, der uns der psychischen Problematik näherbringt.*

Walter Sorell

Bei einem Ausflug wurde es meinem kleinen Sohn auf der Wiese zu langweilig, und wir zogen los, um ein hinter Büschen und Bäumen verstecktes Bächlein zu erforschen. Tapfer zogen wir Schuhe und Strümpfe aus und wateten durch das kalte, flache Wasser am Ufer entlang. Nach kurzer Zeit entdeckten wir eine durch Steine abgetrennte Stelle, an der das Wasser nicht weiterfließen konnte. Es roch süß und faulig, auf den Steinen im Wasser hatte sich ein brauner Belag gebildet, abgebrochene Zweige und halb vermoderte Blätter hingen fest. Die Oberfläche schäumte leicht. Wir machten um den unangenehm riechenden Tümpel einen großen Bogen. Erst hundert Meter weiter fiel uns ein, daß wir ja ein paar Steine herausnehmen könnten.

Kaum war der erste Stein entfernt, kam Bewegung in die Brühe. Zusammen brachen wir Schneise um Schneise in den Damm. Unsere Begeisterung wuchs, immer größere Lücken entstanden, und schließlich fing mein Sohn an, laut ein selbsterfundenes Liedchen vor sich hinzusingen: «Freiheit für die Blüten, Freiheit für die Blätter...»

Nach wenigen Minuten war das trübe Wasser abgeflossen und der durchlässige Bereich von einem frischen Zustrom gefüllt, der ungehindert ein- und ausfließen konnte.

Es fiel uns schwer aufzuhören, obwohl im Grunde nichts mehr zu tun war. So sehr machte es Spaß, Blockaden zu entfernen, so wohltuend war es für Körper und Geist, den Stau aufzulösen und einen stetigen Fluß zu ermöglichen.

Manchmal bekommen wir ein äußeres Bild geschenkt, um einen inneren Zustand zu erkennen. Mir kam es vor, als könnten auch in meinem Körper die Energien freier fließen, als sei unser Entschluß, den Stau zu lösen, ein Symbol für eine innere Befreiung von alten, trüben Rückständen.

*In mir entstand die Vorstellung von einem Leben, das nicht im allmählichen Erreichen von Zielen bestand, die ich mir auf Grund bestimmter Konzepte gesteckt hatte, sondern im langsamen Entdecken und Reifenlassen eines Zieles, das ich noch nicht kannte.*

Joanna Field

Eine berühmte indische Tänzerin, der das rechte Bein amputiert werden mußte und die trotz Prothese mit ihren Darbietungen das Publikum begeisterte, wurde gefragt, wie sie das geschafft habe. Sie antwortete: «Zum Tanzen braucht man keine Füße.»

Ich kenne kaum ein besseres Symbol für die Tatsache, daß wir uns allen äußeren Behinderungen und Einschränkungen zum Trotz frei entfalten können, wenn wir das nur wollen. Sie kennen sicher das berühmte Bild vom Glas, das zur Hälfte mit Wasser gefüllt ist. Ist es nun halbvoll oder halbleer? Beides könnte man mit Fug und Recht behaupten, es ist eine Frage der Sichtweise.

Sehen Sie sich Ihr Leben an wie das Glas Wasser. Sehen Sie es unter der Perspektive der Fülle. Machen Sie Inventur. Häufig nimmt das, was uns gerade fehlt, die Form einer dunklen Wolke an, die uns vollkommen die Sicht auf das Vorhandene verstellt. Schieben Sie sie beiseite. Sie können es sich ganz bildlich vorstellen. Sie wird sich dadurch nicht gleich auflösen, und das ist auch nicht nötig. Sie soll nur für eine Weile von Ihrem Horizont verschwinden.

Sehen Sie sich all das an, was dahinter ist – ein Leben, in dem es Menschen, Erlebnisse, Vergangenheit, Gegenwart und Zukunft gibt, Bewegung, Kraft, Hoffnung. Lassen Sie die Jahre im Geist an sich vorüberziehen. Sie besitzen eine innere Stärke, die Ihnen nicht immer bewußt ist, die aber immer wirkt und Sie voranbringt.

Sie haben einiges erreicht. Sie sind noch nicht zufrieden damit. Umso besser, das wird Sie beflügeln, Ihren Weg zu finden und nicht lockerzulassen.

*Sie verschlingt das Leben nicht, sie degustiert es.*

Yvette Mitchell

Beobachten Sie Kinder, die von etwas fasziniert sind. Zeit existiert für sie nicht mehr. Sie hocken auf dem Boden und sehen mit offenem Mund einer Ameise zu, die eine Brotkrume trägt, oder einem Regenwurm, der sich aus der nassen Erde schlängelt. Sie sind so versunken, als habe die Welt um sie herum aufgehört, sich zu drehen. Ihre Konzentration ist so total, daß sie geradezu in die Haut des Tieres zu schlüpfen scheinen. Am liebsten, meint man, würden sie sich auch so klein machen, um ihm ganz nahe zu kommen und sich mit ihm zu verständigen, von gleich zu gleich.

Das ist der «Flow», von dem so oft gesprochen und geschrieben wird. Wenn wir von etwas so absorbiert sind, daß wir im Gegenstand der Betrachtung oder Konzentration aufgehen und das Zeitgefühl verlieren, empfinden wir Glück, ohne es zu wissen. Erst anschließend stellt sich eine große Zufriedenheit ein, und wir wissen, daß eine Zeitspanne sinnvoll gefüllt war. Dann erst erkennen wir: Das war die Versenkung, die meinem Wesen entspricht. Dort finde ich mich.

Wir sind gewohnt, unsere Zeit in kleine Einheiten zu teilen. Das hilft bei der Gestaltung der Tage, aber es gibt uns kein Gefühl für das Ganze. Das Leben scheint sich an der Oberfläche abzuspielen, wir spüren keine Verbindung von Innen und Außen.

Nehmen Sie sich heute die Zeit, einer Biene zuzusehen, die von Blüte zu Blüte summt. Verfolgen Sie den Weg eines kleinen Käfers über ein Blatt. Stellen Sie sich einfach vor, Sie seien Verhaltensforscherin und hätten nichts anderes zu tun, als dieses Tierchen zu beobachten und alle seine Bewegungen zu erfassen. Dies, und nichts anderes, ist für einige Minuten der Sinn und Zweck Ihres Daseins.

*Die Weisheit der Gärtner besteht ebenso im Unterlassen wie im Tun.*
Peter Marginter

❧

Eine Gartenzeitschrift, die normalerweise vor praktischen Tips nur so überquillt, hält für den August einen guten Rat bereit: «Denken Sie daran, Ihren Garten zu genießen, denn Sie haben viel harte Arbeit hineingesteckt. Lehnen Sie sich zufrieden zurück, oder besuchen Sie, wenn Sie unbedingt etwas unternehmen wollen, einen fremden Garten, um sich inspirieren zu lassen.»

Das klingt beherzigenswert, für Gärtnerinnen und Nicht-Gärtnerinnen gleichermaßen. Es kommt immer wieder ein Punkt, an dem wir genug getan haben. Im Grunde liegt das auf der Hand, aber in unserem Aktivitätsdrang halten wir immer noch oder schon wieder Ausschau nach irgend etwas, das wir noch verändern, verbessern könnten. Jetzt ist ein dickes rot-weißes Stoppschild angebracht: Abbremsen, stehenbleiben.

Was nützt bei einem Staffellauf die beste Sprinterin, wenn sie vergißt, den Stab abzugeben, und einfach weiterrennt? Sie muß wissen, wann ihre Aufgabe abgeschlossen ist, und den richtigen Zeitpunkt finden, um sich aus dem Rennen zu verabschieden. Sie muß sich ausruhen und Luft holen, um zwei Stunden später, bei der nächsten Ausscheidung, wieder ihr Bestes geben zu können. Behalten Sie dieses Bild im Kopf, damit es Ihnen besser gelingt, Ihre Aktivitäten auch einmal zu unterbrechen. Nach einer anstrengenden Runde, sei es auf der Aschenbahn, sei es im Garten, sei es im Beruf, ist eine Verschnaufpause angebracht. Setzen Sie sich auf eine Bank, und sehen Sie denen zu, die jetzt an der Reihe sind. Die Läuferinnen laufen, die Blumen blühen, die Kolleginnen arbeiten. Sie haben Ihr Möglichstes getan, geben Sie jetzt Ihrer Umgebung eine Chance, sich von ihrer besten Seite zu zeigen.

*Führe mich nicht in Versuchung. Ich finde den Weg schon allein.*

Rita Mae Brown

Wie finden Sie diesen Satz? Frech? Zweideutig? Lästerlich? Als ich ihn las, mußte ich unwillkürlich lachen, weil er so gekonnt provoziert. Genauer besehen, ist er gar nicht so lustig. Er stellt die Bitte, die wir alle aus dem Vaterunser kennen, sehr selbstbewußt auf den Kopf.

Da will jemand der Versuchung gar nicht widerstehen. Da meint eine Frau, sie habe keinen Versucher nötig, der sie vom rechten Weg abbringt, denn auf dem «rechten» Weg will sie gar nicht bleiben. Katherine Mansfield schrieb: «Die einzige Möglichkeit, eine Versuchung loszuwerden, ist, ihr nachzugeben.» Und Oscar Wilde: «Allem kann ich widerstehen, nur der Versuchung nicht.» Das sind nicht *nur* geistreiche Aphorismen; beide greifen die Erfahrung auf, daß Versuchungen sehr hartnäckig in unseren Köpfen herumspuken können und nur durch Willensstärke nicht einfach zu vertreiben sind. Daß wir um Versuchungen stets einen großen Bogen machen müssen, hat mir nie recht eingeleuchtet. Wer bestimmt denn, was für uns richtig oder falsch ist? Ganz kühn würde ich behaupten, daß man gelegentlich von einer Versuchung kosten muß, um sie hinter sich zu lassen oder sie als wichtige Erfahrung ins Leben zu integrieren. Wie sollten wir den roten Faden unserer Existenz erkennen, wenn wir mit Scheuklappen vor uns hintrotten und uns jede Abweichung versagen? Mit der Zeit lernen wir dann, welche Versuchungen zu unserer Lebensfreude beitragen, ohne uns zu schaden, und auf welche wir gerne verzichten, nachdem wir sie kennengelernt haben.

Verstehen wir es so: Laßt euch nicht in Versuchung *führen*, sondern sucht sie euch selbst. Sucht und ver-sucht etwas. Geht nicht dahin, wo andere euch das Geld aus der Tasche ziehen oder euch aus Profitgier bewußt in die Irre führen. Schickt die professionellen Versucher in die Wüste, ihr braucht sie nicht.

*Die Welt ist so schön, daß ich kaum glauben kann, daß es sie gibt.*

Ralph Waldo Emerson

❧

Heute habe ich zum ersten Mal Schwäne surfen sehen. Das glauben Sie nicht? Nein, um ehrlich zu sein, war es nur ein Schwan, und ich würde gerne daran glauben, daß es ein weibliches Tier war, aber um das behaupten zu können, reichen meine biologischen Kenntnisse nicht aus.

An einer Stelle des Genfer Sees gibt es ein kanalisiertes Flüßchen, das am Ufer durch ein Wehr gestaut wird. Dahinter entsteht eine kräftige Strömung mit spitzen, schaumigen Wellen. Ein gutes Dutzend Schwäne hatte sich dort versammelt, um die herangeschwemmten Abfälle nach Eßbarem zu durchsuchen. Sie waren damit sehr beschäftigt – alle, bis auf einen. Dieser schwamm in einem Bogen in Richtung Wehr, stürzte sich dann in das wildbewegte Wasser und ließ sich wie ein Surfer auf seinen Schwimmhäuten balancierend vom Ufer wegtragen. Nicht einmal, nicht zweimal, sondern so oft, daß ich aufhörte zu zählen. Es machte ihm – anders konnte ich es nicht interpretieren – offenbar ungeheuren Spaß. Es mußte für ihn ein aufregendes Gefühl sein, bewegt zu werden, ohne sich selbst anstrengen zu müssen.

Ich kann mir gut vorstellen, was seine Gefährten ihm zuriefen: «Hör auf mit dem Quatsch, du Spinner. Kümmere dich um dein Essen! Glaub nur nicht, daß wir dich nachher durchfüttern!»

Lustlos paddelte er der davonziehenden Schar hinterher, aber kaum kam ein Vergnügungsdampfer daher, der beachtliche Wellen ans Ufer schickte, war er wieder zur Stelle und schaukelte fröhlich.

Ich bewunderte ihn von Herzen. So viel Individualität, so viel Spaß – und das gegen alle Vernunftgründe!

Wann haben Sie zuletzt gesagt: Das macht mir aber Spaß? Wollen Sie nicht mal wieder auf einem Mäuerchen laufen, die nackten Füße in einen Brunnen baumeln lassen, auf einen Baum klettern? Sie brauchen dafür kein Alibi.

*Es ist mir egal, was die Leute über mich denken. Ich bin nur mir selbst verpflichtet.* Irma Serrano

Die Sonne scheint, wir haben etwas Aufmunterndes erlebt. Alle, die weniger guter Laune sind, kommen uns grau und spießig vor. Wir strahlen Lebensfreude aus, und es ist uns herzlich egal, ob jemand über uns die Nase rümpft. Kennen Sie das? Es sind Sternstunden pubertärer Aufsässigkeit, die auch dreißig Jahre später noch sehr belebend sind.

Die fröhliche Anarchie fällt uns nicht schwer, solange es uns gutgeht und wir uns stark fühlen. Dann schaffen wir es, Normen zu ignorieren und als Rebellinnen aufzutreten. Teil eins der Äußerung von Irma Serrano – «Es ist mir egal, was die Leute von mir denken» – hören wir jederzeit gerne, auch wenn wir nicht immer danach handeln können.

Wie steht es mit Teil zwei: Ich bin nur mir selbst verpflichtet? Selbstbehauptung ist eine aktive Haltung, die auf die Dauer mehr sein muß als kritischer Abstand zu gesellschaftlichen Zwängen. Wenn ich nicht wie die anderen sein will, muß ich mich fragen: Wie will ich denn sein?

Ich habe großes Verständnis für grüne Haare, Nasenringe und schwarze, bodenlange Kleider. Das Signal «Ich bin anders als ihr» kommt bei mir gut an. Aus der Distanz zu Konventionen ist eine Selbstdefinition leichter möglich, auch das leuchtet mir ein.

Deshalb suche ich mir gelegentlich eine andere, zeitliche Distanz und frage mich: Was ist aus dem Mädchen mit den vielen Träumen und Ideen geworden? Das ist eine Frage, über die es sich nachzudenken lohnt: Wo ist dieses «Ich», dem ich verpflichtet bin? Gibt es die Vierzehnjährige noch, die neben ihrer Freundin auf der Wiese lag und die Welt verändern wollte? Wie steht es mit meiner Vision von einem erfüllten Leben, mit dem, was «eigentlich» in mir steckt?

*Es ist besser, angesehen als übersehen zu werden.*

Mae West

Exzentriker – Frauen wie Männer – leben länger, das ist wissenschaftlich erwiesen. Denn, so hat der Neuropsychologe David Weeks herausgefunden, «die meisten Exzentriker sind Optimisten, und einen Mißerfolg betrachten sie als interessante Erfahrung». Das hebt die Stimmung und hilft, ein erfülltes, langes Leben zu führen.

«Ex-zentrisch» ist ursprünglich ein mathematisch-physikalischer Begriff, der bedeutete, daß etwas verschiedene Mittelpunkte beziehungsweise Bewegungen hat. Diese Bedeutung erweiterte sich zu «unregelmäßig, von der Mitte abweichend». Man könnte nun schließen, ExzentrikerInnen seien unausgeglichen und müßten ihre innere Zerrissenheit durch ein besonders bizarres Verhalten kompensieren. Daran mag etwas sein. Trotzdem läßt sich nicht bestreiten, daß sie offensichtlich mehr Spaß am Leben haben als so manche vernünftige Bürger. Wir schütteln vielleicht den Kopf über sie, aber sie bleiben uns lange in Erinnerung. Bewundern wir sie etwa insgeheim?

Exzentrik ist eine Form von Unabhängigkeit, die einen sehr individuellen, freien Lebensstil ermöglicht. Wer die ersten schrägen Blicke der Umgebung überstanden hat, hat an Spielraum und an Profil gewonnen. Spielen Sie Paradiesvogel! Experimentieren Sie ein wenig mit Ihren verborgenen Neigungen zur Exzentrik. Setzen Sie einen verrückten Hut auf; übernachten Sie in der eigenen Stadt im Hotel, und frühstücken Sie im Bett; machen Sie mit einer Sektflasche und zwei Gläsern ausgerüstet einen unangekündigten Besuch; verdunkeln Sie das Zimmer, zünden Sie Räucherstäbchen an, und tanzen Sie zu Sphärenmusik. Oder werfen Sie sich ein Cape um wie meine Lieblings-Exzentrikerin Miss Marple, und schlagen Sie das Gartentürchen hinter sich zu. Welt, ich komme!

*Es gibt Jahre, die Fragen stellen und Jahre, die Antworten geben.*
Zora Neale Hurston

Tragen Sie sich schon seit Jahren mit dem Gedanken, am Sylvesterabend des Jahres 2000 die größte Party Ihres Lebens zu geben? Dann sind Sie in guter Gesellschaft. Mit der Verwirklichung könnte es allerdings hapern, denn wenn wir alle unsere besten Freunde und liebsten Menschen um uns haben wollen, gibt es zwangsläufig Überschneidungen. Und was dann?

Eine rauschende Nacht soll es werden, dieser Übergang ins dritte Jahrtausend. Die Nacht der Nächte. Champagner, gute Laune pur. Muß ja auch für ein Jahrtausend reichen.

Setzt Sie das ein bißchen unter Druck? Gut so, dann funktioniert Ihre Intuition noch. Der größte, tollste, unvergeßlichste Sylvesterabend Ihres Lebens wird durch die Superparty noch lange nicht garantiert. Er findet dann statt, wenn Sie mit sich und Ihrer Umgebung im reinen sind. Planen läßt sich so etwas nicht. Vielleicht haben Sie ihn sogar schon erlebt, friedlich zu Hause sitzend und Monopoly spielend, bis es zwölf schlug. Damals wußten Sie noch nicht, daß er Ihnen in so guter Erinnerung bleiben würde. Keine Band, kein gigantisches Buffet, keine Luftschlangen. Nur die Menschen, die Ihnen am meisten bedeuteten, harmonisch um einen Tisch versammelt, um zwölf ein Glas Sekt und dann zufrieden ins Bett.

Es liegt nur ein Pulsschlag zwischen dem Ende eines alten und dem Beginn eines neuen Jahres. Befrachten Sie diesen einen Augenblick nicht mit allen Erwartungen, die Sie ein Jahr lang und länger mit sich herumgetragen haben. Ihr Leben beginnt jeden Tag neu. Am 1. Januar ebenso wie heute, am 10. August. Kehren Sie in die Gegenwart zurück. Sie enthält alle Antworten.

*Einer der Gründe, warum ich nicht trinke, ist, daß ich dabeisein möchte, wenn ich mich amüsiere.* Lady Nancy Astor

Wann waren Sie das erste Mal so richtig betrunken? Erinnern Sie sich noch? Viel wird Ihnen wohl nicht mehr davon im Gedächtnis sein, außer daß Ihnen schlecht war und Sie alles wie in einem großen Nebel erlebt haben.

Der erste Kater ist in unserer Gesellschaft eine Art Initiationsritus in den Status des Erwachsenseins. Als ich mit sechzehn von der Firma, in der ich in den Ferien jobbte, zu einer Betriebsfeier in den Schrebergarten des Personalchefs eingeladen wurde und dort genausoviel Alkohol verabreicht bekam wie die anderen, hatte ich das wohlige und stolze Gefühl dazuzugehören. Allerdings – heute würde ich sagen glücklicherweise – zerbrach das Gefühl noch am selben Abend jäh, denn einer der Gäste, der seine Tabletten mit Schnaps heruntergespült hatte, mußte bewußtlos mit einer Schubkarre zum Auto befördert werden, und später erfuhr man, daß er gerade noch rechtzeitig in der Klinik angelangt war.

Es ist sinnlos, gegen Alkohol oder andere Süchte anzupredigen. Fragen helfen vielleicht eher weiter: Wobei hilft mir der Alkohol? Glaube ich liebenswerter zu sein, leichter akzeptiert zu werden, wenn ich beschwipst bin? Werde ich lustiger, redegewandter, kontaktfreudiger, entspannter, aufgeräumter? Was muß ich in mir aufräumen, um ohne Hilfsmittel so zu werden? Was hält mich davon ab?

Suche ich eine gewisse Enthemmung, die es mir erlaubt, das zu tun, was ich gerne täte, ohne die volle Verantwortung dafür zu übernehmen, denn «es war ja der Alkohol»? Würde ich mich gerne auf mehr Nähe einlassen, leichter Beziehungen knüpfen können?

Die Antworten finden wir in unserer Sehnsucht nach einem authentischen Leben, das nicht vollkommen sein muß. Unsere Schwächen sind ein Teil von uns; wenn wir uns das zugestehen können, brauchen wir sie nicht mehr zu betäuben.

*Ich erinnere mich an den Wunsch zu sehen, wie diese Welt im Jahr zweitausend aussieht, was dann passiert, und mich dann wie ein alter Elefant an alles zu erinnern, ja, ich war nämlich – erinnere ich mich – immer neugierig, sehr neugierig!* Marcello Mastroianni

Sie sind neugierig, wie der Krimi ausgeht. Sie sind neugierig, wie der neue Freund der Schwester aussieht. Sie sind neugierig, wer die Wahl gewinnt.

Sind Sie auch neugierig auf den heutigen Tag? Schauen Sie aus dem Fenster. Sie sehen mehr oder weniger dasselbe wie gestern. Vielleicht steht ein anderes Auto vor der Tür, oder der Himmel hat eine andere Farbe. Wo sollen sich da Geheimnisse verbergen, auf die Sie neugierig sein könnten?

Alles ist so, wie Sie es schon kennen, und doch ist gleichzeitig alles anders. Der Unterschied besteht in Ihrer Einstellung. Sehen Sie in jedem Menschen, der Ihnen heute über den Weg läuft, ein Rätsel, das es zu lösen gilt. Glauben Sie nicht, daß Sie ihn oder sie schon in- und auswendig kennen. Denken Sie an sich selbst – haben Sie nicht auch Geheimnisse, die Sie noch niemandem anvertraut haben? Macht das nicht gerade den Reiz aus, wenn wir einen Menschen kennenlernen – daß sich eine ganze Welt in ihm verbirgt, die sich uns nach und nach erschließt? Wir werden eingeweiht in seine Geheimnisse, bis auf einen Rest, der möglicherweise für immer im dunkeln bleibt.

«Wie intim die Menschen auch miteinander werden können – es gibt Geheimnisse, die unaussprechlich sind», schrieb Christina von Schweden vor über dreihundert Jahren. Niemand weiß, woran sie dabei dachte. Vor dieser Art von Geheimnissen muß auch die Neugier haltmachen. Ansonsten jedoch ist sie eine großartige Antriebskraft für Forschungen und Entdeckungen aller Art.

Machen Sie sich bewußt, daß Sie noch nicht einen Bruchteil aller Geheimnisse kennen, die das Leben für Sie bereithält.

*Die Fiktion enthüllt Wahrheiten, die die Realität verschleiert.*

Jessamyn West

«Die schönste aber ist die Nie-Entdeckte...»

So beginnt ein Gedicht von Guido Gozzano, das von einer Insel spricht, die sich allem Entdeckerdrang entzieht. Sie ist ein namenloses Eiland, eine Zauberinsel, fern, verborgen, ein seliges Gestade, das nah scheint und sich doch immer entzieht, ein Truggebilde. Kurz: die verkörperte Sehnsucht.

Dreiunddreißig Texte sind in dem Buch *Inseln in der Weltliteratur* versammelt, und nicht einer stammt von einer Frau. Ein Zufall? Gedankenlosigkeit der Herausgeberin? Oder fühlen sich Frauen von der Insel-Metaphorik nicht so angesprochen?

Sie erinnern sich an die beiden englischen Schwestern, die sich eine kleine Insel vor Cornwall gekauft hatten. Dort ist etwas Erstaunliches passiert: Schon nach kürzester Zeit zogen die beiden, ohne es zu wollen, immer mehr Besucherinnen und Besucher an. Bald trafen sich in ihren einfachen Hütten mehr Menschen als früher in ihrem Haus im Dorf, und alle mußten verköstigt, untergebracht und beschäftigt werden.

Die geographische Isolation löst keine Probleme. Überall da, wo auch nur zwei Menschen zusammenleben, entstehen ähnliche Strukturen, Inseln machen da keine Ausnahme. Frauen sehen das wahrscheinlich realistischer als Männer, weil sie von klein auf dazu erzogen werden, sich als Teil eines Beziehungsgeflechts wahrzunehmen.

Trotzdem wirbt die Werbebranche erfolgreich mit dem Slogan «Reif für die Insel». Was macht diesen Inseltraum aus? Endlich etwas ganz anderes erleben? Geschützt sein vor der Routine? Eine überschaubare Umgebung haben? Das eigene Terrain abstecken? Wovon fühlen Sie sich angesprochen?

*Unsereiner liegt indessen ausgestreckt auf seiner Sessel- oder Sofa-Insel oder auf einer Sommerwiese im hohen Gras und im Kerbel versunken und treibt wie der Schiffbrüchige mitten im Ozean: Ich schließe die Augen und bin ganz allein. Was liegt mir nun näher als ich?*

Federico Hindermann

*Der* Inselbewohner, der uns allen sofort einfällt, ist Robinson Crusoe. Ich habe mich schon oft gefragt, was ein weiblicher Robinson anders gemacht hätte. Wollen Sie mitspielen? Zunächst einmal: Was hätten Sie als erstes aus dem Schiff gerettet? (Wüßten Sie eigentlich Bescheid, was Sie für den Bau einer Hütte und eines Floßes und für die Nahrungsbeschaffung brauchen?)

Was täten Sie am ersten Tag nach dem Schiffbruch, wenn Sie die Insel noch nicht kennen und die Nacht anbricht? Wie würden Sie versuchen, Ihren Hunger und Durst zu stillen? Wohin würden Sie die geretteten Habseligkeiten bringen? Wonach würden Sie Ihren Schlafplatz aussuchen? Wie würden Sie versuchen, Ihre Angst vor dem Unbekannten zu überwinden? Was würde Ihnen am meisten fehlen?

Wie würden Sie den zweiten Tag verbringen? Mit einer Erkundung der Insel? Mit dem Ausschauhalten nach einem rettenden Schiff?

Der literarische Robinson kümmert sich, nachdem er alles Transportable aus dem Wrack geholt hat, erst einmal um seine Unterkunft. Am wichtigsten ist ihm, sich selbst und seinen Besitz vor dem Wetter und den (nicht vorhandenen) wilden Tieren zu schützen.

Dabei greift er auf Gewohntes zurück: Er richtet sich eine Art Heimwerker-Schuppen ein. Die Ordnung gibt ihm in seiner rundum chaotischen Situation einen gewissen Halt.

«Wer über See geht, wechselt den Himmel, nicht den Charakter», schrieb Horaz. Welche Seiten Ihres Charakters würden Ihnen bei Ihrer Robinsonade helfen, und welche wären hinderlich?

*Ich nehme ihn, der mir zuhört, an der Hand und führe ihn zum Fenster. Ich stoße das Fenster auf und zeige hinaus.*

Martin Buber

Nicht immer ist es möglich, im Sitzen oder Liegen zur Ruhe zu kommen. Ist die innere Unrast zu groß, fangen wir an, nervös herumzutigern wie ein eingesperrtes Tier. Es treibt uns hinaus, und wir brauchen den Raum, den die Natur uns bietet, um die Spannungen aus dem Körper abfließen zu lassen. Diesem Impuls sollten wir unbedingt nachgeben, so oft es geht.

In schwierigen Zeiten habe ich oft die Erfahrung gemacht, daß nichts gegen Grübeln und Ängste so gut hilft wie das Gehen. Schon der Gang um den Block ist befreiend, wenn ich meine Aufmerksamkeit auf die Schritte lenke und nicht auf meine Sorgen. Noch heilsamer ist ein freier Horizont, der einen Ausblick aus der eigenen Begrenztheit eröffnet.

Früher habe ich auf jedem Spaziergang ausgiebig mit mir selbst debattiert, um anstehende Probleme zu lösen. Damit kam ich in aktuellen Schwierigkeiten voran, aber meine Aufmerksamkeit war ganz nach innen gerichtet, und ich hatte die vielfältigen Sinneseindrücke nicht wahrgenommen. Ich hatte den Spaziergang im Grunde überhaupt nicht erlebt.

Haben Sie Ihr inneres Zentrum vorübergehend verloren, Ihren Rhythmus außer acht gelassen, können Sie sich selbst helfen, indem Sie sich in die Natur integrieren. Es gibt genügend Pfade, auf denen Sie das entspannte Gehen üben können. Lassen Sie sich einfach von Ihren Schritten lenken. Sie können sich Ihrem Körper anvertrauen, und Sie werden auch den Rückweg wieder finden. Üben Sie sich im meditativen Gehen, bei dem sich der Geist klärt. Ganz unmerklich werden sich Heiterkeit und Friede einstellen.

*Dieser Tag ist ein Tag, den wir für alle Zeit hochhalten sollen, denn an ihm haben wir gelebt und geliebt.* Daphne du Maurier

Ich fahre mit dem Auto auf Serpentinen durch die Weinberge. Nach einer Kurve liegt, von der Abendsonne überglänzt, der Genfer See vor mir. Zur Linken, in eine sanfte Bucht gebettet, die Stadt Montreux, am gegenüberliegenden Ufer leicht vom Dunst verhüllte Berggipfel. Mir stockt der Atem vor so viel Schönheit, und ich empfinde ein überwältigendes Glücksgefühl, weil ich hier, an diesem Ort sein und diesen Anblick in mich aufnehmen darf. Vermutlich ist mir in meiner Verzückung der Fuß vom Gaspedal gerutscht, denn hinter mir stauen sich die Autos. Am liebsten würde ich auf der Stelle anhalten und nur noch schauen.

Der erste Fahrer beginnt zu hupen, eine Parkbucht ist nicht in Sicht, und ich gebe wieder Gas. Ich halte nicht an, ich setze mich nicht auf eine Bank oder einen Stein, ich sättige mich nicht an dem Bild, das mich so tief berührt hat.

Ich bin noch mehrmals diese Straße entlanggefahren, aber es war nie wieder wie bei diesem ersten Mal. Seither habe ich mich oft gefragt, ob ich nicht doch, allem zum Trotz, hätte anhalten sollen. Geblieben ist zwar ein Eindruck, der mich sicher begleiten wird, aber auch ein vages Ziehen in der Brust, weil etwas nicht abgerundet, nicht abgeschlossen ist.

Auch Sie tragen solche Bilder in sich, von denen Sie sich zu früh wieder trennen mußten. Versenken Sie sich heute in eines davon, und stillen Sie Ihren Durst nach Schönheit und Vollkommenheit. Behalten Sie es so lange vor Ihrem inneren Auge, bis Sie das Gefühl haben, sich ohne Bedauern von ihm lösen zu können.

*Mich verlangte danach, all das Schöne festzuhalten, das mir vor Augen kam, und schließlich wurde mein Verlangen gestillt.*

Julia Cameron

In einer beliebten Kindergeschichte von Leo Lionni verbringt die Feldmaus Frederick den Sommer auf eine Weise, die ihre Mitmäuse sehr irritiert. Während diese Körner, Nüsse, Weizen und Stroh herbeitragen, sitzt Frederick auf der Wiese und träumt vor sich hin. Die hart arbeitenden Mäuschen sind erbost und machen ihm Vorwürfe. Sie wissen nicht, daß er Vorräte anderer Art anhäuft, die für den langen Winter ebenso wichtig sind wie Nüsse und Beeren.

Als die Tage immer grauer und kälter werden und alle Nahrung aufgebraucht ist, zehren die hungrigen Mäuschen dann von dem, was Frederick an den schönen, langen Sommertagen gesammelt hat – Wärme, Farben und Wörter. Er erzählt ihnen von goldenen Sonnenstrahlen, von blauen Kornblumen und roten Mohnblumen im gelben Kornfeld und von grünen Blättern am Beerenbusch. Als er zum Schluß noch in Reimen spricht, erkennen die dankbaren Mäuse, daß sie es mit einem Dichter zu tun haben.

Wir brauchen keine Wurzeln und Beeren mehr zu sammeln, um den Winter unbeschadet zu überstehen, doch die Wärme der Sommermonate und ihre wunderbaren Farben würden wir auch gerne in uns aufbewahren.

Öffnen Sie sich ganz bewußt den Geschenken des Sommers. Sie sind Nahrung für Ihre Seele, die Sie anderen weitergeben können, ohne daß sie weniger wird. Lassen Sie die Fülle auf sich einwirken – nicht, um sich darin zu verlieren, sondern um etwas zu haben, an das Sie sich erinnern können, wenn das Leben einmal glanzlos und kalt ist.

*Kein Tag ist so schlecht, daß er nicht mit einem Schläfchen verbessert werden könnte.* Carrie Snow

In heißen, südlichen Ländern gibt es eine großartige Einrichtung, die man nicht genug preisen kann: die Siesta. Unser Klima verlangt die meiste Zeit des Jahres nicht unbedingt nach mittäglichen Ruhepausen, aber gut täten sie uns allemal. Sie sind, abgesehen von ihrer erholsamen Wirkung, eine hervorragende Gelegenheit, innezuhalten und vom hektischen «Das-muß-ich-auch-noch-Schaffen» abzulassen. Gerade Frauen funktionieren von früh bis spät äußerst effizient und haben oft auch noch den Anspruch an sich, immer ansprechbar zu sein. Da sollte doch mittags mindestens eine halbe Stunde Ausstieg erlaubt sein. Das muß nicht Bettruhe bedeuten, das kann auch heißen: Bürotür abschließen, Beine auf den Schreibtisch und Augen zu.
Fällt es Ihnen schwer, sich diese Freiheit zu nehmen? Dann lesen Sie die folgende chassidische Geschichte vom Nutzen des Schlafens:

> Ein Rabbi las in der Schrift und kam an eine schwierige Stelle, die er nicht entschlüsseln konnte. Er mühte sich weiter und studierte Stunde um Stunde, aber der Sinn der Stelle erschloß sich ihm nicht. Schließlich ließ er völlig übermüdet den Kopf auf seinen Schreibtisch sinken und schlief ein.
> Er schlief die ganze Nacht und fühlte sich beim Erwachen sehr erfrischt. Gleich fiel sein Blick wieder auf die Thora und die Stelle, die ihm so unergründlich gewesen war. Nun hatten sich über Nacht seine Gedanken geordnet, und er begriff schlagartig, ohne jedes weitere Bemühen, wie die Worte gemeint waren.

Gott – so lautet die Quintessenz – kann man auch im Schlafe dienen. Was wollen Sie mehr?

*Die Welt gehört denen, die keine festen Essenszeiten haben.*

Anna de Noailles

Zwänge gibt es doch schon genug. Müssen wir uns auch noch bei der Nahrungsaufnahme in ein zeitliches Korsett schnüren lassen? Unsere entfernten Vorfahren, die Primaten, aßen dann, wenn sie auf ihren Wanderungen durch die Savanne auf Eßbares stießen. Von der Hand in den Mund, hieß die Devise. Wir können zu jeder beliebigen Tages- und Nachtzeit den Kühlschrank öffnen und stehen vor überquellenden Fächern. Wir wissen gar nicht mehr, wann wir Hunger haben und wann wir aus purer Langeweile essen.

Zweifellos gibt es Notwendigkeiten, die eine gewisse Regelmäßigkeit erfordern – Kinder, die mit einem Bärenhunger aus der Schule kommen, eine feste Mittagspause im Büro, das gemeinsame Abendessen als Fixpunkt der Familie. Da das Essen auch ein willkommener Anlaß zur Geselligkeit ist, wäre es schade, wenn wir auf die gemeinsame Mahlzeit als Kommunikationsfaktor verzichten würden. Aber wissen Sie überhaupt noch, was und wieviel Sie essen würden, wenn Sie keine Rücksicht auf andere nehmen müßten?

Essen Sie ein paar Tage lang nur dann, wenn Sie wirklich Hunger haben. Beobachten Sie, wie häufig das der Fall ist, ob es von Tag zu Tag unterschiedlich ist und womit das zusammenhängen könnte. Verabreden Sie sich im Restaurant zu einer Zeit, zu der Sie tatsächlich hungrig sind. Nehmen Sie sich, wenn Sie länger unterwegs sind, einen kleinen Imbiß mit, damit Sie Ihr Hungergefühl nicht übergehen. Finden Sie heraus, womit Sie das Magenknurren zwischendurch am besten beruhigen können, und legen Sie sich davon einen Vorrat zu.

Kurz gesagt: Versuchen Sie, so gut es geht, Ihre Essenszeiten den Bedürfnissen Ihres Körpers anzupassen und nicht umgekehrt.

*Ehrfürchtig und staunend den Dingen gegenüberzustehen heißt, auf eine ganz besondere Art zu verstehen, selbst wenn dieses Verstehen nicht beschrieben werden kann. Die subjektive Erfahrung des Staunens ist eine Botschaft an den rationalen Verstand, daß das Objekt des Staunens auf eine andere als die herkömmliche rationale Weise wahrgenommen und verstanden wird.*

Gary Zukav

*Daran denken, was man gewinnen würde, wenn man sich zu Umwegen verleiten ließe* stand auf einem Pfosten, den eine Künstlerin im Rahmen einer Gartenausstellung neben blühenden Pflanzen aller Art aufgestellt hatte.

Daneben las ich: *An glücklichen Tagen würden Blütenbänder von den Dächern fließen.* Ein paar Schritte weiter: *Es gäbe ein leeres, durchsichtiges Zimmer, ohne irgend etwas darin, ganz dem Genuß des Unnützen geweiht.*

Und zum Schluß: *Man wäre nicht mehr versucht, es von der anderen Seite zu betrachten.*

Das klang ganz anders als die gewohnten Verbote auf den Schildern im Stadtpark! Die ungewohnte Aneinanderreihung von Worten brachte meine Phantasie in Schwung. Wenn das, was sie beschrieben, ein wünschenswerter Zustand war, wie ließe er sich herstellen? Wie müßte ich leben, um mich der im Alltag verborgenen Poesie öffnen zu können, um anders zu sehen, anders zu hören? Die Worte klangen lange in mir nach.

Bei Kunstausstellungen im Freien oder auch in größeren Gartenanlagen erleben wir am deutlichsten, wie gut sich natürliches Wachstum und kreative Gestaltungskraft ergänzen können. Diese Kombination regt die Phantasie ungemein an.

Irgendwo in Ihrer Nähe gibt es sicher eine solche Ausstellung. Finden Sie heraus, wo das ist, und fahren Sie hin, auch wenn Ihnen Museumsbesuche sonst ein Greuel sind. Es reicht schon aus, wenn eine einzige Skulptur, ein merkwürdig geformtes Objekt Ihre Neugier reizt. Mit etwas Glück können Sie die Gegenstände sogar berühren. Tun Sie es, sie beißen nicht.

*Ich werde die Herrlichkeit und Größe jenes Schauspiels niemals vergessen. Ich konnte es vielleicht nur ganz allein ermessen, weil ich immer im Freien war und es sah, während die andern in den Häusern waren und, wenn sie auch durch einen Zufall hineingerieten, sich bloß davor fürchteten.* Adalbert Stifter

Welche Landschaft empfinden Sie als besonders schön? Welches Bild steigt vor Ihrem geistigen Auge auf?

Wir haben Vorlieben, die von unserer Kultur und unseren Erlebnissen geprägt sind. Der Biologe Edward O. Wilson hat jedoch herausgefunden, daß es eine Landschaftsform gibt, die überdurchschnittlich viele Menschen anspricht: die afrikanische Savanne. Seiner Meinung nach lernten die Menschen diese Landschaftsform, in der sich die Gattung *Homo* entwickelte, als schön lieben, weil sie für sie gut war – sie bot Wasser, Baumgruppen als Unterschlupf und durch weite Horizonte Schutz vor gefährlichen Tieren.

Was wir als schön empfinden, ist uns möglicherweise angeboren, und wenn wir die Natur zerstören, die uns das Erlebnis des Schönen ermöglicht, leidet unsere psychische Gesundheit. «Wir vernichten nicht nur Arten und Lebensräume», folgert der Philosoph Andreas Weber, «sondern löschen mit ihnen ein ganzes Spektrum des Erlebens aus, das von jeher Quelle des Schönen war: die sinnliche Erfahrung gewachsener, lebendiger Dinge.» Deshalb holen wir uns die Natur in abgewandelter Form ins Haus: Blumenornamente auf die Tapete, Vogelstimmen in den Kassettenrekorder, gerahmte Landschaften an die Wand. Der Lichteinfall in Kathedralen erinnert an einen sonnendurchfluteten Wald, Treppenhäuser orientieren sich an der Spiralform von Schneckenhäusern. An zahllosen Beispielen läßt sich erkennen, wie der Mensch die organische Form in seiner unmittelbaren Umgebung nachahmt.

Wir brauchen die Natur, um in ihr unsere innere Landschaft wiederfinden zu können, sonst wird unsere Seele heimatlos.

*Der Baum wird älter als jedes andere Lebewesen.*

Barbara Stamer

Gestern kündigte sich nach einer Reihe schwülheißer Tage ein Sommergewitter an. Seine ersten Vorboten waren heftige Windböen, denen Regenschauer folgten. Der Baum, den ich durch das geöffnete Fenster sah, duckte sich wie unter Schlägen. Hin und wieder wurde er so stark zur Seite gedrückt, daß er aus der Fensteröffnung verschwand. Dann wieder schnellte er zurück, und die Blätter raschelten, als würden sie jeden Moment von den Zweigen gerissen. Ich sah fasziniert zu. Es war kaum zu glauben, daß sich der Baum bei diesen heftigen Windstößen noch im Boden hielt. Bei ruhigem Wetter wirkte er eher unscheinbar; diese Biegsamkeit und Festigkeit hätte man ihm nicht zugetraut.

Hatte ich anfangs noch befürchtet, daß ein Ast abknicken könnte, wurde ich mit der Zeit eines Besseren belehrt. Als es schließlich dunkel wurde und ich nur noch eine von Blitzen umrahmte schwarze Kontur ausmachen konnte, wußte ich, daß ich beruhigt schlafen gehen konnte. Der schwankende Baum würde den nächtlichen Sturm überstehen.

Daß es die tiefen Wurzeln waren, die dem Baum seinen Halt gaben, wußte ich. Aber etwas anderes kam hinzu, nämlich seine Flexibilität. Wäre er starr gewesen statt biegsam, hätten ihm seine Wurzeln nichts genützt, der Sturm hätte ihn trotzdem in zwei Teile zerbrochen. Das zeigt, wie sinnlos trotziger Widerstand oft ist. Auf die Stürme des Lebens mit Flexibilität zu reagieren, bedeutet, einer Situation, die wir nicht ändern können, angemessen zu begegnen.

Stellen Sie sich zur Probe wie ein Baum auf den Boden, und schwanken Sie sachte im Wind. Entdecken Sie die Biegsamkeit Ihrer Wirbelsäule und die Kraft Ihrer Muskeln.

*Alter schützt vor Liebe nicht, aber Liebe schützt bis zu einem gewissen Grad vor Alter.* Jeanne Moreau

Der Traum vom Jungbrunnen geht bis in die Antike zurück. Da erzählt Pausanias, daß die Göttin Hera alljährlich in der Quelle Kanathos bei Nauplion badete, um ihre Jugend und ihre Jungfräulichkeit wiederzugewinnen. Der Sage nach wurde die Nymphe Juventa von Jupiter in eine Quelle verwandelt, die Menschen verjüngen konnte. Und in einer Fabel des Arztes Nikander waren die Menschen im Besitz der ewigen Jugend, wollten sie aber in ihrer Faulheit nicht selbst tragen, banden sie einem Esel auf den Rücken und verloren sie.

Die Sehnsucht nach einem Zauber, der alle Cremes und Öle überflüssig macht, ist so alt wie die Menschheit. Ihm verfallen auch Männer, wie eine Episode aus der mittelalterlichen höfischen Dichtung beweist, in der vier tugendhafte (und vermutlich ältere) Ritter in einen geheimnisvollen indischen Brunnen tauchen, der von den Paradiesflüssen Euphrat und Tigris gespeist wird; als sie ihm entsteigen, sind sie dreißig Jahre jung.

Heutzutage sind es die Wellness-Oasen, die von diesem Mythos profitieren. Auch wir suchen Schönheit, Lust und Wohlbefinden im Wasser, selbst wenn wir nicht mehr daran glauben, daß wir ewige Jugend oder gar Jungfräulichkeit darin finden. Wasser, besonders wenn es warm ist, gibt ein wohliges Gefühl von Leichtigkeit und Geborgenheit, und es ist nichts dagegen einzuwenden, sich in Thermalbecken, Sprudelbädern, Hot Tubs und Doppelbadewannen zu räkeln, wenn Selbstzweifel und schlechte Laune im Anmarsch sind.

Wir können von außen und von innen auf unser Aussehen einwirken. Was letztlich wichtiger und wirkungsvoller ist, brauche ich Ihnen nicht zu erzählen.

*Wenn man mich fragt, wann ich zu tanzen begonnen habe, antworte ich: «Im Bauch meiner Mutter, wahrscheinlich als Ergebnis von Austern und Champagner – die Speise der Aphrodite.»*

Isadora Duncan

Liebe und Schönheit verkörpern sich in der Göttin Aphrodite. Sie entstieg, wie wir alle aus Botticellis Gemälde *Die Geburt der Venus* wissen, als Schaumgeborene den Meereswellen: Das Wasser bringt den Inbegriff der Schönheit hervor. Der Ehemann, den sie sich wählte, war Hephaistos, der lahme Gott der Handwerker. Was ergeben Schönheit und Handwerk? Kunst.

Der Anblick mancher Kunstgegenstände kann in uns ebenso starke Glücksgefühle auslösen wie der Anblick von Landschaften, Menschen, Naturphänomenen. Aber Schönheit gilt bei der Gestaltung unserer Umwelt kaum noch als Maßstab, und «nur» schön darf etwas schon gar nicht sein. Wir haben heutzutage große Angst, etwas Unpassendes als schön zu empfinden. Kunst gilt als Kitsch, wenn sie zu viel Wert auf Schönheit legt; gefragt sind Provokation und kritische Bestandsaufnahme. So berechtigt das ist, und so sehr es vielleicht den Zustand unserer Welt spiegelt – unsere seelischen Bedürfnisse zielen in eine andere Richtung. Wir lieben Schönheit, wir brauchen harmonische Formen. Wir sehnen uns nach direkten Erfahrungen, die ein Gegengewicht zu den vielen unschönen Seiten unseres Alltags bilden.

Doch Aphrodite ist nicht nur strahlend und lieblich; als die Große Moira ist sie ebenso Zerstörerin wie Schöpferin und Erhalterin. Carlos Fuentes schreibt über die mexikanische Malerin Frida Kahlo, die immer wieder ihren eigenen gemarterten Körper malte: «Das Schreckliche, das Schmerzhafte kann uns zur Wahrheit der Selbsterkenntnis führen. Und es wird schön schon deshalb, weil es unser wahres Sein, unser innerstes Wesen festhält.»

*Man muß ungeheuer dankbar sein, wenn man lieben kann, und wenn man lieben kann, dann ist man geschützt fürs ganze Leben. Dann kann einem nichts passieren. Egal, wo man hingestellt ist und welches Schicksal man erleidet, man wird es immer in irgendeiner Form positiv leben können, weil man immer liebevolle Begegnungen haben wird.*

Marianne Krüll

Das Leben ist einfach, sagen manche Leute? Unsinn, das Leben ist alles andere als einfach, es ist höchst kompliziert und an manchen Tagen schwer erträglich. Ich bin mißtrauisch, wenn es heißt, der Verzicht auf materielle Güter allein führe zu mehr Lebensfreude. Armut macht nicht glücklich, und es wäre zynisch, das karge Leben, das andere aus materieller Not führen müssen, als Weg zur persönlichen «Erfüllung» zu verklären.

Natürlich spricht nichts dagegen, das Leben zu entrümpeln. Verzichten Sie, reduzieren Sie, vereinfachen Sie, wo immer Sie wollen. Verkaufen Sie das Zweitauto, bestellen Sie Ihr Zeitschriftenabo ab, ziehen Sie in eine kleinere Wohnung, bringen Sie den Fernseher auf den Speicher, trennen Sie sich von Ihren Kreditkarten, werfen Sie alle überflüssigen Kleider aus dem Schrank. Und so weiter und so fort. Nur erwarten Sie nicht, daß Sie dadurch automatisch glücklicher werden. Genießen Sie den Triumph, es mit weniger zu schaffen, aber machen Sie die Einfachheit nicht zu einer Sache der Moral.

Anthony de Mello fragt: «Wie läßt sich Abhängigkeit ablegen? Viele versuchen es durch Verzicht. Doch auf ein paar Takte Musik zu verzichten, sie aus dem Bewußtsein zu löschen, führt zu genau derselben Gewaltsamkeit, Spannung und mangelnden Empfänglichkeit, wie dies auch jedes Sich-Anklammern nach sich zieht. Wieder haben Sie sich verhärtet. Das Geheimnis liegt darin, auf nichts zu verzichten, sich an nichts zu klammern, sich über alles zu freuen und damit einverstanden zu sein, daß alles vorübergeht und fließt.»

*Musik macht das Herz weich; sie ordnet seine Verworrenheit, löst seine Verkrampftheit und schafft so eine Voraussetzung für das Wirken des Geistes in der Seele, der vorher an ihren hart verschlossenen Pforten vergeblich geklopft hat. Ja, ganz still und ohne Gewalt macht die Musik die Türen der Seele auf.* Sophie Scholl

Lange konnte ich nichts mit dem anfangen, was ich von allen Seiten hörte: Bewußtes Atmen ist der Schlüssel zum richtigen Leben. Na gut, wir alle atmen, und daß Bauchatmung sinnvoller ist als ein hektisches, oberflächliches Hecheln, leuchtete mir schon ein. Aber warum sollte das Atmen plötzlich zur Erleuchtung führen?

Den Zugang fand ich erst über das Singen, denn ohne richtiges Atmen ging gar nichts. Auf das tiefere Verständnis des Atems für die spirituelle Entwicklung hoffe ich noch.

Eine junge Opernsängerin sieht das so: «Wir werden alle eigentlich mit der richtigen Atmung geboren, aber im Laufe des Lebens wird uns das Natürliche oft aberzogen. Wir lernen, die Zähne zusammenzubeißen, unsere Emotionen zu unterdrücken: Sei still! Nicht so laut! Gähne nicht! Mund zu beim Essen! Kein Wunder, daß so viele Menschen sogar nachts noch mit den Zähnen knirschen! Nicht nur auf der Bühne, auch im wahren Leben ‹den Mund aufzureißen› – dabei hat mir das Singen sehr geholfen.»

Für alle, die nur schwer Gefühle zeigen können – und für viele von uns ist das ja nicht einfach –, ist Singen eine gute Therapie. Nein, bitte sagen Sie jetzt nicht: «Ich kann aber nicht singen.» Vergleichen Sie sich nicht mit Barbra Streisand und Jessye Norman. Lernen Sie die Ausdrucksstärke Ihrer Stimme kennen, indem Sie summen, kreischen, lachen, trällern, stöhnen, jodeln, brummen.

Sie wollen nicht belauscht werden? Gehen Sie in den Wald, unter die Dusche, fahren Sie Auto, stellen Sie das Radio laut. Kräftigen Sie Ihre Stimme, bis *Sie* den Ton angeben können.

*Tanzen heißt: sich bewegen, innere, unsichtbare Bewegtheit zu körperlich sichtbarer Bewegung zu wandeln.* Mary Wigman

«Bewegung ist Leben», schrieb Leonardo da Vinci in sein Tagebuch. Wir existieren nur durch den Körper, er ist Hülle und Instrument zugleich. Im Tanz jedoch, und vor allem in der Ekstase, haben wir das Gefühl, uns von der Erdgebundenheit zu befreien und mit überirdischen Kräften in Kontakt zu kommen. Selbst Göttinnen werden tanzend dargestellt.

Was wir erleben, möchten wir durch Symbole ausdrücken und mitteilen; das Verlangen nach Ritualen ist so stark wie eh und je, und was bietet sich da besser an als das Tanzen? Es befreit uns von der Bindung an das Zweckdienliche. Die Beine, die wir zur alltäglichen Fortbewegung benutzen, beginnen zu hüpfen und zu springen. Die Arme, die sonst heben, schieben, hängen, beginnen sich zu strecken, zu drehen, zu kreisen. Wir reden von der «Sprache des Körpers», aber was wir mit dem Körper ausdrücken können, ist noch unmittelbarer als die Sprache.

Es ist wie mit dem Singen: Viele Frauen lieben den freien Tanz und spüren, wie gerne ihr Körper sich von bestimmten Rhythmen mitreißen läßt. Das Mädchen in uns will tanzen. Bei starken Gefühlserlebnissen, vor allem wenn sie freudiger Natur sind, kann es nicht stillsitzen. Im *Rosenroman* aus dem dreizehnten Jahrhundert führt Frau Fröhlichkeit den Reigen an:

Und fühlst du leicht und frisch dich ganz,
Mach kein Gewissen dir aus Tanz.

Selbst die Gestirne, heißt es, tanzen am Himmel; ihre «wohlgeordnete Harmonie» sah Lukian als Beweis des Urtanzes.

Brauchen Sie noch mehr Gründe, um sich von falscher Scham zu befreien und die Aufforderung zum Tanz anzunehmen, die Ihr Körper Ihnen täglich gibt?

*Das Leben ist eine Frau, die tanzt und auf göttliche Weise aufhören würde, Frau zu sein, dürfte sie dem Sprung, den sie getan, nachgeben bis in die Wolken.*

Paul Valéry

In der Tanzstunde während der Schulzeit bemühten sich die Lehrer, uns Zöglingen anständiges Benehmen beizubringen und uns jede Spontaneität auszutreiben. Brav mußten die 15jährigen «Damen» darauf warten, aufgefordert zu werden. Tanzen war Regel und Form, nicht Spaß und Sinnlichkeit.

Wie hätten wir da lernen sollen, mit dem Körper zu experimentieren, in Freiheit Bewegungen und Gefühle aufsteigen zu lassen?

Was es bedeuten kann, aus der Wesensmitte heraus in Schwingung zu geraten, beschreibt die Schriftstellerin und Nonne Silja Walter in ihrem Gedicht *Auf der Bootsbrücke*:

Ich fuhr aus den singenden Ufern hinaus,
die reglose Mitte zu finden,
ich trag in den Knöcheln den Tanz nach Haus
und kann die Sandalen nicht binden.
Auch Mitte ist schwingende Diele wie sie,
die Ufer und Borde und Ränder.
Der Tanz steigt im Gehen mir in die Knie
und wirft mir die Hand vom Geländer,
und packt meinen Nacken, und all meine Ruh
im Herzen versinkt zwischen Bohlen,
ich werf meine roten Sandalen dazu
und tanze mit brennenden Sohlen!
Ich tanze, verschüttet von Fläche und Licht,
vom Boot über Brücken und Planken,
und Tanz wird Taumel und Taumel Gedicht –
und die roten Sandalen versanken.

*In Wahrheit ist die Nacht die Zeit des Suchens und des Findens.*
Khalil Gibran

Warum stehen Nonnen und Mönche mitten in der Nacht auf, um zu beten? Weil Ihnen der Himmel da am nächsten ist, sagen sie, denn alles Äußere ist zur Ruhe gekommen, und sie spüren, daß eine andere Dimension in greifbare Nähe rückt.

Nutzen Sie diese unsichtbare Öffnung in eine geistige Welt. Richten Sie sich, wenn eine warme Nacht zu erwarten ist, darauf ein, mehrere Stunden unter freiem Himmel zu verbringen. Sie sollen nicht frieren und es nicht unbequem haben; das Ziel ist nicht, sich mit äußeren Unbilden abzuplagen, sondern sich auf die Nacht als eine Zeit der Beschaulichkeit und Besinnung einzulassen.

Bereiten Sie sich eine bequeme Unterlage im Garten, auf der Terrasse oder auf dem Balkon, legen Sie sich in eine Hängematte, stellen Sie einen Liegestuhl auf das Flachdach. Im Urlaub bietet sich der Sandstrand oder die Campingwiese an.

Beginnen Sie erst, wenn alle anderen schlafen gehen. Spüren Sie, wie sich die Ruhe herabsenkt. Hier und da sind noch späte Spaziergänger unterwegs, ab und zu brummt ein Auto vorbei. Ab zwei Uhr wird es dann immer stiller. Nehmen Sie die wenigen Geräusche wahr, die noch an Ihr Ohr dringen. Lassen Sie den Tag an sich vorüberziehen bis zum gegenwärtigen Moment, und lösen Sie sich von ihm. Versuchen Sie, an nichts Bestimmtes mehr zu denken.

Betrachten Sie den bestirnten Himmel, und lassen Sie sich von seiner Rundung umfangen. Spüren Sie Ihren Körper fest und warm auf der Unterlage ruhen.

Geben Sie Ihren Augen die Erlaubnis, sich zu schließen, wenn sie müde werden. Lassen Sie die frische Nachtluft durch die Nase und die Luftröhre in die Lunge strömen, und schwemmen Sie beim Ausatmen die alte, verbrauchte Luft heraus. Öffnen Sie sich den feineren Schwingungen, die die Nacht an Sie heranträgt.

*Eigentlich bin ich ganz anders, ich komme nur so selten dazu.*

Ödön von Horváth

Geht es uns nicht oft so? Wir sehen uns im Spiegel an und denken: Das bin ich doch gar nicht. Ich bin viel fröhlicher, jünger, dynamischer, übermütiger.

Ärgern Sie sich nicht darüber, tun Sie lieber etwas, das diesem anderen Ich entspricht, das ich auch «die neue Freundin» genannt habe. Sowohl im Urlaub wie zu Hause können Sie Dinge wagen, die den gewohnten Rahmen sprengen – kleine, spontane Unternehmungen außer der Reihe.

Die Malerin Käthe Kollwitz beschreibt in ihren Erinnerungen eine Fahrt entlang der italienischen Küste: «Es wurde uns ein ausgedienter Fischerkahn zur Verfügung gestellt. Halbe Tage waren wir auf dem Wasser und in den kühlen Grotten. Einmal ruderten wir bei Tagesanbruch nach Carrara, stiegen oben in die Marmorbrüche und fuhren in der Nacht, die so still war, daß die Sterne sich im Meer spiegelten und die leuchtenden Wassertropfen von den Rudern fielen, zurück. In jenem Sommer wurde ich vierzig Jahre alt.»

Käthe Kollwitz war nicht mehr jung, sie hatte ihren kleinen Sohn dabei, auf den sie aufpassen mußte, und ihre Geldmittel waren beschränkt. Sie fuhr nicht auf einer Luxusyacht spazieren, sondern auf einem alten Kahn. Und trotzdem – oder deshalb? – strahlt ihre Schilderung eine ruhige Zufriedenheit aus, die sich zur Nachahmung anbietet.

Die Höhepunkte, an die wir uns noch Jahre später erinnern, sind selten die, die wir sorgfältig im voraus geplant hatten. Wurden Ihnen die glücklichsten Momente in Ihrem Leben nicht auch ganz unverhofft geschenkt?

*Dann erschien ein großes Zeichen im Himmel: eine Frau, mit der Sonne bekleidet; der Mond war unter ihren Füßen und ein Kreuz von zwölf Sternen auf ihrem Haupt.* Offenbarung 12,1

Versenken Sie sich in die Unendlichkeit des Weltalls, das sich über Ihnen wölbt. Denken Sie sich auf andere Sterne, in andere Galaxien. Bewundern Sie den Mond wie unzählige Generationen vor Ihnen.

Ich möchte Ihnen ein südchinesisches Märchen erzählen, an das Sie in der nächsten Vollmondnacht denken können.

«Vor langen Zeiten wollte der Himmelsherrscher die Mondgöttin dem Sonnengott zur Gattin geben. Der Sonnengott war ziemlich häßlich, und die schöne Göttin wollte ihn nicht heiraten. Der Himmelsherrscher versuchte mehrmals, sie zu überreden. Sein Äußeres sei in der Tat nicht gut, gab er zu, dafür habe er ein gutes Herz. Die Göttin wollte nicht unhöflich sein und den Antrag abweisen, deshalb stellte sie eine Bedingung. ‹Die Frau des Sonnengottes will ich sein›, sagte sie, ‹vorausgesetzt, daß er mich selbst holen kommt, sonst wird nichts aus der Heirat.› Danach machte sie sich sofort auf ihren Nachtspaziergang. Der Sonnengott erhielt die Nachricht und rannte der Mondgöttin sofort hinterher. Doch als er im Osten ankam, hatte sie schon den Westen erreicht; und als er im Westen ankam, war sie schon wieder im Osten. Sie einzuholen gelang ihm nicht. Und deshalb sind Mondgöttin und Sonnengott nicht miteinander vermählt.»

Die Mondgöttin fand andere Wege, ihren Willen durchzusetzen, als die offene Konfrontation. Sie wußte sich ihren Raum zu bewahren, ohne sich mit dem Herrscher des Himmels anzulegen.

Wenn Sie sich Ihrer Sache sicher sind, brauchen Sie nicht aufzutrumpfen. Gehen Sie einfach Ihrer Wege wie sonst auch, und beanspruchen Sie Ihren Teil des Himmels als Selbstverständlichkeit.

## Herbst

Eine Ahnung von Abschied durchzieht den Herbst, doch gerade angesichts der kommenden Dunkelheit erleben wir, wie die Lust am Dasein mit besonderer Intensität aufblüht. Wir ernten, was wir gesät haben, und füllen unsere Erinnerung mit einem Vorrat für die kargeren Tage auf. Wie viele Bilder, Gerüche, Formen und Farben können wir jetzt in uns aufnehmen!

Es gibt kaum eine abwechslungsreichere Jahreszeit als den Herbst. Das dramatische Wechselspiel von Wind, Regen, Sonne und Wolken ist schon aufregend genug, wenn wir es als Zuschauerinnen genießen. Aber die Herbstfrau in uns liebt die Bewegung und vertraut sich den Elementen an, ohne sich ihnen unbesonnen auszuliefern. Der Herbst ist wie eine Probebühne, auf der wir die wilde, ungezähmte Seite an uns entdecken. Die veränderliche Stimmungslandschaft bringt ganz unterschiedliche Töne in uns zum Klingen, denn auch in uns sieht es manchmal trübe, manchmal heiter und manchmal stürmisch aus.

Wir blicken in den Herbst wie in einen Spiegel und erkennen in ihm die vielen Facetten der weiblichen Existenz wieder, mit denen wir Freundschaft schließen und die wir zur Ganzheit zusammenfügen können.

## *September*

Im Wald riecht es nach Pilzen, die Schwalben segeln als Nachzügler über die Dächer und sammeln sich auf Telegrafendrähten. Schöne, kühle Tage: Nachsommer, Ausklang, späte Blüte. Vom Samen zum Keim, vom Keim zur Blüte sind die Pflanzen gereift, bis jetzt die Zeit der Ernte gekommen ist.

In der Natur spiegelt sich unsere eigene Fülle. Auch wir sind gewachsen und zeigen Jahresringe wie die Bäume, die langsam Kreis um Kreis bilden – vom Ich zum Du, vom eigenen Wesenskern zum Engagement für die Gemeinschaft und schließlich zur Verantwortung für die Gesamtheit aller lebenden Wesen und unseren Planeten.

Nach der unbekümmerten sommerlichen Spontaneität kehren wir allmählich in die Häuser zurück und schaffen dort Ordnung und Übersicht. Unsere Intuition, die wir immer deutlicher wahrnehmen, führt uns zur Seelennahrung: Wir lernen, uns mit Schönheit zu umgeben.

*Was tust du, wenn du dich verirrt hast?*
*Bleib stehen.*
*Sieh dich um.*
*Die Bäume vor dir*
*und die Büsche neben dir*
*haben sich nicht verirrt.*
*Wo du bist,*
*ist hier.*

David White

Als ich das indianische Gedicht hörte, fühlte ich mich sofort angesprochen. Mein «Ich» ist das Zentrum meiner Wahrnehmung und gleichzeitig ein mit allem anderen untrennbar verbundener Teil des Ganzen. Manchmal habe ich das Gefühl, nur ich allein existiere wirklich, alles andere ist wie nicht vorhanden; ein andermal meine ich, die Welt drehte sich immer schneller um mich, und ich selbst gehe im Mittelpunkt des Strudels verloren.

Über die Beziehung von «Ich» und «Welt» ist viel philosophiert worden, aber theoretische Abhandlungen sollen uns hier nicht beschäftigen. Lassen Sie uns versuchen, in der nächsten Zeit herauszufinden, was es für uns bedeutet, jetzt, hier, in dieser Welt zu leben und welche Art von Verantwortung das mit sich bringt – für uns selbst und für unsere Umwelt.

Stellen Sie sich die konzentrischen Kreise vor, die entstehen, wenn Sie einen Stein in einen stillen Teich werfen. Die Mitte sind Sie, Ihre Seele, Ihr Körper. Dann kommen die ersten Kreise, die sich immer weiter ausdehnen – Ihre Familie, Ihre Freunde, die Wohnung, die Arbeit, die Stadt, das Land, die Erde und ihre Bewohner, die Gesamtheit des irdischen und transzendenten Lebens.

*Du sollst dich nicht vorenthalten.*
Martin Buber

Die moderne Physik behauptet, der Flügelschlag eines Schmetterlings könne das Wetter verändern. Sind Frauen etwa weniger maßgebend als Schmetterlinge?

Es macht einen Unterschied, wie wir handeln, ja, sogar wie wir denken und fühlen. Leider kommen uns nur zu oft unsere Selbstzweifel in die Quere und entladen sich in dem Seufzer: «Ach, was kann ich alleine schon ausrichten!» Das ist gar nicht so falsch, aber nicht weil uns die Möglichkeiten und Fähigkeiten fehlen, sondern weil wir wirklich nicht viel ausrichten können, wenn wir nicht wissen, was wir eigentlich wollen, und mit uns selbst und der Frau, die wir sein wollen, nicht in Kontakt sind.

Die Frage, die Sie sich zu Anfang des Jahres gestellt haben, hieß: «Wer bin ich?» Jetzt könnten Sie sie erweitern um den Zusatz: «... und wozu bin ich da?» Hillel, einer der Begründer des Talmud, hat sich vor fast zweitausend Jahren das folgende zu seinem Wahlspruch gemacht: «Wenn ich es nicht tue – wer sonst wird es tun? Wenn ich es aber nur für mich tue – was bin ich dann? Und wenn ich es nicht jetzt tue – wann denn soll ich es tun?»

Jeder Mensch ist einmalig und einzigartig und kann etwas bewirken, was niemand auf der ganzen Welt zu diesem Zeitpunkt und auf diese Weise genauso könnte.

Dazu ist es wichtig, mit Hilfe der intuitiven Wahrnehmung unterscheiden zu lernen, welches Verhalten antrainiert ist und welches wirklich Ihren Bedürfnissen und Ihrer Lebenssituation entspricht. Das läßt sich herausfinden, und Sie sind schon auf dem besten Wege dazu. Machen Sie sich nicht kleiner, als Sie sind.

*Es ist eine besondere intuitive Intelligenz des Weiblichen, die der Erde die Möglichkeit geben wird weiterzubestehen.* Dina Rees

Ist Intuition erlernbar? Darüber gehen die Meinungen auseinander. Frauen, die sich lange damit beschäftigt haben, meinen, das Potential sei bei uns allen vorhanden; entscheidend sei nur die Bereitschaft, es auch zu nutzen. Skeptische Wissenschaftler halten dagegen, Intuition könne einem niemand beibringen und das, was wir Ahnungen nennen, sei oft das unbewußt logische Handeln auf Grund von Erfahrungswissen, weil das Gehirn Erfahrungen speichert und sie uns zur Verfügung stellt, wenn wir sie brauchen.

Was Sie auf jeden Fall tun können, ist, auf Ihre inneren Antriebe und Signale zu achten und genau zu beobachten, wann eine Intuition sich als richtig erweist. Welches Erlebnis fällt Ihnen dabei ein?

Denken Sie dabei nicht gleich an Hellsehen oder Gedankenlesen. Sind Sie nicht schon an den Briefkasten gegangen mit dem sicheren Gefühl, daß etwas Wichtiges darin liegt? Wie oft haben Sie an eine Person gedacht, und Minuten später klingelte das Telefon, und ebendiese Person hat sich gemeldet? Hatten Sie nicht schon Träume, die Ihre Gefühle gegenüber einem anderen Menschen dargestellt haben, bevor Sie selbst sie erkannten?

All das sind Beispiele für Intuition. Frauen sind angeblich intuitiver als Männer, zumindest was zwischenmenschliche Beziehungen angeht. Das mag mit ihrer Sozialisation zusammenhängen oder auch nicht, aber wie dem auch sei, verstehen Sie es als Vorteil. Sie können nur davon profitieren. Sobald Sie beginnen, auf Ihre Intuition zu achten, wird sie Ihnen in vielen Situationen zu Hilfe kommen.

*Ich möchte das angeborene Talent des Körpers zur Freude an sich selbst aufleben lassen und versuchen, die seelischen Wunden zu heilen, indem ich dem Menschen ein neues und positives Gefühl für seinen eigenen Körper zu vermitteln versuche.* Trudi Schoop

Ohne Körper würden wir nicht existieren und könnten auch keine Intuition entwickeln. Das klingt schon so selbstverständlich, daß wir es oft vergessen und meinen, unser Seelenleben sei so etwas wie ein Flugkörper, der von der Raumstation abgekoppelt die unermeßlichen Weiten des Weltraums erforscht. Spätestens wenn das Benzin ausgeht, merken wir, daß die Versorgung mit lebenswichtigen Substanzen die Grundlage für alle Höhenflüge ist – und mehr als das. Eine verrostete, unzureichend in Stand gehaltene Raumstation kann uns nicht mehr ausreichend versorgen und ihrer Funktion als Ruhepol nicht mehr nachkommen.

Ich will den Vergleich nicht zu weit treiben, damit er nicht anfängt zu hinken. Bei allem Interesse an psychischen Phänomenen dürfen wir nicht vergessen, daß es der Körper ist, der von früh an unser wichtigstes Erfahrungsinstrument ist, und daß wir noch nicht im entferntesten wissen, was alles in ihm steckt.

Geben Sie Ihrem Körper die Freiheit, die er braucht, dann wird er sich von selbst dem zuwenden, was ihm guttut. Oft ist es die Bewegung, die ihm fehlt – schaukeln, schlenkern, kugeln, wiegen, hüpfen, springen, toben, werfen, sich wälzen oder was ihm sonst noch einfällt. Noch ist es draußen warm genug, um sich eine Wiese als Spielplatz auszusuchen.

Lockern Sie die geistigen Zügel, gleich am Morgen. Geben Sie Ihrer Lust an der Bewegung nach. Bekennen Sie sich zu Ihren spielerischen Impulsen. Tänzeln Sie durch die Wohnung, wiegen Sie sich in den Hüften. Ihr Körper wird sich freuen, Ihr Energiefluß zunehmen und der Tag ein anderes Gesicht bekommen.

*Es lohnt sich, sich mit der eigenen Mitte auszusöhnen, denn hier sitzt unsere ganze Lebenskraft. Gefühle, Sinnlichkeit und Identität sind eng mit dem Bauch verbunden.* Kerstin Brockmann

Alle reden davon, daß wir mehr «aus dem Bauch» leben sollen, aber beim Blick nach unten möchten wir den Bauch lieber gar nicht sehen: einundsiebzig Prozent der Frauen, ermittelte die Zeitschrift *Vital*, finden ihren Bauch zu dick, zu wabbelig, einfach lästig. Mit ansteigender Tendenz.

Wie können wir uns aber vor Lachen den Bauch halten, wenn kaum noch Bauch vorhanden ist? Wie sollen wir die Wut im Bauch spüren, wenn wir ihn ständig einziehen?

Allenfalls Liebe und Sexualität machen sich noch deutlich im Leib bemerkbar. Es kribbelt und zieht in der Magengegend, wenn wir verliebt sind, und bei einer Schwangerschaft wölbt sich der Bauch als unverkennbares Zeichen der Fruchtbarkeit nach vorne. Aber beim kleinsten Speckröllchen greifen wir gleich wieder zum Badeanzug statt zum Bikini und kaschieren die rundlichen Formen mit Farben und Mustern, die «der Figur schmeicheln», was im Klartext sie verstecken heißt.

Für die Bauchtänzerin Jabel ist ihr Tanz die pure Freude am eigenen Körper. Orientalinnen, findet sie, haben ein anderes Körpergefühl als westliche Frauen. «Sie bekennen sich zu ihrem Bauch und finden ganz und gar nicht, daß Rundungen die Schönheit einer Frau verunstalten.»

Strecken Sie sich heute ein paar Minuten entspannt aus, legen Sie die Hände oder ein weiches Kissen auf den Bauch, und sagen Sie sich mehrere Male: Im Zentrum meines Bauches ist Wärme und Wohlbehagen. Fühlen Sie, wie ein von der Mitte ausgehendes warmes Licht Ihren Körper durchflutet.

*Auf dem Weg zur rechten Form befindet sich der Mensch erst, wenn er lernt, seine Leibesmitte, seinen Bauch, in der rechten Weise wahr-zunehmen.*
Karlfried Graf Dürckheim

Im Zen-Buddhismus gibt es den Begriff «Hara», was wörtlich übersetzt Bauch heißt, im Grunde aber die Gesamtverfassung des Menschen meint, die Mitte, durch die die universale Kraft in ihn einströmen kann.

Klingt das zu abstrakt? Ich will Ihnen ein Erlebnis schildern, das mir eine Ahnung davon vermittelt hat, was alles möglich ist, wenn die Kraft der Mitte wirksam wird.

Ich fuhr mit dem Fahrrad durch den Wald und war auf einen sehr holprigen Weg geraten. Er war abschüssig, und ich wurde immer schneller. Die Bremsen zogen nicht mehr richtig. Ich bekam Angst. Sollte ich mich vom Rad fallen lassen, bevor ich gegen einen Baum prallte? Es war schrecklich, bis auf dem Höhepunkt der Panik plötzlich alles Denken verflog und sich mein Schwerpunkt in den Bauch verlagerte. Von da an ging alles wie von selbst: Ich sauste mit Karacho den Abhang hinunter, kurvte elegant um alle Hindernisse und wußte, daß etwas geschah, was ich nicht bewußt steuerte, was mir aber eine ungeheure Stärke und Freude verlieh.

Ich weiß immer noch nicht, was da passiert ist. Ich weiß nur, daß es einmalig war und ich seither versuche, mittels völlig unesoterischer Übungen die Blockaden im Bauch zu lösen und ein freundschaftliches Verhältnis mit meiner Mitte zu pflegen. Dazu lege ich manchmal beide Handflächen auf den Bauch und beschreibe erst große, leichte Kreise im Uhrzeigersinn, dann immer kleinere, feste. Zur Entkrampfung der inneren Organe beuge ich mich leicht vornüber, lege die Oberseite der Finger unter den Rippenbogen und beschreibe ebenfalls kleine Kreise. Diese Übungen tragen zu einer inneren Haltung der Gelassenheit bei, mit der uns alles leichter von der Hand geht.

*Er hat gedacht, die Frau, die in das Apartment unter ihm eingezogen ist, sei die Amerikanerin mit der sanften Stimme, die Frau, die immer so höflich auf der Treppe war. Falsch. Es war Attila. Es ist Attila.*

Donna Leon

*Wohin mit meiner Wut* heißt ein vielgelesenes Buch von Harriet Goldhor Lerner. Die Wut im Bauch bleibt häufig da stecken und führt zu allen möglichen Beschwerden, weil es Frauen jahrhundertelang als unweiblich angekreidet wurde, wenn sie ihr offen Ausdruck gaben.

Wütende Frauen sind bedrohlich. Kürzlich wurde im Fernsehen ein Film gezeigt, in dem eine gereizte Bärenmutter, die ihren Nachwuchs beschützen wollte, ein fremdes Bärenmännchen einen Baum hochtrieb, von dem es sich erst nach einer vollen Stunde wieder heruntertraute, als die Bärin schon längst nicht mehr in der Nähe war. Müttern werden diese Aggressionen nicht übelgenommen, solange sie sie ausschließlich zum Schutz und Wohl ihrer Kinder einsetzen – dann erregen sie sogar Bewunderung.

Was aber muß passieren, damit Frauen sich zu ihrer vollen Größe aufrichten und für sich selbst kämpfen? Persönlicher gefragt: Warum richte ich die Wut so oft gegen mich selbst statt gegen das, was mich wütend macht? Warum nehme ich Kopfschmerzen, Magendruck, Hautausschläge und mehr in Kauf, nur um dem Bild der «netten Frau» zu entsprechen? Aber andererseits, darf ich überhaupt wütend werden, wenn ich doch eigentlich für ein friedliches Zusammenleben eintrete?

Harriet Goldhor Lerner gibt eine Antwort, die mich überzeugt: «So wie der physische Schmerz uns zum Beispiel sagt, daß wir die Hand vom heißen Ofen nehmen müssen, und so den Körper schützt, beschützt der Schmerz, der unsere Wut auslöst, den Kern unserer Ich-Integrität. Unsere Wut kann uns motivieren, zu den Vorstellungen, die andere von uns haben, ›nein‹ zu sagen und die Forderungen unseres inneren Selbst zu bejahen.»

*Ein spirituelles Ritual muß nicht unbedingt etwas mit jenseitigen Dingen zu tun haben, sondern könnte die Heiligkeit des Natürlichen und Realen feiern: Frauen, Erde, Fleisch, alltägliches Leben, menschliche Beziehungen.*

Barbara Walker

Sollten Sie den indischen Film *Fire* von Gita Meehta gesehen haben, erinnern Sie sich bestimmt noch an die Szene, in der die beiden Schwägerinnen einen Fastentag begehen. Er ist ihnen von der Religion auferlegt, und die jüngere, rebellischere der beiden lehnt sich innerlich gegen ihn auf, da sie mit dieser Art von Tradition nichts mehr zu tun haben will. Aber das entfremdete Ritual wandelt sich zu einer wunderschönen Feier weiblicher Anmut und Grazie. Die beiden Frauen nehmen den Tag, an dem sie nicht arbeiten dürfen, als Zeit für sich selbst und füreinander: Sie schmücken sich gegenseitig, bewundern ihre festliche Kleidung, bieten sich Wasser an und festigen dadurch ihre zärtliche Verbundenheit, die im Laufe des Films zu Liebe wird.

Auf Rituale, die uns nichts mehr bedeuten, können wir verzichten. Das heißt aber nicht, daß Rituale überhaupt unnötig geworden sind. Warum sollen wir sie nicht umfunktionieren und mit neuen Inhalten füllen? Wenn wir Riten begehen, begeben wir uns, wie Elisabeth Hämmerling in ihrem Buch *Mondgöttin Inanna* schreibt, bewußt in die Rolle der Gestalterin und legen die Rolle des Opfers ab.

Ein Ritual kann im Anzünden einer Kerze bestehen, im Bad vor einem wichtigen Ereignis, im täglichen Hören einer bestimmten Musik, im Sprechen eines Gebetes am Morgen oder Abend. Gemeinsam mit anderen Frauen wird es noch wirkungsvoller. Es zentriert Ihre psychische Energie auf ein Symbol und gibt Ihren Ausdrucksformen eine Struktur.

*Eine Nacht hier, und mein Körper ist ausgeruht, zwei Nächte, und mein Geist ist zufrieden, und nach drei Nächten befinde ich mich in einem Zustand äußerster Gelassenheit und Selbstvergessenheit.*

Po Chü-i

Der chinesische Dichter Po Chü-i fragt sich in seinen *Aufzeichnungen über das Landhaus am Berge Lu* aus dem Jahre 817, warum selbst ein kurzer Aufenthalt in seinem Haus eine so beruhigende Wirkung hat, und findet die Antwort: Südlich des Hauses erblickt er einen von alten Zedern und Kiefern gesäumten Bach. Im Norden erhebt sich eine rauhe Felswand, die von grünen Pflanzen bewachsen ist, im Osten rauscht ein Wasserfall am Haus vorbei, der in der Dämmerung wie weiße Seide glänzt und dessen Klang ihn an Ohrgehänge aus Jade erinnert. Im Westen bildet das Wasser, das er aus einer Quelle umgeleitet hat, einen stetigen Nebel aus winzigen Perlen.

Spazierwege führen in eine Gegend voller landschaftlicher Schönheiten: im Frühjahr die Blüten im Brokat-Tal, im Sommer die Wolken aus der Steintor-Schlucht, im Herbst der Mond über dem Tigerfluß, im Winter der Schnee auf dem Gipfel des Weihrauchfaß-Berges.

Wer würde sich da nicht wohl fühlen, könnte man neiderfüllt meinen. Es ist doch keine Kunst, sich über die Alltagssorgen zu erheben, wenn man von exquisiten landschaftlichen Reizen umgeben ist! Doch Po hat viel getan, um sich diese Umgebung zu schaffen. Mit Steinen, Erde, Pflanzen und mit seinem unbändigen Drang nach Harmonie von Natur und Menschenwerk.

Das können wir ebenfalls tun, wenn auch nicht in dieser Größenordnung. Ein richtig plazierter Stein in der Wiese, eine wassergefüllte Schale mit einer einzelnen Blüte, das ist schon ein guter Anfang. Und die Bereitschaft, Überflüssiges zu entfernen, Wildwuchs zu kappen, denn sonst geht die Wirkung einzelner Gegenstände oder Arrangements vollständig verloren.

Die chinesische Lebensart war immer auf Beschränkung ausgerichtet: Sparsamkeit der Mittel, präzise Anordnung der Objekte. Sinn für Harmonie, Zeit für den Genuß.

*Diese Welt ist ständig durch zwei Dinge bedroht:
durch Ordnung und Unordnung.*

Paul Valéry

Viele von uns haben ein zwiespältiges Verhältnis zur Ordnung und sich irgendwo zwischen Zwanghaftigkeit und Chaos eingependelt. Es heißt oft, wer innerlich verworren sei, brauche eine umso rigidere äußere Ordnung und umgekehrt, aber ganz so einfach ist es sicher nicht.

Als bekanntermaßen unordentlicher Mensch habe ich mich lange gefragt: Wozu brauche ich überhaupt Ordnung? Auch auf meinem chaotischen Schreibtisch finde ich alles, was ich suche, und wen die vielen Häufchen in der Wohnung stören, hält sich an Unwesentlichem auf.

Dann bekam ich ein gerade erschienenes Buch in die Hände und wurde flugs als Messie geoutet. Nein, nicht Nessie wie das schottische Seeungeheuer, sondern Messie, wie das englische *mess*, das Unordnung, Chaos, Durcheinander heißt.

Schon das erste Kapitel trug eine Überschrift, die sich wohltuend von allen Ratgebern, die mich zur perfekten Hausfrau ummodeln wollten, unterschied. Es hieß: «Sich selbst annehmen.» Darin erfuhr ich: Messies sind wie Albatrosse. Auf dem Boden watscheln sie tolpatschig umher und quälen sich mit ihren Schwächen ab, in der Luft wirken sie überaus graziös und schwingen sich zu ungeahnten Höhen auf.

Anders gesagt: Frauen (und Männer), die vergeblich gegen ihren Hang zur Unordnung ankämpfen, sind nicht unverbesserliche, rücksichtslose Schlampen, sondern haben ganz einfach eine Schwäche, die sie beseitigen können, wenn sie aufhören, gegen sich selbst zu kämpfen. Das Abwerten der eigenen Person gehört zu den Gründen, weshalb Messies ihr Verhalten nicht ändern können: Sie sind es gewohnt, sich und ihre Bedürfnisse zu übergehen, und gestehen sich ein heiteres, schönes Leben im Grunde nicht zu.

*Der Raum, in dem wir sitzen, könnte kein größerer Kontrast zu dem Kellerloch sein. Mit seinen alten, eichenen Deckenbalken und Bogenfenstern gleicht er eher einer Kapelle. Vor dem Fenster mit Blick auf den See stehen ein Jasminstrauch und ein Orangenbaum mit ineinander verschlungenen Zweigen, auf dem Fensterbrett liegt ein zerbrechlicher antiker Fächer aus weißer Seide.* Simon Worrall

Berührt das Wort «Unordnung» bei Ihnen einen wunden Punkt? Fühlen Sie sich mit der Organisation des Alltags überfordert und unterfordert gleichermaßen?

Das Buch, von dem ich gestern sprach, heißt *Im Chaos bin ich Königin.* Als langjähriger Messie habe ich mir die Tips von Sandra Fenton angesehen und halte sie für praktikabel, weil sie da anfangen, wo das Problem sitzt – im Kopf. Unordentliche Menschen werden von der Autorin nicht abqualifiziert, sondern ernst genommen als gefühlsbetonte, kreative Personen, die sich ein schönes Zuhause und einen sinnvollen, befriedigenden Lebensstil durchaus wünschen und nur die Wege zur Umsetzung ihrer Wünsche noch nicht gefunden haben.

Bei Messies spielt sich der Großteil des Lebens in Gedanken ab, deshalb nehmen sie fehlende Glühbirnen und Papierstapel in Kauf. Sie warten darauf, für bestimmte Tätigkeiten in der richtigen Stimmung zu sein, sie trauen ihrem Geschmack und ihren Bedürfnissen nicht und halten sich schnell für egoistisch. Sie bewahren zu viel auf, räumen nichts weg und vergeuden Zeit. Glücklich macht sie das alles nicht.

Vergessen Sie die guten Vorsätze. Vergessen Sie Willenskraft und Disziplin und schlechtes Gewissen. Damit gehen Sie nur drei Schritte vor und zwei zurück. Sagen Sie sich statt dessen immer wieder eines: Ich verdiene eine schöne Umgebung, und ich habe die Fähigkeit, sie mir zu schaffen. Ich werde sie mir gönnen.

*Wir wissen, daß zu unseren Grundbedürfnissen Essen, Kleidung, Unterkunft und vielleicht auch noch Gemeinschaft gehören, aber nur sehr selten betrachten wir Schönheit als eine Notwendigkeit … Mangel an Schönheit – Häßlichkeit – macht unseren Geist traurig.*

Jean Lush

Wie schaffen wir uns Schönheit? Welches ist der passende Rahmen, in dem wir uns nicht nur leidlich wohl, sondern wirklich beheimatet fühlen?

Da Messies zu Spontankäufen neigen, besitzen sie auserlesene Kunstgegenstände, nur kommt die schönste Glasvase nicht zur Geltung, wenn sie von Zeitschriften und Nähröllchen umgeben ist. Mit ihrem ausgeprägten Sinn für Ästhetik begeistern sich Messies für die phantasievoll eingerichtete Wohnung der Freundin und kaufen sofort den gleichen Vorhangstoff, der dann im Schrank liegenbleibt, weil die Farben nicht zum Teppich passen.

Das Bett dient Messies häufig als Rettungsboot im allgemeinen Chaos; vor allem Frauen, die sich vom Familientrubel in die Enge getrieben fühlen, packen es voll mit Büchern, Schokolade und Telefon.

Familienfrauen entwickeln zudem eine Art Tunnelblick: Sie neigen mit den Jahren dazu, beim Möbelkauf nur noch auf leicht abwischbare Flächen und runde Tischkanten zu achten. Hauptsache praktisch und kindersicher. Nicht umsonst behauptet Libby Purves bissig: «Mutterschaft ist eher eine Arbeitsplatzbeschreibung als eine Sache des Geschlechts.» Irgendwann weicht die Sehnsucht nach dem hellen Teppich und der Gläsersammlung der Resignation, auch wenn keine Kinderhorde mehr durch die Wohnung fegt.

Überlassen Sie die Gestaltung Ihrer Umgebung nicht länger der Funktionalität oder dem Zufall, dann werden Sie auch Lust bekommen, etwas mehr Arbeit in sie zu investieren.

*Die meisten Frauen, die arbeiten ja nicht aus ideellen Gründen, die arbeiten, weil sie's müssen.* Ellen N.

Und jetzt endlich ein paar konkrete Tips für Messies, die schon mal anfangen wollen, auch wenn sie noch nicht hundertprozentig einsehen, warum sich etwas ändern sollte:

- Packen Sie alles, was schon seit Monaten zur Reinigung, zum Schuhmacher, zur Reparatur, in den Second-hand-Laden muß, in den Kofferraum Ihres Autos. Dann ist es aus der Wohnung verschwunden, und Sie haben es griffbereit zum Abliefern.
- Kaufen Sie grundsätzlich nichts Neues ungeplant für die Wohnung. Lassen Sie es sich zwei Tage reservieren, und denken Sie zu Hause darüber nach, ob Sie es wirklich brauchen und wo es hinpaßt.
- Schicken Sie alles, was gegen Ihren Willen in Ihrem Briefkasten landet, postwendend an den Absender zurück. Halten Sie sich nicht mit Telefonaten auf. «Gebühr zahlt Empfänger» – und in den Briefkasten damit.
- Legen Sie eine Einkaufsliste an, in die Sie die Woche über alles Fehlende eintragen, und machen Sie einmal wöchentlich einen Großeinkauf, aber nicht am Wochenende, sondern Dienstag oder Mittwoch. Damit ersparen Sie sich viele kleine Gänge und Zeitverlust. Legen Sie einen Wochentag fest, an dem Sie regelmäßig zum Markt und zum Getränkehändler fahren.
- Machen Sie einen konkreten Plan, wie Sie Ihre Wohnung oder Ihr Haus verschönern wollen. Schreiben Sie die einzelnen Punkte auf, und setzen Sie sich einen realistischen Zeitrahmen; er darf großzügig bemessen sein. Legen Sie am besten sogar ein Zieldatum fest, und notieren Sie es. Untergliedern Sie Ihren Plan in einzelne Schritte, und plazieren Sie das Blatt so, daß Sie es jeden Tag sehen können. Merken Sie im Laufe der Zeit, daß Sie zu knapp kalkuliert haben, setzen Sie, ohne sich Vorwürfe zu machen, ein neues Datum fest, das Sie als verbindlich betrachten.

*Tatsachen schafft man nicht dadurch aus der Welt, daß man sie ignoriert.*

Aldous Huxley

Normalerweise gibt es zwei Möglichkeiten, mit unangenehmen Aufgaben umzugehen – sie sofort erledigen oder sie so lange wie möglich aufschieben. Sofort erledigen ist natürlich zweckmäßig und effektiv, bringt aber akute Unlust mit sich. Aufschieben ist momentan eine deutliche Entlastung, schafft aber innere Unruhe und Schuldgefühle, und erledigt ist die Sache dann immer noch nicht.

Es gibt allerdings noch einen dritten Weg. Reden Sie sich die Unlust von der Seele. Steht Ihnen das ungeliebte Fensterputzen/ Badewannenschrubben/ Bücherabstauben/ Hemdenbügeln bevor, rufen Sie eine gute Freundin an, und erklären Sie ihr: «Ich hasse Fensterputzen/ etc., aber das Glas ist so verdreckt, daß man nicht mehr durchsehen kann, deshalb werde ich mich jetzt gleich dranmachen. Entsetzlich! Mir graust davor!» Klagen und jammern Sie nach Herzenslust. Das ist, wie sich allmählich herumspricht, eine sehr gesunde Art, mit Belastungen umzugehen.

Drei Punkte zur Beachtung: Sie sollten wissen, wem Sie es zumuten können; Sie dürfen nicht gebetsmühlenartig stets dasselbe wiederholen; Sie sollten sich nach dem Klagelied auch wirklich ans Werk machen.

Wenn Sie diese Regeln beachten, steht einem Jammeranruf oder Brief nichts mehr im Wege. Machen Sie Ihrer Freundin klar, daß Sie wissen, was Sie tun, sonst fühlt sie sich womöglich zum Mülleimer degradiert. Begrenzen Sie die Litanei auf fünf Minuten, das sollte genügen, um sich Luft zu machen. Beschränken Sie sich auf das Thema. Geben Sie nicht der Versuchung nach, zu den grundsätzlichen Mängeln ihrer Partnerschaft abzuschweifen und auf das Los der Frauen im allgemeinen einzugehen.

Danach greifen Sie laut aufseufzend zum Fensterleder und schreiten Sie zur Tat.

*Allen meinen Freunden an der Küste ist wohlbekannt, daß ich jedes Gefühl für Datum und Uhrzeit sowie meine Haarnadeln verliere, wenn ich zufrieden und glücklich bin.* Mary Kingsley

Wenn Sie einen Namen oder einen Termin vergessen, brauchen Sie sich nicht gleich die Haare zu raufen oder mit beginnender Verkalkung zu kokettieren. Niemand verwehrt Ihnen Hilfsmittel zur Entlastung, und der einzige Vorwurf, den Sie sich machen können, ist der, daß sie diese nicht nutzen.

Eine meiner ehemaligen Klassenkameradinnen arbeitete erfolgreich mit der cleveren Methode: «Erinnert mich daran, daß...» Brav erinnerte die Klasse sie an Hausaufgaben, Verabredungen, Vokabeltests. Vergaßen wir es einmal, hatte sie eine Menge Sündenböcke, denen sie die Schuld zuschieben konnte.

Sie müssen nicht Ihre Freundinnen einspannen, doch wozu gibt es Listen, Terminkalender, Notizbücher, Pinnwände? Es ist einfach unsinnig, das Gehirn mit Unnötigem vollzustopfen. Wenn Sie es trainieren oder es, im neueren Sprachgebrauch, zum «Jogging» überreden wollen, können Sie ebensogut Balladen aufsagen oder, wie in dem Film *Fahrenheit 451*, Ihr Lieblingsbuch auswendig lernen.

Eine Grundfrage heißt: Wieviel Verantwortung wollen Sie für Ihre Zeiteinteilung übernehmen? Anders gesagt: Alle Zeitplansysteme nützen nichts, wenn sie nicht konsequent umgesetzt werden. Im schlimmsten Fall verbringen Sie mehr Zeit mit der Planung Ihrer Aufgaben als mit deren Erledigung. Es macht ja auch solchen Spaß, Listen zu schreiben!

Eine zweite Frage lautet: Nach wessen Maßstäben richten Sie sich bei Ihrer Zeiteinteilung? Nach Ihren eigenen oder nach den Anforderungen des Chefs/ der Familie/ der Eltern/ der Kinder/ der kulturbedingten Norm?

*Ich weiß, daß eine gut gestellte Frage auch eine gute Antwort nach sich ziehen wird.* Vivienne Forester

Mal ehrlich: Steckt nicht oft hinter dem «Ich habe keine Zeit» eigentlich ein «Ich habe keine Lust»? So weit hergeholt ist das nicht, oder? Drei Beispiele:

Sie haben eine harte Woche hinter sich und freuen sich unbändig auf ein Wochenende ohne Termine, da kommt ein Anruf, und man will Sie zu einem Sonntagsausflug einladen. Sie sagen bedauernd: «Oh, ich kann nicht, ich muß unbedingt die Wohnung in Schuß bringen», obwohl Sie schon den Liegestuhl auf den Balkon gestellt haben und zwei Tage lang nur lesen und schlafen wollen. Schaffen Sie es beim nächsten Mal, abzusagen und Ihre wahren Gründe zu nennen?

Sie platzen immer eine Viertelstunde zu spät in Ihren abendlichen Spanischkurs hinein. Mal kommt dies in die Quere, mal jenes. Sie entschuldigen sich damit, daß Sie gerade erst nach Hause gekommen sind. Würden Sie sich eingestehen, daß Sie sich vielleicht übernommen haben und abends lieber die Beine hochlegen würden?

Sie möchten frühmorgens gerne regelmäßig Gymnastik machen, aber das geht nicht, weil Sie seit Jahren um acht Uhr im Büro anfangen und nicht noch früher aufstehen wollen. Wäre es nicht denkbar, daß Sie die Übungen genausogut abends machen könnten und sich in Wahrheit von der notwendigen Disziplin abgeschreckt fühlen?

Sie kennen solche Szenarien. Hinter Zeitmangel steckt oft die unbewußte Strategie, Unlust zu vermeiden. Versuchen Sie, diesen Strategien auf die Schliche zu kommen.

Weder fehlende Selbstdisziplin noch Unpünktlichkeit noch Unordentlichkeit sind ein Fall für den moralischen Zeigefinger. Sie sind einfach Anzeichen dafür, daß Sie sich überfordern.

*Man ist nicht glücklich durch das, was man besitzt und genießt, sondern durch das, was man entbehren kann.* Erna Hoch

Als Sokrates, der so bedürfnislos lebte, daß er nicht einmal Schuhe trug, gefragt wurde, warum es ihn immer wieder zum Marktplatz zog, antwortete er: «Ich gehe hin, um festzustellen, wie viele Dinge es gibt, ohne die ich sehr gut auskomme.»

Märkte sind ein Magnet, denen sich kaum jemand entziehen kann. Machen Sie die Probe aufs Exempel. Gehen Sie auf einen besonders reichhaltigen, bunten Markt, ohne sich Geld einzustecken. Halten Sie sich nicht gleich für Sokrates, der philosophisch über dem Ganzen stand. Tun Sie nicht so, als würde es Ihnen leicht fallen zu verzichten.

Hören Sie Ihrem inneren Dialog zu. «Diese herrliche blaue Keramikschüssel würde so gut aussehen.» («Aber ich habe schon sechs Schüsseln, die ihren Zweck durchaus erfüllen.») «Diese weißen Leinenschuhe würden genau zu meinen weiten Hosen passen.» («Aber mein Schuhschrank quillt über, und die Sandalen sind auch noch ziemlich neu.»)

Und so weiter, und so fort. Es ist eine harte Übung, zugegeben. Sie sollen sich keineswegs zu verbissener Askese verdonnert fühlen. Nehmen Sie die Sache spielerisch. Hören Sie der Stimme zu, die bettelt und drängt: «Ich hätte gerne, ich möchte aber, es gefällt mir doch so gut!» Und dann lächeln Sie und antworten ihr: «Aber du brauchst nicht. Heute nicht. Schau dir die schweren Tüten an, die die anderen mit sich herumschleppen, und freue dich deiner unbelasteten Arme und Hände, während du umherschlenderst und dem bunten Treiben zusiehst.»

Sie werden eine besondere Art der Unabhängigkeit erleben. Denn statt in Gedanken damit beschäftigt zu sein, was Sie kaufen und wieviel Sie kaufen wollen, wofür Sie Ihr Geld ausgeben und wofür es nicht reicht, können Sie spüren, wie es ist, sich absichtslos und ungezwungen der Farbigkeit des Lebens zu öffnen. Ist das nicht Freiheit?

*Wenn einer allein träumt, bleibt es ein Traum. Träumen wir aber alle gemeinsam, wird es Wirklichkeit.* Helder Pessoa Camara

In vielen indianischen Völkern gilt die Liebe zum Besitz als Schwäche, die überwunden werden muß. Deshalb werden Kinder schon früh zur Freigiebigkeit ermuntert. Bei jeder Zeremonie – bei der Geburt eines Kindes, bei jeder Hochzeit und Totenfeier – werden öffentlich Geschenke verteilt. Es ist zu solchen Anlässen üblich, seine ganze Habe auszuteilen. Alles wird verschenkt, was man besitzt, an Verwandte, an Gäste aus einem anderen Stamm oder einer anderen Sippe, vor allem aber an die Armen und Alten, von denen keine Gegengabe zurückerwartet werden kann.

Wer schon als Kind so etwas erlebt, bleibt davon nicht unberührt. Ich stelle mir vor, daß sich dadurch eine Haltung entwickelt, die vom Ich zum Du führt:

Ich kümmere mich nicht nur um das, was mir gehört, da es mir schon morgen vielleicht nicht mehr gehört.

Ich lerne, auf die Bedürfnisse anderer Menschen zu achten, besonders wenn sie schwach und krank sind.

Ich erfahre, daß Helfen nichts mit Überlegenheit oder Überheblichkeit zu tun hat.

Ich erlebe mich als Teil einer Gemeinschaft, in der alle Mitglieder geachtet und aufgehoben sind.

Ich erkenne, daß es eine Welt außerhalb von mir gibt, mit der ich in wechselseitigem Geben und Nehmen verbunden bin.

Sie haben als Kind wahrscheinlich ganz andere Erfahrungen gemacht. Da war es üblich und wichtig, auf das, was einem gehörte, aufzupassen, sich mit anderen zu vergleichen (wer hat das hübschere Kleid, mehr Spielsachen, mehr Taschengeld), sich für teure Geschenke besonders artig zu bedanken.

Wie ist Ihre Einstellung zum Geben und Nehmen? Was möchten Sie beibehalten, was ändern?

*Leute, die alles bedenken, ehe sie einen Schritt tun, werden ihr Leben auf einem Bein verbringen.* Sprichwort

«Es gibt Notwendigkeiten, die lassen es einfach nicht zu, daß man sich ignorant verhält», sagt Lis Spans, die die Kinder-Aids-Hilfe in Deutschland gegründet hat. Die Düsseldorfer Geschäftsfrau war durch eine infizierte Freundin, die sie bei sich aufgenommen hatte, auf die sozialen Folgen der Krankheit aufmerksam geworden. Sie beließ es nicht bei privater Hilfe, sondern gründete einen Verein, der innerhalb von zwei Jahren eine neue Kinderkrankenstation etablieren konnte.

Das vielfältige ehrenamtliche Engagement von Frauen ist bekannt, und ihre Bereitschaft dazu wird nicht selten ausgebeutet. Deshalb aber alles auszublenden, was uns an unserem sozialen Gewissen packt, wäre der falsche Schluß. Wer sollte sich mit benachteiligten Frauen solidarisch fühlen wenn nicht andere Frauen? Und Solidarität ist bitter nötig: Frauen bekommen weniger Lohn für gleiche Arbeit, Frauen sind bei Scheidungen finanziell benachteiligt, Frauen leiden unter sexueller Gewalt, Frauen sind zunehmend suchtgefährdet, von Obdachlosigkeit bedroht, von kriegerischen Auseinandersetzungen betroffen. Mehr als fünfundsiebzig Prozent der Flüchtlinge weltweit sind Frauen und Kinder.

Glücklicherweise mangelt es nicht an Vorbildern für zielgerichtetes Handeln: Hier kämpft eine Ordensschwester gegen den Sextourismus, da richten Studentinnen eine Beratungsstelle für sexuell mißbrauchte Mädchen ein, dort begleitet eine gelernte Juristin Flüchtlingsfrauen auf Behördengängen.

In einem englischen Pilgergebet heißt es: Gott, gib mir die Gelassenheit, Dinge hinzunehmen, die ich nicht ändern kann, gib mir den Mut, Dinge zu ändern, die ich ändern kann, gib mir die Weisheit, das eine vom andern zu unterscheiden.

Ich würde sagen: im Zweifelsfall für den Mut!

*Einen Engel erkennt man erst, wenn er vorübergegangen ist.*

Buch Tobit

Ein Staudamm sollte gebaut werden, und die Bevölkerung des Dorfes, das im Wasser versinken würde, mußte evakuiert werden. Alle folgten der Aufforderung, bis auf einen sehr gottesfürchtigen, tugendhaften alten Mann, der sich weigerte, sein Haus zu verlassen.

Kurz bevor das Tal geflutet wurde, klopfte ein Nachbar an das Haus des alten Mannes. «Komm mit uns», redete er ihm zu, «bald wird das Dorf unter Wasser stehen.» «Nein, ich komme nicht», erwiderte der Alte. «Ich habe mein Leben lang Gott treu gedient, er wird kommen und mich retten.»

Das Tal wurde geflutet, das Wasser erreichte die Häuser. Der alte Mann stieg in den zweiten Stock hinauf. Die Sache ließ dem Bürgermeister des Dorfes keine Ruhe; er besorgte sich ein Boot und ruderte hin. Inständig bat er den Mann, sich doch mit ihm zusammen in Sicherheit zu bringen. Der alte Mann schüttelte den Kopf. Sein Gott würde ihn retten.

Das Wasser stieg weiter, und der Alte flüchtete sich auf das Dach. Man schickte ihm einen Hubschrauber. Der Pilot kreiste über dem Dach und ließ eine Leiter hinunter, aber der Alte lehnte jede Hilfe ab.

Das Wasser stieg und stieg, und der Alte ertrank. Er kam in den Himmel. Voller Empörung verlangte er Gott zu sprechen und machte ihm Vorwürfe: «Ich habe Dir mein Leben lang treu gedient, und als Dank hast Du mich jämmerlich ertrinken lassen!» Gott sah ihn freundlich an und erwiderte: «Ich habe dir deinen Nachbarn geschickt, ich habe dir den Bürgermeister geschickt, und zuletzt habe ich dir sogar einen Hubschrauber geschickt. Was verlangst du denn noch?»

*Jede, die vom Strand aus die Sonne beobachtet, hat ihren eigenen Lichtweg und sieht nur diesen.* nach Christoph Aigner

Ein Sonnenuntergang am Meer – er mag sich noch so oft wiederholen, eintönig wird er nicht. Die Sonne gießt flüssiges Gold auf die Wellen, und es entsteht der Eindruck, als könnten wir auf dem Wasser zu ihr hinwandeln. Als Schülerin wollte ich einen Roman schreiben und ihn *Der Weg zur Sonne* nennen. Er sollte von Kindern verschiedener Nationen handeln, die gegen den Willen ihrer verfeindeten Eltern zusammenhalten und ein friedliches Gemeinschaftsleben verwirklichen. Schon damals gefiel mir das symbolische Bild, daß jede und jeder, der am Strand steht, einen eigenen, leuchtenden Weg sieht, der zu einem gemeinsamen Ziel führt.

Gemeinsamkeit muß nicht immer durch einen Kreis dargestellt werden. Wir sind nicht nur dann miteinander verbunden, wenn wir uns einander zuwenden. Wenn eine gewisse Vertrautheit hergestellt ist, entsteht nicht selten das Bedürfnis, Dinge zu erleben und in Bewegung zu setzen, die uns einem gemeinsamen Ziel näher bringen. Der Weg dorthin ist nicht für alle gleich.

Versuchen Sie mit Menschen, die Ihnen nahestehen, herauszufinden, was Ihnen gleichermaßen am Herzen liegt. Das können konkrete Wünsche sein wie eine schöne Wohnung, Zeit für eine Reise, ein Hobby. Das können grundsätzlichere Ziele sein wie gesund leben, Kinder großziehen, eine befriedigende berufliche Position finden. Es können auch Ideen sein, die über das Private hinausgehen: sich für politische Ziele engagieren, sich für Umweltfragen einsetzen, benachteiligten Menschen helfen.

Seien Sie ehrlich sich selbst und anderen gegenüber. Lassen Sie sich nicht auf halbherzige Kompromisse ein. Hören Sie auf die Stimme Ihrer neuen Freundin, die genau weiß, wo das Zentrum Ihrer Suche liegt.

*An dem Ende des Gartens sind immerduftende Beete, voll balsamischer Kräuter und tausendfarbiger Blumen.* Homer

Es ist Zeit für einen Brunnentag, der von außen nach innen und wieder nach außen führt. Er beginnt mit einem Gang ins Kinderzimmer oder zum Bastelgeschäft. Im einen oder anderen finden Sie das, was Sie bald brauchen werden: ein paar Töpfe Fingerfarben. Das sind abwaschbare, gut mischbare Farben, mit denen praktisch jeder Untergrund bemalt werden kann. Große, weiße Papierbögen haben Sie vielleicht vorrätig, die Rückseite alter Kalenderblätter oder unbedrucktes Verpackungsmaterial tun es aber auch.

Und nun legen Sie Farbe und Papier erst einmal beiseite und gehen spazieren. Wählen Sie Ihren Weg möglichst so, daß er an besonders üppigen Gärten vorbeiführt. Gehen Sie langsam, und bleiben Sie auch einmal stehen, um eine besonders prächtige Blume von nahem zu bewundern. Sonnenblumen recken sich hoch auf, an dichten, grünen Sträuchern sitzen rote, gelbe, weiße Blütenköpfchen, aus Hängeampeln ergießen sich violette und rosarote Kaskaden, grüne Kletterpflanzen ranken sich an Häuserwänden empor. Schwungvoll umrahmen bunte Rabatten eine grüne Rasenfläche. Balkonblumen schweben wie Schmetterlinge an Simsen und Geländern.

Nehmen Sie die verschwenderische Fülle der Jahreszeit in sich auf, die zarten und kräftigen Farben, die einzelnen Blumen und die Blütenteppiche, die großen, freien Flächen und die sorgfältig gestalteten Arrangements. Versuchen Sie nicht, sich Einzelheiten zu merken. Wärme, Licht und Farbenspiel wirken zusammen und stimulieren Ihre Sinne auf angenehmste Art.

Wieder nach Hause zurückgekehrt, sammeln Sie sich einige Minuten, damit die vielen Eindrücke sich setzen können. Dann legen Sie eines der Papierblätter vor sich auf den Tisch oder den Boden, öffnen die Töpfchen mit den Fingerfarben und lassen die Farben und Formen, die sich in Ihnen angesammelt haben, auf das Papier fließen. Denken Sie nicht darüber nach, was Sie tun; überlassen Sie Ihren Händen und Ihrem Unterbewußtsein die Regie. Nehmen Sie Finger, Pinsel, Spachtel oder Schwamm, und baden Sie in der Farbigkeit der Natur.

*Die Erde war weich, ich lag auf dem Rücken, spürte, wie der Boden unter mir nachgab wie eine warme Wiege. Gras wuchs zwischen meinen Fingern und über meinen Leib; Ameisen krochen über meine Beine. Ruhig sah ich ihnen zu, ohne jeden Schauer der Angst. Sie und ich, wir alle gehörten der Erde an. Sie war die einzige unzerstörbare Grundlage unseres Daseins.* Janina David

Es war kein unbeschwerter Sommertag, an dem das jüdische Mädchen Janina David sich da auf die warme Erde legte. Sie war nicht gekommen, um sich auszuruhen und den Wolken nachzuschauen. Sie hatte gerade erfahren, daß beide Eltern tot waren, und wußte nicht einmal, wo es geschehen war, ob im KZ oder in ihrer Stadt.

Am Boden zerstört, sucht sie intuitiv dort nach Heilung, wo sie die Verbundenheit mit ihnen am stärksten spürt – in der Berührung der Erde. Was sie findet, ist das Erlebnis einer Ganzheit, in der alle Trennung aufgehoben ist.

So enthält das Bewußtsein, für immer zur Erde zu gehören, beides, Trauer und Trost. Die Erde nimmt die Verstorbenen auf und, wenn wir wollen, auch unsere Trauer. Dafür gibt sie neues Leben und tröstliche Geborgenheit zurück.

Wer die Heilkraft der Erde in einer schweren Zeit einmal erlebt hat, wird immer wieder zu ihr zurückkehren. Schon in der Antike gab es die Tradition, ein Kind gleich nach der Geburt ohne Windeln auf die Erde zu legen. Dies sollte bewirken, daß die Erdkraft auf das Kind überging.

Wir können in Gedanken das Kind in uns auf heilende Erde betten. Sie ist immer da, auch wenn menschliche Bindungen zerbrechen oder zerrissen werden. Aber wir müssen uns nicht mit dem Symbol Erde begnügen, denn sie begegnet uns ja ganz konkret in ihren verschiedenen Aspekten – als Nährboden für das, was wir anpflanzen, als Gestaltungsmaterial beim Töpfern und Bauen, als Heilerde in der Medizin und der Kosmetik.

Nehmen Sie sich vor, häufiger Erde zu berühren und sich von ihr berühren zu lassen. So werden Sie Heilerin und Geheilte zugleich.

*Alles, was der Mensch hier in äußerlicher Vielheit hat, ist im Wesen eins. Alle Grashalme, alles Holz und alle Steine, alle Dinge hier sind eins. Das ist die tiefste Tiefe.* Meister Eckhart

Wir sind als Menschen nicht mehr und nicht weniger Kinder der Erde als das Reh in der Morgendämmerung, der Lindenbaum in der Allee, die Pflanze im Balkonkasten, auch wenn wir uns als getrennt von allem anderen wahrnehmen. Albert Einstein nennt dieses Getrennt-Sein eine optische Täuschung des Bewußtseins: «Diese Täuschung bedeutet für uns eine Art Gefängnis, sperrt uns ab von allem außer unseren persönlichen Wünschen und der Zuneigung zu ein paar wenigen uns Nahestehenden. Unser Bestreben muß es sein, aus diesem Gefängnis auszubrechen, indem wir den Kreis unseres Miterlebens und Mitfühlens erweitern, auf daß er alle Lebewesen und die gesamte Natur in ihrer Schönheit einschließt.»

Je mehr wir uns der Zusammengehörigkeit aller Wesen bewußt sind, desto weniger können wir einzelne davon ausschließen. Es mag uns leichter fallen, das Reh im Wald zu lieben als die Obdachlose im eigenen Hauseingang, aber auch sie gehört in den Kreis des Mitfühlens.

Die Entdeckung immer neuer «Machbarkeiten» erspart es uns nicht, die Probleme der Vergangenheit zu lösen. Ich brauche Ihnen keine ökologischen Tips zu geben; die finden Sie in jedem Energie-Ratgeber, in jeder Abfall-Fibel. Sie wissen, was Schadstoffe anrichten, Sie kennen Häuser mit Solarheizung, Auto-Sharing ist keine Seltenheit mehr. Wer umweltverträglich leben *will*, kann dies ohne weiteres tun. Da wir ein Teil der Natur sind, liegt es in unserem eigenen Interesse, die optische Täuschung zu überwinden, die uns eine Trennung vorspiegelt.

*Wenn es einem einzigen Menschen hilft, ist es die Sache schon wert.*
Nanny Logan

Von meiner Freundin Margo stammt die Geschichte von Tante Reni und den Tücken der ökologischen Haushaltsführung: «Die sparsame Tante Reni erzählte mir eines Tages stolz, daß sie sogar das Seifenwasser ihrer uralten Waschmaschine per Abpumpschlauch im Waschbecken auffing, um es zum Putzen zu verwenden. Zu diesem Zweck stellte sie eine Eieruhr auf die errechnete Zeit ein. Ich war sehr angetan von ihrem Umweltbewußtsein. Jaja, meinte sie, nur müsse sie wie ein Indianer durchs Haus schleichen, um das Klingeln der Eieruhr im Bad nicht zu überhören, während sie im Haus andere Arbeiten erledigte. Das sei ihr langsam zu blöd, und sie würde zukünftig das Wasser ablaufen lassen. Auf meine Frage, warum sie denn die Eieruhr nicht in ihre Schürzentasche stecke, erntete ich einen total perplexen Blick und langes Schweigen.» Blinde Flecken sind unausrottbar wie Mehlmotten.

Jahrelang ärgerte ich mich darüber, daß kein Antiquariat meine alten Bücher wollte, bis ich bei einer Bekannten einen Bücherkorb sah, in dem sie ihre Altbestände kostenlos den Besuchern anbot. Ich machte es ihr nach, und die Bücher gingen weg wie warme Semmeln.

Ähnlich lästig waren mir die ausgedienten Spielsachen, die sich im Schrank stapelten. Eines Tages fiel mir auf, daß das Spielzeug in Arztpraxen meist ziemlich ramponiert ist, und ich erfuhr, daß man sich über Nachschub freut, weil die Bestände im Wartezimmer offenbar Beine haben und weglaufen.

Im letzten Fastenkalender der evangelischen Kirche las ich von einer beispielhaften Einrichtung in Göttingen, der *Göttinger Tafel*: Sie sammelt mit sechzig Ehrenamtlichen Nahrungsmittel vom Vortag, die sonst auf dem Müll landen würden, und verteilt sie an bedürftige Menschen. Jetzt fehlt nur noch Ihre Initiative.

*Eine Stunde von vierundzwanzig sollte man darauf verwenden, die restlichen dreiundzwanzig zu verstehen.* Mary Jones

Eine ganze Stunde? Das kommt Ihnen sicher viel vor. Sagen wir deshalb eine Viertelstunde, mit Tendenz nach oben, denn Sie werden merken, wieviel Spaß es macht, zu verstehen, was den vielen widersprüchlichen Impulsen des Tages zugrunde liegt.

In ihrem Buch *Nie mehr so schön wie Sulamith* zitiert Martha Krause-Lang das Gedicht einer unbekannten Verfasserin, die darüber nachdenkt, was es für sie bedeutet, lebendig zu sein:

Lebendig ist wer wach bleibt
sich den andern schenkt
das Bessere hingibt
niemals rechnet.
Lebendig ist wer das Leben liebt
seine Begräbnisse seine Feste
wer Märchen und Mythen
auf den ödesten Bergen findet.
Lebendig ist wer das Licht erwartet
in den Tagen des schwarzen Sturms
wer die stillen Lieder
ohne Geschrei und Schüsse wählt
sich zum Herbst hinwendet
und nicht aufhört zu lieben.

Verwenden Sie die heutige Viertelstunde darauf zu verstehen, was es für Sie bedeutet, lebendig zu sein. Nehmen Sie ein leeres Blatt, und schreiben Sie darauf die Worte *Lebendig ist...* Überlassen Sie Ihrer intuitiven Freundin das Schreiben. Die deutsche Sprache hat um die 300 000 Wörter, die Sie benutzen können.

*Gehe nie zu einem Arzt, in dessen Praxis die Pflanzen verdorrt sind.*
Erma Bombeck

Frauen haben, so glaube ich, bei all ihrer Verschiedenheit eines gemeinsam: Sie besitzen sensible Antennen für die Mißachtung des Lebendigen und ein gesundes Mißtrauen gegenüber all jenen, die für den bedingungslosen, blinden Fortschritt eintreten.

Je mehr Texte, Interviews und Biographien ich lese, desto häufiger stoße ich auf Aussagen wie diese: «Nicht unserer Vorväter wollen wir trachten, uns würdig zu zeigen – nein: unserer Enkelkinder!» (erklärte die Friedensnobelpreisträgerin Bertha von Suttner vor hundert Jahren.) «Müssen wir soviel Geld für die Raumfahrt ausgeben, während Menschen auf der Erde verhungern und obdachlos sind? Muß der Mensch denn immer tun, was er tun kann?» (fragte die amerikanische Sängerin Randy Crawford kürzlich in einem Interview.) «Niemand hat das Recht, das Leben auch nur eines Menschen übergeordneten Zielen zu opfern!» (schreibt die Pfarrerin Ursula Ziehfuß in einem Brief.) «Immer mehr Maschinen schieben sich zwischen den menschlichen Körper und die Natur. Diese Maschinen geben dem Menschen zwar Herrschaft über die Natur, sie zerstören aber auch zunehmend seine eigene Sinnlichkeit, die ja an seinem Körper und dessen Fähigkeit, mit anderen lebenden Körpern zu kommunizieren, hängt. Damit wird aber auch die Fähigkeit für Genuß, für sinnliche und erotische Befriedigung zerstört.» (warnt die Soziologie-Professorin Maria Mies in einer Rede.) «Wir müssen füreinander Sorge tragen und füreinander dasein. Deshalb fragen wir uns bei jeder Entscheidung, die wir treffen, welche Folgen sie für spätere Zeiten hat und ob sie den kommenden Generationen nützt oder schadet.» (erläutert die Mohawk-Indianerin Carol Cornelius die Einstellung ihres Volkes.)

Es darf Sie ruhig ein wenig stolz machen, sich in Gesellschaft so vieler klarsichtiger Frauen zu wissen.

*Eine blühende Winde hat sich um meinen Brunnen gerankt. Ich schöpfe das Wasser beim Nachbarn.*
Kaga No Chiyo

Diesmal werden Sie zwei Tage Rast am Brunnen einlegen. Verweilen Sie auch wirklich so lange dort. Die Geschichte, die sie hören werden, ist es wert, daß Sie ihr mit Bedacht lauschen.

Sie stand in einem Garten, wie es viele Gärten gibt: inmitten von gelben, roten und blauen Blumen – ach, es waren alle Farben vorhanden. Doch sie meinte, eine besondere Blume zu sein. Schon im Frühjahr beschloß sie, auf keinen Fall zu früh zu erblühen. Sie könnte ja einem Spätfrost zum Opfer fallen. Schließlich war ihr Blumenleben begrenzt, da wollte sie nichts riskieren und ja nicht zu früh ihren Knospenmantel verlassen.
Als im Frühjahr die ersten Blumen zaghaft zu blühen begannen, dachte sie: «Wie leichtsinnig meine Mitblumen ihre Blüte riskieren!» Und sie fühlte sich bestätigt, als einige davon wirklich einen der Nachtfröste nicht überstanden. Traurig sahen sie aus, die Opfer, mit ihren verknüllten Blumenblättern auf dem gesenkten Stengel.
Im Mai und Juni erblühte dennoch eine Blume nach der anderen in voller Pracht. Die Nelken verströmten ihren Duft, und die Pfingstrosen leuchteten um die Wette. Nur diese eine Blume stand immer noch trotzig in ihrer Knospe und weigerte sich, ihre Blütenblätter zu öffnen: «Sollen doch die anderen schon blühen», sagte sie sich. Schlimmes hatte sie schon darüber gehört, was einer Blume so alles zustoßen konnte, wenn sie erst einmal blühte. Waren es im Frühling die Nachtfröste, vielleicht auch noch etwas Schnee, so konnte der Regen im Sommer die Blätter abschlagen. Und wie würde sie dann wirken, so ohne Blütenblätter? Vorbei wäre es mit dem ganzen Blumenzauber.

*Liebe ist ein besonderer freudiger Schmerz. Wer ihn in seinem Herzen trägt, kennt das Geheimnis.* Sheik Muzaffer Ozak

So vergingen die Monate. Eine um die andere Blume erblühte, nur diese eine konnte sich nicht dazu entschließen – zu groß waren alle möglichen Bedenken. Sie konnte abgepflückt werden wie die Margeriten oder vom Nachtwind umgeweht werden wie der Rittersporn.
Schließlich wurde es Ende August. Immer schwerer wurde ihr die Entscheidung. Angst und Neugier, Sicherheit und Lebenslust kämpften in ihrer Blumenseele, ohne daß eine Seite die Oberhand gewann. Konnte die Blume jetzt noch ein solches Risiko eingehen? Sie war immer nur Knospe gewesen, hatte keinerlei Erfahrung im Blühen. Und doch – in ihr wuchs immer mächtiger eine Ahnung, wie schön das Blühen sein mußte. Wie gut stand der Malve ihr Rosa zu Gesicht. Wie fröhlich wippten die Wicken im Wind! Wie beeindruckend erhoben sich über alle die sattgelben Sonnenblumen!
Im September wurden die Sonnenstrahlen milder und das Blumenbeet langsam leer. Da wußte die Blume plötzlich, daß sie sich jetzt entscheiden mußte. Mit dem September nahte auch schon der Herbst. Womöglich könnte sie dann erfrieren, obwohl sie sich beinahe schon erfroren fühlte hinter ihren Knospenmauern.

Und dann, an einem besonders schönen Septembermorgen, arbeitete sie sich doch noch aus ihrer inzwischen harten Schale empor. Sie wurde eine phantastische Blüte, damals im September, und erntete viel Bewunderung. Am meisten aber freute sie sich, daß sie endlich den Mut zum Blühen gefunden hatte. Sie ließ ihre Farben weithin leuchten, spielte mit Wind und Sonne, war einfach glücklich. Sie wußte jetzt, daß Blühen nichts mit Können zu tun hat, sondern mit Sein.

*Es ist zu schwer, und das Leben ist zu kurz, um seine Zeit damit zu verbringen, etwas zu tun, nur weil irgend jemand gesagt hat, es sei wichtig. Man muß es selbst fühlen.* Isidor Rabi

Stellen Sie sich vor: Sie haben vor nicht langer Zeit einen besonders schönen, ja einzigartigen Tag im Freien verbracht, bei einer Wanderung, am Badesee, im Park. Etwas an Ihrer inneren Gestimmtheit hat diesen Tag aus allen anderen herausgehoben. Heute ist er Ihnen noch in allen Einzelheiten in Erinnerung – die Wärme der Sonne auf der Haut, Ihr Gefühl, daß es immer so sein sollte, das Verstreichen der Zeit, das Sie gar nicht bemerkt haben. Sie sind überzeugt, daß Sie diesen Tag nie im Leben vergessen werden. Und Sie nehmen sich fest vor, alles dafür zu tun, daß Sie und alle, die nach Ihnen kommen, etwas so Schönes auch erleben können. Der Schutz der Natur ist in diesem Augenblick kein Schlagwort mehr, sondern ein tief empfundenes Bedürfnis.

Sie werden das nicht vergessen, aber andere Tage und Geschehnisse werden Ihre Gefühle überdecken, und die Erinnerung wird immer seltener wach werden.

Wir sind wohlmeinende, doch leider vergeßliche Wesen. Nehmen Sie sich deshalb von solchen Tagen etwas Greifbares mit. Der kleinste Gegenstand reicht aus – eine Kastanie, wenn es schon soweit ist, ein Blatt, sogar ein abgebrochener, dürrer Zweig. Legen Sie ihn an eine gut sichtbare Stelle. Was immer es ist, es wird seinen Zweck erfüllen, nämlich Sie an einen Tag erinnern, an dem Sie, aus einem Glücksgefühl und nicht aus Verzweiflung oder Resignation heraus die Verantwortung für die Welt um sich her ganz bewußt wahr- und angenommen haben. So ist diese Verantwortung mit Freude verbunden und fest in Ihren Tagesablauf eingefügt.

# *Oktober*

Weinlese, fallendes Laub. Kartoffelfeuer schicken Rauch in den Himmel, Äpfel werden Fallobst. Mückenschwärme tanzen, Hagebutten lugen korallenrot durch dorniges Gestrüpp. Silberfäden fliegen über das Land, der Sommer gibt ein letztes Gastspiel, bevor die ersten Schneeflocken ihm ein Ende bereiten.

Die Ernte auf den Feldern ist abgeschlossen, nun können wir die Früchte unseres bisherigen Lebens ernten: Geschichten, Lebenskunst, Kraft. Wir besinnen uns auf unsere Mütter, Großmütter und Vorfahrinnen und die lange Tradition weiblicher Kreativität. Dankbar nehmen wir das Erbe an. Eingebunden in die lange Linie weiblicher Überlieferungen stehen wir zwischen Vergangenheit und Zukunft ganz im gegenwärtigen Augenblick.

Auch wir statten Ernte-Dank ab: Statt mit Früchten, Ähren, Blumen und Kränzen schmücken wir unseren Altar mit Wissen, Lebenslust, Ausdauer und Humor zur Feier des Erreichten.

*Erinnerungen sind unlösbar eingebunden in jeden Lebenstag, der hinter mir liegt, auch in mein Heute und – falls es das gibt – in mein Morgen.*
Jelena Bonner

«Es grüßt dich der erste Oktober», stand auf dem Zettel, der zusammen mit einem Strauß bunter Herbstblätter in meinem Briefkasten lag.

Das ist viele Jahre her, und die Blätter liegen, brüchig wie altes Pergament, zusammen mit dem Zettel in meiner Schatzkiste. Die Freundin, die sie mir vorbeibrachte, konnte nicht wissen, daß dieser Tag für mich eine besondere Bedeutung hatte, aber vielleicht hatte sie ein gutes Gespür. Es gibt ja Menschen mit besonders feinen Antennen, mit großer Intuition.

Wie sieht es in Ihrer Schatzkiste aus? Haben Sie etwas gefunden, das Sie aufbewahren möchten? Quillt sie etwa schon über? Schauen Sie bei Gelegenheit hinein.

Im Oktober ist die Ernte eingefahren und die Weinlese fast vorüber. Ein Reifezyklus ist abgeschlossen, und wir schauen voraus und zurück – zurück zu der langen Zeit und den vielen Wandlungen, die bis zu diesem Punkt notwendig waren, voraus zu der Weiterverarbeitung des Gewonnenen und seinem Genuß.

Unsere Lebensernte ist noch lange nicht abgeschlossen. Dennoch können wir im Einklang mit der Jahreszeit innehalten und betrachten, was wir schon alles in den Händen halten, wieviel uns schon geschenkt wurde, wieviel wir erarbeitet haben. So wie uns beim Glas Wein die Trauben in den Sinn kommen, die am Weinstock hingen, so erinnern wir uns beim Blick in die Schatzkiste – oder in uns selbst – an das lange stetige Wachstum, das uns befähigt hat, dem Leben eine Essenz abzugewinnen.

«Nichts ist so wichtig wie der heutige Tag», schrieb Goethe. An jedem Tag Ihres Lebens war «der heutige Tag». Alle Ihre Tage sind in Ihnen erhalten, so wie es der heutige sein wird.

Es grüßt Sie der erste Oktober.

*Erinnern beginnt mit Vergessen. Das wissen alle, denn was geschieht, im einzelnen oder allgemeinen, ist vergänglich, nicht von Dauer. Aber: was bleibt?*

Marion Strunk

Daß Erinnern mit Vergessen anfängt, leuchtet ein. Unser Verstand wäre vollkommen überlastet, wenn wir nicht vieles, was wir aufnehmen und erleben, schnell wieder vergessen könnten. Die oft beklagte Vergeßlichkeit hat ihr Gutes, sie ist sogar lebensnotwendig, damit wir nicht durch die Fülle unserer Lebenserfahrung in Verwirrung geraten und letztlich von ihr erdrückt werden. Stellen Sie sich vor, wenn Sie sich ohne Unterschied an alles erinnern könnten, was Sie jemals erlebt haben. Sie könnten buchstäblich keinen klaren Gedanken mehr fassen und würden sich fühlen wie unter Dauerbeschuß. Das würden Sie nicht lange aushalten.

Seien Sie deshalb nicht ärgerlich auf sich, wenn Sie wieder einmal etwas vergessen haben. Das Wesentliche ist, in Computerbegriffen gesprochen, für immer gespeichert. Beunruhigen Sie sich nicht, wenn Sie es nicht ständig abrufen können; sollten Sie die Information dringend brauchen, sollte Ihre innere Entwicklung davon abhängen, wird sie wieder verfügbar sein.

Sie haben sicher selbst schon die Erfahrung gemacht, daß die Erlebnisse der Vergangenheit ein Reservoir sind, aus dem Sie immer wieder schöpfen können. Was für Ihr persönliches Wachstum wichtig ist, versickert nicht einfach im Unbewußten, sondern hebt sich sogar mit den Jahren immer deutlicher vom Rest der eher belanglosen Ereignisse ab.

In der Erinnerung wiederholen Sie die Vergangenheit in Ihren Gedanken, auch wenn Sie in Wirklichkeit nichts und niemanden zurückholen. Die Verbindung zwischen Jetzt und Damals sind Sie selbst, niemand sonst. Es liegt an Ihnen, sie fruchtbar zu machen, Konsequenzen zu ziehen, eine Bedeutung zu entschlüsseln.

Ich möchte Sie anregen, sich in nächster Zeit in der Gedächtniskunst zu üben. Als Begleiterin und Führerin soll Ihnen Mnemosyne dienen, die in solchen Erkundungsfahrten geübte Göttin des Erinnerns.

*Es ist das Verdienst der Erinnerung, mit der schlummernden Vergangenheit die Gegenwart zu beleben.* Fatema Mernissi

Die Inuit-Frauen von Baker Lake im hohen Norden Kanadas sind begehrte Textilkünstlerinnen. Ihre Wandbehänge und Kleidungsstücke mit den bunten Applikationen werden in den Galerien der Großstädte zu beachtlichen Preisen gehandelt.

Das alles hatten sie so nicht geplant. Ursprünglich war ihre Nähkunst eine Lebensnotwendigkeit, denn das Wohl einer Familie, die im Iglu oder Zelt lebte, hing nicht nur vom Jagdglück des Mannes ab, sondern ebenso von der Fähigkeit der Frau, warme und wasserdichte Kleidungsstücke herzustellen. Dazu hatten sie eine besondere Technik entwickelt, die von den Müttern an die Töchter weitergegeben wurde.

Die fünfziger Jahre jedoch brachten schwere Umwälzungen: Die Anzahl der Karibus nahm ab, die Inuit waren dem Hungertod nahe, die kanadische Regierung siedelte sie um und stellte ihnen Bungalows zur Verfügung. Viele Frauen empfanden das als eine persönliche Tragödie. «Ich wollte hier nicht leben», erinnert sich Miriam Quiyuk, eine ältere Inuit-Frau, die das noch miterlebt hat. «Es war nicht meine Heimat. Ich wollte so sehr auf dem Land leben, deshalb packte ich ein Zelt zusammen und ging weg. Aber mein Mann hat mich zurückgeholt.»

Miriam begann, die Legenden und Bilder ihrer Jugend in ihre wunderbaren Wandbehänge einzuarbeiten. Aus äußerem Überleben war inneres Überleben geworden. In ihren Stickereien spiegelt sich der Verlust einer Lebensform, die Generationen überdauert hatte. Aber es gelang Miriam, diese Vergangenheit sichtbar zu machen und sie damit vor dem Vergessen zu bewahren.

Die Inuit-Frauen verstehen sich als Mittlerinnen zwischen Alt und Neu. Nicht nur individuelle Lebenserfahrungen lohnen, festgehalten zu werden.

Gibt es nicht auch in Ihrer eigenen Familiengeschichte etwas, das Sie gerne bewahren und an die kommende Generation weitergeben möchten?

*Immer wenn ich mir Hosen oder einen Rocksaum kürzen lasse und auf die Schneiderin hinunterblicke, sehe ich Oma Becky vor mir, wie sie da kniet, Stecknadeln zwischen den Lippen, und mir sagt, ich solle mich drehen.*
Davida Rosenblum

Manchmal bin ich neidisch. Ich wünschte, ich könnte wie die Heldinnen in Jane Austens Romanen ganze Nachmittage mit dem Stickrahmen in der Hand im Salon sitzen, mit Besucherinnen Tee trinken und über den attraktiven neuen Nachbarn plaudern. Die Minuten würden dahintropfen, ich würde mich der gepflegten Langeweile hingeben, bis es an der Zeit wäre, sich zum Abendessen umzukleiden.

Ich weiß, ich weiß. Das war für die Frauen des achtzehnten Jahrhunderts kein Zuckerschlecken, und ich würde nach einer Woche schreiend meine Teetasse gegen die Blumentapete werfen. Außerdem lebte nur eine kleine, privilegierte Schicht in diesem Komfort.

Aber woher kommen solche Wunschbilder – was fehlt mir, das ich glaube, in Mansfield Park oder Bingley Hall wiederzufinden? Ich glaube, ich weiß, was es ist: die geordnete Muße, das ritualisierte Zusammensein mit Frauen, die meditative Handarbeit. Auch ich habe Erinnerungen an eine Großmutter, deren Hände nie unbeschäftigt waren, aber ich habe dreißig Jahre lang geglaubt, das hätte nicht das geringste mit mir zu tun. Ich habe sogar den letzten, halb zerrissenen Kissenbezug weggeworfen, den sie mit ihren geschwungenen Rankenornamenten bemalt hatte, anstatt ihn zu flicken und in Ehren zu halten. Handarbeit, glaubte ich, sei ein Relikt aus früheren Jahrhunderten, als den Frauen andere Ausdrucksmöglichkeiten verwehrt waren.

Wo sind Ihre Erinnerungen an stickende, häkelnde, nähende Großmütter geblieben? Auch in der Schublade: «Rührende Andenken an eine vergangene Welt»?

Holen Sie sie hervor. Lassen Sie sich vom Können Ihrer Mütter und Großmütter inspirieren, auch wenn Sie selbst ein ganz anderes Verständnis von Kreativität haben. Lernen Sie, aus dem zu lesen, was Ihnen von Ihren Vorfahren weitergereicht wurde; es ist eine lange weibliche Tradition, das eigene Leben in Handarbeiten sichtbar zu machen.

*Vieles habe ich vergessen, doch nicht die Erinnerung an das Blau und das Gelb, das Rot und das Grün des leuchtenden Sommers.*

aus China

Lassen Sie sich durch die Schichten der Erinnerung sinken, zurück bis in Ihre Kindheit. Welche Geschichten sind es, die Ihr Gedächtnis Ihnen erzählen möchte? Suchen Sie den Pfad zu den Farben, Gerüchen und Geräuschen, die sich zeitweise wie ein schützender Kokon um Sie legten. Sie brauchen die Verbindung zu diesem früheren Ich, damit Sie es trösten und stützen können und verstehen lernen, was es nötig hat. Und es braucht nicht nur vernünftige Konfliktlösungs-Strategien und ausgefeilte psychologische Hilfestellungen, es braucht unbedingt auch warmen Kakao und Märchenbücher.

Gehen Sie bald einmal in ein Spielwarengeschäft, und zwar am besten in eines, das mit gebrauchtem, altem Spielzeug handelt, denn Nintendo und die Turtles gab es in Ihrer Kindheit noch nicht. Dafür liegen da bunte Holzklötzchen, Glasmurmeln, Blechspardosen, Wetterhäuschen, Glanzbilder, Schneekugeln, Puppenhausmöbel und zerfledderte Teddybären. Vor irgend etwas werden Sie versonnen stehenbleiben: Ja, das gab es doch auch in meinem Kinderzimmer – warum habe ich es nur verschenkt?

Nehmen Sie zerlesene Bilderbücher in die Hand, betrachten Sie die altertümlichen Illustrationen in den Geschichtenbüchern, lesen Sie die gereimten Kindergedichte. Lauschen Sie dem Lied der Spieluhr. Kaufen Sie, woran Ihr Herz sich hängen möchte. Jetzt ist nicht der Moment, um Verzicht zu üben.

Dann gehen Sie nach Hause und kochen sich Ihr Lieblingsgericht von früher, irgend etwas Einfaches, Leckeres, Weiches, das Ihnen beim Essen keine Kauarbeit abverlangt: Schokoladenpudding mit Vanillesauce, Milchreis mit Apfelmus, Kartoffelpüree mit Würstchen. Machen Sie Seen- und Gebirgslandschaften auf ihrem Teller, manschen Sie nach Herzenslust darauf herum. Lassen Sie alle «anständigen» Tischsitten beiseite, und denken Sie ausnahmsweise nicht an gesunde Ernährung. Verwöhnen Sie sich, wie Sie ein fremdes, hungriges Kind verwöhnen würden.

*Wenn du wirklich in der Gegenwart lebst, arbeitest und denkst, versunken und vertieft in etwas, das dir sehr am Herzen liegt, dann führst du ein spirituelles Leben.* Brenda Ueland

Wir leben unter der Fuchtel des Perfektionismus. Der materielle Wohlstand hat dazu geführt, daß wir kaum noch gezwungen sind, die Gegenstände unseres täglichen Umgangs selbst herzustellen. Was wir brauchen, kaufen wir neu oder allenfalls noch in gutem Zustand aus zweiter Hand. Nichts nötigt uns zu einem kreativen Umgang mit Geschirr, Textilien, Papier, denn alles ist in Überfülle vorhanden. Vorbei die Zeiten, in denen der Wäschekorb gleichzeitig der Katzentransportkorb war und in der Zinkbadewanne noch der Weihnachtskarpfen schwamm und der Kartoffelsalat angerichtet wurde. Alte Pullover landen heute unbesehen im Kleidersack, keine jüngere Frau dächte mehr daran, sie aufzuribbeln und aus der Wolle etwas anderes zu stricken.

Niemand will die Uhr zurückdrehen oder harte Zeiten nostalgisch verklären. Dennoch schadet es nichts, wenn wir uns ein wenig auf den Einfallsreichtum früherer Generationen besinnen. Vor allem die Frauen der Nachkriegszeit waren gezwungen zu improvisieren, und Not macht erfinderisch, oder, modern ausgedrückt, Improvisation fördert Kreativität, denn es bedeutet, auf Unvorhergesehenes zu reagieren, und dazu muß man alte Gedankenbahnen verlassen.

Kindern und Jugendlichen fällt das noch nicht so schwer. Eine Zeitung ist zum Lesen da, meinen Sie? Schon, aber sie ist viel mehr als das, wie eine achte Klasse herausfand: Man kann mit ihr Feuer anzünden, Plakate kleben, Pakete ausstopfen, Hüte falten, Klopapier sparen, den Boden abdecken, die Wände tapezieren, Geschenke einpacken, sich zudecken, eine Flüstertüte formen, Figuren basteln, wackelnde Tische unterlegen, Bücher einbinden.

Nicht schlecht, oder? Suchen Sie sich einen simplen Alltagsgegenstand, zum Beispiel ein Laken, eine Plastikschüssel, eine Glasflasche, und machen Sie es den Schülern nach. Wie viele Verwendungsmöglichkeiten finden Sie?

*Ich erlebe eine Art Verlegenheit, wenn ich Leute davon sprechen höre, daß sie ihre Mitte gefunden haben. Dieser Ausdruck stammt vom Töpfern, vom Ton... Wenn der Ton zentriert ist, ist es möglich anzufangen. Doch die, die so mühelos vom «Zentriert-Sein» sprechen, halten es für das Endergebnis.* Carla Needlemann

Wir werden überschwemmt von Kursen und Angeboten, die uns den Königsweg zur Kreativität eröffnen wollen. Selten stellt uns jemand die Frage: Was wollen Sie denn überhaupt ausdrücken?

Joan Baez schrieb mit sechzehn Jahren in ihr Tagebuch: «Ich singe ständig und überall, bei einem Auftritt und auch sonst. Mein Geometrie-Lehrer schätzt es nicht besonders, wenn ich bei seinem Versuch, uns die Teilung des Quadrats zu erklären, *Your're all wrong* intoniere.» Sie konnte nicht aufhören zu singen; ihr kreatives Zentrum war die Stimme.

Auch Sie haben dieses Zentrum, diese Quelle, die sprudelt, ohne daß Sie etwas dazu tun müssen. Das hat nichts mit der Zuordnung zu etablierten Kunstgattungen zu tun. Als die Siedlerfrauen in den USA wegen der Textilknappheit gebrauchte Stoffreste zu herrlichen Quilts zusammennähten, waren sie kreativ. Sie reagierten produktiv auf ihre Lebenssituation und warteten nicht darauf, daß sich «die Umstände» besserten. Warum legen wir heute die Latte nur immer gleich so hoch?

Elke Heidenreich bringt es in ihrer Kolumne auf den satirischen Punkt: «Andere Menschen lernen im Sechs-Wochen-Schnellkurs Chinesisch, machen mal eben eine Steptanzausbildung und knüpfen zwischendurch noch rasch einen Teppich. Ich hingegen kann nicht in Null Komma Nichts die Gartenstühle neu streichen und aus Stoffrestchen entzückende Briefmappen basteln. Ja, ich würde es gerne können, aber es geht mir gegen die Natur. Ich bewundere Frauen, die das alles können, und die bewundern mich, weil ich seit so vielen Jahren meine Kolumnen schreibe.» Ja eben, bewundern wir einander, statt zu meinen, alle müßten alles können!

*Man findet immer, was man sucht. Die Antwort ist immer vorhanden, und wenn man ihr Zeit gibt, enthüllt sie sich uns.*

Thomas Merton

Gewöhnlich halte ich nicht viel von Ratschlägen. Sie haben so etwas Besserwisserisches an sich. «Tun Sie dies, tun Sie jenes» würde bei mir selbst unweigerlich den bockigen Teenager herauslocken und zu Trotzreaktionen führen. Schließen wir trotzdem einen Pakt: Ich darf Sie zu etwas auffordern, und Ihnen steht es frei, unwillig die Stirn zu runzeln oder zustimmend den Kopf zu wiegen. Sehen Sie sich die folgenden Anregungen aus dem Buch *Creativitätstraining* von W. Kierst und U. Dieckmeyer mit prüfendem Blick an, und achten Sie darauf, welche Gefühle sie in Ihnen auslösen. Da, wo es bei Ihnen «klingelt», lohnt es sich, genauer hinzuschauen.

- Vorschriften sind Spielregeln. Also kann man sie ändern.
- Produzieren Sie mehr Ideen, als Sie brauchen.
- Sehen Sie, was ist. Dann sehen Sie, was werden kann.
- Wagen Sie es, Denkmäler von ihrem Sockel zu stürzen.
- Absurde Ideen sind besser als gar keine.
- Es ist auch kreativ, noch einmal von vorn anzufangen.
- Ändern Sie Ihre Umgebung, bevor Sie sich in ihr langweilen.
- Lassen Sie Ihre Einfälle nicht im verborgenen blühen.
- Keine Experimente ... Diesen Satz dürfen Sie getrost vergessen.
- Kreisen Sie Ihre Ziele ein. Nur so treffen Sie ins Schwarze.
- Wählen Sie sich kreative Menschen zu Vorbildern.
- Kreativität ist unabhängig vom Alter. Im Gegenteil – sie hält jung.
- Genießen Sie Ihre Phantasie. Wozu haben Sie eine?

Und zum Schluß das, was mir als das Wichtigste erscheint:

- Warten Sie nicht auf die anderen. Fangen Sie an.

*Die Menschen geraten in Zweifel, weil sie Angst haben, geradeaus zu schauen. Sieh nach vorne, und wenn du die Straße entdeckst, dann betrachte sie nicht länger – geh.* Ayn Rand

An einem Sommertag saß ich bei einer Freundin im Garten, und ihr sechsjähriger Sohn wollte uns vorführen, was er gerade gelernt hatte: mit dem Ball in den Basketballkorb treffen. Wir standen auf, um besser zu sehen, er zielte, warf – daneben. Beim nächsten Versuch – wieder daneben. Beim dritten Mal war er schon so wütend, daß er gar nicht mehr richtig zielte, und zu guter Letzt kickte er den Ball erbost gegen das Garagentor, daß es nur so donnerte.

Sie kennen das Phänomen: Wenn man etwas vorführen will, klappt es nicht. Solange keiner zusieht, geht es zehnmal hintereinander gut, und ausgerechnet beim elften Mal, wenn man stolz zeigen will, was man gelernt hat, geht es schief. Es ist wie verhext.

Aber im Grunde ist es nicht verwunderlich: Während der zehn Versuche, bei denen es geklappt hat, ist unsere Aufmerksamkeit auf das Tun gerichtet, wir sind ganz bei uns und bei dem, was wir vorhaben. Beim elften Mal geht es uns darum, Beifall zu bekommen. Wir tun etwas nicht um der Sache, sondern um der Wirkung willen. Wir wollen beeindrucken und etwas bekommen: Beachtung, Lob, Applaus. Dabei erwischen wir auch noch meistens den falschen Zeitpunkt, weil wir so stolz auf das Erreichte sind und gar nicht abwarten können, es vorzuweisen. Doch es fehlt eben noch die Souveränität, die wahre Könnerschaft, die aus der Fülle schöpfen kann.

In seinem Buch *Zen in der Kunst des Bogenschießens* beschreibt Eugen Herrigel, wie seine langjährigen Übungen den Augenblick der Vollendung erreichen: «Da, eines Tages, nach dem Schuß, verbeugte sich der Meister tief und brach dann den Unterricht ab. ‹Soeben hat ES geschossen›, rief er aus, als ich ihn fassungslos anstarrte.»

Konzentrieren Sie sich bei dem, was Sie tun, auf das Tun selbst und nicht auf das Ergebnis. Dann kann Ihre Energie frei fließen, und es wird vollkommen unwichtig, ob Ihnen jemand zusieht oder nicht.

*Wir sind es gewohnt, die Qualität und Wirksamkeit einer Sache anhand objektiver Messungen und Überprüfungen zu bewerten. Selten messen wir ihre Qualität daran, ob sie unser leiblich-seelisches Befinden fördert oder ihm schadet.*
Gabie Gerbeth

Kreativ sein *müssen* ist ein Graus. Glauben Sie mir, ich weiß, wovon ich spreche. Die Monate vergehen, dann werden es Wochen, dann Tage, der Abgabetermin einer Auftragsarbeit rückt näher, der Druck nimmt zu, und je knapper die Zeit wird, desto hektischer jagen sich die Gedanken, bis es mir vorkommt, als säße ich auf dem Jahrmarkt in einem rotierenden Kettenkarussell, das jemand vergessen hat abzustellen.

Es gibt Menschen, die unter Druck besonders gut arbeiten können. Ich gehöre dazu, aber nur bis zu einem gewissen Punkt. Früher habe ich ihn regelmäßig überschritten, heute tue ich das nicht mehr. Mein Körper hat mir unmißverständlich zu verstehen gegeben, daß ich ihn nicht ungestraft ausbeuten darf, und mich über ein Jahr lang von jeglicher Arbeit ferngehalten. Ich habe den Preis bezahlt und bin gewillt, aus Irrtümern zu lernen.

Wissen Sie, was ich tue, wenn mir das Kreativ-sein-Müssen zum Hals heraushängt? Wenn ich glaube, nie wieder in meinem ganzen Leben einen vollständigen Satz zusammenzubringen? Wenn der ganze schöne Zeitplan hoffnungslos zusammengebrochen ist und ich weiß, daß mich nur noch drei durchwachte Nächte am Computer vor dem Eingeständnis retten, daß ich es nicht rechtzeitig schaffe?

Ich lasse alles stehen und liegen und gehe weg. Computer aus, Schuhe an und dann auf zum Joggen, ins Kino, in den Wald, ins Hallenbad, ins Café. Ich mache mich aus dem Staub. Auch zu empfehlen ist eine Kissenschlacht mit den Kindern oder eine Runde Buddeln im Garten. Auf die zwei Stunden kommt es nun wirklich nicht mehr an.

Im Gegenteil. Sie sind genau das, was ich brauche, sie retten mir meine psychische Gesundheit.

Wir sind keine Roboter. Hören wir auf, uns wie solche zu verhalten!

*Das Leben ist aber nie so, wie wir es uns vorstellen. Es überrascht dich, es verblüfft dich, und es bringt dich zum Lachen oder Weinen, wenn du es nicht erwartest.* Niki de Saint Phalle

Wir neigen dazu, auf Spektakuläres hereinzufallen. Oder geht es Ihnen anders? Während ich in tausend Meter Höhe am Schreibtisch sitze und den atemberaubenden Blick über den See auf die gezackte Bergkette gegenüber genieße, ignoriere ich die gelben Blätter, die der Wind mit hartem Rascheln von den Bäumen schüttelt. Erst wenn ich den Blick wieder in die nähere Umgebung lenke, fällt mir auf, daß der Baum eine neue Kontur zeigt, die vorher von den Blättern verborgen war.

Das ist, glaube ich, eine Gefahr, der viele Menschen erliegen: Nur das Große, Erhabene, Majestätische imponiert uns wirklich, das Kleine, Beiläufige nehmen wir, wenn überhaupt, erst auf den zweiten Blick wahr. Und da viele Frauen kein ausgesprochen aufregendes und glanzvolles Leben führen, lassen sie sich zu dem Trugschluß verleiten, es sei als Material für eine kreative Gestaltung zu banal. «Was hab ich denn schon erlebt!» höre ich oft – und unausgesprochen steckt der deprimierende Vergleich mit den gefeierten Gipfelstürmern und Medienstars dieser Welt dahinter.

Befreien können wir uns aus diesem frustrierenden Vergleichsdenken durch die volle Konzentration auf eine klar begrenzte, aber ungestörte Verbindung mit der Umwelt. Dann fließt ein Augenblick in den anderen, und äußere Werturteile verschwinden.

«Wenn ich zum Beispiel einen guten Kontakt mit einem Mistkäfer herstellen kann, dann ist mein Glücksgefühl darüber viel größer, als wenn mir jemand einen Tausendmarkschein in die Hand drückt!» sagte Luisa Francia in einem Interview. Bei dieser Einstellung ist die Gegenwart nie dürftig und ereignislos.

Alles, was Sie erleben, ist auf seine Weise wertvoll. Auch die Lebenskunst ist eine Kunstform.

*Ich reise nie ohne mein Tagebuch. Man sollte immer etwas Sensationelles bei sich haben, um es im Zug zu lesen.* Oscar Wilde

Warum schreibt jemand ein Tagebuch? Um den Freund, die Freundin zu haben, die ihr im wirklichen Leben fehlte, gab Anne Frank zu. Als wirkungsvolle Therapie gegen Niedergeschlagenheit, meinte die englische Kolumnistin Mary Killen. Als Aufwärmübung für weitere kreative Tätigkeiten, verriet die Fotografin Julia Cameron.

Tagebücher werden geschrieben, um private Krisen zu bewältigen, um sich von drückenden Geheimnissen zu befreien, um sich später einmal an besondere Zeiten, wie zum Beispiel Schwangerschaft und Geburt, genau zu erinnern, um Reiseeindrücke festzuhalten. Um sich über die eigenen Gefühle und Motive klarer zu werden, um Einsamkeit zu überbrücken und Glücksmomente festzuhalten. Die Motive und Absichten, die einem Tagebuch zugrunde liegen, sind vielschichtig. Geht die Schreiberin davon aus, daß niemand außer ihr je von ihren Gedanken erfahren wird? Schreibt sie so, daß sie einen guten Eindruck hinterlassen würde, falls das Tagebuch einem anderen Menschen in die Hände fiele? Wonach wählt sie die Ereignisse aus, die sie schildert?

Können Sie sich noch an Ihr erstes Tagebuch erinnern? Haben Sie es bis heute aufbewahrt, oder ist es verlorengegangen? Konnten Sie sich darauf verlassen, daß kein Unbefugter darin las, oder mußten Sie es immer gut verstecken? Besaß es, wie meines, ein kleines Schloß? Wissen Sie noch, wie es sich anfühlte und welche Farbe es hatte? Haben Sie oft oder nur ab und zu etwas hineingeschrieben? In welchem Alter haben Sie begonnen, sich über Ihr Leben Gedanken zu machen?

Fragen, die Ihnen helfen sollen, Verbindungen zu alten Träumen und Wünschen zu finden. Blättern Sie ein wenig in alten Aufzeichnungen und Briefen. Fragen Sie ältere Verwandte, was diese noch von Ihnen besitzen. Äußerst aufschlußreich sind auch bekritzelte Löschblätter aus alten Schulheften. Wühlen Sie in alten Kartons und Koffern. Irgend etwas wird sich finden.

*Seit meinem dreizehnten oder vierzehnten Lebensjahr schreibe ich Tagebuch. Aber es ist langweilig und gekünstelt, jeden Tag hineinzuschreiben. Besser immer nur dann, wenn man in Stimmung ist.*

Erica Jong

Sollten Sie noch nie ein Tagebuch geführt haben, oder liegt das lange zurück, ist jetzt ein guter Zeitpunkt, damit zu beginnen. Kaufen Sie sich ein Heft, das Sie von Ihrer Schwellenangst befreit. Edel eingebundene leere Bücher, habe ich festgestellt, schüchtern mich eher ein, deshalb benutze ich gerne einfache Schulhefte für unterwegs und einen dicken Notizblock für zu Hause. Doch das ist Geschmackssache. Einige Freundinnen begeistern sich für die schwarzen Bücher mit den roten Ecken, made in Shanghai, die es überall für wenig Geld zu kaufen gibt.

Nehmen Sie die Bücher, die Ihnen optisch zusagen, in die Hand, denn da gehören sie hin. Sie werden nicht immer ordentlich am Tisch sitzen, wenn Sie die Schreiblust überfällt – Tagebücher müssen unbedingt bettauglich, banktauglich, wiesentauglich und cafétauglich sein.

Experimentieren Sie so lange, bis Sie Ihren Stil gefunden haben. Natürlich gibt es großartige Vorbilder, von denen Sie sich viel abschauen können, wie das farbenfrohe, vor Ideen nur so übersprudelnde Tagebuch der Malerin Frida Kahlo, das im Faksimile erhältlich ist. Doch die Tagebücher anderer Frauen sollen Ihnen nur die Breite der Möglichkeiten aufzeigen und kein Korsett darstellen. Schreiben Sie, so oft Sie möchten; tragen Sie Adressen ein, notieren Sie Einfälle, die Sie nicht vergessen wollen. Halten Sie Dialogfetzen fest, die Ihnen noch im Ohr sind; zeichnen Sie, kritzeln Sie, malen Sie, kleben Sie Zeitungsausschnitte und Fotos ein; schalten Sie den inneren Zensor aus. Fühlen Sie sich nicht verpflichtet, alles aufzuschreiben, was passiert, sondern nur das, was Ihnen wichtig ist. Ein Tagebucheintrag ist kein Schulaufsatz, er wird nicht benotet.

«*Wie ich es empfunden habe,* das heißt der inneren Wahrheit eines Tagebuches auf die Spur zu kommen», formulierte die Schriftstellerin Joan Didion. Nehmen Sie das als Leitsatz.

*Wenigstens habe ich die Blumen meines Selbst*
*und meine Gedanken, kein Gott*
*kann sie mir nehmen;*
*Ich habe meine Leidenschaft als Begleitung*
*und meinen Verstand als Licht.*

Hilda Doolittle

Ungeachtet der Motive wirkt schon die Tatsache, daß Sie sich etwas von der Seele schreiben, außerordentlich gesundheitsfördernd. Indem Sie Ihre geheimsten Gefühle, Befürchtungen und Hoffnungen aufzeichnen, reduzieren Sie den täglichen Streß und stärken Ihr Immunsystem. Das hat kürzlich eine wissenschaftliche Studie mit Studenten erbracht, bei der die Versuchspersonen aufgefordert wurden, sich mehrere Tage lang schriftlich über «ein emotional äußerst wichtiges Thema, das Sie und Ihr Leben stark beeinflußt hat», zu äußern. Diejenige Kontrollgruppe, die der Aufforderung nachkam, hatte bessere Blutwerte und ging in der Folge weniger zum Arzt als die andere Gruppe, die nur oberflächliche Tagesereignisse notierte.

Wenn Belastendes nicht in Worte gefaßt wird – mündlich oder schriftlich –, wird es langfristig zu einem Streßfaktor, der letztlich das Risiko für psychosomatische oder körperliche Krankheiten erhöht.

Ist das nicht Grund genug, den Stift in die Hand zu nehmen? Wem sonst können Sie all das anvertrauen, was Ihnen im Laufe des Tages durch den Kopf geht?

Im Erzählen eignen Sie sich Ihr Leben noch einmal an. Sie zeichnen die verschlungenen Wege nach, die Sie zurückgelegt haben, und halten Ausschau nach Orientierungspunkten für die Zukunft. Die Suche nach dem authentischen Ich ist streckenweise eine einsame Angelegenheit, denn nicht immer finden sich interessierte WeggefährtInnen. Ein Tagebuch begleitet Sie auch dann noch, wenn alle anderen zu müde oder zu sehr mit sich selbst beschäftigt sind. Und noch eines gilt es zu bedenken: Jedes Tagebuch ist auch ein Nachtbuch, es hält Ihnen auch in sehr dunklen Stunden die Treue.

*Ich war der Meinung, ich sei ein interessanter Mensch. Aber glauben Sie mir, es ist überaus erhellend zu erkennen, daß die eigene Lebensgeschichte nicht mehr als fünfunddreißig Seiten ausfüllt.*

Roseanne Arnold

Was bewegt Menschen, ihre Autobiographie zu verfassen? Die Schriftstellerin Margaret Anderson beantwortete sich selbst diese Frage, nachdem sie ihre Lebensgeschichte aufgezeichnet hatte: «Mein Leben war Bemühen und Versagen, Entwicklung und Stillstand, es war stolz, egoistisch, bescheiden, aggressiv und anspruchslos; wach und unbewußt, hoffnungsvoll und, wie ich fürchte, verloren. Es war überreich an Dankbarkeit und Reue – ein Leben wie jedes andere, das mir aber so verschieden, so einzigartig und erfüllt erschien, daß es einmalig war.»

Viele Frauen beschäftigt irgendwann die Frage: Was ist der rote Faden meines Lebens, welchen Sinn ergeben die vielen Einzelteilchen, wohin mündet meine Geschichte? Was habe ich mit anderen gemeinsam, was macht meine Einzigartigkeit aus? Deshalb erzählen wir, was wir erlebt haben, deshalb gibt es Autobiographien. Erzählend, schreibend erfinden wir uns, suchen wir nach einer Identität.

Nehmen Sie an, Sie würden aufgefordert, einer Gruppe von interessierten und aufmerksamen Fremden ihre Lebensgeschichte zu erzählen, und diese Gruppe müßte sich Ihre Geschichte gut einprägen. Was würden Sie tun, um sie dabei zu unterstützen? Sie könnten zum Beispiel als optische Hilfestellung ein Bild malen und daran die wichtigsten Stationen Ihrer Erzählung deutlich machen.

Legen Sie Buntstifte und einen großen Block vor sich hin, und beginnen Sie. Sie können das Bild vom Lebensfaden wörtlich nehmen und einen linearen Verlauf zeichnen, Sie können aber genausogut Symbole verwenden oder eine innere Landschaft erstehen lassen, die Ihre derzeitige Stimmung am besten wiedergibt. Brüche, Umwege, Widerstände, Neuansätze – alles kann in Ihrem Bild erkennbar werden. Sie können jederzeit noch einmal neu beginnen oder etwas hinzufügen.

*Ihr müßt noch begreifen lernen, meine Lieben, daß die kürzeste Entfernung zwischen einem Menschen und der Wahrheit eine Geschichte ist.*

Spruch eines Sufi-Meisters

«Lang ist's her, ich weiß nicht wie lang, da lebte auf einem hohen, hohen Berggipfel in einem einsamen Landstrich in Tibet eine junge Frau, die hieß Nuri. In Erwartung ihres zukünftigen Ehemannes blickte sie angespannt aus dem Fenster...» Und dann? Jetzt wüßten Sie gerne, wie es weitergeht, stimmt's? Sie können es nachlesen in dem Buch *Verzauberte Hosen* von Scharuk Husain, aber hier werde ich es Ihnen nicht verraten, denn Ihre Neugier soll nicht gestillt, sondern produktiv genutzt werden. Erzählen Sie das Märchen weiter. Wird sie den Bräutigam gleich erblicken? Wird sie tagelang vergeblich warten? Kommt ein anderer des Weges und verdreht ihr den Kopf? Schnürt sie ihr Bündel, um ihren Bräutigam zu suchen? Erscheint ein Dämon oder eine Fee? Wem könnten Sie das Märchen erzählen, wenn es fertig ist?

In vielen Kulturen waren GeschichtenerzählerInnen sehr angesehene Mitglieder der Gemeinschaft. Sie boten Unterhaltung, gleichzeitig aber hatten sie eine wichtige Funktion für die Gesellschaft, indem sie deren Traditionen und Wertvorstellungen weitergaben, und zwar so amüsant und spannend verpackt, daß sie den Zuhörerinnen und Zuhörern noch lange im Gedächtnis blieben.

Erzählen läßt sich lernen. Erleichtern Sie sich den Einstieg, und bedienen Sie sich aller Ingredienzien, die ein Märchen so verführerisch machen: die drei Wünsche, der verzauberte Prinz, der tiefe, dunkle Wald, der Brunnen, die sprechenden Tiere, der magische Ring.

Die Bilder und Worte dürfen aus dem Unterbewußten aufsteigen. Vielleicht kommen Ihnen Motive aus bekannten Märchen in den Sinn, vielleicht Bruchstücke aus Visualisierungen oder Tagträumen. Alles ist zulässig. Gehen Sie in den Zaubergarten Ihrer Phantasie, und graben Sie Ihren Wortschatz aus.

*Die weibliche Tugend ist die größte Erfindung der Männer.*
Cornelia Otis Skinner

Unter dem Stichwort «Tugend» steht im Damen-Conversations-Lexikon von 1834: «So gleicht denn die tugendhafte Frau der unscheinbaren Mimose, die ihre Blätter bei der leisesten, störenden Berührung schließt, aber auch zugleich der kräftigen Ranke dunkelgrüner Hoffnungsfarbe, die ihre lichtblauen Himmelsblüten liebend und hoffend selbst zwischen Schnee und Frost öffnet.»

«Liebend und hoffend»? Das reicht nun nicht immer, um die Dinge in Gang zu bringen, oder was meinen Sie?

Daß Frauen in vielerlei Hinsicht kreativ sind, auch wenn es um das Anknüpfen von zarten Banden geht, illustriert eine hübsche arabische Geschichte:

Ein junger Mann und ein Mädchen liefen auf zwei verschiedenen Landwegen. An einem Punkt kamen die zwei Wege zusammen, und der Junge und das Mädchen liefen nun gemeinsam weiter.

Der Junge trug einen Kupferkessel auf seinem Rücken. In der Hand hatte er ein lebendes Huhn und einen Stock, während er an der anderen Hand eine Ziege führte. Nach einer Weile kamen sie an eine Bergschlucht. Da blieb das Mädchen stehen und sagte: «Durch diese Schlucht gehe ich nicht mit dir.»

«Warum nicht?» wollte der Junge wissen.

«Du könntest mich dort umarmen und küssen», antwortete sie.

«Wie soll ich dich denn umarmen und küssen? Ich habe einen Kupferkessel auf dem Rücken, an der einen Hand habe ich eine Ziege und in der anderen Hand ein lebendes Huhn und einen Stock.»

Aber das Mädchen beharrte auf seiner Meinung: «Du könntest mich die Ziege halten lassen, danach den Stock in den Boden stekken, das Huhn auf den Boden setzen und den Kessel darüberstülpen, und dann könntest du mich umarmen und küssen.»

Lange starrte der Junge das schöne, nette Mädchen an. Endlich sagte er: «Allah segne deine Weisheit.» Worauf sie gemeinsam durch die Schlucht gingen.

*Und habt ihr denn etwa keine Träume, wilde und zarte, im Schlaf zwischen zwei harten Tagen?* Anna Seghers

Der indianische Traumfänger ist ein mit Leder umwickelter Ring, dessen Inneres wie ein Spinnennetz von Fäden durchzogen ist. Es heißt, wer ihn ans Ostfenster hängt, bleibt von bösen Träumen verschont, denn die bösen Träume sind dumm, bleiben im Netz hängen und verbrennen in der Morgensonne, während die klugen, guten Träume den Weg durch das Netz zu den Schlafenden hin finden.

Gerne würde ich einen Traumfänger basteln können, der mir als Instrument dient, um Träume aufzufangen. Wäre das nicht eine schöne Vorstellung? Wir wollen manche Träume bewahren, aber sie entgleiten uns. Wir wollen sie ja nicht in eine dunkle Botanisiertrommel sperren, aber wir besäßen gerne ein Instrument, um sie zu fangen, damit wir sie ansehen und uns von ihnen inspirieren lassen könnten. Dann würden wir sie fliegen lassen wie Papierdrachen, während wir mit ihnen in Verbindung bleiben und sie lenken: Ein Teil von uns schwebt da oben, ein anderer bleibt fest auf der Erde stehen und bewundert die anmutigen, flinken Bewegungen unserer luftigen Verlängerung.

Durch Träume stoßen wir auf Quellen der schöpferischen Phantasie. Es ist ein Jammer, wenn wir sie ignorieren. «Träume reflektieren nicht nur tatsächliche Geschehnisse, sondern auch eine Fülle von Gedanken und Gefühlen, von denen wir tagsüber keine Notiz genommen hatten, weil wir zu beschäftigt waren oder sie nicht aufgreifen wollten», erklärt Ann Faraday in einem ihrer Bücher über die Bedeutung von Träumen.

Geben Sie Ihren Träumen nach dem Aufwachen Raum, indem Sie noch ein wenig reglos liegenbleiben, denn die unveränderte Körperhaltung hilft Ihnen, sich zu erinnern. Schreiben Sie Träume auf, die Ihnen bedeutsam erscheinen. Notieren Sie wenigstens ein Stichwort, das sie Ihnen ins Gedächtnis zurückruft. Erzählen Sie Ihre Träume; es gibt immer Menschen, die sich dafür interessieren. Kein Traum ist zu trivial, um ihn bewahren. Jeder Traum enthält eine Botschaft, die es sich zu entschlüsseln lohnt.

*Und wenn ihr Biograph von einer italienischen Dichterin sagt: «Einige Jahre war ihre Muse verhindert», wundert es uns nicht, wenn er dann beiläufig ihre zehn Kinder erwähnt.* Anna Garlin Spencer

«Wenn wir der Wochenzeitschrift *Elle* glauben sollen, die kürzlich siebzig Schriftstellerinnen auf einem Foto versammelte, ist die schreibende Frau eine bemerkenswerte Spezies: Sie produziert abwechselnd Romane und Kinder. Man macht uns unter anderem bekannt mit Jacqueline Lenoir (zwei Töchter, ein Roman); Marina Grey (ein Sohn, ein Roman); Nicole Dutreil (zwei Söhne, vier Romane) etc.» Mit diesen Worten beginnt ein scharfsinniger Artikel von Roland Barthes, der die versteckte Botschaft dieser Fotografie untersucht hat: Schreibende Frauen, so faßt er zusammen, werden als Künstlerinnen akzeptiert, solange sie gleichzeitig ihrer «natürlichen» Bestimmung nachkommen, die darin besteht, Kinder zu gebären.

Seit Jahrhunderten, wenn nicht Jahrtausenden, bemühen sich Frauen, höchst widersprüchlichen eigenen wie fremden Erwartungen zu genügen. Sie produzieren Kinder und Romane, Apfelkuchen und Dissertationen.

Theoretisch und nach dem Gesetz sind Frauen gleichberechtigt und können frei entscheiden, wie sie ihre Prioritäten setzen wollen, ohne daß ihnen dadurch Nachteile entstehen. Doch grau ist alle Theorie. Über meinem Schreibtisch hängt ein Zitat von Marieluise Fleißer, das mich täglich an den tiefen Graben zwischen Anspruch und Wirklichkeit erinnert: «Beim Schreiben ist es nicht damit getan, daß man einmal zwischendurch ein paar Stunden Zeit hat, da hängt schon mehr daran. Den ganzen Menschen muß man dafür einsetzen können.» Wunschdenken? Idealbild?

Setzen Sie für «Schreiben» das ein, was Ihnen von allem, was Sie je tun wollten, am meisten am Herzen liegt – Reisen, Malen, Laufen, Tanzen, Schreinern, Gitarre spielen, was auch immer. Wann konnten Sie je «die ganze Frau» dafür einsetzen? Ihre neue Freundin sehnt sich nach Ganzheit, das wissen Sie genau. Helfen Sie ihr.

*Die beste Gelegenheit, ein neues Buch zu konzipieren, ist beim Abwasch.*
Agatha Christie

Hat Agatha Christie recht? Was meinen Sie?

Das Bild der künstlerisch oder wissenschaftlich tätigen Frau, die ihre besten Einfälle bei der Hausarbeit hat, finde ich, ehrlich gesagt, etwas zwiespältig. Müssen die Hände immer in der Seifenlauge stecken, damit sich geniale Einfälle Bahn brechen können? Gibt es nicht andere Tätigkeiten, die ebenso anregend wirken?

Aber mein Unbehagen hat sehr subjektive Wurzeln, und ich möchte nicht behaupten, Schuhe putzen, bügeln und Blumen umtopfen eigneten sich nicht als Bohrinseln für Ideen. Manuelle Tätigkeiten legen tatsächlich Kanäle zum Unterbewußten frei. Ich erinnere mich gut an meinen Ferienjob in einer Fabrik, bei dem ich im Akkord mit einem kleinen scharfen Messer überstehende Noppen an undefinierbaren Plastikteilen abschneiden mußte. Während ich Stunde um Stunde da saß und schnippelte, strömte eine Flut von Bildern, Erinnerungen und Ideen aus mir heraus, bis es mir fast zuviel wurde. Noch nie hatten die Pforten zu meinem Unbewußten so sperrangelweit offengestanden; eine ganze Prozession von Schemen stieg ans Tageslicht. Mir war, als könnte ich sie mit Händen greifen. Doch alles verflog wieder, weil mir die Zeit fehlte, es festzuhalten. Untertags waren die Pausen zu kurz, und abends war ich zu müde.

Kreativität ist ins Leben verwoben, nicht davon getrennt. Was nützen die schönsten Einfälle, wenn – wie damals bei meinem Fabrikjob – die Zeit fehlt, sie festzuhalten? Es kann ja nicht das Ziel sein, einen Wirbel origineller Ideenfragmente zu erzeugen, der wie ein Feuerwerk am Himmel verpufft.

Kreativität allein ist kein Wundermittel. Wir brauchen die Zeit und die Ordnung, damit wir das, was die schöpferischen Kräfte hervorbringen, in eine Form bringen und in unserem Alltag verwerten können. Und das geht nun mal nicht beim Geschirrspülen.

*Unsere Sorgen sollten uns nicht in Niedergeschlagenheit stürzen, sondern zum Handeln anspornen.* Karen Horney

Mein Sohn bringt fast jeden Tag einen neuen Witz aus der Schule mit. Nicht alle sind wirklich lustig, aber es gibt einen, über den ich auch beim zehnten Erzählen noch lachen kann, weil er so schön illustriert, wie man sich in eine Situation verrennen kann:

Ein Forscher kommt in die Wüste und trifft eine Schildkröte. Sie sitzt im Sand, schüttelt den Kopf und sagt: «Nee, nee, nee!» Der Forscher wundert sich und geht weiter. Hundert Jahre später kommt ein anderer Forscher in die Wüste. Immer noch sitzt da dieselbe Schildkröte, schüttelt den Kopf und sagt: «Nee, nee, nee!» Der Forscher wundert sich und geht weiter. Wieder hundert Jahre vergehen. Ein dritter Forscher reist in die Wüste und trifft die Schildkröte. Der Forscher ist neugieriger als die anderen und fragt: «Warum sagst du denn immer ›nee, nee, nee‹?» Da sieht ihn die Schildkröte kopfschüttelnd an und sagt: «Nee, nee, nee. So viel Sand und keine Förmchen!»

Das ist in unserer Familie zum geflügelten Wort geworden. «Nee, nee, nee», sagen wir, wenn wieder einmal etwas nicht so ist, wie es sein sollte. Man (und frau) kann also ohne weiteres dreihundert Jahre vor einem Problem verbringen, den Kopf schütteln und sich über die Unvollkommenheit der Welt wundern. Das demonstriert die Schildkröte.

Was hätte sie für Alternativen gehabt? Wie hätte eine kreative Problemlösung ausgesehen? Vielleicht ein Jahrzehnt darauf verwenden, in die nächste Stadt zu krabbeln und sich Förmchen zu besorgen? Oder mit dem Sand etwas anderes anstellen als Kuchen backen – Burgen bauen, Tunnel graben, Muster ziehen? Oder weiterwandern und die Wüste verlassen?

Wollen Sie ihr nicht mit einer Idee zu Hilfe kommen?

*Geistige Zusammenhänge herzustellen, ist jedoch unser entschiedenstes Lernmittel, die Essenz der menschlichen Intelligenz: Verbindungen zu knüpfen, hinter das Gegebene zu schauen; Muster, Beziehungen und den Kontext zu begreifen.* Marilyn Ferguson

Sie warten nachts um elf an einer dunklen Haltestelle auf den Bus und fragen sich zum wiederholten Mal, warum es kein erschwingliches Frauentaxi gibt, das Sie jetzt anrufen könnten.

Sie sind nicht die einzige Frau, der es so geht, und Sie könnten sich ohne weiteres zusammenschließen und eine Initiative gründen. Sicher geht Ihnen immer wieder manches durch den Kopf, was Sie für eine sinnvolle Einrichtung hielten: ein Ganztags-Kindergarten, ein Treffpunkt für neuzugezogene Frauen, mehr verkehrsberuhigte Straßen, eine bessere Busverbindung, eine BürgerInnensprechstunde im Rathaus, ein Mädchenzentrum, ein Café mit Leseecke ...

Es liegt in Ihrer Macht, eigene Zukunftsvorstellungen zu entwickeln, die Sie den Vorhaben der Politprofis entgegenstellen können. Das kreative Potential, das in Ihnen steckt, reicht weit über die Verwirklichung individueller Ziele hinaus!

In den letzten Jahren fanden immer mehr «Zukunftswerkstätten» statt. Sie bestehen aus vier Phasen: die *praktischen Vorbereitungen* wie Raumsuche und Beschaffung von Arbeitsmaterialien; die *Beschwerde- und Kritikphase*, in der Unmut und negative Erfahrungen mit dem Thema geäußert werden; die *Phantasie- und Utopiephase*, in der eigene Wünsche, Träume und Vorstellungen zur Geltung kommen, die in utopischen Entwürfen münden, und die *Verwirklichungs- und Praxisphase*, in der die Durchsetzungschancen für die Entwürfe kritisch geprüft werden und überlegt wird, wie Hindernisse zu überwinden sind.

Sie können bei eigenen Projekten also auf Methoden zurückgreifen, mit denen andere schon viele Erfolge erzielt haben. Geben Sie der Resignation keine Chance! Es kommt Ihnen und Ihrer Umgebung zugute, wenn Sie Ihrem Spaß am kreativen Denken keine Grenzen setzen.

*Ich kann nicht arbeiten, wenn irgend etwas Unterhaltsames im Gange ist. Zum Glück für mich liebe ich das Landleben, und ich liebe es auch, im Bett zu liegen und von acht Uhr bis mittags zu schreiben. Dann habe ich den Rest des Tages für mich selbst, und das ist dann ein Selbst, mit dem ich zufrieden bin, weil ich es dazu gebracht habe, seine Arbeit zu tun.*

Rachel Crothers

Gefällt Ihnen die kreative Idylle, die Rachel Crothers beschreibt? Den halben Tag im Bett liegen und schreiben, und den Rest des Tages für sich haben, das klingt doch gut, nicht?

Leider kenne ich im Umkreis von fünfhundert Kilometern keine einzige Frau, die ihre Tage auch nur annähernd so lässig zubringen könnte. (Falls es sie doch gibt, bitte ich sie inständig, sich bei mir zu melden und mir ihr Geheimnis zu verraten.) Was ich bei Frauen, ob kreativ tätig oder nicht, statt dessen kenne, sind: Mehrfachbelastungen, Rollenkonflikte, Zeitmangel, Selbstausbeutung, Störungen von außen, anstrengende Selbstmotivierung, Überforderung, fehlende Anerkennung.

Was machen wir falsch? Warum liegen wir nicht bis mittags im Bett? Ganz einfach: die Verhältnisse, sie sind nicht so. Wir müssen Geld verdienen, hungrige Kinder füttern, Wäsche waschen, Angehörige pflegen. Gut, wir können vielleicht einen Tag im Monat behaglich unter der warmen Decke verbringen, und das sollten wir auch wirklich tun. Dann bleiben aber immer noch dreißig Tage, an denen es heißt: hinaus in die Kälte! Tun, was immer zu tun ist. Und das ist des Pudels Kern. Nichts ist für mich aufreibender, als mit den Gedanken woanders zu sein, während ich die alltäglichen Besorgungen erledige. Das ist nicht der Weg zur Zufriedenheit und schon gar nicht der zur Erleuchtung. Viel effektiver und schonender wäre es, würde ich jedes zu seiner Zeit und mit voller Aufmerksamkeit tun.

So gesehen, ist es gleichgültig, ob ich die Fliesen kehre oder ein Ballett choreographiere. Ich muß es mir immer wieder selbst einschärfen: Jede Handlung, *die ich bewußt tue*, ist wertvoll.

*Kaum jemand sieht eine Blume wirklich – sie ist so klein –, wir haben einfach nicht die Zeit dazu. Denn etwas anschauen heißt, sich dafür Zeit zu nehmen. So wie man sich für einen Freund Zeit nimmt.*

Georgia O'Keefe

Haben Sie sich schon einmal gewünscht, Malerin zu sein, um all die Schönheit einzufangen, die uns umgibt? Eine glitzernde Wasseroberfläche in der Abendsonne, buntes Herbstlaub, ein Gesicht, das sich Ihnen eingeprägt hat?

Grämen Sie sich nicht, wenn Sie meinen, daß Sie nicht über die entsprechenden Fähigkeiten verfügen. Sie haben Augen zum Sehen und ein Gedächtnis, das Bilder speichert. Ein paar Sandkörner oder ein abgefallenes Blütenblatt sollten genügen, um Sie in Sekundenschnelle an den Ort zu versetzen, der Ihre Künstlerinnenseele beflügelt hat. Er ist wie ein Tor, durch das Sie Ihr inneres Gemälde betrachten und vielleicht sogar betreten können. Verschwenden Sie keinen Gedanken daran, was wäre, wenn Sie in vollendeter Meisterschaft mit dem Pinsel umgehen könnten. Sehen Sie einfach hin. Kein Mensch hat gesehen, was Sie sehen, denn kein Mensch gleicht Ihnen. Deshalb ist auch Ihr inneres Bild unvergleichlich.

Das ist die eine Möglichkeit. Die andere ist die, daß Sie zum Pinsel greifen und loslegen. Sie sind keine Paula Modersohn-Becker und keine Gabriele Münter, das wissen Sie selbst. Eifern Sie ihnen erst gar nicht nach. Betrachten Sie nicht zu viele Bildbände berühmter Gemälde, um sich zu inspirieren, sonst sinkt Ihr Mut gleich wieder. Halten Sie sich lieber an die amerikanische Malerin Georgia O'Keefe, die einen unverwechselbaren Stil entwickelte, weil sie sich bewußt von den künstlerischen Normen ihrer Zeit löste: «Ich bin ziemlich aufgewachsen wie alle anderen auch, und so sagte ich eines Tages vor sieben Jahren zu mir – Ich kann nicht dort leben, wo ich will – Ich kann nicht machen, was ich will – Ich kann noch nicht einmal sagen, was ich will... Ich kam zu dem Schluß, daß es ausgesprochen dumm von mir war, nicht wenigstens so zu malen, wie ich wollte, denn das schien ja noch das einzige zu sein, was außer mir niemanden etwas anging – und was ganz allein meine Sache war.»

*Geh nicht wie mit fremden Füßen*
*und als hätt'st du dich verirrt.*
*Willst du nicht die Rosen grüßen?*
*Laß den Herbst nicht dafür büßen,*
*daß es Winter werden wird.*

Erich Kästner

Der Herbst hat uns noch einen Tag geschenkt. Mein Blick suchte am Himmel nach Regenwolken, sie kamen und zogen weiter. Wieder ein sonniger Morgen, wieder ein tiefer, ungläubiger Atemzug am Fenster. Daß die Luft zu dieser Jahreszeit noch so mild ist! Dankbar nehme ich den Tag als Geschenk entgegen. Vieles ist mir geschenkt worden: eine Reihe atemberaubend schöner Herbsttage, Zeit für die Arbeit, Zeit für mich, ein Zimmer für mich allein. Ich denke an die, die es mir ermöglicht haben, meine Familie, meine Freunde. Mein Mann hat sich um den Haushalt gekümmert, gute Freundinnen haben die Kinder mitbetreut, viele andere haben mich ermutigt und unterstützt. Mein Wunsch nach Ruhe wurde respektiert. Fremde haben mich angelächelt, meine Gastgeber haben mir das Bett bezogen und Getränke in den Kühlschrank gestellt, ich wurde eingeladen und bekam köstliches Essen vorgesetzt. Ich hörte wunderbare Musik. Ein Feuer wurde angezündet, wenn mir kalt war. An diesem letzten Tag meiner kleinen Flucht in die kreative Klausur bin ich von Dankbarkeit erfüllt und nehme mir vor, sie nicht nur zu empfinden, sondern auch zu zeigen. Nicht nur heute und morgen, sondern auch zukünftig will ich nicht mehr so viel als Selbstverständlichkeit hinnehmen. Die Dankbarkeit für die Fülle der vergangenen Tage soll in die Zukunft ausstrahlen.

Gelegentlich fällt mir das nicht leicht, und ich muß mich daran erinnern, daß ich Gründe habe, dankbar zu sein. Deshalb stecke ich mir zehn Perlen in die linke Hosen- oder Jackentasche, und immer dann, wenn ich etwas Erfreuliches erlebe, wechselt eine Perle in die rechte Tasche. Nach einigen Tagen merke ich, wie viele kleine Dinge mir tagtäglich begegnen, wenn ich nur wach genug bin. Die Perlen helfen mir, die Anlässe zu Freude und Dankbarkeit auch zu bemerken.

*Nichts ist aufschlußreicher als die Bewegung.*
Martha Graham

«Tanzen ist sich Umherbewegen. Mehr nicht. Nicht weniger», schrieb eine Rezensentin vor kurzem nach der Aufführung eines Tanztheaters. Die Tänzerinnen nahmen keine Posen ein; sie schritten den Raum ab, fingen an zu sprechen, zu rezitieren, zu kreisen. Sie demonstrierten, daß Tanz zwischen Regel und Freiheit schillert, denn innerhalb eines festgelegten Rahmens konnten sie tun, was ihnen der Augenblick eingab – stehenbleiben, Begegnungen inszenieren, sich dem Publikum nähern.

An diesem Abend wurde deutlich, daß die Kluft zwischen Wollen und Können nicht unüberbrückbar ist. Nie wäre ich nach einem klassischen Ballettabend auf die Idee gekommen, zu Hause die Tanzschritte nachzuahmen, die ich gerade gesehen hatte. Ich wäre mir wie ein dilettantischer Trampel vorgekommen. Diesmal wirbelte ich beschwingt durchs Wohnzimmer und fühlte mich leicht wie eine Feder.

Wir bewundern bei Tänzerinnen und Tänzern immer die Körperbeherrschung, hinter der jahrelange, harte Übung steckt. Keine Frage: So werden Sie und ich unseren Körper nie unter Kontrolle haben. Heißt das, wir sollten resigniert das Tanzen den Primaballerinen überlassen? Auf keinen Fall!

Die Freundin, die auf Sie wartet, ist eines auf jeden Fall: beweglich. Und zwar körperlich wie geistig. Zeigen Sie ihr, daß Sie es ebenfalls sind. Erfinden Sie zu den Bewegungen, die Ihr Körper immer wieder ausführt, neue hinzu. Bilden Sie den Fluß der Bewegung nach, indem Sie mit kleinen Gebärden beginnen und sie immer größer und akzentuierter gestalten. Fühlen Sie sich in die Elemente ein, und lassen Sie Ihren Körper Luft, Feuer, Erde und Wasser darstellen.

Nehmen Sie in Ihren Bewegungen die Anregungen auf, die die Natur Ihnen bietet: das Erwachen des Tages, die Trennung von Licht und Schatten, das Wachsen eines Baumes, den Wechsel der Lebensalter. Alles, was Sie wollen, können Sie sein – Wiege, Brücke, Stein, Brandung.

*Wenn ich auf mein Leben zurückblicke, so waren es immer die schwierigen Zeiten, die im Endeffekt eine Weiterentwicklung ermöglichten.*

Michaela M. Özelsel

Nichts regt sich. Keine Brise bewegt die gelben Blätter vor dem Fenster. Die Vögel scheinen in Untätigkeit zu verharren. Manchmal, vor allem im Herbst, machen die Jahreszeiten unvermittelt einen Sprung. An einem Tag klingt eindeutig noch der Sommer nach, am nächsten ist schon fast der Winter zu riechen. Das können wir nicht so schnell mitvollziehen. Unser Körper und unsere Seele brauchen Zeit, sich umzustellen.

Solange Bewegung in der Natur herrscht, läßt sich der Herbst noch gut ertragen. Viele Frauen, die ich kenne, lieben die wilden Herbstböen und werfen sich mit Lust auf ausgedehnten Spaziergängen dem Sturm entgegen. Fühlen wir Widerstand, Kälte, Wärme, fühlen wir uns lebendig, spüren die Berührungsfläche unseres Körpers mit der Welt.

Doch die dumpfe Reglosigkeit mancher Herbsttage ist schwer auszuhalten. Ohne Ablenkung sind wir mit uns selbst, unseren ungelösten Problemen und uneingestandenen Ängsten konfrontiert. Wir können nun davonlaufen und uns in Betriebsamkeit stürzen. Wir können aber auch standhalten und in der Stille den Kern aller Bewegung in uns selbst suchen – und finden. Der Hunger nach Veränderung darf uns nicht dazu verführen, jegliche Veränderung zu akzeptieren, und sei sie noch so überstürzt. «Niemand ist jede Stunde des Tages ein Zauberer. Wie könnte man leben?» gibt Pablo Picasso zu bedenken. Es gibt eben Momente, da ist weder der Schritt nach vorne noch der Schritt zurück förderlich.

Es ist wie das Verharren zwischen zwei Atemzügen, wie eine einzelne Note: für sich genommen, ist sie weder Dur noch Moll. Etwas ist, jetzt, in diesem Moment, und es gibt uns die Chance, ohne den abschweifenden Blick in Vergangenheit und Zukunft sehen und hören, fühlen und lieben zu lernen.

*Steine und Bäume, sie standen uns nahe, fast wie lebende Wesen, und die Natur war es auch, die unsere Spiele und Träume hegte und nährte. In der Natur ringsum war auch all das angesiedelt, was unsere Phantasie zu erfinden vermochte.* Astrid Lindgren

«Wenn man sie ansieht und ihr zuhört, bekommt man auf einmal Lust, alt zu werden, bekommt Lust zu leben, alles zu leben, und die Erinnerungen auch im Gesicht zu bewahren», schreibt Gabriele von Arnim über die fünfundachtzigjährige Fotografin Gisèle Freund. Und an einer anderen Stelle ihrer biographischen Skizze erklärt sie fast erstaunt: «Neugierig ist Gisèle Freund bis heute geblieben. Auch neugierig auf sich selbst. Manchmal scheint es, als lausche sie erstaunt und erfreut ihrer eigenen Geschichte, ihren eigenen Worten, als gebe es auch für sie noch immer Neues in sich zu entdecken.»

Warum erscheint uns das so ungewöhnlich? Haben wir uns denn insgeheim schon darauf eingestellt, daß wir mit dem Älterwerden immer weniger denken, fühlen und erleben werden? Die Art und Weise, wie wir dem Alterungsprozeß begegnen, ist nicht schicksalsgegeben. Die Freude an Entdeckungen bis ins hohe Alter fällt uns nicht in den Schoß, aber wir können sie aktivieren und üben.

«Alterszeit ist Frauenzeit», behauptet Elisabeth Steinmann. «Frauen treten zahlreicher auf, werden älter, bleiben meist körperlich länger gesund und können den neuen Lebensabschnitt besser ausfüllen.» Frauen als die Gewinnerinnen im Alter – ein ungewohntes Bild! Aber trifft es nicht zu?

Frauen haben mit den Jahren so vieles gelernt: ein soziales Netz aufbauen, Freundschaften pflegen, lange Tage mit sinnvollen Beschäftigungen füllen, die Probleme des Alltags meistern, Geduld für die Schwächen und Eigenheiten anderer aufbringen.

Unsere jugendverliebte Gesellschaft und der abschätzige männliche Blick können ältere Frauen sehr kränken. Kämpfen Sie dagegen an, aber verschleißen Sie sich nicht in diesem Kampf. Sie haben so viel mehr zu gewinnen als einen immer wieder neu errungenen, flüchtigen Erfolg.

*Ich lag im Gras und betrachtete die Rispen, die im Winde schwankten, als ich plötzlich von einem vollständigen Glücksgefühl erfaßt wurde. Ich fühlte mich mit allem ganz eins und doch ganz ich selbst – und - unendlich bedeutend.* Dolores La Chapelle

Edith Cobb, eine amerikanische Wissenschaftlerin, die dreihundert Autobiographien schöpferischer DenkerInnen ausgewertet hat, fand heraus, daß der Genius des Erwachsenen anscheinend seine Wurzeln in der Bezogenheit des Kindes zur Natur hat. Aus den Naturerfahrungen, die etwa vom fünften bis zum zwölften Lebensjahr gewonnen werden, speist sich der Antrieb für die Kreativität, und durch ihre Erinnerung versetzten sich die Betreffenden in die Lage, diese Quelle immer neu anzuzapfen.

In Augenblicken wie dem, den Dolores La Chapelle in *Weisheit der Erde* beschreibt, öffnet sich der ganze Organismus neuen Informationen aus der Außenwelt und verbindet sie mit intensiven Empfindungen. Die Natur wird buchstäblich als beseelt erlebt – die menschliche Seele taucht in die «Seele des Ortes» ein, öffnet sich dem *genius loci*, und dadurch scheint die Trennung zwischen Welt und Ich aufgehoben. Gleichzeitig erfüllt das Bewußtsein, zu solchen fast mystischen Erlebnissen fähig zu sein, den Menschen mit Glück und Stolz.

Sie haben ähnliche Momente erlebt, die – vielleicht verschüttet – in Ihrer Erinnerung erhalten sind. Selbst wenn sie Ihnen nicht mehr präsent sind, wirken sie als verborgene Kraft lebenslang weiter. Sie selbst können die Voraussetzungen schaffen, daß ihre Wirksamkeit erhalten bleibt.

Tun Sie das, was Kinder tun, wenn sie der Natur begegnen, denn die spielerische Beziehung zur Welt ist entscheidend für schöpferisches Denken. Wagen Sie innige körperliche Berührungen mit Ihrer natürlichen Umgebung, denn nur durch eine direkte Sinnesreaktion ist der Einklang von wahrnehmendem Körper und sich ständig erneuernder Natur erlebbar.

*Wo immer deine Aufmerksamkeit entflammt, an diesem Punkt erfahre.*

Zen-Spruch

Der handgeschnitzte Fensterrahmen lag im Schaufenster eines indischen Geschenkeladens. Er erinnerte mich an die prachtvollen Fassaden der Mogulpaläste von Rajasthan in Nordindien. Ja, bestätigte die Besitzerin, hinter diesen Fensterrahmen saßen die Frauen, die sehen wollten, aber nicht gesehen werden durften.

Sehen und nicht gesehen werden. Überrascht stellte ich fest, daß mir diese Vorstellung nicht völlig mißfiel. Zuweilen fühle ich mich von Blicken gestört, die alles, was ich tue und lasse, in Kategorien einordnen – Aussehen, Alter, Kleidung, Verhalten, Handeln, Nicht-Handeln.

Mir gefiel der Gedanke, mich einmal ganz auf das Wahrnehmen zu konzentrieren, beim Hindurchschauen durch den Rahmen immer nur einen kleinen Ausschnitt meiner gewohnten Umgebung zu sehen. Zu dem bekannten Wunsch, den Überblick zu behalten, gesellte sich der Wunsch, eins nach dem anderen, dafür aber eingehender betrachten zu können.

Das Prinzip der Achtsamkeit, das die buddhistische Geisteshaltung fordert, läßt sich mit Gewinn auf alles übertragen – den Umgang mit Menschen, Gegenständen, Gefühlen, Projekten. Das, womit wir uns achtsam beschäftigen, prägt sich uns in ganz neuer Weise ein.

Schaffen Sie sich als inneres Bild einen schön verzierten Rahmen, den Sie gerne in die Hand nehmen, legen Sie ihn um das, worauf Sie Ihre Aufmerksamkeit richten – das schafft die Voraussetzung für einen neuen, konstruktiven Umgang mit den Dingen und Menschen Ihrer Umgebung.

Lassen Sie jedem Detail Ihres Lebens Ihre Aufmerksamkeit angedeihen, geben Sie allem, was Sie betrachten, einen würdigen Rahmen. Dann sehen Sie seine Eigenheit, seine Unverwechselbarkeit und seinen Platz im Ganzen.

*Du kannst noch so oft an der Olive zupfen, sie wird deshalb nicht früher reif.* Toskanisches Sprichwort

Stimmen Sie sich an dem heutigen Brunnentag auf eine Zen-Geschichte ein, die von einer ungewöhnlichen Künstlerin erzählt, deren bewundernswerte Geradlinigkeit keine faulen Kompromisse duldete:

Eine Frau aus Nagasaki namens Kame gehörte zu den wenigen, die in Japan Weihrauchbrenner herstellen konnten. Sie war bei ihrem Vater in die Lehre gegangen. Solch ein Weihrauchbrenner ist ein Kunstwerk und wird nur im Teeraum oder vor einem Familienschrein benutzt. Entsprechend gefragt waren Kames Brenner.

Kame liebte das Trinken und rauchte gern. Ihr Lebenswandel war ungewöhnlich für eine Frau. Wenn sie ein bißchen Geld verdient hatte, gab sie ein Fest, zu dem sie Künstler, Dichter, Zimmerleute und Arbeiter einlud. In dieser Gesellschaft gestaltete sie ihre Entwürfe.

Kame war über alle Maßen langsam in ihrer schöpferischen Tätigkeit, aber wenn sie ihre Arbeit beendet hatte, war es immer ein Meisterwerk.

Eines Tages gab der Bürgermeister von Nagasaki Kame den Auftrag, einen Weihrauchbrenner für ihn zu gestalten. Sie ließ fast ein halbes Jahr verstreichen. Da suchte der Bürgermeister sie wieder auf, weil er für ein Amt in einer anderen Stadt ernannt worden war, und drängte sie, die Arbeit an seinem Brenner zu beginnen. Als sie endlich ihre Inspiration erhielt, machte Kame den Weihrauchbrenner. Nachdem er fertig war, stellte sie ihn auf einen Tisch. Sie sah ihn lange und sorgfältig an. Sie rauchte und trank vor ihm, als wäre er ihre Gesellschaft. Den ganzen Tag lang beobachtete sie ihn.

Schließlich nahm Kame einen Hammer und schlug ihn in Stücke. Sie sah, daß er nicht die vollkommene Schöpfung war, die ihr Geist forderte.

Den Maßstab für Ihr Leben wie für Ihre Kreativität setzen Sie selbst. Schöpfen Sie Ihr Potential ganz aus; geben Sie sich nicht mit Halbheiten zufrieden.

# *November*

Nebelung und Windmonat hieß der November früher, Nebel und Wind sind auch heute seine Wahrzeichen. Wir schlagen den Mantelkragen hoch und ziehen den Kopf ein. Melancholie schleicht sich ungebeten in unsere Gedanken.

Auf den Friedhöfen brennen Kerzen, in den Häusern werden Lichter entzündet, flackern die Kaminfeuer. Inmitten der grauen Hauswände, unter dem niedrigen Novemberhimmel suchen wir unsere innere Sonne, den Sinn unserer schweren Erfahrungen. Wir steigen in die Tiefe, um geläutert ans Licht zurückzukehren.

Kinder tragen Laternen durch die Abenddämmerung und hören die Legende von der Mitmenschlichkeit. Wir rücken näher zusammen und spüren unsere existentielle Verbundenheit, teilen selbstverständlicher Kummer und Freude.

Doch wir wissen inzwischen, daß das Dunkel zum Leben gehört wie die Nacht zum Tag. Und wir feiern Feste, die Glanz in die langen Abende bringen. Unser Talent zu fröhlicher Geselligkeit kann sich entfalten und überstrahlt sogar den Nebel.

*Manchmal setzt sich das Licht zu dir und manchmal der Schatten, treue Geschwister.* Christine Busta

Der November, meinen viele, ist doch ein unnützer Monat – was soll frau überhaupt mit ihm anfangen! Der Oktober läßt uns immerhin noch die Hoffnung auf goldene Tage, der Dezember ist mit Weihnachtsvorbereitungen angefüllt, die uns von Kälte und Dunkelheit ablenken, doch schon bei dem Wort «November» tauchen Visionen von naßkaltem Wetter, Nebelschwaden, immer längeren Abenden und Grippeepidemien auf. Keine Frage, der November hat ein schlechtes Image.

Lassen Sie uns gemeinsam überlegen, was es für einen Sinn haben könnte, daß ein Monat so grau und unattraktiv daherkommt. Soll er uns etwa unmißverständlich vor Augen führen, daß kein Sommer ewig währt und wir Schönheit, Wärme und Licht besser würdigen sollten, solange sie uns geschenkt sind?

Oder können wir an ihm lernen, im vermeintlich Häßlichen eine eigene Schönheit zu entdecken? Ist der erzwungene Rückzug nach innen eine Zeit, eigene Ressourcen zu entdecken? Bieten die längeren Abende nicht eine gute Gelegenheit, sich etwas vorzunehmen, das schon lange aufgeschoben wurde?

Gibt uns die Jahreszeit, wie eine kluge Lehrerin, mit Bedacht jetzt die Themen auf, vor denen wir uns so gerne drücken – Trauer, Verlust, Angst, Vergänglichkeit, Einsamkeit?

Erkennen wir nicht auch deutlicher, daß wir für unseren Körper ebenso sorgen müssen wie für unseren Geist, weil der Jungbrunnen, aus dem wir uns beliebig erneuern, ein hübsches, aber realitätsfernes Bild ist?

Sie werden sehen: Aus einem ungeliebten Monat läßt sich mit etwas Initiative und Phantasie ein freundlicher Begleiter machen, den Sie schließlich sogar ungern ziehen lassen!

*Energie ist die Kraft, die jeden Menschen antreibt. Sie geht durch Verausgabung nicht verloren, sondern bleibt durch sie erhalten.*

Germaine Greer

Wie würde die Frau, die am Ende des Weges wartet, sich verhalten? Ich glaube, sie würde sich von Wind und Regen nicht schrecken lassen. Sie würde mit warmen Socken in ihre Gummistiefel steigen, einen Kapuzenanorak überziehen, einen Schal um den Hals wikkeln und durch den Wald stapfen, über die feuchten Blätter hinweg, unter den tropfenden Bäumen hindurch. Sie braucht frische Luft und Bewegung, und zwar möglichst jeden Tag. Sie weiß, daß es gegen das Novembertief nichts Heilsameres gibt als täglich einen Gang durch die sich offenbarende und dann wieder verhüllende Natur.

Vielleicht würde sie ein Gedicht vor sich hersagen oder ein Lied summen. Vielleicht hätte sie einen Schwarzweißfilm in ihren Fotoapparat eingelegt und würde nach reizvollen Motiven Ausschau halten – nach einem Ast mit einer interessanten Gabelung, einem Stück Baumrinde. Sie würde einen Hund ausführen, ihren eigenen oder den der Nachbarn, und ihm Stöcke zuwerfen. Sie hätte vielleicht Kinder bei sich und würde mit ihnen um die Wette laufen und hinter Bäumen verstecken spielen. Sie würde ihnen die Geschichte von Trollen und Erdweiblein erzählen, die unter der Erde in gemütlich eingerichteten Wurzelhöhlen wohnen und sich nur selten den Menschen zeigen. In ihrem Rucksack hätte sie Brot, Äpfel und Tee, damit der Hunger sie nicht vorzeitig nach Hause treibt.

Sie würde Ihnen gefallen, wenn Sie ihr begegnen, denn sie würde Sie anlächeln und grüßen und ein paar Worte mit Ihnen wechseln. Ihr Gesicht wäre vom Laufen leicht gerötet; ihre ganze Erscheinung würde gute Laune ausstrahlen. Sie würden, von ihrer Vitalität angesteckt, gleich den Kopf ein wenig höher heben und den Blick schweifen lassen. Das alles können Sie natürlich auch gleich selbst tun. Sie sind ja ohnehin nicht mehr weit davon entfernt, mit dem Bild zu verschmelzen, das Ihnen zu Beginn des Jahres vorgeschwebt hat.

*Wenn jemand sagt, Hoffnung sei nicht wichtig, frage ich ihn: «Wann wurden Sie zuletzt von einem hoffnungslosen Menschen inspiriert?»*

Terry Lynn Taylor

Sie kennen sicher einen Berg, der hoch genug ist, daß auch beim dichtesten Nebel die Spitze herausragt. Wenn Sie, wie ich, das Glück haben, in der Nähe einer solchen Anhöhe zu wohnen, werden Sie in dieser Jahreszeit vermutlich jede Gelegenheit nutzen, um hinaufzufahren und Sonne zu tanken. Aber Sie können diese Fahrt auch im Geist nachvollziehen.

Denken Sie an eine Straße, die Sie schon gefahren, oder einen Weg, den Sie schon gegangen sind und der auf einen sonnenbeschienenen Gipfel führte. Sie befinden sich am unteren Ende des Berges; er liegt, soweit Sie sehen können, im Nebel. Sie bewegen sich ganz langsam fort. Rechts und links säumen schemenhaft hohe Bäume den Weg. Der Untergrund ist feucht, alle Geräusche sind gedämpft. So geht es eine Weile fort, erst durch Wald, dann über freie Flächen, und immer im Nebel.

Doch endlich beginnt der Nebel heller zu werden, ein diffuses Licht breitet sich aus. Kurz darauf zerfasert der Nebel in einzelne Schwaden und läßt die ersten Sonnenstrahlen hindurch. Noch ein, zwei Windungen und Sie bleiben wie geblendet stehen. Alle Farben haben sich in Sekundenschnelle verändert und zu leuchten begonnen – Sie sind umgeben von Grün, Gelb, Rostrot, Burgunderrot, Tiefblau.

Jetzt ist es nicht mehr weit bis zum Gipfel. Sie steigen die letzten Meter hoch und sehen sich oben um. Unter Ihnen liegt, wie ein weißes Daunenbett, eine dichte, leicht wellige Nebeldecke. Sie wenden Ihr Gesicht der Sonne zu und nehmen ihr Licht dankbar in sich auf. Atmen Sie tief durch, und öffnen Sie sich der Heilkraft der wärmenden Strahlen.

Wenn sich Ihr ganzer Körper entspannt und von Wärme durchdrungen fühlt, entscheiden Sie sich ohne Eile dafür, wieder ins Tal zurückzukehren. Gehen Sie den Weg in Ihrem eigenen Tempo wieder zurück.

Sie nehmen das Wissen mit, daß die Sonne unablässig scheint, auch wenn Sie sie gerade nicht sehen.

*An sich sind mir alle Arten, wie Schönheit sich ausdrücken kann, lieb; Schlichtheit aber entzückt mich besonders.* Jigar Muradabadi

Irgendwann, an einem dieser Tage, wachen Sie morgens auf, und es ist eigentümlich still. Das Licht, das durch die Vorhänge oder Fensterläden dringt, ist matt und gleichmäßig. Sie stehen auf und werfen einen Blick hinaus – es schneit!

Jedes Jahr ist es eines Tages soweit, und jedes Jahr stehen wir mit großen Augen am Fenster. Es schneit! Der Schnee verwandelt die Welt und macht uns wieder zu staunenden Kindern, die die Hand ausstrecken und Schneeflocken fangen oder sie auf der ausgestreckten Zunge schmelzen lassen wollen.

Tun Sie es. Denken Sie nicht gleich an die Autofenster, die freigekratzt werden müssen, und an die Räumarbeiten auf dem Gehweg. Das hat noch eine kleine Weile Zeit. Machen Sie das Fenster auf, und lassen Sie sich die Schneeflocken um die Nase wehen. So unverwechselbar riecht es nicht oft.

Jedes sternförmige Schneekristall ist ein kleines Kunstwerk, das bewundert werden will. Den ersten Schnee gibt es jedes Jahr nur einmal. Geben Sie ihm die Chance, etwas in Ihnen zu berühren. Das gleichmäßige Weiß weckt eine unbestimmte Sehnsucht nach Klarheit und Einfachheit. Unterschiede verschwinden, Hartes wird gemildert, Dunkles wird hell überglänzt.

Wenn Sie sich nicht gleich wieder abwenden, steigen vielleicht Erinnerungen auf an frühere Jahre, in denen Sie auch am Fenster standen und den ersten, dichten Schneeflocken zusahen, die die Luft erfüllten und auf dem warmen Erdboden noch nicht liegenblieben. Sie saßen an einem Wintermorgen in der Schule in Ihrem Klassenzimmer, da drehte plötzlich jemand den Kopf in Richtung Fenster und sagte leise, fast ehrfürchtig: «Es schneit!» Dagegen kam kein Lehrer an; alle mußten erst einmal hinausschauen und ihre Begeisterung kundtun. In der Pause wurde die dünne Schneeschicht von den Mäuerchen gekratzt, und die ersten Schneebälle flogen durch die Luft.

Lassen Sie sich diese kindliche Freude nicht nehmen. Bleiben Sie noch etwas am Fenster stehen.

*Dank dem Leben, das mir so viel gegeben hat, es hat mir das Lachen gegeben, und es hat mir das Weinen gegeben.*

Violetta Parra

November ist traditionell die Zeit, der Toten zu gedenken. Das kann, als äußerliche, unliebsame Pflicht verstanden, Widerspruch auslösen, so wie es eine Freundin ausdrückte: «Immer diese morbiden Gedenktage! Darf ich denn im November nicht auch mal lustig sein und im März auf den Friedhof gehen? Muß ich ausgerechnet im Nieselregen Gräber besuchen, wo ich schon genug damit zu tun habe, mein eigenes seelisches Gleichgewicht zu wahren?»

Fühlen Sie sich auch dazu verdonnert, eine feierliche Miene aufzusetzen, weil «man das so macht»? Dann freuen Sie sich des Lebens, denn das ist die natürlichste Reaktion auf die Gewißheit, daß wir alle vergänglich sind. In diesen Tagen haben wir, wenn wir das wollen, die Chance – und nicht die drückende Last! –, uns mit der Tatsache zu befassen, daß wir nicht ewig leben werden.

Nähern wir uns der Tatsache unserer Endlichkeit behutsam an, indem wir uns als Bestandteil eines Kreislaufs wahrnehmen, der seit Urzeiten existiert und alles, wirklich alles, mit einschließt. Die Lebensspanne der einzelnen Wesen ist unterschiedlich lang, doch jede irdische Existenz mündet irgendwann in den Tod. Anfang und Ende, Entstehen und Vergehen sind natürliche Prozesse. Wenn wir das akzeptieren können, erleben wir eine große innere Freiheit. Je weniger Angst wir vor unserer Sterblichkeit haben, desto ungetrübter kann sich die Lebenslust entfalten, denn nur dann können wir uns vorbehaltlos allen Gefühlen und Erlebnissen öffnen. Der November ist dem Mai im Jahreskreis nun einmal genau diametral entgegengesetzt. Warten Sie nicht auf Maiglöckchen, sie werden nicht kommen. Alles unter dem Himmel hat seine Zeit.

*Nach dem Begräbnis meines Mannes besuchte mich eine Freundin, wir gingen oft in den Park, in dem ich immer mit Charles spazierengegangen war und der mit vielen Erinnerungen an ihn verbunden war. Wir erzählten uns von unseren Problemen und Schwierigkeiten.*

Irina Tweedie

Ein paar Tage nach der Beerdigung ihres Mannes, der sehr unerwartet gestorben war, traf ich meine ältere Nachbarin vor ihrem Gartentor. Die Familie war wieder abgefahren, und ihr kam erst allmählich zu Bewußtsein, wie grundlegend ihr Leben sich verändert hatte. Mit einem Mal wurde sie still, dann sagte sie leise, nichts habe sie so verletzt wie der sicher gutgemeinte Satz einer Bekannten: «Kopf hoch. Es wird schon wieder werden.» Sie habe sich vollkommen unverstanden gefühlt. Die Trauer um ihren Mann sei doch nichts, was sie eben mal abschütteln könne wie ein lästiges Insekt!

Wir sind überall von Menschen umgeben, die Trost und Begleitung gebrauchen könnten. Nicht nur wenn ein Angehöriger gestorben ist, auch wenn eine schwierige Trennung zu bewältigen ist oder jemand sich mit einer langwierigen Krankheit plagt, ist Unterstützung angebracht. Warten Sie nicht auch manchmal insgeheim darauf, daß es an der Tür klingelt und jemand «einfach so» vorbeikommt?

Fassen Sie sich ein Herz und machen Sie einen Besuch. Nehmen Sie einen Blumenstrauß und ein paar geschriebene Worte mit, die Sie abgeben können, wenn Sie ungelegen kommen. Befürchten Sie, verlegen dazusitzen und auf den Schmerz nicht angemessen reagieren zu können? Glauben Sie nicht, daß es allen so geht? Vor lauter Angst, nicht das Richtige zu sagen, wechseln wir die Straßenseite und sagen lieber überhaupt nichts.

Haben Sie den Mut, dieses Muster zu durchbrechen. Verlangen Sie nicht von sich, perfekt zu sein und genau die Worte zu finden, die sich als großer Trost erweisen werden. Sie sind nicht als Seelsorgerin gefragt, sondern als Frau, der Kummer und Traurigkeit nicht fremd sind. Verharmlosen Sie nicht, glätten Sie nicht, nehmen Sie ernst, was Sie bei sich selbst auch ernst nehmen würden.

*Wenn es nur bei einer Krise bliebe, könnte man ja noch damit zurechtkommen. Aber unser Leben kann ein Weg von einer Krise zur anderen sein. So aufregend das ist, immer wieder damit fertig zu werden, es ist doch ungeheuer anstrengend. Und schließlich möchte man doch das müde Haupt zur Ruhe betten.* Catharina Halkes

«Ich möchte ganz lange schlafen, und wenn ich dann aufwache, ist alles überstanden.» Das sagte eine junge Frau, deren Schwester wenige Tage zuvor tödlich verunglückt war. Nicht immer ist es möglich, nach einem Schicksalsschlag überhaupt noch einen Lichtblick zu entdecken. Wer gerade einen schmerzlichen Verlust erlitten hat, dem ist mit dem Hinweis darauf, daß die Zeit alle Wunden heilt, nicht gedient. Was ist «die Zeit»? Es ist immer der nächste Tag, der so endlos und leer vor einem liegt und überstanden werden muß. So gerne wir es hätten – wir können unsere Gefühls-Uhr nicht vordrehen und so tun, als hätten wir die schwerste Zeit schon übersprungen. «Es gibt nichts, was uns die Abwesenheit eines uns lieben Menschen ersetzen kann, und man soll das auch gar nicht versuchen; man muß einfach aushalten und durchhalten; das klingt zunächst sehr hart, aber es ist zugleich ein großer Trost; denn indem die Lücke wirklich unausgefüllt bleibt, bleibt man durch sie miteinander verbunden.» Die unausgefüllte Lücke, von der Dietrich Bonhoeffer spricht, zeugt von Achtung gegenüber dem Abwesenden. Nur wenn wir den Schmerz der Trennung negieren oder ihn durch hohle Geschäftigkeit zu übertünchen suchen, wird er sich wie ein Schleier über unser Wesen legen und uns auch den Kontakt zu anderen Menschen erschweren.

Irgendwann bekommt die Trauer dann von ganz allein eine neue Qualität, und, wie Bonhoeffer fortfährt, «die Dankbarkeit verwandelt die Qual der Erinnerung in eine stille Freude. Man trägt das vergangene Schöne nicht wie einen Stachel, sondern wie ein kostbares Geschenk in sich. Man muß sich hüten, in den Erinnerungen zu wühlen, sich ihnen auszuliefern, wie man auch ein kostbares Geschenk nicht immerfort betrachtet, sondern nur zu besonderen Stunden und es sonst wie einen verborgenen Schatz, dessen man sich gewiß ist, besitzt; dann geht eine dauernde Freude und Kraft von dem Vergangenen aus.»

*Einsamkeit ist ein Grundgefühl des Menschen, das schwer zu ertragen ist. Dennoch muß sich der Mensch diesem Gefühl immer wieder stellen.*

Helga Levend

Wie sich Einsamkeit anfühlt, wissen wir alle in mehr oder minder heftiger Ausprägung. Sie ist die Leere, wenn wir zu Hause sitzen und niemand anruft oder vorbeikommt, sie ist die Verzweiflung, wenn wir verlassen wurden und glauben, daß niemand unseren Schmerz wirklich versteht. Sie ist der Schrecken, wenn wir krank sind und wissen, daß bei aller Mühe, die sich andere geben, niemand an unserer Stelle gesund werden kann.

Ich erinnere mich an ein Erlebnis während einer Herbstwanderung, das mir vor Augen geführt hat, daß wir die Schritte aus der Einsamkeit heraus womöglich leichter tun können, wenn wir sie einmal in ihrer ganzen existentiellen Macht gespürt und ausgehalten haben.

Ich war an einem Novembertag mit zwei Freundinnen zu Fuß im dichten Wald unterwegs, um in einem Ausflugslokal Tee zu trinken. Unvermittelt gerieten wir in eine Nebelbank, die so dicht war, daß wir uns fast nicht mehr sahen, obwohl wir nebeneinander hergingen. Wir erkannten den Weg kaum noch und reagierten unterschiedlich: Eine wollte zurück, zwei waren für weitergehen. Da wir alle so etwas noch nie erlebt hatten, entschlossen wir uns nach einigem Hin und Her zu einem Experiment: Wir würden dreißig Schritte sternförmig auseinandergehen und dann stehenbleiben, bis jede für sich das Bedürfnis verspürte, wieder zu den anderen zurückzukehren. Eine Zeit vereinbarten wir nicht. Nach einer letzten aufmunternden Geste und einem leicht beklommenen «Na, dann!» stellten wir uns auf und traten unseren Gang ins Unbekannte an.

Schließen Sie die Augen, und vergegenwärtigen Sie sich die Situation. Wie würden Sie sich fühlen, wenn Sie sich allein im dichten Nebel vorantasten müßten? Sie hören nur das Geräusch der eigenen Schritte und Ihres Atems. Ihre ausgestreckten Arme streifen die feuchte Rinde hoher Bäume. Sie ducken sich, um tiefhängenden Zweigen auszuweichen. Lassen Sie alle Gefühle zu, die auftauchen.

*Die größte Distanz, die man überwinden kann, ist die, die uns von dem Menschen neben uns trennt.* Nelle Morton

Wir hatten uns freiwillig in die Einsamkeit begeben und uns voneinander isoliert. Die Strategien, die wir sonst anwandten – vorgetäuschte Munterkeit, die Einsamkeit nicht wahrhaben wollen und in Aktivitäten ertränken –, hatten wir uns selbst verwehrt.

Da der Nebel alle Geräusche verschluckte, hörte keine von uns, wie weit sich die anderen beiden entfernten. Nach dreißig Schritten blieb ich stehen und drehte mich um. Die Sicht betrug nicht einmal eine Armeslänge, der einzige Farbtupfer waren meine roten Stiefel. Zuerst war die ungewohnte Situation noch aufregend. Dann stieg ein Gefühl von tiefer Verlassenheit in mir auf. So muß es sein, wenn man ganz allein auf der Welt ist, dachte ich. Ich bekam Angst, ich würde nie wieder einen anderen Menschen zu Gesicht bekommen, und all mein Wissen, daß ich mir das bloß einbildete, nützte nichts. Alles schien irreal. Was würde geschehen, wenn ich nie wieder aus diesem Nebel herausfand? Vielleicht existierte die Welt außerhalb gar nicht mehr, und nur ich war noch übrig, wie nach einem Atomkrieg? Irgendwann, nach einem Zeitraum, der mir endlos vorkam, hielt ich die Spannung nicht mehr aus und ging zurück. Nach einer Weile sah ich schemenhaft meine Freundinnen näher kommen. Wir waren, wie von einem unsichtbaren Band gezogen, gleichzeitig losgelaufen. Laut lachend vor Glück und Erleichterung fielen wir uns in die Arme. In diesem Moment war es mir vollkommen gleichgültig, wen ich da umarmte – Hauptsache, ein Mensch!

Akzeptieren wir doch, daß wir alle dieselben Grunderfahrungen teilen, zu denen unter anderem die Einsamkeit gehört, und daß wir deshalb sehr wohl in der Lage sind, uns gegenseitig beizustehen. Wir brauchen dazu keine langwierige Ausbildung und keine besondere Begabung, es genügt, wenn wir es wirklich wollen und uns auf das einstimmen, was uns allen gemeinsam ist – den Wunsch, nicht allein zu sein.

*Der Moment der Veränderung ist das einzige Gedicht.*
Adrienne Rich

Was aber, mögen Sie fragen, wenn ich Nähe will, und der andere verweigert sie mir?

Da gibt es etwas, an dem Ihnen viel liegt – Nähe, Zuneigung, Beistand, Liebe. Sie wünschen es sich von ganzem Herzen. Aber es wird Ihnen verwehrt, aus welchem Grund auch immer. Nun gibt es zwei Möglichkeiten: Sie leiden, bis Ihnen das Herz bricht. Oder Sie lassen es los.

Zunächst scheint es gar keine Wahl zu geben. Sie leiden. Die bunten Farben der Welt werden matt, Ihre Gedanken kreisen nur noch um das, was Sie sich so ersehnen und was sich Ihnen entzieht. Es wird kaum eine Möglichkeit geben, diesen Schmerz zu überspringen, ohne sich etwas vorzulügen.

Dann aber kommt ein Punkt, an dem Sie imstande sind, sich zu fragen: Will ich weiterleiden oder nicht? Sie haben begriffen, daß weder Ihre Anstrengungen noch Ihr Schmerz Sie dem Ersehnten nähergebracht haben oder bringen werden. Ihre Willenskraft ist an ihre Grenzen gestoßen, so hart das ist. Es ist wie bei dem berühmten Zaubertrick: Sie haben die schwarze Pappröhre, die der Zauberer so verheißungsvoll schwenkt, für ein Füllhorn gehalten. Dann ließ er Sie hindurchschauen, und sie war leer.

Das ist ein Augenblick, der eine große Chance birgt. Das, was Sie sehen, haben, berühren, festhalten wollten, ist für Sie nicht greifbar. Sie wußten es schon lange, aber jetzt erst gestehen Sie es sich ein. Sie sind in gewissem Sinne sehend geworden. Und Sie geben dem Zauberer die leere Röhre zurück.

Von diesem Moment an kann Erstaunliches geschehen. Sie erwarten nun endlich nichts mehr, Sie sind innerlich leer, aber gleichzeitig wieder frei. Und jetzt – erst jetzt, wo Sie wirklich nichts mehr erwarten – nimmt der Zauberer die Pappröhre in die Hände, hält sie hoch in die Luft – und zieht aus ihr bunte Tücher hervor, eines nach dem anderen, und er wirft sie Ihnen zu. Fangen Sie sie auf, Sie gehören ganz allein Ihnen!

*Es ist immer wieder schwer, einem anderen Menschen verzeihen zu können, daß man ihn liebt.* Victor Chu

Nicht erwiderte Liebe macht zornig. Als Liebende haben wir doch alles gegeben, uns – so meinen wir – untadelig verhalten oder jedenfalls unser Bestes gegeben, waren rücksichtsvoll und einfühlsam, haben keine Mühen gescheut, und alles das hat nicht gereicht, um uns die Liebe des ersehnten Menschen zu erringen. Was sollen wir denn noch tun? Warum ist er so blind, daß er unseren Wert nicht erkennt? Wie kann er ein so einzigartiges Geschenk einfach wegwerfen?

Das sind bittere Gedanken, die wir uns natürlich hüten auszusprechen, solange wir noch ein Quentchen Hoffnung haben. Dennoch beschäftigen sie uns unablässig, weil wir keine befriedigenden Antworten finden. Ablehnung trifft uns an einem besonders verwundbaren Punkt – unserem Selbstwertgefühl.

Aber bedenken Sie: Es ist auch nicht einfach, geliebt zu werden, ohne selbst dieselben starken Gefühle zu empfinden. Wenn Sie es selbst schon erlebt haben, kennen Sie das Dilemma: Sie wollen der Person, die Sie liebt, nicht weh tun, weil Sie sie ja gern haben, und verbergen deshalb Ihr mangelndes Interesse eine Zeitlang. Das belastet Sie, und Sie fühlen sich eingeengt. Andererseits wollen Sie den anderen nicht übermäßig ermutigen, denn das wäre unehrlich, und sind deshalb in seiner Gegenwart selten ganz entspannt. Es ist eine unerquickliche Mischung aus Zuneigung, Schuldgefühlen und Ärger, die da entsteht.

Eine solche Situation ist für beide Beteiligten auf die Dauer unerträglich und entwürdigend. Für die Selbstachtung dessen, der liebt, ist sie zudem äußerst zerstörerisch. Deshalb ist eine Loslösung irgendwann unumgänglich. Sie ist, schreibt der Psychologe Victor Chu, eine ähnlich große Aufgabe wie die Lösung eines abhängigen Kindes von der Mutter – sie gehört zu den Grundlektionen des Lebens. «Wenn sie vollzogen ist, haben wir einen großen Schritt in die Autonomie getan.»

*Iason war Heimat. Jetzt sind es die Sohlen meiner Füße.*
Dagmar Nick

Das Zitat von Victor Chu geht noch weiter, und es klingt ermutigender, als wir erwarten würden: «Zum Glück stehen wir am Ende dieses langen Weges nicht mit leeren Händen da. Denn wir haben ein Stück unserer Selbständigkeit erkämpft – und wir haben meist etwas Neues und Wertvolles von der vergangenen (und vergänglichen) Liebe mitgenommen – das Gefühl, uns besser kennengelernt zu haben, und ein Gefühl der Achtung und Liebe für uns selbst. Es ist die Frucht einer mühevollen und langwierigen inneren Arbeit.»

Ich erinnere mich an einen Winterspaziergang, den ich nach dem abrupten Ende einer Liebesbeziehung unternahm. Ich war eine lange Zeit, ohne auf die Uhr zu schauen, allein durch den Schnee bergauf gestapft und hatte mich mit der Frage nach dem «warum nur» gequält. Die Gedanken kreisten unablässig um dasselbe Thema, bis ich das Gefühl hatte, mir sei jede Lebensperspektive abhanden gekommen. Ohne es zu merken, war ich immer weiter gegangen und fand mich zwischen Weidezäunen in unbekanntem Gelände wieder, wo der Weg endete. Körperlich und seelisch erschöpft, mußte ich mich auf einen Stein setzen. Ich schloß die Augen und versank in einer Art Halbschlaf.

Auf einmal merkte ich, wie meine Hand anfing, etwas in den Schnee zu schreiben. Buchstabe für Buchstabe entstand das Wort TROTZDEM. Mir war sofort klar, was das bedeutete: Ich wollte trotzdem weitermachen, der Schock der Trennung würde mir den Lebensmut auf die Dauer nicht rauben. Eine Kraft in meinem Inneren signalisierte mir eine Richtung, die ich bewußt noch nicht wahrgenommen hatte. Als ich den Berg wieder hinunterstieg, hatte sich etwas Grundlegendes verändert, wenn auch der Prozeß des Loslassens noch lange nicht beendet war: Ich kannte das Ziel und wußte, daß ich es eines Tages erreichen würde.

Am Ende eines Weges gibt es oft einen Moment, an dem die innere Weisheit die Führung übernimmt. Hören Sie auf diese Stimme; sie weist Ihnen eine Richtung, die Ihr Verstand noch nicht kennt.

*Sein Unglück ausatmen können, tief ausatmen, so daß man wieder einatmen kann.* Erich Fried

❧

«Tränen lügen nicht», weiß ein Schlager zu berichten. Wie in vielen albernen Floskeln steckt auch darin ein Körnchen Wahrheit. Weinen wird als authentische Gefühlsäußerung wahrgenommen. Nur sehr gute Schauspielerinnen weinen auf Kommando, und auch sie können nicht einfach Tränen produzieren, sondern müssen sich dazu in einen entsprechenden Gemütszustand versetzen. Das, worüber sie dann weinen, hat nichts mit ihrer Rolle, sondern mit ihren ganz privaten Erlebnissen zu tun. Ihr Können besteht darin, bewußt und absichtsvoll den Zugang zu ihren tieferen Erfahrungsschichten herstellen zu können.

Umgekehrt sind auch die Tränen, die wir in einem traurigen Film vergießen, nicht deshalb weniger echt, weil sie dem Schicksal fremder Menschen gelten.

Eine gute Bekannte macht sich diese Erkenntnis regelmäßig zunutze. Immer, wenn ihr zumute ist, als habe sich in ihr ein Tränensee angestaut, der keinen Abfluß findet, geht sie ins Kino und weint. Sie sucht sich die Filme gezielt aus. Erklärt hat sie es mir so: «Eine Weile merke ich gar nicht, daß der Druck immer größer wird. Ich werde einfach immer melancholischer und kann mich über nichts mehr richtig freuen. Dann bekomme ich Magenschmerzen und habe keinen Appetit mehr.» Viele kleine Kränkungen und Enttäuschungen sind in ihren verborgenen Stausee geflossen und haben, weil sie nicht abfließen können, das Wasser trübe werden lassen. Sie braucht einen Hebel, um die Schleusentore zu öffnen, und dieser Hebel ist für sie das Mitgefühl für eine Filmheldin.

Für Sie mag es eine Erinnerung sein oder ein bestimmtes Musikstück, das die Tränen fließen läßt. Scheuen Sie sich nicht, die Methode zu suchen, die Ihnen hilft, sich von dem inneren Druck zu befreien. Sicher, es ist nicht mehr als ein erster Schritt, der Ihnen eine momentane Entlastung verschafft. Doch nachher werden Sie besser erkennen, wo die Quellen liegen, die den Tränensee speisen. Und dann erst können Sie den Ursachen auf den Grund gehen.

*Die Ewigkeit beginnt nicht erst, wenn wir tot sind. Sie ist immer da. Wir befinden uns jetzt in ihr.* Charlotte Perkins Gilman

Was aus unserem Leben entschwunden ist, kann in unserem Herzen weiterexistieren, wenn wir uns ausreichend Zeit für den Abschied genommen haben. Verluste bleiben uns nicht erspart, weder die kleinen noch die großen, diese Erfahrung haben wir alle schon gemacht. Doch wir müssen nicht mit leeren Händen zurückbleiben und uns der Bitterkeit überlassen.

Übergangszeiten sind beunruhigend. Das Ende einer Beziehung, ein neuer Arbeitsplatz, ein Umzug oder eine neue Lebensphase können uns seelisch sehr strapazieren. Wenn wir auf frühere Erfahrungen zurückblicken, erhalten wir Aufschluß über unsere Art, mit Wendepunkten umzugehen. Halten wir noch lange an Altbekanntem fest? Stürzen wir uns auf das Neue, damit nur ja kein Leerlauf entsteht? Oder – und das wäre in diesem Fall der sinnvollste Weg – gönnen wir uns eine Orientierungsphase, halten wir es aus, nicht gleich neue Ufern anzusteuern? Nehmen wir uns die Zeit, Bilanz zu ziehen und in Ruhe herauszufinden, was wir wirklich wollen?

Als unsere Katze überfahren wurde, verschwand sie fast drei Wochen lang unter dem Bett und kam aus ihrer dunklen Ecke erst wieder hervor, als sie das traumatische Erlebnis leidlich überwunden hatte. Unsere Gesellschaft ist jedoch nicht darauf eingestellt, uns «Auszeiten» zu gewähren, obwohl ein zu schnelles Voranpreschen bekanntermaßen zu psychischen Problemen führen kann, die sich womöglich erst einige Zeit später einstellen. Doch welcher Chef würde uns schon freiwillig Scheidungsurlaub nahelegen? Auch wenn uns danach zumute wäre, uns in einer Höhle zu verkriechen, bis sich das innere Chaos ordnet, müssen wir jeden Morgen aufstehen, arbeiten, uns unterhalten, einkaufen, organisieren, funktionieren.

Warten Sie nicht ab, bis Ihnen der Körper unmißverständlich signalisiert: So geht es nicht weiter! Lassen Sie sich nicht von falschem Stolz leiten. Die innere Anpassung an einen Kurswechsel braucht Zeit. Lassen Sie sich von niemandem drängen.

*Das Universum besteht aus Geschichten, nicht aus Atomen.*

Muriel Rukeyser

Heute brauchen Sie nichts zu tun, sich nichts auszudenken, keinen Rat zu befolgen. Ich möchte Ihnen nur einen Text mitgeben, den ich in einer Anthologie von Geschichten, «die das Herz erwärmen», gefunden habe. Er beschönigt nichts, das hat mir gefallen; er verpflastert die Wunden, die wir alle erlitten haben, nicht mit billigem Trost. Und er klingt so, als wüßte Veronica Shoffstall, die Verfasserin, genau, wovon sie spricht:

> Nach einer Weile erkennst du den feinen Unterschied zwischen Hand halten und Seele anketten.
> Und du lernst, daß Liebe nicht sich anlehnen und daß Zusammensein nicht Sicherheit bedeutet.
> Und du fängst an zu begreifen, daß Küsse keine Verpflichtungen sind und Geschenke keine Versprechungen.
> Und du beginnst, deine Niederlagen mit erhobenem Kopf und offenen Augen zu akzeptieren, mit der Würde eines Erwachsenen,
> nicht mit dem Kummer eines Kindes.
> Und du lernst, alle deine Straßen schon heute zu bauen, denn der Untergrund von morgen ist zu unsicher für Pläne.
> Nach einer Weile merkst du, daß selbst Sonnenschein Brandwunden verursacht, wenn du dich ihm zu lange aussetzt.
> Also bepflanze deinen Garten selbst, und schmücke deine eigene Seele, statt darauf zu warten, daß jemand dir Blumen schenkt.
> Und du lernst, daß du wirklich vieles ertragen kannst...
> Daß du wirklich stark bist.
> Und daß du von wirklichem Wert bist.

«Nach einer Weile» – das ist unterschiedlich lange. Manche lernen schnell, andere brauchen ein ganzes Leben. Darauf kommt es nicht an. Sie sind auf dem besten Weg.

*Wo Frauen in Kummer leben, verdirbt die Familie bald. Wo die Frauen in Glück leben, gedeiht die Familie immer.*

Sprichwort aus China

Verstehen Sie mich bitte nicht falsch. Auch wenn ich dafür plädiert habe, den November als Zeit der Besinnung und Nachdenklichkeit zu nutzen, dürfen Sie natürlich nach Herzenslust allen Vergnügungen frönen, die Ihre Stimmung heben.

Geselligkeit beispielsweise ist eine wunderbare Methode, die langen Abende angenehm zu füllen. Sie muß nicht notgedrungen mit großen Ausgaben und viel Arbeit verbunden sein. Fragen Sie sich deshalb am besten im voraus, was Ihnen mehr liegt: große Anlässe mit schicken Kleidern und festlicher Stimmung oder private Zusammenkünfte im Freundeskreis, bei denen es zwanglos zugeht? Gehen Sie lieber aus, bleiben Sie lieber zu Hause?

«Zu Hause glücklich zu sein, ist das eigentliche Ziel allen Strebens», schrieb Samuel Johnson. *Ihr* Glück ist damit gemeint, nicht das aller anderen auf Kosten Ihres Nervenkostüms. Haben Sie sich entschlossen, Gastgeberin zu spielen, heißt das nämlich nicht, daß Sie damit das Recht verwirkt haben, sich einen Abend lang zu amüsieren. Niemand erwartet von Ihnen ein Drei-Gänge-Menü mit dem Familiensilber (und wer das erwartet, wird einfach nicht gefragt). Eine Abendeinladung zu Käse und Rotwein oder zu Bratäpfeln und Punsch an winterlichen Tagen wird bestimmt auf freudige Zustimmung stoßen.

Sie müssen auch nicht unbedingt drei Stunden Konversation bieten; die Aussicht auf einen entspannten Spieleabend stößt bei gestreßten Berufstätigen oft auf mehr Gegenliebe als die Vorstellung, sich am Eßtisch stundenlang gepflegt unterhalten zu müssen. Und warum soll es nicht möglich sein, sich auch mal gemeinsam einen Fernsehkrimi anzuschauen und dabei die ersten Weihnachtsplätzchen zu probieren? Vielleicht haben die Gäste sogar Lust, sich ihr Stück Pizza selbst zu belegen, bevor es in den Ofen geschoben wird?

Nehmen Sie Abschied von der Vorstellung, daß Sie allein für das Gelingen einer Abendeinladung verantwortlich sind.

*Der Fortschritt der Zivilisation*
*wurde vom Fortschritt der Kochkunst begleitet.*

Fannie Farmer

Vorigen Winter fiel mir auf, daß meine Freundin Eva mittwochs immer besonders gut gelaunt war. Als ich sie danach fragte, grinste sie geheimnisvoll und schwärmte anschließend in den höchsten Tönen von ihrem privaten Italienisch-Kochkurs bei Giovanni, dem Schwarzgelockten, der mit den Teilnehmerinnen während des Kochens herzerwärmende neapolitanische Lieder sang. Zwei Stunden Kochgenuß, während Giovanni Charme versprühte, und zum Schluß wurden die selbstgekochten Gerichte, offenbar unter Strömen von Rotwein, genußvoll verzehrt! Es klang so vergnüglich, daß ich mich am liebsten gleich angeschlossen hätte. Aber Giovanni war, was Wunder, auf Monate hin ausgebucht.

Sehen Sie sich die Angebote von Volkshochschulen und Bildungswerken an, und lassen Sie sich von ihnen inspirieren. Wenn Sie nichts finden, was auf Ihre Bedürfnisse zugeschnitten ist, organisieren Sie selbst einen Kurs, engagieren Sie eine Lehrerin oder einen Lehrer, sprechen Sie Ihre Freundinnen an, suchen Sie einen geeigneten Raum. Kochen Sie italienisch, thailändisch, mexikanisch, russisch, arabisch. Basteln Sie Nikoläuse, Gestecke, Glückwunschkarten, Christbaumschmuck. Achten Sie nur darauf, daß erstens nicht allzu viele Abende verplant werden, damit vor Weihnachten kein zusätzlicher Zeitdruck entsteht, zweitens Sie Spaß dabei haben und drittens Sie Spaß dabei haben und viertens – Sie wissen schon...!

Kürzlich gestand mir Eva im Vertrauen, daß sie die komplizierten Rezepte, die sie vom italienischen Kochkurs nach Hause brachte, sofort abgeheftet und nie wieder hervorgeholt habe. Mußte sie jetzt ein schlechtes Gewissen haben, weil sie sich ohne Sinn und Zweck amüsiert hatte? Nein! Die Kinder würden an ihrem Hasenragout nach umbrischer Art sowieso nur herummäkeln, weil sie alles entrüstet von sich wiesen, was raffinierter als Nudeln mit Soße war. Sie fühle sich so selbstsüchtig, sagte sie zu mir. Und ihre Augen funkelten...

*Eine Frau muß sich zurückziehen und in sich gehen, um herauszufinden, warum sie sich in einem archetypischen Idealbild festgebissen hat, das ihr das Gefühl verleiht, ein gottgleiches Wesen zu sein, welches sämtliche Bitten erfüllt und unverletzbar, unangreifbar und unzerstörbar ist.*
Clarissa Pinkola Estés

«Heute war eigentlich überhaupt nichts los», murrte eines Abends eine Kollegin lustlos am Telefon. Als ich fragte, was sie denn gemacht habe, fing sie an zu erzählen: Na ja, sie habe halt den ganzen Tag zu Hause gesessen und gearbeitet, mittags für die Kinder Essen gekocht und jetzt gerade das Fahrrad aus der Werkstatt geholt. Fünfundsechzig Mark! Ein blöder Tag!

Das «blöd» konnte ich nachvollziehen, das «überhaupt nichts» weniger. Sie war am Morgen aufgestanden, hatte sich geduscht und angezogen, ihre Kinder geweckt, Frühstück gemacht, dann intensiv ihren Verstand und ihre Kreativität genutzt, sich überlegt, was sie kochen könnte, eingekauft, Essen zubereitet, mit den Kindern geredet, vermutlich hinterher Geschirr gespült und die Küche aufgeräumt, sich wieder geistig betätigt, das Haus verlassen, war in die Straßenbahn gestiegen und zur Fahrradwerkstatt gefahren, hatte das Fahrrad abgeholt und sich über die teure Rechnung geärgert.

Das alles sollte «überhaupt nichts» gewesen sein? Sie war unzufrieden, weil außer der Routine nichts Interessantes geschehen war. Verständlich. Doch aus ihrer Stimme war noch ein anderer Verdruß herauszuhören: Sie fand offenbar, sie habe an diesem Tag nicht genug getan. Ich wagte es, meine Vermutung zu äußern. War sie etwa unzufrieden mit sich selbst? Tatsächlich stellte sich heraus, daß sie «eigentlich» noch der Hausverwaltung schreiben und mit der Klassenlehrerin ihrer Tochter hatte telefonieren wollen.

Bei anderen sehen wir leichter, was uns bei uns selbst nicht mehr auffällt. Es gibt keinen Grund, immer noch mehr von sich zu verlangen. Banal, es zu wiederholen, aber – vierundzwanzig Stunden sind alles, was wir zur Verfügung haben.

Es war ein langer Tag. Erlauben Sie es sich auszuruhen.

*Die meisten Menschen wissen nicht, was Ruhe bedeutet, weil sie nur ein Verlangen danach haben, wenn sie müde sind, während sie sonst nicht die Notwendigkeit der Ruhe erkennen.*

Hazrat Inayat Khan

Ein erschöpftes Zusammensinken auf dem Sessel ist nicht das, was hier gemeint ist. Lassen Sie es nicht erst zu dem Punkt kommen, an dem Ihre Kraftreserven völlig aufgebraucht sind. Dann können Sie die Ruhe nämlich nicht mehr genießen, geschweige denn nutzen. Ruhe heißt, die Voraussetzung dafür schaffen, daß eine innere Harmonie entsteht, die weiterwirkt, auch wenn der äußere Ruhezustand wieder beendet ist.

Harmonische Ausgeglichenheit ist es, was wir alle anstreben. Wir glauben, wenn wir dies und jenes tun, müßten wir uns im Gleichgewicht fühlen. Die gesellschaftliche Norm, die uns beigebracht wurde, ist Aktivität – je mehr, desto besser –, und deshalb meinen wir, uns innere Ruhe zu verschaffen, indem wir zielgerichtet handeln. Wir joggen, machen Yoga-Übungen, besuchen Kurse, arbeiten im Garten. Wir sind tätig. Wir arbeiten an unserer Ausgeglichenheit.

Könnten wir es nicht andersherum versuchen und eine Weile gar nichts tun? Einfach die Zeit verstreichen lassen, einatmen und ausatmen, uns zur Ruhe kommen lassen, anstatt uns zu ihr hinzutreiben? Ge-lassen werden wir erst, wenn wir etwas lassen, anstatt etwas hinzuzufügen. Nichtstun ist keineswegs ein Luxus; es ist die Voraussetzung für jede schöpferische Handlung. Aus unentwegter Bewegung läßt sich nichts schaffen, dazu braucht es die Pole Tun und Lassen, die sich zur Mitte hin einpendeln.

Wahrscheinlich sind Sie, wie ich, mit einer Arbeitsethik aufgewachsen, die besagt, daß man erst ausruhen darf, wenn man zu müde ist, um weiterzuschuften. Das drohende Wort «faul» lauert im Hintergrund: Wer sich ohne Not ausruht, ist faul. Es findet sich immer jemand, der Ihnen einreden will, Sie könnten noch mehr leisten. Und wo endet das?

Leisten Sie nicht mehr, leisten Sie *sich* mehr. Und zwar Ruhe. Sagen Sie nicht, «ich bin faul». Sagen Sie, «ich bin bei mir zu Hause».

*Meinem Eindruck nach tragen die Veränderungen, die sich im Denken und Fühlen von Frauen vollziehen, viel mehr zu erhöhtem Krankheitsrisiko bei als Pille und Streß allein.* Elke Brandmayer

Krankheiten sagen uns häufig, daß wir uns überfordert oder Warnzeichen nicht ernst genommen haben. Die zunehmende Anfälligkeit für Infektionen zu Beginn des Winters liegt nicht nur an objektiven Faktoren. Sicher ist das Wetter unberechenbar, die Heizungsluft reizt die Schleimhäute, und das Fehlen der Sonne macht sich auch bemerkbar. Aber weigern wir uns nicht auch, die veränderten äußeren Bedingungen zur Kenntnis zu nehmen?

Wir hätten gerne, daß es noch spätsommerlich warm ist, und setzen uns zum Teetrinken auf den Balkon, nur weil gerade mal die Sonne scheint. Die Antwort ist ein Schnupfen.

Wir gehen nicht genügend spazieren, nehmen uns nicht genug Zeit zum Ausruhen. Machen sich die ersten Anzeichen einer Grippe bemerkbar, ignorieren wir sie, schlucken allenfalls ein paar Medikamente und arbeiten weiter. Wir fordern unserem Körper viel zu viel ab. Auf lange Sicht ist niemandem damit gedient, wenn wir aus lauter Pflichtgefühl weitermachen, obwohl wir uns kaum noch auf den Beinen halten können. Diese Art von weiblichem Heroismus führt höchstens dazu, daß man uns als willige Lastesel betrachtet. Niemand weiß nämlich, wie miserabel wir uns wirklich fühlen; die anderen nehmen einfach an: Wenn sie sich nicht ins Bett legt, wird's schon nicht so schlimm sein.

Nehmen Sie sich vor, es in diesem Winter anders zu machen. Die Jahreszeit bringt nun einmal gesundheitliche Gefahren mit sich. Richten Sie sich darauf ein. Beugen Sie so vor, wie es überall angemahnt wird, mit Vitamin C, temperaturangepaßter Kleidung, viel Bewegung in frischer Luft.

Und wenn Sie krank werden, machen Sie sich deswegen nicht auch noch Vorwürfe. Auch Powerfrauen dürfen ihre Batterien aufladen. Sie werden sehen: Es geht auch mal ohne Sie!

*Wenn die Gesellschaft in Übereinstimmung mit der weiblichen Natur wäre, würden wir das Rundwerden weiblicher Körper in der Pubertät feiern.*

Kelly D. Browneli

Dem eigenen Körper liebevolle Aufmerksamkeit schenken, heißt nicht, ihn im Fitneßstudio traktieren und in eine Form zwingen, die irgendwelchen genormten Idealmaßen entspricht. Aerobic und Callanetics, oder wie die neuesten -ics immer heißen mögen, in allen Ehren – die Grenze zum Masochismus sollte möglichst nicht überschritten werden!

Es ist aber auch nicht ratsam, dem Körper jede Anstrengung zu ersparen und ihn ständig auf weiche Kissen zu betten, damit nur kein Muskel zuviel bewegt wird. Ausschlaggebend ist, daß Sie sich mit und in Ihrem Körper wohl fühlen. Nur: das ist schwer, denn dazu müssen wir vieles von dem ablegen, was wir über die Jahre in bezug auf «richtige» Körperformen gelernt haben.

Ein lebenslanger, frustrierender Kampf gegen Fettgewebe an Hüften und Schenkeln ist vergebliche Liebesmüh, denn es handelt sich um Reserveenergie, die vom Körper für eine Schwangerschaft oder für das Stillen eines Kindes gedacht ist. Männer neigen nun mal zur Apfelform, Frauen dagegen zur Birne, weil das Zentrum des Körperfettes bei beiden Geschlechtern unterschiedlich verteilt ist. «Problemzonen» haben, wenn man es unbedingt so ausdrücken will, beide Geschlechter, und dennoch haben Männer ein deutlich positiveres Körperbild als Frauen. Wollen wir uns wirklich jahrzehntelang über eine physiologische Tatsache ärgern? Selbst Barbie-Puppen werden mittlerweile an die Realität weiblicher Körpermaße angeglichen, auch wenn sie immer noch aussehen, als hätte man sie auf ein mittelalterliches Streckbett gespannt.

Unser Körper sollte kein Gegner sein, den wir argwöhnisch belauern, weil er nie so aussieht, wie wir es gerne hätten, sondern ein zuverlässiges Medium, durch das vielfältige Sinneserfahrungen möglich werden. Wir sorgen für ihn, so gut wir können, damit er sich lebendig anfühlt und seine Kraft, seine Beweglichkeit und Ausdrucksfähigkeit erhalten bleiben. Alle Übungen, jedes Trainingsprogramm soll schließlich einem dienen: dem Wohlbefinden.

*Wir wollen wieder ausziehen, das Fürchten zu lernen. Der Weg in die Freiheit ist nicht glatt, strahlend, sondern holprig.*

Elisabeth Moltmann-Wendel

Sie kennen sicher den Ausdruck: «Den Schuh ziehe ich mir nicht an.» Das betrifft mich nicht, dafür übernehme ich nicht die Verantwortung. So äußere ich mich, wenn mir etwas übergestülpt werden soll, was mir nicht paßt. Drückende Schuhe sind ebenso fatal wie eine drückende Verantwortung; beide schränken unsere Bewegungsfreiheit außerordentlich ein.

Fremde Schuhe würden wir uns nur ungern anziehen, denn sie sind nicht unserer Fußform angepaßt. In Andersens Märchen *Die roten Schuhe* macht das junge Mädchen die schlimme Erfahrung, daß die wunderhübschen roten Lederschuhe, die sie gegen ihre eigenen schäbigen Lumpenschuhe eingetauscht hatte, zu einer Tanzsucht führt, die in völliger Erschöpfung mündet. Das Mädchen fällt auf den äußeren Glanz herein, der überhaupt nicht zu ihrer Persönlichkeit paßt. Sie lebt, wie man heute sagen würde, fremdbestimmt.

In welchen Schuhen gehen Sie umher? Sind es wirklich Ihre eigenen? Geben Sie selbst die Richtung an, oder machen sich die Schuhe mit Ihnen davon, weil sie einer fremden Einwirkung folgen?

Die Schriftstellerin Audre Lorde schrieb 1986 in ihr Tagebuch, das später unter dem Titel *Auf Leben und Tod* erschien: «Die Existenz und auch die Grenzen meiner Macht zu erkennen und die Verantwortung für ihren für mich nützlichen Gebrauch zu übernehmen, führt mich zu täglichen, direkten Handlungen, die ein Ableugnen als mögliche Zuflucht ausschließen. Mir kommt in den Sinn, was Simone de Beauvoir einmal gesagt hat, nämlich daß es das Erkennen unserer wirklichen Lebensbedingungen sei, aus dem wir die Kraft zum Handeln und unsere Motivation zur Veränderung gewinnen.»

Jetzt im Winter stecken unsere Füße fast ununterbrochen in dikken Schuhen. Kein Wunder, daß wir sie am Abend erleichtert von den Füßen kicken. Sich der Schuhe zu entledigen, ist ein kleiner Akt der Anarchie und der Rückkehr zur Natürlichkeit. Verstehen Sie ihn ruhig als symbolische Handlung.

*Schauen Sie auf Ihre Füße. Sie stehen mitten im Himmel.*

Diana Ackerman

Wir richten den Blick gewöhnlich nach außen. Wie durch Fenster schauen wir uns die Welt an, beobachten sie, messen sie, erkennen Unterschiede, nehmen Eindrücke auf. Die Augen insbesondere sind fast ständig im Einsatz. Vielleicht gönnen wir ihnen hin und wieder Ruhe, indem wir sie kurz schließen, mit den Handballen leichten Druck auf sie ausüben oder den Blick entspannt in die Ferne richten und dort verweilen lassen.

Das sind wichtige Entlastungsübungen, aber sie reichen nicht als Entspannungsphase, die unserem persönlichen Rhythmus entspricht. Es hat sich nämlich herausgestellt, daß jeder Mensch einen individuellen Rhythmus aus Leistungsfähigkeit und Ruhebedürfnis hat. Nach zirka neunzig Minuten hoher Leistungsfähigkeit wird eine Ruhepause von zwanzig bis dreißig Minuten fällig. Die Mißachtung dieser Phasen rächt sich durch zunehmende Müdigkeit und Streßsymptome.

Wenn Sie also plötzlich das Bedürfnis überfällt, aufzustehen, zu gähnen, sich zu räkeln, oder wenn Sie merken, daß Ihre Gedanken abschweifen, ist eine Pause fällig. Ignorieren Sie diesen persönlichen Rhythmus, oder wirken Sie ihm zum Beispiel mit Kaffee entgegen, wird langfristig der gesamte Organismus geschwächt, denn während der Erholungsphase regenerieren sich die Zellen am besten. Nach einer Weile werden Sie merken, wie Ihre Konzentrationsfähigkeit wieder zunimmt.

Nehmen Sie Ihr Bedürfnis nach Pausen ernst, wo immer Sie sich gerade befinden. Strecken Sie sich, dehnen Sie Ihre Muskeln, und treten Sie innerlich einen Schritt zurück. Erweitern Sie Ihr Blickfeld. Schicken Sie möglichst die Augen, die ohnehin ständig in Bewegung sein wollen, auf einen ausgedehnten Spaziergang, bis weit zum Horizont, über die Felder, die Hügel hinauf, an einem Baumstamm empor bis in den Himmel. Läßt Ihr Arbeitsplatz keinen Augenspaziergang zu, heben Sie ihn sich für den Abend auf. Auch ein inneres Bild bei geschlossenen Augen tut seinen Dienst.

*So wie die Erde ist, muß die Erde nicht bleiben.*
*Sie anzutreiben, forscht, bis ihr wißt.*

Bertolt Brecht

In der Erde verborgen liegen Bodenschätze, die abgebaut werden müssen, damit sie nutzbringend verwendet werden können. Unsere inneren Hilfsquellen oder Ressourcen, wie sie manchmal genannt werden, dienen uns dazu, das Leben besser zu bewältigen. Für beide gilt, daß sie nicht leicht zugänglich sind. Wir müssen etwas nachhelfen, um sie freizulegen und nutzbar zu machen.

Wie steht es mit Ihren Ressourcen? Was hat Ihnen bisher über Durststrecken hinweggeholfen? Die EngländerInnen schwören, wie Sie wissen, auf die unvermeidliche Tasse Tee in allen problematischen Situationen. Für mich ist es der Kaffee am Nachmittag und an besonders grauen Tagen das Stück hausgemachter Kuchen aus dem Bioladen. Warum auch nicht!

Alle Fähigkeiten, Interessen und Kontakte stehen ohnehin auf der positiven Seite Ihrer Ressourcen-Bilanz, auch wenn sie Ihnen zeitweise wenig lohnend oder reizvoll erscheinen. Machen Sie sich die Mühe, genauer hinzusehen, dann werden Sie einige alte Stollen und Schächte entdecken, die Sie wieder in Betrieb nehmen können.

Für die Balance zwischen den verschiedenen Kräften und Lebensformen sind Rituale ein großartiges Hilfsmittel; das kann etwas so Einfaches sein wie das Wechseln der Kleidung am Abend, um den Übergang von Arbeit zu Freizeit zu markieren oder das ausgiebige, gemeinsame Frühstück mit der Familie am Sonntagvormittag; das kann aber auch eine aufwendige, mit Bedacht ausgestaltete Feierlichkeit sein, die Ihr Leben in einen sinngebenden Kontext stellt.

So unspektakulär manche dieser Handlungen sind, so wenig können wir ganz auf sie verzichten. Sie sind, um im Bild zu bleiben, wohl keine Goldadern, aber immerhin ein Grundwasser-Reservoir, aus dem Sie täglich schöpfen können.

Ein Gerüst aus Regeln, die wir übernommen oder selbst aufgestellt haben, gibt uns Halt und Orientierung. Damit finden wir auch die Sicherheit, uns in unbekanntere Gefilde vorzuwagen und uns auf der Grundlage einer stabilen Struktur auf Wagnisse einzulassen.

*Halt geben die kleinen Dinge. Vielleicht unter einem Baum den Ameisen zusehen. Mir eine Auszeit nehmen und ganz langsam das Gespräch zu mir selbst wieder aufnehmen.* Sandra H.

Es ist nicht zu vermeiden, daß der November manchmal melancholisch stimmt. Wir haben zu diesem Zweck zu Hause eine Liste am Pinnbrett hängen, auf der Vorschläge für Unternehmungen gesammelt sind. Links oben steht «Für Regentage», rechts oben «Für Sonnentage». Sie wird immer wieder erneuert und mit Tips und Anregungen bestückt. Auf diese Weise entfällt der Seufzer: «Ach nein, nicht *schon wieder* ins Hallenbad...!»

Ist Ihnen an Regentagen häuslich zumute, packen Sie doch einfach ein bestimmtes Projekt an, das an schönen Tagen immer wieder liegenblieb, z.B. Kassetten oder CDs ordnen, Videokassetten durchsehen und neu beschriften. Basteln Sie mit Fotos Kalender und Memory-Spiele. Erfinden Sie eine Foto-Story mit witzigen Sprechblasen. Kleben Sie Bilder zu Collagen zusammen, beispielsweise zu einem Familien-Stammbaum.

Und wenn wirklich einmal die Sonne scheint, dann nicht lange überlegen, sondern nichts wie raus! Fahren Sie auf's Land, sammeln Sie herbstlich bunte Blätter, schnitzen Sie sich einen Stock oder Pfeil und Bogen, sehen Sie beim Laubverbrennen zu oder bei der Schafschur, bewundern Sie die geschickten Waldarbeiter beim Bäumefällen, machen Sie einen Pirschgang mit dem Förster, beobachten Sie Tiere bei einer Wildfütterung (das läßt sich über die Forstämter arrangieren).

Warum besuchen Sie nicht mal ein Weingut, eine Glasbläserei oder einen Holzbildhauer, schließen sich einer Stadtführung durch die eigene Stadt an oder schlendern über eine Antiquitätenmesse?

Und wenn Ihnen gar nichts mehr einfällt, blättern Sie in dem Buch *Die besonderen Museen* von Karl-Otto Sattler. Ich wüßte für mein Leben gerne, was es im *Schweinemuseum* in Bad Wimpfen oder im *Froschmuseum* in Münchenstein bei Basel zu bestaunen gibt. Vielleicht können Sie es mir ja bald verraten.

*Etwas zum letzten Mal sehen ist fast so gut*
*wie etwas zum ersten Mal sehen.*

Peter Noll

*Von der Filifjonka, die an Katastrophen glaubte*, so heißt die Geschichte von Tove Jansson, die von lähmender Angst vor Veränderung und ihrer Überwindung erzählt.

«Es war einmal eine Filifjonka, die im Meer ihren Flickenteppich wusch», beginnt die Erzählung an einem friedlichen, lauen Sommertag, an dem kein Wölkchen den blauen Himmel trübt. Doch die Filifjonka traut dem Frieden nicht. Sie wagt nicht einmal, Pläne zu schmieden, denn was soll man noch planen, wenn doch der Untergang bevorsteht!

Um sich abzulenken, lädt sie ihre Freundin in ihr ungeliebtes, mit Nippes vollgestopftes Haus ein, in dem sie nur auf Grund eines Mißverständnisses wohnt. Doch der Besuch enttäuscht sie, weil es bei oberflächlichem Geplauder bleibt und weil sich die Freundin, von ihren Ängsten peinlich berührt, mit ein paar beschwichtigenden Worten bald wieder verabschiedet. Da erlischt das Sonnenlicht, und kurz darauf bricht ein fürchterliches Unwetter über den Strand herein. Es deckt das Haus ab, der Regen peitscht über die Möbel, und die Filifjonka kriecht zitternd in die Nacht hinaus, denn «das Gefährliche» ist im Haus, nicht draußen. Draußen, allein am Meer, wo sie nachts noch nie war, spürt sie plötzlich, daß sie sich auf ungewohnte Weise geborgen fühlt. Warum auch nicht? Die Katastrophe ist ja endlich eingetroffen. Die Angst ist vorbei.

Am Morgen nähert sich zu allem Überfluß auch noch eine riesenhafte Trombe, die ihre gesamte Einrichtung samt Nippes und Teetässchen emporwirbelt und ihr nur den Flickenteppich zurückläßt. «Und voller Hingebung dachte sie: Welch ein großes Glück! Was vermag ich kleine, elende Filifjonka gegen die großen Mächte der Natur!» Da steigt eine große Ausgelassenheit in ihr auf, und sie beginnt mit dem Teppich durch die Wellen zu tanzen. Und als die Freundin schuldbewußt herbeieilt und sie händeringend bedauert, setzt sie sich auf den Strand und lacht, daß ihr die Tränen über die Wangen laufen.

*Wenn man bedenkt, wie gefährlich alles ist, dann ist eigentlich nichts wirklich beängstigend.*
Gertrude Stein

Drei Punkte in der Geschichte von der Filifjonka sind, glaube ich, für Frauen, die vor Veränderungen stehen, von Bedeutung:

– Ihre Intuition ist richtig; sie ist in der Lage, die Zeichen zu deuten, die eine dramatische Entwicklung ankündigen, auch wenn sonst niemand etwas bemerkt.
– Ablenkung ist ebenso nutzlos wie Verharmlosung; sich selbst und anderen gegenüber so zu tun, als wäre noch alles beim alten, bedeutet nur Stillstand und Vereinsamung.
– Die Angst vor einer Umwälzung des Lebens durch einschneidende Veränderungen ist real und berechtigt; vor dem Neubeginn steht der schwierige Abschied von einer wenn auch einengenden, so doch vertrauten Situation.

Keine Frau bleibt in ihrem Inneren davon verschont, ab und zu durchgerüttelt zu werden wie die Behausung der Filifjonka durch den wilden Sturm in der Nacht. Was genau passieren wird, ist nie vorauszusehen. Je länger wir in Lebensumständen ausharren, die unserem authentischen Ich widerstreben, desto gewaltsamer sind oft die Umwälzungen, die uns in die Nacht hinauskatapultieren.

Das Alte muß irgendwann zerstört werden; das bedeutet jedoch nicht, daß wir zwischen den zusammenbrechenden Wänden ausharren sollen. Manchmal hilft es, sich eine Zeitlang an einem anderen Ort in Sicherheit zu bringen. Erst nach dem Unwetter ist wieder Raum für etwas Neues, erst nach der Befreiung von Ballast kommt es zum Ausbruch echter Gefühle.

Beklemmung, Angst, Entsetzen, Fatalismus, Gefaßtheit, Billigung, Erleichterung, Mut, Freude, Ausgelassenheit, Glück – so etwa sehen die Stationen aus, die die Filifjonka im Laufe eines Tages durchläuft. Ein beachtlicher Prozeß! Am Ende mündet er in ein herrliches, subversives Lachen, mit dem die Befreiung aus Enge und Angst abgeschlossen ist.

Behalten Sie die Geschichte der Filifjonka im Gedächtnis, wenn Sie den Eindruck haben, es bahne sich eine dramatische Wende in Ihrem Leben an. Ich wünsche Ihnen, daß sie in befreiendem Gelächter endet.

*Die Welt ist voll von Ideenkeimen. Ich erkenne sie an einer gewissen Erregung, die sie sofort mit sich bringen.* Patricia Highsmith

Wenn Sie das nächste Mal aus dem Haus gehen, machen Sie sich bereit, diese Ideenkeime, von denen Patricia Highsmith in bezug auf ihre Bücher sprach, aufzusammeln und nach Hause mitzunehmen.

Das kann ein Satz sein, den Sie im Vorübergehen von einer Unbekannten auf der Straße hören, oder Gesprächsfetzen vom Nachbartisch in einem Café, eine Skulptur in einem Park, ein Gesicht in der Menge, der Blick durch ein Fenster in ein erleuchtetes Zimmer, ein Abschnitt in einem Roman, den Sie lesen und der Sie dazu bringt, das Buch sinken zu lassen und den Gedanken weiterzuspinnen. Bei all den vielfältigen Aktivitäten, mit denen wir den Tag füllen, bleibt unser innerer Ideenreichtum oft ungenutzt. Öffnen Sie sich heute für diese kurzen Einblicke in andere Lebensentwürfe, die sich, wenn wir ihnen nach-denken und nach-spüren, zu spannenden Geschichten formen können.

In *Tage, Tage, Jahre* ermahnt sich Marie Luise Kaschnitz selbst, wieder mehr auszugehen: «Bewegung ist an sich Verzauberung, weswegen die interessantesten Orte der Stadt der Bahnhof, der Hafen und der Flughafen sind... Die Phantasie wird in Bewegung gesetzt... es ist, als sei jeder nicht gern an dem Ort, an dem er sich befindet, bei den Menschen an seiner Seite, ein beständiges Suchen nach anderem, Gewinn an Lust, Gewinn an Erkenntnis, oder nur der Blick in die fremden Augen, auch einer, der es schwer hat, der sucht und nicht findet, der es nicht bleiben läßt, sucht und sucht.»

Entdecken Sie, wieviel Aufregendes das Leben zu bieten hat, auch wenn Sie nicht Bungee springen oder um die Welt jetten. Jeder Mensch, der Ihnen begegnet, ist eine Welt für sich, jeder Gegenstand kann Geschichten erzählen. Sie sind in allernächster Nähe umgeben von Poesie und Drama. Öffnen Sie Ohren und Augen.

*Könnt ihr nicht sehen, daß den ganzen Geist zu öffnen, bedeutet, sich der immerwährenden Fülle zu öffnen, die ständig verfügbar ist? ... Unser Universum ist keine festgefügte Maschinerie, die sich immer mehr verbraucht. Sie kann stets das sein, was unserem Bedürfnis entspricht.*

Joseph Chilton Pearce

Sie erinnern sich bestimmt noch gut an Ihre Schulzeit, und wahrscheinlich sind Sie froh, daß Sie diesen Lebensabschnitt hinter sich gelassen haben. Vergessen Sie jetzt die langen Flure, die gefürchteten Noten und die sehnsüchtigen Blicke aus dem Fenster auf das «wirkliche» Leben. Die Schule, in der Sie sich jetzt befinden, ist kein trister Backsteinbau. Sie ist das Leben selbst – bunt, originell, geistreich, immer neu.

Wenn Sie Ihren Aufenthalt in dieser Welt als eine einzige, immerwährende Schule betrachten, in der Sie sich in jeder Sekunde weiterbilden können, gibt es keine «guten» und «schlechten» Erfahrungen mehr, denn lehrreich sind sie potentiell alle.

Sie können die Angebote dieser Schule nutzen oder die Stunden schwänzen, das steht Ihnen frei. Niemand zwingt Ihnen einen festen Stundenplan auf. Sie können selbständig durch die Klassenzimmer wandern, bei interessanten LehrerInnen verweilen, sich dazusetzen, sich beteiligen oder nur zuhören.

Wenn Sie ernsthaft lernen wollen, werden Sie ab und zu Hausaufgaben bekommen. Der neue Stoff muß geübt werden, aber Sie werden nicht kontrolliert. Wie schnell oder wie langsam Sie lernen, bleibt Ihnen überlassen; Sie arbeiten selbstbestimmt.

Wer innerlich abschaltet und mit offenen Augen schläft, wird immer wieder dasselbe zu hören bekommen; das ist notwendig, um die Lektion zu begreifen und zur nächsten übergehen zu können. Nichts in dieser Schule ist unwichtig – kein Wort, keine Begegnung. Ihr Angebot gilt unbegrenzt, ohne Einschränkung. An jedem Tag, und sei er noch so trist ist Unterricht. Speziell für Sie.

*Manchmal finde ich im Spiegel eine Frau, die mich an etwas erinnert, an einen Zustand der Ruhe, der Gelassenheit. Sie zwinkert mir zu, gibt mir heimlich Zeichen. Ich schau sie gerne an.*

Keto von Waberer

Sie wissen oft selbst nicht recht, wie Sie diesen Tag wieder gemeistert haben, diesen Monat, dieses Jahr. Aber Sie haben es. Sie haben nach allen Störungen, Enttäuschungen und Niederlagen immer wieder einen Weg gefunden, den Faden erneut aufzunehmen. Ihnen stehen also offensichtlich Mittel zur Verfügung, mit denen Sie schwierige Zeiten überstehen. Ist das nicht beruhigend zu wissen? Mit Hilfe Ihrer Sinne und Ihrer Geistesgaben und, nicht zu vergessen, Ihrer Intuition finden Sie den Weg zu Ihrer Kraftquelle, auch im Dunkeln, auch unter Gefahr.

Sie sind den Schwierigkeiten des Lebens nicht hilflos ausgesetzt, sondern besitzen einen Fundus an Kenntnissen und Kraft, der Sie bis zu diesem Tag getragen hat. Sie lernen ihn von Tag zu Tag besser kennen und können immer gezielter auf ihn zurückgreifen. Sie besitzen Strategien, mit denen Sie Probleme lösen und heikle Aufgaben bewältigen können.

Als Frau wissen Sie sehr genau, daß sich alles in stetigem Wandel befindet. Ihr Körper verändert sich täglich, fast stündlich. Sie spüren die hormonellen Zyklen, die wechselnde Beschaffenheit Ihrer Haut. Der Körper erinnert sich, er speichert alles, was in ihm und rings um ihn her geschieht. Er ist Ihr eigentliches Lebens-Mittel.

Wir sind so sehr daran gewöhnt, daß man über Frauenkörper diskutiert und sie einem fest umrissenen Ideal gegenüberstellt, daß wir es schwer haben mit dem liebevollen Blick auf uns selbst. Schließen Sie deshalb die Augen, und lassen Sie die Hände über Ihren Körper gleiten. Nehmen Sie seine Botschaften auf, fühlen Sie, wie er vibriert, Wärme abgibt, sich anschmiegt, nach Berührung hungert. Vergessen Sie, wie Sie im Spiegel aussehen. Genießen Sie die mütterliche Zärtlichkeit Ihrer Hände.

# Winter

Winter: Die Kraft zieht sich ins Verborgene zurück und sammelt sich. Der Winter scheidet die Geister. Erster Schnee, Rodeln, Skilaufen, häusliche Behaglichkeit, Kaminfeuer, Weihnachtsgebäck, Bälle, Konzerte, Einladungen – freuen sich die einen; Frost, Nebel, glatte Straßen, Grippe, graue Tage, Einsamkeit – klagen die anderen.

Bewahren und Schützen sind die Tätigkeiten des Winters, aber auch Wagnisse eingehen, Grenzen überschreiten. Die Natur lehrt uns, zwischen Schein und Wahrheit zu unterscheiden, denn auch in dem Zweig, an dem kein Anzeichen mehr auf Leben deutet, ruht verborgen das Potential für neues Erwachen. In der zunehmenden Dunkelheit genügt eine einzelne Kerze, um einen ganzen Raum zu erleuchten und mit Behaglichkeit zu füllen.

Die Winterfrau in uns stellt die Frage nach größeren Zusammenhängen. Sie verbindet sich unbewußt mit der spirituellen Dimension und bereichert damit ihren Alltag. Es ist an der Zeit, um Quellen der Weisheit aufzusuchen und in unsichtbare Welten vorzudringen.

Unser Lohn sind Selbstvertrauen, Ausdauer und Frieden.

# *Dezember*

Dunkel und schwer liegt die Erde unter unseren Füßen. Doch die Adventslichter leuchten dem Weihnachtsabend entgegen, es duftet nach Tannennadeln, Orangen und frischgebackenen Plätzchen. Wir lassen uns anstecken von der Vorfreude der Kinder und verwöhnen das bedürftige Kind in uns.

Er steht ganz im Zeichen der Geburt, dieser letzte Monat des Jahres: Geboren wird das Christuskind, der Erneuerer, von seiner Mutter, der Himmelskönigin und Nachfahrin der Großen Göttin. Wiedergeboren wird am Tag der Wintersonnenwende aber auch die unbesiegbare Sonne. Ein Zyklus fließt in den nächsten. Ein Tor zu ungezählten Möglichkeiten tut sich auf.

In den zwölf Nächten nach dem Heiligen Abend, den Rauhnächten, lassen sich – so heißt es seit alters her – Fragen an das Schicksal stellen: Wohin geht mein Weg? Wozu bin ich da?

Unsere innere Weisheit übernimmt nun die Führung und lenkt uns zu überraschenden Antworten und immer neuen Fragen.

*Fangen Sie ein paar Tage vor Weihnachten ein neues Buch Ihrer Lieblingsautorin an. Es könnte Ihnen Ihre geistige Gesundheit retten.*

Mary Eddy

Mit dem ersten Dezember scheint ein Countdown wie für einen Raketenstart zu laufen: noch vierundzwanzig Tage bis Weihnachten, noch dreiundzwanzig, noch zweiundzwanzig... Die einzelnen Tage verschmelzen zu einem großen «Davor», das immer, wie wir es auch drehen und wenden, zu kurz ist.

Lassen Sie Weihnachten komplett ausfallen, sind Sie die Sorge um die zu knappe Zeit los, aber das ist eine unzulängliche Lösung. Ihre Umgebung kümmert sich nämlich nicht um diesen hehren Entschluß, sondern bombardiert Sie unbekümmert auch weiterhin mit Adventsfeiern, Nikolausfeiern, Weihnachtsfeiern, Jahresabschlußfeiern, Spendenaufrufen, Werbebeilagen, Ansprachen, Lichterketten, Bazaren. Daß das christliche «Weihnachtsgeheimnis» im Konsumtrubel längst untergegangen ist, ist ein Satz, den wir schon tausendfach gehört haben.

Ich persönlich halte es für naiv zu glauben, daß wir uns nur auf den «Sinn» konzentrieren und ein paar Geschenke weniger kaufen müßten, um wieder ein Fest feiern zu können, das gehaltvoll, fröhlich und menschlich ist. Seit Jahren hagelt es vor Weihnachten kritische Artikel und Satiren, und alles ist beim alten geblieben.

Lassen Sie uns ehrlich sein und uns fragen, welchen Sinn wir dem Fest denn gerne abgewinnen würden. Geliefert werden wir ihn nicht bekommen, wir müssen ihn schon selbst finden.

Wie wünschen Sie sich, sollte das Weihnachtsfest diesmal sein? Eine herrlich chaotische Familienfeier? Ein Tannenbaum mit Kerzen und «Oh, Kinderlein, kommet»? Ein Gottesdienstbesuch, und wenn es der einzige im ganzen Jahr ist? Ein Anlaß, um endlich mal hemmungslos Geld auszugeben?

Treffen Sie Ihre eigene Entscheidung. Noch haben Sie Zeit, die Weichen zu stellen.

*Die vielen Widersprüche mußt du akzeptieren, du möchtest zwar alles zu einer Ganzheit zusammenschmelzen und auf die eine oder andere Weise in deinem Geist vereinfachen... aber das Leben besteht nun einmal aus Widersprüchlichkeiten, die alle zum Leben gehören.*

Etty Hillesum

«Ein Gefühl wie Weihnachten» – können Sie sich noch vorstellen, wie das war, als Sie mit erwartungsvollem Kribbeln im Bauch vor der verschlossenen Tür zum Weihnachtszimmer standen? Jetzt sind Sie selbst das Christkind und damit für Stimmung zuständig. Das ist nicht leicht.

Es kann eine stille, heilige Nacht werden, auch wenn Sie nicht christlich eingestellt sind. Sie könnten in jedem Fall die Geburt Christi als Symbol verstehen: den «Stern» der Hoffnung wahrnehmen, das «Kind» bei sich aufnehmen.

Das Kind in uns braucht keine Geschenke, kein Geld, keine Plätzchen als Trost. Es braucht die Urgeborgenheit, die in der Krippenszene noch vorhanden ist. Dort ist das Kind von liebevollen Eltern, bewundernden Königen und wärmespendenden Tieren umgeben, Symbole für Liebe, Anerkennung, Natürlichkeit.

An Weihnachten merken wir, was wir wirklich brauchen,
aber auch, was uns wirklich fehlt.
Das tut weh.
Ungeheuer weh manchmal.
Vieles, was an Weihnachten passiert,
ist ein Versuch, diesen Schmerz zu lindern.

So der Text, den ein Freund mir zum letzten Weihnachtsfest schickte.

Wenn Sie es so sehen können, gibt es Anlaß genug, Ihrem inneren Kind ein Geburtstagsfest auszurichten. Insgeheim liebt es Weihnachten nämlich doch, auch wenn es das nicht mehr laut zu sagen wagt, und würde sich über einen Abend, der ihm gewidmet ist, sehr freuen. Versuchen Sie herauszufinden, was es wirklich braucht.

*Es war später Nachmittag, als der Professor an Weihnachten in das neue Haus zurückkehrte, aber er war so frohgestimmt, daß ihn nichts schreckte, nicht einmal ein Familienessen.* Willa Cather

«Und was machen Sie über die Feiertage?» war jahrelang eine Frage, bei der sich mein psychosomatisch geschulter Magen in Sekundenschnelle zusammenkrampfte. Aha, merkte ich, da kommt was auf mich zu.

Unterschätzen Sie die Wirkung nicht, die *die Feiertage* auf Ihr weiteres Befinden haben. Lassen Sie sie diesmal nicht «über sich ergehen» wie einen Sandsturm, dem Sie trotzen, indem Sie das Gesicht verhüllen, den Kopf einziehen und mit den Zähnen knirschen. Erinnern Sie sich – es ist auch *Ihr* Geburtstagsfest!

Sie haben sich, vermute ich, für ein in Maßen «normales» Weihnachtsfest entschieden – keine Flucht in die Karibik, keine demonstrativen Überstunden am Heiligen Abend. Sie wollen es sich schön machen, nicht zuviel Arbeit haben, und alle Beteiligten sollen sich wohl fühlen.

Fangen wir mit dem an, was Sie lieber nicht tun sollten – auch wenn das ein unpädagogisches Vorgehen ist.

Vergessen Sie alle Menü-Vorschläge, die vom Abendessen am 24. bis zum Frühstück am Neujahrstag reichen. Streichen Sie alle Rezepte, die Sie vom Wochenmarkt über das türkische Feinkostgeschäft bis zum Fischhändler und zum Naturkostladen scheuchen. Kaufen Sie nicht ein, als ob eine Hungersnot droht. Fühlen Sie sich nicht für alle Mahlzeiten verantwortlich. Familienangehörige und eventuelle Übernachtungsgäste können sich ohne weiteres selbst Frühstück machen. Ihre Beteiligung beschränkt sich darauf, Vorräte anzulegen und die Kaffeemaschine anzuwerfen. Sprechen Sie im voraus darüber, wie Sie sich die Gestaltung der Feiertage vorstellen.

Fühlen Sie sich vor allem nicht verpflichtet, ständig für gute Laune zu sorgen. Wenn jemand schmollen will, lassen Sie ihn. Manche Leute brauchen das.

*Bei mir bildet sich nach und nach etwas wie ein Sinn heraus, eine Mitte, nach der ich lange gesucht habe… es ist der Glaube an eine Kraft, die in allem wohnt, ein Lebensgesetz in allem Lebendigen, das man nicht ungestraft verletzen kann. Man muß dem Leben auf die Schliche kommen und herausfinden, was man eigentlich will.*

Maxie Wander

Kommen wir zu dem, was Sie gerne tun möchten.

Vor einigen Tagen strampelte mir eine Nachbarin frohgemut auf dem Fahrrad entgegen; in ihrem Gepäckkorb staken ein halbes Dutzend Rollen Gold- und Silberfolie. «Das ist für die fünfzig Karten, die ich schreiben will», erklärte sie mir lächelnd. «Ich habe eine neue Technik entdeckt, ganz einfach.» Ihre Adventsfreude besteht darin, am Abend Grußkarten zu basteln, jede ein bißchen anders, jede ein Unikat, das die EmpfängerInnen bewundernd betrachten und als kleines Kunstwerk aufbewahren.

Ich mache es mir da leichter: Ich lasse basteln. Mein Sohn malt in der Adventszeit mit Feuereifer Bildchen, die sich auf Briefkarten aufkleben lassen, und wenn ich mir die Weihnachtskarten ansehe, die wir von befreundeten Familien bekommen, dann bin ich nicht die einzige, die auf diese Idee gekommen ist…

Vielleicht haben Sie es ja schon geschafft, einen Großteil Ihrer Geschenke während des Jahres zu besorgen. Wenn nicht, können Sie ruhig auch einmal auf Kataloge zurückgreifen, die natürliche und umweltschonende Produkte anbieten oder Waren, die in Fairem Handel und/oder für einen guten Zweck hergestellt werden. Die meisten Versandhäuser bieten vor Weihnachten eine besonders rasche Lieferung an, und Sie können die Geschenke mit einer kurzen, persönlichen Nachricht oft auch direkt an die Empfänger schicken lassen.

Und wenn Ihnen vor lauter Hektik für ihre Weihnachtskarten nur noch Standardformeln einfallen, schreiben Sie einfach einen herzlichen Gruß auf einen Geschenkanhänger und kündigen Sie einen ausführlichen Brief für den Januar oder Februar an. Dafür wird in dieser Zeit bestimmt jede und jeder Verständnis haben.

*Die meisten Lebensentwürfe sind zu streng. Ich räume dem Vergnügen einen großen Spielraum ein.* Virginia Woolf

Sollte es Ihnen aus dem einen oder anderen Grund nicht möglich oder zu beschwerlich sein, selbst einkaufen zu gehen, gibt es immer noch eine Lösung. Gutscheine sind leicht, praktisch und gerne gesehen, vor allem wenn sie mit einem persönlichen Touch verbunden sind – dem Vorschlag etwa, ihn später gemeinsam einzulösen und danach zusammen ins Café zu gehen.

Gutscheine für nicht-materielle Geschenke sind besonders beliebt, weil sie Frauen das Gefühl geben, guten Gewissens etwas für sich tun zu dürfen. Eine Stunde bei der Kosmetikerin oder Masseurin wird garantiert ein erfreutes Lächeln auslösen. Mütter kleiner Kinder lieben es, Theater- oder Kinogutscheine einschließlich Babysitting geschenkt zu bekommen. Ältere Verwandte freuen sich über eine Einladung zum Sonntagsausflug sicher mehr als über die obligatorische Flasche Sherry.

Es spricht auch nichts dagegen, Ihren Freundinnen und Freunden Zeit zu schenken, die Sie gemeinsam planen und verbringen werden, etwa einen Nachmittag im Thermalbad oder ein ausgiebiges Frühstück am Wochenende. Und natürlich gibt es auch noch Schnupperstunden-Angebote für alles, was das Herz begehrt: Tangotanzen, Bogenschießen, Internet-Surfen, Gitarrespielen, Ponyreiten, Aromatherapie, Selbstverteidigung. Wer weiß, vielleicht verhelfen Sie dadurch den Beschenkten zu einem neuen Hobby!

Sogar symbolische Geschenke haben ihren Reiz. Ich erinnere mich noch genau an die Dezemberwochen, die ich unermüdlich strickend verbrachte, bis mir immer klarer wurde, daß der Skipullover für meinen Mann – Größe XL – auf keinen Fall am 24. fertig sein würde. Drei Tage vor Weihnachten gab ich auf und fabrizierte in einer Stunde aus derselben Wolle eine zehn Zentimeter große Mini-Ausgabe des ehrgeizigen Werkes. Die gute Absicht wurde erkannt, der Pullover im Januar in aller Ruhe fertiggestellt, und der kleine Bruder hängt immer noch am Regal, weil er so niedlich aussieht.

*Wer sich nicht bewegt, spürt auch seine Fesseln nicht.*
Sprichwort

Die Nikolauserfahrungen, die ich in meiner «Familienphase» gesammelt habe, sind vielfältiger Natur. Als die Kinder klein waren, tauchte mein Mann regelmäßig mit beeindruckendem Wattebart auf und fragte mit sonorer Stimme nach, ob auch alle brav gewesen seien (daß er dabei vor allem mich ansah, halte ich für ein Gerücht!). Das ging so lange gut, bis unser Sohn eines schönen Nikolausabends die Wohnungstür öffnete und entnervt ausrief: «Schon wieder der Papa!»

Daraufhin wurde im nächsten Jahr ein Nikolaus bestellt. Das entpuppte sich als völliger Reinfall, denn nun hatten wir einen humorlosen, griesgrämigen, älteren Herrn im Wohnzimmer sitzen, der seine Macht auskostete und den anwesenden Kindern nach Herzenslust Angst einflößte, bis wir dem Spuk ein Ende machten.

Als nächstes erschien ein netter und sanftmütiger Bekannter, der nur mit einem nicht gerechnet hatte: unseren Katzen. Nach kürzester Zeit lief ihm die Nase, und er wirkte von Minute zu Minute mitleiderregender. Wir hatten alle nicht geahnt, daß er auf Katzenhaare allergisch reagierte.

Letztes Jahr war alles anders. Es klingelte an der Tür, wir hörten eine helle, sympathische Stimme, sahen in der Tür eine zarte Gestalt mit langen Haaren und blickten uns erstaunt an – siehe da, ein weiblicher Nikolaus! Die Kinder verloren kein Wort darüber, sie waren offensichtlich viel weniger verblüfft als wir.

Dieser Nikolaus – oder sagt man da Nikoläusin? – schlägt ihr goldenes Buch auf und lobt, lobt, lobt. Sie hat freundliche Augen und lächelt viel. Einschüchternd autoritär wirkt sie überhaupt nicht. Sie erzählt die Geschichte des Bischofs von Myra und plagt die Kinder nicht mit der Forderung nach Gedichten. Alle singen gemeinsam ein Lied, sogar die Erwachsenen machen gerne mit. Verlangt die Tradition wirklich nach einer imposanten männlichen Gestalt, weil das historische Vorbild ein Mann war?

*Der menschliche Geist macht immer Fortschritte, aber es ist ein Fortschritt in Spiralen.* Madame de Staël

Als ich eine Reihe von Bekannten nach ihrem schönsten Weihnachtsfest fragte, erzählte mir Franka, eine Frau um die Vierzig, die folgende Geschichte.

Sie war als Studentin mit einer Gruppe von Freunden am Nachmittag des 24. Dezember mit mehreren Autos losgefahren, um in einer Hütte in den Bergen die Weihnachtstage zu verbringen. Je höher sie kamen, desto tiefer wurde der Schnee. Da es keine Zufahrt bis direkt zur Hütte gab, mußten die Autos an der Straße abgestellt werden. Skier, Schlitten, Rucksäcke und Proviantkisten wurden ausgeladen, und alle machten sich auf den halbstündigen Fußmarsch bergauf.

Franka, die gerade eine schwere Grippe hinter sich gebracht hatte, merkte schon nach fünf Minuten, daß sie sich zuviel vorgenommen hatte und den steilen Weg keinesfalls schaffen würde. Sie hustete und war schon nach der kurzen Strecke schweißgebadet. Die anderen waren bereits ein Stück voraus. Ein anderer Student, den sie nicht gut kannte, wartete auf sie und begleitete sie dann zurück zu seinem VW-Bus. Dann lief er den anderen hinterher, um ihnen Bescheid zu sagen.

Die Zeit verging. Enttäuscht, den Tränen nahe, saß Franka im Bus und dachte an die Freunde, die inzwischen bestimmt oben angekommen waren und sich am Ofen wärmten. Sollte sie zurückfahren in ihre kalte Wohnung? Das würde aber bedeuten, daß jemand sie fahren mußte, weil sie keinen Führerschein hatte. Wen sollte sie darum bitten? Es war eine Fahrt von fast zwei Stunden hin und zurück. Sie wollte den anderen doch das Fest nicht verderben! Aber die ganze Nacht allein und halb krank im Auto zu sitzen, das war eine noch schrecklichere Vorstellung.

Sie war ratlos. Was sollte sie nur tun? Sie hatte sich alles so ganz anders vorgestellt!

*Das einzige, was das Leben möglich macht, ist die permanente, unerträgliche Ungewißheit darüber, was als nächstes kommt.*

Ursula Le Guin

Während Franka grübelnd im Auto saß, war es dämmrig geworden. Die Straße war so abgelegen, daß während der ganzen Zeit niemand vorbeigekommen war. Endlich sah sie durch den Schnee eine Gestalt herbeistapfen. Es war der junge Mann, der, um Bescheid zu sagen, zur Hütte hochgegangen war, wo die anderen inzwischen das Festmahl vorbereiteten.

Er war bepackt mit zwei Schlafsäcken und einem schweren Rucksack. Wenn sie nicht zum Fest der anderen gehen konnte, sagte er mit großer Selbstverständlichkeit, würden sie eben an Ort und Stelle feiern. Franka fiel ein Stein vom Herzen. Mit Feuereifer klappten sie die Sitzbänke um und richteten den Bus wohnlich her. Mit alten Decken, die im Kofferraum lagen, wurde eine behagliche Sitzfläche ausgepolstert. Eine Taschenlampe diente als Beleuchtung. Aus dem Rucksack kamen Brot, Käse, Gebäck, Mandarinen und Nüsse, Wasser und Wein zum Vorschein. Sogar eine Schachtel Aspirin hatte der junge Mann sich geben lassen.

In ihre Daunenschlafsäcke gehüllt, saßen die beiden im kalten Auto und ließen es sich schmecken, während es draußen dunkel wurde und in der klaren Luft die Sterne zu funkeln begannen.

Erst redeten sie viel, dann wurden sie still und schauten nur noch hinaus. Dann wurden sie müde und schliefen ein.

Nie wieder, sagte Franka, als sie ihre Geschichte erzählte, sei sie für Wärme, menschliche Gesellschaft und einfaches Essen so dankbar gewesen wie in jener Nacht. Und manchmal, wenn sie später am Weihnachtsabend unter vielen anderen am Tisch saß und es laut und lustig zuging, sehnte sie sich nach dem tiefen, unverhofften Glück, das sie damals empfunden hatte.

Den jungen Mann, der ihr in dieser Weihnachtsnacht Gesellschaft geleistet hatte, verlor sie bald aus den Augen. Vergessen hat sie ihn nie.

*Wer allen Heiligen zu dienen versucht,*
*hat viele Herren und zu wenig Lohn.*
Kaukasisches Sprichwort

Sie haben sich vor nicht ganz einem Jahr auf eine Reise ins Unbekannte eingelassen. Das war ein mutiger und bewundernswerter Schritt. Sicher kommt Ihnen manchmal der Gedanke, daß Sie sich mit dem Vorhaben, einfacher und bewußter zu leben, viel vorgenommen haben. All diese hehren Gedanken, mögen Sie einwenden, sind ja gut und schön, aber ich bin kein Meister, der abgeschirmt von weltlichen Belangen in seiner Klause meditiert. Ich bin eine Frau in einer ganz normalen Umgebung; weder sitze ich auf einem heiligen Berg, noch wandle ich durch einen Klostergarten. Mein Betätigungsfeld ist das Büro, der Lebensmittelladen, die Wohnung, der Garten.

Sie haben ja so recht. All diese Geschichten von Erleuchteten, die mit einem Satz in den Kern eines Lebensproblems vorstoßen, wirken hin und wieder nur noch entmutigend, denn sie weisen uns auf die schier unüberbrückbare Distanz hin, die zwischen Anspruch und Wirklichkeit steht. Ganz abgesehen davon stammen die meisten überlieferten «Weisheiten» von Männern, die vermutlich nie in der Nacht aufstehen und Babybrei kochen oder Wadenwickel machen mußten.

Ich denke, dies ist der Moment, um nach anderen Formen von geistigem Wachstum Ausschau zu halten.

Wir könnten zum Beispiel fragen, ob Frauen andere Lebensalternativen entdeckt haben als den traditionellen Rückzug aus Familienleben und Beruf, den die weisen Männer aller Religionen so häufig praktizierten. Der Konflikt zwischen der Verantwortung in Familie und Beruf und einem selbstbestimmten, sinnerfüllten Leben läßt sich überbrücken, wenn wir uns wie Uma Silbey eines klarmachen: «Der Alltag ist ein hervorragendes und völlig unterschätztes Trainingsfeld, um sich weiterzuentwickeln. Die Routine ist kein Hindernis, sondern die Basis für ein spirituelles Leben.»

Wie klingen diese Sätze für Sie? Nehmen Sie sich Zeit, ihnen nachzuspüren.

*Ich habe heute eine sehr einfache Auffassung von Spiritualität; es ist für mich die Übereinstimmung mit dem Herzen, mit meinem Wesen, meinen Möglichkeiten. Die Balance zwischen innen und außen. Das ist alles.*

Miriam

Die beiden Sätze von gestern stammen aus einem ausgesprochen lohnenden Buch mit dem unglücklichen Titel *Fahrkarte zur Erleuchtung.*

Nach zwanzig Jahren verschiedenster Yoga-Praktiken, Meditationen, Atem- und Fastenübungen, die in einem zweijährigen zölibatären Retreat mit täglich zwanzig Stunden Meditation gipfelten, zog Uma Silbey, die Verfasserin, nach San Francisco, gründete ein Unternehmen, heiratete, bekam Kinder, produzierte Musikaufnahmen und schrieb Bücher.

Nach einer Phase der Umorientierung fand sie heraus, daß sie auch in dem neuen Umfeld ihr inneres geistiges Zentrum nicht aufgeben mußte. Die Lösung bestand darin, den Alltag zu ihrer Praxis zu machen: «Man muß der Welt nicht entsagen, um ein spirituelles Leben zu führen. Wir alle können dies, ob wir nun eine Familie zu versorgen haben, ein Mönch sind, eine Mutter oder eine Nonne, eine Geschäftsfrau oder ein Yogi.»

Die sechs Übungsfelder, die den «Pfad des Alltags», wie wir ihn nennen könnten, ausmachen, sind nicht kompliziert. Beginnen Sie einfach mit der ersten Übung, und sehen Sie, wie sie Ihnen bekommt:

Setzen Sie sich bequem mit geschlossenen Augen hin, atmen Sie langsam und tief durch die Nase ein. Lassen Sie mit dem Ausatmen alle Spannung los. Richten Sie die Aufmerksamkeit allein auf den Atem. Fahren Sie mit diesem tiefen Atem fort, bis Sie sich ruhig und zentriert fühlen.

Sobald Ihnen diese täuschend einfache, aber sehr wirksame Meditation ganz geläufig ist, können Sie sie überall und jederzeit ausführen, beim Gehen, Essen, Kinder ins Bett bringen, Schlangestehen, Autofahren. Alle Zeit, ganz gleich, womit Sie sie verbringen, ist dann Zeit für Sie selbst.

*Sobald wir einmal akzeptiert haben, daß Kreativität etwas Natürliches ist, kann man den zweiten Schritt auch akzeptieren – daß der Schöpfer einem alles reichen wird, was man für das Vorhaben benötigt.*

Julia Cameron

Der Alltag soll zu einem Abenteuer werden statt zu einer Bürde – das wünschen wir uns doch alle, oder nicht? So viel scheint der inneren Freiheit entgegenzustehen, daß wir zuweilen Ressentiments gegen das tägliche Einerlei entwickeln, weil es unser Leben seines Sinns, seines potentiellen Reichtums beraubt hat. «Ich stecke fest», «ich sitze in der Falle», «ich fühle mich festgenagelt», höre ich immer wieder von Frauen, die ihre Existenz als ereignisarm und eintönig erfahren.

Wir wissen ja das Familienleben und die Lebensumstände, die uns Geborgenheit geben, durchaus zu schätzen – wenn sie nur etwas sinnerfüllter wären und wenn sich nur nicht alles so gleichförmig zu wiederholen schiene!

Diese innere Haltung macht es schwer, die Gegenwart mit ihren vielfältigen Merk-Würdigkeiten wahrzunehmen. Das Mißbehagen kann so stark werden, daß wir alle Gefühle und Gedanken über das, was uns widerfährt, ignorieren, weil es ja «nicht wichtig» ist.

Tauchen Sie in die Empfindungen und Ereignisse des Tages ein, mit Hilfe von Atemübungen oder anderen Praktiken, die Ihnen helfen, sich Ihrer selbst in jedem Augenblick gewahr zu werden. Eintauchen bedeutet nicht untergehen, sondern bewußt Verantwortung übernehmen, das Steuer des Lebens selbst ergreifen.

Aus der Sufi-Tradition stammt der Rat:

Hoffe auf den Gast, während du lebst.
Springe in die Erfahrung hinein, während du lebst!
Denke – und denke – während du lebst.
Was du ›Erlösung‹ nennst,
gehört der Zeit vor dem Tode an.
Wenn du deine Fesseln nicht zu deinen Lebzeiten zerreißt,
glaubst du, daß die Geister es danach tun werden?

*Letztendlich arbeiten wir alle am selben nötigen Wandel, sei es als Vorbereitende und Lehrende, als Gebärende und Verändernde oder als Hoffnungstragende und Aktive. Es gibt kein Zurück.*

Daniela Birri

Auf dem Weg zu einem neuen Lebens-Lauf, der von Sinn und Freude erfüllt ist, wird uns immer die Tatsache begleiten, daß wir als Frau geboren und darauf angewiesen sind, in jeder neuen Phase eigene weibliche Energien zu finden, zu verstehen und so gut wie möglich zu verwirklichen.

Dabei hilft eine Meditation über weibliche Symbole, die viel älter und tiefer sind als die oberflächlichen Rollenklischees, die heutzutage auf Frauen angewandt werden. Sie mögen Ihnen fremdartig vorkommen, denn wir sind kaum noch mit den Mythen der Welt vertraut, und unser Symbolwissen ist rudimentär. Aber Symbole lassen sich wieder zum Leben erwecken, wie Elisabeth Hämmerling in *Mondgöttin Inanna* überzeugend darstellt. Von ihr stammt auch die Symbol-Meditation über Gegenstände und Bilder aus dem Umkreis der «Mondin»:

- Spiegel – Nachtmeer – Wasser – Tau – Welle – Schale
- Barke – Nachen – Schiff – Baum – Wiege – Thron – Bett – Sarg – Kessel
- Faden – Spirale – Spinnen – Weben – Gewebe – Schleier – Gewand – Hülle – Spinnerin
- die drei Frauen – Moiren – Parzen – Musen
- Mondphasen – Mutter – Brust – Milch – Auge der Göttin
- Spinne – Frosch – Kröte – Ei – Bärin – Hund – Wolf
- Rind – Rinderhorn – Spannrippe – Bogen (Artemis)
- Mondfarben: Weiß – Silbern – Milchig – Blau – Schwarz

Suchen Sie sich eine stille Stunde – womöglich in einer Mondnacht? –, in der Sie zu diesen Begriffen frei assoziieren. Malen Sie ein Bild, erfinden Sie eine Geschichte oder Gebärde, und machen Sie sich so Ihre geistige Energie zunutze.

*Ich weiß, daß wir in uns einen Funken unsterblicher Energie tragen.*

Ella Maillart

Seit einigen Jahren kommen immer mehr Bücher auf den Markt, die als Quelle weiblicher Kraft die «Göttin» nennen – *Die innere Göttin, Göttinnen und Priesterinnen, Göttinnen in jeder Frau, Die Göttin in dir* und dergleichen.

Ganz wohl ist mir dabei nicht. Wo soll ich sie finden, diese Göttin, die ich mir nicht so recht vorstellen kann? Mir fallen griechische Gottheiten mit verwirrenden Familienverhältnissen ein und allenfalls noch die Skulptur einer üppigen Fruchtbarkeitsgöttin im Museum.

Geht es Ihnen ähnlich? Das wäre nicht verwunderlich. Wir haben Schwierigkeiten mit dem Konzept der Göttin, denn unsere religiöse Erziehung verlief in patriarchalischen Strukturen. Die feministische Theologie gibt sich redlich Mühe, in den christlichen Kirchen einen Bewußtseinswandel zu bewirken, aber ich bezweifle, daß ich zu meinen Lebzeiten noch das «Mutter unser» hören werde.

«Es gehört zur Tragik unserer gegenwärtigen, westlichen Religionen, daß sie sich von ihren Mythen losgelöst haben und nur noch auf ihre Geschichte berufen, welche die lebendige Gottheit zu einem Abstraktum werden ließ», beklagt Anne Bancroft in *Ursprünge des Heiligen.* «Früher hingegen basierten alle tiefen, menschlichen Erfahrungen auf kosmischen Mythen, deren Feld die geheiligte Zeit und der geheiligte Raum war.»

Unsere Vorfahren verehrten die Erde, die Sonne, den Mond – und die Große Göttin als Spenderin des Lebens. Sie gebot über Natur, Schicksal, Zeit, Wahrheit, Weisheit, Gerechtigkeit, Liebe, Geburt, Tod. Die weiblichen Gottheiten der späteren Zeit sind Aspekte einer Grundidee von einem einzigen weiblichen Höchsten Wesen. Das ist das Erbe, auf das sich Frauen besinnen können, ganz unabhängig davon, ob sie sich zu einer bestimmten Religion bekennen oder nicht. Die Würde der Großen Göttin mit all ihren Eigenschaften und Machtbefugnissen ist ein unschätzbares Fundament für unser Selbstbewußtsein.

*Als unsere Vorfahren anfingen, sich die uralten Fragen zu stellen: – Wo sind wir vor unserer Geburt? Was wird aus uns, wenn wir gestorben sind? –, muß ihnen aufgegangen sein, daß das Leben aus dem Körper der Frau hervorgeht.* Riane Eisler

Was glauben Sie, wie viele Göttinnen gibt es weltweit?

Vor einigen Jahren hat sich Luisa Francia tapfer auf die Suche gemacht, um eine Göttin für jeden Tag des Jahres zu finden. Bei der 160. war sie nahe daran, die Flinte ins Korn zu werfen.

Doch sie hat es geschafft. In dem originellen Göttinnenlexikon *Eine Göttin für jeden Tag* sind sie versammelt, die Erdgöttinnen, Naturgeister, Meerfrauen, Seelenführerinnen und Rächerinnen, die Feen und Dämoninnen.

Dem 14. Dezember ordnete sie Rhea, die römische Muttergöttin zu, die an der Schwelle zwischen Matriarchat und Patriarchat auftritt. Sie ist eine Wolfsfrau; als Wölfin zog sie Romulus und Remus auf, mit dem Flußgott Tiberis war sie freundschaftlich verbunden. Als Wölfin ist sie wild, sie zieht herum, die Nacht ist ihr Revier. Als Muttergöttin schenkt sie Milch und nährt die Menschen.

Die Wolfsfrau ist neuerdings ein beliebtes Symbol der Suche nach einer neuen weiblichen Identität. In der Gestalt der Rhea verbindet sich die wilde Instinktnatur der Wölfin mit der nährenden Güte der Muttergöttin.

Viele Göttinnen besaßen diese Doppelgesichtigkeit – fürsorglich auf der einen, zerstörerisch auf der anderen Seite. Das ist seit jeher der zwiefältige Archetyp der Urmutter Natur.

Je mehr wir als Frauen auf Häuslichkeit und Berechenbarkeit festgelegt werden, desto stärker sehnen wir uns nach der ursprünglichen Wildheit der Natur zurück. Wir wollen nicht nur fruchtbar und liebevoll sein, sondern auch gefährlich und stark. Die Balance zwischen unseren verschiedenen Seiten ist unerläßlich für unsere seelische Gesundheit.

Meditieren Sie über die Wolfsfrau, über ihre scharfen Sinne, ihre Geschmeidigkeit, ihre Instinktsicherheit. Sie ist wißbegierig und ungezähmt. Sie weicht Ihrem Blick nicht aus.

*Meine Lebensphilosophie ist: Einatmen – Ausatmen.*
Doris Dörrie

Mit dem Kopf gegen die Wand zu rennen, das gibt Beulen. Es geht nie schnell genug auf dem Weg zur Selbstfindung, Erleuchtung, inneren Heimat, oder wie immer wir es nennen wollen. Das haben Sie sicher im Laufe der Jahre selbst festgestellt – und trotzdem passiert es doch wieder, und zwar gerade dann, wenn sich endlich eine genaue Vorstellung von unserem Ziel abzeichnet.

Wenn Sie wieder einmal zu sehr «wollen», denken Sie an die alte Geschichte von den Tempelglocken, an der ich nur eines verändere: das Geschlecht der Hauptfigur.

Nach einer alten Überlieferung ertönten aus einem versunkenen Tempel tausend Glocken, von den besten Handwerkern der Welt gegossen, und versetzten das Herz der Hörer in Entzücken. Da reiste eine junge Frau Tausende von Meilen ans Meer, um dieses Wunder zu hören. Tagelang saß sie an der Küste und lauschte mit allen Fasern ihres Herzens. Doch sie hörte nur das Rauschen der Wellen. Sie bemühte sich immer wieder, das Brausen zu verdrängen, damit sie die Glocken hörte, aber vergebens. Nach wochenlangem aufrichtigem Bemühen beschloß sie, den Versuch aufzugeben. Vielleicht stimmte die Legende nicht, vielleicht gehörte sie auch nicht zu den Glücklichen, denen es bestimmt war, den Klang zu hören.

Am letzten Tag ihres Aufenthalts ging sie noch einmal an den Strand, um sich von der See, dem Himmel, dem Wind und den Kokospalmen zu verabschieden. Sie lag im Sand und empfand zum ersten Mal das Rauschen der Wellen nicht als störend, sondern als angenehm und beruhigend, und sie gab sich ihm hin und verlor sich ganz im Klang des Meeres, bis sie sich ihrer selbst kaum mehr bewußt war, so tief war die Stille in ihrem Herzen geworden. Da hörte sie es! Das helle Klingeln einer winzigen Glocke, gefolgt von einer anderen und noch einer anderen und wieder einer anderen..., und bald ertönten alle tausend Tempelglocken in wunderbarem Zusammenklang, und ihr Herz war außer sich vor Freude und Staunen.

*Sie ist die einzige Person, die ich je kannte, die Regen, Blitz und Donner vertreiben konnte, indem sie eine Kerze anzündete und das Magnifikat betete.* Elisa A. Martinez

Vor einiger Zeit wurde mir ein Traum erzählt, der sich mir eingeprägt hat: Eine junge Frau fährt im Zug durch eine tief verschneite Gegend. Sie befindet sich auf einer längeren Reise und will in der nächsten Stadt aussteigen. Da hält der Zug mitten auf der Strecke an einem Weg, der in den Wald führt, und etwas drängt die Frau aufzustehen, durch den Gang zu gehen und als einzige den Zug zu verlassen. Sie folgt dem Weg in den Wald, der sehr dunkel und still ist. Nach einer Weile sieht sie auf einer Lichtung ein Häuschen stehen. Dort wohnt eine alte, gebückte Frau, die sie zu erwarten scheint und sogleich eintreten läßt.

Als ich mich später mit dem Archetyp der Alten Weisen beschäftigte, dachte ich an die vielen Zugfahrten, bei denen ich mich gefragt hatte, was wohl geschehen würde, wenn ich, wie in dem beschriebenen Traum, einfach vor dem Ziel ausstiege. Die Sehnsucht nach einer Begegnung, die mir Sinn und Orientierung vermitteln würde, mag da eine Rolle gespielt haben.

Die weise Alte, die Großmutter, ist eine innere Instanz, die Verkörperung einer inneren Weisheit, auf die wir an wichtigen Punkten unseres Lebens treffen und von der wir Rat und Hilfe erhalten können. Wenn wir Glück hatten, wurden wir als Kinder von unseren Großmüttern aufgenommen und innig geliebt.

Ingrid Riedel zitiert in *Die weise Frau in uralt-neuen Erfahrungen* die Anweisungen zu einer Imagination, durch die Sie eine Ratgeberin um ihr Kommen bitten können:

«Sie haben eine schwierige Aufgabe vor sich... Sie machen sich auf den Weg. Sie kommen an einen Waldrand, da sitzt eine Gestalt... eine alte Frau. Diese Gestalt bittet um Nahrung, fragt Sie, woher Sie kommen und wohin Sie wollen. Geben Sie ihr so gut wie möglich Auskunft, und warten Sie auf den Rat.»

*Man muß immer wieder bereit sein, seinen Pilgerstab herauszuholen und zu wandern.* Paulette Deschamps

❧

Wem würden Sie sich lieber anvertrauen, einer Ärztin oder einem Arzt? Einem Therapeuten oder einer Therapeutin? Einer Heilerin oder einem Heiler? Einer Lehrerin oder einem Lehrer? Das sind keine Fragen, die zu einem Werturteil aufrufen; sie führen zu einem meist unbewußten Verständnis von «männlich» und «weiblich» zurück, das wir vermutlich schon lange mit uns tragen und möglicherweise noch nie grundsätzlich überprüft haben.

Könnte es sein, daß Sie Frauen als Lehrerinnen und Meisterinnen insgeheim für sich nicht in Betracht ziehen, weil Sie ihnen keine «feste Hand» zutrauen?

Schauen wir uns die Prophetinnen, Priesterinnen, Heiligen, Mystikerinnen, Kirchenlehrerinnen, Künstlerinnen, Seherinnen und Heilkundigen an, die es in jeder Kultur gab und gibt. Sie sprechen eine außerordentlich kraftvolle Sprache, bewahren ihr Wissen unter schwierigsten Bedingungen, stellen sich orthodoxen Meinungen entgegen und verfolgen ihre Visionen mit Ausdauer und Mut. Sie fanden und finden individuelle Ausdrucksformen, die so manchen in Erstaunen setzen.

Waren und sind die indianischen Schamaninnen und Medizinfrauen, die ihre SchülerInnen durch harte Prüfungen schicken, sanftmütige, freundliche, leicht zu beeindruckende Wesen? Im Gegenteil, möchte man behaupten – ihr Verhalten ist von unbedingter Konsequenz und Ehrlichkeit, sie sind fordernd, geradezu unerbittlich, wenn es um das Befolgen ihrer Anweisungen geht. Von ihren männlichen Kollegen werden sie respektiert, ja gefürchtet. Gleichzeitig flößen sie durch ihre Menschenkenntnis und ihren Humor Vertrauen ein.

Es gibt eine lange Tradition weiblicher Autorität, an die Frauen heute anknüpfen können. Nicht alle tun es, aber es werden immer mehr. Geben Sie denjenigen, die es versuchen, die Chance zu beweisen, daß Sie etwas zu bieten haben. Sie können wirklich davon profitieren.

*Seit ich mich entschieden habe, kehrt Tropfen für Tropfen, auf wunderbare Weise, mein eigenes Leben, meine Ganzheit zurück.*

Sylvia Plath

Neulich fuhr ich durch den verschneiten Winterwald und schaltete das Radio an, weil ich auf ein ruhiges klassisches Musikstück hoffte. Statt dessen brachte ein französischer Sender ein trauriges Chanson, das mich in seinen Bann zog: *Si j'étais un homme*, wäre ich ein Mann, begann jede Strophe.

«Wäre ich ein Mann», sang eine junge weibliche Stimme, «würde ich dich auf einem grünweißen Schiff entführen, dich mit Schätzen überhäufen, dir in einem italienischen Dorf eine Villa bauen, dir die schönsten Blumen für deine Wohnung schenken. Ich würde dich täglich anrufen, nur um deine Stimme zu hören...»

Warum sollten sich denn solche Liebesbeweise für eine Frau nicht schicken? Ist es denn immer noch nicht möglich, männliche und weibliche Seiten in sich zu entwickeln?

Überall sind Frauen angeblich dabei, ihre Ganzheit wiederherzustellen. Was heißt das? Als ganzer Mensch leben, von allen Sinnen und Fähigkeiten Gebrauch machen können, sagt die Schriftstellerin Christa Wolf. Eine «Hinwendung zum Weiblichen» für Mann *und* Frau, erklärt die feministische Psychologin Christa Mulack, denn es wurde in unserer Kultur sträflich vernachlässigt.

So, wie sich in vielen Schöpfungslegenden Gott und Göttin mythisch vereinigen, kann die Vereinigung des Gegensatzpaares Männlich – Weiblich im Inneren des Menschen stattfinden. Deuten wir den verzagten Liedtext doch positiv um: Meine männliche Seite kümmert sich liebevoll um meine weibliche Seite, und zusammen sind sie ein Liebespaar mit magischen Kräften.

Sie kennen wahrscheinlich den berühmten Yin-Yang-Kreis, das Symbol der Ur-Polarität. Sie ist in Ihnen enthalten und bringt die notwendige Energie für das Bewußtsein und die Schöpfung hervor. Zeichnen Sie diesen Kreis auf, und sehen Sie ihn häufig an, um die Kraft zu spüren, die aus der Versöhnung der Gegensätze entspringt.

*In den Tiefen des Winters erfuhr ich schließlich, daß in mir ein unbesiegbarer Sommer ist.* Albert Camus

In dieser dunklen Jahreszeit lernen wir anzunehmen, was es an Schönem gibt: Wärme, Düfte, Zusammensein, Lichter, Geschichten. Wir genießen es, verwöhnt und umsorgt zu werden, aber wir verfügen auch selbst über heilende Kräfte, die in allen Zellen und allen unseren Energiespeichern vorhanden sind. Das sehen wir an den Leistungen, die unser Körper täglich vollbringt – er bewahrt einen ausgewogenen Zustand von Blutzuckerspiegel, Körpertemperatur, Wasserhaushalt, Herzschlag und Atmung.

Gegen Störungen dieser Harmonie, die durch Spannungen oder Streß verursacht werden, können wir Heilpflanzen einsetzen, die in der Menschheitsgeschichte seit jeher eine große Rolle spielen. Wußten Sie, daß immer noch für 85 Prozent der Weltbevölkerung Kräuter zur wichtigsten Form der medizinischen Therapie gehören? Das macht die sogenannte Schulmedizin nicht überflüssig; im Gegenteil, verschiedene Heilmethoden können sich sehr wirksam ergänzen. Sie wissen das selbst – steht nicht im Küchenschrank der Kamillentee, nehmen wir nicht Baldriantropfen zum Einschlafen, legen wir nicht bei Ohrenschmerzen ein Kartoffelsäckchen auf das erkrankte Ohr, massieren wir nicht mit Melissenöl verspannte Muskeln? Die weibliche Weisheit zeigt sich auch in Gestalt der Kräuterfrau!

Haben Sie nicht Lust, darüber mehr zu erfahren, einmal Heiltees selbst herzustellen, schonende Kosmetik anzurühren und Badezusätze zu mischen? In jeder Buchhandlung oder Bücherei finden Sie Anleitungen, und all das eignet sich im übrigen auch wunderbar als Geschenk.

Als kleine Kostprobe soll das folgende Rezept für ein Schönheitsbad dienen:

Mischen Sie je eine Handvoll von Rosmarin, Beinwellwurzel, getrocknetem Lavendel, Minze und Thymian in einem Seihtuch, bedecken Sie alles mit heißem Wasser, lassen Sie es zehn Minuten ziehen, geben Sie es ins Badewasser, und entspannen Sie sich darin mindestens fünfzehn Minuten.

*Eines Tages fragte der Mann geradeheraus: «Frau, sag mir, bist du eine Hexe?»*
*Ihm war, als wollte ihm das Blut in den Adern stocken, als sie ihm ohne Zögern antwortete: «Ja, das bin ich.»*

aus dem englischen Märchen
«Die Hexe von Five»

Vor lauter Geschenke besorgen und Karten schreiben vergessen Sie in diesen Tagen gerne Ihre eigenen Verdienste. Sie haben so viel für andere getan – jetzt sind Sie an der Reihe.

Gehen Sie aus, und schenken Sie sich selbst etwas, das Sie schon lange reizt. Es gibt Grund zum Feiern! «Sich selbst die beste Freundin sein», diese Vorstellung mag Sie immer noch etwas sonderbar anmuten, doch genau das haben Sie fast ein Jahr lang probiert. Sie haben das Risiko nicht gescheut, mit zielbewußten Schritten auf Ihr authentisches Ich zuzugehen, Sie haben Hindernisse bewältigt, manchmal sicher auch viel Ausdauer aufbringen müssen. Sie haben sich immer wieder neu motiviert.

Belohnen Sie sich dafür, indem Sie sich an Ihrer eigenen Weiblichkeit erfreuen. Hüllen Sie sich in Stoffe, die Ihnen schmeicheln, schmücken Sie sich mit Schals und Ketten, verhüllen Sie sich mit Schleiern. Verlieben Sie sich wie Narziß in das eigene Spiegelbild. Umwerben Sie dieses schöne Wesen, das Ihnen entgegenblickt. Bringen Sie all Ihre magischen Fähigkeiten ins Spiel, sagen Sie Zaubersprüche, machen Sie beschwörende Gesten, seien Sie so verführerisch, wie es nur geht.

Vor sich selbst brauchen Sie nicht auf der Hut zu sein. Hier und heute ist die hemmungslose Entfaltung Ihrer magischen Kräfte angebracht. Es ist ein verbreiteter Irrtum, daß Hexen bucklig sind und an ihren Warzen, Leberflecken oder roten Haaren zu erkennen sind. Sie sind überhaupt nicht zu erkennen, denn sie sehen so aus wie Sie und ich! Vor ihrem Zauberwort weichen Riegel und Schranken, öffnen sich Tür und Tor.

Werfen Sie Ihrem Spiegelbild verschwörerische Blicke zu. Sehen Sie, wie die Augen funkeln? Erkennen Sie hinter der Maske der braven Frau die im Alltag verborgene Macht der Zauberin.

*Wer das Wesen und die Gesetze der Farben als lebendigen Ausdruck des Lebens versteht, kann auch sich selbst besser verstehen.*

Clarissa Ray

Steigen Sie an diesem kürzesten Tag des Jahres mit Hilfe Ihrer Imagination in die Tiefe Ihres inneren Gartens. Die Farben, die Sie dort finden, entschädigen Sie für die lange Dunkelheit der Wintersonnenwende-Nacht.

Setzen oder legen Sie sich entspannt und bequem hin. Stellen Sie sich eine Treppe vor, die zehn Stufen nach unten führt. Gehen Sie sie hinunter, und zählen Sie bei jeder Stufe von zehn bis null. Unten befindet sich ein Tor, vor dem Sie Ihre Sorgen und Nöte ablegen, dann öffnet es sich von selbst. Sie betreten einen herrlichen Garten, der völlige Ruhe ausstrahlt. In ihm finden Sie Blumen, weiches Moos, üppiges Gras, Schmetterlinge, Vögel, Sonnenschein. Suchen Sie sich einen Platz, an dem Sie sich ganz wohl fühlen.

Atmen Sie tief ein und stellen Sie sich beim Ausatmen die Farbe Rot vor. Entspannen Sie dabei den Kopf – Stirn, Augen, Kiefer.

Atmen Sie wieder tief ein und stellen Sie sich beim Ausatmen die Farbe Orange vor. Lockern Sie dabei Schultern, Arme und Brust.

Atmen Sie wieder tief ein und stellen Sie sich beim Ausatmen die Farbe Gelb vor. Lassen Sie dabei die Spannung aus dem Bauchbereich und Beinen weichen. Ihr Körper wird träge und schwer.

Atmen Sie erneut tief ein und stellen Sie sich beim Ausatmen die Farbe Grün vor. Lassen Sie Ihren Geist still werden und alle Gedanken zur Ruhe kommen.

Nun atmen Sie wieder ein und stellen Sie sich beim Ausatmen die Farbe Blau vor. Ihre geistige und körperliche Ruhe vertieft sich.

Atmen Sie wieder tief ein und stellen Sie sich beim Ausatmen ein ganz intensives Violett vor. Inzwischen ist jede Faser Ihres Körpers von vollkommener innerer Ruhe durchdrungen. Sie sind Teil der Natur und in Harmonie mit sich selbst.

Verweilen Sie in diesem Zustand, solange es möglich ist. Treten Sie dann wieder durch das Tor und steigen Sie die Stufen hoch, während Sie bis zehn zählen. Lassen Sie Ihren Geist langsam in die Alltagswirklichkeit zurückkehren.

*In der buchstäblichen Wirklichkeit des jetzigen Augenblicks steht alles auf dem Spiel, was des Menschen Freud oder Leid ausmacht.*

Jeanne Hersch

Wir denken in diesen Tagen viel an die Menschen, die uns am Herzen liegen, wir laden sie ein, beschenken sie, rufen sie an, geben ihnen zu verstehen, daß sie zu uns gehören.

Wir ziehen einen unsichtbaren Kreis der Zusammengehörigkeit um uns und unsere Lieben. Wollen wir ihn nicht öffnen? Früher gab es die Sitte, einen Platz am Tisch freizuhalten für den unerwarteten Gast, der dazukommen könnte und willkommen wäre. Wem könnten Sie ihn anbieten?

Mitgefühl ist keine Kostbarkeit, mit der wir sparsam umgehen müssen. Wenn wir die Gelegenheiten beim Schopf ergreifen, die sich uns unentwegt bieten, brauchen wir uns keine Gedanken mehr um beeindruckende Gesten einmal pro Jahr zu machen.

Die Vorbereitung auf Weihnachten hat viele Facetten: das Haus festlich schmücken, Kindern beim Basteln helfen, Einladungen aussprechen und annehmen, Geschenke besorgen und verschicken, Pläne schmieden für die Feiertage. Hinzukommen könnte: den Kreis öffnen für andere, Wärme ausstrahlen lassen.

Ich möchte Ihnen und mir ein Gedicht des indianischen Lyrikers Calvin O. John mit auf den Weg geben:

Wenn der Tag vorüber ist, denke ich an alles, was ich getan habe.
Habe ich den Tag vergeudet, oder habe ich etwas erreicht?
Habe ich mir einen neuen Freund gemacht oder einen Feind?
War ich wütend auf alle, oder war ich freundlich?
Was ich auch heute getan habe, es ist vorbei.
Während ich schlafe, bringt die Welt einen neuen, strahlenden Tag hervor, den ich gebrauchen kann oder vergeuden,
oder was immer ich will.
Heute abend nehme ich mir vor:
Ich werde gut sein, ich werde freundlich sein,
ich werde das tun, was wert ist, getan zu werden.

*Das ewige Leben dem, der viel von Liebe weiß; ein Mensch der Liebe kann nur auferstehen.* Else Lasker-Schüler

Die heutige Oasengeschichte erzählt nicht von Dattelpalmen, Sonne und Wasser, sondern von einer anderen Lebensnotwendigkeit – der Hoffnung. Was die Ärztin und Ordensfrau Ruth Pfau bei ihrem Einsatz für die Leprakranken in Pakistan und Afghanistan leistete (nachzulesen in ihrem Buch *Verrückter kann man gar nicht leben*), können wir ihr nicht einfach nachmachen. Wir sind vielleicht nicht so tatkräftig, konfliktfähig und mutig wie sie. Das ist auch nicht nötig, denn jede von uns hat ihre eigene, unverwechselbare Persönlichkeit, die niemanden kopieren muß.

Uns bleibt die Freiheit, ihre Gedanken gegen die Resignation wie belebendes Wasser zu uns zu nehmen und es in unserer Umgebung weiterzureichen.

«Ich hatte es ursprünglich noch mit einer allgemeinen Praxis nebenher versucht. Dann sah ich an einem Tag fünfzig Patienten. Am Abend, als ich völlig erschöpft aus der Praxis kam, standen da weitere fünfzig. Die einen fluchten, weil man sie nicht untersucht hatte. Ich untersuchte am nächsten Tag hundert. Als ich herausging, standen da weitere hundert. Am dritten Tag dachte ich: Es ist sinnlos, hundertfünfzig Menschen den Eindruck zu vermitteln, man würde sie behandeln. Ich habe dann nicht gesagt: ‹Ich kann euch nicht behandeln›, sondern: ‹Wir haben nur Leprabehandlungsmöglichkeiten.› Mir selber sagte ich: Als der Herrgott auf die Welt kam, ist er auch nur in Palästina gewesen. Das Unmögliche wird von keinem verlangt. (...)

Meine Leprahelfer sagen: ‹Something is better than nothing. – Etwas ist immer noch mehr als gar nichts.› Und das gibt es auch in einer poetischen Formulierung: ‹Es ist besser, eine Kerze zu entzünden, als die Dunkelheit zu verfluchen.› ... Manchmal scheint es hoffnungslos. Ich suche mich immer wieder zu bescheiden – und doch das Unmögliche zu organisieren. Auch wenn es nicht organisierbar ist.»

*Ich bin die Tür; wer durch mich eingeht, wird gerettet sein und durch mich ein und aus gehen und Weide finden.* Johannes 10,9

Durch wie viele Türen sind wir nicht schon gegangen in unserem Leben! Wie viele haben wir hoffnungsvoll oder zögernd geöffnet, laut oder leise geschlossen, erwartungsvoll angesehen, hinter uns gelassen. Sie waren uns Schutz, aber auch Verbindung zur Welt. Im Advent ist es in vielen Häusern Sitte, die Eingangstür mit einem Kranz oder mit Mistelzweigen zu schmücken, und wer, wie ich, mit evangelischen Kirchenliedern aufgewachsen ist, kennt sicher «Macht hoch die Tür, das Tor macht weit, es kommt der Herr der Herrlichkeit».

Im Märchen sind es vor allem die verschlossenen Türen, die die Heldin oder den Helden vor Prüfungen stellen. In der christlichen Religion gibt es die Pforte des Himmels, hinter der die letzten Geheimnisse verborgen sind.

Was haben diese vielen Türen und Tore mit uns zu tun? Jeden Tag entscheiden wir ganz konkret, wem wir die Tür öffnen wollen und durch welche wir selbst hindurchgehen. An unserer eigenen Haustür macht ein Name darauf aufmerksam, daß wir hier leben und bereit sind, BesucherInnen zu empfangen. Wir selbst klingeln oder klopfen an Türen und hoffen auf freundliche Aufnahme. Heute abend treten wir vielleicht unter den Klängen von Orgelmusik durch ein Kirchenportal in einen hell erleuchteten Raum, der zum Empfang eines Kindes gerüstet ist. Und in den Häusern stehen unzählige Kinder gespannt vor der Tür zum Weihnachtszimmer wie vor einem Traumland, in dem Wünsche wahr werden.

Das sind die Pforten der äußeren Welt. Doch auch innerlich stehen wir oft vor geschlossenen Türen und fragen uns, wie wir an den Schlüssel gelangen und was uns dahinter wohl erwartet. Wer eine bisher verschlossene Tür öffnet, läßt sich auf Unbekanntes ein und beweist Mut, Mut zur Wahrheit. Wer eine Schwelle überschreitet, geht der eigenen Wandlung entgegen.

Nehmen Sie diesen Tag wahr, um eine Tür in sich zu öffnen.

*Einen Tag ungestört in Muße zu verleben heißt: einen Tag lang ein Unsterblicher sein.* Spruch aus China

Zu meinen schönsten Kindheitserinnerungen gehört der erste Weihnachtsfeiertag. Wir standen spät auf, denn am Heiligen Abend hatten alle noch gewartet, bis auch die letzte Kerze am Weihnachtsbaum heruntergebrannt war. Das Frühstück stand bereit, und jeder aß, wann er wollte. Noch im Schlafanzug und Morgenmantel fanden wir uns nach und nach im Wohnzimmer ein und verbrachten den restlichen Vormittag damit, ausgiebig die Geschenke zu betrachten und zu bewundern. Kalender wurden durchgeblättert, Kleidungsstücke vorgeführt, neue Platten gehört, Briefe und Karten gelesen, Eindrücke ausgetauscht, von Süßigkeiten genascht. Das Zimmer war gut geheizt, meine Brüder und ich lagen auf dem Teppich. Gemeinsam aßen wir spät zu Mittag, aber kein aufwendiges Festmenü, denn meine Mutter wollte nicht den Tag in der Küche zubringen. Anschließend machte, wer wollte, ein Nickerchen oder las. Zum Tee fand man sich wieder ein, ausgeruht und guter Laune. Besucher waren jederzeit willkommen, ohne daß großes Aufhebens um sie gemacht wurde.

Über dem ganzen Tag lag eine große Ruhe. Endlich einmal war für alles genug Zeit. Niemand *mußte* etwas tun, niemand sah auf die Uhr. Kein Kirchgang, kein Besuch bei der Patentante, nicht einmal ein gemeinsamer Spaziergang stand auf dem Programm. Himmlisch!

Wie selten wir uns solche Inseln der Geruhsamkeit leisten, wissen Sie selbst. Dabei könnten wir ohne weiteres ganze Tage oder wenigstens einige Stunden zu Zeitoasen erklären, an denen die Gesetze der tickenden Uhr außer Kraft gesetzt werden. Dann kann ein Gefühl für den unersetzlichen Wert der Gegenwart entstehen. Erfüllte Zeit ist etwas anderes als eine rundum verplante Zeit, sie ist das intensive Erleben eines Rhythmus, der uns ganz entspricht.

Gehen Sie heute mit Achtsamkeit durch den Tag wie durch einen stillen, verschneiten Wald. Jeder Augenblick gehört Ihnen. Nehmen Sie sich Zeit für das Wesentliche im Leben.

*Genauso wie das Wasser, das den Himmel und die Bäume nur dann deutlich spiegeln kann, wenn seine Oberfläche nicht berührt wird, so kann der Geist das wahre Bild des Selbst nur reflektieren, wenn er gelassen und völlig entspannt ist.* Indra Devi

Die «stille Nacht», von der das Weihnachtslied spricht, ist vorüber. War sie wirklich still? War sie nicht vielmehr bewegt vom Zusammensein mit der Familie, mit Gefühlen, Erinnerungen, Wünschen? Und das war sicher richtig und gut so, wenn auch nicht immer ganz einfach, weil so viele unterschiedliche Vorstellungen und Hoffnungen aufeinanderprallten. Ich hoffe, Sie konnten trotz allem Trubel Ihre neugewonnene Stärke noch spüren.

Die Stille, die sich an Weihnachten rar macht, läßt sich auch an anderen Abenden erfahren. Während einer Reise durch Deutschland im Jahre 1832 beschrieb Fanny Lewald in einem Brief, wie sie in Koblenz Station machte und halbe Nächte vom Fensterbrett aus auf den Rhein hinabschaute. Es waren unvergeßliche Stunden, denn «die Stille und Abgeschiedenheit taten mir in dem Hinblick auf die Natur unbeschreiblich wohl (...) Ich konnte freier sehen, weiter hinausdenken in die Ferne und in die Zukunft und was für mich und meine Entwicklung wohl die Hauptsache war: Ich lernte mich in dieser nächtlich stillen Betrachtung als selbständiges Wesen empfinden...»

Wir würden heute sagen: Fanny Lewald hat meditiert.

Doch auch wenn Sie keinen breiten nächtlichen Strom vor dem Fenster haben, auf dem sich die Sterne spiegeln und der Sie an den Fluß des Lebens erinnert, ist für Sie eine kontemplative Haltung möglich, durch die Ihr Geist sich sammelt. Suchen Sie sich Ihr eigenes Symbol. Eine Straßenlaterne, die draußen ihr Licht verstrahlt, ist ebenso geeignet wie die Kerzenflamme auf Ihrem Tisch, ein Mandala, eine Blüte, ein Stein. Das Verweilen bei einem Gegenstand der Aufmerksamkeit lehrt Ihre Gedanken mit der Zeit, nicht ständig hin- und herzuspringen, und das kommt Ihnen auch bei Ihren alltäglichen Arbeiten sehr zugute.

*Ohne Geduld und Beharrlichkeit kann es leicht passieren, daß wir unseren ursprünglichen Enthusiasmus verlieren.*

Reshad Field

Wenn Ihr Auto nicht anspringt, brauchen Sie Starthilfe. Selten steht es so günstig am Hang, daß es nur anrollen muß und von alleine anspringt. Sie bitten um Hilfe, und in aller Regel wird sie Ihnen gewährt.

Warum ich jetzt vom Autofahren anfange? Weil ich es für ein gutes Bild halte für das, was Sie in der nächsten Zeit erwartet. Bei allem guten Willen und aller Ausdauer wird es geschehen, daß Sie nicht mehr recht vorwärtskommen. Das ist kein Unglück, solange Sie bereit sind, es sich einzugestehen, und wissen, wo und womit Sie sich den nötigen Schwung wieder holen.

Die Reise geht weiter. Das Jahresende rundet einen Zyklus ab, während der nächste schon auf Sie wartet. Unterwegs sind Sie zeit Ihres Lebens. Ihre Phantasien und Sehnsüchte sind unbegrenzt; am Geflecht Ihrer Beziehungen lassen sich immer neue Fäden knüpfen. Ihr schöpferisches Potential ist noch lange nicht ausgeschöpft, Ihre Liebesfähigkeit erst recht nicht.

Öffnen Sie die Hände, um aufzugreifen, was sich Ihnen bietet. Nehmen Sie die Hilfe an, die Ihnen dargeboten wird. Bitten Sie um Beistand, auch wenn Sie lieber alleine zurechtkämen. Klopfen Sie an die nächste Tür, wenn Sie die Orientierung verloren haben. Daran ist nichts Ehrenrühriges, denn Starthilfe heißt schließlich nur, daß der Funke überspringt. *Sie* sitzen am Steuer, *Sie* bestimmen, wohin die Reise geht. Sie legen das Tempo fest, Sie suchen sich die MitfahrerInnen aus. Sie legen fest, wieviel Gepäck Sie mitnehmen. Sie halten an, wenn Sie müde sind, und Sie nehmen einen Umweg, wenn Sie auf die Landschaft abseits der gewohnten Route neugierig sind. Sie legen eine längere Rast ein, wenn Sie ausruhen und sich bewegen wollen. Sie steigen aus und gehen ein Stück zu Fuß, wenn Sie sich eingeengt fühlen.

Tanken müssen Sie regelmäßig – daher schlage ich Ihnen vor, daß Sie die Idee von den Brunnentagen beibehalten. Trinken Sie von dem erquickenden Wasser, das für Sie reserviert ist.

*Manche Leute suchen das Glück wie einen Hut auf dem Kopf.*

Nikolaus Lenau

Noch einmal wollen wir uns dem Glück widmen, dem faßbaren, greifbaren Glück, nicht dem, das unsere Erwartungen uns vorgaukeln. Wir tragen es mit uns herum und suchen es an anderer Stelle. Wir beneiden einander und sind blind für das, was uns schon längst geschenkt wurde. Wir wollen ein Glück auf Dauer und verpassen dabei womöglich die glücklichsten Momente unseres Lebens.

Der Chinese Chin Shengt'an, der im siebzehnten Jahrhundert lebte, hat uns eine Aufzählung seiner dreiunddreißig glücklichsten Augenblicke hinterlassen, in denen der Geist unlöslich mit den Sinnen verbunden ist. Es sind kleine Szenen, die er da beschreibt – wie er Bäume pflanzt, wie er um einen kleinen Gegenstand feilscht, der es ihm angetan hat, wie er an einem heißen Sommertag auf einem großen dunkelroten Teller in eine hellgrüne Wassermelone schneidet.

Sein wacher Sinn für Farbe, Bewegung, Berührung, Geschmack und Geruch beschert ihm Glücksgefühle bei scheinbar nebensächlichen Begebenheiten:

«Ein Fenster öffnen und eine Wespe aus dem Zimmer lassen. Ist das vielleicht nicht Glück?

Ein Ratsherr läßt die Trommel schlagen und verkündet Feierabend. Ist das vielleicht nicht Glück?

Sehen, wie jemand die Drachenschnur reißt. Ist das vielleicht nicht Glück?»

Ich würde für mich anfügen: einen doppelten Regenbogen sehen und ihn jemandem zeigen können. Ist das vielleicht nicht Glück?

Am offenen Fenster sitzen und Lautenmusik hören. Ist das vielleicht nicht Glück?

Was würden Sie ergänzen? Vielleicht sehnen Sie sich zur Zeit nach Wärme und erinnern sich an den Geruch der ersten Regentropfen auf dem trockenen, warmen Erdboden im Sommer? Bewahren Sie Ihre Glücksmomente, indem Sie sie wie kostbare Edelsteine in Worte fassen statt in Gold.

*Edle Taten und heiße Bäder sind die beste Kur für Depressionen.*

Dodie Smith

Edle Taten haben Sie genug getan, jetzt kommen die heißen Bäder an die Reihe. Damit Sie nicht einwenden, Sie hätten jetzt wahrhaftig keine Zeit für solche Sachen, habe ich ein paar Anregungen zusammengestellt, die ganz leicht umzusetzen sind. Suchen Sie sich die heraus, die Ihnen am besten gefallen:

- Nutzen Sie den morgendlichen Gang ins Bad zu einer kleinen Übung: Reißen Sie die Augen ganz weit auf, und strecken Sie die Zunge fünf Sekunden lang möglichst weit heraus. Wiederholen Sie das fünfmal. Es kräftigt die Gesichtsmuskulatur und fördert die Durchblutung der Haut (und bringt Sie zum Lachen!).
- Besorgen Sie sich einen kleinen runden Gegenstand, zum Beispiel einen Tennisball, ziehen Sie die Schuhe aus, und setzen Sie sich gerade hin. Rollen Sie den Ball abwechselnd unter den Fußsohlen hin und her, mal kräftiger, mal weniger stark.
- Legen Sie beide Handflächen mit leicht gespreizten Fingern aneinander. Verschränken Sie alle Finger einzeln miteinander, zuerst die kleinen Finger, dann die Ringfinger und so weiter. Wiederholen Sie das möglichst oft. Wichtig ist, daß Sie die restlichen Finger vollkommen still halten. Fingergymnastik sorgt dafür, daß Ihr Gehirn besser durchblutet wird.
- Legen Sie eine Kassette mit Ihrer Lieblingsmusik ein, und legen Sie sich flach auf den Rücken. Decken Sie sich gut zu, damit Sie nicht frösteln. Atmen Sie ruhig, langsam und tief, so daß sich Ihre Bauchdecke hebt und senkt. Sorgen Sie dafür, daß Sie in dieser Zeit nicht gestört werden.
- Gegen kalte Füße hilft ein lauwarmes Fußbad mit belebendem Badesalz. Geben Sie während des Badens nach und nach heißes Wasser zu, bis es nach zwanzig Minuten etwa vierzig Grad hat.
- Geben Sie am späten Nachmittag im Schlafzimmer einen Tropfen Rosenöl in eine Duftlampe. Der Duft verbreitet sich bis zum Abend im ganzen Raum und sorgt dafür, daß Sie gut einschlafen. Und danach, wie mein Masseur zu sagen pflegt: Ruhen Sie wohl!

*An die Frauen: Eure Träume könnt ihr nur verwirklichen, wenn ihr euch entschließt, daraus aufzuwachen.* Josephine Baker

Sie kennen sicher Bertolt Brechts Erzählung «Die unwürdige Greisin», die immer und überall zitiert wird, wenn demonstriert werden soll, welche Lebenslust im Alter noch auf uns wartet. Mit zweiundsiebzig, nach dem Tod des Großvaters, ißt die Großmutter jeden zweiten Tag im Gasthof, fährt zum Pferderennen, geht ins Kino, trinkt Rotwein und spielt Karten. Skandalös, finden ihre entsetzten Kinder. Zwei Jahre später stirbt sie, nach «langen Jahren der Knechtschaft und kurzen Jahren der Freiheit».

Die Geschichte, so erfrischend sie ist, hat mir nie ganz behagt, weil die Greisin auf Grund der gesellschaftlichen Tabus erst in ihren letzten Lebensjahren rebellisch werden konnte. Das will ich nicht, murrte ich neulich, als die Rede wieder einmal auf diese Geschichte kam. «Na, mußt du ja nicht», erhielt ich zur Antwort. «Du kannst ja jetzt schon unmoralisch leben.» Ich glaube, ich wurde zum ersten Mal in meinem Erwachsenenleben rot.

Wollen Sie auf das hohe Alter warten, bis Sie sich die Erlaubnis geben, auch einmal mit Lust zu provozieren? Unangepaßt, frech, frei, dabei aber stark und selbstbewußt, nicht patzig wie ein «böses Mädchen», das seine Unsicherheit überspielen muß, sondern aufrecht und souverän – so stelle ich mir eine Frau vor, die rechtzeitig gemerkt hat, daß lange Jahre der Knechtschaft von niemandem gewürdigt werden!

Schenken Sie sich selbst die Erlaubnis, im nächsten Jahr unwürdig zu sein. Sie müssen dabei nicht ständig Leute vor den Kopf stoßen; je früher Sie anfangen, desto unnötiger sind überzogene Dreistigkeiten. Was ich meine, ist nicht Unverschämtheit, sondern Leidenschaft. Sie ist ein Gegenpol zur Gleichgültigkeit, und wenn sie unser ganzes Leben erfaßt, bringt sie ihm eine ungeahnte Intensität.

Lassen Sie sich vom Dasein in seiner Vielgestaltigkeit packen. Warten Sie nicht auf einen Tag, an dem es Ihnen gestattet wird, unwürdig zu sein, denn der kommt nicht. Beginnen Sie gleich heute noch mit dem leidenschaftlichen Leben!

*Venus steht ganz nah am Neumond. In den Bäumen raschelt es, Schnee liegt auf den Ästen. Ich kann nicht schlafen. Ich trockne mir die Augen, die Tränen von tausend Jahren, und denke: Nun kann ich mein Leben beginnen.*
Melissa Green

❧

Noch ein Tag und noch ein Tag und noch ein Tag. Das ist es, woraus sich Ihr Leben zusammensetzt. Dunkelheit und Licht. Abschied und Neubeginn.

Sie waren unterwegs durch Wüsten, Meere, Gebirge, Wiesen, Gärten. Sie hatten selbst das Steuer in der Hand und haben sich FührerInnen anvertraut, die den Weg schon ausgekundschaftet hatten.

Sie haben den Geruch der Erde aufgesogen, den Wind auf der Haut gespürt, sich vom Wasser umspülen lassen. Sie sind barfuß und in festen Stiefeln über jeden erdenklichen Boden gegangen. Sie haben gesungen, geflüstert, geschrien, gelacht und geweint.

Sie haben am Morgen die Sonne begrüßt und am Abend den Mond, Sie haben nachts gewacht und tagsüber geträumt. Sie haben Wunder erlebt und selbst bewirkt.

Sie haben weitergeschenkt, was Sie am Weg fanden – Gaben des Wachstums, Gaben der Erde, Gaben der Dankbarkeit.

Sie werden geliebt, und Sie lieben. Auch wenn Sie es noch nicht wissen, Ihre Freundin tritt auf Sie zu. Sie legt ihre Arme um Sie, Sie hören ihr Herz schlagen, und es ist Ihr eigenes Herz. Indem sie miteinander verschmelzen, heilen Sie sich.

Gehen Sie nun gemeinsam weiter. Worte aus dem «Nachtgesang» der Navajo mögen Sie begleiten:

So gehe denn wie eine, die langes Leben hat,
und gehe wie eine, die glücklich ist.
Geh und achte die Schönheit vor dir!
Geh und achte die Schönheit über dir!
Geh und achte die Schönheit unter dir!
Geh und achte die Schönheit um dich herum!
Geh und achte auf die Schönheit deiner Rede!

# *Danksagung*

Die Entstehung dieses Buches war für mich Schatzsuche und Orientierungslauf in einem. Jeder Hinweis und jede Spur waren wertvoll, und ich bin allen dankbar, die mir Anregungen gaben, mir ihr Wissen zur Verfügung stellten und allerlei Steine aus dem Weg räumten.

Mein besonderer Dank gilt:

- meiner Lektorin Christine Dorn für ihre sorgfältige und einfühlsame Begleitung. Ihr Sachverstand und ihre stetige Ermutigung halfen mir über so manche unwegsame Stelle hinweg. Es war eine Freude, mit ihr zu arbeiten.
- meinem Mann und meinen Kindern für ihre große Geduld, wenn wieder einmal das «Bitte-nicht-stören»-Schild an der Tür zum Arbeitszimmer hing. Daß sie meinem Bedürfnis nach regelmäßigen Klausur-Wochen mit so viel Verständnis begegnet sind, war mir eine enorme Hilfe. Herzlichen Dank euch, Willi, Julia und Jonathan.
- all jenen großzügigen Menschen in der Schweiz, die mich während meiner kleinen Fluchten aufgenommen und mit Nahrung für Leib und Seele versorgt haben; vor allem Katrin und Jens Hug aus Chamby (und Tina Faißt, die den Kontakt vermittelt hat) und Beat von Albertini. Durch sie habe ich Orte gefunden, an denen das Schreiben zum reinen Vergnügen wurde.
- der Ledig-Rowohlt-Stiftung, durch deren Stipendium ich im Sommer 1997 einige wunderbar unbeschwerte Wochen im Château de Lavigny verbringen und das Zusammensein mit Kollegen aus aller Welt genießen konnte; Anna Bourgeois danke ich für ihr Engagement und ihre Umsicht.
- Simone Bühler, Ruedi Bräuning und den Mitgliedern der Basler Donnerstags-Gruppe. Sie waren für mich oft genug der Brunnen, der mich mit Wasser für die nächste Wegstrecke versorgt hat.

- den Freiburger LiteraturübersetzerInnen, die ihre Bücherregale für mich durchstöbert und meine monatlichen Fortschritte mit Ideen, Zitaten und Geistesblitzen befördert haben. Auch als Übersetzerin auf Abwegen konnte ich immer auf ihr reges Interesse zählen und auf ihre Klugheit und Belesenheit zurückgreifen.
- den Freundinnen, die meine Kinder betreuen halfen, wenn die Zeit knapp wurde und mein Streßpegel stieg, die mir ihre Geschichten und Erlebnisse anvertrauten, die mir Einblicke in ihre Wünsche und Gedanken gewährten und mir überhaupt in allen Lebenslagen solidarisch mit Rat und Tat beistanden. Danke – Ute, Susanne, Sigrun, Constanze, Lissa, Hanne, Victoria, Lidia, Tatjana, Marlene und alle anderen Frauen, die über die Jahre zu diesem Buch beigetragen haben.

Was Dankbar-Sein für das Leben bedeutet, habe ich durch die Persönlichkeit und die Bücher von Reshad Field wiederentdeckt, die mich das Licht wahrnehmen ließen, als die Nacht am dunkelsten war. Thank you, Reshad.